U0667672

———————— 阅读之前 没有真相

午 夜 文 库 ────────

约翰·葛斯科瓦

法庭程序小说系列

约翰·莱斯科瓦

(John Lescroart,1948—)

约翰·莱斯科瓦，生于美国休斯顿市，美国排名第一的法庭推理小说家。他有四分之三的爱尔兰血统，是法国版罗宾汉的后裔。

一九七〇年莱斯科瓦进入加州大学伯克利分校攻读英国语言文学，获学士学位。他的第一部小说《晒伤》是在大学里完成的，当年一举击败二百八十名参赛者，获得了约瑟夫·亨利·杰克逊奖。但第二部作品《荷马之子》直至创作完成十四年后，才在妻子的劝说下交给了纽约的出版商，并在一个半月内拿到了两份出版合同。自第三部惊悚小说《艾丽什之死》开始，莱斯科瓦最著名的法律和犯罪系列作品的发生地都在旧金山周边，故事围绕一个律师和一名前任警长展开。近年，他的作品又加入了一个新面孔——私家侦探怀亚特·亨特。这些人物性格鲜明，经历丰富，在系列作品中经常同台出场，亦可独立出现，成为故事的主角。

约翰·莱斯科瓦被《今日美国》誉为"最棒的法庭推理小说作家"。他成功塑造了"无赖律师"迪斯马斯·哈迪和警长阿布·格里斯基等人物。二〇〇七年，他的作品《枕边嫌疑人》

占据《纽约时报》畅销小说排行榜榜首长达二十五周，被译成十六种语言，在全球七十五个国家和地区出版，销量超过两千五百万册。

　　莱斯科瓦并不止步于创作侦探小说，还兼任两个乐队的乐手，在旧金山湾区的一些酒吧里表演自己的歌曲已有数年。莱斯科瓦在接受采访时曾说，在他伯克利郊区的家中观察石油钻塔给他的写作带来很多灵感。他喜欢烹饪、弹吉他、冲浪，并喜欢和孩子们待在一起。

背叛的誓言
The Oath

(美) 约翰·莱斯科瓦 著

夏伦勇 译

新星出版社 NEW STAR PRESS

目 录

序幕

　　露兹·洛佩斯那辆老得不中用的美国车又罢工了，她现在只得带着生病的儿子拉米罗改乘公共汽车赶往医院。一路上，坐在她旁边的儿子昏昏欲睡。好在早晨的公共汽车里还不算拥挤，不到十一岁的拉米罗能够侧身躺在座位上，把脑袋枕在她的大腿上。她用手背轻轻地碰了碰儿子的面颊，拉米罗睁开眼睛望着母亲无力地笑了笑。

　　拉米罗的脸摸起来有些热，但还不是真正发烧时的那种烫。比起儿子的嗓子发炎，她更焦心的是他嘴唇上那割破的口子。那道口子让她觉得不舒服。这个星期一，拉米罗在学校操场的栅栏上把自己的嘴唇给磕坏了。从星期三到今天，伤口已经肿胀发炎，而且周围都溃烂泛黄了。但直到昨天拉米罗的嗓子出现炎症，他都没有向她抱怨过自己嘴唇上的伤口，只是说他的嗓子不舒服。露兹了解自己的儿子，不是真的疼得受不了，他是不会这样抱怨的。拉米罗曾半夜自己起床用漱口液漱口并服用扑热息痛片，但今天早上，他跟她讲情况并没有好转。

　　为了能带儿子去看医生，露兹不得不扔下今天的工作。虽然说她

1

一从家里出门就算是在上班的路上了，但旷工对她来说总是有风险的。她在日本人聚居区一家名为大阪的旅馆当服务员，这家旅馆对员工的出勤要求相当严格。露兹知道，如果哪一天误工了，即便有再好的理由，对她来说也不是什么好事。门诊医生让他们最好在上午这段时间去就诊，这当然再好不过了，她便有可能在午饭之前拿到拉米罗的处方并把他送回学校，自己还能到大阪旅馆上半天班。

尽管已经在旧金山生活了十几年，但露兹压根就不愿意把这个地方称做自己的家。在萨尔瓦多土地改革运动中，反对改革者先是杀害了她的父亲——当地一名报业出版人，接下来是她那从不关心政治的当医生的哥哥。之后，她带着肚子里的孩子只身向北逃到了这里。她丈夫约瑟也随她而来，断断续续跟她一起过了将近三年，但就在去年，移民局将他遣送回去了。他回到家后没有找到工作，现在跟她母亲住在一起相依为命，勉强度日。

在公车汽车开往朱达诊所的途中，露兹不耐烦地在座位上挪动着身子。这家诊所根本就不在朱达这条街上，而是在朱达路尽头两个街区之遥的帕纳塞斯路上。他们干吗不叫它帕纳塞斯诊所？露兹对自己头脑中冒出的这个问题有些不解，兀自摇了摇头。这些无关紧要的小事情刹那间使她的思绪从解决儿子的健康问题这一当务之急上暂时转移开来。

当然，思绪的飘移仅仅是一刹那而已。钱——当然是钱——永远都是不得不考虑的问题。

从公共汽车站到诊所的路上，露兹一直牵着拉米罗的手。露兹感觉儿子的那只小手就像死鸟的爪子一样冰凉而虚弱。这家诊所是一幢改造过的维多利亚式建筑风格的两层小楼。推开大门的那一刻，她原以为能尽快就诊的满腔希望都化为泡影。候诊室的四面墙一溜儿排满了可折叠的椅子，还有更多的椅子杂乱无章地摆在屋子中间，而且座无虚席。在地板上，六七个孩子正自顾自地玩着古老的堆塑料块游戏，或是旧得连轮子都不全的金属小汽车和卡车。

门诊接待窗口内，四个女人坐在电脑前埋头忙活。露兹站在窗口外等待着，但没有一个人过来理会她。她故意清了清嗓子，想以这样一种不经意的方式让她们注意到自己的存在。其中一个女人抬起头来望了她一眼，说了声"等一下"，然后又自顾自地低头做事了。窗台上放着一个呼叫器，上面有"如需服务，请按此铃"的提示。尽管都快过了五分钟了，但想到那个女电脑操作员刚才已经告诉过她等一会儿，所以露兹也不想再做出什么催促她们的举动以免引起对方的不满。否则的话，她们只会故意干得更慢，以此作为对她的报复。她不得不压了压满腔怒火，尽管自己已经等得很不耐烦了。

终于，先前招呼过她的那个女人叹了口气，极不情愿地起身来到窗口。她带着一脸的厌烦定定地看着露兹，伸出手来说："请把健康卡片给我。"然后转身往电脑里输入一些信息，头也不抬地说："十美元。"她接过露兹递进去的钱，放进抽屉后接着说："你儿子的初诊医生是惠特森，但他今天不在这儿，你还有其他认识的医生吗？"

露兹本来还想问问惠特森医生不在的原因，但她知道自己不该流露出埋怨的意思。如果惠特森医生不在，那他就是真不在，就算是问了原因也不可能找他回来。"没有，"她努力挤出一丝笑容，试图跟那个女人套套近乎，"只要快点就行。"

那个女人从她的电脑显示屏上查了查，敲击了一阵键盘后回答道："二十五分钟后贾德拉医生可以接诊拉米罗。你在候诊室坐着等一会儿，我们会叫你的。"

"这里哪儿还有座位？！"露兹脱口嚷道。

那个女人从露兹的肩头上抬眼扫了一下她身后的候诊室，抛出了一句话："马上就有人腾出座位来。"然后就不再看她了，叫道："下一位。"

趁拉米罗醒醒睡睡的当儿，露兹随手从旁边的书刊堆里拿起一本最近一期的《旧金山》杂志。同一期杂志在候诊室扔得到处都是，封面照片是同一个英裔美国商人的面孔。读英文的东西对露兹来说一点问题都没有，她很快就明白了为什么这儿堆的都是同一期杂志。封面故事与帕纳塞斯健康维护组织，也就是她所投保的这家医疗保险公司的负责人蒂姆·马卡姆有关。他有一个漂亮的妻子，三个乖巧可爱的小孩和一条狗，住在一座海滨豪宅里。杂志上刊登的所有照片里，他都是面带笑容的。

露兹在候诊室里向四周扫了一眼，发现周围的人没有一个是脸上带笑容的。

她又盯着杂志封面上的那张笑脸看了片刻，然后低头看了一眼正在身边打瞌睡的儿子，抬起头来看了看墙上的时钟，目光又回到了马卡姆那张笑脸上，继续看文章。这个马卡姆一生诸事顺心如意，虽然他的医疗保险公司目前正经受着一些成长中的苦痛，但一切都还在他的掌控之中。在此期间，他公司的投保人继续享受着良好的医疗服务，对他来讲这是最为重要的一点，也是他本人真正关注和终生追求的目标。

不知道又过了多久，终于听到一个护士叫拉米罗的名字。露兹合起杂志塞进自己的包里，和儿子走过一条长长的走廊，来到了一个没有窗户的小房间。房间里摆放着一张铺着塑料布的身体检查台，一个洗涤槽，一节柜子和一个小小的书架。墙上贴了几张有些年头的加利福尼亚山和海滨的风景画报，想必当初也为这房子增添了不少亮色，但现在看上去已暗淡无光，好几处都从墙上脱落了，卷边翘角的。

拉米罗躺到了检查台上，告诉妈妈说自己觉得有点凉，于是露兹把自己的外套脱下来盖在儿子身上。她坐在一张橙色的塑料椅上，从包里拿出杂志接着看，一边等接诊医生过来。

十二点二十二分，贾德拉医生敲了一下门就进来了。在低头仔细查看手上就诊表格的同时，他向露兹作了简明扼要的、程序式的自我介绍。"今天太忙了，"他用道歉的口吻说道，"但愿没有让你等太久。"

露兹面露愉悦之情。"还不算太久。"

"今天我们人手有点少。总共二十个医生，有八个让这种病毒感染患者弄得忙不过来。"他无力地摇了摇头，"你就是拉米罗吧。"

4

"是的。"拉米罗睁开眼睛,坐了起来。

"你感觉怎么样?"

"不太舒服。我的喉咙……"

贾德拉医生从柜子上的器械桶里抽出一根木棍,对拉米罗说:"好的,让我看看它。你尽量把舌头往外伸,发'啊'这个音好吗?"

这个检查只用了十秒钟左右的时间,之后,贾德拉医生将一只手放在男孩的脖子上,用指尖在四周轻轻摸了摸。"就是这儿疼吗?你觉得怎么样?"

"是的,我咽东西的时候就疼。"

五分钟后,露兹和拉米罗已经出了诊所的大门,在回家的路上了。他们在那里足足待了两个钟头,花了十美元——这比她一小时挣的还要多——外搭她一整天的薪水。贾德拉医生用了不到一分钟就为拉米罗做完了检查并诊断他的嗓子发炎是一种病毒引起的,说只需服用适用于儿童的扑热息痛片和一种治疗嗓子炎症的非处方药就行了。他还解释了病毒的病理机制,说它们引发的种种症状两星期左右就会自行消失,不管是哪种病毒先来的。

这听起来简直就是笑话!露兹是这样认为的,不过她并没有笑。

两天后,拉米罗的情况变得更糟了,但是露兹不得不坚持去上班。上次旷工的事他们已经警告过她,如果她不想再在宾馆干了,还有很多人会很乐意顶替她的工作。在这种情况下,她只好选择下班后带拉米罗去看夜间急诊。

在公共汽车上,她搂着坐在身边的儿子,用自己的外套紧紧裹住他那瑟瑟发抖的瘦小的身体。孩子蜷缩在妈妈温暖的怀里,很快就睡着了。他的呼吸声听起来就像有人在他肺里揉捏一个纸袋子所发出的声音,而咳嗽声就像海豹咆哮时喉咙里发出的低沉的喉音。

今晚,来帕纳塞斯诊所看病的人还不算多,露兹在门诊窗口交了十美元。半小时后天色就全黑了下来,这时候她听到有人叫拉米罗的名字。她把儿子叫起来，跟着一个身材矮胖的男人到了一间大小和陈设都跟贾德拉医生那间很小的办公室相似的房间，唯一不同的只是这里的墙壁空空荡荡的，就连那种陈旧退色的装饰画都没贴一张。

不等别人提醒，拉米罗自己就乖乖地爬上了垫好塑料布的检查台，双膝在胸前蜷起，闭上了眼睛。跟上次一样，露兹把自己的外套盖在儿子身上，坐在旁边的塑料椅子上继续等着医生。一阵敲门声惊醒了正在迷糊打盹的露兹。

"我也想打个盹儿。"进来的这个女人用流利的西班牙语轻声说道。她胸前挂的工作证上写着"朱迪思·科恩医生"。她低头仔细看过了手中的医疗本后，抬眼看着露兹说："好，跟我讲讲拉米罗的情况。他是在哪儿把自己弄伤的？"

"在学校。他摔了一跤就把自己磕伤了，但他只是叫嚷他的嗓子不舒服。"露兹回答说。

科恩医生眉头紧蹙，拿起一个压舌板查看拉米罗的喉咙。她检查的时间比贾德拉医生多了一会儿，之后她转身用西班牙语对露兹说："他的嗓子看起来情况不太好，说句实话，他嘴上这个伤口的样子真是让我觉得不舒服。我打算作个细菌培养以便进一步确诊。同时，考虑到万一不是病毒，我会开些抗生素。"

"但是另一个医生——"

"是吗？"她伸出手果断地挥动了一下，不由分说打断了露兹的话，"好的。你想说什么？"

"另一个医生说这就是病毒引起的，但现在又说可能不是病毒，这把我都搞糊涂了。"

科恩医生年纪跟露兹差不多大，她用一种同情的腔调向露兹解释说："有时候一种病毒能够引起再次感染，要用抗生素才能起到治疗的效果。在我看来，那个伤口是被感染了。"

"那这种药就会对它有效？"

医生一边点点头，一边开出了药方。"拉米罗有没有什么过敏史？

好的，就这样了。如果他的伤口还不能愈合，我会考虑给他开单位剂量更大的抗生素处方。细菌培养的检验结果出来后我就会告诉你。"

"那会是什么时候呢？那个检验结果？"

"通常要两到三天的时间。"

"要三天？那我们现在能不能直接给他用更大剂量的抗生素？那样的话，我就省了中间那趟，不必再跑到这里来了。"

医生摇头拒绝了露兹的想法。"你没必要再到这儿来，如果我们认为需要更换别的处方，我会通过电话告诉你的。"

露兹等医生的话音落了一会儿，才小声嘀咕了起来："两个药方，这都要花钱啊。"

科恩医生心生恻隐，嘴里发出几声"啧啧"的感叹。"对此我感到难过，但是我真的不愿意开超过拉米罗实际需要量的抗生素处方。"她安慰地摸了摸露兹的手臂，"他会没事的，你不必担心。"

露兹想给科恩医生一个笑脸来感谢她的宽慰，但是她觉得自己现在连笑一下的力气都没有了。她怎么能不担心呢？拉米罗的病情没有一点起色，事实上，她自己心里也明白，他的情况变得更糟糕了。想到这些，她不由得悲从中来。尽管想努力控制自己的情绪，不在人前失态，但是泪水还是忍不住从眼眶里滚了出来，顺着脸颊往下淌。她怒气冲冲地用手快速擦干了自己的眼泪。医生看到这幅情景，关心地对她说："你真的这么担心吗？"

露兹默默地点了点头，然后说："我怕……"

医生慢慢在露兹身旁的椅子上坐了下来，斜着身子弯腰向她靠了靠，急切地小声说道："一切都会没事的，真的。他只是被感染了，仅此而已。抗生素在几天内就会清除感染的。"

"但是我心里面……感觉……"她哽咽着欲言又止。

科恩医生直起了身子，但还是轻言细语地说："你们母子俩都很累了。你现在最该做的事就是回家好好睡一觉。一觉醒来，事情就会好起来的。"

露兹觉得事已至此，除了这样也别无他法。她迎着医生的目光看了好一阵，才机械地点了点头并道了谢。之后，她和她那身上裹得严严实实却还浑身瑟瑟发抖的儿子出了诊所，在这个寒冷而可怕的夜晚，循着回家的路，隐入落寞的夜幕之中。

第一部分————

1

四月十日，星期二，清晨六点二十分左右，四十七岁的商人蒂姆·马卡姆的晨练慢跑活动在这个时间通常也快结束了。每个工作日，只要不出差旅行，早上五点四十五分左右，马卡姆都会准时出现在麦克拉伦住宅外的私家车道上。出门后，他会在第二十八大道上按顺时针方向绕着跑一圈，然后顺路而下跑到吉尔里大道，再向左拐跑上半英里到普雷西迪奥公园，之后再次左拐来到湖畔。到第二十五大道后，他会沿街往下跑，右转到风景大道，再穿过第二十六大道，最后回到菲兰海滩海崖上的家中。

对马卡姆来说，早晨的慢跑活动并不是与生俱来的习惯，但他几乎从来没有改变过自己的晨跑路线和时间。今天早晨，也是他家住地周围的垃圾清运日，恰恰就在他跑下人行道，穿过从风景大道拐向第二十六大道的岔路口时，一辆驶来的汽车结结实实地把他撞倒了。他被碰撞的巨大冲击力抛向路边并重重地砸到一个垃圾箱上。倾倒出来的垃圾盖了他一身。

由于是晨跑时间，马卡姆并没有随身携带能证明他身份的小皮夹之类的东西，因此当时很难确定他的身份。虽然他是一个身体健康的白种人，但今天早上出门前他还没有剃掉昨天长出来的胡子。现在躺在地上的他被垃圾盖了一身，再加上一脸的胡楂、脚上那双底子已经磨得光溜溜的跑步鞋、身上旧的运动衫和头上那顶旧滑雪帽，让他看上去像是一个冒冒失失闯进上流社区的无家可归的流浪汉。

附近消防站的医务人员闻讯赶到后，立即对他进行了急救。由于受了严重的脑外创伤，马卡姆流血不止。看样子他身上还有骨折及肺功能衰竭等种种创伤，显然有多处骨折，包括股骨。如果股骨骨折时割断了一根股动脉，那将是威胁他生命安全的致命因素，所以必须立即给他输血并进行深度的创伤处理，这样他才有一线生存的希望。

赶到事故现场的救护车司机亚当·利平斯基对这样的场面早已是司空见惯了。虽然离事发现场最近的急救室在二十条街之外的里士满区波托拉医院，但根据外界的传言和个人的经验，利平斯基知道波托拉医院目前正身陷财政问题的困扰。因为对于这种事故，除非法律有特别规定的限制，否则任何一家医院都必须将这样的事故受害者送进自己的急救室，尽力使受害者的状况得到一定程度的稳定。但如果这个人真是一个无家可归的流浪汉且没有医疗保险的话，利平斯基认为，波托拉医院无论如何是不会给他好好治疗的。

利平斯基自己虽然不是医生，但他因为工作的缘故看见过太多此类死亡，也知道这种事的结局通常会是什么。在他看来，今天这件事也只是他见过的众多事例中的又一例而已。不论这个人在急救室得到了什么样的处理和治疗，接下来他需要的是一系列的深切治疗。但如果他没有医疗保险，别的不说，有一点利平斯基是可以肯定的，波托拉医院在实施急救后会想出办法来证明这个人的状况应该转移，然后把他推给郡公共福利总院。

上个月，波托拉医院就做过一件让自己声名狼藉的事情。他们竟然在半夜将一个刚出生一天、刚刚从他们医院急诊三科的急救室出来的早产六周并伴有可卡因依赖症的婴儿，移交给了郡公共福利总院。孩子的母亲，当然了，也是没有医疗保险的。虽然波托拉医院一位好心的医生趁着医院管理部门的一时疏漏，收治了孩子并将其送入重症监护室进行治疗，但第二天院方就有人作出决定，由于那位母亲和她的孩子都不能支付医疗费，所以必须把她们交给郡里。

针对这件事，波托拉医院的一些医生颇有微词，他们认为医院不能这么快就把那位刚经历过复杂外科手术和生产的母亲转移到别处，因为她的状况仍令人堪忧，立即转移可能会要了她的命。最后，院方的管理层收回了让这个女人立即转院的决定。但对于那个婴儿艾米丽来说，事情就没有这么幸运了。尽管她有可卡因依赖症和其他一些症状，但穿越城市的旅途显然还不至于威胁到她的生命安全。因此，她将被转出波托拉医院，出生后仅一天，就与自己的母亲分隔两地。

在郡公共福利总院，艾米丽在人满为患的早产儿特别护理室里几乎没有可能活过一天。之后，《旧金山纪事报》的杰夫·埃利奥特主办的"城市谈"专栏在获悉这一暴行后，对此事进行了公开报道，迫使波托拉医院改变了自己的态度。如果不是这样，利平斯基知道，那个可怜的小女孩不会活过她生命的第一周。后来的情况是，她被重新送到波托拉医院的重点护理组进行治疗，在那里一直待到她母亲十天后出院为止，她们两人的医疗费用账单高达七万美元。一直以来，政客、报刊业界人士和半数的住房建造计划的决策者，都在不断地对波托拉医院进行攻击和指责，几乎打乱了这家医院应有的正常秩序和安宁，而医院方面则谴责上述人的行为纯属投机取巧。

从艾米丽事件中波托拉医院吸取了教训，院方放出话来，声称这类接诊上的错误将不会再次发生。利平斯基确信，今天这个受害者一旦状况稍有稳定，波托拉医院就会将他重新塞进救护车送交郡公共福利总院，因为按规定那里不得拒绝接收任何伤病者，尤其是那些没有医疗保险的病人。利平斯基不能确定送到波托拉医院的这个伤者能不能熬得过他的第二次转移之旅，就算挺过来了，接下来也将面临郡公共福利总院重点监护室内噩梦般的医疗环境和条件。在那儿，由于床位紧缺，需要病床的患者中有一半都得不到床位，因此到处都摆满了靠墙而设的那种带轮子的金属担架来充当临时病床。

对利平斯基而言，现在还有一点时间考虑将这个受害人送到波托拉医院，还是郡公共福利总院。消防站的医务人员正在设法将这个患者放到一块硬板子上，警察局的几个警员也已经到附近挨家挨户搜集线索，或是询问聚集到事故现场的围观人群，看看是否有人能够证明受害者的身份。那些天天蜷缩在自己城堡中的富人可能并不知道自己的邻居是谁，但或许有可能记住附近流浪者的面孔。

由于受害人的伤势太重，搬动他的时间超出了利平斯基的预期。好一阵忙活之后，他们终于费劲地将伤者固定在硬板上并推进了救护车的后部。与此同时，利平斯基也作出了决定，他要直接将此人送到郡公共福利总院去。利平斯基认为，波托拉医院只会胡乱折腾一下这个家伙，但他熬不过他们的折腾。就在他将车挂上挡准备开动的时候，有几个警察和一个近乎发狂的女人朝救护车这边跑了过来。

他知道这是怎么回事了，于是将车的挡位拨到停车位，没有熄火就打开车门跳了下来。警察们赶到跟前的时候，他已经打开救护车的后门在那儿等着了。那个女人连走带跑，在警察身后几步之远紧紧尾随而来。她抬脚上了救护车。利平斯基看见她在看到受害人的那一刻身体发直，双手一下子捂在了嘴上，一脸的惊愕和悲痛。"哦，上帝呀！"他听到的话只有这几个字，"哦，上帝呀！"

再也不能浪费时间了。他砰的一声关上救护车的后门，快步跑向驾驶室，跳进驾驶员座位开动了车子。他们已经确认了伤者的身份，并且要送他到波托拉医院去。

2

　　在跨过自己四十岁这道坎之前很长一段日子里，迪斯马斯·哈迪保持着有规律的慢跑运动。他的慢跑路线是从三十四街的家中出来径直来到海岸边，然后穿过粗沙地到林肯大道，从这里再向东沿着人行道继续往前跑，来到第九街上的那家三叶草小酒吧。他是这个酒吧的合伙人之一。如果周末或清晨经过这里，他都会停下来猛喝一顿啤酒，直到他那个年龄阶段的身体状况让他意识到不能再这样狂喝了，才会放慢喝酒的节奏，让剩下的酒慢慢散失酒味淡化成一杯水。喝完之后，穿过金门公园返回家中，完成自己四英里的慢跑圈。

　　上一次他实施健身计划，大概是三年以前了。第一个星期他按计划做到了。直到第二星期过了一半，他都还在不断告诉自己，跑上两英里对四十七岁的人来讲是一件不错的事情，但之后他放弃了自己的锻炼计划。在过去的十年时间里，他的体重只增加了八磅，比他的许多同事都少得多。他不打算让体形问题困扰着自己。

　　就在去年，他最好的朋友阿布·格里斯基得了心脏病，这件事让他明白了年龄不饶人这个道理，健康问题已经摆在了自己面前。阿布比哈迪年长好几岁，但直到他心脏病发作之前，哈迪仍然认为他自己或是阿布都还没有老到心脏会出现毛病。他们俩一起加入警队时就成了最要好的朋友。当时，哈迪刚从越南回到国内。

格里斯基是旧金山凶杀案组的负责人。他是黑人与犹太血统的混血，大学时代曾是校橄榄球队的场内边锋。提起他，周围的同事除了用"死犟"这个词来形容他之外再找不出别的恰当的词了。他的长相也印证了这一性格特征：短柄斧头似的鼻子下面刻着一道深深的疤痕，从嘴唇上端一直划到下巴；喜欢盯着人看，让人很不舒服的凶巴巴的眼神；被电推剪修剪得边缘参差不齐的灰白头发下，是充满智慧的宽阔的前额。格里斯基不抽烟不喝酒，待人也不粗鲁，只会偶尔露出他那让人看起来有些恐怖的笑容，来吓唬吓唬自己的下属或是逗小孩子开心。六个月前，他与新任检察官的行政助理特雷娅·根特结婚时，他手下的几个探员曾经打赌，说新的生活会让他变得随和一些，并且还在继续为此分期下注。

哈迪是一个功成名就的辩护律师。尽管从职业角度来说，他和格里斯基是处于对立的位置，但他们共同分享了生命中许多快乐的时光。几年前，格里斯基的第一任妻子弗洛去世后，哈迪与妻子弗兰妮就把他的三个孩子接到自己家中来一起生活，直到阿布从丧妻的悲痛和变故中走出来。去年秋天，哈迪还作为男傧相参加了阿布的第二次婚礼。

他们之间不会谈论生活中的这些琐碎之事，毕竟都是男人，但彼此都在对方的生命中刻下了深深的烙印。

心脏病的出现引起了他们的注意。

大概在阿布婚后一个月，他们俩共同实施了一个类似这样的定期锻炼计划，即一星期中有几天时间应当激励或督促对方进行一些健身活动。从最初几星期的结果看，这样的壮举需要他们具备惊人的恒心和耐力才能坚持下去，显然这样的要求对他们来说是有些勉为其难。锻炼带来的腰酸腿疼几乎让他们放弃了健身计划。于是，他们决定改为每星期几次轻快的散步，或是在周末搞点球类运动什么的。

今天早晨他们正以每小时三英里的速度绕着金门公园的斯托湖散步。天气晴好，空气中透着一丝怡人的凉爽，掠过远处的树梢可以看见冉冉升起的太阳。湖面上泛着一层薄薄的水雾，透过薄雾可以清晰地看见一只成年的天鹅和她的一群孩子在岸边嬉戏玩耍。

跟往常一样，格里斯基又说起了他工作上的事情。他抱怨说，由于他组里的精英探员们对海湾一带无端地愈演愈烈的车辆肇事逃逸案件的不力表现，那帮政客正鼓动着要安排两个毫无经验的探员到他的组里。格里斯基称，在过去十二个月内，市里及郡里共有九十三人被机动车碰撞，其中，二十七人因此丧生，六十六起撞伤事故中无人死亡，但有十四起肇事逃逸案。

"我真佩服你能这么快报出一连串的数字，"哈迪说，"任何人都会发誓说你对你刚才所说的事情了如指掌。"

"那些是准确的统计数据。"

"是的，这我相信。这也正是我为我们走在这条路上而不是大街上而感到庆幸的原因。在大街上随时都可能被不明不白地撞倒。但这些数字会影响到你们部门吗？我认为肇事逃逸不是凶杀案。"

格里斯基侧脸瞥了他一眼。"从技术上讲，只有死了人的事故才是。"

"好吧，你的管辖范围延伸到那儿了。但为什么那些案子会到你的部门去？你那儿可是凶杀案组。"

"我们没有调查它们，我们从来就没有调查过。你想知道为什么吗？一是因为有一个专门的调查组，叫'车辆肇事逃逸案件'调查组。"

"如果他们像我认为的那样做了他们自己的工作，那这就是不错的名字。"哈迪说。

"是的，这的确是个好名字。"格里斯基附和道。他知道，尽管警察局通常会否认探员们在查办车辆肇事逃逸案——即使它是谋杀案件——时无比草率，但这的确是常有的事。通常在事故发生的第二天，一群车辆肇事逃逸案件调查组的探员会聚在法院里埋头进行文书处理工作。或许他们会前往事故现场，看看能否找到能提供肇事车辆车牌号码的目击证人。如果不能的话，那么事故报告中就没有有力的目击证人，但这对最终的调查结果来说是非常必要的。如果他们得到了车牌号码，就会将它输入计算机信息系统进行查询，看能否找到一个与肇事车辆相关联的街道地址。有时，如果事故被大量报道并且他们掌握了对肇事车辆的特征描述，他们会打电话到一两个汽车装潢店去查询，看看这些店里是否碰到过与肇事车辆外表一致的车，但得到的回答通常都是"没有"。即使是这样，它也是个不错的部门。"但他们跟我们做的事不同，我们是调查杀人案的。"

"不管怎么说，你们组的名字就表明你们干的事就是调查所有的杀人案件。"

"这就是让人困惑的地方，"格里斯基说，"我们的市政官员对此也存在模糊的概念。"

他们一时陷入沉默，默不做声地又向前走了一段。"那第二点是什么呢？"哈迪又问道。

"什么第二点？"

"你说你们不调查车辆肇事逃逸杀人案，第一是因为有一个独立的车辆肇事逃逸案调查组专门负责这类案件。当你称这是第一个原因的时候，就意味着还有第二个原因。"

格里斯基放慢了步子，继而两个人都停了下来。"第二就是车辆肇事杀人逃逸案的当事人一般都不是谋杀者。事实上，他们绝不是什么杀人犯。"

"不要把话说得这么绝对吧。"

"这次你可以这么说。你想知道原因吗？"

"是难以找到杀人凶器吗？"

"这是原因之一，另外一个原因是，你不可能说服你计划谋害的人站到你的车前，并且在周围没有目击者的情况下，让你开车从身上轧过去。大多数人都明白这是不可行的。"

"那么问题又是什么呢？"

18

"问题是……"格里斯基停顿了一下，"在十二个月里死了二十七个人，市民显然都陷入了一片恐慌之中。"

"我想我自己也是，"哈迪感慨道，"一直以来都是这样的。"

"是吧，正如你所看到的，我们光荣的郡议会已经设立了特别基金来奖励那些提供线索的证人，并加强对车辆肇事逃逸案件的侦破力度。"

"这真是一个好主意。"

"你要这么认为就错了，这并不是什么好主意。"格里斯基反驳道，"根本就没有对车辆肇事逃逸杀人案件开始进行什么特别调查，即便对车辆肇事逃逸案也没有。百分之九十的事故都是司机酒后驾车造成的，剩下百分之十是由于某些司机注意力不集中，一边开车一边满脑子想的都是自己的事，还有一些人从自己前面的两辆车之间超车——砰！他们撞到了一起，再分开。甚至可以说在他们离开事发现场之前，并没有做错什么。这是重罪杀人案，是吧，因为肇事司机应该留在事发地点，但他们并不是杀人犯。"

"那么你关注这个问题又是为什么呢？"

"因为在过去两个月以来，我的组里已经增加了那两个与政治有关的新来的小丑——请原谅我这么说，我指的是探员。这件事我以前就跟你说起过。他们似乎很难干出点什么有价值的活儿来，很抱歉这样说，但这一点也没有逃过我那些得力下属的眼睛。虽然他们并没有夸张地表露出他们的看法，只是在背地里提起这两人时偶尔称他们为'汽车警察'。"

"或许他们还把这当做是一句恭维话呢。"哈迪说。

格里斯基露出厌恶的表情，摇了摇头，低头看看手表，说："我们继续走吧。"

哈迪可以想象得出那两个新探员的困难处境，并且知道老资格的凶杀案探员们也不会好到哪里去。尽管在过去几年里，发生过的丑闻和争议已经破坏了警察局里其他组唯我独尊的形象，但在凶杀案组工作的十二个男女探员仍然把自己当做精英。他们通过自身的努力而声名显赫，当然，这跟他们做出的成绩有关。他们对自己所做出的工作成绩引以为傲。新手们却不会奉迎他们的这种自大态度。"那么他们受委屈了吗？"哈迪问道。

"有人在他们收到的杂志上喷上了'五十四号车'①的字样。我们组多年来一直有的那种大幅的遮阳帘，你知道的吧？不知道怎么的被塞到那两个家伙的办公桌之间，当他们俩坐在自己的办公桌前时他们就看不到对方了。对了，还有那些小孩子玩耍的金属小汽车，每天都有七八个放在他们的办公桌上、抽屉里，到处都是。"

"我想我们在谈论'虐待'这个范畴的问题。"

格里斯基点头表示赞同："公正地讲，就是这样。"

上午九点多一点，格里斯基已经坐在自己的办公桌前了。他们的办公室在司法大楼的第四层，屋子不大，门是关着的，他们那两个新来的下属——哈伦·菲斯克和达雷尔·布拉科——也在里面。到这里工作的两个月中，他们已经因十余起车辆肇事逃逸伤亡事件被派出勤。按理说，他们本该在外面为今天早晨发生的蒂姆·马卡姆事故奔忙，但现在，行动之前他们正在上司的办公室里等待指示。

关于他们在凶杀案组里遇到情况时不知所措的表现，格里斯基既没有责备过菲斯克，也没有责备过布拉科。但到了今天早晨，他不得不承认，很多时候他都在考虑这个问题，辗转难眠。他们都是出于政治目的被委派过来的，而且在向上爬升的梯子上理所应当地逐步获得了临时驻足的阶梯，升职的速度远远超过了那些头脑聪明，工作更称职、更勤奋的探员。

哈伦·菲斯克是市政督监卡西·威斯特的外甥，是个身高六英尺三英寸、体重一百公斤的大块头，为人十分谦卑，简直可以用"逆来顺受"这个词来形容。达雷尔·布拉科干净利索，为人爽快，在军队

---

①该绰号来源于二十世纪六十年代初的一部美国情景喜剧《五十四号车，你在哪里》。此处意在讽刺重案组探员办案不力。

服过役，当过菲斯克的教父伯纳德的保镖。他的仕途和搭档菲斯克比起来逊色多了，但也是很有潜力的。他的父亲安吉洛·布拉科曾在警务系统服役三十年，现在是市长华盛顿的私人司机。因此，只要布拉科愿意，随时都能让父亲在市长的耳边吹吹风。

因此，这两人本可以不费什么周折就向他们的后台诉苦，接下来格里斯基就会得到局长里格比的一通严厉训斥。局长会说，他已经从市长和督监那里听到，格里斯基正在用非专业的方式领导着他的凶杀案组。但这两个新手并没有给他制造这样的麻烦。相反，他们都在这儿，到他的办公室向他请教问题来了。这种情况让他不得不暂时停下手中的工作并表示出有兴趣想听听他们要说些什么，就算是不带丝毫的同情恻隐之心，至少也是出于对他们地位的一种尊重。

布拉科直直地站在一边，格里斯基滔滔不绝地已经说了有一会儿了，翻来覆去地重复着他和迪斯马斯·哈迪以前讨论过的一些主要观点。"那就是我们凶杀案组办公室在四楼的原因，"他最后总结性地说，"从这里我们可以很清楚地看见法医的办公室，而车辆肇事逃逸案组却有一扇后门通到监狱厨房丢放垃圾的小巷子。谋杀犯都是些坏人，车辆肇事逃逸案的司机只是一念之差作出了一生中糟糕的选择。这就是两者的区别所在。"

布拉科叹息了一声。"那么这里就没有什么实事可做了，是吗？"

格里斯基将椅子里的身子向前倾了倾，双手拢在一起放在身前的办公桌上说："抱歉，事实就是这样的。"

这个年轻人的脸色阴沉了下来。"那么为什么把我们推进来？"

这个问题需要谨慎地作出回答。"我明白你们两个都认识一些有来头的人物，或许有些技术上的事他们并没有真正弄明白。"

听到这里，菲斯克皱起了眉头，说："今天早上被撞的那个人，马卡姆，怎么样了？"

"怎么了？"格里斯基问。

"他没有死在现场，就算是他死了，又能怎么样呢？"

"那么，据我看，你从车辆肇事逃逸案调查组接到了这个案子。"

"该如何处理呢？"布拉科问道。

"尽力去找到肇事司机吗？我也不知道。"格里斯基摊开双手，耸耸肩说。他知道，对此事他也无能为力。"听着，伙计们，"他说，"或许我可以去跟局长谈谈，看看他能否安排一些行动。你们两个都想着能调到黑帮、绑架或者别的什么犯罪科去，在一些真正的案子上干出个样儿来，凭自己的努力在这儿站住脚，才会接到一些真正的谋杀案。马卡姆这个案子并不是一桩谋杀案。"

布拉科依旧随意地站在一旁，想知道他的任务是什么。"那么现在我们都在这儿，你想让我们去做什么，长官？我的意思是说对今天早上的这起事故。"

这样的情形让人觉得有些滑稽可笑，但凭格里斯基的经验来看，装糊涂大概就是政治解决方案最通常的结果。或许这两个小青年应当得到一些教训。"想听听我的建议吗？那你自己到事故现场去吧，比车辆肇事逃逸科的人更努力地去调查，也许你们会发现一些他们忽略了的东西。"

尽管不乐意，但布拉科和菲斯克还是对事发现场的相邻社区进行了细致彻底的调查。虽然并未找到事发当时在场的证人，但也并不是一无所获。

几乎就在事故快要发生的前一刻，一个叫约翰·班多利罗的证券经纪人从家里出来到自家院子门口取报纸。他家正好也在海岸住宅区，位于第二十六大街的拐角以西。取完报纸回屋时，他突然听到一阵汽车排气管消音器发出刺耳的瞬时加速轰鸣声，紧接着是从拐角处传来长长的尖厉叫声。这个社区通常都是安安静静的，这一不寻常的现象引起了约翰·班多利罗的注意。他转身跑回街道边，想看看自己能否认出到底是哪个捣蛋鬼在大清早就弄出这么大的噪声来。但当时那辆车已经离得太远了，他没看清车牌号。事后，他能提供的情况也就是：车是绿色的，有可能是辆美国产的车，不是新车，这一点确定无疑。

关于肇事车辆的线索情况，能进一步给予证实的就是证人乔治和鲁什·卡利汉·布朗两人。他们俩都是退休老人，事发当时正驾车赶往定期与朋友举行的星期二早餐会。车是乔治驾驶的。他们刚刚从海岸社区出来上到第二十六大街，就在那一刻，鲁什看到了车头前四仰八叉地躺在垃圾堆里的马卡姆。从最初的震惊中清醒过来后，他们两人都意识到了在他们往这儿来的路上有一辆中型绿色汽车在另一行车道上与他们相向而过。当时他们俩都转头看到了它驶离拐角处，听到了排气管消音器所发出的噪声和汽车加速的轰鸣声。但他们当时根本没想到要去追踪那辆车，因为马卡姆昏迷不醒地躺在那儿，还在不停地流血。于是他们用随身携带的手机拨打了急救电话，说他需要一辆救护车。

事发后警方根据推断重建了犯罪现场，但有关专家在确定马卡姆在第二十六大街上被撞的确切位置这一问题上遇到了麻烦。巨大的撞击力显然将他抛向空中并移动了一段距离，地面上也没有任何轮胎摩擦与滑行的痕迹可以显示出驾车司机在慌乱中采取过紧急制动措施，或者是真的用过刹车装置。

3

午餐时间到了，希腊人洛的餐厅生意兴隆。这家餐厅没有搞过任何对外宣传和市场推销，风格也与大众观念和偏好大相径庭。餐厅墙上雕有壁龛一类的装饰造型，并且整个环境与氛围为这个社会中的某一代人保留了传统的风俗。从商业角度来看，它的位置并不好，与司法大楼刚好隔街相望。虽说这一片酒吧和餐厅并不少，但没有一家能像希腊餐厅那样经营得这么好，或者说能保持长盛不衰。如果你对一个地方的视觉要求较为苛刻的话，那么它也存在一些显而易见的缺陷。尽管如此，来自不同阶层的人都喜欢来这儿体味那种独有的舒适感。

进入餐厅后要穿过一条走廊，它的形状类似于奴隶时代关押奴隶的地方，两边都竖立着尿渍斑斑的横木。然后来到一个无灯光照明的六步阶梯通道。走下阶梯，尽头是一个人造革包面的双扇大门。餐厅在地面以下五英尺处，因此即使是在天气晴好的时候，里面也是昏昏暗暗的，决不会惹人注目，更不用说让人心动了。餐厅内一侧的墙上，与顾客就座时齐眉高的地方装有一排小小的窗户。它们刚好处在地平面以上的位置，成了餐厅可获得的那点微弱自然光线的唯一来源。糟糕的是，坐在里面的顾客从这些窗户向外看时，映入眼帘的却是外面巷子里过往行人脚上的鞋子，还有摆成一溜的垃圾收集器，各种各样的城市垃圾，乱七八糟的纸饭盒以及晚上在窗外墙边过夜的流浪汉留下来的东西。墙面装饰的是妓院里常用的那种仿天鹅绒，但最初的栗金色现在都已经全变成黑色的了。

希腊酒吧早上六点钟就开门迎来一天当中的第一拨酒客，这阵高峰过后生意会清淡几个小时。如果是工作日，那么十一点之前会暂时闲一段时间，但一到十一点钟，厨房就开始忙碌起来，餐厅也会很快就满座。洛的妻子崔每天都只会用无数种来自中国和希腊的原料亲自烹制一道拿手菜，那也是当天菜单上向顾客提供的唯一一道菜。洛，或者称他为一个早上睁开眼睛就想喝酒的酒鬼，把那道菜叫做宫保鸡丁或是全家福之类的，顾客们对这些菜名的含义也似懂非懂。如果从饭菜的档次和食物品种的可供选择性来看，作为一个午餐供应地点，洛的餐厅在顾客中大受欢迎的原因一直让人觉得费解，甚至那些经常到那儿用餐的常客自己也说不清。

靠近餐厅大门，面对厨房摆放的那张大圆桌周围便坐着这样一群常客。几个月以来，这群人数时多时少的专业人士几乎每星期二都会自发地在这儿碰面用午餐。这样的惯例始于市长任命克拉伦斯·杰克曼担任地区检察长之后。当时，杰克曼还是这座城市一家高级律师事务所——兰德与杰克曼律师事务所——的合伙经营人，上一任地区检察长沙龙·普拉特因为丑闻事件刚刚下台。

杰克曼更倾向于把自己当成是一个生意人而不是一个政治家。市长让他进入了通常来讲具有较大争议的政治办公室，并让其所掌管的机构回到正轨上来，包括对犯罪行为提起公诉，维持财政收支平衡，对市里的商业问题提出诉讼。而正在从自己的新职位上寻求不同前景的杰克曼，召集了一些来自不同领域但几乎都是法律界的同僚，到洛的餐厅来举行低调的午餐会。这样的举动本身就让人感到吃惊，更让人吃惊的是每一个参加者小心谨慎的态度。然而在洛的餐厅用午餐算不上是什么秘密。如果有人注意到每星期都有相同的一群人出现在同一张餐桌上，时间一长他们也就见怪不怪了，不会对此说三道四，这样决不会制造出什么小道消息来。

　　杰克曼坐在面对厨房的位置，那套定制的条纹西服上衣挂在椅背上。身上穿着仔细浆洗过的白色正装衬衫，紧紧地箍在他那肌肉发达的背上。他的脸色暗淡无光，呈现出一种深紫色，那颗巨大的头颅直接就搁在了双肩上，中间似乎缺少脖子的支撑。

　　洛的希腊餐厅一定做了一大单买进喜饼的好买卖。因为几个星期以来，餐厅的每一张餐桌上都摆着一碗喜饼供顾客们享用，但让人难以置信的是喜饼已经变味了。今天，地区检察长的午餐会上谈论的是关于市政当局的健康保险合同这个严肃的话题，气氛显得比较沉闷。当杰克曼掰开手中的一块喜饼并突然爆发出一阵大笑时，桌上紧张的气氛才稍稍缓和了一些。"我喜欢这个，"他说道，"这东西太妙了，我们谈论的话题恰好与它包装纸上写的'不要生病'这句话相映成趣。"他看着桌上的人问道："这些东西是谁写的？你们哪个掏钱故意让洛把它悄悄放到这儿的吗？"

　　"我想当他们在圣昆廷用完了车牌号码登记表格……"说话的是吉娜·洛克。她曾长期担任公共辩护律师，现在是一家私人律师事务所的执业律师。尽管她与在座的另一位客人大卫·弗里曼有着三十岁的年龄差距，但有传闻称他们两人有暧昧关系。

　　"不可能，"不等吉娜把话说完，玛琳·亚什就接上了话茬，"一个罪犯决不会写什么'不要生病'之类的东西，写出像'死吧，哎'这样的东西倒更有可能。"她是地区检察长杰克曼手下的一个助理检察官。入座时她就脱掉了外套，茶色针织衫下那对丰满高耸的乳峰线条毕现，齐肩的栗色头发衬托着一张孩童般天真无邪的脸庞，唯一美中不足的是右眼看上去稍微有点下垂。

"那他也会是个非常有雅兴的罪犯，对不对？"特雷娅·根特问道。

"史无前例，"格里斯基表示赞同，"但怎么说这也是个不幸。幸运的人都在忙着为将来打算。"上尉双手抱拳放在桌上，与地区检察长隔着两个座位，旁边是他的妻子特雷娅·根特。

迪斯马斯·哈迪发话了，"它是在喜饼中被发现的，阿布，因此，从这个意义上讲，它是幸运的。"

"那么如果一只臭虫在喜饼里又怎么样呢，那它也会是幸运的吗？"

"哎，伙计们，伙计们，"旧金山的法医约翰·斯特劳特伸手示意他们停止争吵，又扶了扶鼻梁上架着的眼镜。这位清瘦而谦卑有度的南方绅士把他手中的喜饼压碎，看着里面掉出来的白纸片说："现在这儿还有一句吉言：'你将在你所选择的行业里获得成功。'"他环顾了一下桌上的人，接着说，"我不明白这又会是什么结果。"

"我认为你已经处在你所选择的行业里了。"洛克回应道。

"是的，没错。"斯特劳特说，"该死，那又怎样？"

大家都对此报以一笑，陷入了短暂的沉默。杰克曼再次开口。"这也是我想问的，约翰，现在怎么样呢？"

他扫视了一下聚在他周围的这群人，发现目前为止只有两个人在关于喜饼的争论过程中一直没有开口。一个是大卫·弗里曼，七十岁上下，是哈迪的房东，也是本市最负盛名、光芒四射的律师。另一个是杰夫·埃利奥特，四十出头，因为患有多发性动脉硬化症只能坐在轮椅里，是《旧金山纪事报》"城市谈"栏目的专栏作家。

现在讲话的这个就是弗里曼。"这一切都是清楚的，克拉伦斯。你让帕纳塞斯医院给市里送来一千三百万美元的账单作为他们提供的医疗保险服务的代价，但实际上他们在过去四年里就没有发挥过相应的服务功能。他们要求全额付款，包括利息，时限大概为六十天。他们称自己因资金困难面临着崩溃的困境。这不过是赤裸裸的勒索行径，即使你欠了他们那些钱，这样说也不为过。"

"这是无稽之谈。"玛琳·亚什说。

弗里曼不以为意地耸耸肩回答道:"那好吧,就退一步说好了。你以诈骗的名义公开控诉他们那群贪心的驴子,让他们关门得了。"

"不能那样干,"正在用牙签剔牙的杰克曼听到这儿插了进来,"我是指让他们关门这件事。虽然我已经着手考核其他一些服务提供商的相关情况,但无论如何这件事不会很快就有结果,得一步一步慢慢来。毫无疑问,今年是不可能了。再说了,帕纳塞斯医院的合同还有两年才到期。"

"你提到的这些提供商,哪一个都说不是最好的,我说得对吧?"哈迪问道。

"你在给'最'字下定义,"杰克曼俏皮地做了个鬼脸,"但愿能有一些改观吧。"

特雷娅将手搭在她上司的胳膊上,说:"那我们为什么不让他们破产呢?仅仅是因为我们没有给他们付款吗?"

"我们压根就没打算给他们付款,"玛琳·亚什答道,"但我们也不会让他们破产。他们破产了,谁来照顾各位的身体健康呢?"

"那现在谁又在照顾他们呢?"洛克反问道。此话一出,桌上一下子安静了下来。

在医疗健康服务问题上,旧金山实行的是这样一种办法:全市的就业者在医疗保险问题上都可自行选择,具体取决于个人对不同层次医疗服务的需求,这样说来也再简单明了不过了。人们都愿意在自身的健康问题上多掏腰包来获得更好的机会和更多的选择。理论上,这种机制是有效的,因为即便是像帕纳塞斯这样的医院提供的最低费用的医疗服务也可以满足人们的实际需要。但任何人都觉得那还不够,这一点谁也不会感到意外。

"帕纳塞斯就不能借到足够的钱维持下去吗?"格里斯基问杰克曼。地区检察长摇头说:"他们说这不可能。"

吉娜·洛克急着想接话,结果被嘴里的一口咖啡呛着了。"他们能够获得一笔贷款,相信我。"她说,"可能不是一笔大数目,但几百万美元或是再多一点应该不是什么问题。"

"我听说，"杰克曼说，"他们的情况是这样的：他们无力偿还任何债务，每天都在亏损。况且根本问题在于，如果市政当局付清欠他们的款项，他们也就用不着去贷款了。"

"市政府没有欠他们钱，"玛琳·亚什重复道，"我是这样认为的。"

"你能证明吗？"格里斯基出于警察的职业习惯总是想看到证据。

"我打算，"亚什说，"回过头去审查原始票据。"

"把它们交给大陪审团。"哈迪嘴里说着，手也没闲着，掰开了一个喜饼。

亚什冷酷地点头说道："那正是我在考虑的事情。"

"那他们怎么能说他们已累积欠账一千三百多万美元却从来没见欠账回笼呢？"洛克问道，"这也是我想知道的。"

杰克曼转过脸看着她。"事实上，那是相当聪明的做法。他们称自己与市政府签订的合同包括了门诊病人的艾滋病治疗、精神健康、戒毒咨询和健康理疗等服务项目，并且他们长期以来一直向患者提供上述服务，却没有得到相关的补偿。需要强调的是'门诊病人'这个关键词。他们花光了钱，已经提供了合同规定的相关服务，我们欠他们的服务费。"他耸了耸肩，一脸的无奈，继续说道，"他们这是在曲解合同的内容，并尽量让自己处于有利的位置，但所有的工会都希望看到他们的医疗保险合同中包含那些服务项目。因此从这个角度说，帕纳塞斯是得到了一些政治支持的。"

"那么，这是个关于合同文字的理解方面的纠纷，"弗里曼说，"那就告诉他们向你诉求到民事法庭来裁决吧。"

"我们会这样做的，"杰克曼说，"除非我们考虑……"

"我们知道那是什么。"不等杰克曼的话说完，亚什插嘴道。

"我们开始考虑，"杰克曼瞥了一眼他的检察长助理，责怪她不该多嘴，继续他没说完的话，"他们并没有提供那些自己无中生有的服务项目。再怎么说那都是门诊病人医疗服务内容之内的东西。毫不夸张地说，他们保存的记录看起来就是一堆乱账。"

"把它们交给大陪审团。"哈迪又重复了一遍。

杰克曼脸上挂着职业式的微笑，说："这可能是我在这里第一次听到你开口，哈迪。我也正在考虑冻结他们的资金账户，并指定一个接管者来让医院继续运转下去，这也是帕纳塞斯不得已时的最后打算。但是如果他们认为政府会清偿欠他们的账单的话……他们确实需要那笔钱。"

"你确定吗？"弗里曼问道。

杰克曼点了点头。"他们没有给医生支付薪水，我把这一点当做一个线索。过去六个月内，我们接到了好几十个关于他们拖欠医生工资的申诉。因此，我们给他们发了一封公函，告诉他们这一状况必须有所改善，发给员工薪水，否则我们就会对此事进行必要的干预。同时，公函的复印件也送达了医院董事会的每一位成员。之后，他们开始给员工们发薪水，但这一问题没有得到彻底的解决。顺便提一下，他们医生的年薪平均为三十五万美元。"

"一年？"格里斯基惊讶地问道，"每年这个数？"

"我想，比这还要多一些。"杰夫·埃利奥特说。

"每年吗？"上尉警长还在寻思这件事，"我一定是入错行了。"

"不，你没有，亲爱的，"特雷娅对他说，"你待的地方对你来说是再好不过的了。"

看到他们夫妇一唱一和，哈迪努起嘴向对面的格里斯基打趣地做了个飞吻的动作。

"无论如何，"杰克曼皱起眉头说道，"这种危机已经引起了他们的关注。事实上，如果你想听我的看法，这就是要求支付一千三百万美元的直接原因。"

"那么如果我们让他们破产，会发生什么事呢？"格里斯基问道，"情况会糟糕到什么地步？"

弗里曼接过话茬，说："我可以说两句吗，克拉伦斯？"他这是在询问地区检察长，然而没等对方作出任何回答，他就继续说开了，"让我来说一下可能发生的情况，上尉。将会发生的第一件事是，市里的每个就业者，包括你在内，都会失去他们的医疗保险。那个时候，就不是只付十美元就能看病了。相反，你得掏六十、八十或者一百五十美元，这还只是一次就诊的费用，处方都是全价的。这样一来，城里的每个工会都会控告市政府，因为政府在雇佣合同中为就业人员提供了医疗保险的担保。现在城里的每个人只要遇到健康问题，不管大病小病都不得不跑到郡福利总院去，但那里连收治各种枪伤患者的病房都没有，更不要说有能力接纳如此众多的病人了。如果你只是得了癌症，那就吃上两片阿司匹林对付对付得了，然后每天早上给我打电话，告诉我你是否还活着。归根结底，如果遇上一个流感、艾滋病或地震多发的不利流年，让帕纳塞斯破产，紧跟着就会导致市政府破产。"弗里曼面带微笑，目光扫视了一圈，坏消息似乎总是能让他兴致昂扬，"我说漏什么没有？"

"你讲得非常简洁明了，大卫，谢谢你。"杰克曼一边玩儿似的拨拉着餐桌上剩下的喜饼一边说，"不管怎样，如果采取这种办法，帕纳塞斯一定是离破产不远了。"

"我们得针对某些问题指控他们。"亚什说。

弗里曼有别的主意。"我倾向于采取措施冻结他们的资金账户，指定一个接管人对他们的账目进行调查并让医院维持下去。"老家伙的这番话让人觉得似乎他本人乐于承担这项工作。

杰克曼摇了摇头。"为证实他们的欺诈行为，我们还有很长一段路要走，大卫。我们不能刚起步朝那个方向走就想要去接管它。"

"即使他们还没有给医生们支付薪水吗？"洛克问道，"我会把这个事称为导火索事件。"

"可能是吧，"杰克曼表示赞同，从他的表情可以看出，他想出了什么有趣的主意，"各位，"他说，"感谢大家的讨论。我肯定我会对此作出相关的决定。杰夫，"讲到这儿，他问桌子对面的杰夫，"你今天变得异乎寻常的安静。我好像记得你最近写了几篇关于帕纳塞斯的文章。难道你不想就这个话题说说自己的看法吗？"

记者满是浓密胡须的脸庞浮现出僵硬的笑容。"你都已经听说过了，先生，还是那句'不要生病'啊。"

4

拉扬·巴丹已是快五十岁的人了，但干护士这一行只有短短的十年时间。他二十五六岁时和妻子从印度来到美国寻求自己新的生活。在美国这些年，他断断续续打过种种零工，还在连锁商店里做过卖女式鞋子和男式服装的售货员。尽管干这样的工作不太适合他的性格，但这也是他在家乡加尔各答时干过的老本行，对他来说还算是熟练的行当。小个子，忧郁的神情，性格有点内向，可是出于职业的需要，他不得不强颜欢笑来取悦顾客。他办事干净利索，为人诚恳，头脑灵活，这是他身上的优点。他每天都坚持上班，从不缺席，对下班晚和上班早毫无怨言。因此，在不再干售货员这个行当之前，他很看重自己的工作，并且打算一直干下去，让自己相对稳定下来。他先在梅西百货公司的赫罗德广场连锁店干了六年，之后又在诺德斯特姆零售公司干了五年多。

他妻子也通过给别人教授钢琴来增加家庭的收入。因此，他们在海特的一套小公寓里共同度过了十多年较为幸福的时光。对他们来说，最大的缺憾是查特吉一直未能生育。终于，在他们三十五岁的时候，她的肚子有了怀孕的迹象。她以为是老天有眼，奇迹出现了。但后来才知道她子宫里不断长大的根本就不是一个婴儿，而是一个肿瘤。

查特吉死后，拉扬的脸上就再也没有了笑容。他也因此丢掉了售货员这个工作，勉强度日。在照料生病妻子的几个月里，他终于发现其实自己很喜欢做护理工作。接下来的四年里，他几乎花光了绝大部分积蓄，到一所护理学校进行了全日制的学习。后来他从圣玛丽医院取得了注册护士资格证书，并在波托拉医院找到了一份全职的护理工作。

他这个人还是那样心无城府、憨厚老实，学不来世故圆滑的处世哲学。医院的医生和行政管理人员也正是因为这一点都比较喜欢他。他做零工时的老板们都愿意长期雇用他的原因也在于此。但他几乎没有什么朋友，就算是在身边的护士同事中间也找不出来。现在，他让人觉得他比以前当售货员时更加深沉、更加郁郁寡欢了。那时候他至少还会努力挤出点笑容来让人感觉自己亲和些。尽管如此，他的护理工作干得还是相当出色。随着时间的流逝，无形之中他开始变得对人敬而远之，主动疏远于人群，再加上让人捉摸不透的举止行为，跟他搭班的一拨又一拨伙伴都觉得他哪儿都不对劲，似乎他身上透着某种不祥的兆头。

此刻，他就站在詹姆斯·莱科特的病床旁。在检查完所有监护设备的连接都完好，确认没有问题后，他轻轻拉起毯子重新盖在老人身上，转头向身后看了看。病房的另一头，肯森医生与他今天的当班搭档护士罗正在为刚从手术室出来的马卡姆先生调整静脉滴注的输液速度。

拉扬回过头来向下看着病床上的莱科特，他已经靠生命维持设备支撑好几个星期了。虽说最近他的状况稍稍稳定了点，但谁又知道这种稳定的状况能保持多长时间呢？看着这位面如死灰的老人，跟往常一样，他忍不住又怀疑起那些所谓的现代医药的神奇疗效来。他脑海中的记忆又再次鲜活：在妻子查特吉生命中的最后几天里，他们用生命维持系统和麻醉剂延续着她的生命，据说这样做可以使她免受苦痛。但是这么多年过去了，他宁愿相信这种做法对他和妻子来说都是一种不必要的残忍。对他而言，只是一种虚幻的希望；而对他妻子，则人为地违背了生老病死这一自然规律。

他对救助患者，减轻患者的病痛这一点深信不疑。毕竟，这也是查特吉走后他的职责所在。但不必要地延续病人生命这种做法，正是现在困扰他的问题。在重症看护病房工作的日子里，他一直忍受这种困扰的煎熬。

他再一次把视线停留在莱科特的脸上，然后又抬起头看了看肯森医生和罗护士，他们正在忙着救治另一位看起来至少也是受了永久性脑部创伤，活过来希望不大的患者。

荒唐，他心想，这真是荒唐至极。

他遗憾地摇了摇头，长叹了一声，朝下一张病床走了过去。

马拉奇·罗斯在重症监护室的门口停了下来，目光在这个病房绕了最后一圈，再次确认情况一切正常。重症监护室是一个大大的呈圆形的房间，有七个独立的床位可供接纳重症患者。就像一年中的任何一天那样，现在里面的病床也都住满了病人。七个病人中的五个，或者可能是全部，都不会活着走出这间病房。罗斯知道，出现这样的结果，原因不在于缺少专业技术或是医疗费用。实际上，费用因素在前几年里已经成了他生命中压倒一切的决定性要素。他是帕纳塞斯健康集团的医疗主管和首席财务官。他的工作既要确保成本的可控性，还要向患者们提供合适的治疗——他把这种治疗定义为最低限度的必要治疗，以避免遭遇医疗事故方面的官司。对他来说，在实际工作中要做到两相兼顾、两全其美几乎是不太可能的。

罗斯知道，帕纳塞斯健康集团又要进入另一个危机时期了，至少在短期内是这样。今天在这儿占着一个床位的是他的同事，也是这家医院的首席执行官蒂姆·马卡姆。他是在晨跑时被车撞倒的。马卡姆以一种近乎宗教信徒般的狂热进行着自己的晨跑锻炼，努力让自己在功成名就但不年轻的年纪保持活力与健康。罗斯认为这真是一种命运的嘲弄，但自己很多年以前就对命运的嘲弄无动于衷了。

那些监护仪器有规律地滴滴作响，其他的机器则发出嗡嗡的工作声。病房四壁的窗户都拉上了白色的遮阳伞，挡住了春天里柔和的阳光。马卡姆躺在左边第一张床上，整个身子都被绑在上面。他已经在这儿待了三小时了。说实话，伤势如此严重，他居然还能挺这么长时间，简直就是一种奇迹。罗斯向马卡姆的病床走去，但刚跨出一步，他就停住了。是的，他是一名外科医生，但已经十年没有操刀上过手术台了。正在滴注的那只液体袋里还剩下一半液体，但病人接下来要用的那只输液袋应该也挂在病床旁边的输液支架的挂钩上，这样的常规他当然是知道的。他得让所有的东西看上去都在它们原来的地方，就像没有被别人动过那样。

实在是筋疲力尽了，他举起双手搓了搓脸，这才注意到自己的那双手，低头端详了起来。他母亲经常说，他那可是一双外科医生的手啊。他感到脸上发烫，但他的手告诉自己并没有出汗。

他深深地吸了口气，转身退了回去，随手关上了重症监护室的门来到大厅。大厅里有三四个等待进入重症监护室的病人，不是刚做过手术的，就是刚从急救室出来的。他们躺在各自的轮式金属担架床上，身上连着监护仪器和输液设备。从马卡姆被重症监护室收治起，他们就被送到这儿等候着空床位了。现在的情况是，一旦里面有空床位，这些病人就会被送进重症监护室接受理论上说"更好的"加护照料了。埃里克·肯森是今天上午重症监护室的主管医生，此刻他正站在大厅里一张病床旁向一个男护士吩咐着什么。罗斯压根就不想跟肯森医生搭腔，因此远远地避开了，从另一边绕道穿过大厅，心无旁骛地由便捷通道来到重症监护室旁的特别等候室。同样是为病人服务，但跟医院里其他地方相比，这个地方最大的不同是要让人感到愉快。这个重症监护室的等候室配置有舒适的沙发和椅子，让人赏心悦目的装饰品，格调不俗的墙纸，带百叶的窗户和为防止人走动时动静过大而铺有地毯的地面。之所以这样布置，是因为绝大多数在这儿等候的病人亲属得到的都是让他们悲恸欲绝的坏消息。当初的建筑设计显然已经考虑到了这一点，设法让这里的环境能够调解那些不幸的病人亲属的情绪。对等候室的这种设计装修，罗斯却认为作用不大。

在他看来，这只不过是又浪费了一笔钱而已。

在等候室的门口，他向里面看了看。虽然没有什么东西能让他感到满意，但至少眼下布伦丹·德里斯科尔已经离开了这儿。这样，他也就用不着再忍受布伦丹的过激反应并听他的那些指责之词了。德里斯科尔是马卡姆的执行助理，但有时让人觉得他才是帕纳塞斯真正的首席执行官。他对所有人都呼来喝去，甚至对罗斯也不例外，好像他真的就是首席执行官。德里斯科尔一听到马卡姆出了事，就马上从恩巴卡德罗的办公楼来到医院，并一直守护在马卡姆身旁。他曾在这儿对罗斯动过手。好在，谢天谢地，他现在不在这儿。德里斯科尔进了重症监护室，谁也不知道为什么，或许只是因为他想进去并且认为自己是可以进去的这么简单吧。但他的这一做法激怒了肯森医生。肯森医生一怒之下，根本不管德里斯科尔是谁，就把他赶出了等候室。

但是，不管德里斯科尔能不能那样做，他对罗斯来说都是个棘手的问题，就像马卡姆的妻子卡拉·马卡姆一样。现在，她就坐在松软的沙发的一端，看起来精神有些恍惚。她抬起眼皮看着罗斯，双唇紧咬，脸上既透着悲伤，也带着敌意。这个样子的她，嘴巴的形状看起来就像是一道深深的伤疤。但转瞬之间，写在她脸上的痛与恨都消失不见了，看不出任何表情，就像涟漪过后的湖面一样平静。

"他没事，"罗斯说，紧接着，很快又加了一句，"还跟以前一样。"

对罗斯的话，她没有任何回应，甚至连稍微点一下头的动作都没有。

他站在那儿没有动，但视线回到了她身上。她仍旧一动不动地坐着，跷着二郎腿，用身子的侧面对着罗斯。突然，她直直地盯着罗斯，就像刚刚才意识到他的出现一样。"要是还那样的话就不是没事了，跟以前一样就意味着他快要死了，这还叫没事！要是他死了……"

罗斯抬腿走进等候室，机械地举起手打断了她的话。"他不会死的。"

"但愿真能像你希望的那样，马拉奇。"

"我们没必要讨论这个。你说的我都听到了，你是对的，是有些麻烦，但还没到危急时刻。等蒂姆脱离了目前这种状态，我们再来坦率地谈谈给他做一些复原骨骼的校正术，就像我们处理过的数以千计的其他病例一样。"

"这跟那些完全不同。"

他的嘴角不屑地动了动，露出了心照不宣的笑容。她真是大错特错了，但自己还不知道。对卡拉刚才那番话，罗斯没有点头表示赞同，而是用不容置疑的口气，斩钉截铁地回答道："不要自欺欺人了，都是一样的。"他居高临下地直盯着她，搜寻着从她眼神里可能表露出来的任何一丝妥协的迹象。

但卡拉避开了他的目光，头像拨浪鼓似的左右摇晃，做出了她对这个问题的最后回答。"他现在不能做复位校正术，那只会把他撕成碎片。如果他死了，我也不会……"

她的话让罗斯听得一头雾水，弄不明白她究竟是指她不会寻死，一个人活下去——上次马卡姆要离开她时她就曾以自杀来威胁过她丈夫——还是指就算是在她丈夫意识清醒后对他进行身体复位校正术，她也不会同意。"卡拉，"罗斯的口气软了下来，"别……"

但她根本就听不进罗斯的话。不等他把话说完，她突然起身从沙发上站了起来，面对面直视着罗斯，那张刚才还平静如镜的脸现在变得声色俱厉起来。"我不想跟你再说什么了。你明白吗？不只是在这儿，可能是永远，我都不想跟你再说什么了。在我知道蒂姆的情况之前，没有什么可说的了。对不起，我现在得给我的孩子们打电话了。"她起身出了等候室，路过罗斯身旁时连瞥都没瞥他一眼就扬长而去。

罗斯一屁股坐到一张皮靠背椅里，舒展开身子仰面躺下，双手紧紧地抓住椅子两边的扶手，竭力想让他那双外科医生的手停止抖动，努力控制着自己内心的怒火。

　　罗斯先是听到了监护仪器的报警声，接着重症监护室门口的绿色报警灯闪了起来，大约持续了二十分钟之久。各种监护仪器的报警声响成一片，那阵势感觉就像闹市里的人群发生了骚动一样乱哄哄的，连大厅里也能听得清清楚楚。然而就像报警声突然响起那样，现在所有的监护仪的运行和噪声都戛然而止。

　　紧接着，突然之间，蒂姆·马卡姆死了。

　　罗斯从椅子上起身走到重症监护室的门外等候着。肯森医生从病房里出来时，那张英俊的面孔紧绷着，满是愁容。他迎着罗斯的目光和他对视了片刻，终于移开视线并垂下了眼帘。"我不知道发生了什么，"肯森说，"我还以为我们原本可以让他脱离危险的，但是……"后面那句话轻得只有他自己才能听见。然后肯森无可奈何地摇了摇头，看得出来这样的结果让他感到了失败的沮丧和郁闷。

　　罗斯想，如果肯森是在向他寻求某种同情和理解的话，那他是找错对象了。事实上，罗斯内心有种想对他说出一些怀有恶意，甚至指责的话的冲动，但他最终还是忍住了。罗斯心想，这种机会迟早会到来的。多年来，肯森一直跟罗斯唱反调，对着干，质疑他的医疗和经营决策，公然违抗他的指示，与其他医务员工一起抵制他制定的政策。现在肯森正好出现在这里，在重症监护室负责马卡姆的救治工作，但他失败了。在罗斯看来，他这是自讨苦吃，但并不是命运的故意安排和捉弄。等这个悲剧在内心激起的最初的震撼过去之后，罗斯想，如果可以的话，他会充分利用这个机会来整治整治肯森，但还得慢慢等待时机。

　　现在，罗斯还有事要办，而且他必须亲自在场。他没有等肯森再次回到大厅并向他陈述问题究竟出在哪儿的死因分析——这无疑是自圆其说，那口气让人觉得现在他已经搞清楚死因了一样。罗斯现在没有心思去做吊唁死者，与死者亲属握手致哀这些事情，但他知道，接下来的几个小时，他应该都待在医院里。想到这里，罗斯乘电梯离开重症监护室所在的楼层，直接来到地下停车场，钻进自己那辆雷克萨斯轿车，用手机给他的秘书乔安妮打了个电话。"蒂姆没有挺过来，"他长话短说，"十分钟后我会赶到那儿。"

5

在洛的希腊餐厅里的午餐聚会结束后，大卫·弗里曼和吉娜·洛克不加任何掩饰地直接告诉迪斯马斯·哈迪，他们俩要直接从餐厅到弗里曼在梅森的住所去查阅一些文件资料，弗里曼会晚点回办公室。如果哈迪不介意的话，就代为转告菲利斯一声。

"乐意效劳，大卫。我可以找到任何借口，就是想听到菲利斯那美妙的声音。"

独自一人回来，走进办公楼大厅的时候，哈迪还在庆幸自己刚才管住了嘴巴，没有对大卫和吉娜那个经不起推敲的研究文件的借口多嘴。耳边响起菲利斯悦耳的声音时，他才从这件事中回过神来。菲利斯叫住他说："《旧金山纪事报》的埃利奥特先生让你尽快给他回电话。"

"谢谢，他有没有说过是什么重要的事吗？"

"事情重不重要他倒没有说，但我想可能重要吧。"

哈迪走到来宾接待台前，像往常一样斜靠在台边上。菲利斯对他这个随随便便的样子一直都看不顺眼。但现在，对他接下来的表现更是厌烦透顶。哈迪笑嘻嘻地盯着她说："你为什么这么说？"

"什么为什么？"菲利斯避开他的目光，瞪着哈迪那两只交叉着放在台面上的胳膊。在她看来，他一定又是想什么歪主意。

"你为什么认为那是重要的事情呢？"

由于工作原因，菲利斯长期受到弗里曼的教导。对她而言，做任何事情都必须循规蹈矩，这是天经地义的事。哈迪是那种不可教化的人，做什么事都大大咧咧，无章法可言。因此，她尽可能保持那种纯职业化的面孔来面对他经常性的无理取闹。菲利斯明白哈迪是在存心纠缠她后，再也不能克制自己的情绪了。她气恼地叹了口气，尽力想让自己露出礼节性的笑容，却没能做到，她不耐烦地回道："我想打到你办公室找你的电话都是重要的，哈迪先生。埃利奥特先生在他上班时间给你打电话，要你尽快给他回电，这一定是有什么重要的事情。"

"他可能只是想跟我聊聊而已。事情就是这样，你知道吗？"

菲利斯当然也知道不会有什么大不了的事情。"要不我再打电话问问他？"

"有必要这样做吗，菲利斯？"哈迪向后退了一步，把胳膊从台子上移开了，赞许地看着她说，"你是在跟我开玩笑吧。上班时间你本该专心工作的。好吧，我不会向大卫告你的状的。"当哈迪转身上了通往他办公室的楼梯时，菲利斯还呆呆地站在那儿，对哈迪刚才的放肆错愕得不知如何应对。"哦，对了，说到大卫，他让我跟你说一声，他会晚一点到办公室。他要和洛克小姐'处理一些文件资料'。尽管我以前并没有这么说过，但我还是得这么说。"哈迪走着走着又回头对菲利斯说。

"说什么？"菲利斯不解地问道。

突然，哈迪意识到自己已经把她折腾得够饿了，或者说基本上已经够了，再说下去或许就过火了。他用手指着楼上说："没什么。听着，我们之间的这次聊天让我感到十分愉快。但现在我得赶快跑回办公室给埃利奥特先生回电话，他可能是有什么重要的事情找我。"

哈迪的办公室就像僧人的居室一样，陈设十分简陋。在一个工业化高度发展的时代，他这样的办公环境和条件让人感到意外和惊讶。一边的墙边上立着灰土土的铁皮档案柜，地上铺着北非柏柏尔风格的地毯。朝向苏特大街的两扇窗户上挂的是式样过时的百叶窗。通常他只是随意地把它们高高卷起来，或者完全放下来，然后就不管不顾地长期保持不变，因此也说不上它们在这儿到底能起什么作用。墙上的装饰物中除了一张印有大猩猩新家园——太平洋贝尔公园——的海报宣传画和一幅西拉俱乐部的挂历外，其他的无一例外都是他两个孩子——瑞贝卡和文森特——的照片。一张标准尺寸的浅色木质办公桌上，摆着一部电话机，一张弗兰妮的相片，一沓大号的吸墨纸，一盆垂到地面的绿萝和一只立式台灯，除此之外，别无他物。另一面墙边的洗手池旁，墙上装有一个四层的简易书架，上面摆满了法律方面的工具书和一些活页文件夹。书架下的地面上放着一个面上贴着一层薄薄的硬塑料皮的小柜子，上面摆着一只用大塞子塞住的玻璃瓶，里面装着一只干的河豚标本和轮船模型。这个工艺品是他从家里带来的，多少让这个小小的角落看起来有了点生气。瓶子旁边倒放着几只玻璃杯。紧挨洗手池边上的墙上装有一个抽纸器。办公室的沙发和椅子都是实用的"西尔斯"牌人造革家具，连咖啡桌也是六年前与沙发、椅子一起买回来的。办公桌对面的墙上，靠近房门的地方挂着他的圆形飞镖盘，地上放着的一条银色的收镖带，表明投掷飞镖的距离是八英尺。钨金制作的蓝色飞镖钉在镖盘上，两支在靶心上，一支在二十分位置上，这还是他上次投的。

哈迪刚打开门电话铃就响了起来，他快步走到办公桌旁，按下了电话机的免提通话键。"喂。"

菲利斯的声音再次在耳边响起，但这次不容哈迪有时间作出回应。"格里斯基上尉的电话。"

紧接着阿布的声音就传了出来。"猜猜看我刚才听到了什么？我想你会喜欢的。"

"巨人队赢了广场队！"

"我说的是现实生活中的事，迪兹。"

"那就是现实中的事呀，也是我乐意听到的。"

"那么，蒂姆·马卡姆怎么样？"

"他怎么样？他是一个接球手吗？我从来没有听说过。"哈迪从办公桌前绕到桌后，坐到椅子里抓起电话听筒与格里斯基通话。

"他是帕纳塞斯健康集团的首席执行官。"格里斯基说。

一听到这话，哈迪的神经由于受到刺激一下子兴奋起来，午饭后的困乏被驱赶得无影无踪。格里斯基通常不会打电话跟哈迪讲一些日常新闻和消息，除非是影视剧中的杀人案。因此，想到这里，哈迪把这两种情况联系到一起，便说："而且他已经死了。"

"是的，他死了，这不是很有趣吗？"

哈迪承认这确实很有趣，尤其是联想到在洛的酒吧里的那些谈话。甚至不仅仅是有趣而已。"有人杀了他吗？"

"是的，但可能是无意的。你还记得今天早上我们关于肇事逃逸案的讨论吗？"

"你在拿我开玩笑吧？"

"不，不。"

"记住我们下次散步时不要谈核武器大屠杀这种事。真的是有人开车把他轧死了？"

"看起来更像是撞上了他。他们把他送到波托拉医院抢救，半小时后他就死了。"

"他在自己的医院里抢救无效死亡？我敢说那将是一个非同一般的时刻。"

"我觉得那是你想知道的另一件事。但事情很明显，他们也对此无能为力。他被送进医院时情况危急，而且没有渡过难关。"

"这么说是意外事件？"

"这个问题我已经说过了。"

"现在是第二次了，"哈迪说，"你相信吗？"

"到目前为止我是这么认为的。"

哈迪听到电话那端格里斯基说这话时并不肯定的支支吾吾的哼哼声。他说："就在本周他还想敲诈市政府？他的公司威胁要宣布破产？他们不给自己的医生发工资，胡乱蒙骗自己的病人，突然之间谋划这一切的建筑师完蛋了？"

"是的。"

"这是个巧合吗？那就是你们专业人士的看法吗？"

"也许吧。事实上通常也是这种情况，就像我今天早上所提到的。"

"除了它本身就不是什么巧合以外。很多以前从未发生过的事现在发生了。"

"并不是像你认为的那样经常出现这种情况，"格里斯基回答道，说完这话，他停顿了好一阵才接着说，"但是你已经回答了我的问题。我只是听听作为一个普通的路上行人对此事的看法。"

"那么，你得打电话给一个比我还会装聋作哑的，"哈迪说，"但无论如何，我会把你这次采访的账单送给你的。"

杰夫·埃利奥特的来电说的也是同一件事，但他对哈迪的巧合论断不感兴趣，不像格里斯基那样对哈迪的说法多少有些认同。相反，他一点也不支持哈迪的看法。"当枪都值不了几个钱，刀子都是免费的时候，你也不会蠢到用一辆车去杀人的，迪兹。"

"我敢说它的发生是预料之中的事情，尽管格里斯基也认为并不是这样。"

"瞧瞧。就算是吧，那也就跟撒哈拉沙漠中的雪一样，几乎不可能存在。"

"是真的吗？我不这样认为。但如果真是这样的话，就证明我的看法是对的。"

埃利奥特叹了口气。"迪兹，我们能避开这个话题吗？"

哈迪心想，他所有的朋友都失去幽默感了。其实，他也并非真的认为那是一桩谋杀案，只不过是说说有趣而已，除此之外，并无他意。
"好吧，杰夫，好吧。那么我要怎么帮你？"

"说真的，你帮不上什么忙。这只是一个安慰的电话，看看你今天下午能否从午饭时的糟糕情绪中摆脱出来。"

"有那么明显吗？"

"我是个记者，迪兹，什么都逃不过我的眼睛。"

哈迪眼睛向下看着办公桌旁地上一大堆要做的文书工作，无非是他自己和其他律师的纲要；备忘录；自己故意忽略的行政文书工作；客户送来的关于警方报告；账单，最近更新的证据代码。此时此刻，他手头上堆满了工作。他确信自己应该为埃利奥特此刻的来电感到高兴，尽管这也是他有时想不起来自己手头还有事要做的原因。

埃利奥特在电话那头继续说着："我想帕纳塞斯现在已是一片狼藉，臭气熏天了。这可能是获取有用信息去着手调查的有利时机。如果有人跟我讲，或许我会就此事得到一两个专栏进行报道。你认为如何？你想袖手旁观吗？"

"倒不是这样，"哈迪说，"但恐怕今天不行。"

"这是你的最终回答吗？"

他把桌上一堆文书拽到自己面前，漫无目的地随意翻动着。像埃利奥特这样一个训练有素的记者，如果他此时在这间房子里的话，应该会意识到一些疲惫甚至是委靡的迹象。当然，他也缺少幽默感。哈迪长长地吐了口气，说："写一个精彩的专栏作品吧，杰夫，让我觉得自己身临其境。"

格里斯基还不能跟圈子里的职业伙伴们谈论这件事，只能跟妻子分享心中的思虑。

如果特雷娅提出要求的话，杰克曼会让她休息十五分钟的。现在，她和阿布就站在第七大街大楼旁边的阶梯通道上，啜饮着各自手中纸杯里的茶。午后的风已经起来了，他们不得不背靠着大楼的墙壁以躲避风头。从这里看出去，高速公路和双子峰已经在视线范围之外了。

"我想你把我带到这个浪漫的地方，我们就可以度过一天中的这段时光了。"

"如果你愿意，我们当然可以这样做，"格里斯基告诉她，"那样的话我会相当开心。"

她吻了吻他。"我已经看出来了。你是在想着别的什么事吧？"

他对她讲了马卡姆的事情，还有他对那种巧合论是多么的不舒服，以及把马卡姆之死划入这个类型的观点。"但当我告诉迪兹这可能不是一桩蓄意杀人案时，我没有说假话。那是我的守护天使——三十年来的职业经验——在我耳边响起的一种声音。"

"但是？"

"但是我的另一个守护天使，这个坏东西，不停地在我耳边重复这些话：'也许，如果是，怎么样……'"

"你的意思是，有人故意撞倒他？"

格里斯基点头表示认同。"我一直试图想象在一个清晨，曙光乍现，太阳等待升起时的案件剧情，但我不能说服自己。这样的事不可能发生在现实生活中。是的，或许它已经发生了，但我认为没有发生。"

"为什么不可能呢？"

她也许是唯一一他曾笑脸以对的人。就像现在，他笑着对她说："你这样问真是太好了，我会告诉你原因的。第一，也是最明显不过的原因，是那个司机没有完成他的任务。马卡姆在出事之后活了将近四小时，并且如果他没有被扔进垃圾桶，他或许已经脱离了险境。那个司机不可能知道自己已经将马卡姆置于死地了。如果他有明确的杀人目的，他要么会倒车回来碾压马卡姆，要么会停下车，出来拍打几下马卡姆的头，以确认自己任务的完成。"

"听起来不错。"特雷娅说。

"但事实上就是这样的。"他接着给她讲第二个理由，和他对哈迪

47

说的一样。拿汽车作为谋杀武器，是一种愚蠢而尴尬的选择。如果一个人绞尽脑汁去事先谋划一次谋杀并等待时机实施的话，阿布认为，即使是一个白痴也会自然而然地买上一把枪，如果这不是最方便的办法，起码也比较方便。更关键的问题在于，与任何车辆相比，枪作为作案凶器，事后的抛弃处理更为简单。

"好吧，我相信你说的是对的，他或许不是被谋杀的。"

"我知道，这就是我刚才所说的，但是……"

"但是你想保留选择的余地。"

"说对了。正是这一点让我遇到了真正的麻烦，不知道今天午餐时有没有给你留下这种印象，我的朋友和你的上司克拉伦斯·杰克曼打算对所有与帕纳塞斯有关的东西进行一定的政治打击。该集团首席执行官的死讯不会藏在《旧金山纪事报》的副版上，并且在这桩案子得到解决之前，有关案情的报道还从报纸上消失了好多天。"

"不，我不这样认为。"特雷娅表示同意。

"这肯定是一起杀人案，并且可以让人确信它就是——但或许不是——一桩谋杀案，可究竟是谁接了这件案子？"

特雷娅长期以来一直与杀人案范畴内的问题打交道，并且在面对困难局面时有很好的灵感。按常规来讲，阿布跟这件案子没有任何关系。那只是一件车辆肇事逃逸案。凶杀案组会指派人员去查找肇事车辆，也或许他们根本就不会这么做，事情的结局可能就是这样。现在，因为他手下有了菲斯克和布拉科，他不得不把这件案子交给他们，事实上，他也已经这样做了。如果他把这件案子交给他手下一个有经验的探员，他的手下会觉得这是一种侮辱，而且还会嘲笑他；其次，市长和督监会要他的脑袋的，并且可能真的就要了。

接下来，如果有奇迹中的奇迹，它最终被证明是一桩真实的、带有政治目的的谋杀案的话，他把它交给了他手下的两个新手——或许他们会将这案子搅得一塌糊涂——这不仅会激怒杰克曼，还可能损害法官与警察局的关系，而这种关系是确保现政府管理工作得以有效执行的有益组成部分。

"我想说的是你让那两个新来的男孩办这个案子。"

"所以我自己亲自到这里来了,但这样对案子是一种损失。"

"还好,"她轻轻地拍着他的脸说,"从经验来看,你把那些事处理得都很好。"

但到下午时,格里斯基把菲斯克和布拉科叫回到他的办公室,并尽其所能地改变了自己对他们的态度。他说:"这里有个让你们展示才能的机会。你们做好了,可能会让这里的人认为你们真的成为好警察了。"说到这里,他停了下来,把心里想说的那句"并不只是政治上的小丑"咽了下去。

达雷尔·布拉科就像今天早晨一样,几乎是直挺挺地站在他拍档坐着的椅子后边,这也是他经常在格里斯基办公室里的表现。他说:"我们从未要求离开这里,上尉,我们中的任何一个人都没有这么想过。但有这么一个机会,我们求之不得,谁会不愿意呢?"

"好。"格里斯基对此表示接受,"这是让你们好好表现的机会。"

几分钟之后,他念叨着记事本上写的一些东西。"女友们?如果真是那样,他们分手了吗?那么他的孩子们,他是如何与他们相处的呢?"这个念头在他脑子里忽隐忽现了整整一个下午,他随手记在了本子上。

"打扰一下。"菲斯克像一个三年级学生那样举手提问道。

格里斯基从记事本上抬起目光看着菲斯克,极不耐烦地说:"有什么事吗,哈伦?"

"我认为所有的问题都与马卡姆的生意有关,现在你却在谈论他的家庭,不是吗?"

格里斯基直起身子向办公桌靠了靠,把记事本摊放在桌子上。他蓝色的眼睛几乎看不出任何表情。"我想让你们两个明白一些事情。马卡姆有可能死于故意杀人,因此从这一点来讲这是谋杀调查,但不是什么大案子。哈伦、你、我和布拉科调查员今天早上在这里详细讨论了案情，我认为你应该更加关注动机。"

"你的意思是这与肇事车辆没有什么关系？"

上尉极力克制住自己心中的不耐烦，说："不，我没有这样说。撞他的就是车。如果那个开车的是他认识的人，那这案子看起来就更像是谋杀案了。但是，正如我说过的那样，你也应该有这种想法，它可能不是一桩谋杀案。"

"它会将我们排除在凶杀案组之外，"布拉科说，"你说的是这个意思吧？"

格里斯基点头表示同意。"或许是这样，不过也是好事，我想你们也会接受这一点。"

菲斯克和布拉科两人忙完上午的苦差回到办公室，发现有人在他们办公桌的中央位置都放上了一个样子调皮的无檐小便帽，就是大学一年级男生或儿童戴的那种。看来，凶杀案组的同事们似乎并没有转变对他们的态度并认可他们，甚至连容忍都吝于给这两个新同事。格里斯基想，这是个难办但又不得不处理的事，但他不打算惩罚这种侮辱行为，那不是他的工作。如果他那样做的话，在他明白会发生什么事情之前，就会丧失他在这里拥有的一切威信。

因此，将菲斯克和布拉科排除在凶杀案组办公室之外是一件好事。格里斯基再次拿起办公桌上的记事本并读了起来。"他的孩子们的朋友中有没有谁有绿色汽车？他妻子的社交生活是怎么样的，如果有的话？除此之外，你们询问的每一个人都需要提供其案发时不在现场的证明，同时要记住案件发生在早晨六点左右，因此有人提到在那个时间他们没有睡觉的话，应该引起注意。"

"他的工作是怎么回事？"菲斯克问道，"帕纳塞斯医疗集团？"

"我们会谈到这个，有个过程问题。"格里斯基绕开了这个话题，毕竟，把这个案子交给他的这两个新探员，主要是出于照顾的考虑。他并不想让他们来蹚浑水，成为办案中的绊脚石，以防杰克曼以召集大陪审团的方式就帕纳塞斯医疗集团的违规商业操作问题采取行动，马卡姆也许牵涉到此事，也许与此事无关。"让我们看看从哪里入手吧。"格里斯基说道，不过说这话时，他脑子里清晰地想起了一个细节，"你们最好仔细看一下验尸报告。"

那两个家伙一听这话就你看着我，我看着你，四目相对。布拉科清了清嗓子说："他是死在医院里的，长官。我们知道他的死亡原因。"

"我们知道？"格里斯基回答道，"那死亡原因是什么？"

"他遭到车的撞击，被撞飞大概有三十码远，散了架的身体飞进了一个垃圾桶里。"

"这就是你的观点吗？好吧，让我们来设想一下。假定我们发现某人蓄谋撞死马卡姆先生，并且干得非常漂亮，如愿以偿了，因此，我们逮捕了我们认定的嫌疑人，但不知何故我们从未看过死者的验尸报告。你知道会有什么情况发生吗？事实证明他死于心脏病突发，与他在事故中受的伤没有关系。或许有人采取了与我们的嫌疑人完全不同的作案方式，把冰锥刺进受害者的耳朵，或者在受害人的冰茶里投毒，也许他是为俄国人效力的间谍并被中央情报局策反了。关键在于，有人死了，我们首先要查看死者的验尸报告。每次都要这样，明白吗？"

他抬头看着他们，脸上露出他那令人生畏的笑容。"欢迎来到凶杀案组，孩子们，这里的好时光正在到来。"

6

埃里克·肯森依旧穿着他那件血迹斑斑的绿色破大褂，情绪低落地平躺在一楼医生休息室里的一把椅子上，一双长腿向前直直地伸展着，双脚在脚踝处交叉叠放。房子里除他之外别无他人，显得空空荡荡的。一缕黑中带灰的头发奓拉在他的额头上，看来是他用自己的右手腕捋上去的。

他听到门开了，有人啪的一声轻轻打开了头顶上的灯，睁开眼才发现是快要成为他前妻的安。"他们告诉我在这儿可以找到你。"她极力控制着自己的语调，声音小得就像窃窃私语一般。

"看来他们说得没错。"

她继续说道："起码你该给我打个电话说一声，埃里克，这也是我不能理解你的地方。我不是从你口中知道这件事的，相反，是从该死的广播里，而且当时孩子们也和我在一起，"说完这些，她又补充了一句，"真是太感谢你了。"

他很快就恢复了精神，站了起来。他不想此时火上加油，于是避开妻子的质问，说："他们现在在哪儿？他们没事吧？"

"他们当然没事，你认为能怎样呢？我把他们放在珍妮家了。他们都很好。"

"是的，很好。"他停了下来，等着她说话。

"那么你为什么不给我打电话？"

他向后退了一步，环抱着双臂。他有一张看起来坦诚、孩子气的脸庞，尽管生活的忧虑在上面已经刻下了岁月的痕迹，双眼下浮现出了眼袋，曾经引以为傲的俊逸的下巴也因虚肿而变得不再那么迷人了。关于他妻子的事，尤其是过去一两年的事，他早已有所耳闻，这使得他的脸上再也没出现过生机。倒不是他觉得现在有必要才做出这个样子来的，而是他已经决意不向安透露任何东西。他或许就像一具蜡像，把自己封闭了起来；也可能像一个五十岁出头就已经看破尘世的人，尽管他离五十岁还有十五年。"我为什么要给你打电话？他的妻子在这里，他的家人也在这里，除此之外，我怕你知道后会再次精神崩溃，还是不告诉你为好。"

她紧闭起自己的双唇，下决心似的深深地吸了口气。"我想看看他。"她说。

"随你便吧。只要卡拉和他的孩子不在这里。如果他们还在场的话，我会要求你保持警惕。"

"哦，是的，'警惕'先生，这就是你的角色，不是吗？除了礼节，还要安慰失去亲人的人吗？"

"有时候得这样。"他耸了耸肩，不置可否，"我不在乎这些。你想怎样就怎样吧，无论如何你都会做自己想做的事。"

"没错，我就是这么打算的。"她气势汹汹起来，"他怎么死在这里的？怎么会发生这种事？"

"他被撞碎了，安，非常糟糕。"

"什么时候都有人被撞碎，他们也没有死啊。"

"是的，但蒂姆死了。"

"你根本就不在意他的死活，是吧？"

"你这么说是什么意思？我并不愿意失去我的病人，但他不是……"

她的声音尖厉起来，几乎有些歇斯底里。"他不仅仅是一个病人，埃里克。"她紧盯着他，说，"不要拿医生的套话跟我讲道理，我知道你心里想的是什么。"

"哦，是吗？那是什么？"

"他的死让你庆幸，是不是？你早就想让他死了。"

这话让他一时无言以对，终于，他无奈而又反感地摇了摇头。"好吧，和你说话让我感到十分愉快。现在请原谅我的失陪……"他起身想从她旁边走开。

但她挡住了他的去路。"你要去哪儿？"

"回去工作，我对你没什么可说的了。你是到这儿来见蒂姆的吧？你轻易就找到了我。你也没有任何问题了。现在请你别挡我的道，我还有事要做。"

她站着没有动。"哦，是的，繁忙的医生。"然后话锋一转，"他们说你当时就在那个地方。"

"哪个地方？"

"你自己明白是哪个地方。"

他身子向后退了一步，说："你在说些什么？"

"他死的时候。"

"这没错，"他小心翼翼地说，"那又怎样呢？"

有时候，当她变得情绪化，逻辑思维能力出现惊人的跳跃时，他有足够的经验来对付她。此刻，他从她的眼睛里看到了一些熟悉的东西，一种让他内心感到极度紧张的不可思议的洞察力。"我应该告诉别人，"她说，"我敢肯定我知道当时在那儿究竟发生了什么。"

"我不明白你到底在说什么。"

"不，你清楚，埃里克。我是唯一知道你究竟干了什么事的人，你有多么的冷酷无情，你是什么样的人。"

"哦，求你了，安，不要再说了。"

"我要说。是你杀了他，对不对？"

他想她会说到这件事，现在她确实说了。理智告诉他，除了冷静应对外，不能做出任何不明智的举动。他强压住心中的怒火，扭头向四周看了看，确认周围没有人能听到他们的谈话后，身子向前靠了靠，在离她的脸只有几英寸远的地方停了下来。他向她挤出了一丝冷笑。"对极了，"他毅然决然、斩钉截铁地说，"我把他的输液点滴尽我所能快速挤压进了他的身体。"

她听到这话，身子不由得向后退了退，像一块木头一样呆住了。

这下他把她给镇住了。她这副惊慌失措的样子激起了他继续折腾她的欲望。"在这儿，我一直都在杀人。这是工作带来的不为人所知的好处之一。"

她满脸惊恐地盯着他看了好一会儿，但是随后他的恐吓倒让她镇定下来。她紧绷的双肩松弛了，一连倒吸了好几口气。"你认为这有趣吗？"她问道，"你认为这是开玩笑吗？"

"你以为我在开玩笑？你问我的时候是在跟我开玩笑吗？"然而，突然之间事态就大变了，"好好想一想，安，是我杀了他吗？天哪！"

"你当时在场，并且你恨他。"

"那又能说明什么？也许你没有弄明白那条消息。他是被车撞倒的。"

"被送到了这儿。"

"那是重症监护室，安，无论如何我都没有办法筹划这件事。"

"那你自己也应该回避他的病案。"

"为什么？那样我就不会有机会杀他了？也许你并没有明白这一点，如果我想杀他会怎么样呢？那又如何呢？"他盯着眼前这个与他一起生活了十几年，还为他生育了三个孩子，但对他来说完全像陌生人的安说道。有那么一刻，他倒想惹得她再次爆发起来。

但接下来的局面就表明这场斗争已经偃旗息鼓了，她终于摇了摇头，放弃了自己先前的坚持。"你没有杀他，"她说道，"你没有那个胆量。"

"是你这么说的，不是我，但无论我是否做过，他都死了，是不是？这对小安妮来说将是一个不幸，不是吗？"

他说的这些话再次碰到了她的痛处，她紧绷起下巴，一副坚定的神情。突然之间，她伸出胳膊，用手紧紧地扯住了他大褂的一只袖子，咆哮起来。"你这个狗娘养的！现在我该怎么办，埃里克？告诉我，我该怎么办！"

　　"不管你要做什么，安，我真的不在乎，反正他不会回来了。"接着，他又给了她一击，"别告诉我你连个备用男友也没有。"

　　这无疑是火上浇油。她狂怒起来，拳头胡乱地砸在他的身上。"你这个浑蛋！"双拳不停地砸在肯森的身上，嘴里冒着脏话，直到他抓住她的两个拳头才停了下来。他在自己的胸前紧紧地捉住她的拳头。"哎哟！放开我，你弄疼我了。"

　　"很好。"

　　"放开我，去死吧你！"

　　"你还敢对我张狂吗？听到我说的了吗？"有那么一阵，他用尽全力使劲捏了捏她的手。她继续反抗着，嘴里时不时用力发出一些鬼哭狼嚎般的怪声，不断扭动着身子，试图拔出自己的胳膊。但他抓住它们不让她脱身。最后，他一把将她的身子拉近自己并将她箍在自己怀里。她仍然不打算放弃挣扎，但他像铁钳般紧紧地箍住了她，使她动弹不得，直到最后他感觉到她停止反抗才松了松劲。"听到我说的了吗，该死的东西？"他把嘴贴在她脸旁边说。

　　"是的，放开我。"

　　在松开她的同时，他身子向后退了退并把她向外推了一把。"我要走了。"他说，"别挡住我的路。"

　　她抚摸着自己的胳膊，随后伸出来对他说："瞧瞧你干的。你把我弄疼了。"

　　"你会活下去的。"他说。

　　她走上前挡在了他身前，冒着再次被他控制住的危险。

　　但在心中的痛和怒散去之后，他已没有跟她争斗的欲望了。"你为什么不回家去呢，安？回到孩子们的身边去，你不应该在这儿。"

　　但她仰起脸固执地瞪着他。"我要见他。他现在在哪儿？"

他明白她的意思。她想看一眼马卡姆的尸体。这真他妈的烦人，他心里这么想着。"我猜这会儿应该是个好机会，"他说，"就在地下中心大厅旁边。"

说完他就匆匆从她身前走过去，离开了休息室。

小联盟队把哈迪的日程安排搅得一团糟。星期一和星期三文森特要打球，哈迪还要给他们当教练。因此，他和弗兰妮不得不将他们神圣不可动摇的约会之夜调整到星期二晚上。今晚七点刚过，哈迪就推开了他们事先约定的地点——三叶草小酒吧——的门，但弗兰妮还没有到。

弗兰妮的兄弟，摩西·麦圭尔坐在围栏后的座位上，正在和一对身上缀满了黑色皮质装饰品的年轻夫妇聊着什么。聊得兴起时，麦圭尔的嗓门大到足可盖过自动演唱机里传出来的歌手斯汀的歌声，他显然不是在喃喃私语。

哈迪走过去，抓过一只凳子在靠窗的位置坐了下来，半侧着身子朝向窗户，以便能看到街对面金门公园边上的柏树在狂风中弯来晃去的样子。摩西瞟了他一眼并开始倒啤酒。这会儿，十有八九是哈迪的手机上有电话进来，因此没有理会摩西。烈性黑啤酒倒进酒杯后，里面的泡沫要过好几分钟后才能散去，在这段时间里摩西正好可以滔滔不绝讲个不停。没有理由去打断一个好听的故事。

故事还在继续着。"那个家伙胃疼大概有九个月时间，他们先是错误地切除了他的阑尾，接下来又摘掉了他的胆囊。唉，这回又弄错了，一切都无济于事。他们找不出症结所在，最后，不得不让他出了院，告诉他可以接受针灸疗法，去看脊椎指压治疗师，服用草药，去按摩理疗，但这一切都没有让他的症状好转。与此同时，"讲到这儿，麦圭尔停了下来，把头扭向哈迪，手指着自己面前放着的那一品脱啤酒，意思是说里面的泡沫几乎没有了，之后继续讲道，"与此同时，那家伙正努力活下去，他原本打算几个月之后结婚的。"

那对年轻人几乎异口同声地问道："那接下来怎么样了？"

"就在两星期前，他半夜从睡梦中醒过来，之后连床都起不来了。他们再一次在他身上割了口子，把他打开，但这次开口以后什么都没有动就缝合上了，并向他表示歉意。他们必须放弃这次手术，因为他只能活一个月了。"

"还有一个月可活？"那个女孩问道，"这就是他们的意思吗？"

"是的，但并不是一个月，"摩西最后说道，"结果表明是五天。"

那个小伙子盯着手中的饮料，摇着头说："五天？"

麦圭尔愤慨地点了点头。"三星期前我还在这儿请他喝了一杯，星期一就去参加了他的葬礼。"他抓起哈迪的酒杯，走下吧台边上的高脚凳。

哈迪拿过酒杯喝了满满一大口。"这真是个有趣的故事。你说的是谁？"

"肖恩·麦基，你不认识吗？"

在酒吧做服务员的时候，哈迪就认识了麦基，那时他还在三叶草的垒球队里打过好多年球。他可能现在也就四十出头。哈迪记得，四个月前在这儿举行的新年聚会上，他还请他和他的未婚妻喝了一杯。他小心地把他的酒杯放在吧台上旋转起来。"这个故事是真的吗？"

"至少大部分是真实的。婚礼计划在下个月举行。苏珊和我已经为他们买了一些餐盘作为礼物。"

7

晚上九点半，马拉奇·罗斯还在他的办公室里，坐在仿皮的埃姆斯椅子上，身前的玻璃桌上放着一杯早已凉了的咖啡。杯子旁边摆放着一部磁带式录音机。杰夫·埃利奥特坐在罗斯对面的轮式转椅上，大腿上还放着一个黄色的记事本。此刻，罗斯正望着对面的记者。透过落地的百叶窗，从十七楼的这个办公室可以看到外面的闹市区。但他既没有留意楼外"北海岸"上通明的灯火，也没有留意风清云淡的天空里闪烁的繁星。从早餐后到现在，他水米未进，但仍然没有感觉到饿。

他们在这儿待了差不多有半个钟头。罗斯就他自己的背景作了一番谈论。他是如何作为一名医生加入帕纳塞斯董事会的，基本的工作是为公司在利益驱动下制定的商业决策提供医学上的合法性。这要追溯到起初颇受争议的管理医疗制度时期，罗斯告诉埃利奥特，他是要求在医院里指派初级保健医师的发起者，由他们来对患者需要何种治疗进行把关，从而对医疗这座城堡起到一种看门人的作用。现在，这种观念已经成为国内健康维护组织广泛采用的标准。

"但并不是一个受欢迎的想法。"埃利奥特谈论道。

罗斯靠在椅背上的身子向前伸了伸，迎着这位记者的目光说道："如果给我一条更好的路线，我明天就会执行。但基本上讲，它是有效的。"

"尽管患者们都不接受这种做法？"

罗斯不以为意地耸了耸肩。"那就让我们来谈谈这个问题吧，埃利奥特先生。讨好人是件很难的事。我认为大多数病人都希望看到医院发挥效能，这样才能让他们感到满意。"他本来还想说说他的一个观点，就是人们太过于吹毛求疵了。身体就是一部机器，机械工就是当这部机器发生故障时知道怎么修理的人。这个所谓的人力因素被大大低估了。但他不能对埃利奥特说这种话。"这对绝大多数病人来讲确实是比较好的。"

"那又是为什么呢？"记者问道，"这不就把人们排除在了所有决定环节之外了吗？"

"是的，那是一个合理的问题，我认为。我也有个问题给你，尽管你可能不爱听：为什么他们应该参与决定环节？"他再次伸手挡住了埃利奥特的回应，继续说道，"让这艘船浮而不沉对懂得这行门道的专家来说都是很不容易的事，如果病人们有最终的决定权，他们会在经费上把它弄沉。我并不是说我们不应该让病人们知情和参与，但是……"

"但是人们会要求得到所有昂贵的检查项目，尽管他们根本不需要做那些检查。"

罗斯诚恳地笑了笑。"你说对了。痊愈是需要时间的，埃利奥特先生，如果告诉你由于他们自身的原因而造成了多少健康问题，会让你感到吃惊的。"

说完，他起身走到墙角的小冰箱旁，从里面拿出两瓶水，给了记者一瓶，然后又坐回自己的椅子里。

"瞧瞧，"他前倾着身子，言不由衷地说，"我知道这些话听起来让人觉得没有人情味。如果病人们需要的话，没有人反对在检查项目上赔点钱。见鬼，毕竟那都是保险的事。但如果五十个家伙一个月接一个月地来，每个人都得到了他们想要的检查，而实际上只有五个人需要做这些检查的话，那么帕纳塞斯不是损失两万五千美元的保险费，而是损失二十五万美元。为了弥补这些亏损，我们不得不提高投保费并在处方药品上搭车收费十美元。这是谁都不能承担得起的。这样一来整个系统就崩溃了，没有人能得到健康保健。"

埃利奥特喝了点水，说："那让我们谈谈那想要进行检查的五十个人吧。如果实际上是十个人需要那些检查项目，而不是五个人，对他们来说情况又会怎样呢？"

"他们自己会明白将要发生什么，埃利奥特先生，可悲的是明白得有些迟了。谁都不否认这一点，我承认让他们作出正确的选择是件难事。从我个人来讲，我真心希望任何人都不必承受任何痛苦，这也是我作为一名医生的出发点。但不让这艘船沉没也是我现在的职责，同时，如果我们不顾病人的实际需要而做了他们想要的所有检查，我们就会像石头一样沉入水底，这就是冷酷的事实。那样的话就没有人会得到任何检查，因为没有人能够承担起那些检查的费用。你认为这样更好吗？"

"让我问你一个问题，"埃利奥特回答道，"我听到外面有传言说你们没有给你们的一些医生支付薪水，你介意对此事做出评论吗？"

罗斯的脸一下子僵硬了起来，面无表情地呆住了。埃利奥特知道这个情况，这事让他又惊又忧。他认为埃利奥特知道这件事的始作俑者——那个总是很难对付的，收治了婴儿艾米丽的埃里克·肯森医生，并且怀疑这家伙已经成了埃利奥特那篇令人心碎的故事的消息来源。但他嘴上只是说："我不知道你是从哪儿听到这事的，这种说法并不准确。"

这话显然让这位记者感到高兴。"不准确但确有此事？"

罗斯靠回椅子里，尽量做出一副轻松的样子。"我们的确要求我们的医生给公司提供一笔贷款，额外部分会从保留工资中扣除，这完全是自愿的，并且我们已经向那些要求还款的人偿还了贷款。"

杰夫·埃利奥特坐在那儿听马拉奇·罗斯的道歉和解释有一个多小时了。此刻，这位医疗主管正在谈论，准确地说是在就帕纳塞斯的药品规定的基本原理发表演讲，或许是期望杰夫会把他这些自以为是的废话变成金玉良言写进他的专栏文章中去，在罗斯即将面临的与市政当局的斗争中为帕纳塞斯集团赢得一些公众支持。

"好吧，"罗斯说，"让我们来谈谈吉妮西丝集团研制出一种治疗癌症的叫诺康斯的药吧。这个项目在获得食品及药物管理局认证之前，从药品的研发到进入临床试验阶段已经投入了十亿美元的预算开支。突然之间，它就应用于治疗癌症并且所有人都想使用它。患者心甘情愿掏钱。另外，如果吉妮西丝打算在商业竞争中立于不败之地，并研制其他不同凡响的药品的话，就需要收回投资。这样，它在每一张处方上都收取了一百美元的费用。自从诺康斯在市面上出现，好多年了，它都畅销不衰。

"但是最终另一家药品公司推出了他们自己版本的诺康斯，为了避免专利方面的纠纷也许只做了一点点的变动……"

"但一些变动可能会导致副作用？"

脸上露出的不悦之情使得罗斯的眼皮都耷拉下来了。"很少，埃利奥特先生，真的，非常少。再回到刚才的话题，那些同样也治疗癌症的药，为了获得市场份额，才卖十美元。作为应对，诺康斯的价格降到了五十美元。"

"那也比十美元高得多。"

"没错，一旦我们引导人们并告诉他们真相，所有人都会停用诺康斯而去购买那种便宜货。你能考虑到这种情况，对吗？"

"他们会这样做吗？"

"绝对不会。或许从数字统计的角度看绝对不会。就算给他们选择的机会，病人们也一直选用诺康斯。它是人们认可的品牌。这就是产品自身给消费者带来的信心。"

"就好比拜耳公司的阿司匹林一样。"

"说得对!"罗斯无声地将双手合在一起,就如在鼓掌喝彩一般,"因此,这也是关键所在,尽管它以四十多美元的价格向我们供应诺康斯,如果我们采用它并把它放在用药目录中,那它卖给病人的价钱还是按照它一贯的价格,即五十美元,这就是十美元药品搭车收费的出处。因此,我们就把它从目录上划掉了。"

"诺康斯吗?"

"没错。"

"但现在这还是一种假说而已。你是在说它是一种好东西,但是你不让你们的病人得到它。"

"他们可以得到它,但我们不会为此埋单。如果我们这样做了,那它会毁了我们。我们为了公司的生存做着赚取一点微利的事情。你得明白这个。关键在于诺康斯不是唯一有效的药物。这就是我尽力想让你明白的地方。那些杂牌子的药也是有效的。"

埃利奥特自己对药方有非常详细的了解。他患上多发性硬化症有二十多年了,在医生的建议下,他有时候认为自己已经针对不同且变化着的症状尝试过了世上所有杂牌子的药物。情况没有什么改变,但有好几回,起码让他对杂牌子产生了怀疑,原因是他亲身感受到了不同药物引起的副作用和身体不适。但当他重新使用品牌药品,这样的毛病就消失了。因此,罗斯绝不会把杂牌子的药品卖给他。

"那么从你表明的立场来看,"埃利奥特说,"你认为这种降低门槛和成本消减,从可控治疗到一般药品,你这些做法都是与你当初所做的执业医师开业宣誓是一致的。誓词里强调的就是首先是无害,其次是康复。"

"基本上是这样,"罗斯看起来对这种说法感到满意,但是埃利奥特知道他这个状况不会维持多久,"我们在谈药的事,埃利奥特先生,"他继续说道,"目标是最大范围地造福于民众。"

"难道在你们的商业利益与你们的病人之间就没有什么冲突吗?"

"当然是有的。"罗斯身子后仰,舒服地靠在椅背上,跷着二郎腿,"但是我们尽量减小这种冲突。它只是个程度问题。公司自身需要维持下去以便继续发挥作用。"

"同时也要获取利润,我们不要忘了这一点。你得赢利,对不对?去取悦你们的投资者?"

罗斯笑了起来,摊开手掌对此表示出歉意。"是的,在这方面我们做得不是太好。"

"跟我听到的一样。"埃利奥特将轮椅向前移了移,口气友善地说,"你们的投资者有没有对你们的行政官员和部门负责人的薪水表示过不满?"

罗斯眨巴了好几回眼睛,但如果他觉得问题烦人的话,会迅速把它遮掩过去。"不常有。我们董事会的成员都是老练的生意人。如果报酬没有吸引力的话,他们就会到别处去另谋高就。好帮手不易找得到,当你找到时就得为它付出大价钱。"

"就这个好帮手,它做些什么呢?经营公司吗?"

"正是。"

"但你们都快要破产了。"这不是一个问题,但埃利奥特此时把这事提出来只是想敲击一下罗斯,"要是薪水拿得不够,帮手们做得怎么差都可以,这就让人觉得纳闷了。是不是?"

菲斯克和布拉科作为一对很相配的组合或许已经得到了其他凶案调查员的认同,但作为人本身来讲,他们相互之间也确实不可能有太大的区别。这样说的意思是他们也是警察,只不过类别不同。

到了五点钟,哈伦·菲斯克问他的搭档能否把他放到城里历史最悠久的饭店达第奇。尽管此时他的孩子和有孕在身的妻子正在家等候他的归来,但他要去见他的卡西姨妈和她的一些追随者,然后和她们共进晚餐聊天,一直要到半夜才结束。他没有邀请布拉科加入他们的活动,这样做也并不是故意要跟布拉科过不去或让他感到难堪。事实是，菲斯克是个政治动物，他的眼睛总是盯着长远的政治回报。

相比之下，布拉科是一名警察的儿子，甚至在获得提升进了凶案组之后，他都没搞清楚究竟他父亲与市长之间的关系对他的事业发展有多少影响，以及那些背景平平的普通人对他咬牙切齿到什么程度。同时他也从未要求过什么特殊待遇，即使那只是权力范围之内的小事。局里一些善于钻营的人以为善待布拉科就能讨得市长大人的欢心，自己也会万事大吉，那他们可真是大错特错了。

当菲斯克告诉布拉科他考虑打算向他的姨妈，也就是市政督监，抱怨他们在警察局大楼第四层里所遭受的不合理待遇时，他就劝说过菲斯克不要那样做。有一件事是他从他父亲那儿学到的，那就是警察不是向别人哭嚷叫屈的人。永远都是这样。他告诉菲斯克，这事应该跟格里斯基谈，直截了当地询问并讨论他所给出的答案：那桩车辆肇事逃逸案或许没有故意杀人的因素，所以也没有什么可调查的了。

布拉科相信这就是事实，但另外一件事是，他该如何消磨接下来的时间呢？

因此，他把哈伦放到市中心后，花了好几个钟头去清查他们在这段办案时间内收集到的关于肇事车辆的线索。他并不奢望会有什么结果，但不做就永远不知道结果。处理车辆肇事逃逸案的经验已经让他懂得，大多数情况下那些肇事司机都会老老实实地待上一段时间，直到把车停在人们视线之外的地方，关闭车库的门。一个月之后，他们会把车送到洗车行或汽车装潢店进行清洗和修饰，那也就意味着事情结束了。

但是或许这回事情会出现转机，情况会有所不同。这段时间以来他们已经收到了十一个外巡警察打进来的线索电话。据巡警报告，这些符合肇事车辆特征的车子停在路边或是城里的出入车道上。菲斯克讨厌做这种排查工作，布拉科却花了好几个钟头仔细地检查每一条线索。把马卡姆撞飞的那种冲撞力就算是在一辆老式的厚钢板的美国车上也会留下碰撞的痕迹，并且借助行车道旁边路灯的光线，司机知道是否需要将车倒回来重轧一次以确保万无一失。但排查的结果是没有一辆车具有相似的痕迹。

　　他自己也不明白究竟是何原因，他在波托拉医院的停车库里漫无目的地转悠了一圈，又晃了半个钟头，但这儿并没有一辆深颜色的车。此刻他觉得自己就像一个白痴一样，头脑一片空白，于是回到自己的车里，在车子上写下了一些明天要办的事项以防遗忘——检查那些有伤痕的车辆，不要忘了那些对市政督监提出的线索举报奖励感兴趣的市民打给车辆肇事逃逸调查组的举报电话——对逮捕案犯和定罪起关键作用的信息的提供者奖励一万美元。

　　最后，在回家途中路经十九街时，他填了一肚子的夹心馅饼，然后决定掉头回马卡姆在海滨区的住所。正如格里斯基所说，他要从马卡姆的家庭着手调查，并盯着那些停放在外面的车。毕竟他是个交通车辆警察，他心里不快地提醒自己这一点。

　　"需要帮忙吗？"

　　听到声音布拉科猛地直起身子，并把手电的光柱从他正在察看的那辆白色丰田车的引擎盖上扫过，射向车前座。这是马卡姆家临街边上停放着的二十三辆车中最靠后的一辆。在光柱的照射下，一个个子奇高的男人举起一只手挡住光线，尖着嗓子紧张地又说了一句。"你究竟在干什么？"

　　布拉科注意到那名男子正要把他另一只闲着的手伸进外套的口袋，他警告道："待着别动。警察。"这是他此时能想到的所有的话。"不要动。"布拉科不知道自己应该亮一下警察徽章，还是从肩挎的手枪皮套中拔出枪来。他决定采取后一种方式，拔出枪来对着面前这个家伙。"我正在对这辆车例行公事。"他血流加速，再次警告道，"待在那儿别动。"

　　"我没有动。"

　　"好的，现在慢慢地将你放在外套口袋里的手拿出来，放到我能看到的地方。"

"这真是荒唐。"那名男子嘴里嘟囔着照做了。

布拉科上前拍拍他的外衣，伸手掏出一部手机，搜完身之后又还了回去。

"听着，我是个医生，"男子说道，"我的一个病人今天死了，他家住在这儿。我刚从他家里致哀完出来就看到有人拿着手电在查看我的车子。我只是想用我的手机向警察报警。"

过了片刻，布拉科把手机还给了医生，将自己的枪也放回枪套里。如果说此前在医院的停车场里晃悠时他觉得自己像个白痴的话，那此时他为自己的行为感到一种羞辱，虽然他并不是诚心想要亮出枪来的。

"能给我看看你的身份证件吗？"

那位男子扭头向马卡姆家的方向看了一会儿之后才把目光转到调查员身上。"我不明白，我……"最后，他叹了口气，掏出了钱包，"我的名字是埃里克·肯森。我是波托拉医院重症监护室今天的值班医生。"

"就是马卡姆先生去世的那个地方？"

"是的，他是我……我的老板，我想。警察为什么现在在他家外边？"

布拉科说出了他来此地的真实目的。"我在寻找那辆肇事的车子。"

肯森极不耐烦地嚷道："我能收回我的钱包了吗？"不等布拉科回答他就把钱包塞进了自己的口袋，然后出其不意地问道："你该不会真的认为是蒂姆的熟人有意撞了他，然后跑到这儿来造访他的家？"

"并非如此，但如果不来看一看那我们就真的是愚蠢至极了，不是吗？"

"这个理由对我来说听着有些牵强，但如果那是你们这些家伙……"他没有说完自己的这个想法就转移了话题，"听着，咱们的事完了吗？我现在想离开了。我的车没有撞他。你看到我撞他的痕迹了吗？你想再检查一遍以确保无误吗？我在你干这事的时候打断了你。"

这个男人话语中透露出来的那种既傲慢又不耐烦的语气让布拉科的气势受到了打击。他知道，人们面对警察时有各种不同的反应方式，但他相信有时一个不经意的反应会透露出一些不寻常的东西，或许是一种罪恶感。肯森正准备伸手去拉车门把手，但布拉科突然本能地意识到自己要把他留下来再说点什么。

"你说马卡姆先生是你的老板？我不知道他也是个医生。"

肯森在车门旁直起身子又叹了口气。"他不是。他经营着我上班的那家公司，帕纳塞斯健康集团。"

"那么你对他相当了解，对吗？"

对话停顿了一刻。"并非如此。"他再次扭过头来，目光从布拉科肩上越过，落在马卡姆家的位置，"如果我们的事结束了的话，现在……"

"房子里是什么？"布拉科不等他说完就问道。

"你指什么？什么也没有。"

"你不停地回头看它。"

"我有吗？"他不置可否地耸耸肩，"我并没有意识到这个。我想我是担心他们，这真是一个悲剧，他们在那儿悲恸欲绝。"

布拉科随手拿起一张便笺纸，此举可能是自找罪受，但没准能有额外的收获。如果他能成功把握住正确的调子，就能把他的提问变成讯问。"我想你说过你不太熟悉他。"

"是的。"

"可你还担心他的家人？"

"对此你觉得有什么不对吗？前面我已经回答过这个问题了。关心一个受害者的家人不是什么罪过。"肯森举起一只手在自己额头前重重地挥了一下，快速地把街道扫视了一圈，"警官，对于这个问题我们还要挖掘一下我遗漏了什么吗？"

布拉科没有对此做出回答，相反，他提出了自己的问题："那么，你跟他没有什么深交了？"

医生把头扭到一边说："你什么意思？作为一个老板？"

"不管从哪个方面说。"

这回医生沉默了良久才再次开了口。"警官，如果你不介意的话能告诉我你的名字吗？我想知道我在跟谁说话。"

"布拉科，探员达雷尔·布拉科，凶杀案组的。"

话一说出口，布拉科就知道自己这话说错了。肯森震惊得跳了起来。"凶杀案组？"

"是的，先生。"

"那么你是在调查蒂姆的死因？为什么？有人认为他是被谋杀的吗？"

"车辆肇事逃逸案不一定就是凶杀案件。这只是常规而已。"

"常规？检查到他家来的车子？"

"对。你刚刚只是叫他蒂姆。"

"那又意味着什么呢？他的名字就叫蒂姆。"

"你跟他不是太熟，但你还只叫他的名字？"

肯森无言地摇了摇头。后来，他长长地吐了口气。"听着，探员，我不知道该说些什么。今天在我的看护下，这个男人死在了我的科室内。我认识他有十五年之久，我到这儿来是向他的妻子和家人进一步表示慰问的。现在差不多快十点了。早上六点我就起床了，到这会儿累得都快要死了。我不明白用名字叫这个男人有什么别的意味，而且如果不介意的话，你明天一早再给我打电话吧。如果你事先预约，我将十分高兴和你在医院里面谈。"

布拉科意识到或许把自己所谓的讯问扯得太远了。肯森所说的，着调的和不着调的，都很入情入理，这会儿实在没什么必要再去烦扰这位举止得体的医生了，实际上他已经主动为明天的访谈打开了方便之门。探员明白事情到这儿自己已经有点做过了头，不可再往下进展了。

"你说得对，但我可能要过几天再给你打电话。"

"那样很好，"肯森说，"我哪儿都不会去。"

他们俩相对无言地在街上站立了一会儿，之后布拉科向肯森道了别，向马卡姆的房子走去。格里斯基曾告诉过他从他的家人着手，或许会从中发现些什么，得到一些有价值的第一手资料。但他还没有走出两步,就听到肯森的话音再次从身后传来。"你没打算到那房子去,是吗?"

他停下步子并回头说道:"我想我会去的。"

医生欲言又止,看起来是在考虑是否还要说点什么。终于,他大声说道:"那好吧,你去做你想做的事吧,探员,但你或许可以考虑一下今晚不去打扰他们而是明天再来。他们今天的情况已经够糟糕了,个个都悲恸欲绝。我担保他们中的任何一人都没有驾驶过你要找的那辆肇事车辆。你有什么等不及的事情要问他们?"

布拉科奔波到现在也有点困乏了。他扭头看了看马卡姆的家,灯还是亮着的。他需要找出一些与蒂姆·马卡姆的死有关联的东西,以此来向格里斯基证明自己的价值,所以他才把工作一个劲地往前推进。他对案情虚构了一些幻象,并且就在此刻,就在这儿,对肯森做出了一些错误的讯问。

在他预先没有任何计划而且确实没有想好要问什么的情况下,跟马卡姆的家人面对面谈肯定会犯下同样的错误。他应该让筋疲力尽和悲恸欲绝的他们独自静一静。明天,情况或许会有些好转。

布拉科点点头,说道:"提醒得好,但你和我应该尽快再次进行谈话。"

"我十分期待。"肯森回答着,伸手拉开了车门。

8

  格里斯基住在这个高档的两层小楼已经有二十年了。由于政府出台了住房租金管制措施和旧金山房地产市场的最新一轮暴涨，他知道自己会一直住在这儿直到老死，新房东也绝不可能让他搬走，除非他自己要搬进来住。那样做的话意味着房东自己要损失一大笔钱。格里斯基的租金只能在自己的收入中占很小的一部分。现在全城任何地段顶层带一个可用作卧室的房间的复式公寓，市面上的售价已攀升到了五十万美元，他清楚购买房产是绝对负担不起的。现在的情况就是这样，他每月为自己的住处支付不到一千美元的房租，房子位于一个僻静的死胡同的尽头——靠湖水北边的绿树环拥的一块地上。他的后院面对的是一条绿化带，并且在与普雷西迪奥接界的地方有一条供人健身跑步用的小道。因此，他每天一醒来就听到鸟儿的鸣叫声而不是城市中喧嚣的嘈杂声，看到鹿和浣熊也是常有的事，这一点他不是自己骗自己——他知道自己是一个很幸运的人。

  当然，这并不是说他就跟住在王公贵族的豪宅里似的。王公贵族

71

很难满足于一千三百平方英尺①的地方，尤其当这块地方被分割成三个卧室、一个厨房和一个客厅，就算是这样，他还和弗洛在这儿生育了三个儿子。但那时空间的狭小和不足对他们来说却从来都不是问题。前几年，一个叫丽塔·舒尔茨的女佣曾与他和奥雷尔住在一起，那时她就睡在客厅里一块帘布的后面。现在丽塔不在这儿了，这让客厅看起来有些空旷。特雷娅十六岁的女儿拉尼已经占据了大厅下面厨房后边的那个房间，那儿曾一度被用来当电视房。现在来看，他们的居住空间是足够了。

现在是早上七点半，两个孩子都已经上学去了。格里斯基和特雷娅坐在餐桌旁一边吃早餐一边看报纸。由于餐厅不大，不够两人同时把手中的报纸全部展开阅读，因此，他们就像在玩一种无声的游戏，无论何时，如果他们中有一人翻动自己手中报纸，都会盖住对方报纸的一部分。当特雷娅第四次这样做时，她翻动的报纸盖住了格里斯基正在读的一篇关于火星上远古水流的情况及可能具有的意义的最新消息的长篇报道。他放下自己手中的杯子，伸手轻轻从中缝处撕下特雷娅盖在上面的那半张报纸，扔到了地板上。

"你这人真是太可笑了，"她说，"不在乎别人说些什么。"

"有没有人认为我不可笑呢？"

"有一些，我想。"

格里斯基摇了摇头说道："这让人太难以置信了。就在去年哈迪跟我讲过同样的事情。"他做出一个滑稽的笑脸，脸上的疤痕让这种滑稽的味道表现得淋漓尽致，"如果在我看完这篇文章之前再把另一页盖在我的上面，我会把你的心扯出来的。明白吗？"

"我们需要一张大一点的桌子。"

他正要埋头继续读他的文章，听到这话又停下来抬头望着对面的特雷娅说："是的，我们确实需要，但我们需要一个更大的厨房来摆放它，那我们又该到哪儿去呢？"

---

①约相当于一百二十平方米。

"或许我们能敲掉这儿的一道墙……不，我是认真的，那样——"这时，门铃响了起来，打断了她的话。她看了手腕上的表说："会是谁呢？"

"孩子们中有谁忘了带什么东西了。"阿布起身向门口走去，"不会，可能是公事。"说着他打开了门，"早上好，达雷尔，你起得真早。哈伦在哪儿？你是怎么知道我的住处的？"

达雷尔解释说是哈伦·菲斯克从别处打听到的，还给他指认了确切的位置。这些事是瞒不过政治家们的。因此，今天早晨，从滨海区到市中心的途中，他会路过格里斯基家，于是他临时决定停下来造访他，他想也许这样还能省得他回头再过来。

现在，车在飞驰，他的上尉警长就坐在他旁边，显然是在考验他的耐心。"那么让我们直奔主题吧。昨晚你在马卡姆先生房子前面的大街上一直待到将近十点，然后觉得再到他家里开始询问一些问题太晚了，于是就放弃了。但你为什么又打算再次那样做呢？去问问题？"

"你说过从他的家人入手的。"

"没错。"

"因此，如果可能的话我打算跟他们谈谈，但有很多人到他家里去吊唁，所以我认为他的家人肯定累了一整天了，因此我想我不应该去打扰他们，好让他们休息一下，等到今天再去也不迟。"

"你今天又是什么时间到那儿去的？六点半吗？"

"差不多快七点。我估摸着孩子们要去上学，并且如果可以的话，我想在他们离家之前在家里堵住他们。我没有想到他们都打算好好睡一觉的。"

"没有人应门吗？"

布拉科扫了一眼旁边座位上的上司。"我第一次叫门的时候什么回应都没有听到，所以我以为他们还在睡觉。之后我在外面等着，然后又敲了二十几下门并按了四五次门铃。"说到这儿他犹豫起来，"昨晚我离开的时候他们都在房子里，上尉。当时肯森医生刚刚拜访过他们，从房子里出来。我敢百分之九十九地确信他们昨晚是住在那儿的。我不知道他们为什么不应门。我认为起码我把他们叫醒了。"

格里斯基抱着胳膊一言不发，只是默默地点着头。他不知道蒂姆·马卡姆家里究竟发生了什么，他确实也认为他的家人完全有可能睡过了头而没有听到布拉科的敲门声和门铃声。他也曾看到过谋杀案受害者的家属所表现出来的体疲神虚，不分昼夜地昏睡或者其他状况，或者是他们决定在大清早不给来访的陌生男子开门。

但从另一个角度来讲，格里斯基为他手下的探员所表现出来的如此强的工作主动性而感到高兴，即使结果证明那有可能只是白费工夫。他们很快就会知道答案的。

又是一个晴朗而寒冷的早晨，他们直接将车停在了马卡姆家的两层别墅前，走到铺在房门前的那块比格里斯基家的客厅还宽阔的石板上。布拉科敲了敲门，又按了按门铃。站在门外都能清晰地听到从楼里面传来的一连三次的门铃鸣叫声。"我想他们不是睡过了头，你说呢？"格里斯基凑过去又按了按门铃，等着有人来应门。之后他们又试了一次并等候了一会儿，但还是无人应答。阿布吩咐达雷尔待在原地不动，他去察看一下房子。屋子前面的窗户上带有农场图案的百叶窗都是关着的，但透过车库的窗子，他看见里面整齐地停着两辆车。打开围栏上的门进到后院，他感到了出奇的寂静，便加快步伐来到了房子后面的窗户跟前。从这儿可以远远地望见乱糟糟的房间地板上躺着一只大狗，很明显它还在睡觉。格里斯基用力敲了几下门。那只狗却动都没动。

此刻格里斯基几乎是一路小跑着绕回到房前，看见一个女人与布拉科一起站在楼前的门廊里。他看了看手表，刚好八点。他放慢脚步走回大门外的石板上，对那个女人掏出警徽并作了自我介绍。正如他所料，这个叫安妮塔·董的女佣是到马卡姆家来做工的。

"你认为马卡姆夫人今天早上会在家吗？"

董点头称是。"马卡姆先生昨天刚去世，她会到哪儿去呢？"

"我不知道，"格里斯基说，"我在问你。"

董没有回答。

"你有房子的钥匙吗？请让我看看好吗？"

她变得紧张起来，紧咬着自己的下唇，点了点头。在自己的手提袋里一阵乱翻之后，她掏出一串钥匙，但因为紧张而没拿稳，钥匙从他手中滑落到了脚下的石板上。"抱歉，"她抬起钥匙说，"拿着，是这把。"

格里斯基扭头对他的探员说："达雷尔，我要你待在这儿。董女士，你也和布拉科探员一起在这儿等着。你们听明白了吗？不要进去。"

随后，格里斯基打开门走了进去。他发现自己来到了一个富丽堂皇的大厅。左首边是一间宽敞的大房间，他走了好几步进到里面并四下看了看。房间里的东西看起来都井井有条，没有被翻动过的混乱痕迹。大厅对面是一个独立的餐厅，里面摆着的有型有款的餐桌和枝形吊灯都原样未动，似乎那边的角落里正在用早餐。

还是静寂。到处都是死一般的静寂。

他掉头通过餐厅向厨房走去，但当他看到一个女人侧身躺在地上，头旁边扔着一把手枪时，就在厨房门口暂时停住了脚步没有跨过去。之后，他跨了几大步来到她跟前，避开地板上快干的血泊，在她身旁跪下来查看了一会儿。他发现血是从她头皮下右耳后边的一个洞里流出来的。

尽管看上去毫无疑问她已经死了，他还是用手贴了贴她冰凉的脖子以确认她已经断气。然后他拔出自己的手枪开始去察看别的房子。两分钟后，他走到主人卧室用挂在墙上的电话机拨打了他再熟悉不过的报警电话号码。

罪案现场勘察组已经在房子里连续工作一小时了。此刻该组的杰克·兰特里警官正踏着楼前的草坪向格里斯基以及几个法医和警察站立的地方走去。太阳已经出来了，但还没有让人感觉到它的热度。周围站着的人都把手揣在自己的口袋里。

兰特里是从澳大利亚移民来美国的，接近四十岁，性格豪爽，拥有橄榄球运动员一般健硕的身材，但今天他的脸色看起来有些晦暗，走起路来也有些歪歪斜斜的，就像是喝醉酒了一样。格里斯基从人群里不动声色地悄悄抽身离开，在草坪中央迎头拦住了他。

兰特里吐了几口气并用一只手压了压太阳穴，然后用脚踢了踢地面，抬起头望着远处的地平线。"你知道刚来这儿时，我最爱的是这个国家的哪一点吗？就是对持有枪支者不加限制。但现在我认为自己正置身于让我改变这种想法的地方。你们让枪支和那些丧心病狂的人同处一室……我见过太多这样的血腥场面。真他妈操蛋！"

格里斯基明白兰特里话里的意思，但眼下不是去揣摩这事的时候。他想知道现场勘察组对这事是怎么看的。"对这事你是怎么想的，杰克？"兰特里用下巴蹭了蹭他的衬衣领子，抬起头又望着头上那明净而蔚蓝的天空。当他的视线回到格里斯基身上时，脸上已经恢复了职业式的表情。"枪是马卡姆的，在厨房外他的办公室里。我们在他可能存放手枪的同一个抽屉里找到了枪支登记证。她手上拿的正是那支枪。"

"好的。她手上拿的是他的枪，那又意味着什么呢？"

"单独就这点来看，我也说不准。检验结果会告诉我们一些现在还不清楚的东西。"

"除此之外的？"

"除此之外都是表象。"

格里斯基按捺不住自己心中的焦急，情急之下忍不住用力击了一下掌。"我们在玩猜谜游戏吗，杰克，是不是？"

"你问他们，阿布。你想知道我的看法，我们可以直接到现场去。她把他们全都杀了，然后自杀了。"

"卡拉？"

"这是她的名字吗？"

"是的。她连自己的孩子都杀了？"

兰特里看上去对此话有些不满。"你在说你没有看过这种事？"

"我已经清楚地看过了，杰克，也许恰恰跟这不一样。"

"有什么不一样？"

格里斯基意识到自己没有就此看法跟他啰唆的必要。"我不清楚，杰克。也许我只是头脑发热随便说说。法罗有什么看法吗？"法罗就是伦纳德·法罗，罪案现场的勘察技术人员。

兰特里点了点头。"他还在现场，你可以跟他说说。你想知道我的看法，也许就和表面看上去一样。除非你知道我所不知道的东西。"

这是个问题，但格里特斯摇了摇头没有就此做出回答。"究竟是为什么？为什么会是全家人呢？"

这一点兰特里不难理解。"昨天她丈夫去世了是吧？我听说了。"

"是的，车辆肇事逃逸。"

"或许事发之前他们就惹上了什么麻烦？"

"我不知道。你从别的地方听到了些什么吗？"

"没有，只是个大概而已，跟你知道的差不多。"

"或许有所不同，"格里斯基回答道，尽管他认为兰特里说的是实话，"告诉我。"

兰特里歪着脑袋眯起眼睛又看着天空，整理着自己头脑中的思绪。"活在这个世上真是太可怕了。人生有太多的苦痛且没什么意义。因此，她让他们从这些苦痛中解脱出来，或许是帮了他们一个忙。"

格里斯基知道这种说法是很常见的解读。在他的职业生涯中，他也曾遇到过精神失常的女人杀死自己家人的案例。他也读到过、听说过其他几起类似的事情。发生这样的事情总是令人难以想象和接受，但从他的经验来看，那些惨痛的事件尽管本身已经很可怕，但对人们还有着特殊的影响。比起单是丈夫去世的不幸事件来，这样的灭门惨案带给人们的是更直接、更痛苦的心灵震撼。

他想起多年前从越南偷渡出来的一个五口之家，他们最大的那个十几岁的男孩死在了偷渡途中的船上。几个月之后他们辗转到达了美国，全家挤在只有一间卧室的小屋里度日。有一天，一帮唐人街的匪徒闯进这家抢了一些东西。抢完之后，或许是因为这家没有更多的东西可拿，恼羞成怒的匪徒杀死了这家的丈夫。第二天，那位母亲亲手掐死了自己的两个小孩，然后割腕自杀了。

他还见过另一桩被称为"烧床案"中的年轻母亲。她的男友总是殴打她，最后，趁男友熟睡时她开枪杀死了他，之后又枪杀了她的幼子并自杀。大概在两年前，一个叫格里·帕特齐克的情绪失常的女人——出于某种原因，他还记得她的名字——在她丈夫离家出走并提出离婚后，服用了过量的安眠药自杀，并把这种东西混在牛奶中杀死了她的三个孩子。

因此，格里斯基已经看出这一点，在谋杀或自杀案中，只有那些不为人所知，或者甚至是非同寻常的真相才能昭示出其丑恶的本质。但在他看到或是听到的所有其他案例中存在的某种不可化解的矛盾因素，在这个案子中似乎找不到，并且此前他也从未看到或听到有少年受害者——他们一直都是一些年龄更小的孩子。这是个失去了父亲的、本来十分温馨的家庭。是的，这是不幸的，但真的就是表面上看起来的那样，昨晚卡拉·马卡姆在濒临崩溃的状态下，在这儿接待了一群理智的吊唁者？这很难想象。

"该死啊，阿布，"兰特里突然冒出话来，他转身对着马卡姆的房子，似乎在上面寻找些答案，"真是太傻太傻了，傻得该死。"

格里斯基讨厌这种粗话，但他能够理解兰特里的愤怒。四个人死在了家里，那个女人和她三个被枪杀在楼上房间里床上的还是青少年的孩子。算上昨天蒂姆·马卡姆的去世，全家一下就在二十四小时内死光了。"我听说，杰克，"他说，"你知道些别的我需要知道的事情？"

"没有，房里静得就像一座血腥的坟墓一般。真是一座血腥的坟墓，上帝啊。"

就在这时，罪案现场勘察组的一个女人提着马卡姆那只又大又漂亮的金色猎狗的尸体——像布洋娃娃玩具似的——出现在了门口。格里斯基看到，由于狗太沉，她正弯着腰吃力地穿过门口的石板路。兰特里朝她走过去说："卡罗尔。"那个女的眼冒怒火地瞪了他一眼，他不由自主地停了下来。她默默地啜泣着,并不想得到任何帮助。走到路边上,她把这个已无生气的躯体放进停在那儿的一辆救护车后面,然后走到一辆巡逻车旁,钻到车里,关上车门坐下了。

格里斯基从兰特里身边走过时,友善地在他肩上轻轻地拍了一下,然后穿过草坪,从前门走了过去。

走进屋里,格里斯基看见罪案现场勘察专家伦纳德·法罗正站在厨房的水槽前——黑皮肤,瘦长而结实的身板,短短的胡须,耳垂上戴着一只小小的金十字架。法罗双腿交叉着站在那儿,两只胳膊也交叉着抱在胸前,不经意地显露出了心中的烦躁与不安。摄像师正在照相,而他似乎得等到他照完才能开始工作。

格里斯基在厨房门口稍微停了一会儿,又看了一眼马卡姆夫人的尸体,随后走到水槽边的法罗那儿。"杰克·兰特里告诉我是她开的枪。"他说。

法罗把头扭向一边。"也许吧。事情就摆在这儿。离她够近的了。"

枪仍在地板上,离卡拉的右手只有一英尺远。"她是习惯用右手的人吗?"格里斯基问道。

法罗生硬地笑了笑,"这你得去问她自己。"

格里斯基认为法罗的回答应该遭受一顿反唇相讥。"为什么你不告诉我你所知道的东西,以便让我不再问些更愚蠢的问题?"

法罗遭此抢白后,态度有所好转。"如果你不介意的话,我们换个地方说好吗?这场景一两小时后会让人觉得平淡无趣。"他横穿过厨房,从豪华的餐厅进到大厅里,清新空气从仍然敞开着的前门迎面吹来。"好的,枪是把点二二口径的六发装左轮手枪,然而我们只发现了它击发后的五枚弹壳。就我看来,她是从楼上的儿子开始下手的。"

"你为什么这样说?"

"这是她唯一不想弄出动静的一次。枪是用枕头捂住后才击发的。"

"好。接着又怎样呢？"

法罗朝着楼口指了指。餐厅豪华而开阔，天花板离地面有二十多英尺高，房顶上有一个大大的天窗。墙半腰处的楼梯扶栏说明了那是通向二楼房间的走道。"顶端的隔壁房间，"法罗说，"是双胞胎女孩的卧室，看起来她接下来到了那儿。这次不必像第一枪那样需要避免弄出声响，她可能只图尽快了事，于是直接就开了枪。"

"随后下了楼并开枪打死了那只狗。"

猛然间，先前与兰特里谈话时得到的那些令人困惑的细节让他有所启发。就算是卡拉·马卡姆认为这个世界对她和她的孩子们太残酷，那为什么她会杀她的狗呢？当然不是为了让它也免于遭受正在降临的痛苦吧，更为传统的做法是，她会写下一张便条，将那个宠物留给自己的亲戚或是好友照管。

"警官？"法罗问道，"你在说什么？"

"只是自言自语，伦①。她身上的伤口如何？"

"子弹从右耳后射入，与现场的情况再次吻合。但没有子弹穿出的伤口，因此我不能推测出弹道的轨迹。斯特劳特应该会把这个弄清楚的。"

"我相信他会的，"格里斯基说，"但让我问问你这件事，伦，你和杰克打算把此事定性为谋杀或是自杀，是吗？"

但这位分析家摇了摇头说："我们正在为此努力，警官。我还没有看到能将其定性的任何东西，我们不妨假设是这样的情况：看上去是她开的枪。屋子里任何地方都没有打斗过的痕迹。"他耸了耸肩接着又说道，"但我不知道事情究竟是怎样的。看来你有更好的主意，我会检查你想要查的任何地方。"

"我不知道这是不是个好主意，"格里斯基说，"但我会让斯特劳特仔细检查弹道的轨迹并查明她是否习惯用右手。"说完，格里斯基举起自己的右手，做出一个用枪抵着右耳后某一处的姿势，"这样似乎让

---

①伦（Len）是伦纳德（Lennard）的昵称。

人觉得有点儿别扭，你不认为吗？"

哈伦·菲斯克受命从市中心赶到马卡姆家与他的搭档会合。格里斯基已经指派他们俩去执行访谈安妮塔·董的任务。现在，上尉也加入餐桌旁的三个人中间。

看得出，那个女佣出于恐惧，身子还在发抖。格里斯基发现那些尸体并走出门告诉她之后，她立刻因为这个不可思议的消息而晕倒在地上。开始，有好一阵子，她语无伦次，前言不搭后语地在那些相同的问题上绕来绕去，根本说不清楚。

他在说什么，死了？格里斯基一定是搞错了。他不是说他们都死了吧，是吗？他们不可能全都死了，那不可能。不是伊恩吧，他可是个十七岁大的男孩子。他个子够大，够壮实，也有力气，几乎就是个男子汉了。当然，他肯定听到有人进了他的房间并醒了过来，他没有吗？格里斯基确信他看到了那两个女孩，克洛伊和西格了吗？也许他没有。他可以回头再去查看一下，有人可能还活着。

安妮塔·董是个身材娇小、善于言谈的女人。她成为马卡姆家中的一分子已有七年半之久。他们也是她唯一的雇主。她住在几英里之外的日落区的南端，每星期到这家工作五天，时间从上午八点到下午六点，星期一和星期二休息。

此时，格里斯基拉过一把椅子，将椅子转过来，然后坐在上面。他仔细听着董女士正在讲述的事情。她跟探员们讲她曾提议自己晚上留下来过夜——他估计她指的是昨晚——感谢上帝她没有留下来。但是卡拉，也就是马卡姆夫人说她和孩子们应付得了，安妮塔该回家去。他们不想家里有更多的人在。

"你离开时她家里有多少人？"布拉科问。

董女士想了一会儿，说："大部分都是她茶友团的朋友，加上她一共七个女人。她们每星期五上午都聚会。我想当她们听说了马卡姆先生的事……总之，她们带来一些炖菜之类的东西，因此我想她原本可能会让我留下来热一热那些菜让她们吃。不过她没有那么做。"

菲斯克若有所思地点着头，似乎这一切都与案情有着某种说不清的联系。布拉科正忙着在一个黄色的笔录簿上做着记录。格里斯基注意到他手下的新手们已经在桌子上放了一台录音机，起码这一点让他感到意外而欣慰。不过他能看得出，如果董女士的回答照现在这个路子继续下去的话，他们的问话就会离主题越来越远。他决定亲自发话以便让谈话回到主题上，或许只给出一个小小的提示就能办到。"那么，董小姐，"他轻轻地说，"你是什么时间离开的？"

"是董夫人，"她纠正了他用的称谓，"快七点。"

"那你离开时房子里只有马卡姆夫人和她的六个朋友吗？没有别人了吗？"

她把脸转向他。"对了，还有孩子们和他们的两个朋友也在。实际上是伊恩的朋友，不是姑娘们的。"

"是两个吗？"

"我想是的，都是十几岁的少年，他们就坐在这儿。"

"伊恩的两个朋友，那么，"格里斯基说，"你知道他们的名字吗？"

"一个叫乔尔·伯里尔，他总是在这儿。另一个我想是叫马克吧，但是……"她摇了摇头表示不敢肯定。

"茶友团的那些女人都叫什么名字？"格里斯基问。

这个问题就更明朗了，董夫人也感到些许轻松。"好的。有露丝·菲茨帕特里克，我认识。还有杰米·拉什。哦，她的女儿莱克西也在这儿。她和西格、克洛伊姐妹俩在同一年级。杰米就待在那个角落，我可以指给你看。"

格里斯基做了一个写的动作，示意布拉科应该快速地把这些名字记下来。他继续对董夫人发问。"如果你不介意的话，我们把这个问题弄明白会有助于案情调查。现在，关于你所说的在这儿的其他客人，你离开时还有其他人在吗？还是只有那个茶友团和伊恩的朋友吗？还有西格和克洛伊的同班同学。"

"是的，当然马卡姆先生的助手布伦丹也一直在这儿，他不停地哭，有时比马卡姆夫人哭得还厉害。另外还有邻居弗兰克·霍斯克。他是非常好的人，从收音机广播中听到了马卡姆先生的事，就过来看看有什么可以帮上忙的。"董夫人闭目默想了片刻，然后自顾自地点了点头，"这就是我还在这儿时所知道的所有情况。离开之后的事情我就不知道了。"

"那么说你没有见过肯森医生？"格里斯基问。

一听到这话，董夫人的表情似乎说明了些什么。格里斯基认为从她的反应看得出来她对这个名字感到既熟悉又震惊。"肯森医生来这儿让你惊讶吗？"

这让她费了一会儿工夫才好不容易从嘴里迸出一个音节来。"好……"她停住了话头。探员眼巴巴地等着她的下文。终于，她耸了耸肩。"是的，我想是这样的。"她说。

"为什么？"

董夫人闭口不言了，肩上的脑袋微微地耷拉了下来。

格里斯基对她紧追不放。"你认识肯森医生吗，董夫人？他是这家人的朋友吗？"

"准确地讲不是朋友，不是。我不认识他，但这个名字……这个名字耳熟。"

格里斯基并没有移动他的椅子，却在不经意间似乎靠她更近了。"那么你并没有想过他会来访吗？为什么呢？"

在董夫人还没想好自己该如何回答之前，探员中的一个就开了口。急于显示自己所知的布拉科突然插了进来："马卡姆死时他就在重症监护室当班，也许他觉得自己应该来登门吊唁。"

格里斯基用冰冷的眼神嗔怒地瞪了布拉科一眼。尽管如此，他还是压制住了自己的情绪，温和地把话题转向他的目标。"董夫人，抱歉，你打算说什么？为什么你没想到肯森医生会来？"

"我只是……"她又拾起了话题，但在格里斯基和他的探员之间的紧张气氛并没有缓解她这个局外人的压力，"我不知道。"她最后说。

格里斯基知道，这次询问和他们的多嘴在某种意义上总有一天会对菲斯克和布拉科有所启发，但绝不是在今天：一个愿意合作的证人就在他眼皮底下，但自己人内部中途出现了不和，导致他不能掌握一个良好的节奏，而证人也突然变得支支吾吾不愿开口。

他放弃了在这条线上继续努力。她已经为另一扇门开启了一道缝，或许他可以让她打开那扇门。"好的，"他说，"你说过肯森医生不能算是朋友，我相信你说的话。你是这么说的吗？"

"我也是这么认为的，是的，我说过。"

"你能告诉我你那样说是什么意思吗？"说这话时他向自己的新兵抛去一个看似和蔼的眼神，但它传达出来的毫不含糊的信息是：你们都闭嘴，让她来回答。

"他为马卡姆先生工作。"

"那你的意思是他算不上是朋友，是因为他充其量只是个职员而已？"当她看上去还在考虑这事的时候，格里斯基又把他的话做了进一步的阐释，"不但算不上是朋友，相反他是一个敌人。"

他们静静地等着她开口。这次董夫人环视桌子四周，目光碰到的都是同样的充满期待的眼神，示意她给出一个更坦诚的回答。"有时候他的名字，"她开始说话了，"卡拉和她的朋友们提起过。你知道，我在为他们服务时没办法不听，实际上，他的名字不如他妻子的名字被提到的次数多。"突然间，她脑子里又冒出了另一个想法，"我应该说这事吗？我需要有个律师跟我在一起吗？"

格里斯基立即打消了她的这种心理防备。"我不这样认为，夫人，你没有做错什么，你也没有任何麻烦。"他一边说着这话，一边起身走到她的身后，紧接着又抛出了一个新的问题打住了"律师"这个话题，"为什么肯森医生的妻子在茶友团中被说起？"

"她说要跟他离婚。"

眼前的事还是解不开的一团乱麻，现在又冒出了这档子事。"肯森医生的妻子？"格里斯基问，"跟他闹离婚？"

"不。"董夫人不耐烦地摇了摇头，"卡拉。肯森夫人是……我想所有人都知道这事……马卡姆先生跟她有私情。"

菲斯克不由得伸长了脖子，头向前探了出去，那张娃娃脸由于兴奋和希望而变得神采奕奕。"和肯森医生的妻子？"他脱口而出。

不要这样做，格里斯基此时真想用他所能想到的最具讽刺意味的话，就像对那只金毛猎犬所说的那样来斥责菲斯克的莽撞，但他还是忍住了。虽然，这样的情况再次发生了，而且这回他确实打算叫他们走开。但是，他的话音里丝毫没有透露出自己内心的想法，继续不露声色地说："你在说肯森医生的妻子——"

"安。"

"好的，安。她和马卡姆先生保持着私情？你的意思是还没有结束？"

"据说是那样的。当一切结束时——"

"那又会怎么样呢？"

"五六个月前，也就在感恩节前，卡拉发现了他们的私情。之后，她有好几星期都不让他进家门。我认为他不会回来了，但是他回来了。她让他回来的。如果换作是我，我想我是不会原谅……当然了，那只是我。"

"但马卡姆先生真的回来了？"

董夫人点了点头。"没错，他发誓说这事结束了。"

"但是并没有？"

"我不知道，"说到这儿，她不置可否地耸了耸肩膀，"卡拉并不敢相信，我认为。不过她想……她告诉茶友团的朋友，说她找了个私家侦探，如果他和她再见面，她就会离开他。"好一阵沉默之后，董夫人把脸转向格里斯基，接着刚才的话继续说，"因此，当我听到肯森医生昨晚在这儿时，你说对了，这让我感到吃惊。"

格里斯基故意装出一副无动于衷的样子，收回身子靠在椅背上，把胳膊抱在胸前。关于安·肯森和蒂姆·马卡姆这个情况的出现让他重新考虑以下两种截然不同的可能性：第一，马卡姆夫人在昨晚之前可能就已经长期精神抑郁，这一点会使案件究竟被定性为谋杀还是自杀更具争议；第二，显而易见，这一点也具有谋杀的动机。

闲下来之后他会仔细考虑每一种可能，但眼下还有一个问题要问这个女佣。"董夫人，就你所知，肯森医生知道马卡姆先生和他妻子的关系吗？"

"我想是的，是的，当卡拉听到他们要离婚——"

"肯森和安吗？他们现在已经离婚了？因为私情这件事吗？"

"我还不知道最后是什么结果，不过我听说他们已经分居了。起码当卡拉听到他们开始进入离婚程序时，她就尽力去弄清马卡姆先生的名字会不会出现在与此相关的任何文件上。那么肯森医生，他肯定是知道的了，你不这样认为吗？"

9

迪斯马斯·哈迪站在欧文大街的人行道上，正在和另一个叫韦斯·法瑞尔的律师说着什么。他们之前也就见过一两次面，最近一次还是在去年九月份格里斯基的婚礼上，他们在那儿碰到一块并一起比酒，试验了一下人体对香槟酒的承受限度。结果表明，他们两个人的酒量都够大。

昨晚，弗兰妮终于在三叶草酒吧露了面，而且她和哈迪还继续了他们的约会——到紫月华餐厅吃了中国菜。回到家后，他头脑中怎么也抹不去麦圭尔在故事中提到的肖恩·麦基的影子。今天上午，他向周围人打听，才知道麦基的家人实际上已经聘请了一位律师——也就是法瑞尔——来就他的死亡事件开展医疗事故方面的调查。毕竟医疗是最近的热门话题，昨天是蒂姆·马卡姆的死讯，这让他有兴趣知道更多的情况。法瑞尔会是一个不错的信息来源。哈迪知道，法瑞尔也会觉得求之不得，十分乐意去干这件事。因此，八点半刚过，在韦斯快到办公室时，哈迪手里拿着一瓶系着丝带的香槟酒站在了人行道上，等着他出现。

法瑞尔亲热地跟他打着招呼，如同见到一个失散多年后的兄弟，但当他看见哈迪递上的礼品后故作惊恐地将身子向后退了退。"自从阿布的婚礼之后我就再没有喝过一口那东西了，那天一次就喝够了十年要喝的酒，足够了。如果让我再回想一下那天的话，我不敢相信我真的那么做过。"

"那就像骑马一样，"哈迪说道，"它突然一跳把你摔到地上时，你得从它的右后方跨上去。丘吉尔天天喝这东西，你知道吗，连早餐时都要喝。他还获得了诺贝尔奖。"

"因为喝香槟酒吗？"

哈迪摇头表示否定。"是和平奖，我想，不，等一下，或许是文学。"

"如果是和平奖，那可真是太好了，"法瑞尔没有顾及哈迪，而是自顾自地说道，"我喜欢他们怎么把和平奖授予这些世界级的战争者的那股疯劲。亨利·基辛格、黎德寿、亚赛尔·阿拉法特。丘吉尔也属此类。这些家伙绝不是甘地，你知道的。"

"政治家。"哈迪说，"如果你是个政治家，那么战时你就可以想杀多少人就杀多少人，之后当你住手时，瑞典的每一个人都会心存感激地授予你和平奖。"

"只有一点你搞错了，瑞典不颁发和平奖。"

"不发？那谁发呢？"

"挪威。"

"什么时候开始的？"

"很久以前的事了，我想。其他的诺贝尔奖项出自瑞典，但挪威颁发的是和平奖。不要问我为什么。"

"他们或许都是不错的政治家。"哈迪说。

"我也能做个政治家，"法瑞尔说，"我也想杀很多人。"他现在正坐在椅子里整理着吸墨纸上的那些笔，"也许我能自我防卫，那就会意味着我有一个顾客。"

哈迪将椅子里的身子靠向椅背，跷起二郎腿说："近来事情进展得不顺利吗？"

法瑞尔的手在空中漫无目的地挥了一下。"几乎不值得每天都开着办公室。"他叹了口气，"如果我不是如此关心我的那些委托人的话……"

"麦基的案子，比方说？"

法瑞尔的身子矮了下去。他失望地把脑袋前前后后地摇摆了好几回，随后用猎犬一般锐利的目光盯着哈迪说："不要告诉我他们去找过你。"

哈迪哈哈大笑起来，随后又克制住了自己的失态。毕竟，丢掉生意不是什么可笑的事情。"没有，"他说，"我发誓。我不是在挖走你的委托人，韦斯，不过这事关系到麦基。"

"他们怎么样，不仅失去了一个儿子，而且头脑不清、无理难缠吗？"

"怎么难缠了？"

"因为最近我们的最高法院规定，就像你可能已经听说过的，个人不能就医疗事故问题控告他们所投保的健康维护组织，因为这些组织不对药品进行检验。他们是商业机构，而不是医学机构。"他摊开自己的手掌举了起来，然后又沮丧地放了下去，"真不幸，迪兹，这个规定或多或少都正好将我代表麦基和其他五个委托人提出的申诉拒之门外。同时，为了赢得时间，我将自己钉在车上一刻不停地为这事四处奔波，当做这就是去奔向未来一样。总之，现在我得根据新法案的条款来重写所有的诉状：缺乏应得的关心，全面的疏忽。就这样吗？这个计划的管理机构促进了产品改良，就像这个情况，但同时，没有开出相应的罚单。"

哈迪自始至终都靠在椅背上，双手抱在胸前坐着，有一半时间都是在欣赏着法瑞尔的咆哮。他知道罚单这个现实。那就是，如果你不能应付它们，那你就会从商场中淘汰出局。"那么在肖恩身上发生了什么事？"

"肖恩的资料就像是本教科书。"法瑞尔嘴里迸出这句话，走到他的文件柜前，从里面拉出一个厚厚的文件夹，"看看这个，查查看吧。"

　　哈迪起身来到办公桌旁。法瑞尔握有昨晚摩西·麦圭尔在三叶草酒吧所提到的所有医学记录，但他们故意在很多细节上添油加醋，尤其是结尾处的歪曲说法使肖恩·麦基的死更是让人觉得悲惨。肖恩的一个医生建议，他或许可以采用一种办法，一种正在洛杉矶的西达斯-西奈医院运用的新疗法，可能对他的病情有所帮助。但肖恩所在的健康维护组织已将这种疗法定性为处于试验阶段的疗法，因此，他们不会为此对他负责。这就意味着如果接受这种疗法，肖恩将从自己口袋里掏出近三十万美元的治疗费用。"在决定自己是否应该花这笔钱的事情上苦恼了好几个月之后，他决定接受治疗。他和他的父母卖掉了他们的房子，基本上都是现款卖出的，并且南下去了洛杉矶。你猜他在哪儿怎么样了？"

　　"他死了。"哈迪一脸严肃地说。

　　"他死了，"法瑞尔重复道，"但我已经在那儿找到了一个证人，说如果他早在三个月前就去治疗的话，他们是可以把他救过来的。"

　　哈迪嘘了一声，说："如果他的证言可靠，对你来说那将会很值钱。"

　　"是的，但那一天是不会到来了。我告诉你吧。"法瑞尔合上了文件夹，"总之，这都是些费时间的官司，对我来说很关键的部分却难以得到证实。那些本来应该有人保存或整理的医疗档案却找不到，因为帕纳塞斯不允许……"

　　哈迪猛地从椅子上站了起来，像是要扑向耳中听到的这个字似的。"帕纳塞斯？我们现在说的就是这个集团吗？"

　　法瑞尔点了一下头。"没错，肖恩是为市政府工作的，因此他们为他提供医疗保险服务。"

　　"你的其他委托人又如何呢？他们也是帕纳塞斯的参保人吗？"

　　"当然。毕竟他们是市镇里最大的参保群体。"

　　"那么其他的那些委托人，都牵涉到家人死亡吗？"

"是的。"

"它们也都是些费时耗力的案子，跟肖恩的一样？"

"不全是，有一个叫苏姗·马格斯的小女孩，她对磺胺类药物过敏，但给她看病的医生忘了她的药物过敏史。我是说，你能相信那种事吗？你会认为他们调出患者的名字时，电脑系统里就会有记录着这名患者的过敏药品的资料，但大概在五年以前，他们却作出了不安装这种信息系统软件的选择，仅仅是为了省几个钱。"他一脸鄙夷地摇了摇头，"但让我问问你，迪兹，要是你连个委托人都没有，你的利益又在哪里呢？"

哈迪坐在办公桌的角上。"实话跟你讲，这个我不是太清楚。我昨晚才听说肖恩的事情，并且寻思他的未婚妻或者他的家人是否需要什么帮助，这就是我来找你的原因。但是当我听到它全都是帕纳塞斯的……"

"全都是帕纳塞斯的什么？"

哈迪皱起了眉头，不愿把自己确信已经隐晦地传达出来的信息再去说透，这有违他的一贯做法。他顺势把话题一转，"这个名字最近经常被人挂在嘴边。你听说过蒂姆·马卡姆吗？"

"他怎么了？"

哈迪用怀疑的眼神看了法瑞尔一眼，暗自思忖，韦斯是在故意装蒜吗？但显然又不像是装的。"他昨天遇害了。车辆肇事逃逸案。"

"你在跟我开玩笑吧！"法瑞尔的脸色缓和了下来，"我得开始看一些晚间电视节目，读读报纸什么的了。这是什么时候发生的事？"

"昨天早晨。他们把他送到了波托拉医院抢救，但他就是在那儿死掉的。"

"天哪，在他自己的医院。我喜欢这事。他们那里一定是在胡来。"法瑞尔笑了笑，"也许我能给他的妻子打个电话，看她是否打算控告他们。这难道不是一桩美事吗？"

"控告谁？"

"波托拉，帕纳塞斯，通常的嫌疑对象们。"

"别忘了，他们并没有杀害他，韦斯，他被一辆车撞了。"

法瑞尔往前靠了靠，双肘支在办公桌上，还在咧着嘴笑。"听我说，迪兹。你认识蒂姆·马卡姆吗？不过我是知道的。众所周知，十五年来他一直都在利用一家人浮于事的医院榨取钱财，不管怎么样，他自己也没有幸免于难。我保证是这样。"

哈迪也笑了起来。"这个推断不错，韦斯，但我认为事情不是这样的。"

法瑞尔伸出一个指头，语气凿凿地说："你等着瞧吧。"

哈迪有时会问自己为什么要把办公室设在市中心。从法瑞尔那儿回来后，他在自己的办公室里待了一小时，之后又和弗里曼一起到贝尔登小巷餐厅花了很长时间吃了一顿午饭。三点刚过，他才终于把心思定下来，放在正动手写着的摘要上。就在此时，他的朋友比科·莫拉莱斯的来电又打断了他的思路。比科在电话中称，他并不想打扰他，但事情紧急，跟自己的一个朋友有关。他需要一个罪案律师，希望哈迪能到斯坦哈特水族馆和他面谈。比科说，那个家伙经常跟他一起散步。哈迪明白他这话是什么意思。当比科继续讲到那个朋友是帕纳塞斯的一个叫肯森的医生时，这话钻进了他的头脑。他打算改变自己原本计划好的行车路线，掉头去了比科所在的大街。

身为斯坦哈特的馆长，比科长期以来一直雄心勃勃地想为金门公园的水族馆弄到一条大白鲨。一年总有那么几回，当有船送来鲨鱼时，比科就会跟他名单上的志愿者们打电话，看看他们能不能过来服务。很久之前，哈迪就曾是其第一批志愿者中的一个。那时，他会进到水族馆内的蓄水池中，穿上防水服，脑子里面什么也不想地围着一条鲨鱼在池里不停地转圈走动上半小时之久。从理论上讲，在刚来水族馆的鲨鱼能够自行呼吸之前，这种走动可以让水流持续地流经动物的腮部并刺激它呼吸，但这种做法从未起过什么作用。水族馆的后面，低于地平面以下六级水泥台阶的地方是它唯一的入口，这里半掩半隐在一片灌木丛中。昏暗的走廊上，有人站立在一只小小的灯泡所发出来的微弱的光晕之中。

哈迪按了按电动玻璃门的开关，门开了，但他还是惊讶于这地方带给他的那种强烈的熟悉感。看上去，同样的绿色墙壁上依旧流淌着因潮湿而生成的同样的水滴。低矮的屋顶让他不由自主地想压低自己的脑袋，尽管他知道其实按照自己的身高是不会碰到头的。他听到有瓮声瓮气的话音传来，就像是从油桶中发出来的一样。他也听到了自己脚步的回声，隐隐约约还有一种持续、几乎听不清的嗡嗡声，或许是发电机或者水池的抽水机发出来的，哈迪一直没弄明白到底是什么弄出来的声响。

从大厅拐向左边，然后直走，接着又拐向右边，终于进入一个圆形的房子里。这间屋子几乎被一个高出地面的盛着海水的巨大水池给占满了。身材高大壮实的比科·莫拉莱斯此刻就斜靠在水池边。一丛乱蓬蓬的黑发下，阴郁的脸就像是被风雨侵蚀过的黑色花岗岩石，再配上一把垂下来的大胡子和柔和的眼神，看上去极具沧桑感。他手里拿着一只超大的、已经缺了口的咖啡杯，下身穿着的防水裤都快被突出来的大肚子撑破了。

在蓄水池中，一个穿着防水服的男人正在忙着对付一条鲨鱼。那是哈迪在这儿见过的有史以来最大的一条，有六英尺多长。在他身后，那条鲨鱼的背鳍露在水面上，尾巴正在水里扑扇着，但是哈迪很多年前就已经对鲨鱼不感兴趣了。

然而那个正在鲨鱼旁边走动的男人对他来说又是另外一回事了。

"嘿，"比科向哈迪打着招呼，"骑兵到了。迪兹，这是埃里克·肯森医生。"

水池中的男人抬起头向这边看了看并点了点头。他仍然在起劲地干着活，几乎是在卖力地呼哧呼哧地忙着，一步一步费劲地走着。不过，他的身子慢慢地向池边靠了过来，点头跟哈迪打招呼。"你就是哈迪？"他问，"我应该跟你握握手的，但是……"随即，他语气更认真地说道，"感谢你的到来。"

"嘿，比科在电话中已经提到过了。他说你遇到了麻烦。"

"现在还没有，可能吧，但是……"就在这时，哈迪和比科眼睁睁地看着那条鲨鱼猛然一扭，从这个男人的手中挣脱了。他嘴里咒骂了一声，转身就追它去了。

"不要管它。"比科猛然出声叫道。

那个男人听到这话转身向池边走来，但中途又停了一下回头向身后看了一眼。也就是一眨眼的工夫，但就在这一瞬，那条鲨鱼从池子那边掉过头加速向他冲了过来。比科的眼睛一直盯在鲨鱼身上没有移开过，因此他看到了这一切。"出来！现在！当心！"

肯森急忙地向池边跑了过来。哈迪和比科一人抓住他的一只胳膊把他从水池里提了出来。与此同时，鲨鱼冲了过来，张开大口朝他刚刚起身的地方咬了一口。

"太突然了，"哈迪说道，"我想这是条身体不错的鱼。"

"它饿了，"肯森说，"也许它把比科当成了一头海象。"

哈迪不动声色，若有所思地点点头。"诚实的错误。"

他们全都站在水池边上，看着那条鲨鱼旁若无人地游来游去。

比科的目光一刻也没有从水面上移开过，死死盯着那条游动着的鲨鱼。此前，他曾多少次梦想着有一条鲨鱼能够幸存下来，这次他不想让自己的梦想再次破灭。"总之，你们两个需要谈一谈。为什么你们不换个地方？"

三叶草小酒吧离这个水族馆还不到四分之一英里远。待医生换上自己的衣服后，他们俩就离开了，让比科与那条还在游动着的鲨鱼单独待在一起。哈迪驾车开出还不到几百码远，下午的天色就已经很快现出了暮气。现在，他们坐在位于壁炉前的一个有些变形塌陷的长沙发里，喝着东西。哈迪要的是爱尔兰王室骑兵团牌的啤酒，肯森要的是苦咖啡，这氛围让人觉得更适合消遣，而不是制订法律辩护的计划。

"那么，"哈迪先开了口，"你是怎么认识比科的？"

肯森耸了耸肩，啜了一口咖啡，才说道："他的儿子是我的一个病人。我们见面时谈到了他是做什么的，后来他告诉我关于他的鲨鱼的事。我想做那种事听起来是很特别，很酷。昨晚起他邀请我过去，所以刚才我在他那儿。就算我真的不能抽开身，只要他召唤，我还是会去的。那你呢？我听说你过去也是名志愿者。我想比科是不允许人辞职的。"

"我得到了特别的宽恕。"这个回答似乎不足以让人明白，因此他又加了一句，"我受到太多的打击，我承受不了鲨鱼全都死掉了的那种打击。"

肯森苦笑起来。"不要吃药。"

"是的，"哈迪赞同地说，"我想那是很久以前的事了。"他口不离杯地喝了一会儿啤酒，"听说你要找一个律师。"跟肯森见面后，这是哈迪第一次注意到他红润的脸色隐隐透出的苍白和眼神中现出的困乏。

"你知道蒂姆·马卡姆吗？"

哈迪点点头。"他昨天被车撞了，后来死在了医院里。"

"没错。他死的时候我是那家医院重症监护室的值班医生。他还跟我的妻子有一腿。"

"因此你认为警察可能会认为你利用这个出乎意料的机会杀死了他？"

"我以为不是没有这种可能。"

"但是你没有那样做。"

肯森迎着哈迪凝视的目光。"没有。"

"你受到了这个机会的诱惑？"哈迪调侃道，想尽力使气氛变得轻松点。

他几乎是勉强挤出了一丝笑容。"我时时刻刻都梦想着这么做，但要是按照我的设计，总要让他领教比这痛苦得多的死法。首先，我会打断他的膝盖骨，猛砍他的跟腱，割掉他的睾丸。总之，是任何会让他更遭罪的方式而不是像现在这样便宜地死掉。"他失望地摆了摆头，

"这世界确实没有正义可言，你知道吗？"

哈迪心想，这个问题他或许比肯森医生知道得更清楚。"不管有没有正义，"他说，"你都感到担心。"这显然并不是一个问题。

肯森医生脸色阴沉地点了点头。"如果警察开始问关于蒂姆的事，我只能听见自己的心在说：'是的，我恨他。你们也会恨他的。我很高兴他死了。'我不想这样。"

哈迪也不想到时会出现这样的情况。不过现在一切都有可能，还不能下定论。"让我来帮你放松一下情绪。我知道马卡姆是因伤致死，并且如果确实是这么回事的话，你不会牵涉到任何罪名。"

"那要是有人说我没有尽力去救他呢？说这是起恶意的医疗责任事故或是诸如此类的别的什么呢？当做是一桩蓄意谋杀呢？"

哈迪不解地摇了摇头。"这我从未听说过。为什么呢？"

"因为有个叫布拉科的凶杀案组探员昨天去过了，而且他们今天在验尸。"

"我不会去担心那个。他们对每具尸体都做解剖检查的。"

"不，他们不会这样做的，尤其是对那些手术后死在重症监护室的病人。我们在医院做出了验尸报告，并且我还在那张死亡证明书上签了字：因遭受钝力伤害而导致的严重内部器官损伤。最终他们还是把他弄到市中心去了。"

"他是死于汽车肇事逃逸事故，"哈迪解释道，"那是杀人案，因此他们要进行尸体解剖。每次都这样。"

不过医生又提出了另一个问题。"那好吧，但我昨晚碰到了布拉科，当时他在查看我停放在马卡姆家外面的车子。"

"布拉科？"哈迪想不出这个人是谁，困惑地摇了摇头，"你肯定他是旧金山市凶杀案组的探员，不是车辆肇事逃逸案组的吗？我不认识他。"

"他就是这么说的。他有警徽。"

"他在查看你的汽车？为什么你会在马卡姆家呢？"

"我认识卡拉，就是他的妻子。我认为到那儿去表示我的慰问，看看能否为他们做点什么，这没有什么不对的。"他舒了口气，"我不能当做什么事都没有发生。我觉得自己有某种义务去这么做。"

"那么这个警察又对你的车子做了些什么呢？"

肯森扭头向酒吧周围看了看，似乎在纳闷自己是怎么坐到这儿来的。他想了一下，才转过头来对哈迪说："我想他在看我的车像不像是事故中的肇事车，是不是我撞倒了马卡姆。在我离开她家之前，还有别的一些人也在那儿探访卡拉，外面还有别的车。我的印象是，他查看了所有的车子。"

事情看起来不像表面上的那么简单。哈迪由此一下子想到了他和格里斯基的最近一次散步时的谈话。车警！这个布拉科一定是在凶杀案组遭到种种虐待，新来的那两个小丑之一。"好吧，从我刚才所听到的来看，无论如何都不像是你已经在这件事上遇到了什么真正的麻烦。你没有杀他。"

"但他是在我负责工作的情况下死掉的，而且我恨他这件事也不是什么秘密。"

"那好，我再问你一次：你杀了他吗？"

"没有。"

"他是因伤而死的，对吗？你让伤情变得更严重了吗？没有吧？那好，听着，你没事。"显然，这些话还不足以完全表达清楚哈迪想说的意思，于是他继续说道，"我来问问你这个问题：即使你正确无误地做了你该做的一切，马卡姆死亡的概率是多少？"

"我确实是那样做的。"

"我同意你的说法，不过这不是我要你回答的问题。"

医生极其认真地想了想。"从统计数据来讲，一旦进了重症监护室，十个人中或许有一到两个能活着出来。"

这个数字确实让哈迪深感意外，身子一下子向后靠在了沙发上。"就这些？十个中才有两个？"

肯森耸了耸肩。"也许三个吧。我不知道确切的数字，但不像大多数人想象中的那么多。"

"那么马卡姆活下来的最大概率，只能说是百分之三十了，即便你做了该做的一切。"

"那些我都做了。不过是的，大概就是百分之三十。"

"如此一来，车辆肇事逃逸事故将他致死的可能性就剩下百分之七十，不管是哪个医生去做这事或者什么都不去做，我说的对吧？"哈迪坐在沙发里的身子向前挪了挪，"这是个好消息。就算你有过错，记住，也不要说你做了。无论撞倒他的是谁，都不能把医疗事故作为其庭审中的辩护理由来为自己开脱罪名。指控杀人案的起诉人尤其拒绝采纳'医生本可以挽救受害者'这种辩解之词。"

肯森的眼里稍微有了点生机。"你认为在此之前我已经听说过这样的事了，为什么？"

"因为如果不是这样的话，世界上的每个律师一开口就会说不是他的委托人朝他妻子的胸口开的四枪杀死了她，而是医生没有能力救活她。这是他们的过错，而不是他的委托人的。"

肯森半信半疑地接受了这种解释。"不过这件事确实没有任何医疗事故的问题，"他确信无疑地说，"真的。"他又加了一句。

"我相信你。我刚刚说了，我没看出你有任何可以被指控的罪行。把马卡姆扔在事故第一现场的是坐在车里撞倒他的那个人，那才是布拉科在寻找的家伙，那辆肇事车的司机。"但此前一直在他脑子里打转的那句话这时此冷不丁进了出来，"你说你认识马卡姆夫人？"

一听到这话，肯森的身子明显地向下坠了坠。他垂下头看着脚下疤痕累累的硬木地板，随后又抬起了头来。"你不知道？那是另一码事。"

哈迪等着他的下文。

"昨晚显然发生了什么事。"他停顿了一下，"她死了，还有她家里的其他人。"

"天哪。"哈迪突然觉得一阵头晕，身子发软，有一种就要倒向沙发的感觉。

肯森继续说："消息是今天上午，大概喝茶时间过后才传出来的。

我一直在忙着给病人看病，所以直到中午才知道。没多久，布拉科打电话来证实我是否在医院。他想过来和我谈谈这事。"

"那你今天也和他谈过了？"

肯森摇了摇头。"也许是弄错了，但我让我的传达员告诉他我不在。几乎就在同时，比科也因为鲨鱼的事打来电话。反正星期三下午我不接诊，同时在我能看出此事的一些端倪之前，我不想跟警察谈什么。因此我到这儿来了，到了水族馆，事实上是躲了起来，陪着弗朗西斯转圈——"

"弗朗西斯是谁？"

"那条鲨鱼的名字。比科给它取名叫弗朗西斯。因此，我到那儿只是为了消磨时间，直到我突然想起一个办法，那就是找一个律师。正好，比科认识你。"他脸上浮现出了一种复杂的表情，有歉意，也有困惑，"因此，我们现在坐在这儿，刚才说到哪儿了？"

哈迪点了点头，身子朝后坐了坐，想起了他的啤酒，伸手拿过杯子喝了一口。"哦，你得做好跟警察谈谈的准备，无论你愿意还是不愿意。"

"如果他们要问关于我妻子的事，我该怎么跟他们讲呢？"

哈迪已经回答过这个问题了，但这只是他们的第一次见面，于是按捺住了心中的不耐烦。"我刚才告诉过你事实了，尽量不要慌张。不过要是他们着眼于全面调查的话，他们会知道马卡姆和你妻子的事，对吧？所以干脆就跟他们直说了吧，这并不意味着你就杀了人。"

肯森把事情说得更加直白。"好的。无论他们是否在寻找肇事逃逸车辆的司机，都不会是什么问题，对吧？"

"我是这么看的。"哈迪目光移到对面肯森的脸上。他的眼睛显得很无神，只有倦意。"你没事吧？"

他努力地挤出了几声虚弱无力的干笑。"我只是觉得有点儿累，现在事情又变成这样，我一直都觉得累，"他说，"我一直累了十五年了。要是我还没被人自身的忍耐极限摧垮的话，我也不明白自己是怎么回事。"

哈迪向后倒在沙发里，意识到自己此刻的心情不像在舞池起舞那样轻松愉悦。"不过，你今天下午还是脱身了，不是在陪着比科的鲨鱼转圈吗？"

"是的，我知道，"肯森说，"对我来说那也没有什么意思。我只是单纯地去做事而已。"

"我也是那样的。"哈迪在他人生的低潮时期也曾围着他自己的鲨鱼转过圈，在他儿子米歇尔去世，他和简离婚后的近十年时间里，他都像是梦游一般度过的。他那时所感受到的百无聊赖与肯森的相比，有过之而无不及。但出于某种原因，围着他的鲨鱼转圈似乎对他意味着什么。当你看透尘世，觉得心里空无一物时，总是会全身心地执著于某一样东西。

两个男人双双起身。哈迪把自己的名片给了肯森，同时也给了他最后一个小小的建议。"你知道，如果他们愿意，就会在你工作的地方或你的家里出现。他们或许会带着搜查令或是传票上你家去敲门。如果任何一种情况发生，你什么也别说。不要让他们胁迫你，你有我的电话，可以找我。"

肯森紧张得嘴都不由自主地张大了。他长长地吐了口气，摇晃着脑袋说："这听起来就像形势严峻的棒球赛。"

"不。棒球赛是游戏。"哈迪为了让委托人放心，他可以竭尽所能，不过他不想让肯森误以为调查组的任何行动都是出其不意地实施的，"但据我所听到的情况，我们没事。你没开杀死他的那辆车。他的妻子跟你没有关系，对吧？很好。那剩下的事就是实话实说了，除了省掉打断膝盖骨那部分。"

10

约翰·斯特劳特从早晨一直忙到午餐时间，仍然还在做着蒂姆·马卡姆的尸检工作。可以明显地看出，死者的身体先是受到了肇事车辆的撞击，然后是与垃圾碰撞带来的伤害。颅骨有两处骨折，脸上有多处裂口。这位法医想，活着时这张脸应该是非常英俊的，宽阔的额头，棱角分明的下颌和带着中缝的下巴。

马卡姆是从后面被撞到了左股骨，股骨连同下面附带的大腿骨都被撞碎了。显然，身体在受到撞击的瞬间向后飞起，撞到了车子的引擎盖或是风挡玻璃上，也许这导致了颅骨上的一处骨折。另外一处骨折，斯特劳特猜测可能是身体从空中飞落到地面时碰撞所致。右肩已从其关节处脱落，同时身体右侧的三根肋骨也已经断裂。

内部器官中，只有消化道、心脏、左肺叶和左肾没有遭受损伤。右肺叶被撞成了碎片，同时，脾脏、肝脏和右肾都不同程度地遭受了严重的损伤。就连斯特劳特这个有着四十年医学经验的法医也持这种的观点——马卡姆能活着被送进急救室，这本身就是一个奇迹。他认为失血，或是多处的内伤，或是一次性遭受的多重撞击，这些原因本身就可以当场将其致死。

不过斯特劳特是个做事严谨细致的人。即便蒂姆·马卡姆不是什么重要人物，但在竭尽全力鉴定死亡的主要原因之前，这个法医是不会在任何正式鉴定文件上签名的。他已指示对血液和组织样本进行标准的电解检测。在等候这些检测结果出来的间隙，他开始对内部器官的伤情进行更加严格的复查。

肝脏背面的一处明显的血肿引起了他高度注意，他在潜意识里想到了他的助手乔伊斯，并开口叫她从陈尸间的那头到他跟前来。当她来到他身边并围着他转来转去看他忙着手中的活时，他旁若无人地又埋头继续检查了一会儿才懒洋洋地说："就这儿这个东西，仅仅是它就能让他毙命。"随后抬起头看着表情关切的乔伊斯的脸，丢下手中的活说："有什么不对劲吗，亲爱的？"

对这具尸体来说，乔伊斯是个新面孔，但对于那台他们最近为升级实验室技术水平而购买的检测设备来说，她算不上是新面孔。前几天，斯特劳特一直在指导着乔伊斯对这台设备进行操作测试，以校准那些对血液和组织进行复杂扫描工作的机器，从今天下午他把马卡姆的尸体放到解剖台上那时起，他就把从尸体上取下来的组织样本给了乔伊斯。

她的样子看上去显得十分紧张，有那么一会儿斯特劳特心想，她一定是弄坏了一只价格不菲的新玩具。"无论它是什么，也不会比这个更糟糕。"他告诉她，"有什么问题吗？"

她举起一张纸，就是她一直在实验室做的那些检验的结果。"我想我没能做好检验。我想说的是，机器……"她说着说着就闭上了嘴。

斯特劳特拿过那张纸，斜着眼睛瞅着那些她正指着让他看的数据，脱下手上的橡胶手套说："这就是正确的数据吗？"

"这也是我想问你的。这会是正确的数据吗？我检验了两遍，我想肯定是我哪个地方弄错了。"

他的目光转向她的脸，随后又回到了那张此时就在手中、被他仔细研究的纸上的那些数据。"这是从蒂姆·马卡姆的血液中检验出的数据吗？"

"是的，先生。"

"该死的。"他轻声嘟囔了一句，声音小得几乎只有他自己才知道他究竟说的是什么。

出了陈尸间，斯特劳特来到外面那条连着他办公室和司法大楼后门的走廊。下午刺骨的风又吹起来了，但此时他根本没有注意这些。通过门卫和金属探测器的检查之后，他决定绕过电梯，径直向右奔向楼梯，两步并作一步地上了楼。格里斯基不在办公室。按照工作日午休的惯例，凶杀案组只有几个探员在值班，而且一整天都没有人见过上尉。斯特劳特犹豫了一下才开口请那些探员帮个忙，让阿布回办公室时给他打个电话，随后又咚咚地从楼梯上下去了。

在下一层楼上，他获准前往地区检察长的专属办公室，天哪，他就这么一路走了过来！他迫不及待地想把这事跟能管事的人说一说。这会儿他已经站在了特雷娅·根特的办公桌前，问克拉伦斯·杰克曼在不在隔壁的房间里。接下来发生的事就很有意思了。在她回答之前，她的表情就已经告诉他，今天将不会是自己的幸运日。"他一上午都在开会，约翰，整个下午时间也都被别的几个会议安排占满了。这就是地区检察长所干的事，你知道的，他们不处理官司，却动不动就开什么会。"斯特劳特认为根特女士——或者应该叫格里斯基夫人？——是个黑皮肤的，带点亚洲人血统，或者说是印度血统的端庄美女。此时，她冲他露出了热心的笑容。"有什么我能帮你的吗？"

他想了一下，说："你知道阿布到哪儿去了吗？"

她摇头表示自己不知道。"今天早晨他就和他的一个探员从家里出去了。从那之后，我就没和他联系过。你找他干什么？"虽然她知道接下来的答案将会是什么，但还是这样问了。斯特劳特想见她丈夫，因为她丈夫是凶杀案组的头儿。毫无疑问，他所指的"相当有趣的事情"，绝不是股市的最新内幕消息。

这位瘦长的绅士失望地叹息了一声，征求她允许让自己坐到门边的候访席上，然后抬腿向旁边走了过去。"让我喘口气，我是爬楼梯上来的，在我这个年纪这样做从来都是不被赞同的。"

"那一定是重要的事情。"特雷娅说，话里巧妙地暗示出她对此有所期待。

根本就无须对斯特劳特进行这种提示。他几乎是心里发痒、急不可耐地想把这事倒出来。"你想起来那天我们在洛餐厅就帕纳塞斯集团展开的讨论了吗？"她当然还记得，杰克曼先生仍然还在反复考虑他的这些看法，"那你就看吧。纽约马上就会变得更加有趣了。"

斯特劳特才说了几句话，就让她不明白了。他刚说完，她就接口说道："钾？那是什么意思？"

"意思就是那辆肇事逃逸车子没有杀死他，如果医生们不管他的话，最终他可能会因伤而亡，但他们并没有那样做。"

"那它有可能不是一起意外事件？有人匆忙之中给他输错了药液吗？"

他不置可否地耸了耸肩膀。"什么情况都有可能，我认为。不管故意与否，他体内充满了钾，但问题在于，尸体在这种状况下可以显得十分自然，几乎没有什么异常，就算是做尸检的人，单凭肉眼观察也是不易发觉的。因此，我想你或许知道你丈夫在什么地方，他会愿意知道这件事的。"

杰克曼在得到有关钾的这个消息后，就让特雷娅叫阿布开车赶紧过来，一返回市中心就直接到他的办公室去。随后，他又打电话叫了玛琳·亚什和约翰·斯特劳特，他们两个听到召唤后及时作出了回应并且现在已经在这儿了。

时间已经是六点四十五分，午后风势渐强，现在已转为刺骨寒风，即使在几乎严不透风的地区检察长的办公室里也能清晰地听到它呼呼的号叫声。

豆大的雨点开始从天而降，噼啪作响地砸在玻璃上，就像在上面爆炸了一样。杰克曼在他办公室的窗前向下看着布莱恩特大街上无声而又拥挤的车水马龙，突然而至的雨声让他本能地向后退了一步。

他知道自己身后传来的嗡嗡嘈杂声是行内人士们在急切地交谈。关于钾的这一发现已经是非同一般的情况，但等到格里斯基最终给特雷娅回了电话，说了自己这一天都在哪里和马卡姆一家都发生了什么的时候，一种紧迫的危机感如同海啸一般袭遍了整幢司法大楼。几乎是在阿布告诉特雷娅关于马卡姆一家人这件事的同时，大街小巷上关于惨案的歇斯之声轰然而起，来自各行各界的电话在杰克曼的办公室不绝于耳，有报社的，电视台的，广播电台的，市长办公室的，市政监督委员会的，警察局局长的。

就在杰克曼转身离开窗户的同时，格里斯基出现在了门口。"阿布，你来得正好，快进来。"

上尉轻轻地拍了一下特雷娅的胳膊，向屋里的其他人点了点头算是向大家打了个招呼。杰克曼面对着他们在自己的办公桌后坐下，完全没有说拐弯抹角的多余的话，而是直截了当地说："我们接到了一个地位重要的家庭在二十四小时之内全部死光的案子。那个男人握有市里的健康保险合同，并且很快就要到期了。我在预测媒体对此事疯狂炒作是短期的，还是长期的。天知道如果帕纳塞斯不能复苏的话会引发什么样的骚乱。有人不同意我的看法吗？"他知道没有人会反对的，而且显然还期望大家对他的下一个问题同样没有异议，"对于我们面对外界时，如何对这些情况进行措辞的事情上，有人有什么想法吗？当人们开始提出问题的时候，我需要做出一些让他们感到满意的回答。"

格里斯基皱了皱眉头，从他面部伤疤的轻微颤动可以看出他想张嘴说点什么。最后他清了清嗓子，说："我们就说我们正在调查此事，别的无可奉告。"

"我想那只是你的一贯立场。"

"那只是立场而已，克拉伦斯。"今天马卡姆家发生的事，多多少少让格里斯基还处在头昏脑涨和震惊之中，他搞不清地区检察长召开这个会议的用意何在，以及究竟是为了什么。"这也是事实。"他又补充了一句。

"这样说本身是对的，是的，没有错。但是我在想我们恐怕还得引导和帮助人们去正确看待这件事情。这就是一切工作的出发点。我认为当务之急我们要说的是，蒂姆·马卡姆是被谋杀的。"

格里斯基的目光在屋里其他人的脸上扫了一圈，似乎这句话是他和杰克曼之间的事情。"我们知道他是被谋杀的吗？"

"我们知道发生了什么，阿布，"玛琳插嘴说道，"这是显然的。"

"我痛恨'显然的'这个词，"格里斯基针锋相对地回应道，"这不会是一个意外的用药过量事件吗？他是出于某种原因身体接触到钾的吗？"他冲斯特劳特说道，"有没有可能只是医院里的人犯了错误？"

法医点头表示赞同。"有可能是这样。"

但杰克曼不愿意听到这样的回答，气不打一处来地用鼻子哼道："那为什么那位妻子会自杀呢？"

"谁说她是自杀的？"格里斯基问道。

"我听到的初步报告就是这样讲的。"杰克曼说道。

"你知道为什么他们称它是'初步的'吗，克拉伦斯？因为它不是最终的结论，有可能不是真实的。我们确实还不清楚关于那位妻子和孩子们死亡真相的任何情况，整个情况——"

"兰特里警官告诉我这显然是一件谋杀与自杀的复合案件，阿布。就像他以前见过的许多案子一样，你也见过，不对吗？"

"可能有一些相似的地方，但也有一些区别。如果我们在事情没弄清楚之前什么也不说，那无疑是更为明智的做法。"

但杰克曼起身走到他的办公桌前，威风凛凛地站在那儿，说："我知道什么是更为明智的做法，阿布，我甚至会同意你的说法，但这只是自欺欺人而已。其他那些爱打听的询问者——媒体、市长办公室等，你都能猜得到的——如果想知道的话，他们就会来问我。我担心的是，如果我们什么都不说，那看上去就像我们对此一无所知——"

"我们确实一无所知！如果让人看起来就是这样也没有什么大不了的。"

杰克曼没有理会这次打断，继续重复着他先前的说法。"我们知道马卡姆是被谋杀的。我们相信他的妻子是死于自杀。"

"我不知道自己是否相信这个说法，克拉伦斯。约翰甚至还没有对她进行过尸检。"格里斯基及时闭上了嘴，没有让自己信马由缰地往下讲。他知道，杰克曼这是在故意跟他唱反调，但如果地区检察长利用他的办公室来统一一个并无必要的舆论立场的话，这会使他的工作掺杂更多的政治因素，他对此深恶痛绝。"我想说的全部，就是可能有人费尽心思让现场看起来像是一起自杀。我知道兰特里是怎么认为的，但我还没有排除任何可能性。向媒体开口之前，如果我们能排除案情的某些不确定性，我会觉得更舒服一些，你也会更舒服一点，克拉伦斯。"

杰克曼不悦地皱起了眉头。"你是说也许有人杀害了她和她的孩子们，还试图让这一切看起来像是自杀吗？他们在她的住所找到任何能证明这一点的东西了吗？"

"还没有，没有，先生。不过还有一大堆的检验工作要做。"格里斯基坚持己见，"到我们能够证实你的说法那一刻，我会支持自杀这种论调的，我向你保证。不过现在我们对此有一个在我看来有些不可思议的大胆推测，就是马卡姆被送到医院时已经奄奄一息了，实际上几乎相当于死了，还有人在这种时刻头脑发热，决定抓住这个时机来杀他吗？"

杰克曼没有放弃自己的主张。"老实说，我相信这看上去跟一些记者在别的地方见到过的类似事件十分相像。"

"好吧，那就告诉他们，你们在这上面遇到了一个问题。比如，他无论如何都要死了，为什么在这种情况下还有人去冒这个险呢？"

杰克曼掉头对斯特劳特说："他不一定就会死，是吗，约翰？"

推测不是斯特劳特的强项，但地区检察长已经问了他一个直白的问题，这让他觉得自己不得不说点什么。"也许不会，尤其是一旦他出了急救室。"他停了停，紧张地提起了肩膀，然后又放了下来，"他可能会活下来。"

"那好，"杰克曼把斯特劳特的特殊性回答当做一个确定无疑的认同，"有人，甚至可能是他的妻子——"

"甚至可能是他的妻子！"对格里斯基来讲，这是个他脑子里未曾想到过的、完全怪异的推测，"你是说卡拉在医院里杀了她的丈夫吗？"

杰克曼的口气缓和了下来。"好吧，也许不是这样的。医院里有人断言马卡姆会度过危险的，但由于某种原因这样的结果没能发生。"

"那么我只想说，克拉伦斯，就让我们找到究竟是什么原因吧。"

眼看着这番唇枪舌剑就要趋向白热化，特雷娅打算插进来缓和一下气氛。"也许现在不必急于应付妻子的事，克拉伦斯。你只需要声明有人杀了马卡姆先生。并且我认为，我们大家会完全同意，"特雷娅把脸转向她丈夫，很快又补充道，"钾这个线索更清楚地将此案指向是在医院里发生的谋杀，而不是医疗意外事故。那不是事实吗，阿布？你同意这种说法吗？"

格里斯基明白她在问自己什么，甚至知道她在做什么。不过现在在钾使用过量这个情况上，格里斯基似乎更趋向于相信马卡姆确实是被谋杀的，但信以为真的事情并不是确实存在的事情，而且从来都不完全是这样。"好吧，"他对妻子说，"让我们暂且同意马卡姆是在医院里被谋杀的这个看法吧。那么无论谁问到你，你就告诉他，我们正在进行调查。那也确实是我们正在做的事情。要急于向公众公开的是什么呢？"

透过特雷娅脸上的表情，格里斯基意识到自己终于问对了一个问题。杰克曼从椅子里站起身来。"就是这个问题，阿布。如果马卡姆是被谋杀的，案子就会交给大陪审团审理。我就有正当理由对他的死亡原因展开调查，从而接触到帕纳塞斯的账本和营业活动方面的情况。我们就有理由去查阅他的档案，将事发地点隔离起来，看看我们是否能够找出原因所在。谁会对此感到不满呢？是杀了他们的最高领导的某个人。为什么他们不愿意在方方面面与我们合作呢？"

杰克曼话说到一半就停住了，过一会儿才接着说道："如果我们就那些账目往来进行任何形式的质询，那么他们的律师就会介入此事，我们双方就要在这上面谈来谈去耗上长达几个月甚至几年的时间，在传票的应答上拖延时间，在呈递档案资料上拖延时间，等到送来的那个时候，他们可能已经把它们撕成碎片毁掉了，或者是重新伪造过了。再加上公众对此事喋喋不休的争论，给市里公共机构的信誉带来损失。这就是我们当前面临的处境。这是一起谋杀案，阿布，而且这个镇上绝大多数选民都是反对谋杀行为的，没有人认为还有比谋杀更难以解释的了，起码目前是这样。大陪审团会研究蒂姆·马卡姆这桩谋杀案。这就有可以公之于世的正当理由去查清他的人际关系，甚至他的商业活动。自从他被杀于波托拉医院以来，那儿就有一个显而易见的关系链存在。"

格里斯基再一次坐不住了。让地区检察长的办公室卷入他的调查工作中，这并不是个什么好主意，特别是仅仅把马卡姆的谋杀事件当做对帕纳塞斯进行财务调查的幌子。"要是我们在你完成你所说的工作之前就找到了杀害他的凶手怎么办？"他问。

玛琳回答："我们会抛开陪审团的名义，只继续针对财务资料展开工作。"

阿布不悦地皱起眉头，不过他明白，从技术上讲，玛琳所能做的也仅限于此。大陪审团不是打击犯罪行为的特效药——杰克曼和亚什竟然会把它当做钓鱼工具去使用，从而达到他们自己的目的。

"但作为前提，我还会得到你们在谋杀调查上的支持吗？"他问道，"我不想眼看着嫌疑犯已经靠近网边却不能将他收入网中。"

"不会发生那种事的，阿布。"玛琳说。

"不可能发生，"杰克曼重申道，"我们是同一条战线上的人。"

格里斯基对其他人笑了笑，郑重其事地看着他们。"那好，有了这个保证，"他一边站起身来一边说，"我最好开始去干我的工作了。"

第二部分 ————

11

哈迪从床上伸手按掉了闹铃，一把掀掉了盖在身上的被子，强迫自己直直地坐了起来，以防挡不住瞌睡的强烈诱惑——再睡一分钟这样的念头——而倒头再睡过去。弗兰妮听到了响动，在他背后小声地嘟囔着什么。他感觉到她的手在他背上轻轻拂了一下，哈迪避开她迷迷糊糊地在他身后摸索着的手，迅速地把她按回到床上，松开自己的手起身从床上站了起来。

房里的光线还有些暗。他一动不动地站了一会儿，努力下决心让自己挪动了步子。屋外，清爽的风正在拍打着窗子，暴风雨还没有结束。

冲完澡、剃完胡须之后，为了尽可能地让自己看上去给人一种庄重的印象，他在浴室穿上了长裤和衬衫，不过头脑显然还没有清醒过来，这肯定是昨晚没有睡好。此时，他仍然没有完全醒过来，弗兰妮还没有起身。他想自己应该下楼去给她拿杯咖啡上来，那样的话，他们俩就可以在每天送孩子上学这种马拉松式的奔忙开始之前，得到一小会儿的悠闲时光。

他来到厨房，打开电灯，给他养的热带鱼喂了点食。通往房子前门的那道长长的走廊看起来也显得格外黑暗，不过他断定那是天气的原因，因此也没有多想什么。打开门时，他注意到送报人已经将《旧金山纪事报》放在门廊里了——这绝不是天天都能遇到的事情，这让他感到十分满意，或许是个好兆头，预示着他今天会有好运。

不过天哪，他想到，现在还是昏天黑地的。

他常向别人表明自己的这个观点——自动咖啡机是最重大的现代发明之一。它可以在你的早晨起床闹铃停下时，自动开始为你调制一天当中至关重要的第一杯咖啡，这样，当你走到它跟前时，它就已经为你准备好了你想要的东西。不过这次当他走到它跟前时，皱着眉头愣在了那儿，因为盛咖啡的玻璃水瓶是空的。更糟糕的是，那个小小的绿色"程序"灯还在亮着——当它进入"运行"模式时，灯就变成红色的。这是怎么回事呢？他清楚地记得昨晚在上楼睡觉之前，自己是准备好了咖啡的。此刻，他弯下腰来，眯缝着眼查看了一下咖啡机上的时钟。

四点四十五分。

他扭头望了望四周，又抬起头来看了看挂在厨房墙上的大钟。没错，还是同样的时间。最后，他想到了去看看自己的手表，第三次证实了时间没有错。现在是星期四早上四时三刻，他早早地醒了，穿戴整齐却无处可去。找不出什么特别的原因，只可能是有人重新设置了他的闹铃时间。一旦他找出是谁开的这个玩笑，那这个人就会有麻烦了。他甚至有点想现在就把那两个孩子都叫醒，确认罪魁祸首并准备好惩罚犯人用的拇指夹。

刚刚还觉得自己要走好运，现在就遇到了烦心事。他还得等着自己那该死的咖啡煮磨好。除了消磨时间之外，现在是无事可干了。他气呼呼地打开报纸，扔到了餐厅的餐桌上，坐了下来，发现房间里的光线还是很昏暗。

至少他现在知道了天色这么暗的原因。

接下来他注意到了报纸上的头条新闻："健康维护组织首席执行官之死被指谋杀。"连提到钾的副标题也没有放过。尽管他通读了这个报道，他新委托人的重症监护室当值医师的身份也只在文中出现过一次，但一次就足够了。哈迪不由得开始为这件事担忧起来。

对于马卡姆家庭的相关报道，进一步加剧了他的担心。文章用别有用心的词句讲述了这个事件，暗示有证据表明那位妻子之死牵扯到谋杀或自杀案——又一个毫无新意的美国悲剧，其中的缘由或许永远都是个不为人知的谜。但在哈迪看来，目前将马卡姆的死定为谋杀，从而就对其家人如何和为什么被屠杀作出任何决定性的结论都是草率的。

读完第二篇报道之后，他坐在那儿一动不动地沉思了好一阵子，然后起身去倒了一杯咖啡又坐回到餐桌旁，读起杰夫·埃利奥特的专栏文章来。

城市对话

杰夫·埃利奥特

身为帕纳塞斯医疗健康集团的医疗主管，马拉奇·罗斯医生过去几个月以来一直面临着巨大的压力。该集团，也就是备受争议的健康维护组织，获得了向市里的雇员提供医疗健康保险的合同。从他首先发起并最终转而拒绝将伟哥作为医疗保险费用范围内的处方药品到波托拉医院里病情危重的婴儿艾米丽这一事件，他的商业决策已经遭到了来自各方面的持续不断的攻击，其中包括大量的消费者、公共利益团体和监督机构，本报也在其中。现在，帕纳塞斯的首席执行官蒂姆·马卡姆星期二死亡之后，紧接着，罗斯被该集团的董事会推选到了那个职位上，看起来他真正的麻烦也许才刚刚开始——就在本专栏发表时，《旧金山纪事报》获悉警方的调查者已宣称马卡姆的死亡为谋杀案件。

上星期较早时候，作为其生前最后一次公务活动，马卡姆先生向市政当局递交了先前未被查出的，在不同社区的诊所就诊的门诊病人总计超过一千三百万美元的医疗费用账单。地区检察长办公室是这样描述这些账单的文书处理工作的："起码是不合乎规范的"，而且很可能是具有"欺骗性的"。与此同时，帕纳塞斯已经提出申请，要把市里每一个参保雇员每月的保费缴纳金额提高二十三美元。这个申请如果获得批准，将意味着市财政预算将每个月增加一笔近七十万美元的额外庞大开支。

同时，帕纳塞斯和它的招牌医院波托拉的麻烦还在增加，在星期二晚间的一次采访中，罗斯医生承认该医疗集团已经深陷资金危机的泥淖之中，虽然他把没有给帕纳塞斯的部分医生支付工资的做法说成是一个自愿贷款的项目。另有消息称——该集团内部的一名医生说——有另外一种略有出入的说法。"不错，"他说，"那是自愿的。你自愿把你的工资作为贷款交给集团，否则你就会被解雇。"

虽然如此，罗斯仍然坚信帕纳塞斯能够安然度过这次危机。"目标是最大限度地造福于大多数人。"他说。当问到他是否看到了集团商业利益与患者需求之间存在冲突时，罗斯回答说："公司需要努力支撑住自己，这样才能继续发挥它的功能。"

由于帕纳塞斯是跟市政当局做的交易，因此它的财务数据属于一种公开的档案。去年，帕纳塞斯普通医师的人均年薪是九万八千美元。执行董事会中的三十个成员，年薪加上奖金，每人每年可拿到三十五万美元，公司为此将支付一千零五十万美元的费用。作为首席执行官，最近在职的马卡姆先生在集团中享有最高额的薪水——一千四百万美元的年薪。接下来的是罗斯医生，薪水加绩效奖金是一千二百万美元。

想象一下吧，如果帕纳塞斯不破产的话，他会有多大的好处。

格里斯基在电梯里。当电梯门在四楼打开时，他看到了迪斯马斯·哈迪。哈迪说："我刚到你的办公室去了。你不在那儿。"

"你在开玩笑吧。"格里斯基跨出电梯进到门厅里,"什么时候去的?"

"就在刚才。"

"我不在自己的办公室里吗?"

"没看到你的影子。"

"我一直以来都佩服你的事情之一,就是你对细节敏锐的观察力。"

两个人并排着向凶杀案组走去。"另外一点是什么?"哈迪问。

"另外的什么呀?"

"你一直都佩服我的事情之一。有了其一,就预示着还有别的呀。"

格里斯基匆匆扫了他一眼,埋头向前走了几步,摇了摇头。"我回头想了想,那就是唯一的一点。对细节敏锐的观察力。"

来到凶杀案组,进了格里斯基的办公室,哈迪拉过一把折叠椅坐到办公桌前。他挑剔地向周围看了看。"你应该弄点儿装饰品,这里看上去让人觉得有点压抑。"

"我喜欢它的这种压抑,"格里斯基说,"这可以让会面时间变得更短。说到——"他指着他那只满得快要溢出来的文件盒,"那就是我今天要干完的事,我已经干不完了。我能帮你什么吗?"

"我对细节敏锐的观察力告诉我,今天早上你没有跟人闲扯的心情,那么我就直截了当地说了:我以为布拉科是你手下的一名巡警。"

"那样说或许更准确。"他伸手去拿文件盒,"好吧,随时都可以顺便过来看看我。这一直都是让人感到高兴的事。"

"我又接了一起案子。对蒂姆·马卡姆的情况你知道些什么?"

格里斯基拨弄文件的手停了下来,抬起头转向一边,皱起了眉头。"你代表的是谁?"

"埃里克·肯森。"

"真了不起。那是什么时候的事?"

"最近。"

格里斯基的身子在椅子里朝前挪了挪,伸手摸了摸脸上的疤。"据我回忆,上一次在这个阶段我跟你讲过一起案子的情况,因此,有好几星期我都没有工作可做。"

"没错。但那是该去做的正确的事情。"一年前，格里斯基把一盘录像带在地区检察长办公室还未宣布这是出于取证的目的就让哈迪看了，而这盘带上是哈迪的委托人所做出的可疑的供词，为此，他受到短期停职的处分。"你知道大卫·克罗克特①常说的一句话是什么吗？'确信你是对的，然后就勇往直前。'"

"我一直认为那是我听过的最愚蠢的东西。监狱里到处都是像老大卫那样想事情的人。我相信，成吉思汗也有同样的座右铭。"

"但他是个不错的领导人。我只有几个小小的问题，他们不会开除你的，我保证。"

"那你就先问一个看看，我再作决定。快点说，如果可能的话，最好不是那种需要长时间讨论的问题。"

"肯森遇到麻烦了吗？"

格里斯基满意地点了点头。"这对你来说真是太好了。"他调侃式地耸了耸肩，"嗯，无论我们从哪个角度指控马卡姆的谋杀案，我敢肯定你的委托人仅仅就医疗责任事故这一点来讲，就需要找一位律师。除此之外……"格里斯基的眼睛向门的方向扫了一眼——门是关着的。他回过头来对哈迪继续说："我猜他告诉过你，他有作案的动机。"他停顿了一下，然后又把答案说了出来，"他也是最后一个与那家人待在一起的人。"

"你指的是马卡姆一家？报上透露出来的信息是那是个精神失常的妻子。"

"是的，我看过。"格里斯基坐在椅子里的身子又向后挪了挪，"我想你已经明白了你的问题。"

"你认为不是他妻子干的？但如果不是的话，那就是干掉那个丈夫的同一个人所为？"

"我什么都没想。我的脑袋还是一片空白。"

---

①大卫·克罗克特 (Davy Crockett, 1786—1836)，美国拓荒者、政客。

"但如果我的委托人是马卡姆案子的嫌疑人，那么他是——"

格里斯基止住了他的话。"我们不是在讨论这个问题。你这样做超出了你提问的界限。就是这样。"

"好吧。这不是一个问题。今天早晨，我出门之前就和肯森谈过了。他想和你谈谈。"

"他当然想这样做。我是巴伐利亚的王后。你打算让他这么做吗？"

"我告诉你那是个笨主意。我当时对他说的话比这还要难听。但或许你听说过，医生知道得最清楚不过了。他认为你会听他的故事并且放过他。他是个证人，不是嫌疑犯。"

"他是说想在这个阶段供出真相而免受刑罚吗？"

"不，完全不像是这样。他没有做任何不对的事情。他是个证人。"

"最好的防卫就是最好的攻击。"哈迪不以为然地耸了耸肩。这不是他的想法。他知道格里斯基或许会这样看，不过他认为在这一点上他的工作是减轻肯森的不安，按他的日程表来安排这次谈话。"在我的办公室谈怎么样，下班之后？"

格里斯基想了一下，然后点头表示同意。"好吧。这样可行。"

"记住他是个证人，不是嫌疑犯。"

"我想这事你都说过好几次了。"

"可是你还没有说你同意这一点。"

"你那对细节敏锐的观察力又来了。"格里斯基说，随后，他又坐了下去，"他是什么就是什么，迪兹。恐怕我们得去看看这件事怎么收场了。"

离开凶杀案组后，哈迪径直下楼来到了杰克曼的办公室，想看看自己能否顺便得到些对他的新委托人可能有用的零碎消息。这看似不太可能，不过相对来说，地区检察长在犯罪问题的处理上缺乏经验，如果他和哈迪只是朋友的话，或许在随意的闲谈中会不经意地泄漏出点什么来。

哈迪在杰克曼办公室外间的门口停下了脚步。特雷娅一边在电话上对某人连连说着"好的，先生"，一边向哈迪打招呼式地笑了笑，伸出一个手指头，示意他"稍等片刻"。哈迪进门走了过去，在她的面颊上吻了一下，随后坐在杰克曼房门边的椅子上等候。特雷娅用她那抑扬顿挫、职业化的腔调继续得体地回答着，但在做出这些回答的间隙还不时俏皮地骨碌骨碌转着眼睛，做出夸张的表情。

看着她，哈迪被逗得咧嘴笑了起来。

格里斯基的第一任妻子去世后，哈迪绝不相信还有人能像特雷娅那样，成为他这个最好的朋友的宽容体贴的伴侣。不过还不到一年时间，特雷娅就赢得了他的心，弗兰妮给他照看孩子的任务也就结束了。特雷娅不仅仅能干和自信，她还用自己的幽默，花了很长时间终于使阿布走出了生活中极其艰难的境地。

终于，她挂断了电话。"是市长打来的，"她解释道，"在一些关键问题上总是想听听我的看法。"然后，用询问的眼神看着，"你有预约吧？克拉伦斯在等着你的来访吗？我没有记下来过呀。"

"不，我只是顺道来拜访的，看看他有没有时间跟我聊上几句。"

"我想他今天的日程上没有安排聊天的时间。他刚刚叫我告诉市长大人他不在。"她甜甜地笑了笑，"或许你愿意按正常的方式来做这样的事，并确定某件事的时间。"

"我会的，但不能确定我什么时间会回到大厅。"

"我有个主意，迪兹，你可以计划好，别的就不用再说了。"

"除非我和克拉伦斯事前早就走了。我们是好朋友。"

"他也是这么认为的。"

"我只是不愿看到我们的关系失去了那种自然的感觉，而去添加一些刻意做作的东西。"

特雷娅同情地点了点头。"克拉伦斯也是一样，他一直都为这事感到烦恼。我会记下你明天下午三点的来访预约。那时你可以跟他谈论这事。"办公桌上的电话响了，她向哈迪挥手做了个再见的动作，拿起了话筒。

* * *

回到自己的办公室，哈迪给水族馆打了个电话，得知那条叫弗朗西斯的鲨鱼仍然活着，而且还是靠自身的力量在游泳。不过比科还不承认这就是胜利。"他一点东西也没吃。游泳是一回事，但他也得吃东西才行啊。"

"你怎么就知道它是个公的呢？"

"你怎么看我当上这儿的馆长这件事？因为是海洋生物学的哲学博士吗？有分辨雌雄鱼的能力吗？这些中的哪一条呢？"

"我总认为是积极的行动。你在喂它什么？"

"鱼食。"显然，哈迪问的那些不动脑子的问题让比科感到头痛了，"我们能不能谈点别的？埃里克的事怎么样？"

哈迪的脸沉了下来，口气变得严肃了。"我有个问题要问你。你对他有多了解？"

"非常深。他是我的家人多年的医生。我们过去走得很近。我的意思是——从交际的角度上讲——在他和安关系破裂之前。为什么问这个？"

"你认为他会杀人吗？"

比科气呼呼地说："绝不可能。"停了一下又接着说，"你想听个关于他是个什么人的故事吗？"

"能让他看起来不错的任何事。"

"好的，你记得丹尼第一次发病的时候吗？"

"当然。"比科的大儿子现在已经十七岁了，但十年前他被诊断出患有白血病。哈迪记得围绕着诊断和治疗的一些极富戏剧性的片段，结果是要进行骨髓移植，但最终又免除了这种手术。"那就是肯森吗？"

"是的。不过也许你不知道，在医院的一些董事会议批准他制定的治疗方案之前，他做了长时间的反复诊断。他们说这是个昂贵的方法，他们想等等看，让他做更多的测试，就是这样。那埃里克又做了什么呢？"

"告诉我。"

"他认为我们不能再等下去了，如果我们继续等，丹尼可能就会死掉。因此他撒了谎。"

"对谁？"

"健康维护组织。你最后一次听说一个医生冒着丢掉自己工作的风险去挽救一个病人是什么时候？那好，埃里克就这么做了。他使丹尼的病历报告看上去比当时的实际情况还要严重。如果他搞错了，就会白白花掉了健康维护组织的一大笔钱，抱歉，但如果他是对的，丹尼就活下来了。"比科把他激动的嗓音压低了一些，"总之，埃里克就是这样的一个人，迪兹，这是确实无误的。他自始至终都在做着这样的事情。天哪！他给病人家里打电话访问病人的情况。他跟我的鲨鱼转圈。你问我的看法，那人最起码也是个圣人，如果算不上是个英雄的话。"

当哈迪挂断电话，一种想法又让他感到困惑了。比科讲的故事有不好的方面。肯森或许是一个圣人，一个英雄，但也是一个喜欢反复盘问琢磨的人。这也证明了他自己一贯具有精妙的欺骗能力。他篡改了医疗档案，很可能骗取了自己的雇主成千上万美元。而且如果对丹尼·莫拉莱斯这样做过一次，很有可能他对别的病人也这样做过，而且起码其中有几次，他弄错的可能性也是很大的。

大卫·弗里曼巨大的办公室是用抛光的老乌木镶嵌的。两个窗户上挂的是勃艮第产的窗帘，中央摆放着狮爪足式的、皮包面的办公桌，四十八英尺那么大的地方，大部分杂乱无章地散落着报纸、文件、烟灰缸、打开的和合着的袋子、镇纸、名人照片和好几部电话机。存货满当当的酒吧也配一个可控温的酒柜，锚船牌啤酒随时可以饮用，两只雪茄盒子，还有一台蒸汽加压的咖啡机。与律师的座位相对的是为委托人们预备的几个就座区域，选择的是介于正式和非正式之间的一种中间风格的陈设。地板上铺的是波斯地毯。在不同样式的支架和台子上，摆着近半个世纪以来富有而充满感激之情的委托人赠送的各种小饰品。在屋子的一角，一尊由艺术家布法罗创作的意大利动物及环境守护神弗朗西斯的雕像护佑着整所房子。在一个拜占廷式的玻璃柜中，陈设着一些所谓的谋杀犯使用过的武器——之所以说是"所谓的"，是因为它们各自的主人最后都被宣判无罪，它们无言而又无可争辩地证明了弗里曼在法庭上的能力。事实上，作为自己所赢得的官司和自己声望的证据，大卫在案件胜诉后可以从检察人和警方那儿得到它们。

哈迪跷着二郎腿，啜了一小口咖啡杯中的浓咖啡后，又把它放在了沙发的扶手上。他的房东也给自己煮了一杯，拿过去放到他的办公桌上，坐在那儿吹一口滚烫的咖啡，就又全神贯注地埋头于一些文书工作之中。喝掉杯子里的咖啡后，伸手小心翼翼地将杯子不偏不倚地放到小瓷碟的正中央位置上。接下来足有一分多钟的时间，弗里曼除了翻动摆在自己面前的纸页外，连头都没有抬一下。他时不时地做着记录，嘴里不时地对自己嘀咕着一两句什么，对他正在翻阅的东西表示出不同的看法或是赞同。

看着他自顾自地埋头工作，哈迪有些按捺不住了，但同时又被这个人孩子一般的旺盛精力和工作激情所打动。毕竟，弗里曼已经七十六岁了。他已经从事了五十年之久的法律工作，尽管见多识广、经验丰富，但他对自己工作上的事情仍然没有丝毫的懈怠。他每天七点钟准时来到办公室，而且不出庭时，他也尽可能一如既往地待在自己的办公桌前直到很晚才去用晚餐，之后通常又回到办公室，在一两杯睡前饮料的伴随下快速地写下二十多页的备忘录或是信件。

在哈迪看来，在他们交往的八年时间内，这位老人的身高萎缩了三到四英寸，体重却增加了十五磅。他疏而长的白发都可以编成辫子了。如果他让自己的眉毛继续生长而不修剪的话，也可以编成辫子了。一个彻头彻尾的不注重穿衣打扮的人——"陪审团不信任衣着光鲜的人"——他偏爱棕色的套装，很多都是从廉价商店里买来的，不管它们是否合身。他也从不把它们送去熨烫。他经常抽或者说是叼着雪茄，而且每天在办公室至少喝上一瓶葡萄酒，午饭时可能又会喝上一瓶，晚饭时也这样。他从不锻炼身体，手上和脸上布满了紫色的老年斑。今天，他衣服领口处的脖子现出了一圈斑斑的血迹，这肯定是他剃须时弄的。看着他，哈迪想到，他才是最快乐的人，而且可能是这个星球上最健康的人。

他还不失时机地开起了不痛不痒的玩笑。"你没事吧，迪兹？觉睡够了吗？"

哈迪心想，自己一直在盯着他看，但他根本就没有抬起头来看过自己，怎么会问出这话来呢？不过没有必要说是自己的闹钟时间出了错，孩子是一个人一生中全部麻烦的根源等这些话。如果哈迪开口诉苦的话，弗里曼只会对他说："是你自己主动起床的，忘了这事吧。"因此哈迪做了这样的回答："午饭后再睡一觉就是了。补充一点，我今天起早了。"

"但愿那个可以招待你，"弗里曼指着他酒吧的方向说道，"你想再来一杯的话，自己倒吧。同时，说到招待，我乐意为你效劳，不过要快一点。四十分钟后我该出现在联邦法院了。是对莱塞姆提起上诉的事，上帝保佑他那饱经折磨的心脏吧。是什么风把你给吹来的？"

哈迪简要地把他与肯森医生见面的情况说了说，结果遭到了这位老人的大声训斥。"你跟自己的新委托人谈了一个多小时，甚至接手了他的案子，一个可能的谋杀嫌疑犯，却从未跟他提出过你的酬金问题？"

对于罪案诉讼，律师业界里约定俗成的规则是要预先收取当事人的酬金。在这件事上，他反其道而行之，试过一两次，可以说是得到了严厉的教训，他才发现，事实证明老话说的道理不假。如果你成功地赢得了代理的诉讼，没拿到酬金就放那些委托人走了，他们就不再需要律师了，那他们为什么还要给你付钱呢？另一方面，如果你失败了，他们进了监狱，他们为什么又应该为你的辩护掏钱呢？因此，与委托人打完见面时的招呼后，在接下来的六分钟敏感时段内，你通常会不定时地向你的"聘请人"提起关于酬金的话题来。

现在，弗里曼这位和蔼的导师只是提醒他。"我的孩子，这就是你为什么恐怕会穷困而死，但真的没有理由让一个好律师死于贫穷。"

"是的，先生，我相信以前你就已经提醒过我类似的事情。不管怎样，我向格里斯基强调过，他是个证人而不是嫌疑犯。"

"啊。"弗里曼快活地点着头，"那个好上尉想更好地了解他，是这样的吗？"老人从办公桌后站起来，像在法庭出庭时那样吼叫着，"你是疯了吗？"随后又控制住了他那激动的情绪，恢复了常态，"一个证人，而不是一个嫌疑犯？他就是个主要的嫌疑犯！而且我还会告诉你一点别的东西。肯森无疑也想到了自己是个主要的嫌疑人。你认为他为什么想要找一个资深的律师呢？事实上，我越琢磨这事，越喜欢他这个人。"

"你还从未和他见过面。"

"那又怎么样？你也就见过他一面。你打算跟我说你知道他没有犯谋杀罪吗？"

"他给马卡姆注射了钾吗？"

"或者用车轧过他。或许两兼而有之。"

"大卫——"

"为什么不呢？那个死掉的家伙干了他的老婆，这是世上最古老的杀人动机。"

"因此在等待了两年之后，他才杀了他吗？"

他的世界观丝毫没有改变，弗里曼坐回到椅子里，看上去就像一尊佛像一样。"这样的事每天都在发生。说真的，迪兹，这个案子不适合你干，你认为怎么样？看起来非常适合我。无论如何，我对应付控诉和逮捕有足够的把握。你明白我是如何办到的。"

按照弗里曼的观点来看，哈迪不得不承认他的委托人的确具备杀死马卡姆的作案动机、手段和时机。在他的职业生涯中，哈迪曾代理过许多有大陪审团参与审理的控诉，但几乎没有赢过任何案子，只是偶尔有那么一个而已。

而且就在几小时之前，他还作为中间人为他的委托人牵线搭桥，安排他和凶杀案组的头儿简短谈论这档子蠢事。肯森或许已经在他的办公室里了，如果有更多的证据已经被人掌握的话，格里斯基或许会开给肯森一张有大陪审出庭的传票，甚至当场拘捕他。截至目前，哈迪为肯森所做的一切，就是让他自己跑出来，听取一些用处不大的建议和有点伤自尊的幽默。他现在才意识到，那个水族馆和三叶草酒吧相似的陈设，以及两个男人和比科·莫拉莱斯的多边友谊已经鬼使神差般地让他错误地来到这儿。他一时被蒙蔽了眼睛，没能看清肯森所面临的现实。他之前都在想些什么呢？

他突然站起身来。"请原谅，大卫，我得走了。"

"我对此有种难以置信的似曾相识的感觉，"格里斯基说，"难道我们已经做过这件事了吗？"

"那是在今天早晨，"哈迪答道，"新的机遇到处都是，只要我们有勇气面对它们。"

上尉的目光越过办公桌直直地盯着他的朋友，接着拉开了他那件整天不离身的夹克衫侧面口袋的拉链，掏出一些圆片状的白色东西，掰了一块塞进嘴里，喊喊喳喳地嚼了起来。"你也来一些米饼吗？太难吃了。"他盯着手里剩下的米饼看了好一阵子，然后伸手把它扔进了废纸篓里。

"花生怎么样？"哈迪问。多年来，格里斯基办公桌的一个抽屉一直都是凶杀案组里的花生储存器，而且上尉经常都会随身带着几把花生。"我可以吃点花生。"

"胆固醇含量太高，或者是脂肪，或者是那类东西，我忘了究竟叫什么了。"

"那么除了这些对心脏有害的东西外，你也得到 CRS 了吗？"

格里斯基身子向后挪了挪，抱起胳膊注视着哈迪。"我也不打算去问。"

"好吧，没关系。如果你不知道，你就不知道吧。但如果你猜错了，不管怎样，你就只会说一些消极的东西。但什么时候做出改变都为时不晚，你知道的，要注重积极的东西。"

"把握那些积极的东西。"格里斯基语气冷淡地说，"我也有一件事要跟你说。让我们取消那件事吧。"

哈迪的脸沉了下来。"歌又唱得不同了。不过请注意，又是一个消极的调子。但是这一次，结果证明那也正是我所想的。"

"你想的是什么？"

"嗯，我抱歉地通知你，最终我的委托人今晚不能前来与我们面谈了。这个案子对我来讲太烫手了，因而不能让他跟别人谈话。不过，如果你愿意把你想问的东西写下来交给我，我愿意设法获取你需要的任何信息。"

格里斯基哈哈大声笑起来。"如果你愿意吻我的脚指头的话，或许我会变成一个芭蕾舞女听你的指挥。这是我一直以来都在梦想的事情。"

这两个男人亲切地看着对方，一时陷入了沉默。格里斯基最终打破了僵局。"好吧，"他说，"CRS 是什么？"

哈迪夸张地一字一顿地说："想……不起来……妈的。"他自己也忍不住咧开嘴笑了起来，"郁闷的一天，你别问了。"

12

昨天安妮塔·董接受询问时，她对格里斯基渴望了解的东西有所保留，而这一点也让格里斯基充分弄清楚了布拉科和菲斯克两人各自的表现。于是，他下令禁止他们直接跟董提到的其他任何证人进行问话，尤其不能靠近埃里克·肯森或者帕纳塞斯总部的任何人员。除非他们自己发现了新的线索，找到了别的证人，那他们才可以自行作出判断。他还要求他们每天都要及时向凶杀案组报告调查情况，不管是什么结果。

上尉甚至已经提出建议，考虑到他们的专业领域，让他们去访查一些汽车美容店和洗车行，追踪巡警们在一些企事业单位或社区里看到的可疑车辆，这或许是有效利用他们时间的一种办法。菲斯克比较愉快地接受了这项任务，干脆得就像得到了解脱一样。但是当他们驾车东奔西跑，在下个没完的雨中执行了好几个小时的任务后，布拉科失去了耐心。

"该死！这不再是起车辆肇事逃逸案了，哈伦！格里斯基让我们去搜集案情，而且我们可能会打破一些鸡蛋，再用它们做成相当不错的煎蛋。但我诅咒在这倒霉的天气里再整天开着车到处去寻找一辆见鬼的车子。总之，那不是杀掉他的东西。"

他们从司法大楼出发，此刻在市政大厅附近的范尼斯大街遇到红灯停了下来。菲斯克在乘客座位上蜷缩成一团，抱着胳膊抵御着严寒。他摇晃着脑袋说："格里斯基说的是寻找那辆车，不要跟肯森纠缠到一起。"

"那好吧，不过他的老婆怎么样？她和马卡姆搞到一起，你知道她是如何扯上这事的。"

这话让菲斯克感到不快。"我不知道。这事跟肯森有密不可分的关系。你难道不这样认为吗？另外，她住在哪儿？"

"在安扎街，USF 后面。我有她的住址。"

"你是怎么弄到的？"

"我打了信息查询中心的电话问到的。"他转过脸来对他的同事笑了笑，"信不信由你，居然给查到了。她住在离恺撒大道大概四个街区的马索尼克。我还扮成一个驼背到那儿去实地查访了一下。千真万确。你留意过有多少医生的老婆是护士吗？我说咱们过去跟她谈谈吧。"

菲斯克对这个提议不以为然，但过了片刻，他又神气活现了起来。"你记得你开车把我放在达第奇餐厅的那天晚上吧？我向我的卡西姨妈提到了案子的事，她说帕纳塞斯的所有麻烦已经成了真正让南希·罗斯苍老得更快的一块心病。她为她感到很难过。"

"南希·罗斯是谁？"

"马拉奇·罗斯的老婆。"

"我不认识马拉奇·罗斯。"布拉科坦言。

菲斯克勉强露出了一丝浅笑。"马卡姆一死，"他说，"帕纳塞斯现在归他掌管了。今天你没有看"城市谈"吗？写得有趣极了。"

"你在我面前变成了一个警察吗，哈伦？那你的姨妈认识他的老婆吗？"

"相当熟，我认为。她认识所有人。"

"这是有用的情况。"布拉科指出，"而且我们正好说到这儿了，市政大厅就在右首边可以看得到的地方。"他突然打定主意，把车停靠在了路边，"让我过去跟你的姨妈打个招呼吧。"

从外表上看，卡西·威斯特与她的外甥看不出有任何共同的遗传基因。布拉科心想，或许她只是与同哈伦有血缘关系的家庭成员的妻子。五十五六岁的年纪，加上不苟言笑的表情，动静之间的举止和娇小的身架，短短的灰白头发，让达雷尔·布拉科面对她时满脑子只想到了麻雀的样子——一只态度友善，头脑聪慧的麻雀。

这位市政督监的办公室在二楼，小而整洁，但是十分的舒适。屋里面摆着一张老旧的办公桌，书架是嵌墙式的，朝西的一面墙上有一排窗户。她的外甥和他的拍档出乎意料地出现在她的办公室，不过这对她来说似乎并不是什么打扰的举动。她热情地跟他们打了招呼，然后吩咐她那个穿着不俗、态度谦恭的名叫彼得的行政助理送几杯咖啡过来。

在几分钟的简短寒暄和走马观花式地看了看她的工作空间——各摆有一张办公桌的一间小卧室、一间狭小的图书室和一间档案资料室——之后，当咖啡送到时，她关上了他们身后的办公室门，大家都坐了下来。"那么，"她开口说，"我猜你们到我这儿来是要说跟帕纳塞斯有关的事情。那不是'城市谈'专栏正在进行毁灭性打击的吗？我不知道马拉奇·罗斯今天要怎样面对他的员工，对董事会的事情闭口不谈。嗯……"她眼里流露出期待得到答案的眼神，话没说完就停住了。

布拉科充当起了临时代言人的角色。"哈伦说你认识罗斯夫人。我不知道你能不能在我们去跟她谈话之前告诉我们关于她的一些情况。"

"为什么你们想找她谈话？不相信她根本就不是什么嫌疑犯吗？"

菲斯克坦率地答道："我们的本意是你可以给格里斯基上尉打个电话，让他做事有所收敛。这是我们接触到的第一起真正的案子，而且我认为他想让我们待在外围工作，不要用幼稚可笑的问题去打草惊蛇，惊动任何重要的证人。"

"帕纳塞斯或许是动机的一部分，如果有动机的话。"布拉科说这话的口气相当自信，好像此前他已经上百次地做过这种事情一样。

"南希·罗斯？"威斯特问，"马卡姆死时她也在场吗？她当时应该在医院里，不是吗？"

"她不是嫌疑人，"菲斯克重申道，"我们只是对帕纳塞斯的私人关系感兴趣——如果你愿意说的话。我们想了解那些参与游戏的人，如果能发现一些情况就好了。"

"嗯……"她放下手中的咖啡杯，"我真的不是很了解马拉奇·罗斯，尽管在此期间我们见过几次面。南希，换句话说，我相当了解她。她是个讨人喜欢的人，我的意思是在社交方面，她非常活跃。她还是戏剧理事会、肾病基金会以及其他几个与医学有关的慈善组织的志愿者。"威斯特微微地眯起了眼睛，"我同时可以告诉你们，她也是我政治上的一个朋友。因此，恐怕我不打算成为一个透露她负面新闻的很好的消息来源。"

"我们不是在寻找她的什么负面新闻。"布拉科向她保证。虽然脑子里想着自己渴望得到的污点证据，但这儿不是追问这个问题的地方。"顺便问一下，她是个护士吗？"

威斯特摇头表示否定。"我不认为南希曾自己谋过生计——我指的是做过什么真正的工作。她从来都没必要这么去做。她生来就不缺钱。"

"就连她丈夫年轻时也是这样的吗？不帮家里做点事情吗？"布拉科问。

一听这话，威斯特笑了起来。"她丈夫年轻时，探员，南希还是个孩子。她是罗斯医生的第二任妻子。如果她那时超过三十五岁，我会感到吃惊的。"她的脸上闪过一丝阴影，"她的父母都不赞成她的这桩婚姻。我记得听说过这个职业不会带来大笔的金钱。他们无法够接受南希成为一个老男人的战利品，并且完全剥夺了她的继承权。我指的是她的财产继承权。就像结果证明的那样，那并不是什么要紧的事。马拉奇的事业非常成功，"她一脸同情地摇晃着脑袋说，"现在全市都知道。"

哈伦终于想到了一个问题。"她和她丈夫共同做过什么事吗？为帕纳塞斯？"

督监摇了摇头。"我真的不这样认为，并没有与那家公司有什么特别的关系。不过她一直在弄一些宴请招待的事，而且我认为从某种程度上讲，那也是他事业的一部分。"

"一直都这样吗？"布拉科问。

她点了一下头。"我不明白她是如何做到的，还带着孩子——她有一对双胞胎女儿，我想大概有六岁了吧——但我认为保姆们……"她停了一会儿，搜集着脑子中的想法，"回到你说的问题，她每隔一个月就要举办一次实在是奢华的聚会，还有一些小点的事情——慈善活动——每星期两到三次吧。"

布拉科对这种生活方式知之甚少，而且似乎还没明白过来是怎么回事。"多数时间都是这样的吗？"

"可以这么说。只要她在市里。"

"不在市里又到哪里去呢？"

"嗯，"她笑了笑，在身前摊开了双手，"她想去的任何地方，我这样认为。他们有另外一个住处——实在是非常好，我去过那儿，足有七八千平方英尺那么大——就在塔霍湖边上。我还知道他们——或许是她和她的女儿们——圣诞节是在白杨城或者游乐城过的。他们有自己的私人飞机，我相信。"

从市政大厅出来后，达雷尔·布拉科和他的搭档冒着雨一路小跑来到他的车前，钻进去坐到了自己的座位上。哈伦在他旁边系安全带时，他睁大眼睛看着他夸张地说："我的天哪！"

"真是有钱啊，"菲斯克赞同道，"真是有钱人的生活。"

"他们自己的飞机吗？我也想有自己的飞机。"

"但怎么能付得起到处飞的油钱呢？"

"是的，说的也是。"布拉科驾车驶入车流之中。雨水冲刷着他们面前的风挡玻璃，这场雨还在继续下着，看样子似乎根本没有停下来的意思。已经快到中午了，天色还阴暗得像黎明一般，而且没多久，布拉科的脸色也暗淡了下来，跟外面的天色十分相配。"但我们知道了他们是有钱人，不是吗？我不明白除此之外我们从中还得到了什么。"

菲斯克把这话琢磨了一下。"我们还得到了一杯咖啡，而不是待在埃德的汽车美容店。"

"起码是那样的。"这个信息，特别是来自菲斯克的表示欢迎的信息，就是一个不错的东西，他们终于在办一件名副其实的杀人案了，而不是一起与车辆肇事逃逸案没什么区别的案子。事实上这两者是完全不同的。现在，在没有得到上司任何实质性指导的情况下，他们的工作在自身的智慧以及本能的指引和驱使下，想到哪儿就干到哪儿。他们在搜集杂乱无章的信息，而从严格意义上讲，大多数信息都跟案件本身没有什么关系。但其中有些也许是非常重要的——你知道事情的结果之后才会知道这一点。

两人没有商量，布拉科就将车子往西开向恺撒大道，奔安·肯森的住所而去。菲斯克坐在旁边聚精会神地想着什么事，一声不响地过了两个街区，之后突然开口说："达雷尔。"

"嗯？"

"一架飞机的价钱是多少，你认为？"

"我想这是你用不着去问的事情之一，你买不起的。"

不过他的搭档今天的举动完全让人摸不着头脑。有什么东西已经让他把自己的脑筋开动了起来，而且现在他显然是在追寻着自己的思路。"不，不是那个。我指的单单是它的维持费用——停机棚租金，油料，每月开销，保险金。"

"我不清楚。我认为那要取决于你把它存放在哪儿，飞机的尺寸，等等。为什么要问这个？"

菲斯克耸了耸肩。"我在想大概要一千二百万美元。这是个多么巨大的数字啊。"

这对达雷尔来说不是什么难事。"如果我有一千二百万，我会在哥斯达黎加和海滩上颐养天年。那个数字的钱会从哪儿来呢？"

"罗斯一年就能挣到。"布拉科用极度怀疑的眼神隔着座位向旁边瞪了一眼，这引起了菲斯克的反驳。"嘿，那是报纸上'城市谈'中提到的数字，不会有错的。但我的意见不在于它是多少钱，而在于它够不够花。"

这引得布拉科笑了起来。"足够了，相信我。"

"是吗？两套大房，一桩结束的婚姻，这意味着还要支付给前妻生活费，没准还有孩子的抚养费。一个新的、年轻的、热衷于举办聚会、喜欢出入于社交场所的妻子，在私立学校就读的孩子，用人们，私人飞机，外出度假。"

"但那可是一千二百万。"对于达雷尔这样一个警察的儿子来说，一百万美元或许就跟一万亿那样多得不可想象，二者都是深不可测的一大笔钱，够用一辈子的钱。

显然，这对菲斯克而言就不同了。"你读过一本叫《虚荣的篝火》的书吗？"

"那是本书吗？我想我看过那部电影。"

"是的，嗯，电影是根据那本同名小说改编的，但最初那是本小说。总之，那书里面有一件很酷的事，这个家伙核对着他花钱的费用清单，向读者表明一年只用一百万美元来过日子是不太可能做到的事，而且那还是十年前。"

"他该给我打电话，"布拉科说，"我能帮他处理好这个难题。"

"关键一点是，"菲斯克强调说，"也许我们能现学现用一下刚刚从卡西姨妈那儿学到的东西。不要把注意力盯在罗斯有多有钱上面，相反，想想他有多贫穷吧，或许这才是比较明智的做法。我的意思是，面对现实吧，如果你的花销比你的收入多得多，你就是贫穷的，对吧？无论你挣到多少。"

他们先在恺撒大道停了下来，打听到肯森夫人已经请了病假在家休息。

从昨晚开始雨就下个不停，不过到现在已经是另外一番景象了，像雨季时那样，几乎是贴着海平面被强风驱赶过来的，雨点重重地砸在这两个站在肯森家前门台阶上的探员身上。她穿着厚厚的灰色短裤、带标志的牛仔裤和有红风帽的套头衫来开了门，给布拉科的印象是她好几天都没有睡过觉了。

她齐肩的金发乱糟糟地堆成一团，没有做过任何修饰打扮，看起来非常疲惫和憔悴，但就算这样，也丝毫遮挡不住她的迷人之处。尤其是她眼窝深陷的眼睛，大而引人注目，几乎是天蓝色的。他还从未见过这么美的眼睛。

即便他们作了自我介绍，出示了警徽之后，肯森夫人也只是出神地盯着他们发呆。直到最后布拉科问他们能不能进屋去，她才回过神似的向后退了一步，一边点着头一边顺势打开了门。"抱歉。"她模棱两可地说道，接下来又过了好一会儿才把他们身后的门关上了。

前厅里光线昏暗。他们站在布织小地毯的一角，身上直往下淌水。"或许我们该……"她心不在焉地说，但话到嘴边又收了回去，带着他们穿过一条短短的走廊，然后向右拐进了厨房。

一大堆要洗的衣物层层叠叠地堆放在桌子上，满得都垂落到地板上了。她撩起桌边的衣服，从下边拉出一个凳子。餐台上还摆放着早晨用过的餐具——一个装牛奶的硬纸盒和一个果汁盒，两盒麦片，装有一些棕梨片和香蕉片的破碟子。终于，她的注意力回到了站在这间小而潮湿的房间里的探员身上。

"好吧，有什么事？"吃惊的眼睛在两个探员之间来来回回地探询着。

布拉科掏出他的盒式录音机放到她前面的餐台上，清了清嗓子，例行公事地陈述了一遍自己的名字、警徽号码和访谈时间。他还没有想好自己要说些什么，甚至在开门之前还没有好好考虑过这个女人会是怎样的一种情绪状态。不过他觉得，早晚都得说的这些话，会让她把他们俩都扔出去。"肯森夫人，蒂姆·马卡姆和你是情人关系，是吗？"

她轻咳了一声。"过去是，不过他中止了这种关系。两次。"

"为什么？"

"因为他觉得这样做让他对家庭有种负罪感，尤其是他不想伤害到他的孩子。不过他不再爱他的妻子了，因而他不断地回到我的身边。"

"然后他又离开你？是这样的吗？"布拉科问。

"暂时地。他会再回来的。"

"那他为什么要离开你呢？"

"因为他想再试一试跟他们好好相处。就再来一次吧，他是这样说的。"

菲斯克问："那是什么时候的事？"

"上个星期吧。上个星期的后半段时间。"

"你对他那样做就没有意见吗？"布拉科问，"对他的决定？"

"我能怎么样呢？我知道……"她的目光变得冷硬起来，"我知道他最终会回到我这儿来的，就像他以前一贯所做的那样。他爱我。我不明白为什么他非得让每个人都再去经受一次折磨。总这样反反复复的。我告诉过他，他就应该脱身，把事情做个了断。"

"用你处理婚姻的方式吗？"菲斯克问。

如果她觉得这话让她受到了冒犯，那她就不会再说出接下来的这些话了。"是的，就像我那样。一旦我认识到我爱的人是蒂姆而不是埃里克，我就告诉他，他必须搬出去。我想说的是，什么才是重要的东西？我可不打算自欺欺人地活着。"

菲斯克望了一眼自己的搭档。"卡拉是怎样知道这一切的呢？是因为他离家不归吗？"

"他从来就没有离开过她，"她严厉地纠正道，"我始终都是次要的。"

"但她知道你的事吗？之后又怎么样了呢？"

"是的，她威胁他——这是当然的事——声称她要离开他并拿走他所有的钱财。他不会得到孩子的探视权。那就是他回去的原因。"

"你指的是最后这次吗？"

菲斯克没等她回答他搭档的问题就迫不及待地开了口。"你也知道卡拉和孩子们都死了的事吗？"

她沉默了片刻才说："我看到了消息，不过我对所有的这一切都当没有看见。我对她的事没有兴趣。她跟我没有任何关系。"她的情绪有些激动，挑衅似的抬头看着他们，"我不想再谈这件事了。我不在乎她怎么样。"

菲斯克提高了嗓门。"或许卡拉没有接受他的回心转意呢？也许她仍然还跟他闹个没完呢？"

她突然爆发般地拔高了声音。"你没有听我说吗！我已经说过这个问题了。"风一阵阵地吹过，豆大的雨滴噼里啪啦地击打着厨房的窗玻璃。"他打算告诉她自己这一生中所有的错事，想重新来过。这个该死的蠢货！"

"他事实上真的那么跟她说了吗？"菲斯克问。

"谁知道！现在还重要吗？他离开我之后，我就再也没有见过他，"她声色俱厉地说，"我不知道他都做了些什么。"

"那是什么时候的事？"布拉科口气更温和地问，"你上一次见他的时候吗？"

她怒不可遏地拍了一下餐台。"该死！我才不管哪！你没听见我说吗？重要的是我被抛在这儿了。"她绝望地伸手向这间杂乱而狭小的厨房四周比画着，"就在这儿，只有我自己一个人了。"

137

菲斯克出其不意地突然问道："你知道是你丈夫在波托拉医院救治的马卡姆先生吗？"

"是的，我知道。事发之后我就见过他。"她的眼神一下子变得尖锐起来，"这重要吗？"

"马卡姆已经破坏了你们的婚姻，也许他仍然对他怀恨在心。"

"是的，但那又怎么样呢？"她厌烦地摇了摇头，"这都是两年前就抖搂开的事情了，是旧事了。"

两个探员交换了一下目光。

"你是说他已经不再为这事耿耿于怀了吗？"菲斯克问。

"他当然耿耿于怀了。他没有勇气去忌恨蒂姆。他总是……"她犹豫了一下，"为什么要问这个？"

菲斯克告诉她："我们正在努力找出杀马卡姆的人，肯森夫人。我猜你也想知道这事吧？"

她眯起眼睛，表情变得严肃起来。"你什么意思，杀了他？他是被车撞的。"

"不，夫人，他是被杀死的。"布拉科说。

"你不知道那件事吗？"菲斯克严厉地问，"你今天早晨没有看报纸吗？"

"是的，"她语气中带着明显的嘲讽之意，"我把孩子们送到学校，然后让女佣给我带来报纸、咖啡，还有糖果。她到现在都还没有来洗衣服和收拾碗碟。"她撇开菲斯克，转向布拉科问，"你是说不是有人故意撞了他？"

布拉科摇头表示否定。"那不是一起意外事故，"他说，"他是在医院被人杀的。有人给他注射了过量的钾。"

她的眼神开始慌乱起来。"我不明白你在说些什么。"

菲斯克向她靠了一步。"你自己就是个护士，你不知道钾是什么吗？"

"我当然知道那个东西了，然而它跟马卡姆的死有什么关系？"

"那就是杀死他的东西，"布拉科答道，"是真的。"

慢慢地，这条消息似乎起了作用。"是在医院吗？"接着慢慢地，她的头脑似乎在刹那间一片空白，停止了转动，那张脸也最终因为极度的愤怒而变得扭曲难看了。"那个狗娘养的。那个可怜的混账东西！"她来回地看着两个探员，那咬牙切齿的声音充满了确定无疑的肯定，"你们可以停止调查了，"她说，"我知道是谁杀了他。"

13

肯森正在朱达诊所上班，似乎不愿意回电话，于是哈迪决定亲自走一趟，希望自己的意外出现有助于向肯森传递自己已经感觉到的紧张气息。因此，他冒着暴风雨肆虐的危险冲进雨中并一路来到了诊所，在穿着白大褂、戴着听诊器的肯森出来见他之前，已经在拥挤的候诊室里等候了半个多小时。肯森医生告诉他，他走不开，就算是几分钟也不行。

他的医生工作很重要，正如哈迪所看到的，他忙得不可开交。但是不管怎么说，这不是他们原定于今晚见面的预先约定吗？

哈迪尽力让他明白他们俩所面临的现实情况，但医生看来似乎并不能认同这一点。

"我看不出来情况跟昨天相比有任何的不同。"肯森回答说。他手一摆，做出了无可奈何的样子。

"所有跟这事有关的情况都不一样了，"哈迪用从未有过的耐心跟他解释道，"昨天，没人认识到马卡姆是被谋杀的，因此，你忌恨他的事无关紧要。但现在就要紧了。很要紧。那是因为你具备了作案动机、手段和时机。如果一桩杀人案同时具备了这三个要素，那就是倒霉的事情了，相信我。"

他只是摇了摇头，对哈迪的担忧显得无动于衷。"今天早晨我们谈了有关的事宜，不是吗？"他用胳膊碰了碰哈迪的袖子，"听我说，我感谢你的关心，但我得让诊所运转着，否则连今天晚上我们也谈不成了。抱歉，让你白来了一趟，不过就算是这样，现在我们也谈不成。"

哈迪靠近他一些，压低了嗓门。"那就是我一直想要跟你说的事情。我们不打算今晚谈话了，医生，至少是不和警察谈了。我取消了这次访谈。"

肯森脸上现出了有点不满的神色。"你怎么能那样做呢？"

"因为我是你的律师，保护你是我的工作。"

"我不需要保护。一旦他们听到了我要说的，尤其是我主动向他们说出来自己知道的情况，他们会把我从嫌疑对象名单上划掉的。"

"真的吗？你知道这个是因为你对刑法有很深的理解吗，是这样的吗？"哈迪直直地盯着他的委托人的脸，"听我说，我向你发誓——我郑重地告诉你——他们是不会那样做的。不要自欺欺人了。你爱听也好，不爱听也罢，你就是个谋杀案的嫌疑对象。他们不会找理由为你开脱的，他们会找理由把你装进去的。但我不打算给他们机会那么做。你和我需要更多的时间待在一起。更多的时间。比如大多数的周末。"

肯森不赞同地摇了摇头。"我不明白。我已经买了星期六巨人队球赛的门票。我要跟孩子们在一起，而且我要带他们去看比赛。"

"听起来真不错，"哈迪说，"但如果你进了监狱，就不能带着任何人到处转悠了。重要的是，你和我需要一些时间。这不是件开玩笑的事情，好吗？"

从肯森的肩头看过去，一个婴儿在候诊室里啼哭了起来。

肯森看了看手表，皱起了眉头，扭头看着哭闹着的婴儿。"好的，"他说，朝哭叫声传来的方向挥了挥手，"但这也不是开玩笑的事。我认为，"他露出了职业式的笑脸，"或许星期天，然而，那怎么可能呢？"
他意味深长地拍了一下哈迪的后背，转身就消失在了通向医生办公室
的门后。

　　从停车地点冒雨走过一条半街来到诊所的哈迪，感觉到他湿透了
的鞋子正吱吱作响，还有下半身袭来的阵阵凉意和膝下的潮气。肯森
离开后，他在一把塑料椅子上坐了一会儿，用手指梳理了一下湿漉漉
的头发，然后站起身来，扣好雨衣的扣子，准备冒着狂风骤雨走回他
的车里去。

　　"只是在核对我的投资。"当摩西·麦圭尔从三叶草酒吧吧台后
面吃惊地望着他时，哈迪对他说道。此时，他是唯一一个在酒吧里
的人。

　　"什么投资呢？我给过你生意所得的，该你的那四分之一份额，害
怕你万一记不得了，不过这种事从来都没有发生过。你喝酒了吗？"

　　这半年来，哈迪还没有在白天喝过酒，不过接连遭遇了一连串不
顺心的事以后——在司法大楼没能找到要谈话的人，弗里曼那恼人的
态度，糟糕的天气，还有他最近与肯森的不合拍——他打算尝试任何
的东西来改变一下他的运势或者说生活的节奏。"你吧台后有蓝宝石的
杜松子酒吗？"

　　尽管麦圭尔一百个不情愿给他喝杜松子酒，不过他也没必要去问
他要怎么个喝法。吧台上立着的、擦干了的凉冰冰的玻璃杯子摆了上
来。往里面倒酒时，他问道："你没事吧？弗兰妮还好吧？"他过去常
提到自己的妹妹，也就是哈迪的妻子。而且他自己觉得那也是一种对
她嘘寒问暖的方式。

　　"我们很好。我在离这儿不远的地方有一个还没确定下来的约会。
不过跟弗兰妮没有什么关系。"他呷了一口酒，赞赏地点了点头，"这
个酒，"他说，"味道好极了。"

　　摩西自己面前放着的是纯苏格兰威士忌，这种酒在酒吧里永远都

是与别的东西混合着饮用的。他端起自己的杯子跟哈迪碰了一下，举起来放到了嘴边。"那个，"他答道，"是杜松子酒，干苦艾酒和冰块的混合物。这个，"他举起自己的杯子，"味道棒极了。不过我接受你那善意的谦虚和恭维。你为什么不让他到你的办公室跟你见面呢？"

"谁？"

"你的约会对象呀。我不知道你给家里打过电话了。"

"我没有。这看来是件重要的事。"

"是的，起码对你们两人中的一个是这样的。"

毕竟这是实话，哈迪后悔地点了点头。"你又来了，或许我只是需要个借口来打破一下生活的常规。"

摩西拉过一把放在吧台后边的椅子坐了下来。"我听你说，"他说，"你想要来一次公路旅行吗？我们现在就动身吧，或许我们能在天黑前赶到墨西哥。"

"不要引诱我。"哈迪端起酒来浅浅地啜了一口，充满向往地说，"也许我可以把孩子们从学校里接出来……"

"我不想把儿女带在我们身边。"

哈迪觉察到了他口气的变化，隔着吧台盯着对面那张消瘦的脸。"你和苏珊还好吧？"

"起码我们还没到离婚的地步，我没想过。"他喝了些他的苏格兰威士忌，"不过有时我确信那只是因为我们之间达成了一项协议，谁第一个提起'离婚'这个字眼，谁就要带着孩子。我听说这个时候墨西哥的天气很热。"

"那里的天气一直比这里热。"

他们两个都扭头向大落地窗外看着，屋外仍旧是大雨滂沱，公园边上的柏树在疾风中都被刮得半弯着腰了。

突然间，哈迪站了起来，把自己尚未喝完的酒推到了吧台边上。

"你就要走了吗？"麦圭尔问他，"你才刚来。"

哈迪指着他的酒。"要是我喝光了它，而且我很想这么做，我就决不会走出去了。"

143

"幸运的是，你不是非要出去。"

"不，我得出去。我有工作要干，但是魔鬼一直在试图给我个借口不要去干工作。不过我有个主意给你和苏珊。你今晚为什么不找个人来替你看管这儿，并说服孩子们留在家里呢？我们会帮你们看管他们的。你们出去玩吧。这个主意如何？"

"可能行得通，"麦圭尔说，"但是我们的目的地不是墨西哥。"

"是的，还'但是'个什么呢？"哈迪善意地在麦圭尔的胳膊上打了一拳，"考虑一下吧。"

和克拉伦斯·杰克曼、阿布·格里斯基一道用完工作午餐后，玛琳·亚什在大陪审团前的表现从容不迫。十九个市民陪审员在司法大楼十五楼上的警察委员会听证会议室里齐聚在她的面前，正密切关注着主持公道这件事。楼下一层是格里斯基的办公室，再上两层是杰克曼的。他们或许看来就像是个人类的大杂烩——当然男女都有，而且今天在这里代表了市里的多数群体——但是玛琳心里清楚，现在坐在她面前的这些人，还有国内其他这样的陪审团的成员——不仅仅是大陪审团——就是她置身于其中的法律系统支柱。没有他们，对于好公民的"一般评判标准"和正义将会是一个空洞的概念，社会的结构将会四分五裂。

因此，她一视同仁地看待他们，尊重他们的智慧和经验。"大陪审团的女士们，先生们，"她开口说道，"在星期二，四月十日，蒂姆·马卡姆开始了他习以为常的、坚持不断的晨跑。当他到达第二十六大街时，就在城里的这个地方，他被一辆绿色的、老款美国车撞倒了。司机驾车逃离了事发现场。

"但那次车辆事故不是杀死马卡姆先生的原因。

"与此相反，他在波托拉医院接受外科手术后，情况已经稍微稳定了，而且当他无助地躺在医院病床上时，还不清楚是一人或多人向他体内注射了过量的钾。

144

"钾是一种普通药品，在急救室和重症监护室很容易得到，但是使用大剂量的钾可以致人死亡，而且这样的一个剂量就用在了马卡姆先生的身上。

"当天晚上，他的妻子卡拉，还有他们的三个孩子在自己家里死于枪伤。今天我们聚集在这儿取证，来确定这一系列残忍死亡的凶手或凶手们的身份。"

所有的眼睛都注视着她。多数成员都把便笺簿放了他们面前的桌子上，准备做记录。"法医已经裁定卡拉·马卡姆的枪击死亡可能是一起自杀，但这还是个不确定的问题。凶杀案组的长官格里斯基上尉待会儿将向你们证实这个问题。他将从这一角度对案件开展调查，而且他可能满意地解决事实上是马卡姆夫人杀了她的家人和她自己这一疑问，或者他可能在你们搜集到足够的证据去发起一项控告之前就逮捕一名嫌疑人。"她停顿了一下，与她的陪审员中的一些人交换一下目光，"当我们谈到这个问题时，我们会做一些过渡性的说明。同时，市政当局已经收到了总额达一千三百万美元的医疗保险服务费账单……"

哈迪一开始也不确定究竟是什么让他不由自主地来到波托拉。他隐约有种想要跟管理机构中的人谈一谈的想法，但他觉得没人会跟他谈。他没有预约——这成了他这阵子一贯的行事风格。每个人都在忙着，所有的健康维护组织专业技术人员和行政管理者都在处理医院内部一星期来所产生的大量的令人头痛的事务和工作，对共有的这把庇护伞下所发生的剧变闭口不谈。他们没有时间来应付这种临时提出来的会面要求。

这一整天应该教会他止住自己那孩子气般的激情，在咯噔咯噔地从走廊走到大厅的这一路上，他这样告诉自己说。他来到外面，注意到一块指示路标牌写着"餐厅"，又给自己鼓了鼓干劲。他意识到，要是自己不问，就没有人说不，所以他掉头就沿着箭头所指的方向走了过去。午饭时间已经过去很久了，现在这个地方虽然不至于人头攒动，但还是有些人的。哈迪拿起一块松饼和一杯咖啡，付了钱，就待在原地寻思起自己该说的话来。在靠窗的一张桌子旁，一个身穿护士服的女人正独自一人坐在那儿看着书。他朝她走去。

更近一些了，他估摸着她的年龄在三十到三十五岁之间，面容姣好，浅棕色的头发打理得短短的，中等身材。"打扰了。"他说。

她的眼睛盯着书本，连头都没有抬起来，只是伸出了一根指头示意"请稍等"。看完了正在看的那段后，她才抬起头来看着他。"是吗？需要我帮忙吗？"

这是让人受用的话。不过哈迪不知道是否能通过她的交谈，在这里得到一些他期待去发现的任何东西。但是如果他不开始的话，就永远不知道结果会是什么。"我叫迪斯马斯·哈迪，是肯森医生的律师。我在这儿坐一会儿，你不介意吧？"

她脸上闪过一丝怀疑的表情，但瞬间就消失得无影无踪了。她耸了耸肩膀，做出一副"请便吧"的样子，说："当然不介意，不过你为什么找我？我有麻烦了吗？"

哈迪拉过一把椅子在她对面坐了下来。"我不这样认为。你会有麻烦吗？"

这话激起了她的情绪。"不！我的意思是，你说你是个律师。通常有律师来拜访，那就意味着有麻烦了，不是吗？"

"既然你提到了这个，我想是的。不过这回跟那些情况不是一回事。"他递给她一张名片，在她看它的时候问起了她的名字。

"瑞贝卡，"她说，"瑞贝卡·西姆斯。"

"那也是我女儿的名字，我们叫她'贝克'"。

她有些放心似的点了点头，再次低头看着那张名片。"迪斯马斯？对吧？"

他点头称是。"耶稣遇难的骷髅地那里的一个好贼，也是谋杀者们的资助圣人。我常纳闷，我的父母当时都是怎么想的，给我取这样一个名字。"

"那是肯森医生有麻烦了？"她问。

哈迪没有马上回答。他吹了吹热气腾腾的咖啡，一口未喝就又把它放在了自己面前。"简洁的回答是：是的。"

"因为蒂姆·马卡姆吗？他们称这是起谋杀吗？"

哈迪心想，自己是选对桌子了。"完全正确。"

她露出厌恶的神色，摇了摇头。"那太荒唐可笑了。谋杀。请便吧。"

"怎么就荒唐可笑了？"

"好吧，我不是在说这一定是一起意外事故。有人可能故意给他用了不恰当剂量的药，我猜是这样的。不过我们在急救室一直都使用钾。"

"你是急救室的护士吗？"

"有时候是，"她说，"我们轮班很多次。轮到我的班次时我就在那儿。"

"钾很容易拿到吗？"

"当然，对任何医务人员来说都是这样的。它就放在护士站的后面。"

从哈迪的判断来看，这是个好消息，只是因为它还给了更多的人——除他的委托人之外——接触这种药品的机会。"那么，在你看来，一剂过量的钾肯定不会是故意所为的吗？或者说是恶意的吗？"

"是的，实际上通常都不是这样的。"

"这样的情况发生过很多次吗？"

"有时候吧。"她似乎并不担心说起这个，"我记得去年夏天快结束时，一个星期六的晚上我们就遇到过一起。除了有一些枪伤患者之外，我想还有一两起撞车事故的伤员。总之，急救室就是个疯人院，你能够想象得到的，什么样的人都有。医生们大呼小叫地命令你一会儿往左，一会儿往右。受枪伤的家伙中有一个出血不止，他的心脏就快要停止工作了，而且需要输入含钾的液体，于是医生给他用了一剂。在那位医生再次回到他身边之前，有人又给他用了一剂，还以为是第一次给他用。"

"发生了什么？他死了吗？"

"没有。那个医生马上就意识到了是怎么回事，于是他用电击对他进行了抢救，然后给他输入了胰岛素和葡萄糖，他就脱离了危险。"

"那么为什么，你想想看，他们没有在马卡姆先生身上使用那种方法呢？"

"我不知道。我不在那儿。首先他们得意识到是那个问题，对吧？我的意思是，在我所亲身经历的这个受枪伤家伙的例子里，那个医生就在当场指示用了钾。或许肯森医生不知道，或者是没有及时把这种情况放在一起来考虑。他是怎么说的？"

哈迪表现出了一些失望的情绪。"他一直都在忙着。直到这成了报上的新闻，他还认为马卡姆仅仅是死于意外的交通事故。"

"人们都是这样认为的，你知道的，死就死了吧。"

他粗鲁地点了点头。他知道自己为什么会做出这样的举动，是因为这话让他想起了他去世很久的儿子米歇尔的生日。他努力让自己从这种记忆中挣脱出来。"我今天跑到这儿来的原因之一，是想了解一下这个地方的基本情况。我听到有传言说有些医生对院方感到不满。病人正在不断地被撵走。整个医院到处都存在像婴儿艾米丽那样的事情。"

她睁大了眼睛，露出了赞同的神情。"肯森医生也是这样的吗？是不是？他就是接收她入院的人。我知道当你第一次提到他时我想起的事情了，就是这件事。"

哈迪耍了个心眼，装作他一直以来都知道肯森的这件事情一样，尽管实际上他第一次听人谈起。"他为那事惹了很多麻烦吗？"猛然间，瑞贝卡条件反射式地把头扭向一边，目光越过哈迪的肩头直直地盯着他身后的墙角发呆。一丝令人兴奋的快感袭过，他意识到自己的这个问题引起了她一定的警觉。"是什么？"他问道。

她长长地吐了口气，重新检视了屋子一遍，看了看腕上的手表和她手中的书。最后，她的目光才回到了他身上。"你绝不会真的明白这些事情，我指的是那些真正发生过的。但是你不要去相信那些备忘录什么的，都是些糊涂的……"她再次喘了口气，控制住了自己快要失控的情绪，"不管怎么样吧，我们大家就这事谈论了好几个星期，当然了，我们所有的人——员工，甚至医生，你知道的，我们能在某事上达成一致那是很不同寻常的——我们大家都认为他做得完全对。我的意思是，她还只是个婴儿。别人认为他该怎样去做呢？就让他们将她和她的母亲分开，把她单独留在郡公共福利总院里吗？"

"但我认为院方对这事就不高兴了，是吗？"

她哑然失笑，随后将身子斜靠向桌子对面的哈迪，几乎是耳语般地回答道："我听说，事实上他们开除了他，就在他向报纸抖搂这事的时候——"

"打断一下。"对于这个委托人，哈迪不知道的事越来越多了，这让他大为吃惊。他想，他和自己的委托人得谈谈了，真是这样的。但他此时不能为这事烦扰分神。"你在跟我讲肯森医生还爆料了那件事？向报社吗？"

她点了点头。"他从来都没有承认过那事是他干的。我认为就算他们需要编个理由才能真正解雇他，那也只是个时间问题而已。"

"你这话是什么意思？"

她再次向四周张望了一下，确信周围没有人能听到他们谈话的内容。"我的意思是，这儿的大多数人都害怕失去自己的工作，担惊受怕地要么去做什么事，要么不去做，两条路只能选其一。那真是糟透了。"她厌恶地皱起了眉头，"那么他们打算用这个谋杀罪名控告肯森医生吗？真可怕。"

"我不知道，"哈迪说，"他们可能会那样做。"

"是因为马卡姆先生打算解雇他吗？"

"那可能是个动机，是的。"这又是一个新情况，哈迪心里这么想，却不动声色地问道："你确信是马卡姆想要解雇他吗？"

"确信，"她说，"他掌管着这里的一切。除了他还有谁呢？"

14

“格里斯基，凶杀案组的。”

“你是哪位？”

“我刚才说过了！我是阿布·格里斯基，旧金山凶杀案组的。你是哪位？”

“杰克·兰特里。阿布吗？真的是你吗？”

“是的，就是我，杰克。怎么样啊？”

“这真是奇怪了。我刚才重拨了卡拉·马卡姆手机上拨出过的电话号码。她死前给凶杀案组打过电话吗？”

“你现在在哪儿？”

“就在楼下，证据保管室。”

“不要走开，我现在就过去。”

兰特里正在司法大楼自己的办公室里等候格里斯基的到来，跟他在一起的还有另一位罪案现场调查员卡罗尔·阿马罗中士。他把卡拉的那部手机摆在了办公桌的中间，就好像它是一枚炸弹似的。他已经要了马卡姆家住宅电话和这部手机上的全部通话记录。同时，他也给化验室的伦纳德·法罗打了电话，请他尽快过来参加他们的会面。

格里斯基从楼上下来跟他们见了面，在房里边踱步边说话，他平时很少像现在这样。兰特里意识到是他的兴奋劲上来了。"好吧，但让我们来考虑一下别的可能性，"格里斯基说着，"手机在她的手提包里。也许我们在她家做现场调查工作时，自己人中有谁因为有事急于报告，但手边没找到电话就顺手用卡拉那部手机打回了组里。"

"不可能。"阿马罗连想都不愿想有这种可能性。

兰特里也摇着头对此表示反对。"我同意。根本不可能，阿布。你都看到了我们在现场都有谁。我，伦纳德，卡罗尔，别的几个家伙，我们说的是直接进入现场的第一组人员。没有人从凶案现场的一个手提包中拿出一部电话，并用它打给组里。那样的事绝不会发生。但是据当时我们在那儿看到的情形来推断，她给凶杀案组打过电话。那么她这样做是什么意思呢？"

"弄清这个电话的时间有助于搞明白这个问题。"格里斯基说。

"如果幸运的话，几小时后我们就可能得到这个时间，"兰特里回答道，"但我认为我们可以推断，是在她离开医院之后，人们陆续去她家慰问她之前这段时间里的某个时候。"

"有可能是在她开车回家的路上。"阿马罗补充道。

格里斯基琢磨了一下这些说法。"那是在任何人知道钾这件事之前。在我们知道它是一起谋杀案之前。"

"也许她自己心里清楚这是一桩谋杀，"阿马罗强压住内心的激动平静地说，"也许就是她实施了这起谋杀想打电话自首时，又改变了主意。"

"她在医院吗，阿布？他死的时候？"

"是的。"格里斯基心不在焉地回答道。

"好吧，那么情况就明白了，"兰特里说，注意到了格里斯基的神情，他问道，"为什么不可能呢？"

"我不知道。"

"或许他又跟她闹翻了。"阿马罗显然对自己的想法感到满意，"他要永远地离开她。她妒火中烧，怒不可遏……"

格里斯基摇着头说："接下来幸运地，他被某一辆车撞了，给了卡拉和他同乘那辆救护车并在医院里用钾杀死他的机会吗？之后她回了家，并且最终在杀死自己和孩子们之前招待了她所有的朋友六七个小时？这种推论对我、对别人来说都是不着调的，什么意义都没有。"

那两个罪案现场调查员心领神会地对视了一眼。"你有另一种推理吗？"兰特里忍不住问道。

格里斯基划过嘴唇的那道疤痕严肃得紧绷了起来。"不，我不喜欢推理。我不清楚她什么时间打了那个电话，或者她为什么这样做，或者组里是否接到过她的这个电话。就我所知，她或许看到了这起事故。"

阿马罗走到办公室门边向走廊尽头看了看，然后掉过头说："法罗来了。"

片刻之后，这位衣着光鲜的法庭调查员就像踩着爵士舞步似的，一颠一颠地进了办公室，向在场的人打招呼，问出了什么事。听说了手机的事后，他若有所思地点了点头。毫无疑问，他认为这情况很重要，但到底意味着什么，他不想贸然作出猜测。就像格里斯基那样，法罗喜欢用证据去引导推理，而不是反其道而行之。"但是我的确有一些消息。"

"说来听听。"格里斯基说。

"关于她的，两件事。从弹道上看——我们在这儿说的是马卡姆夫人头部的伤口——是从后至前的。"

格里斯基嘴里重复了一遍法罗刚说过的话，然后问道："那么那枪是放在耳后的位置的，而且子弹是往前走的？斯特劳特说他见过多少回这样自相矛盾的伤情？"

法罗做了个用意含糊的手势。"你比我更了解他，长官。他偶尔说到过。"

"这一点很有用。"

"我也是这么认为的。另外一件事，她是个左撇子。"

"斯特劳特是怎么知道的？"

"他不知道，是我发现了这点。在她的房子里我们找到了一大堆带有左撇子字体的咖啡杯，类似这样的一些东西——'世上最好的妈妈'，'左撇子女王'。还有，她在一些信封上写的字体看起来也是像个左撇子所写的。"

"但那枪是在她的右手上？"

"是在靠近她右手的地方，"法罗纠正道，"而不是就在她手上。不管怎么样，射击残余物的鉴定结果有可能在她是否开过枪这事上给我们一个更好的调查线索，但这些结果在短期内是不会出来的。"

"好的，伦，谢谢你。"格里斯基阴沉着脸说，"好的，谢谢你们大家。有任何新的发现和线索，我都想听听。"

格里斯基不打算加入这种吵吵闹闹的猜谜游戏，但这个最新的证据使他更进一步确信了自己从一开始在对案件定性方面的正确性。卡拉·马卡姆的死根本就不是自杀，她不会开枪杀了那只狗，或者她十几岁的孩子。

这就意味着有人杀了她。他还不知道究竟是怎么回事，不过她死的那天给凶杀案组打的那个电话让人觉得，她知道或者说是怀疑到了杀她丈夫的那个凶手。

格里斯基关上了自己办公室的门，手指在办公桌面上叩击着，努力让思绪从这个不成熟的推测中摆脱出来。他告诉自己还没有把情况了解得足够清楚，无法得出一个符合实际情况的推论，更别说是什么结论了。

不过有一个想法在他头脑中去挥之不去。如果真是有人杀了卡拉，他确信那人也就是杀她丈夫的凶手。他不明白杀这个妻子的动机是什么，不过他也没必要知道这个问题的答案。他已经想到了有充足的动机、手段和时机杀死这个丈夫的嫌疑对象。

该是想办法找出他的时候了。

肯森下班到家的时候，发现探员格里斯基站在自己家的前门处，缩着头躲避雨水。他客气地打了个招呼，脸上现出疑惑之色。"我想哈迪先生已经取消了这次会面。"

格里斯基不置可否地耸了耸肩。"通常，在他们的委托人有罪的情况下，律师不愿意让委托人跟警方谈话。他告诉我你想跟我们谈谈。"格里斯基没有强人所难的意思，"我认为这样我们彼此都可能少费些时间，事情就是这样。"

寻思了片刻之后，肯森甚至没有向他要一个正当理由，就请格里斯基进了公寓大楼。他住在上菲尔莫尔区一个叫阿尔塔的露天停车场对面的一套经过改建的两居室的公寓房里。公寓楼是一座古板而老旧的三层式建筑，有引人注意的传统的高高的天花板，外露的黑色梁柱，硬木铺就的地板。一扇巨大的、突出墙面的窗户被分成了三个方格，装有旧式的水玻璃，从这儿可以俯瞰那个停车场。格里斯基停下来，站在窗前向外看了一会儿，说了说外面的雨势。

几分钟后，就在他烧水为上尉沏茶的时候，门铃再次响了起来。开门后才知道，原来是曾和他在马卡姆家屋外说过话的探员布拉科，另一个男人自我介绍说是菲斯克。他让他们俩都进了屋，问他们是否需要喝点什么。

格里斯基出门时已经随身带了一部便携式摄像机和一台小型磁带录音机，并把录音机放在了厨房的餐桌上。当那盘录音带开始转动时，关于此次录音，他再次告诉肯森——就像他在门阶上说的那样——他从与哈迪先生的谈话中了解到这位医生想私底下接受警方的访谈。"当然了，你可以拒绝这次谈话，"他继续以友好的方式说道，"或者把这次见面推迟到哈迪先生出面的时候。但我们知道你有多忙。说实话，我们都一样。正如我在楼下说的那样，我们只是认为在办案的初期，这样做更易于把事情办好。"

肯森点头表示同意。"这也是我对哈迪先生讲过的。我没有任何事情需要隐瞒。"

但是这个做事有分寸而又谦恭的上尉想再次确认这一点，他补充道："你确信你不需要哈迪先生在场吗？"

"是的，这样很好。我认为不管怎么说他都有些小心过头了。没关系，他在不在这儿都不会影响到我要谈的内容。我不介意。"

"谢谢你。"格里斯基十分诚恳地说。他清楚他正在让肯森在自己的律师不在场的情况下谈话，而且这从法律上来讲也是正当的。保持沉默的权利是属于嫌疑人的，而不是他的律师。肯森可以选择保持沉默，但同样他也能够决定自己是否开口。"我们对此十分赞赏。"

他让肯森在摄像机前坐了下来，打开它就算开始了。"那么好的，医生。三二一，开始。这是上尉亚伯拉罕·格里斯基，来自旧金山警局，警徽号码一四四……"他继续进行着一长串例行的陈述，确认了案件编号，他的证人，他们是哪儿的，别的在场人。最后，格里斯基快速扫了一眼他的两个助手。他翻开摆在他面前的放在桌上的一本黄色记事簿，粗略地看了一下，随后就仔细琢磨了起来。"肯森医生，"他开始了，"你签过马卡姆先生的死亡证书吗？"

肯森面上现出了沮丧的神色。他明白他要面对的是什么问题。"是的，我签过。尽管像当时那样的情况下，我的签字是暂时性的。"

"暂时性的，那是什么意思？"

"意思就是在验尸房，就此案而言，它所作出的结论可能被法医推翻。"他不动声色一字一顿地说出了这句话，"通常，死亡的原因是显而易见的，并且没有特别的要求去进行尸体解剖。虽然哈迪先生告诉我车辆肇事逃逸杀人案一直都是要对受害人进行尸检的。"

"他说得对。但在他告诉你之前你不知道这事吗？"

"是的。"

"那么马卡姆先生的死亡原因对你而言是明显的，是这样的吗？"

"是的。当时就是这样的。他被车撞了，而且有多处内伤，并伴有大出血。他还能撑到被送进重症监护室，这本身就让人觉得有点吃惊。"

"那么你不期望对他进行尸检？"

"我想都没有想过需要这样做。"

"好的，医生，你对钾过量所引发的症状熟悉吗？"

"是的，当然了。最基本的，用外行的话说，就是你的心脏停止了有效的跳动。"

"那你的治疗办法是什么？"

他耸了耸肩。"如果我们知道是钾引起的话，会注射葡萄糖和胰岛素，之后是心脏纤颤——电击——心肺复苏法。"

"你没辨认出马卡姆先生的问题的是钾引起的？"

"是的，我没有看出来。"

"好吧。"格里斯基看了看他的记录，看起来似乎是在挖空心思发动又一轮攻势，"现在咱们来谈谈这个，医生，你跟马卡姆先生很熟，这是事实吗？"

"我认识他很长时间了。他是我的老板。我跟他有多熟悉是另一码事。"

"但这也是我问的一个问题。他和你妻子有染一事导致了你的婚姻破裂，这是真的吗？"

肯森咽了咽唾沫想压制住自己的情绪，但他的嘴此时干得就像沙子一般。他开始在想自己同意接受这次讯问或许是犯了一个严重的错误。

四十五分钟后，他们终于谈完了那些私人问题。格里斯基一刻都没停，继续就肯森在婴儿艾米丽事件中的角色、帕纳塞斯作出的回应等问题展开了一轮相当严厉的盘问。

"马卡姆先生解雇了你吗？"

"实际上并不是这样。他确实警告过我，然而，要是他发现了这事是我泄露给媒体的话，肯定会作出严厉的反应的。"

"那是你干的吗？"

肯森竭力想挤出一个笑容，然而结果只是脸部肌肉拉扯了一下。"如果可以的话，我宁愿自己没有说。"

格里斯基把他这话当做了承认，并且确定自己不需要这个信息。

"那么你和马卡姆先生的谈话是在哪儿进行的呢？"

"他把我叫到了他的办公室，我们在那儿谈的话。"

"那他后来发现是你泄露了消息吗？"

"我想没有。我从来没听说过他发现了这事。"又一个虚弱无力、于事无补的不严谨的掩饰动作，"他从未解雇过我，因此我猜测他没有发现，大概是这样吧？"

格里斯基不依不饶地继续追问。除了婴儿艾米丽一事外，肯森已经承认在其他一些事情上他和帕纳塞斯方面也存在不同意见。肯森自称经常不按医院的用药目录给病人开药。

"换句话说，"格里斯基澄清道，"是公司没批准使用的药品。"

"并不全是你说的这样，"肯森解释说，"我开的药都没有问题。事实上，它们的效果更好。"肯森抽出一张面巾纸，只抹了一下额头纸就湿透了，"公司的规定是医师根据用药目录开药，就是这样的。"

"那你习惯于按这个目录开药吗？"

"不是一种习惯的问题。在我认为适当的时候，我会这么做的。"他觉得在这一点上需要进一步的说明，"从药理上讲，未经注册的杂牌药始终都跟那些品牌药品不完全一样。因此，它们的药效也始终是不同的，而且还会引起其他问题。"

"比如说？"

"很多情况。你会不得不经常一次使用两倍的药量，这会引发一些不良的副作用，比如消化不良，因此在一些病例中，只要我对用药目录中的某种杂牌药有过不好的使用经历，我就会选择开品牌药。"

"那帕纳塞斯对此有问题吗？"

他耸了耸肩。"这是让他们掏钱的事情。"

"你能解释一下那事吗？"

"好的，在帕纳塞斯采用的办法是，大多数病人都具有同样的医疗保险自付费用额度，我想是十美元吧，不管给他们使用的药品价值是多少。因此，如果一种品牌药花三十美元，但用药目录中的杂牌药只要十美元的话，那公司就会为开出的每一张品牌药品的处方损失二十美元。"

"那你会有节制地开这些品牌药吗？"

"在适当的情况下，是的。我的工作是挽救生命，而不是替公司省钱。"

"那你对马卡姆先生的这种做法还说过别的坏话吗？"

到现在还看得出肯森的双手在颤抖。他把它们从桌子上移开，揣进自己的衣兜里。对过去将近一小时的、让人筋疲力尽的盘问，他真希望自己当初听律师的话，采纳他说的不要跟这些人谈话的建议。但是一些问话开始了，他不知道自己该如何让它停下来。终于，他做出了一次努力。"如果你不介意的话，我想失陪一会儿。"他说。

不过格里斯基并不打算放他去洗手间，即便这样他自己也能缓上一口气。"有点介意，"他直截了当地说，随后又重复了一次他的问题，"在药品一事上，你对马卡姆先生说过不满的话吗？"

"不，我没有。我们没有谈过。"

"自从什么时候？"

"大概两年以前吧。"

"两年前吗？可是婴儿艾米丽事件才刚刚过去几个月，而且你说事后你跟他谈过的。"

肯森用面巾纸把自己整张脸都抹了抹。"我以为你指的是处方问题。当时我们谈到了那件事情。"

当这些警察终于收拾好他们的设备离开后，肯森坐在客厅的沙发上，身子瑟瑟发抖了好一阵子。最后他决定给哈迪打个电话，看是否有什么地方需要进行补救的。屋外，夜幕就要降临了，瓢泼大雨仍然在冲洗着他的前窗。

哈迪还在他的办公室里忙活着，尽力地赶做着一些别的委托人的工作。肯森告诉他发生了些什么，那次访谈实在是让人很不舒服，根本就是个错误。"我想他们肯定相信我与此事有染。"他最后说道。

接下来是好一阵静默，不过当沉默结束时，肯森面临的是哈迪的一通怒斥，对此他丝毫没有心理准备。"哦，你这样认为吗，医生？主管凶杀案的上尉就每天出现在报纸头版的一起谋杀案对你进行了长达两小时的讯问，这起案子还关联到一起残忍的灭门谋杀，而且你具有作案动机、手段和时机，你还认为也许——仅仅是也许而已——他们会认为你是无罪的，是一个正直的嫌疑人。你学过解剖学，不是吗，医生？除了你之外，你还见过别人把他们的头长在自己的屁股上吗？"

肯森只是一动不动地坐在那儿，双目呆滞地盯着手中的听筒。他感到一股血流猛地冲上脑袋，然后觉得自己犯病了似的。他想自己可能要呕吐了。他握着电话的指节因用力而变得煞白，喉咙就像寸草不生的干涸的沙漠，不断地收紧让他喘不过气来。过了好一会儿，他仍然张着嘴说不出一个字来，于是他挂掉了电话。

哈迪二十分钟后再打电话过去就之前的发火向肯森道歉时，他发现自己心中的怒火已经荡然无存了。正如他当时对此只抱有一半的希望那样，相反，他的委托人也向他道了歉，并用他自己的看法——格里斯基"可能真的认为我杀了蒂姆"——作为这次谈话的结束语。

哈迪心想，自己得到这个消息正是时候，但他只是淡淡地说："这样去设想将会是明智之举。"除了道歉之外，他给自己的委托人打电话还有另外一个原因。如果他还要为这个好医生进行辩护的话，还有一些相关的问题要问他。"埃里克，今天我顺路去看了看波托拉医院，还和那儿的一些护士谈了谈。你认为过量用药造成意外事故是偶然的吗？"

"基本上是，就这个病例来讲，概率为零。为什么要问这个呢？"

哈迪回顾了一下瑞贝卡·西姆斯关于偶然的、无意中造成用药过量的说法。当他回过神来的时候，肯森又把他前面已经说过的话重复了一遍。"不，不是这回事。"

"你怎么知道？"

"我当时就在那儿。马卡姆甚至连钾都没有用过。他的情况是稳定的。总之，相对来说是稳定的。"

"那么，"哈迪直言不讳地问道，"那他的死是怎么回事？还有别的什么人接近过他吗？"

"卡拉，我认为从表面上讲是这样的。或许之前还有布伦丹·德里斯科尔。罗斯，其他几个医生和护士。"

"有多少个护士？"

"这你得去查看一下档案，我不清楚。通常有两个，有时候是三个。我想当时在那儿有两个。"看起来，他似乎刚刚明白哈迪话里潜藏的深意，"你是说那些人中的某一个人杀了他，是不是？"

"看样子是这么回事，埃里克。"他忍住了没有加上这一句，"不是他们中的谁就是你。"

"天哪，"肯森有气无力地说道，"那现在我们怎么办？"

哈迪犹豫了片刻。先前怒火喷发时留下的余烬又有复燃的迹象，但这次他克制住了自己，继续说道："过了今晚，这个问题对你来说就不是什么了不起的事了。但在事情有任何进展之前，我们得先谈谈我的酬金。"

"你不能只收我的保证金吗？"

说到这儿，两人都是一脸的严肃。

过了一阵合乎情理的沉默之后，哈迪接着说道："你或许打算给出一个能让自己舒心的价格。看来这需要点时间去考虑考虑。"

结束在肯森公寓里的询问之后，格里斯基想听取一下车警们的报告，因此尽管时间不早了，他还是驱车回到了市区。现在，他就坐在自己办公桌后，等着菲斯克和布拉科的到来。他们可以谈谈了解到了什么情况以及打算如何处理这次调查。

办公室外面，他手下的其他五名探员正在赶着手头的文书工作。有人带进了一个比萨，散发出来的味道让格里斯基着迷——自从动了加入这个就餐团伙的念头以来，就控制不住自己对比萨的喜爱。那东西是他过去的至爱，带有奶酪和黄油。

是什么让那些家伙留在这个组里？他认为这些人都是支持他的。终于，他听到凶杀案组里迸发出一阵笑声，于是起身去看看究竟是怎么回事。他心想，完全有可能是有人恶作剧地将菲斯克用胶水粘在了椅子上。

格里斯基叫停了这场闹剧，顺手从马赛尔·拉尼尔的办公桌上抓起一块比萨，并且在可能改变主意之前就匆匆塞了一半到嘴里。他慌忙吞咽了几口，急不可耐地问什么事情这么可笑。

拉尼尔是组里的资深探员，此时正仰着身子躺在他的椅子里，双脚交叉着跷在办公桌上，双手抱在脑袋后面。"地区检察长办公室今天刚刚又送过来一个疯子，我终于想出了个办法让他脱身而没有把他送到联邦调查局那儿去。"

格里斯基知道这个城市的特色就是充斥着大量心怀善意的护教者式的疯子——大体上都是那些露宿街头的家伙，他们听到了什么声音就臆想自己被外星人控制过，与外星人对过话。有时候，这类人中的个别人会到公共防卫办公室讲述他们的担心，结果公共防卫办公室指导他去司法大楼楼下的警察局。在那儿，接待室会对他表示同情并且让他去地区检察长办公室。从这儿，他又总是会被送到凶杀案组来。多数时候，凶杀案组会把他送交给联邦调查局，在那儿谁知道在他身上都会发生些什么事。

"但今天我有了这个绝妙的主意，"马赛尔说，"我告诉这个可怜的先生，他得编一串别纸用的回形针。我给了他整整一盒，费了他近一小时，直到把回形针串得从他的头到脚那么长。然后他得把其中一头连在他的头发上，让另一头拖在地板上，那样就会让他脑子里的奇怪声音停下来。"

"为什么要那样做，马赛尔？"虽然格里斯基并不是非要想听到答案，但还是随口这么问了。

"因为这样的话他就会落地了。"他举起他的右手，跟其他的探员再次笑了起来，"我向上帝发誓，他从这儿走出去的时候是个完全被我治愈了的人。"

"你真是个了不起的工作者，马赛尔。那是个很不错的故事。我能再吃一块比萨吗？"格里斯基转身就要回他的办公室，但这时布拉科在门口的出现让他停下了步子。在他身后，一个家伙高声唱着"五十四号，你在哪儿"，与其他探员们逗起乐子来。

格里斯基面露不悦之色，指着这个新来的年轻探员，示意他到自己的办公室去，之后跟了进去。布拉科进去后像往常那样随意地站在一边，格里斯基在门口又等了一分钟。"你们这些家伙是走旅游观光线路来的还是怎么回事？哈伦在哪儿？"

"他在，嗯，他不在这儿。"

格里斯基关上了身后的门。"这个我自己就知道，还用你说吗，达雷尔？我的问题是他在哪儿，而不是他不在哪儿。"

"我不太清楚，长官。他有个约会。"

"他有个约会？"

"是的，长官。他一个姨妈的基金筹款——"

格里斯基打断了他。"你脑子里还有印象，你跟我在这儿有个约会吗？分手时我跟你说的最后一句话难道不是回头在司法大楼见面这个意思吗？你认为我的意思是像在说明天早上吗？"

"不，长官，但他说他不得不去，而且他已经花了好几个小时在工作上了，长官。"

格里斯基脸上的怒气更重了，随后突然又忍不住咯咯地笑了起来。"他工作了好几个小时！我喜欢听到这个。这个孩子是从什么星球上来的？好吧，你坐下，达雷尔，如果你的时间安排还没有被占满的话，就在这儿待一会儿。我明天再跟哈伦处理这事。上帝啊。"布拉科坐下后，他从办公桌后拉出椅子，双手抱在肚子上，坐了下来，两只脚跷放在桌子边上。"对肯森医生你是怎么看的？"

布拉科后背挺得直直地坐在那儿，就像他站立着的姿势那样。他只坐了椅子前一半，双手叠放在自己的一条大腿上。"我推测他具有充足的作案动机——还有谁有任何理由去杀马卡姆吗？——不过没有任何确凿的证据，陪审团是不会宣告他有罪的，我是这样认为的。"

"我同意你的看法。"

"我认为听起来他是有罪的，但这并不能说明什么问题，"布拉科以为，"我想他认为自己比我们要高明，而且能够指引案情按照今晚的方向发展。"

格里斯基脸上勉强现出了一丝笑意。"自我吹嘘一下，我可能已经让他感到了失望。"

"那我们怎么办？"

"当前，我感兴趣的是肯森上个星期二每时每刻的活动情况，我指的是他早上睁开眼以后的任何动向。"

"你认为是他干的吗？"

格里斯基点了点头。"我希望有更多的事实证据，不过即使没有——他当时在场，他仇恨，可能也惧怕马卡姆，他从头至尾都有作案时机。有时候那就是我们所需要的全部东西。"

布拉科看起来似乎正在琢磨着什么。终于，他从自己的思绪中回过神来。"要是他确实杀了马卡姆，你认为他也杀了他的妻子吗？"

"我对她是自杀的这一看法十分怀疑，但目前我们姑且这样认为吧。"他告诉了布拉科在她的手提包中发现了有呼叫过凶杀案组的记录的手机，由后至前的弹道痕迹，不是拿一般人惯用手握枪的姿势等情况。

"她呼叫过凶杀案组吗？在她手机上有呼叫记录吗？那是什么时候的事？"

"下午六点钟。"兰特里已经通过语音留言把这个消息告诉了格里斯基。情况或许来得迟了点，不过终究还是来了，而且是很重要的情况。

"那么那时所有人都在她家里？"

"是的。而且当时组里空无一人。她也没有留下电话留言。"

"六点钟大约就是肯森到那儿的时间，是不是？"

格里斯基点头称是。"据我判断，跟这个时间相当接近。"

接下来是一阵沉默，两人都一时无语。

布拉科又一次显得有些怀疑起来，琢磨着是否该说点什么。他再次决定有些话必须说出来。"你知道吗，我们今天跟肯森的妻子谈了谈并且——"

格里斯基眉毛向上扬了扬，觉得眼前一亮，兴致盎然起来。"那是什么时候的事，而且你们为什么这样去做？"

"记得你说过你不希望我们去访问那些已经确定了的证人。我们不想搅乱你的事，因此就待在外围展开调查工作。我们去见了哈伦的姨妈，随后就去见了安·肯森。"

上尉举起双手在自己的额头上搓揉起来。之后，他的目光越过办公桌盯着布拉科的眼睛说："我不该给你们留下我不想让你们和人们交谈的印象，达雷尔。你们可以去跟你们想要的任何人谈话。这是你们的案子。"

"是，长官，谢谢。"

"但我要你们每天都向我汇报情况，出去之前，回组之后都要报告。"

"你还在坚持认为当初的车辆肇事杀人案是起意外事故吗？哈伦仍然一门心思地想去寻找车子。我是说，有人撞了他，或许这还是善意的举动。"

格里斯基的目光是镇定的，话语平和而又合乎情理。"对这一点，如果它不是意外事故我倒要觉得奇怪了，但我也不会预测到马卡姆的家人会遭到枪杀。为什么问这个呢？你们找到了一些关于车子的线索吗？"

"没有，长官。我只是想弄清楚我们是否该完全从这件事上放手还是怎么的。"

"如果时候到了，达雷尔，你自然就会明白的。在还没有弄清楚之前，要打开思路。现在我们能回到你要说的关于肯森夫人的事上来吗？"

布拉科用了片刻时间理了理自己的思绪，终于用有点不情愿的口吻说了起来。"是的，她说的话多少有点她认为是他干的那个意思，但我和哈伦都认为她不是真的就那么认为。她当时的情绪非常不安，真的不知道自己在说些什么。"

格里斯基停止了咀嚼比萨。"她说是谁干的？"

"是肯森杀了马卡姆。"

"她说是他告诉她的吗？"

"是的，但说真的，我认为……当时你幸好没在那儿。她只是一个劲地哭喊，疯了似的狂躁不安。"

格里斯基揪了揪自己的耳朵，想确信自己到底有没有听错。"你在跟我说安·肯森告诉你们，说她的丈夫说过是他杀了马卡姆先生吗？他亲口跟她讲的这个吗？"

"是的，长官。那就是她所说的，但是——"

"在此之前你们没有打算跟我讲这事？"

"我们见到你时你已经坐在了摄像机跟前，而且准备开始你的询问工作。长官，如果你还记得的话，在你开始询问之前我们没有得到任何与你单独相处的机会，因此，我们打算等到你……"

格里斯基似乎是在极力控制自己的情绪。"你们两个谁也没有把这事当做重要的情况吗？"

布拉科一下子变得不自在起来。"我的理解是我们不该太过相信道听途说的东西，道听途说就是道听途说，确实是这样，至少我们是这样认为的。"

格里斯基将手指头抵在嘴唇上，压低声音，控制自己不要大喊大叫起来。"不，达雷尔。实际上，那将是让犯罪嫌疑犯招供的一个目击证人的证言，几乎就跟可采纳的证据一样具有同等的效力。当时你正好录音了吗？"

毫无疑问，从录音带上的录音判断，安·肯森给人的印象就是她当时确实处于歇斯底里的状态，甚至是疯狂。这个听起来就像是一长篇攻击性演说的录音充斥着污言秽语，发疯似的欢狂和崩溃，撕心裂肺的哀号和狂笑。但这些都无碍于听清楚她说的是什么，她说的意思是什么。她告诉过布拉科和菲斯克，她前一天没到警察局去告发他的唯一原因，是她相信是汽车肇事杀人这一意外事故要了蒂姆·马卡姆的命。当她意识到他是被谋杀的，而且他是怎样被谋杀的……

"听我说！听我说！我告诉你们他跟我讲过他给他注射满了那该死的东西。那正是他自己说的。是的，满嘴胡言。那些混账话。那些话的意思是他杀了他。他没有吗？除了这个意思，不，可能还有别的意思。我的意思是，没有别的人知道了，是吗？在尸体解剖之前没人知道。哦，你这个浑蛋，埃里克！你这个可怜的，可怜的……"

格里斯基听完了录音，随后告诉布拉科把录音带直接送到地区检察长办公室去翻录。那儿可能还会有人在，如果他们都不在的话，打电话到他们家里叫他们来这儿处理这个东西。

布拉科离开后，格里斯基从办公桌上抽出一张申请逮捕令的表格着手填了起来，但刚填完前面几行，他的手就像是自己主动停下来那样，不受大脑控制地停住了。这是个新的而且毫无疑义的证据，真实的，也许它自身所具有的强大的说服力，就是以此来证明逮捕埃里克·肯森的正当性。但是，考虑到那些具有决定性的、复合的动机和帕纳塞斯问题所能引发的政治影响，格里斯基认为自己一味猛打猛冲的英勇中的理智成分，会勒住自己想要狂行的缰绳，自己得捺着性子等到明天早上才给杰克曼打那个具有决定性意义的电话。

他脑子中唯一的问题就是，在那张逮捕令上是否应该带有卡拉的名字，还有孩子们的。

15

晚上十一点十五分，哈迪拖着疲惫的身子从前门回到家时，屋子里已经没有了灯光，显得黑暗而又寂静。他甚至都怀疑自己是否还有力气爬完通向卧室的楼梯，或许就倒在客厅的沙发上睡上一觉算了。

客厅的壁炉里，余烬还散发出一丝火光。他放下手中的公文包，用力地按下墙上的电灯开关，打开天花板上昏暗的顶灯，随后扭着身子脱掉身上的雨衣和西服，走到房间的另一头。壁炉架上是弗兰妮重新使用壁炉以来所收集的一些装饰性的玻璃大象，一溜排开放在仙人掌盆景旁边。他已经习惯性地几乎每天都要把它们重新排列一下——这似乎是一种没有规则和棋盘的国际象棋游戏，成了他和妻子之间的某种联系方式。好像还有一点点实际作用。在孩子们，她的学校和自己的工作之间，有时他认为他们几乎需要预约才能见个面。如果没有一成不变的礼仪式的约会夜，他们就会完全失去对方的消息。因此，他把那些大象移动了几步。

余烬还在燃烧，柴堆垮塌时散落出一丛火星。哈迪伸出一只胳膊靠在壁炉架上，头搁在胳膊上打起盹来。过了一会儿，他猛然醒来，发现不知什么时候自己已经坐在了柔软的脚凳上，胳膊肘撑着膝盖，呆呆地盯着壁炉中的最后一丝余光。

"我想我是听到了开门的声音。"弗兰妮裹着一件白色的土耳其式浴袍，还是一年前他们最后一次周末外出度假时在纳帕买的。她走了过来，把自己塞进了他给她让出的一点空间里，紧挨着他坐了下来，用手在他的后背上抚摩着。

"你起来干什么？"他问道。

"摩西和苏珊才刚走了一会儿，"她说，"我就没有睡着。"

"摩西和苏珊？他们来这儿做什么？"

"还有科伦和霍莉。显然是你跟他们说的，为了他们俩能够外出，我们今晚会帮他们照看孩子。"这还只是问题的一半，"这对他们来讲当然是一件美事了，但下一次你或许应该事先让我知道，尤其是你不准备待在家里的时候。"

他垂下脑袋，无力地摇了摇头。"我能说什么呢？我真是个白痴，抱歉。"

"知道抱歉就好。"她的手继续在他的背上抚摩着。她没有就这件事情跟他发脾气，"但没关系，"她接着说，"没什么事，一切都很好。幸运的是我正好在家，就是这样。顺便说一声，阿布来过电话。还有一个叫瑞贝卡的女人，说是有什么重要的事情找你。"

要是在今天早些时候听到这些消息，他或许会很感兴趣。但此刻，这只能让人觉得更像是加班。"她是波托拉医院的一个护士，我今天跟她谈过话。这是个新案子。"他仍然对格里斯基背着他去询问他的委托人这事耿耿于怀。他尽量不让话音之中显露出自己的怒气。"阿布想说什么？"

"他说你会知道的。"

哈迪揣摩了片刻。"他撒谎。"他应该对她作出一大堆解释吗？但她的抚摩让他觉得很是享受。此刻他们待在一起，感觉真好。他微微地将身子靠在她的怀里。"他在我对他讲过不要那样做之后，仍然从我的委托人那里取得了一份证词。全是法官审案似的逼问，火药味十足。或许他发现我的当事人根本没有干过，想跟我说声对不起。不过我怀疑不是这事。"

"他一定是认为你的委托人做过什么。"这始终都是个问题。自从哈迪当上辩护律师，她就对这样一种现实感到不快，就是跟她丈夫打交道的不仅仅是那些遭到犯罪指控的人，而且常常是那些确实犯了罪的人。如果指控看起来就像是一对二重唱演员那样你唱我和地上演，要么是偷窃，要么是欺诈之类的事情，那情况还不是太糟。不过如果是谋杀案，弗兰妮就会因为她头脑中这个不合理的论断而感到担忧，即任何杀过人的人都有可能迁怒于别人——按她的话说，就是他们的律师——并且再次杀人。"那你的委托人究竟有没有做过？"

"他说他没有，"哈迪简单地说，"不过谁都会这么说。"

"那你相信他所说的吗？"

"我始终都相信。"他面对着她，"我的问题在阿布。我不知道他都做了些什么。"

"这可能就是他打电话来要跟你谈的事，要跟你解释的。"

"我相信是这样的。"嘴上这样说，但哈迪心里不是这样想的。他扫了一眼腕上的手表。"我很想立刻就给他打电话，把他这个要说对不起的蠢驴叫醒。"他有气无力地叹了口气，"另外一个电话是怎么回事？瑞贝卡打来的吗？那个护士吗？她说有什么重要的事吗？"

他能够看出来弗兰妮讨厌再次去承认此事。她已经告诉过他一次了，义务也已经尽到了。很显然，她希望他忘了这件事，但他并没有。哈迪是不大会忘掉工作上的事的，只有像他所答应的为亲戚们照看孩子这类事情他才会抛在脑后。现在该轮到弗兰妮无可奈何地叹息了。"她说无论什么时间都会等着你回电。"

"我猜她的意思是现在也可以，嗯？"

"我认为你或许应该上床睡觉。"

"我会尽量长话短说的，不会用太长时间。"

他感觉到某种东西从她身上消失了。"我留下了她的电话号码，"

她说着就站了起来，"你吃过东西了吗？"

他摇了摇头。"我的委托人终于开始意识到他有麻烦了，但我能做的只是让他在电话上跟我谈谈而已。晚上原本是他和孩子们待在一起的时间。他以为他和格里斯基半个多小时就会谈完的。我问他什么时候有空谈谈，这样我就不必通过我们的三方会面来找出我想要得到的东西。他说他不知道今晚有没有时间，这个周末也要跟孩子们在一起。他一天到晚都忙得团团转。但我跟他通过电话，看来他是抽不出时间了，于是我建议他给前妻打电话，改变他的预定计划，说他今晚不过去接孩子了。我们有事得谈谈。"

弗兰妮就一动不动地站在那儿，居高临下地看着他，双臂交叉着抱着胸前，用自己的姿态表达心里的失望、不满和难过。"冰箱里还有剩下来的面条。"她淡然地说道。

"我不知道这是不是什么重要的东西。"瑞贝卡·西姆斯说。

"没关系的，"哈迪说，"如果它扰得你不能上床睡觉的话，也许就是值得一谈的事情。"他坐在客厅的茶几旁边，面前摊着黄色的笔录本，手机贴在耳朵上。他给自己倒了一杯橙汁，一口喝掉了一半。"你记起来跟肯森医生有关的事情吗？"

"不，不完全是。实际上，根本就不是那回事。"

哈迪没有接话，等着她继续说下去。

"我一直在想我该怎么说，因为我真的不知道有什么特别值得一提的东西，我不敢肯定。我们谈话之后我就回了医院的大楼，而且我揣摩着我们讨论过的所有内容。你知道吗，这里的大概情况？"

"当然了。我记得。"

两人一时都没有开口。电话上只能听到线路里传来的嗡嗡的杂音。随后瑞贝卡突然说："事情是，所有的员工都知道这里真的有问题。我指的是护士们，或许也包括一些医生。但没有人真的谈论过这事，更多的是一种感觉，就像幽灵盘旋在这个地方的那种感觉。"

哈迪闭上了他那沉重得快要撑不开的眼皮。她的话听起来像是有板有眼的，没有一点开玩笑的意思。这真可怕，他心想。他在医院的餐厅里无意之中随便选到的这个女人，尽管在光天化日之下看上去像是个有头脑的人，但实际上是个疯疯癫癫的家伙，而且现在她还得到了他家里的电话号码。弗兰妮是对的，他不该把家里的电话号码放到他的名片上。

"好吧。"哈迪打算结束这次谈话，"我不明白要是一种感觉——"

"不，不。"她打断了他的话，"那不是我要说的事。事情是……我说的是这儿的人在接连不断地死去。"

哈迪放下已经端起来的果汁杯子，疲乏马上就消失得无影无踪，眼睛一下子也变得有神起来了。"你说的是什么意思，什么人？"

"就是病人。那些不该死去的人。病情还不至于严重到让他们这么快就死掉的那些人。"

"什么样的病人？"

"我想多数都是些年老的病人，大部分都是送进重症监护室的病人。"

"不过你对此不敢肯定？"

"是的，没有百分之百的把握。"他能够听得出她话语中的激愤之情。

"好吧，"他说，心里期待着她继续顺着这条线往下说，"很好，我很有兴趣听你说下去。"

"但没有人清楚这是怎么回事，或者说他们是不是……"

"没错。但不管怎样我更感兴趣的是那儿所有的情况，没必要非得是不同寻常的东西，比如说人心惶惶的事情都可以。"

"是的，那倒也是真的，不容易拿到手的钱，没有保障的工作，就是那个样。不过说实话，我们谈话那会儿，我还没有完全搞明白这是怎么回事，直到今晚回到家时我才意识到……"

"但又怎么了？"这话问得就像是要撬嘴拔牙一般穷追不舍，不过瑞贝卡紧闭的牙关似乎开始松动了。

她停顿了片刻。"这说起来甚至都让人觉得有点愚蠢可笑。"

"你能试着说说吗？我不会认为这是蠢得可笑的事情，不管它是什么，我保证。"

又一次较长时间的停顿，瑞贝卡正在说与不说之间进行着思想上的斗争。"那好吧，"她说，"如果人们不断地死去，在他们不该……"

哈迪打断了她的话，给她提示了一下。"也许有人在故意杀害他们。"

"那就是我想要说的意思，就是那么回事。"

"你认为会是谁干的呢？"

"没有想过。也许，我不知道。正如我所说的，我甚至都不知道这是不是确有此事。但我第一次听到这种事大概是在一年以前，有个男人患了脑溢血，不过也就是那些常见的情况之一，你知道，他的家人都在那儿盼望着他康复，如果他能从昏迷状态中苏醒过来的话，痊愈的可能性是很大的，而且他们不愿意停止对他进行抢救，一直在旁边等着他醒过来。照他当时的状况来看，所有人都认为他能挺很长一段时间，但是送进重症监护室仅仅两天时间，他就突然死掉了。"

"很好，"哈迪说，"但正常情况下这种事不会发生吗？"

"有时候有。当然了。"

"这并不一定就意味着有人杀了他。"

"不，当然不是。"她再次沉默了良久，"如果单单是那个男人出现这样的情况，到现在可能所有人早把这事忘得一干二净了。但他好像是那个月死的第三个病人。有个重症监护室的护士在护士休息室提起过这件事情，有一个让人觉得怪怪的家伙一直在那儿工作，实际上就是那个拉扬·巴丹护士。他是那些死掉的病人的值班护士。"

"有人认为他可能在杀害病人吗？"

"不，真的没有人这样认为，我甚至都不知道为什么要提起这个。我的意思是，当时没有人想到过这事，但之后……这样的事在连续不断地发生。"

"在连续不断地发生……"哈迪跟着又念叨了一遍，"有多少次？"

172

"这个，我说不上来确切的数字，真的不清楚，但已经够频繁的了。"他听见电话那头的她如释重负般舒了一口气。

哈迪又趁势问了另一个问题。"你知道是否有人就此事向警方报过案吗？关于这个叫拉扬的人？"

"不，我不知道。要是有人这么做过的话，难道我们会不知道吗？"

"你可以这么认为。"

"而且……"她话到嘴边又停住了。

哈迪却对此紧追不放。"什么？"

"没什么，"瑞贝卡停了停说，"真的没什么。"

"拜托了，瑞贝卡，你是打算要说点什么的。"

说还是不说，这个问题让瑞贝卡犹豫了一会儿。"好吧……那我们就只说说这个吧。要是有人向警方或报社或是别的什么机构告发这事的话，就会很难保住自己在这儿的工作。我的意思是，看看肯森医生在艾米丽这件事上的下场就知道了。想想吧，如果波托拉医院害死自己的病人这事被捅了出去，会有什么后果。医院里有一种内部文化，就是，"她停顿了一下，搜肠刮肚地找出了一个自己认为合适的词语，"明哲保身，我认为是这样的。"

"大多数地方的文化都是这样的，"他说，"但我不知道自己是不是能够信仰这个。你是在说院方不想知道他们是否有一位员工在杀害病人这件事吗？"

"哦，他们应该想知道，只是他们不愿意让别人知道罢了，就像他们在认定不称职医生这件事上的做法一样。"

"认定不称职医生？"

瑞贝卡对此报以几声轻笑。"基本上，这儿没有不称职的医生。"

"那你说的是什么意思？"

"意思就是这儿的所有员工都是不错的，直到他们被调离，到别的地方工作之前，比如说伊利诺伊州的医院。他们得到写得很好的推荐信，甚至会得到加薪和一笔搬迁费，为什么呢？因为这儿没有不称职的医生。"

"而且也没有告发者。"

这是一句发人深省、严肃认真的话，让瑞贝卡的内心受到了触动。她的声音变得低沉了下来，微弱得几乎都让人听不见她在说什么。"我现在还没有成为其中的一个，哈迪先生。我已经有三个孩子了，而且我的丈夫和孩子们都需要我保住这份工作。我并不知道事情究竟是怎么样的。我只是认为这也许会对你了解医院的基本情况有所帮助而已，正如你所说的，它们是一些基本情况。我们心里明白马卡姆先生是被杀死的，不是吗？或许这事的发生会改变点什么。"

"也许有人会向警方揭发的。"

"我认为那不会发生的。我的意思是说，他们会说什么呢？"

"他们会说你刚才跟我说过的那些话。"

"但那都是些没根没据的含糊之辞。没有任何……没有一点真凭实据……"

"那尸体总是会有的吧。"哈迪用平静的口吻反驳道，"他们可以对那些尸体进行解剖。他们已经做过什么样的尸检了吗？起码是对他们中的一两个人做过吗？"

"我不知道。我想他们的家人通常都不……"她的声音突然低了下去，嘴里只是重复念叨着自己不知道，"总之，你不是这儿的一分子，我是说在波托拉医院。或许你能做点什么。"

哈迪觉得这场谈话让他如愿以偿地得到了自己想要的东西，至少今晚是这样的。"也许我能吧，"他说，"无论怎样，我都会尽力而为的。"他感谢瑞贝卡跟他通这次电话，"你说得对。这个情况非常重要。而且我认为对你来说真的没有什么可担心的。无论我做什么，都不会让你受到连累。要是有什么事，你只管大胆给我打电话。"

他听出了她话语之中的感激之意。"谢谢你，"她说，"你是个好人。太晚了，我对此感到抱歉。"

挂掉电话之后，他一动不动地又在茶几旁待了好长一阵子，陷入了思索之中。他终究没能够在极短的时间内结束这次通话，而且毫无疑问弗兰妮肯定已经睡着了。就算是她没有睡着，那种想与他温存缠绵的情绪也消失了，早已在她上楼的那一刻就荡然无存了。瑞贝卡·西姆斯说他是一个好人，但此刻他觉得自己不算是个好男人。

终于，他端起杯子喝光了剩下的果汁，拿着杯子站起身来走进了厨房，在水槽里冲洗干净。在用毛巾擦着杯子上的水时，他听出来有什么熟悉的东西出现在了自己身后。他转过身一看，是儿子站在门口，一只脚踩在另一只脚上，歪着脑袋看着他。"嗨，小家伙。"他轻声地说道，"你在做什么？"

文森特还不算是个大孩子，但最近他身上那种小男孩的样子却看不到了。现在，他的短发硬硬地竖了起来，耳朵也直了起来，而且他那胖乎乎、圆滚滚的身子也开始变得细长，瘦得像皮包骨似的。"我睡不着。"

哈迪走了过去，弯下腰对他说："到现在你一直都没有睡着吗？"

小家伙坐到他的膝上，用一只胳膊搂住爸爸的脖子。"不，我在做噩梦。"

"是什么样的梦？"

"你把自己藏到那里去了。我们大家都在这个森林里，但你只是说有点事要办，要离开一会儿，后来我们就等啊等啊，直到妈妈说她要去找你，但是我们求她不要走，因为走了之后她也不会回来的。不过她还是走了，把我和贝克扔在了那儿，于是我们就开始在妈妈的身后不停地追着叫她，这时候我就醒过来了。"

哈迪一下子就能明白出现这种梦境的现实基础是什么，虽然文森特肯定不是故意用这种梦境来责备他，他希望儿子的心眼还没有到这样复杂的地步。如果换作是他姐姐，哈迪就不会这么有把握了。他把儿子拉进自己的怀里，这也只是在今晚，在这个很晚的时刻，他的儿子才会接受他如此近距离地靠近自己。"好的，我在这儿，"他安慰道，"而且如果你醒过来了，那就说明你是睡着了的，不是这样的吗？这也就是说你还是可以入睡的，不是吗？"这位律师不停地跟他儿子辨析着，试图说明自己的想法。

"我也是这样想的。"文森特说。

"来吧，我送你回到床上去，让你盖好被子安心睡觉。"

在厨房后面那间卧室里，文森特自己的床铺上没有一点他曾上床睡过的迹象。他指着自己卧室的后面，也就是哈迪曾用作办公室的那间屋子，示意他爸爸往那儿去。"我睡在贝克的房间里。妈妈说这样是可以的。"

他们走到了连接两个房间的隔门处，哈迪注意到挨着女儿床铺旁边的地板上堆着的几条毯子。"你为什么睡在这儿？"哈迪心想，难怪儿子睡不好觉。

"你知道贝克的，她觉得害怕。"文森特在他耳边轻声说道。

哈迪当然知道了。这都是她那个学校搞的什么稀奇古怪的意识教育造成的，让瑞贝卡对死亡、少女自杀、陌生人的诱拐、艾滋病、毒品上瘾等一大堆乱七八糟的东西都产生了一种莫名其妙的极度恐惧感，大约一年前，这种心理状态发展到了一种非常危险的境地。"我以为我们已经帮她解决了这方面的大部分问题。她还在害怕什么呢？"哈迪说完叹了口气。

"主要就是黑暗，而且有时候会害怕一个人单独待着。"文森特明白过来他爸爸那一声沉重的叹息所包含的意思后，又赶紧加了一句，为他姐姐掩饰起来，"并不是每晚都这样。她现在的表现比以前强多了。"

"很好，我也是这么认为的。你有床垫或是什么东西垫在那些毯子下面吗？"

"没有，我就睡在地板上。"

"我明白是怎么回事了，"哈迪说，"这样没法不做噩梦，而且在十二点半钟醒过来也不奇怪。"但说这话时，哈迪只是用了旁敲侧击的口吻，而不是直截了当的批评方式。这个时候，屋里的这两个家伙之间已经建立起了他们自己的关系——他们得紧紧地靠在一起。"那么让我们来给你找点什么吧，好吗？"

于是他们从文森特房间里拿来椅子上的软垫并把它们铺在了地板上。儿子睡下之后，哈迪拉过毯子盖在他身上。"现在你也许可以睡到

176

你自己的床上去了，而且贝克是不会发现的。"

但儿子摇了摇头表示不同意，关键是他自己乐意这么做。"没关系的。她偶尔需要我待在这儿。女孩子都胆小，这你是知道的，爸爸。"

哈迪爱怜地用手揉了揉儿子硬硬的短发。文森特不是有意往他的心口上扎刀子，他只是在磨炼自己那张小男人的嘴巴，期待有一天他会把它用得比他爸爸的还要好。"我知道，"哈迪说，又伸手抚摸着儿子那头发竖得直直的脑袋，"今晚你还是不吻别说晚安吗？"这个晚上的礼仪只是在几个月前才停止的，也就是圣诞节过后吧，只有偶尔当文森特的警惕心放松下来，或是家里没有其他人在旁边时，他才会忘记亲吻爸爸不是什么难为情的事。今晚哈迪算是走运了，并且这是最近屈指可数的父子间的亲吻道晚安。他比平常多拥抱了儿子一会儿。"好吧，睡觉吧，文。"

"我现在就睡。谢谢，爸爸。"

"不用谢。"

"想听个笑话吗？"

脚刚抬起一半正准备离开的哈迪停了下来，拿出最后的一点耐心说："好吧，就一个。"

"当你把一只大象变成一只猫的时候，你会得到什么？"

"我不知道。"

"不，你得试着去想想。"

"好吧，我正在努力。看着，我的眼睛可是闭上的。"他心里默数到三，"好了，我猜不出来，放弃。答案是什么？"

"你真的不知道吗？一头大象变成一只猫？想想吧。"

"文……"他起身说道。

"一只猫，"文森特说，"你把一头大象变成一只猫，你就得到一只猫。明白了吗？"

"真是个不错的笑话，"哈迪说，"你应该把它讲给阿布叔叔听一听。他会喜欢的。"

说不清到底是出于什么原因，他昂首阔步地从房子这头走到那头，来来回回地走了好次，漫无目的地又把那些玻璃大象随意地摆了摆位置，然后在客厅里坐了一会儿。这时候文森特应该已经睡了，于是他起身再次来到贝克的房间，弯下身子，借着昏暗的光线看了看两个分别睡在坐垫和床上的孩子模糊的脸庞。现在他们都安然入睡了。

最后，他终于说服了自已来到主卧室。他不放心，又检查了两遍闹钟，想看看闹铃时间是不是又设定在了四点三十分。他想自己有必要发布一个家庭公告，除了他和弗兰妮之外，其他人不许碰他的闹钟。他把闹铃时间向后拨了两小时，定在了六点三十分上。

躺在床上，妻子在他身旁鼻息匀称地睡得正酣，自己却一时难以入眠，脑子里乱糟糟的一片，想的都是那些让他一时理不出头绪、发生在家人之间的那种潜意识里的交流与沟通。他和弗兰妮之间的大象；虽然贝克现在闭口不谈那些让人心烦意乱的胡话了，但显然她还是会让人隐隐感到不安和担心；文森特给他讲的最后一个笑话，明显是想让父亲在房间里陪他多待一会儿，尽管他不会直接说出来。家庭成员之间那种正常合理而又积极互动的交流机制，突然之间让他觉得似乎已经改变了，背离了常轨，而且哈迪感到自己难以掌控这一局面，有点无依无靠、漂泊不定的感觉，只是出于一种类似于地球引力的惯性，不由自主地随着家里的其他人往前走，但他们之间没有任何真正称得上牢固的东西，能够把他们紧紧地维系在一起。

此刻，他睡意全无地躺在床上，脑子里回响着他儿子的那些话，尽管早已是精疲力竭，困乏得不行了，但就是怎么也睡不着。现在，他记忆之中翻出来的一个自相矛盾的问题又占据了他的脑子，困扰着他。今天早些时候，瑞贝卡·西姆斯还以嘲笑的口吻对有人在医院对蒂姆·马卡姆下手这种想法表示过不以为然。那太荒唐了，那肯定是起意外事故，她说过。

或许马卡姆就是死了而已，没有什么别的复杂的原因，为此她还提醒过哈迪："人都是要死的。"但到今天晚上，这样的死亡病例——

说不清道不明的可能的杀人案——已经成了去年或是过去几年波托拉医院里司空见惯的一个特色了。他想给她打电话，搞清楚她的立场。在这家医院有一种潜在的不容许有人提出批评性意见的企业氛围，但或许他已经冲破了这种文化障碍，可以迫使她好好考虑一下马卡姆这件不可思议的事情，而且它已经弄醒了别的鬼怪。

可是单就这些死亡病例的事实本身而言——如果它们是确有其事的话，如果它们自身所包含的那些现在还不能确定的暗示性的东西能够被证明的话——不管以什么形式被曝光，不仅对他的委托人肯森医生会牵涉其中，肯定还有其他人会受到牵连。对哈迪而言，那就意味着他要投入更多的时间，承担更大的责任并逐步地深入其中；也意味着与妻子相处的时间更少，与孩子们联系的时间更少，对家庭日常生活的兴趣更小。

同时，那还意味着他完全把自己置于不利的境地。要是有某个人——不管他是不是这个拉扬·巴丹，或是波托拉医院里的别的什么人——确实在一次又一次地杀人，而且如果哈迪打算揭露这些犯罪事实的话，那么他也将进入那个罪犯的视野之中。

他翻了一下身子，侧身躺着，似乎已经进入一种半睡半醒的迷糊状态，并开始做起梦来。他梦到自己正在和比科的鲨鱼们在湍急的水流中游泳，鲨鱼们正围着他转圈，撕咬着他并不断地向他冲过来。然后又是他房子里装设的什么东西，外面传来的不经意的响动，他感觉到肾上腺激素袭遍了全身，一阵惊悸让他再也躺不住了。他一把掀掉盖在身上的被子，用尽全身力气直直地从床上坐了起来，大口大口地喘着粗气。

他的举动惊醒了弗兰妮。"迪斯马斯，你没事吧？现在几点了？"

"我没事。我没事。"嘴里虽然这么说着，但实际上他觉得自己并不是这个样子的。那种瑞贝卡·西姆斯所描述的弥漫在波托拉医院上空的巨大的恐怖，他此前还不以为意，但似乎现在也正在向他蔓延而来。即使自己的卧室里那再熟悉不过的黑暗，此时也让他觉得暗含着某种不祥的征兆，好像有什么可怕的东西就潜藏在黑暗的边缘。

他心里对自己说，这些都是些噩梦醒来之后所产生的无端的恐惧，是正常不过的事，试图以这种解释来对这些梦境一笑置之。但它们揪住他不放，让他怎么也挥之不去。终于，虽然他觉得自己这种做法有些可笑，但还是忍不住打开了床头灯想看个究竟，到底有什么东西在旁边。

无疑什么也没有。什么也没有。

就算是这样，他仍然费了好一阵子才让他那急促而粗重的呼吸恢复正常。最后，他让自己仰头躺了下去，拉过被子盖在身上。过了一会儿，他翻了个身，靠着妻子把自己的身子呈勺子状安静了下来。

在他的脑子再次开始胡思乱想之前，睡意终于仁慈地眷顾了他，让他进入了梦乡。

16

　　肯森结束了上午在波托拉医院重症监护室里的例行工作之后，来到了护士站。在这儿等着他的是一个又高又瘦的人，名叫迈克尔·安德烈奥蒂，是波托拉医院的管理人，想私下里跟他说句话。他们一路无言地走过一条长长的走廊，然后乘电梯下到了一楼。随后安德烈奥蒂把他带到了行政办公区，进到自己办公室隔壁一间空荡荡的会议室里，并随手关上了门。

　　这一刻，肯森心里已经很清楚接下来要发生什么事了，但他还是忍不住问了一句："是关于什么的事情？"

　　这两个男人之间没有什么关爱之情可言，而且这位管理人也没有在繁文缛节上浪费时间。"恐怕董事会已经做出了安排你暂时停职休假的决定。"

　　"我认为不是这样的。他们不可能那么做。我是签了合同的。"

　　安德烈奥蒂或多或少都预料到了肯森的这种反应。他自己就是干文书工作的，而且关于这个决定的函件也是交由他办理的。"这不是我的决定，医生。我已经说过了，董事会已经作出了决定。"

肯森嘲弄地哼了一声，说："董事会？你指的是罗斯吧？他终于找到机会了。"

安德烈奥蒂觉得自己对此没必要说什么。

"这一次他的借口又是什么？"

"信函里说得很清楚，但看上去似乎跟马卡姆先生的死亡有关的很多疑问都牵涉到你。"

"狗屎！我跟那事没有任何关系。"

安德烈奥蒂开口驳斥了肯森那不合时宜的粗口。"那不是董事会的看法。从表面上看事情就是这样的。"安德烈奥蒂打起了官腔。他或许就是一个受人指使在台前演戏的玩偶，在这儿的作用也是送送信函和传达信息，查看董事会意图的执行情况而已。

"什么表面？根本就没有什么表面。"

安德烈奥蒂摊开双手无可奈何地说："那真不是我能管得了的事，医生。如果你打算对这个决定提出抗议的话，我建议你可以给罗斯先生打电话说一说。同时，你不能继续留在这儿了，也不能在诊所上班了。"

"那我的病人怎么办？我得去看他们。"

"我们已经安排了别的医师去接手你的病人。"

"从什么时候开始？"

"现在就开始了，恐怕是这样的。"

"恐怕是这样的。我敢说你就是心虚。"肯森的脾气马上就爆发了出来，"你本来就该是这副嘴脸。"

安德烈奥蒂向后退了一步。"你这是在威胁我吗？"

肯森打算在此事上继续闹腾，让他眼中的这个小丑真正感到害怕，但从格里斯基昨晚的登门拜访以来，他就有了一种感觉，在这起谋杀案的调查中，警方对他的怀疑会给他带来不小的麻烦。因此，出于一种自我保护意识，他克制住了自己的冲动。"这个决定是错误的。"他只是说了这样一句话，然后低头扫了一眼手中的信函，扭头走出了会议室。

　　现在还不到早晨九点，暴风雨终于过去了。天空被洗刷得干干净净，蔚蓝色的天上没有一丝云彩，一派晴空万里的景象。

　　肯森回了家，进到他公寓的客厅里，径直来到窗前，用力打开了一扇窗子，好让新鲜的空气进来。随后他又掉头来到厨房，就是在这个地方，昨晚格里斯基让他如坐针毡，像烤肉一样串在扦子上翻来覆去地炙烤。那个上尉用过的茶杯此时还扔在水槽里。那还是他父亲去世后他从父母那儿继承来的一套茶具中的一件，而且现在他只想打开水龙头，专心把它冲洗干净。他这样想着，小心翼翼地伸手拿起了那只小巧而精美的杯子。水槽上方也有一扇窗子。肯森突然停住了手上的活，整个人愣在了那儿，一动不动地向窗外凝视着这座城市的西方，眼神迷茫而空洞。

　　手里的杯子被他无意中握成了一堆碎片。

　　他木然而又懊恼地低头看了看究竟是怎么回事。血从茶杯碎片割破的伤口处流满了整只手。水槽中间的瓷质杯托中撒满了碎片，鲜血顺手滴下，已经是血汪汪的一片了。

　　杰夫·埃利奥特是在婴儿艾米丽事件发生时知道肯森的住宅电话的，得知今天早上发生在肯森身上的事二十分钟后，他就给肯森打来了电话。婴儿艾米丽事件之后，他一直在跟踪报道有关帕纳塞斯集团的事，而且已经听说了今天早晨关于勒令肯森停职休假的消息，或许肯森接到那封信函之后不久他就知道了这件事。埃利奥特主动提出让肯森向他这个记者说出知道的所有情况，因为他自始至终都在关注着帕纳塞斯的动向，且对他表示同情。要是肯森能抽出点时间的话，他马上就可以去登门拜访。

　　埃利奥特到了肯森家之后，熟门熟路地径直走进了厨房。婴儿艾米丽事件期间，他就来过这儿，知道了路该怎么走。坐下来之后，他第一句话就是问肯森手上缠的几个创可贴是怎么回事。

"绝望之下我试图挥打手腕来发泄心中的不快，我想我是搞错了目标。"医生搪塞地笑了笑，并给出了一个勉强的解释，"不要拎着刀刃去提屠夫的刀。你能够想得到，我这一路走来，本该早就明白这个道理的。"他机智地转移了话题。"嗨，顺便说一声，我喜欢你写的关于罗斯的那篇文章。你把他写得真是惟妙惟肖啊。"

埃利奥特欣然点了点头。"起初是什么因素驱使这个家伙去当一名医生的，这我永远都搞不明白。他对病人的那种关切程度就像木材公司对雨林那样。"说完这话之后，他就进入了正题，"这么说他们最后还是让你停职了？"

渐渐地，他们聊起了帕纳塞斯集团里的那些有名有姓的人物，这场游戏中的那些玩家。埃利奥特说他曾跟蒂姆·马卡姆的执行助理，一个显然很快就要失去工作的，名叫布伦丹·德里斯科尔的年轻人谈过帕纳塞斯的很多事情。

"是的，我认识布伦丹。所有人都认识布伦丹。"

"显然，他也认识你。你在医院顶撞过他吗？"

肯森耸了耸肩，做出一副无可奈何的样子。"当时马卡姆在重症监护室，布伦丹不愿意离开那儿，我不得不把他赶了出去。他对此非常恼火。"

"他只是个秘书，为什么也会在那儿？"

"打打你自己的嘴巴吧，你这话就说错了，杰夫。布伦丹是执行助理，难道你忘了吗？"

"那他的事情有什么可说道的吗？为什么他看你这么不顺眼呢？"

"那一定就像一个四处传播的病毒，我很惊奇你竟然还没被它感染。但真正的答案是，布伦丹是那种非常能干的秘书，工作就是他生活的全部。来到帕纳塞斯之前，他就跟着马卡姆了。总之，他一手计划安排了马卡姆生活中的方方面面。包括安在内，但我们还是不要把这件事放到你的谈话记录中去吧。"

"你的妻子，安吗？"

他点头表示承认。"她……现在她真的不喜欢他。但布伦丹是那种完全与他们的老板黏合在一起的人，这种人真的自以为他们可以肆无忌惮，为所欲为。我对他本人和他所说的话都持一种半信半疑的态度。"

"但他可能会对你不利。他想让所有人都知道马卡姆很快就要解雇你，你又为什么会是他真正的对头。"

"好吧，他那些话说对了一半。"肯森回答道，"我们是处得不好，但是他并不打算解雇我。实际上，如果真有什么事的话，他是会站在我这一边的。他清楚在安的问题上他都对我做过什么。要是他解雇我，会发生什么事呢？我会控诉他和公司并索赔十亿美元，而且我会赢得这场官司。这个结果他是知道的。"

"那关于你的所有告诫信是怎么回事？"

肯森不屑地耸了耸肩膀。"马卡姆对董事会一手遮天，就是这样。他尽力降低成本，迫使那些像我一样自负清高的医生跟他合作，但他们是不会言听计从的，尤其是我。我对此采取了一种不合作的态度。我不是他们这伙人中的一员，但蒂姆是不可能碰我的。"

"但是现在情况不同了？在罗斯掌权的时候？"

肯森的表情变得更加严肃了。"罗斯是个大问题。事实上，我应当告诉我的律师，有一个很好的理由去证明这事，要是我想保住自己的工作，杀死马卡姆是我能做的最糟糕的事情了。实际情况是，马卡姆是唯一能缓解我和罗斯矛盾的人，正因为有他，罗斯才不能对我为所欲为，现在他不在了。如果我静心细听的话，甚至现在就能听到自己脚下的冰层开始裂缝了。"

这时，隐隐约约传来有人用钥匙开门锁的声音，然后是砰的一声关门声。他们听到走廊里传来一个女人的声音："真他妈的操蛋，现在还有人会用这个。哦！"这时，肯森抬起屁股站起了身。

一个三十五六岁，有着一头卷发的中年女人正站在厨房门口。看到坐在桌旁的埃利奥特，她诧异地将手捂在了自己嘴上。"哦，该死。"她转向肯森给了他一个"你能做什么"的眼神并夸张地举起了双手。

　　"好吧，这可能是给你们作个介绍的好机会。"肯森直起了身，向那个女人走了过去，"朱迪思，这位是《旧金山纪事报》的杰夫·埃利奥特。杰夫，这位是朱迪思·科恩。"

　　"抱歉，"她避开埃利奥特的目光难为情地说，"现在我只想找个地缝钻进去。"

　　"我不会介意的，"埃利奥特说，"我自己偶尔也会这样。"

　　事实证明，科恩也不是罗斯的支持者。

　　"那个狗娘养的，他不能够解雇你，"她气冲冲地说，"你本来就该在那儿工作。"

　　肯森再次站到了水槽旁，无奈地摇了摇头。"安德烈奥蒂已经跟公司的保安部门打过招呼了，不允许我进去上班。如果我不愿意自己离开的话，他们表示会派人把我送出去的。"

　　科恩在厨房里站起身来，走到入口处，用手拍打着墙壁，随后转过身来面对着这两个男人。"那些该死的白痴！他们不能——"

　　埃利奥特突然打了个响指，打断了她。"朱迪思·科恩？你就是那个朱迪思·科恩吗？"

　　她停了下来，用愤怒而又小心翼翼的眼神打量着他。"我想，我肯定就是。还有另外一个吗？"

　　但埃利奥特并没有被她那咄咄逼人的气势给压住。作为一名记者，他习惯于问一些让人感到不快的问题。"你就是洛佩斯事件中的朱迪思·科恩吗？"

　　"正是我，"她强压住心头的怒火，故作镇静地说，"一个臭名远扬的诊治医生，或者说是儿童杀手。"

　　肯森向朱迪思走了过去。"朱迪思，"他同情地说，"好了，别这样。"

猛然间，隐藏在她身上的胆量似乎就要迸发出来了。她走回到餐桌旁，拉出一把椅子一屁股坐了下来。"事情不会就这么过去的，是吧？而且我猜你是对的，也许不应该就这么过去了。"

"那不是……，"肯森说，"那不是你的错。"

"停，停，"埃利奥特说，"等一下！"他背斜靠在转轮椅背上，目光在医生们身上转来转去，一会儿看看这个，一会儿看看那个，最后落在了科恩身上。"听着，我很抱歉，你的名声是不太好，我并不是故意要你难堪的。"

科恩的脸绷了起来，样子很难看。"但名声一直都是这样，不是吗？"

"那不是很久以前的事，"埃利奥特歉意地说，"我是新闻记者。我记得住很多名字。"他捋了捋胡须，"而且那个孩子的名字叫拉米罗，对吧？"

"我们不要再旧事重提了，杰夫，这不是放在桌面上谈的话题。"

但科恩伸手挡住了他。"没关系的，埃里克，都已经过去了。"

"并没有过去多久，马卡姆那儿对这事肯定还没完。"

"他现在是没有。"科恩显然一想到这个心里就生起了些许快意，"说实话，这或许是把真相告诉别人的好时机。"她目光转向埃利奥特，"你知道这事大概的来龙去脉，对吧？这个孩子在他妈妈的陪同下去了急诊室。他发烧，喉咙发炎，嘴唇上有让人看起来心惊肉跳的伤口。"

埃利奥特点了点头，脑子里回忆着她所说的这些情况。"此前几天，有医生已经给他看过病，并且告诉他感染了一种病毒。"

肯森大声说了起来。"没错！就在那天晚上，朱迪思正好当班，忙得不可开交，简直应付不过来了。真的。她看了拉米罗并给他开了一些阿莫西林和止疼药，让他回家了。"

"两天后，"埃利奥特总结道，"他因为患上了坏疽病而被送进了重症监护室。"

肯森点了点头。"肌纤维坏死病。"

埃利奥特现在清楚地回想起了所有事情。坏疽病对人们来说永远都是一条让人关注的新闻，尤其是本地还有那么一群热衷于传播此类消息的人，在这种情况下，它很容易就会把大家的热情鼓动起来。因此，他听过这件事，甚至还听到了关于朱迪思·科恩的一些谣言——夹杂在其他许多人的谣言当中——它被当做这个悲剧事件的一部分。然而，在官方版本的事件说明中没有提到她的名字。同时，埃利奥特对医院方面追踪调查的结果印证了他当初对此事的判断：这是惯于推卸责任的帕纳塞斯管理层典型的幼稚可笑的行为，他们声称自己所有的医生在技术方面都是绝对可靠的，所有的行政决策都是无懈可击的。他从没有把自己对此事的见解付诸极端，是因为他绝不认为自己已经把此事完全弄清楚了。

但科恩现在正用遗憾的口吻，沉重地告诉他："他们说的是对的。我本该诊断出他患的是这种病。"

肯森无奈地耸了耸肩膀。"或许第一个给他看病的医生也该判断出来的。但是你们的诊断都不是导致他死亡的原因。"

"你这话是什么意思，埃里克？"埃利奥特问道。

"我的意思是说，就像治疗的每一个步骤，在他们能负担得起多少费用来挽救他这个问题上，帕纳塞斯花了很长的时间作决定。拉米罗的医疗保险有问题。他个人档案中有一张表格存在小毛病。这项检验是含在保险中吗？吸氧在保险范围内吗？谁将支付费用？"他愤怒地摇了摇头，"长话短说吧，他们自始至终都在盘算钱的事情，锱铢必较，并且这样做危及了对他的有效治疗，真是不幸。"

科恩的眼神已经变得有些呆滞了，空洞无神，看来依旧沉浸在痛楚的回忆之中。埃利奥特轻声地问她："他离开诊所之后你就再没有给他治疗过了吗？"

"是的，我再也没有见过他，除了在他的葬礼上。"

肯森接过了话题。"医疗救治失败这一基本事实，是阻止马卡姆没有把她从医师队伍中单独挑出来，予以责罚的原因吗？"

"我印象中是这样的，"埃利奥特承认道，"不过没有人会去追究医疗档案。"

"所有人都有那样的印象。"肯森说，"当然，事情的本身却在于，马卡姆在寻找一只替罪羊。他本人就是众人关注的焦点人物，在我们没有干什么和为什么没有干这件事的问题上给不出有说服力的解释。朱迪思就是他解脱自己面临压力的一个途径。幸运的是，医师队伍都为她打抱不平。"

"这样最起码我不会丢掉自己的工作了。"她语带悲戚地补充道，"唯一能够让我感到安慰的是，我在葬礼上见到了露兹，就是那位母亲，她似乎明白了她儿子死亡的个中原因。她没有责怪我，她责怪的是马卡姆。"

科恩显然认为这是个不错的问题。"你记得他们在《旧金山》杂志上给他写的那篇吹捧文章吗？它随处摆放在医院的每个地方，那个带着她生病儿子的可怜女人在医院里到处都能看见。杂志上刊登着马卡姆那张洋溢着幸福之情的脸庞，报道了他是如何深切地关心着他的每一位患者。在葬礼上她还带着那张封面，拿出来给我看过。"

"那么你还想知道医院那儿最具讽刺性的事情吧？"肯森问道，"那也不是马卡姆本人的意思，实际上那些都是罗斯的决定。罗斯是这个集团的医疗主管。他说了算，是他下的命令。真实的情况是，罗斯一手造成了那个孩子的死亡，而且所有人似乎对此都一无所知。"

接下来，三个人都陷入了暂时的沉默。过了一会儿，埃利奥特开了口。"你住在这儿吗，朱迪思？"

"她偶尔在过儿过夜，"肯森快速接口答道，然后又加了一句，"为什么问这个？"

"我一直在纳闷上星期二早晨她是不是在这儿。"

这次轮到朱迪思发问了："为什么？"

埃利奥特认为事已至此，自己不得不告诉他们，通过与医院员工的交谈和查看上班记录，他发现马卡姆被车撞的那天早晨，埃里克晚了一个多小时才去上班。

肯森闭上眼睛，用一只手挤压着太阳穴，然后看着对面的埃利奥特。"我甚至都不记得了。是那样的吗？如果是的话那又会意味着什么呢？"

"那将意味着在肇事逃逸事故发生的时候你没有不在事发现场的证明。"埃利奥特把头转向朱迪思说，"而且你能够证实他出门去上班的时间。"

"那简直是我听过的最荒唐可笑的事情！"她说，"现在有人认为是埃里克驾驶的那辆肇事逃逸车子？"

"倒不一定有人那样想，"埃利奥特说，"我也只是刚听说这样的疑问，仅此而已。"

"那些白痴。"朱迪思说。

"好吧，不管白痴与否，"埃利奥特说，"你应该完全了解别人会怎么说这事。"

"我想我正在习惯面对它。"埃里克疲惫地说。

"星期二晚上我在这儿，"朱迪思说，"这有用吗？"

"是的，"肯森说道，"但那是半夜。"他转向杰夫说："我在马卡姆家附近停留了一会儿。我回到家时朱迪思在睡觉。"

这个话题让科恩琢磨了一阵子才反应过来，然后摇了摇头。"说吧，你在医院里，做着你该做的工作，那就意味着你并不是什么犯罪者。你是个守规矩的人，有正当的职业，突然之间一个事故受害者进来了，而且有个好机会就是他已经奄奄一息快死了。现在的结果证明你还认识这个人。不仅如此，他还是那个你恨到想除之而后快的人。想杀死的人！而且情况就是那样，他正好被送到了你的面前，你一时兴起，决定冒这种巨大的、可能是不必要的风险，而且确信他的死可能会让他们回头追查到你。"朱迪思坐直了身子，用满是嘲弄的口气说，"请讲吧。"

"除了现在我在你们这儿所听到的，情况基本上就是那么回事了。"埃利奥特一脸严肃地说道。

这个早晨哈迪过得十分糟糕。他一夜睡睡醒醒，脑子里总是萦绕着瑞贝卡·西姆斯和他的谈话。那些素未谋面的死去的人出现在好几个模糊的梦里，搅得他睡不安宁，不到六点就起了床。孩子们离家去学校之后，他不愿意打电话叫格里斯基陪他一起去晨跑，那样让他觉得很不舒服，因此他独自一人快步走了一小时，到湖岸边又折了回来。不过他事先没有热身，所以这样的运动量已经让他感觉有些吃力和年老了。弗里曼的一个委托人已经把车停在了办公楼下他的停车位上，就在他回去把停在街道上的车向后倒的时候，已经得到了一张违章停车的罚单。最后，午餐时间之前，他花了一上午翻看上个星期没来得及处理的票据和邮件，然后离开办公室前往《旧金山纪事报》大楼，去之前，在十分确信格里斯基会在外面用午餐的情况下，又给凶杀案组打了个电话证实格里斯基到底在不在办公室。答案相当肯定——这是他一天当中的第一个好运——格里斯基确实在外面。

此刻，他就在《旧金山纪事报》大楼的一楼，坐在埃利奥特办公室小卧室的矮文件柜上面。尽管他用的是一种过于刻板的语气，但肯森带给他的那种挫折感仍然溢于言表。"我承认这么晚才知道他有个女朋友这事多少让我觉得有些吃惊。昨晚我们在电话上谈了几个小时。我让他告诉我他可能想到的生活中所有重要的事情，但他从未提到过她。"

"朱迪思，"埃利奥特说，"非常漂亮，但或许那并不是一种重要的关系。或许那只是众多时髦的事情之一。他们只是每隔几个小时就来一场奇妙的性爱而已，但除此之外他们甚至都不喜欢对方。那样是不是很可怕？"

"真可怕，"哈迪仍然有点心烦意乱，"你知道他们是什么时候搞到一块儿的吗？"

"不知道，问这个干什么？"

"因为知道在他和安分手之前朱迪思是否已经插足将是一件不错的事情，也许他妻子的离开根本就没让他感到伤心。"

"你应该问他。"

"我会问的，如果他自愿吐露这方面的一些情况，那将是令人开心的事。我甚至都不知道是他向外界泄露了婴儿艾米丽事件。"

"是他吗？"对此杰夫的脸上没有表现出任何变化，一脸毫不知情的样子。

但哈迪无意停止向《旧金山纪事报》继续谈论他的委托人。波托拉医院短期内迅速且大量地出现了一些不明原因、出人意料的病人死亡事件，他想知道埃利奥特有没有听说过什么传言。

"我没有听说过。"但这件事让记者的眼睛亮了起来，"怎样的迅速而大量？"

"我也不知道究竟是怎么回事。我的消息来源不太清楚具体的情况，更不要说是实情了。但她的态度似乎相当客观，而且确实被这事给吓着了。"

"她是怎么说的？"

哈迪几乎是一字不漏地将瑞贝卡·西姆斯的原话又讲了一遍。话讲到一半时，埃利奥特随手拿出旁边的一个记事本开始做起记录来。当哈迪讲完后，埃利奥特说他愿意跟她谈一谈。

"我可以问问她，"哈迪答复道，"但我感觉到即使是跟我说话都会让她紧张不安。显然，波托拉的管理方喜欢把他们的内部事务捂得严严实实。议论这些事的人都会很快地失业。"

"好吧，那就帮帮我。我在哪儿见她呢？"

两人几乎不约而同地想到了一个人，异口同声地说："肯森家。"

杰夫关上了他小卧室的房门，给肯森拨了个电话。肯森在电话上说没错，朱迪思还在他那儿，但因为她在诊所上了夜班，现在已经睡觉了。他正好待在家里，把房间的窗户都开着，在读一本书。那或许是他一年来读的第一本书。迈克斯·拜尔德写的《赐予》，内容非常精彩。读到哪儿他都记得写得最好的一句就是"从他的可怕的母亲开始"。"这难道不够妙吗？"

埃利奥特同意那是一个好句子，不过告诉肯森他给他打电话是因为迪斯马斯·哈迪跟他在一起，在他的办公室，而且他们想问他点事情。当哈迪讲到瑞尔·西姆斯所说的在波托拉医院发生的一些不明原因的死亡病例后，肯森好一阵子都默不做声，弄得埃利奥特在电话上问他是否还在线上。

"是的，我正在想这事。"他随后又接着说，"对此我不能说什么，因为我还没有想过这事，但是病人死在重症监护室是常有的事情，因为他们的病情严重时就会被送到那里。因此，在我看来，你现在所问的是不是那些本不应该死掉的病人却死掉了，对吧？你没有把这些话记录下来吧，杰夫？我现在不需要任何更糟糕的新闻报道了。"

"是的，放心吧。"杰夫平静地接受了肯森的这个要求，在这种情况下他只能答应。

"现在我们只是业务上的正式雇用关系。"而且哈迪现在除了跟他的委托人保持这种形式上的关系外，已经不打算还有别的关系了，"这次谈话也不是什么优待，正如你知道的那样。"

"是的，那么你是在暗示什么吗？是某种蔓延成风的治疗不当吗？或者是比这更严重的东西吗？"

"对此，我没有任何暗示，"哈迪说，"我问的是这事有没有让你想到些什么。"

"是的，要是我们许多人被八〇五条款记录在案的话，我会感到吃惊。我会走到那一步的。"

"那是什么东西？"哈迪问道。

"给国家医学理事会的报告。当一名医生把事情弄得一团糟，严重到管理方中止他超过三十天的临床行医权，那么医院就应当向国家医学理事会提出八〇五条款申请。他们也应当将这个申请进一步递交到全国执业者数据资料库，它是全国联网的，而且一旦有记录就永远不会消失。如果被数据资料库记录在案的话，你的职业生涯就结束了。"

"那为什么这些事没有提交？"哈迪问道。

"你是律师，你还在问我那是怎么回事？你要是个病人，发现你就医的医院聘请了不合格的医生，你会控诉这家医院。有一个控诉一个，连绵不断。"

埃利奥特忍不住开口对哈迪说："我一直自以为你们律师都对这种

事乐此不疲。"

但哈迪此时一只耳朵还在听筒上听着肯森的话，没有理会埃利奥特的揶揄。"你是在告诉我，埃里克，波托拉有这样一些医生，他们自己也知道这件事，而且没有把这些报告记录在案吗？"

"让我这样来回答这个问题吧。我们有这样一些职员，从我个人的角度来说我是不会选择他们做自己的医师的。"

"那么当某个医生干得一塌糊涂时，究竟会有什么样的事情发生呢？"哈迪问道。

"会有很多事情。第一，你注意到我提到过的神奇的停止三十天的临床行医权。于是与此相反，你到二十九天时就结束了停职期，因此也就不存在八〇五号申请了，对吧？你并没有违反这一处罚的指导方针，也就不会被录入全国统一的数据库。"

"波托拉有医生被录入这个数据库吗？"杰夫总是在寻找故事，"我怎样才能查得到呢？"

"你不可能查得到。"肯森语气坚决地说，"出于一些显而易见的原因，公众是不能进入这个数据库的。然而潜在的雇主们能够进去。无论怎样，有另一种办法可以让这种报告不会出现，可能这种做法被运用得更普遍些。"

"那是什么？"哈迪说。

"好吧，那个八〇五条款申请是建立在同等人员相互检举的基础之上的。"

"是别的医生。"埃利奥特说。

"没错。而且医生们中存在某种默契和谅解，尤其是现在的波托拉，就是我们大家都处在这场让人恶心的风暴之中，因此最好互相庇护对方。如果我们同事间有某人没有做对医疗决定，没关系，你就去进行一个私下的讨论，提一提我们都尽力按治疗标准去做了就行了。但是我们都处在这种强大的财政压力之下，我们大家一直都努力工作，底线是我们不会背信弃义地出卖彼此。"

"从来都不会吗？"哈迪问道。

"除非是有某种重大的责任事故，我指的是不可推卸的明显的重大错误，而且可能甚至不仅仅是一个。但除此之外，你在波托拉医院这里是不会得到那种因周围同事的检举而获得八〇五条款申请的，在这个国家的多数医院里，我敢说情况都大同小异。"

在这间小卧室里，埃利奥特和哈迪面面相觑，一时无语。

"那其他的那些死亡原因又怎样呢？"哈迪问道，"或许是故意致死的？"

这个问题让肯森一时语塞。"你是什么意思，故意的？"

"也许是过早地拔下了电源插头之类的。"哈迪想了想又补充了一句，"或许像用钾过量而中毒这样的事情。"

"你在说谋杀，对吧？"答案是不言而喻的，没等回答肯森就继续说了下去，"我说过我认为这种事在波托拉一直都有吗？"

"是吗？"哈迪问道。

"只是在陷入偏激的时候我才这样想过。"

埃利奥特忍不住突然插了进来。"你有过那样的病例吗，埃里克？"

能听见肯森在电话那头一声无奈的叹息。"马卡姆在重症监护室的时候，那儿还有另外一个病人。你们俩知道吗？"

"我想是有好几个吧。"哈迪说。

"确实是这样。我的意思是另一个也死掉了的病人。"

"是谁？"哈迪的直觉清楚地告诉自己正在触及一些他想要的东西，而且这就是其中的一部分。

"他叫詹姆斯·莱科特，七十一岁，从不吸烟，做了开心外科手术后出现了一些并发症。我们就对他进行了几星期的生命维持系统理疗，而且治疗的效果很有起色，后来停止了这种理疗。他的关键病征指数显示出他的身体状况正在不断得到改善。我认为几天后就可以让他转出重症监护室了。"

"但他死了？"哈迪说。

"正是。我不明白究竟是什么原因。只是……还是不说了吧。"

"我决不会泄露自己的消息来源的，"埃利奥特说，"我会把你的名字带进自己的坟墓里，跟我一起烂掉。"

哈迪没理睬埃利奥特的这番表白，继续他的问话。"那么除了这个莱科特，"他问道，"你估计还有多少这样的病例，你解释不清的死亡原因病例？"

"事实上，我是从去年九月份才开始留意这种事情的。我有一小本记录此事的工作日志。"

哈迪和埃利奥特都在急切地等待着肯森的下文。

他继续说了下去。"我想过我应该回医院去看看那里是不是有个样本。或许我该卸下压在自己背上的某种东西。"

埃利奥特问他为什么开始跟踪关注这事。"究竟为什么我也说不清楚。现在你问到这个问题了，我想我是想要准备好自己的攻击弹药，以便在他们最终寻找到时机来解雇我的时候使用。我认为没有人在故意杀害病人，但我们正在失去我们本不该失去的病人，像那个洛佩斯的儿子一样，杰夫。因此，如果是财政政策在影响着医疗水平的话，我打算就此批驳一下这个政策。我或多或少都想过那种地方正变得让人感到恶心，而且我需要记载有细节的档案。"

三人之间的沉默持续了一会儿。终于，哈迪的问话打破了这次沉默。"有多少例，埃里克？"

"不包括星期二那例，"肯森说，"十一个。"

17

无论希腊人洛餐厅的菜多么富有特色，哈迪今天都丝毫没有胃口，他只是希望自己能够把头挤进门去看一下韦斯·法瑞尔是不是也在里面。

不过这次他就没有那么幸运了。

这个地方到处都弥漫着午餐的气味，到处都挤满了人，要酒水的客人里三层外三层的。哈迪在心中暗暗提醒自己，手上接的诉讼案子仍旧是当下迫切要办的正事。他挤进人群，穿过拥挤的人堆来到吧台边，又快速地在屋子里转了一圈，换上了那副在特定场合下才会露出来的幽默面孔。这一招倒是很有作用，别人对他挤来审去的行为都给予了谅解。如果法瑞尔不在这儿，他也不想待在这儿。最主要的原因还在于他不愿在这里碰到格里斯基。

尽管餐厅里的酒味勾起了他心里的某个念头，但他还是强迫自己走了出去。

哈迪给法瑞尔的兼职秘书打了个电话，询问法瑞尔的下落。幸运的是秘书此时正好还在办公桌前，并且告诉他，按照日程安排，她的老板今天全天出庭。她不确定究竟是市法院、高等法院或是联邦法院，她估计是市法院，也就是说在司法厅。于是直觉告诉哈迪，法瑞尔会到希腊餐厅来用午餐，结果证明他的直觉是对的。韦斯得到了一个靠后的包厢，从前门处就可以看得到。他为包厢要了满满一大壶啤酒，和两个身着牛仔裤和职业装衬衫的家伙一起分享着。哈迪搜遍了自己脑海中听说过的所有法官，也没想起来这两个人到底是谁。

哈迪悄无声息地溜到法瑞尔身旁，问他事情办得怎么样。"忙得要命，要是我能分身就好了。"韦斯说完这话就把桌上的人给他作了介绍。结果正如哈迪落座时所猜测的那样，法瑞尔的这两个同伴杰森和杰克是一对父子。那个男孩，也许就二十岁吧，是法瑞尔的委托人。他们在这儿要了啤酒，是为了庆祝拘捕杰克的那个警官今天早晨没有出席他的预审听证会。由于他是针对杰克的那些不利证词的主要证人，因而控方提出的所有指控都被法官驳回了。现在对哈迪来说，最好是默不做声并表现出礼貌的姿态，而不是去追问事情的来龙去脉。

因此，他们父子俩都口口声声称韦斯是个英雄。

"他一直以来都是我心目中的英雄，"哈迪附和道，"实际上，那也是我在这儿的原因。"他对韦斯说："有重要的情况出现。我想和你单独说几句话，你的朋友介意吗？"

只要他不让自己杯中的啤酒剩下，一切都好说。

他们站起身来，穿过已经不太拥挤的人流向边门走过去，出门来到外面的小巷里。现在是刚过正午，巷子里的垃圾箱在温暖阳光的曝晒下，散发出一股垃圾腐熟后难闻的刺鼻味道。明亮的光线让法瑞尔不由得眨了眨眼睛，深吸了一口气，蹙起眉头。"我想肯定是有人死在这附近了，这么臭。发生了什么事？"

哈迪早就准备好了。为了避开这种难以忍受的臭味，他们朝着布莱恩特大街走去。哈迪一边走一边把手伸进外套口袋里。"我这儿有一份名单，你看看里面有没有你觉得熟悉的人。"

法瑞尔伸手拿过那张纸，低头扫了一眼。"这都是哪儿的？"

"你最喜欢的医院。"

法瑞尔快速地抬眼看了看他，随后目光又落到那份名单上。哈迪看见他皱起了眉头，眯缝起了双眼，显然对他说的话感到不悦。于是哈迪一本正经地凑过头去说："好了，算我没说。"

"有你认识的吗？"

"有一个，玛乔丽·罗琳。"

"她就是你接手的与帕纳塞斯打官司的委托人之一，不是吗？"

"不完全对，是她的孩子们，她自己已经死了。"

"这个我知道。那个名单上的所有人跟她一样都死了。他们给她验过尸吗？"

现在他们来到了洛餐厅入口处一个阴凉的地方。法瑞尔眯起眼睛看着前方，努力回忆着，随后他摇了摇头。"他们一直都是这样做的。但也许他们没有在验尸这种事上花费过多的时间，因为他们清楚她的死亡原因。"

"是什么原因？"

"癌症。她是那些让人'抱歉'的病例中的一例。在这些病例中，他们总是说：'哎哟，我们本该早点抽出时间去看看的。'"

"但她是什么时候死的？是在她的孩子们预料到这个结果之前就去世了吗？"

"他们不清楚究竟要多长时间才会出现这种结果。"但他抿起了嘴唇，由于用劲的缘故，下巴上的一条肌肉都突现了出来。哈迪对此紧追不放，鼓动他继续说下去。"要是我没记错的话，然而那——是的，相当快。是那些病例中的一起，就像这句话所说的那样：'除非最终的结果证明你只有三天时间，否则也许你会有三个月的活头。'"

"三天？"

"不不不，打个比方而已。这是我的一个缺陷，说话喜欢夸张。我记得好像是一两个星期，大概是这样的。"

"但那应该是三个月吗？"

法瑞尔摇头表示否定。"但你知道这种猜测有什么作用，迪兹。预

199

计的时间超过三个月，或许有六个月之久。事实证明实际的存活时间比这短。这种事情屡见不鲜，或许只能靠上帝保佑了。"

从表面上讲，哈迪能够接受法瑞尔的这种说法，但如果有人促使他被动地接受这种解释，便又另当别论了。"你认为罗琳的家人会同意将她的尸体挖出来进行验尸吗？"

即使有了前面那些谈话的铺垫，这个问题还是让法瑞尔大为震惊。"为什么要这样做？"

"需要做一次全面的尸体解剖。"

"为什么？你认为有人杀了她吗？"

"我认为有这种可能。"

法瑞尔的眼睛瞬间放出了光。比哈迪年长几岁，肚子有点发胖的韦斯，通常喜欢在不经意间营造出一种让人摸不着头脑的神秘氛围，就算是你感觉到了也无法读懂其中的含义，但哈迪知道不是任何人都会被他愚弄。几年前，他因为替另一个律师——此人是他的朋友，被指控犯有谋杀自己妻子的罪名——做辩护而让市里的法律界大为震惊。所有人都认为那场官司不可能赢，即便是让大卫·弗里曼这样杰出的律师接手也一样。但法瑞尔让他的委托人得以无罪开释。此时，他一本正经地对哈迪说："你名单上的其他十个是怎么回事？都是同样的情况吗？"

哈迪不想长篇大论地说这件事。"暂且说是类似的疑问吧。在采取任何进一步的行动之前，我打算先跟我的委托人谈谈，当然了，不过在我做……"话说到一半他就停住了。

太阳迁移，地上的避阴处也在随之悄悄地变换。法瑞尔将身子退到了最后一片楔形的阴凉地里。"上次我们谈话时你还说自己手里没有委托人。"他说。

"现在我手上有一个。你知道埃里克·肯森吗？"

"在我和罗琳的家人谈话前，你想打电话给他是因为……"

"因为这些名字中的一些人，"哈迪指着那份名单，"他们死的时候他正在医院值班。在我们挖出罗琳夫人的尸体，开棺验尸并找出她不是死于癌症之前，我很高兴知道肯森医生当时没有在场并给她量过脉搏。"

法瑞尔承认那将是件倒霉的事情。"那么我想他们还没有逮捕他吧？"

"至少半小时以前还没有，但事情是会变化的，即使是在我们说话这会儿。"

法瑞尔蹙起了眉头。"你是说阿布吗？"

哈迪点了点头，不假思索地随口说出了这话。"他似乎患有偏执症。"

"阿布不是糊涂虫。"

"不。他不是，不过昨晚他让肯森做了笔录，然后就走了，没有逮捕他。我想我要努力去做的，就是为我的委托人拖延一些时间。阿布也许是出于自己的热情而变得激动起来。如果肯森遭到逮捕或是起诉的话，他就再也不要想去工作了。而且我认为他是个英雄。"

韦斯轻声笑了起来，突然伸出一根指头对着洛餐厅说："那儿包厢里的那两个冒失鬼把我当成英雄，那并不能说明任何问题。"接着，他又说，"你的那个人干过那事吗？"

"起初，他说自己没有干。"哈迪的回答仅此而已。

法瑞尔的眼珠子在眼眶里滴溜溜地打着转，脑子在飞快地转着。这是谈话中的一个转折，委托人是有罪或是无辜的这个客观事实，很可能会打破律师这个行业中一个心照不宣的潜规则。但突然哈迪明白了提出上面那个问题的原因所在，法瑞尔的那个朋友，也就是法瑞尔为他赢得一个让人瞠目结舌的无罪开释结果的那个人，韦斯曾相信他是无辜的，但最终结果证明他是有罪的。"如果你想搞清楚，"他说，"你最好找到干过这事的人。"

哈迪露出了一丝笑容。"没错，那就是我正在找寻的人。但我的首要任务是，弄清楚这些过早地死在波托拉的病人是否是这起马卡姆事件的关键部分。"

"你打算如何去做这件事？"法瑞尔的表情透露出了他对哈迪这种想法的极度怀疑，"当然，玛乔丽·罗琳不可能……"他话没说完就停住了，脸色柔和了下来，"也许我没搞清是怎么一回事。"他自问自答，"首先，让我们假定她的孩子们允许我们将她挖出来——顺便说一下，这是个疯狂的假设——那么斯特劳特同不同意做一次尸体解剖，也是一件不能肯定的事。接下来他们发现了死亡原因，声称她死于钾过量。这究竟对你的委托人有什么帮助呢？"

"哦，当然，如果当时他不在场……"

法瑞尔摆了摆手打断了他的话。"好吧，林肯被刺的时候，他也不在场，但那并不意味着马卡姆死时他就不在他身边，而且如果不是钾过量中毒致死又会怎么样？"

哈迪已经想过这些问题了，而且也得到了一个多少有点让人满意的答案。"如果波托拉的某个病人，与马卡姆这事没有关联，是另一起独立的谋杀的话，尤其是事发时肯森不在场，那也许会让像格里斯基这样的人认为他在这个案子上还缺失了什么。在逮捕肯森之前，他或许要填补更多的空白。就这一点，坦白地说，事情基本上就是时间上的拖延，不过我还没有想出更好的主意。"

"好吧，拖延时间从来都是个不错的策略，要是能有用的话。"法瑞尔显然对此还不信服，"不过要是你的委托人认为这些都是存在疑问的死亡，那为什么一开始他不要求进行全面的尸体解剖呢？"

"我问过他同样的问题。"

"那是因为你是个聪明的家伙。那他怎么说？"

"基本上，不管怎么样，所有的死亡都是预料之中的事，而且都是预想之中的原因，不像那些身体健康状况基本正常的人突然发生的死亡。他们都是些濒临死亡的人，只是死得比预期的快了点。院方进行了验尸，只是进一步确认他们确实都死了而已。"哈迪嘲讽地耸了耸肩，"他把那些病例记下来，本意只是将其作为波托拉医院医疗水平总体下滑的一种记录。"哈迪向法瑞尔靠近了些，意味深长地低声跟他说，"不过听好了，韦斯，重要的是，如果有人在波托拉杀了玛乔丽·罗琳，无论怎样，你都是赢家。"

"那是为什么？"话没说完他就闭上了嘴巴。因为他突然明白了哈迪说这话的意思。他可以代表玛乔丽·罗琳的孩子们提出一件振聋发聩的诉讼。这起诉讼无须去证明一般性的过失或者别的什么医疗责任事故问题，他可以立刻开始再次呈递诉状。如果玛乔丽·罗琳不是死于自然原因，而是在医院被谋杀的话，韦斯只需做较少的事就会在极短的时间内坐收一大笔佣金。"我会跟她的孩子们谈一谈，"他说，"看看我们能做点儿什么。"

特雷娅从办公桌前抬头看了看对面墙上挂着的时钟，脸上露出了诚挚的笑容并起身从椅子上站了起来。"迪斯马斯·哈迪先生，三点钟，对极了。克拉伦斯正期待着你的到来，很快就能跟你见面，不过他办公室已经有人了，还要等一小会儿才有空。你是走楼梯上来的吗？"她问道，希望能从他口中打探到格里斯基的情况。

"不是。"

"那你没有和阿布谈过吗？"

"还没有。弗兰妮告诉我昨晚他打过电话，但我回家时已经很晚了，就没有给他回电话。"

"他确实想和你谈谈。"

"我和他谈谈，当然了。或许你可以给我们安排一次会面。"

"他下来不是为了这件事吗？我知道克拉伦斯叫他来了。"

这话对哈迪来说可不是什么好消息，不过他用一个笑容掩饰了自己这种不悦的反应。"不错。或许我们稍后可以聊聊。"

他正在那儿等着，强压着心中的不安和郁积未发的怒火。他已经在地区检察长的办公室里耗费了不计其数的时间——从他过去作为一名年轻的地区检察长助理时算起，直到他作为一名辩护律师的最近几次出庭，其中百分之九十的时间里，他和那道门后的人之间都存在着分歧和冲突。杰克曼被任命为地区检察长以后，这种情况就已经不同了。现在，就在几分钟之后，他知道自己就要回到属于自己的立场上，站在辩护律师这个角度。这或许将会是一个微妙的转变，而且很可能是积极的，然而也是真实的。

杰克曼办公室的门是开着的，玛琳·亚什在里面。这不由得让他思忖起来，他本该预料到杰克曼也会叫她来的。毕竟，她将要对帕纳塞斯，而且完全可能还有他的委托人一并提起公诉的人。

"迪兹，还好吗？"杰克曼连珠炮似的说道，"快进来，快进来。抱歉，我们的讨论进行得慢了点。"

他跨进门去，脸上一直带着笑容。"如果你和玛琳之间的事情还没结束，"他开口了，言语之中完全都是为了他们着想的意思，"我并没打算催你们。我相信特雷娅和我可以找到什么办法来愉快地度过更长的时间。"

杰克曼对他报以一笑，毕竟大家都还是朋友。"玛琳想的是她愿意多待一阵子，当然，如果你不介意的话，有些事情她想跟你商量商量。特雷娅告诉过你我已经让阿布顺便过来一下吗？而且他就在这儿。"

格里斯基和哈迪各自坐在长沙发的一头。两人之间既没有言语，也没有目光的接触。玛琳依旧坐在她的椅子里，杰克曼拉过另一把椅子也坐了下来。这场面看上去就像是几个朋友在聚会。

哈迪直奔主题。"我明白马卡姆先生的死已经使他成了一个潜在的谋杀受害者，你已经决定召集一个大陪审团。我听说他在调查的不仅仅是马卡姆的死亡，而且还包括帕纳塞斯所有的运营情况。实际上，我想这原本就是我的想法，在没有任何人死亡之前就有的。我只是想让你们大家明白，我真的不期望用任何公开展示的方式来表扬我为此所作的贡献，但在楼下的大厅里安放一个我的半身雕像，有品位一点的，或是在洛餐厅里为我摆放一块小牌匾也许会很不错。"

格里斯基那道贯穿上下嘴唇的疤痕连成了一条线，他几乎就没怎么张嘴，声音就在喉咙里嘀咕着。"这个人说得比唱得还好听，天上飞的鸟儿都能哄下来。"

哈迪向后靠着沙发，伸出一只胳膊搭在沙发背上，装出一副轻松的样子，其实他并没有感到丝毫的轻松。"正如我的朋友阿布所指出的那样，我是一个相信沟通交流的力量的人。"他毫不客气地盯了格里斯基一眼，直起身子朝前坐了坐，"我明白接下来有些事情是你希望看到的。一小时之前我跟肯森医生谈过，他告诉我，现在他的妻子声称他已经承认了是他杀了马卡姆。"哈迪终于直面着阿布，说出了下面的话："我猜那肯定就是你给我打电话要说的事，让我领教领教你的足智多谋，你就要逮到他了。"

格里斯基一言不发。

哈迪继续说道："不过当然了，由于你不顾我的明确反对而询问了我的委托人，也许你准备让我分享你这次谈话的信息而给我打了个卖乖的电话。"

格里斯基下巴上的一条筋动了动，嘴唇上的疤痕此刻显得特别明显。

哈迪还在继续说着。"我想他还没有待在监狱里的唯一原因，是你决定等到克拉伦斯愿意签署逮捕令之后再动手。"房间里的气氛告诉哈迪，他这事提得恰到好处，都说到点子上了，"不过那不是我来这儿的目的，"他说，"我来这儿是让我的委托人不进监狱。"

格里斯基气呼呼地哼道："祝你好运。"

"我没打算需要什么运气。如果你只有那个妻子单方面的证词，那么在陪审团面前，你将提不出任何有根据的指控，你必须明白这一点。"

玛琳乘哈迪说完这话的间隙也掺和了进来。"根据阿布掌握的信息，我们已经获得了大量与之相吻合的情况，迪斯马斯。要是那人杀了五个人，他就不应该逍遥法外。"

"玛琳，拜托了，让我们不要贬低彼此的智商。不管怎样，肯森医生没有伤害那家人的动机。"

"那只有你清楚。"格里斯基说道。

哈迪再一次掉头面对着格里斯基。"我可以这样理解你这话的意思吗，你是说你已经发现他杀人的动机了？"

杰克曼轻咳了一声并替格里斯基回答了这个问题。"迪兹，我们假定，杀害马卡姆和他家人的凶手们之间是有关联的。我想这作为一种有用的假设，你会赞同的，不是吗？不过这种假设并不一定真的恰当。肯森医生对马卡姆有充分的作案动机，同时，还包括作案手段和时机。"

"但是没有证据，克拉伦斯，没有实实在在的证据，只有动机而已。"

"不要胡搅蛮缠、强词夺理了，迪兹。"玛琳说，"首先，我们不是仅仅掌握了某个动机，而是掌握了大量的动机，并且是其他任何人都不具备的。其次，我们知道马卡姆被害的时候，肯森医生正好就在那儿。此外，"她继续心平气和地娓娓道来，"马卡姆被杀是通过静脉注射液体这种用药方式，而且你的委托人算不上是个药物管理员，他却得到了接近药品的好机会。因此，我们获得了他作案的动机、手段和时机，而且这些都是事实，没有丝毫的疑问。"

哈迪重复了他的那句咒语。"但没有实质性的证据，没有直接的证据，没有人看见他做了，而且没有实质性证据表明他做了。你们可以证明他也许做了，但也许他没有做过，而且我有必要严肃地提醒你们，那是合乎情理的疑问。"

"他的妻子说他承认了是自己干的，"格里斯基咆哮起来，"那就是证据！在给马卡姆的尸体进行解剖之前，还没有人知道他是被谋杀的，肯森对她说，他给他注射了饱和剂量的钾。哦，你还没有得到这个细节吧？"格里斯基轻咳了两下，清了清嗓子，"昨晚我给你打过电话。当时我想，或许我们可以谈一谈这事。也许你没有得到这个信息。"

"我告诉过你不要去跟我的委托人面谈，"哈迪把格里斯基的话顶了回去，"也许你没有得到我的信息。"哈迪努力控制着自己的情绪。这不是他希望的沟通方式。他转向亚什说："于是他的妻子，就是那个把自己的男人恨得牙痒痒的女人，说他杀死了她的情人。是这样的吗？你绝不可以就此认定他是有罪的。"

但亚什依旧保持着镇静。"加上其他的证据，我相信我会那样做的，迪斯马斯。"

"你打算帮助我们做得更好，是这样的吗？"格里斯基冷冰冰地说了一句。

"其实，我有个建议或许能起到这种作用，"哈迪说，"我不会假装肯森医生不是我关注的重点。我知道你正打算逮捕他。哼，也许你已经拿到了你想要的逮捕证。"哈迪说完这话停顿了一下，但没有一个人站出来承认他说的是事实。这就意味着或许现在还没有为时太晚。他吸了口气，心里感到踏实了一点。现在，该是聚会的时间了。"我打算做个简短的开场白。"他开口说道。

"真让人吃惊！"

哈迪把格里斯基晾在一边，直接把话头抛向杰克曼。"听着，让我们假设你把肯森送到了警局并且控告他谋杀。阿布今天也可以逮捕他。我保证，如果你把那个婆娘带到了大陪审团面前，她的陈述肯定会让你遭到起诉。无论发生哪一种情况，你都不得不给我你们掌握的东西，这是理所当然的事情。"

掌握的东西包括跟起诉有关的所有东西——实质性的证据，证物，证词，警方的报告等。辩护律师对检举方所掌握的案件情况有绝对的知情权。这是一号法案所规定的，哈迪打算提醒所有人他准备用这个或是另外一个办法去看他们掌握的全部证据，这本身就是不言而喻，自然不过的事情。

"不过你还没有逮捕他，"他继续讲道，"也没有把他带到大陪审团面前。因此，他还没有遭到指控，所以对你而言，还没有任何强制性的约束力来迫使你与我共享任何与案情有关的情况。"

"你的开场白结束了吗？"格里斯基问道。

哈迪根本没有理睬这句插话。他目光紧盯着杰克曼，一直未曾移开过。"我的建议就是咱们来做个交易，"他加快语速一口气说下去，"你真正的目标是帕纳塞斯，克拉伦斯。你清楚这一点，我也清楚，在场的每个人都清楚。你想找出帕纳塞斯的烂根并把它切除，不过你得小心不要切过头而把帕纳塞斯弄死了。如果帕纳塞斯死了，受打击最大的，是市里的那些雇员。现在，这对许许多多善良的人来说，毫无疑问将会是一个糟糕的消息，但对你来讲，克拉伦斯，可能就是一个最糟糕的政治脚本。如果你想让自己的工作更进一步，这根本没有好处。"

杰克曼的嘴动了一下，表示出些许的不快。哈迪不认为这只是在对他拍马屁，他已经击中了杰克曼的某根神经，就像他希望的那样。

"好吧。那你的委托人是怎么卷进这事的？"杰克曼问道。

"如果你只是在查找是谁杀了他们的首席执行官，帕纳塞斯就会平安无事。他们都在期待着你去做。所以他们这帮人不愿见到你的人出现在医院，而且不管他们将面临什么样的阻挠，也不会忙着去销毁他们手中的档案记录。不过一旦你逮捕了肯森，你就没有借口去医院了。"

他停了下来，以便大家好好地理解他的想法，但玛琳等不及了。"不管从哪方面说，迪兹，那都是一派胡言。大陪审团可以随时查看他们想看的任何地方，这跟你的委托人没有丝毫的关系。"

"我并不是在争论这个，玛琳。你可以逮捕肯森并且继续在帕纳塞斯展开调查，你们有一切一切的权利。"他转过头对杰克曼说道，"摆在这儿的是市医疗健康服务的提供者，已经接近于破产、摇摇欲坠了，存在着严重的现金流问题，人心涣散，而且现在它的首席执行官又死了。如果有话传出来说你在尽力让那个地方关门……"

"那不是我们的目的——"玛琳说。

哈迪摇了摇头。"这无关紧要。如果你逮捕了肯森而且继续调查的话，事情看起来就是那个样子。这就意味着事情会越闹越大，不可收拾。你们都了解这个城市。所有的事情都会被添油加醋地传得沸沸扬扬。所有的事情都是可以拿来议论的话题。大量市民失去医疗保障之后，会发生什么呢？不会是什么好事吧？"

这些都说得不错，而且可能真的就是那么回事。不过格里斯基根本不吃这一套。"难道我们避免这场潜在灾难的办法就是不逮捕你的委托人吗？"

"至少等到大陪审团能够开展工作，也就是说还得等三十天。"

"三十天！"格里斯基怒火中烧，憋红了脸叫道，"你神经错乱了吗？如果他杀了马卡姆，并且我的证据显示是他干的，他也很可能杀了他的全家。我不在乎是否能博得整个联邦政府的喝彩，那个人应该被送进监狱。"

哈迪对亚什说："这个案子正在卷进更多的人，玛琳。你逮捕他，你知道会发生什么事。帕纳塞斯会变成一堆臭不可闻的垃圾，接下来，如果肯森在审判中赢了这场官司，你们都将面临跟帕纳塞斯一样的下场。"

尽管有了这一大堆的争论，杰克曼还是没有忘记自己头脑中那根绷紧的弦。"你提起过交易的事，迪兹，你要求我们给你三十天时间……"

"还有你们掌握的情况。"哈迪补充了一句。

格里斯基伸出双手站了起来。"再给你配一个司机如何？也许还要来点按摩？"

哈迪没有理睬他这番嘲弄。

这位地区检察长面色凝重。"好吧，出于这次讨论的目的，还有你手中掌握的情况——"

"想都别想！我们绝不会这样做，克拉伦斯。在那种情况发生之前，我会在没有拿到逮捕证的情况下把他送进警察局的。"

杰克曼长长地吸了一口气，宽阔的胸膛起伏不定。他只比格里斯基高了一两英寸，重三十磅左右。平时这些体形特征都被刻意地掩饰着，而现在，它们令人惊讶地凸显了出来。他的声音就像是从巴松管里发出来的，低沉而浑厚，充满了不可置疑的权威性。"你不能那样做，上尉！"他又缓缓地吸了口气，恢复了常态，继续以一种聊天的口气说，"获得逮捕令去逮捕肯森医生之前，你还有足够的时间，阿布。不过，你就是那个把我拉进这个决策圈子的人，而且现在该由我来作决定了。我希望这一点已经够清楚了。"

格里斯基找不到任何发声的机会。他向房间里四围扫视了一圈。不能说他的眼神里充满了敌意，但至少是一种公开的不信任。杰克曼没有理会他，转头对哈迪说："三十天时间和掌握的情况，交换什么？"

"换他在陪审团面前的证词。"

一种从天而降，恍如晴天霹雳的感觉。格里斯基目瞪口呆地摇着脑袋。哈迪浪费了他们所有人的时间和努力，就拿这么一丁点东西来跟他们谈交易，他对此大为困惑，难以理解。玛琳的脸色显示出她也有相同的感觉。就连杰克曼也把两只胳膊抱在胸前，竖直了脖子把头扭向一边，不过他双眼没怎么走神，起码还在探寻着什么。

哈迪觉得这个话题还没有结束。"听着，克拉伦斯，就目前的情况来看，一旦你让肯森面对大陪审团的审判，我就要告诉他使用第五条款。如果你能让他出庭，那算你走运。这样吧，既然你把玛琳也叫过来了——"他转过头对她说，"想象一下吧，你让你的谋杀案主要嫌疑人在他的律师不在场的情况下，回答你可能要询问的任何问题。这只是起诉人一相情愿的白日梦。"

她并不为这番话所动。"这并不是我的白日梦，迪兹。你不过是争取更多的时间给他编造说辞而已，那就是他咬住不放的东西。"她看了看她的上司，说，"这没用，长官。他不会提供什么有用的东西，真的。"

"但我会的，玛琳。想想这个吧。我会提供一份帕纳塞斯内部人员的深度观察报告，这恰好是你们大家所需要的。"

"我们也能得到那些东西的，迪兹。"

"在哪儿？从谁那里得到？在那儿工作的人都会替自己或是他们的雇主掩盖真相，甚至其他医院的医生也一样。"

"这不是真的。大陪审团会保护他们的——无论他们在法庭上说什么——那正是它要做的事，迪斯马斯，因此人们可以毫无顾虑地讲出他们所知道的实情。"

"那是大陪审团按规定应该做的，对吧，玛琳？不过它并非总是那么做，有多少医生愿意切断自己薪水的来源而去帮你？不过即使你想要的只是在马卡姆这事上追究我的委托人，你完全可以得到他，只要你想这么做。没有适当的争论，没有不许可的事，没有辩方的抗议，整个就像是渔猎开放季节，你可以为所欲为。"

玛琳仍旧毫不示弱地瞪着他，没有半点让步的意思。

格里斯基此时已经走到办公室的门口并斜靠在门边上，看上去就像是一尊面色忧郁的雕像。"如果他再次杀人怎么办？"他问道，"比方说杀死他的老婆。如果她死了，情况将变得相当糟糕。你不这样认为吗？"

杰克曼插了话。"在我看来，如果他想这么做的话，他在此之前就有足够的时机去杀死他的老婆了，阿布。"

"不过现在情况不同了，有了她的那番证词，他就有了更好的理由杀她了。"

"那么我们保护她，"杰克曼说，"或者转移她，或者两种办法都用。而且在我看来，迪斯马斯说得对。如果肯森知道他只是我们一起谋杀案的主要嫌疑人，单出于自保的原因，他也不会再惹是生非了。"

哈迪知道，看这样子杰克曼外行的一面又表露出来了。谋杀犯很少按常理行事。不过，他暗自发笑，想到这就是政治造成的结果——无经验的外行统治着内行，掌握着权力。他应该自己蒙骗自己，装作不知道就行了，如果这样能让他的委托人免受牢狱之灾的话。

杰克曼再次把脸转向格里斯基。

"玛琳和我，在迪斯马斯到这儿之前正在讨论这些问题，阿布。我们一致认为，一旦我们针对马卡姆事件采取逮捕行动，那在帕纳塞斯的调查工作的性质就会发生变化。而且我们之前一直在努力试图策略地处理这个问题。现在我看来，迪兹的解决办法或许有可取之处。"

格里斯基嘴唇上的疤痕绷得紧紧的，看起来就像是一段粗粗的绳索垂挂在嘴边。"那人是个谋杀犯，克拉伦斯。"

杰克曼并不打算反驳这话。除了保持理智和镇静，捺着性子点了点头外，他没有对格里斯基做出针锋相对的回应。"他或许是，这是当然的。不过正如我们在这儿说过的，我实在不认为他是个危险的人物。目前，我不打算关闭重新审视那个评估意见的大门。每天都会那样做的，如果有必要的话。不过，与此同时——"他转向哈迪接着说道，"我准备接受你关于帕纳塞斯的看法。我不想让他们受到惊动而四散逃窜，我不——"

这番委曲求全、一味退让的讲话被"砰"的一声门响打断了，格里斯基头也不回地愤然摔门，扬长而去。

除了争取到委托人的自由和起诉方手中掌握的情况之外，哈迪原本就已经打算向地区检察长提出另外一个要求。这通常应当是由杰克曼提出来，并且征求他的许可，哈迪有可能会在他这场小小的文字游戏中取胜，事实上就跟他中间名字的字面意思一样，赢的把握很大。但格里斯基的突然离开给那些留在那儿的人在心理上投下了不祥的阴影，而且他认定，如果此时再去要求得到更多东西，就是在强人所难、咄咄逼人了。

不过另一件正事仍在他脑子里挥之不去，而且他越想越觉得无须先征求杰克曼的许可。他需要一个答复，并且现在就要得到。他的委托人仍然陷在很大的麻烦之中，而且他真的不愿意看见别人在约翰·斯特劳特身上抢占先机。如果在哈迪的要求下，这位法医发现了任何东西，他都会把情况报告给格里斯基和杰克曼的。

哈迪没有隐瞒任何东西——他的动机或是他的行动。或者他自己是这样认为的。

他走出大厅的后门来到外面的封闭式走廊上，从这儿往左通向监狱，朝右是陈尸房。空气中隐约有股淡淡的海水的咸味，不过他同时也嗅到了大楼拐角处一个大型商业市场传过来的阵阵花香。此时，他心情好极了，感觉就像这一天他做了不少事，很有成就感。处理完和斯特劳特的事情后，他提醒自己要记得给妻子——甚至包括女儿——买束鲜花。现在是星期五的傍晚，隐约让人觉得是漫长而又令人浮想联翩的，如果他们好好安排一下，也许他和家人能一起度过一些美好的时光。

到了陈尸房哈迪才知道，斯特劳特这会儿正在冷储室解剖尸体，不过接待员告诉哈迪，斯特劳特要不了多久就会结束了。他愿意等一会儿吗？他告诉她他愿意等。

法医的办公室就在陈尸房的对面，真可以称得上是一个酷刑刑具的博物馆，是个值得一去的有趣地方。房间是开放的，没有出于安全的原因而戒备森严。在这儿，斯特劳特搜集的所有稀奇古怪的东西都敞开展览供人鉴赏和把玩，如果你有足够的胆量，还可以亲自试验一下。要是他的助手中有谁心怀不满，哈迪认为，他在这儿就能干出惊天动地的大事来——用弹簧折叠刀或者长猎刀捅几个人，用手榴弹炸掉几个，再用从军械库里拿出来的大量的自动武器射杀剩下的人。

哈迪坐在西班牙绞刑具的横木坐板上，上面铺垫着红色的丝质方巾，思忖着他在楼上所取得的胜利，并考虑着下一步行动要运用的智慧以及胜算。重要的是，他再次暗暗提醒自己，让他的委托人避免入狱。他很清楚，格里斯基不断地催逼，玛琳操控着大陪审团，而肯森会时不时地突然做出一些难以应付的举动，在这种局面下，杰克曼承诺给他的三十天，会像晨雾蒸发一般转瞬即逝。哈迪必须想办法弄到更多的资料，尽管他准备提出的意见很有可能对他的委托人不利。

他意识到案子已经陷入了一个赌博式的局面，而且这种感觉让他心里很不舒服。但他已经别无选择，只能孤注一掷了。他委托人脖子上的绞索正在不断地收紧。他的经验和胆识告诉自己这种冒险是值得的，不过要是他错了……

"如果你愿意的话，我可以把那块手帕绕在你的喉咙上，再把它拉紧一点。我是说，它对激起人的性欲非常有效。"斯特劳特指的是那个西班牙绞刑具，它往往能在绞刑及其他形式的勒杀过程中，刺激起来兴奋度更强的性高潮。"似乎过去这些年来发生的狂暴行为，都不值得去动用这个家伙。不过或许我的看法错了，不少的家伙好像都想要试试它。不说那么多了，你怎么样？"

在斯特劳特的东拉西扯中，这两个男人说了几分钟的客套话。等他走到自己办公桌后面时，哈迪也把身子移到了另一把椅子里，他们转到了正题上。

哈迪说明自己的来意后，斯特劳特挠了挠脖子。"让我直说了吧，"

他最后说道，"你作为一个普通老百姓到这儿来，要求我去解剖一个与马卡姆先生同一天死亡的波托拉医院的病人吗？"

"要是你还没有这样做过的话，我建议你去做一下。"

"那具尸体是谁？"

"詹姆斯·莱科特。"

斯特劳特摇了摇头。"不，我没有给它做过尸检。不过他们在医院会按规定自动做一个尸检。你知道这回事吗？"

"难道他们从来都没有漏过吗？"

这是个不错的问题，斯特劳特轻轻地挥了挥手对此表示认可。"死亡时间离马卡姆的死有多近？"

"实际上就相差几分钟。"

"如果我解剖了尸体，准确地说要我查什么？"

"这个我不清楚。"

斯特劳特取下他那副角质镜架的眼镜，吹了吹镜片，然后又把它架回到鼻梁上。这位法医有一张表情丰富、肌肉伸缩自如的脸，而且这张脸看上去似乎可以在同时向好几个方向伸展。"也许我不清楚你指的是什么，要是正如你所说，格里斯基认为你的委托人杀了马卡姆先生，那么解剖另一具尸体，结果发现它也是在同一天因为被过量注射了钾而死亡，这对你的委托人又会有什么帮助呢？"

"没什么帮助，"哈迪赞同他的说法，"我希望它不是钾过量中毒。"他真正期望的，其实是詹姆斯·莱科特是第十二例不明原因的死亡。虽然这不会洗脱肯森受到的指控，但是或许可以减轻肯森对马卡姆之死一事所承担的责任。"总之，"他继续说，"如果我们弄清楚莱科特的死因，也算一件好事，对吧？"

"弄清死因总归是好事，"斯特劳特表示同意，他想了一会儿又说，"那我为什么要再次下令进行此次解剖呢，总得有个理由吧？"

哈迪幽默地耸了耸肩。"你认定莱科特的死是起可疑的死亡，在他死亡的几分钟之内，在同一家医院的同一间病房里发生了另一起杀人案。"

法医的头像鸡啄米似的上下来回捣了一两次。他顺手从办公桌上抓过那只他当镇纸用的手榴弹，把它放在自己的记事簿上，小心地旋转了几次，像玩陀螺似的。哈迪眼睛一眨不眨地看着手榴弹上那个要命的圆形拉火环，尽力让自己不去想如果那个拉火环被失手误拉了出来会发生什么情况。

终于，斯特劳特把手放在了手榴弹上，让它停了下来。他的眼睛向上翻着，透过镜框的上沿犀利地盯着哈迪。"你漏掉了什么没说吧？"他问。

"不是故意的，真的。"

"如果我做这次解剖——提醒你一下，我还没有做出承诺——那么我想知道你到底在找什么，而且为什么要这样做。"

哈迪伸出双手，做出一副全盘托出的样子。"我想这里有某种小小的，却是实实在在存在的可能，那就是詹姆斯·莱科特是发生在波托拉医院的一系列杀人案的最后一例。"此话一出，斯特劳特不由得坐直了身子，哈迪继续谈着他的想法，"因此，莱科特的死或许是，或许不是自然死亡，而且或许与马卡姆的死有关，也或许无关，"他说出了自己的结论，"但有一点是可以肯定的，如果莱科特是被谋杀的，并且死于跟马卡姆不同的药物，那么在波托拉医院就有更多此类死亡案例发生，而不仅仅是我们所看到的浮出水面的那个数字。"

"不过我再说一次，这不会对你委托人有太大的帮助。"

"或许没有，约翰，但我需要找到还存在其他谋杀案的某种证据，我就有理由证明我的委托人没有卷入其中。不要告诉我——我知道那并不能证明他没有杀马卡姆。起码它是一个切入点，而且我需要某些东西。"

斯特劳特把说的这些情况细细地考虑了一下。"你得到了莱科特家人的许可了吗？"他问，"葬礼计划安排在什么时候？"

"没有，而且我也不知道是在什么时候。如果你下令进行尸体解剖，我们将不需他家人……"下面的话还没有说出口他就停了下来，"什么？"

215

"我相信我前面说过已经有过一次尸检了。他们得到了一个认可的死亡原因，如果我再提出我想检查一下尸体，那会让医院和他的家人都不高兴的。尤其是如果葬礼在明天，或者今天早晨，我们就得去把他从坟墓里挖出来。"不过这个主意显然已经引起了斯特劳特的兴趣。如果有人成功地在旧金山的医院里实施了多起杀人案而逃脱了惩罚，仍逍遥法外的话，去弄清楚这事就是他分内的职责了。"我要说的是，当然了，如果有一个充分的理由，我们便无须任何人的许可就能这么干，但我不能确定自己能否找到一个这样的理由。不过无论如何我们都要做这件事，要是我们好言好语地去征求他家人的意见，并得到了他们的同意，那样就更没有什么问题了。"

"我会跟他们谈的。"哈迪说。

"那么我会跟你来个君子协定，迪兹。如果这事不让任何人感到不快的话，我们就去做。但如果他的家人对此断然拒绝的话，你就必须去法庭说服法官来签署一纸验尸命令，否则我是不打算单独去做这事的。"

哈迪认为斯特劳特的这个意见跟他想要得到的回答是不谋而合的。他丝毫没有犹豫。"就这么说定了，"他说，"你会为你所做的这件事感到高兴的，约翰。十有八九你会有所收获。"

斯特劳特的表情变得狡黠起来。"十有八九，啊？你出多少钱打赌？"

哈迪想了想。"我会出一个筹码。"

"一百美元吗？你输了，你就会欠我一千美元？"

"没错，就是这么回事。"

"你决定了。"斯特劳特一边说着一边伸出他的手。哈迪在最后一刻迟疑了一下，还是握住了斯特劳特伸出的手，接受了这次打赌。

18

现在是星期五下午，正是做这件事的最佳时间。

乔安妮用她那听起来让人愉快的、职业化的语调宣告了他的约见安排。她当然知道这次约见是怎么回事，因为她已经把那份解聘书打印出来了，不过她是不会泄露半个字的。而且就在此时，办公室里的那张小型会议桌前还坐着帕纳塞斯的人力资源主任科斯坦萨·纽——名字简称为科兹的。按常规，在作出关于人事方面的调整安排决定时，科兹是必须在场的。马拉奇·罗斯在德里斯科尔进他办公室的时候，坐在办公桌后并没有起身。

"布伦丹，"他连装出客套式的笑脸都嫌麻烦，面无表情地说，"坐下吧。"

德里斯科尔四十岁上下，很注重穿着打扮和外表修饰，留着细心修剪过的胡须，显示出一种惹人注目的吸引力，左右脸看上去有一点不对称的感觉。再配上他那健硕的体格和浅灰色发梢上间或染有的金色，让人觉得他可能是个小有名气的演员，在白天播出的某部肥皂剧里出演一个年轻而有点邪恶的首席执行官。从他的举止神态来看，没有人会猜得到他仅仅只是个秘书或者——就像马卡姆一直称呼他的那样——一个行政助手。今天，他系了一条色彩低调的绿色领带，身穿一套黄色细条纹的西服。他刚到罗斯办公室的门口，就看到了科兹也在那儿，马上就明白将要发生什么事了。

他并没有在罗斯指的那把椅子上落座，相反，他只是走到那把椅子的后面，把手扶在它的后背上。"我希望在我们谈这事之前，我能够有机会去把蒂姆的文件整理好，"他说，"不过我当然明白是怎么回事。但我会尽我所能，在两个星期内把这事办完的。"

罗斯脸上现出了极其失望的神情。"我认为那没必要，布伦丹。我已经决定了，并且董事会也已经同意了，今天过后，你就不需要待在这儿了。"他拿起身前办公桌上早已准备好的一个厚厚的信封，说道，"按道理，我们应该提前两个星期向你下达离职通知，但……所以，作为补偿，我们开了这张支票。此外，我认为，你会明白这是一种非常合情合理的了断方式。考虑到你在公司任职时间较长，还有马卡姆先生对你所提供的服务的高度认可，董事会已经批准给你发放七个月的全额薪水和五个月的半额薪水，当然还有你全部应得的养老金，以及我本人和其他几位董事会成员给你写的推荐信。你有权利将自己的名字继续保留在雇员健康计划名单中。"

德里斯科尔一动不动地站在原地，脸上的表情显示出他内心所产生的那种复杂感情，一时间百般滋味都涌上心头，搅和在了一起。最终，他点了点头并忍气吞声地接受了这一既成事实。"谢谢你，医生，你真是太慷慨了。我想你要收回我的办公室钥匙和停车通行证，还有诸如此类的东西。"

在说这些话的同时，他已经掏出了自己的小皮夹，然后又把手伸进口袋掏出别的东西。把所有需要交回的东西都摆到罗斯的办公桌上后，他又笔挺地在桌前站了一会儿。最后，他清了清自己的嗓子，说："他的日程计划安排表大都放在我办公桌上的电脑里了，不过在我右上方的抽屉里还有一张没有用完的复写光盘。我还没有腾出空来通知到他所有的预约安排，还有一些没有发出去的回函，而且我认为是好几个内部备忘录。如果你愿意派个人跟我回办公室，我会乐意把它们打印出来……"

罗斯给科兹递了个眼色，示意该她说话了。"没有这个必要，布伦丹。接下来的几星期我们会整理好一切的。正规的程序是，结束这次会谈后，我们会派人护送你走出这座大楼。"她极力让自己的笑容显得温暖点，但骨子里不由让人感到一种隐隐透出来的瘆人的寒气。"我们知道这样做可能是有些多虑了，不过我相信你会理解这不是针对你个人的。有些人……"她说了一半就停住了，之后做出一副无奈的样子摇了摇头又继续说，"你办公桌边上柜子里的东西，包括你的运动衫和其他一些私人物品，都已经打好包了，就放在外面。保安人员会帮你拿的。"

德里斯科尔积压在心底的某种东西终于忍耐不住迸发了出来。他转过头去对罗斯说："你打算如何处置马卡姆先生的个人文件？他留下了专门的指示，我应该……算了吧，我应当做的是如果……"

"我们会留意这些的，"罗斯用安抚的口吻说，"不用你担心。你也知道，马卡姆先生为应对像这次这样的悲剧事件，给董事会留下了他的计划和详细的指示。"罗斯从椅子里半抬起身并敷衍似的笑道，"我不打算为你的忠诚和谨慎再次道谢。现在，需要感谢的是你的合作。"

这是逐客令，而且在罗斯发出的不动声色的授意下，科兹已经从她的座位上站了起来，一边向桌子走过来一边说出了一串空洞乏味的话，引领着已经被搞得心神不安的德里斯科尔向门口退去。"从今天起，你将开始自己的美好生活，这一点我必须说明。看看窗外的蓝天吧，我记不起上次看到如此明净的天空是什么时候了，不过这让我想到了暴风雨前的那几天。"

解雇布伦丹·德里斯科尔这只狐假虎威的小老鼠，这是自马卡姆死去之后，罗斯生活中的第一缕让人感到暖意的微弱阳光。不等科兹离开办公室，他就按捺不住心中的兴奋从办公桌后起身，快步来到饮料吧跟前，从他存放在冰柜里的斯盖伊酒瓶里给自己倒了一小杯冷藏过的伏特加。

在他办公室的接待区里，德里斯科尔那场令人揪心的离去场景，也就持续了十分钟，而此刻他已经在悠然自得地品尝着自己的杯中物了。乔安妮用对讲系统呼叫他，告诉他事情都办妥了，德里斯科尔已经出了大楼。

罗斯大步走出自己的办公室，和乔安妮开了个蹩脚的玩笑，转身向右来到了铺着地毯的走廊。左首边的落地玻璃墙让他觉得自己此刻正在云中漫步，无比惬意——波光粼粼的海湾就在脚下，海湾大桥上车辆拥挤，一派繁忙喧嚣的景象，似乎近得触手可及。此刻坐在马卡姆办公室接待区外那张德里斯科尔用过的办公桌前，罗斯的内心正体验着一种心潮起伏的感受，奇怪而又短暂，稍纵即逝。他意识到，几星期之后，乔安妮就会坐在这儿，而他就会搬进他身后的那间又大又气派的套房。这好比就是他整个成年时期一直往上爬的，想要到达的那根滑溜溜的杆子的顶端，而他就要做到了。

他所做过的努力都是为了有朝一日能够到达这儿。这一点没有任何问题——正如董事会已经肯定的那样——他是接管这项工作最合适的人选。现在，马卡姆事无巨细，凡事都要过问和没有必要的矫揉造作的时代已经成为过去，他相信自己在数月之内就会让集团的商业状况翻过身来，不过前提是他要能让公司撑到那个时候。

他想这是完全可以做到的。对此，他已经有了主意。给市里送去它应该为以前门诊病人联合付款的总额达一千三百万美元的账单，便是其中之一，尽管这只是权宜之计。短期来看，他的计划会阻止市里的失血并让帕纳塞斯的财务状况恢复健康。

等待着电脑开机画面出来的同时，他逐个儿拉开德里斯科尔办公桌的抽屉看了看并满意地点了点头。他们干得不错，把每个抽屉都清理得很干净。他满心期待着去找到那些重要的档案，它们存放在那道上了锁的门后面的马卡姆办公室里。罗斯打算周末去那儿仔细地查阅。

但此时，他还有一小时就要下班了，从下班到他的晚餐预约时间还有一小时，他想利用这段时间看看德里斯科尔的电脑上有没有存放什么不堪的东西。

很久以前，也就是在集团的现金流成为一个严重的问题之前，罗斯就购置了一套电脑管理技术系统，到现在他还认为这是他最精明的投资之一。他订购的这套定制的商业系统程序允许某些特定的用户无限制地进入所有的档案资料，比如像科兹和他自己这样的有"操作员特权"的人，所以，罗斯的人力资源部门就可以很方便地给发生的每一件事打上标记。系统的安全程序可以每小时计算一次电脑使用者敲击键盘的确切次数，这样，管理者就能知道那些秘书在工作期间是否尽心尽力，有没有在磨洋工偷懒。同样，如果一个员工在公司工作期间在因特网上花费了太多的时间，或是写电影剧本、写情书什么的，科兹在一星期结束的时候就会知道这些情况。随后她会和罗斯一道查看这些报告，一起作出将对谁进行处罚的决定，理由当然是受处罚的人触犯了某项规定。罗斯相信，这是一件干得很漂亮的事情——用法规惩处管治一切行为，这样他们就能随心所欲地根据个人好恶，有选择地针对某人实施整治了。

只有布伦丹·德里斯科尔，他也许是公司里最蔑视这一做法的人，曾一度成功阻碍了这套系统的全面施行。他在自己的电脑上写情书、短篇故事，还有诗歌，在互联网上访问色情网站。马卡姆出差时，他有时会在电话上跟他的朋友们聊上半天（当然这些电话记录也被记入了电脑系统）。不过马卡姆是不会让他走人的，德里斯科尔逃脱了所有的惩罚。

罗斯此时就坐在德里斯科尔的电脑前。他为自己的个人文件设置了密码，但罗斯有他自己的"操作员特权"密码，轻易就破解了德里斯科尔的密码。他输入自己名字的首字母作为用户名，并输入了密码，电脑屏幕上就出现了下一步的操作提示，罗斯的脸上不由自主地浮现出了一丝僵硬的笑容。

* * *

文华东方酒店是旧金山王冠上镶嵌的一颗宝石，它那不事张扬的外观显示出一种内敛含蓄的高贵气质。罗斯对它情有独钟，而且它距离他的办公室很近，轻轻松松走一会儿就能到，况且在这样一个荣耀的夜晚，悠闲地散步也比平常显得更加惬意。刚刚度过了那些让人疲惫的日子——不仅仅是马卡姆的死亡带来的浪潮冲击，还有"城市对话"栏目猛烈炮击而袭来枪林弹雨——他要竭尽所能地让自己享受享受，不管是在哪儿，只要他能够让自己得到放松。

　　一直以来，在帕纳塞斯总有一些让人感到欣慰的内幕——在德里斯科尔的电脑里存有如此多的关于埃里克·肯森的信息，大大超过了他的预料。关于他妻子；安的信件；肯森的那封看起来像是一种情绪激动的勒索信以及马卡姆的回应——肯森用它来保住自己的工作；文件的备忘录；现金付讫的凭证；个人的谴责；最后通牒的手段……五花八门，应有尽有，真是让人不可思议！他把所有的东西都打印了出来，告诉乔安妮通过信使把它送到地区检察长那儿去。

　　他还打印出了一些其他文件，把它们都装进自己的公文包里，随后就把这些文件从电脑中删除掉了。

　　南希和姑娘们都上塔霍湖度周末去了。他告诉过她，她应该让他们的私人飞行员开飞机把她们送过去，但他不会去。就像一个星期以来他都赶着钟点忙个不停那样，他的日程安排完全有可能会继续排满整个周末，而且将来也可能这么忙。

　　他是在星期三晚上跟她说的这件事。当时他们正在卧室里为外出用晚餐作准备。卧室通向走廊的门是开着的，他们可以听到在门外走廊上与保姆贝蒂玩耍着的姑娘们发出来的嬉闹声。南希向他撅了撅嘴。她会非常想念他的，尤其是在那方面。瞄了一眼那扇开着的门，姑娘们的声音大概也就在二十英尺之外，她拉开她裙子上的拉链，裙子掉到了地板上，她从里面跨了出来，背朝向他弯下腰来，并把肘部支在他们床头的意大利古董写字台上。然后她扭过头，目光越过自己肩膀看着罗斯并以她一贯的方式对他笑着，向他发出了"我挑战你，我们兴许还有两分钟"的信号。同时，嘴里还急切地低语道："如果你能给我点东西让我一直能回想着你就在我身边的话，那会让我的这次游玩更加愉快。"

"晚上好，罗斯医生，欢迎你再次光临丝绸餐厅。你看上去正在享受一段极其愉快的记忆。"

他从自己的冥想中回过神来，敷衍地笑了笑。"你好，维克多，很高兴再次见到你。"

"这边走，"这位侍应生就像背台词似的招呼道，"你的客人到这儿已经有几分钟了。"

他的客人是罗恩·麦德拉斯，四十五岁左右，集多个响亮的名号于一身，运动员，巴尔森公司的高级副总裁。这家公司大约在八年前还一直是个名不见经传的小型制药企业，但随后就成长为一家充满生存竞争能力的企业，主要生产一些普通药物，多数都是阿司匹林、扑热息痛片、治疗婴幼儿风寒感冒之类的配方药及消炎药等。它的成长时期赶上了日进斗金的利润狂潮，而且它的股票价格呈爆炸式的疯涨，势头超过了众所周知的硅谷的成长速度。麦德拉斯和巴尔森公司的其他几个志趣相投的决策者认定，在观光山或是基尔罗伊拥有三居室的家好是好，不过总体而言，在亚瑟顿或是罗队尔多斯山拥有六居室的别墅更好一点。

巴尔森公司知道，生产同等效用或者是接近同等效用的普通药品是件容易做到的事情，默克、布里斯托尔-迈尔斯·斯奎布、辉瑞制药等公司就通过生产这些东西挣到了数以十亿计的美元。但这种方式所缺乏的是，没有向大客户——医院和健康维护组织——进行积极的推销。相反，它在大批量销售上退而求其次，只是在连锁药店这一层面发挥作用。这种状况将会发生改变。

今天晚上，麦德拉斯就是应一个特别的销售邀约而来的。罗斯还说不上是他最大的客户，不过他仍然是他的客户群中一个重要的成员。这是因为，任何一种新药面市时，通常都会面对一种被市场排斥的局面，而他们的新药一投入生产罗斯就把它列入帕纳塞斯的用药目录中。这通常都会有一个滚雪球效应。旧金山并不是个大市场，不过它有很高的隐蔽性，这就为巴尔森公司实现自己的目标提供了足够的施展手脚的空间。当麦德拉斯到那些规模为帕纳塞斯的十倍、二十倍的公司去时，他就能够对他们说："这种药品的效果相当不错，旧金山主要的健康医疗提供商已经把它列入它的用药目录之中。"而且，不用强求或是费尽口舌就能让他们放心，别的医疗主管都会买的。

　　在餐前小饮几杯的这十到十五分钟的时间里，他们都各自表达了对失去蒂姆·马卡姆的遗憾与同情之情，回忆起了与他共度的美好时光，赞扬了一番他的洞察力、领导能力及人格。但在这样一种环境和氛围中，再加上一堆开胃小吃，面前摆放的一碟美味的正菜，还有西半球最好的生鱼片，这种忧郁的情绪很难持续太久。待到旁边的上酒服务生为麦德拉斯从一九八九年酿制的拉图尔葡萄酒酒瓶里倒上一小口醇香的酒后——这酒是他们点来佐餐亚洲羊排的——谈话内容就转移到了一些更令人愉快的话题上了。他们谈论高尔夫，新玩具（麦德拉斯刚在萨拉托加租了架新飞机），投资窍门和机遇等，时间又消磨了一小时。

　　罗斯已经习惯了意大利榛子酒中的榛子味，当麦德拉斯终于找到时机把话题转到他们俩到这儿要谈的事情上时，他正就着咖啡品尝他的第二口榛子酒。巴尔森公司去年就在研发一种新药，到目前为止也还是最高机密，一直在等待着食品与药物管理局的批准，而且麦德拉斯有很充分的理由认为，下个月就会有好消息传来。公司已经掌握了一种新的生产程序，能够让他们将生产胰岛素的成本降为现行成本的百分之十五。

　　罗斯放下了手中的窄口酒杯。"你是说用百分之五就取代原来的百分之二十吗？"

　　麦德拉斯点了点头，眼里燃起了贪婪的亮光。"而且我们会把节省下来的部分单独直接转给你。"

　　罗斯在脑子里飞快地计算了一下。"一针的剂量就一美元？联合支付系统会自行承担这笔费用。这会将所有的项目从明账变为黑账。"

"是的，我们相信是这样的。尽管如此，当然了，还有一些问题需要谈谈。"

"一直都是有些问题的。"不过罗斯明白，如果像帕纳塞斯这样一家公司都上了这艘船，这些问题的严重性就会有所减轻。打个比方，那些可能出现的不多见的副作用的投诉，不一定会被上传到政府那儿。同时，如果那种新的胰岛素被列入他的用药目录，那它转眼之间就能获得信任。

"我想让你了解这一点，"麦德拉斯继续说，"因为在接下来的几星期里，销售人员将去拜访你的医药人员。我们希望从你们那儿拿出足够的临床试验病例，包括充分的历史记录，以便我们把它推向市场进行实际销售时，人们会觉得那个药不错，医生和病人也都这样认为。这的确是个让人难以置信的突破，马拉奇，它能够真正起到至关重要的作用。"

罗斯相信他说的是实话，虽然他无须去鉴别它的真伪。食品和药物管理局会确定这一点的。而且不管它最终是否被判为无效，罗斯都不认为他的工作就是替食品和药物管理局当监察员，为它管理的东西把关和放行。

他有他自己的任务，就是用例子和理由去证明好药和利润之间存在着不可调和的矛盾。他和那些对此有一致看法的医疗主管与巴尔森公司，以及别的类似的公司所建立的这种关系，有助于把普遍健康医疗这一计划付诸实现。较低成本的胰岛素只不过是数百种新药中的一个例子而已。如果需要的话，有人会把它塞进人们的喉咙里。这确实没有其他的办法，而且道理非常简单，这样的事绝不是免费的午餐。

一旦食品和药物管理局批准生产，他的新产品就会出现在帕纳塞斯的用药目录上。这件事达成协议之后，麦德拉斯埋了单，喝完了自己杯中的咖啡，向罗斯道过别就走了。他走后，罗斯坐在桌边喝完了他的榛子酒。现在，房间里进来了四个衣着入时的妙龄女郎供他选择。随着姑娘们的到来，房子里的色调和氛围也变得鲜活了起来。他向后靠在椅背上，利用最后一刻享受着权力给他带来的额外收获。随后他伸出蜷着的右脚，侧身捡起了麦德拉斯留给他的那只瘪瘪的皮质公文包。他把身子下的椅子向后推了推，以便挪出足够的空间让他能够把放在大腿上的公文包打开。包里放着三捆包扎得好好的百元钞票，一张信用卡和这家酒店豪华套房的钥匙，还有一张信头印有巴尔森公司字样的信笺纸，上面留有麦德拉斯写的房间号码。

五分钟之后，在城市上空四十二层楼高的地方，罗斯出了电梯，走在连接文华东方酒店的双塔形楼宇的封闭式玻璃通道上，在这期间，他的手从未离开过那只公文包。此时，天色已经完全暗了下来，城市的灯火在离他身下很远的地方闪烁着。他每次都会在这儿停下脚步，享受那种让人眩晕的感觉，那种浮游在一切之上的凌空的感觉。

他来到他的房门前，把房卡插了进去，敲了敲，接着就推开了门。

"是罗斯先生吗？"像音乐一样优美的声音飘了过来，让人感觉说话的人很有教养，而且嘴唇像蜜糖一样甜美。一位年轻漂亮的日本女郎一丝不挂地从角落旁的卧室里走了出来。罗斯的眼睛一下子就粘在了她右胸脯一个匕首状的文身上。它笔直地竖在她的胸上，刀尖正好收于她的乳头处，而且乳头上穿着一只小小的金环。"你好，"她说道，同时还恭敬地弯腰鞠了个躬，"我叫久美子。来吧，让我帮你脱掉衣服。"

19

天气又出现了反常，夜晚变得温暖起来。

布拉科和菲斯克把车停在了格里斯基家门口外面的大街上。布拉科坐在方向盘后面，身旁的车窗摇了下来，一条胳膊肘搁在放下的窗玻璃上。他嘴里咬着一根牙签，那还是他们在克莱门特大街从一家三明治店的柜台上拿的。

菲斯克也摇下了座位旁的车窗，显得有些坐立不安。他啧啧有声地喝完了最后一口饮料。"他不会来了。这根本就是傻等。"

布拉科转过头来对他说："你没必要继续待在这儿。我会跟他说你还有别的地方要去。你可以把车开走，我自己想办法回家。你是有家室的人了，哈伦。他也是这样的，他会理解的。"

"今天早上他似乎还不能理解这个问题。"

这倒是。格里斯基曾来到哈伦的办公桌前，大声地说如果哈伦不想在凶杀案组待下去的话，会立即把他调到别的警局。"凶杀案组的探员不是一上任就能有自己的一席之地，就能站稳脚跟的。菲斯克探员你明白吗？"

然而等到现在，菲斯克觉得时间也不早了，已经九点了。"他就没有指望我们来，达雷尔，我不在乎他跟你说了些什么。他早就下班了，溜得无影无踪，而且现在还在外边过夜，或许是度周末吧。"

"那就走吧。"达雷尔从点火开关上取下车钥匙，把它扔到了自己搭档的两条大腿之间。"不过我要留在这儿。"

菲斯克伸手在车门外拍了一巴掌。"我不能单独走，这是我的意见。如果我们一起走，那没问题，我们可以说我们已经尽力了。不过要是我自己走了你还在这儿……"

布拉科的澎泉饮料还剩了不少，他把吸管放进嘴里吸了起来，一边吞咽着嘴里的饮料一边说："他说我要每天都向他汇报行动情况。"

"是吗？算了吧，如果你还没有注意到这一点，那么我提醒你一下，他根本就不在这儿。当我们跟他细谈情况时他不会在意这些琐碎小事的。他就不希望你跟在他屁股后面向他报告什么情况。他显然是把我们这码子事忘到九霄云外了。"

布拉科耸了耸肩膀，不置可否地说："也许吧。"

菲斯克继续不依不饶，骂骂咧咧地说："要是他死了呢，接下来会是怎样？你会跪在他的墓前向他汇报吗？总会有一些例外，这你是知道的。"

"这是第一天，哈伦。你不要在第一天就为你要做的事情找什么例外和借口，不然以后你就养成习惯了。"他抬起头从车的后视镜里看到了有车灯的光拐进了他们这条街道。"有人来了。"

菲斯克扭过身子紧盯着街道。"不是他。"

"我出五美元赌是他。"

"我跟你赌了。"

格里斯基认为是杰克曼和亚什剥夺了他的拘捕特权，而且哈迪一直用他那诡计多端的律师把戏不停地嘲弄他，这一切都让格里斯基大为恼火。今天一天，他一点工作的心思也没有。让他们都见鬼去吧！

回到家后，他下定决心周末要给自己彻底地放个假。他把自己的呼叫器和手机都塞进了床旁的梳妆台里，然后看到奥雷尔留的便条，提醒他说自己和拉尼两人放学后都直接出去了，要在夏天到来之前抓住最后一次机会和他们的滑雪俱乐部同伴去玩个痛快。如此一来，孩子们周末也不在家，他可以真正地放假了。

特雷娅回到家时，他问她是否打算跟他到城里去放松放松。没等他问第二遍，她就欣然答应了。他们去了巴尔博亚街上一家摩洛哥人开的餐厅，坐在地板上用手抓着东西吃，配着又香又热的茶水把所有的东西咽进肚里。服务员从齐腰高的地方把茶倒进放在地板上的茶杯里，但没有溅出一滴茶水来。真是个不错的表演。

夜晚的时光是如此美好，他们沉醉其中，决定散步到海滩上继续享受这美妙的夜色。从海滩往回走的路上，他们身体紧挨着，髋部的相互摩擦引发了某种情愫，所以他们决定赶紧回家。

就在离他们四个车道远的路边，路灯洋洋洒洒地发着光。这场景让他们俩认为这真是他们的幸运之夜，星星朝他们眨着眼睛，给他们提供了一种不受打扰的宁静氛围。格里斯基的胳膊搂着特雷娅的肩膀，而特雷娅的胳膊环绕在他的腰上。

"现在闭上眼睛不要看。"特雷娅说道。两个男人正从车里出来并向他们走了过来。她小声地说："但愿他们是两个想打劫我们的不知好歹的小无赖。我们能够很快地收拾他们并且全身而退。"

"他们是小混混，没错。"格里斯基压低声音说道，随后，又提高了声调，"先生们，晚上出来散散步吗？"

"你说过要每天汇报情况的，长官。"布拉科解释道。

"如果这会儿时间不合适的话……"菲斯克进一步解释说他也认为这个时候不合时宜。

"不，这会儿正好，哈伦。"

"正是时候。"特雷娅附和道，向菲斯克点了点头，"真是再好不过的时间了。"

格里斯基听出了她的话外音，拍了拍她的手臂以示抚慰。"我认为你们两个还没有见过我的妻子。这是特雷娅。探员菲斯克和布拉科。"

"幸会，"她用听起来还过得去的法语口音说道，脸上浮出的笑容可能显示出了她的诚恳，"你们两个人的名字我听说过很多次了。"

一方面，格里斯基对达雷尔·布拉科照他说的话一字不差地去落实多少感到满意；但另一方面，他不愿意他的手下养成随便到他家里来的习惯。不过现在事已至此，也不好再说什么了。此刻，他和妻子的这个浪漫之夜只好以她挽着他的胳膊坐在沙发上这种形式继续下去了。布拉科和菲斯克坐的椅子，还是他们从那间小小的厨房里搬过来的。

"是关于帕纳塞斯的事吗？"她轻柔地问道，"有人介意我留在这儿吗？"

没有人对此提出异议。

布拉科拿出他那本小记事簿放在自己面前的茶几上，照惯例逐项说着他的记录。"我们从医院开始说起。第一件事，你知道星期二早上肯森上班迟到了吗？他晚去了一小时。"

"不知道，"格里斯基说，"我对肯森当天的活动情况一无所知。就算他那天迟到了，为什么你认为这件事值得一提呢？"

"那部肇事车，"菲斯克接过话，"事故发生时他在哪儿？"

"是事发的第一现场吗？"格里斯基问，"马卡姆的那桩事故？"

"你仍然认为那是谋杀的一个环节吗？"特雷娅问道，"我曾以为一旦他们发现了他的死亡是钾过量所致，你就会完全抛弃这种想法。"

实际上，格里斯基从一开始就排除了这种可能，而且现在他还是这样认为的。不过他意识到这些家伙的认识存在偏差，而且他不想打击他们重新焕发出来的工作激情。"在这一点上，我们对所有的推测都持一种不预先设限的开放态度。"他嘴里说着这话，同时用他们夫妻之间交流的暗语，无声地告诉妻子了自己对此事的真实看法。他转向探员们说："那么你问过肯森他到什么地方去了吗？"

"没有，长官，"布拉科答复道，"我们没再跟他谈过，不过昨晚你询问他时他对此事绝口未提。看来他好像把这事给忘了。"

"他跟人说那天早上他的车出了故障。"

又提到了车。格里斯基态度暧昧地点了点头，但心里认定他们只能在这棵树下徒劳地汪汪叫个不停，不会有任何收获。"马卡姆被送到急救室后情况如何？当时那儿是什么情况？一片忙乱吗？还是怎样？"

布拉科已经准备好了怎么回答这个问题。"事实上，那是个节奏相当缓慢的早上。他们收治了一个需要缝合头上创口的小孩和一个摔跤时髋部骨折的女士。不过，那辆救护车停下来时，他们就被送进了后面的区域。"

"后面的区域？"格里斯基问道。

"是的。刚到急救室时，会被送到那儿的等待区，随后当他们为你诊治时，就把你带回到这个设在医疗站的开放式大房间，里面配有多张移动式病床，有护士和医生值班。那就是马卡姆一到医院就被送到的地方。然后他又被送进楼下大厅的外科手术室。"

"在那一层有六间外科手术室，"菲斯克补充道，"每间手术室都提供钾注射液和别的急救药品。"

"移动病床附近的医疗站也有钾注射液。"

"很好。"这是个不错的情况，不过格里斯基已经从他们所说的情况中推断出某个地方一定还能得到钾注射液。跟以前一样，毫无疑问这两个探员已经搜集了大量的情况。他们的问题在于如何识别哪些才是有用的东西。如果想得到有用的信息，就得问对问题。"他们让马卡姆进去的时候，他妻子一直都在旁边陪伴着他吗？"

他们相互看着对方，似乎是为了确定他们的说法。"是的。在急救室外面和他们在手术室做术前准备的时候。大概就十分钟的时间吧。"

"那接下来呢？他去手术室的时候呢？"

他们俩对视了一下，布拉科回答道："他出来时她在等候室，随后去了楼上重症监护室的等候室。"

"好的，"格里特斯说，"不过她有没有单独在护士站，在移动病床边上待过呢？这才是我要弄明白的事。"他意识到自己这样问没用，他们或许已经追踪过这个问题了，因此他直接问了另一个问题，"她是如何对待这件事的？有人说过什么吗？"

菲斯克接过话头。"我跟在场的两个护士都谈过——"

"通常轮班的有几个护士？"格里斯基打断了他。

"值夜班的有两个，时间从晚上十点到次日早上六点。白班有四个。"

"那么有四个护士在值班吗？其他那两个在哪儿？"

布拉科接过话来为他的搭档打着圆场。"在看护别的两个病人，长官。因为当天急诊室有一位医生迟到了，在那一班上班时他们就缺了一名医生。他们已经为那个髋部骨折的女病人准备了另一间手术室，而且有一个护士在那儿陪着她等候外科手术。另一个护士跟那个孩子和他的妈妈在一起，医生正在缝合他脑袋上的伤口。"

"好。"格里特斯认为他终于搞清楚了当时的情况。两个医生，四个护士，三个病人，两个探视人员。他对菲斯克说："那你跟马卡姆的护士们谈过他妻子的情况吗？顺便问一下，那两个护士是男的还是女的？"

"两个都是女的，"菲斯克回答道，"是的，长官，我问过她们他妻子当时的情况。"格里斯基没有吭声，等着他继续说下去。

特雷娅看出了她丈夫的不耐烦，柔声问道："情况怎么样，探员？"

"歇斯底里，"菲斯克答道，"十分狂躁，几乎说不出话来。"

"她们都是这样说的吗？"

"是的，长官。她们说得完全一致。"

"在哭吗？"

"是的，长官。我还特地问了这个。她在那儿断断续续地哭泣。"

格里斯基陷入了沉默。布拉科一直在专心致志地听着这场对话，而且在查看他的笔录，这时决定发表一下自己的见解。"我也跟其中一个护士谈过，长官，叫黛伯拉·穆勒的。在他们把马卡姆推进手术室和后来回到等候室的过程中，她一直都跟马卡姆夫人在一起，在等候室里，她——穆勒——还抓住她的手握了一阵子以示安慰。总之，穆勒，她用了'不知所措'这个词来形容她当时的状况。马卡姆夫人不停地反复说着这样的一些话：'他们不能让他死。他们不会让他死，对吗？'"

格里斯基在考虑着两件事：第一件，当然是马卡姆夫人有可能一直都是个善于演戏且演技不错的演员，不过这听起来不像是一个盘算在接下来的几小时内杀掉自己丈夫的女人的表现；第二件，如果穆勒护士从移动病床区域到外科手术室，再到回来的过程中都一直陪伴着她，那她就没有单独到位于那间房子中央的医疗站去拿一小瓶钾注射液的机会。不过他还是想确定一下这一点。"她没在移动病床区里面等候吗？"

"是的，长官。在外面的等候室里，然后到了楼上的重症监护室旁边的等候室。"

"好的，"格里斯基说，"我们接着往下说。马卡姆在手术室里待了多长时间？"

菲斯克向布拉科递了个感激的眼神，希望他能帮忙。布拉科的笔录做得很好，其中一些恰好能回答这个问题。"将近两小时，"达雷尔说，随即又自告奋勇地谈了更多的情况，"而且等他从手术里出来，被送进重症监护室的时候，帕纳塞斯的部分高级主管人员也在那儿。医疗主管马拉奇·罗斯，还有马卡姆的秘书，一个叫布伦丹·德里斯科尔的家伙，他显然跟肯森医生发生过一些争执。"

"为了什么事？"

"进去见他的老板。"

"马卡姆吗？他不省人事了，对吧？他曾清醒过吗？"

"没有，长官。"

"那他为什么想去见他？我指这个德里斯科尔。"

"这个似乎没有人知道。"布拉科显然对自己未能成功地找出这个答案感到有些懊恼，"尽管如此，他还是进去见到了他的老板。"

格里斯基身子朝前倾了倾。"是德里斯科尔吗？在重症监护室里？待了多长时间？"

"情况还是一样，"布拉科说，"没有人知道确切的时间。不过当肯森发现他在那儿时——"

"你在说他是独自一人在那儿吗？"

"是的，长官，这一点毫无疑问，而且肯森发现他在里面时，毫不客气地臭骂了他一顿，并把他赶了出去。"格里斯基用近乎夸张的镇静口吻回复道："我不认为'臭骂'是一个合乎法律行文规范的正规动词，达雷尔。你是说肯森和德里斯科尔有过一场争吵吗？"

"吵的时间不长，不过相当激烈。肯森还动了手，把他扔了出去。"

"从重症监护室里吗？还是赶出了医院？"

"不，只是赶出了重症监护室。不过马卡姆死时他还在附近。"

"人们还记得起他当时的样子吗？"

"是的。他彻底失去了控制，就像个小孩似的伤心地哭泣着。"

"好的。那后面这个情况你是从哪儿得来的？是手术室的护士们提供的吗？"

"不是，"菲斯克答道，"重症监护室外面还设有一个护士站。"

"我有他们的名字，"布拉科补充道，"在重症监护室配有十二个固定的护士，分三班轮换。一班两个人，不过他们每六个人一轮上两星期的班，接下来的两星期时间轮休，工作起来人手显然相当紧张。"

"这也是他们推脱责任的借口。"特雷娅冷冰冰地插话道。

格里斯基捏了捏她的手，示意她不要多嘴，然后继续说："不过你是在告诉我，即便有了所有的那些补救办法，有时候重症监护室也是没有人在的，对吗？除了那些病人之外？"

"是这样的。"布拉科的目光从自己的笔录上移开，再次搜索自己头脑中的记忆说："所有人都通过监测仪监视着心跳、血压和肾功能等生命指征的情况，有谁会注意别的状况呢？医生和护士只是不定时到病房里巡视，好像没有一个护士会在医疗站里寸步不离地待上一整天。

他们还有其他的工作要做——不停地配送药品，日常的病历管理，处理突发情况等。"

格里斯基思忖了一下这个情况。"他们从护士站的位置能看见任何进出重症监护室的人吗？"

"当然了，如果他们在站里的话，从那儿正好可以看见人员出入的情况。"

"那有谁出入过呢？"

布拉科翻了一两页自己的记事簿，念道："除肯森之外，还有两个医生，科恩和沃特里普。然后是两个护士。我把他们的名字记到后面哪个地方了——"

"那不重要，继续说下去。"

"还有德里斯科尔，罗斯。在那儿的另一个病人的三个家属，他们都是在上午的探访时间出现的。我可以弄到他们的名字。"

"这个以后再说吧，达雷尔，如果我们用得着他们的话。马卡姆是什么时间死亡的，你掌握这个情况了吗？"

布拉科对这个问题是早有准备的。"十二点四十五分，一分也不差。"

"那马卡姆待在重症监护室里的时间总共也就是四小时左右？"

"大概是这样的。也许还要稍微短一点。"

格里斯基的另一个想法又冒了出来。"罗斯也进去了吗？那又是为什么？"

"我不知道。"布拉科说。

"但他是个医生，你知道的，"菲斯克补充说，"他在那个地方巡视。他们从手术室把他送上来之后他和肯森就在那儿了。"

沉默了片刻之后，格里斯基终于点了点头。"好。情况就这么多了吗？"

布拉科随意地翻了一两页手中的记事簿，然后抬起头来望着格里斯基和特雷娅，又低下头来，点了点头回答说："今天就这么多了，长官。"接着他又补了一句，"抱歉我们今晚打扰你了。"

"别犯傻了，"特雷娅脱口而出，一边站起了身，然后又朝他们摇了摇手指头，开着玩笑，"下不为例就好。"

格里斯基站在原地接过了她的话头。"工作到很晚是工作的一部分。"他只是坦率地讲了句实话而已，并没有多想，不过这话一出口，他就从菲斯克脸上的表情意识到，他把这话理解成了格里斯基又一次在说他不适合当警察。

要是他这样理解的话，对格里斯基是不公平的。这两个没有经验的探员毕竟还是做了一些调查工作。他们守到很晚来向他汇报自己的工作情况，在很努力地工作，而且这一天也工作了很长的时间。格里斯基清楚对他们说句好听的话并不会失了自己的面子。他尽量往自己的语气中注入一些热情。"今天的活儿干得不错，伙计们。的确是这样的，继续努力。"他说，"不过还有件事情我得说一说。明天早上，你们一定要把自己的谈话录音尽快翻录出来。我要把所有这些都放进卷宗里。"

这两人都被格里斯基刚才这番又是赞扬又是勉励的话弄得一时没回过神来，几乎不敢相信自己的耳朵，相互递了个忧虑的眼神。

格里斯基把这一切都看在眼里，明白了其中的端倪。"你们把所有的谈话都录下来了，对吧？"

哈迪记着要去买鲜花，而且是漂亮的花，给她们俩都买了。婴儿粉的玫瑰送给女儿，包装得华丽惹眼的送给妻子。此时，这些花就在他身边的座位上，而他正开着车在自己家附近转悠，想找一个停车位。他不指望弗兰妮和贝克现在就欣赏这些美丽的花，因为她们很可能已经睡着了。

还差十分钟就到午夜十二点了。

他兴致高昂地离开了斯特劳特的办公室。温暖宜人的夜晚，芳香馥郁的空气，加上心中泛起的一种如愿以偿的充实感受，这一切配在一起真是太美妙了。他已经为他的委托人和杰克曼达成了一桩大大的交易，说服了那位法医一旦他说服了詹姆斯·莱科特的家人就立刻进行尸体解剖。他用手机给弗兰妮打了电话，说他一小时之内就能到家。或许在回家途中他还能捎点新鲜的鲑鱼，而且他们还有可能吃上这一季的第一批鲑鱼烧烤。

不过等他回到办公室后，这种好运连连的势头就被打住了。莱科特的讣告刊登在昨天的《旧金山纪事报》上，而且是以其至亲的名义刊发的。这些人都在他的通讯录里。哈迪给他的大儿子克拉克打了电话。克拉克的家在亚格罗街，位于哈迪办公室和家之间。他和克拉克约了在那儿见面。最让哈迪感到惊讶的是，在他的自动答录机上只有一条信息，是比科发来的坏消息，那条叫弗朗西斯的鲨鱼最终没有挺过来，死掉了。比科认为哈迪愿意知道这个消息。

就算是比科这条让人失望的消息也不能让哈迪那昂扬的兴致低落下来。说实话，他倒是想邀请克拉克和他的家人来自己家做客，那样就正好赶上鲑鱼烧烤，这也许能让他们振作一点。但接着他就想起了昨晚在摩西和苏珊这事上他做得过了头，因此他重新考虑了一下，或许在今晚，他应当只和自己的家人在一起。

不过才跟克拉克、帕蒂·莱科特还有詹姆斯的遗孀艾伦谈了半小时，他就再次给弗兰妮打了电话，说他非常抱歉，可能会晚点回去。莱科特家的人都不赞成进行尸体解剖。这看起来将是一场耗时又费力的说服工作。他会尽量争取早点回家，她跟孩子们该干什么就干什么，而且不用等他吃晚餐。她对他说没关系，语气中没有气恼，甚至都没流露出丝毫的失望。从她的话语之中，他想自己唯一能明白的事就是，她已经筋疲力尽了，而且从某些方面来说，打扰他就是跟她自己过不去，自己找不痛快。

他终于在离自家房子三座楼之外的地方找到了一个停车位。手里拿着已经走了样的花束，他拔出了院外防护栅栏上的插销，进去后随手关上了栅栏，然后三五步穿过了那条将小小的门前草坪一分为二的走道。费了好大劲，不过终于还是征得了莱科特一家人的同意，但只能在明天的葬礼仪式结束之后。所谓"仪式结束"，不是指把莱科特先生的遗体放进科尔马墓地的地下，而是在停尸间约翰·斯特劳特的金属台上完成解剖，这样才算是板上钉钉，大功告成。

拖着疲乏的双腿往门前的台阶上爬的时候，他在心里发誓说他已经受够了每天都这副样子回到家。他必须改变些什么，不仅仅是为了他自己，也是为了他的妻子，还有他的婚姻。

当然了，屋里的灯没有一只是亮着的，到处都是漆黑一片。他尽量让自己悄无声息地进到房子里，然而木头门在暖和的天气里已经膨胀了，而且他还得用劲推才能把它关上，这样难免会弄出些声响来。他想，明天他会修理修理的，把它彻底弄好。做木工活曾是他擅长的活计，甚至是一种热切的盼望。也许他会更多地做一些家务活，搞搞春季扫除。他们可以把所有的窗户都打开，让流动的空气把冬天的物品在冬天过去之前都最后吹一吹，透透气，他们可以一起动手把房子布置成夏季的样子，还可以在唱机里放上"海滩男孩"或是"老鹰"乐队的老唱片，把音量放得大大的，让那种快乐安逸的感觉充满屋子的每一个角落。拔掉所有电话线，不受外界的打扰。

轻轻地按下了大厅的电灯开关，他走进客厅，把手中的花放到了他读书看报时坐的那把椅子上。弗兰妮留下的便条就压在壁炉架上的一头大象下，她知道只有放在那儿他到家时才会看得到。

"迪斯马斯，我已决定带孩子们到蒙特雷度周末。星期天下午晚些时候回去。弗兰。"

没有用"亲爱的"、"我的爱人"之类的字眼，甚至连"弗兰妮"都没有用。

他把这纸片攥在手中揉成一团，用另一只手把身体斜撑在壁炉架上，就这么站在那儿。他的头耷拉着，就像是被什么东西击打过一样。

20

第二天早晨八点，哈迪就驾车上了路。

他不知道他们会住在众多宾馆或者汽车旅馆中的哪一家，不过要是弗兰妮和孩子们待在蒙特雷的话，那他们肯定会先去水族馆。

再过十五分钟水族馆就要关门限制游客进入了，但从入口到小山坡之间的这段路上，参观者已经排成了一条长龙。他从小山坡上开始寻找，一直走到入口处的队伍尽头，都没有找到他们。随后他发现街对面有道矮墙，可以坐在那上面一边休息，一边观察不断加长的队伍。

从一号公路一路开车过来，他没有见到海岸上有雾气，而且没有一点起雾的迹象。一般来说，蒙特雷和旧金山一样都是雾气笼罩的城市，不过今天显然是一个风和日丽的日子。没多久他就觉得自己无须再穿着身上那件薄外套了。

离他两条街远的一个上坡处的拐角那儿，他们出现了。孩子们打打闹闹，显露出了他们那个年龄阶段的稚气。就算隔着这么远，文森特那咻咻的傻笑声也飘进了他的耳朵，接着是瑞贝卡发出的尖叫声，就像是她从他的身后扑过来，故意惊吓他时那样清晰可闻。弗兰妮在他们身后几步远的地方走着，宽容而不加干涉地看着他们闹腾，双手揣在身上那件斯坦福式的运动衫口袋里。她穿着短裤和跑鞋，再加上那随意披散下来的蓬松的红色长发，很容易让人把她看成是那两个孩子的姐姐，也就是十八岁到二十岁的样子。

哈迪从矮墙上站起身，继续注视着他们朝自己这个方向慢慢走来。孩子们像顽皮的小狗一样玩得正欢，不停地用手逗弄着对方，大声地笑着。在家里，孩子们的这种打闹经常让哈迪感到烦躁，尤其是最近几个月。突然间，隔着这么远的距离，哈迪觉得自己能客观地审视这个问题了。他的孩子只是在以他们自己的方式玩着他们这个年龄应该玩的东西。他们其实都是听话懂事的好孩子，忽然获得了一次令人喜出望外的外出度假，正在一起享受着一段美妙宜人的，无忧无虑而又利于身心健康的时光。

是不是自己出了什么问题，不能更多地去欣赏他们，让他们感到快乐呢？哈迪对此感到困惑。

现在，瑞贝卡搂着文森特的肩膀，他们俩的个子几乎一样高了。弗兰妮突然一个箭步从坡上俯冲下来抓住了他们，嘴里发出快乐的叫喊声，捅着他们的肋骨胳肢着他们。"我逮到你们了！"孩子们发出一连串的尖叫声和大笑声。此时，他们转身面对着妈妈，不停地在她身边跑来跑去，而妈妈则快乐地闪躲着，向前跑着。这一刻，他们到底有多快乐？哈迪简直无法想象。

文森特又向妈妈发起了一次进攻，并且成功脱身。与此同时，哈迪起身穿过了街道，距离他们只有一个路口那么近了。他的儿子停了下来，从上而下注视着他。过了一会儿，文森特认出了爸爸，不管不顾地冲了下来，快乐地尖声喊叫着"爸爸"。五秒钟后，他就穿过人流，全速狂奔冲进了哈迪的怀里，胳膊和腿都缠绕在了他爸爸的身上，还没等哈迪把他放下来，他就给了哈迪一个结结实实的拥抱。"我以为你不会来了。妈妈说你太忙了。"

"我决定不让自己那么忙了。"瑞贝卡也跑了过来，张开双臂抱住了他。"我很高兴你在这儿，爸爸。这是如此完美的一天，不是吗？简直不敢相信这有多美。我太开心了。"

"我也这么认为。"哈迪让她在自己怀里待了一会儿，然后扬起一只手，理亏而胆怯地跟他的妻子打着招呼。"嗨。"

她的两只胳膊交叉着抱在胸前，不冷不热地说道："嗨。"

瑞贝卡——任何事都逃不过她的眼睛——问道："你们两个家伙在互相怄气吗？你们没打算离婚，对吧？"

"从未想过这回事。"哈迪说这话的时候还搂着自己的女儿，"就算是我们在生对方的气，我们也不会离婚的。"

"你确定吗？"

"可笑，贝克。"文森特已经对他姐姐的妄想狂行为失去了耐心，按捺不住地插起话来，"他们告诉过你多少次了？他们不打算离婚。"他的头在父母之间来回地转着，期待着得到他们肯定的回答，"对吧？"

"没错。"哈迪说。

弗兰妮一直不敢在这个话题上多说一个字，但突然之间，她脸上一直挂着的那副无所谓的表情发生了变化，而且她几步就来到了搂着贝克的哈迪跟前。"我非常爱你的父亲。"她一边说着，一边在他的脸颊上吻了一下，"而且我们是决不会离婚的，永远都不会。"

她盯着他看了好一会儿。"尽管有一天我也许得杀了他。"

他女儿的下巴拉了下来，惊愕地张着嘴，眼睛瞪得大大的，充满了恐惧之色。"妈妈！"

"只是玩笑话，贝克，是个玩笑。"为了给父母解围，文森特转着眼珠子，对他姐姐的傻气表示嘲弄。"就像她真的要杀爸爸一样。"然后，猛然间，就在他看似漫不经心的当儿，瞅准一个空子，又再次戳了她一指头。她立刻爆发出一串嬉笑声，转身从哈迪的怀抱里飞奔开去，追着他跑下了山。

现在，孩子们都跑远了，只留下哈迪和弗兰妮站在那儿。

"你愿意我在这儿吗？"他问。

"当然。虽然我不希望我用绑架孩子的方式才能引起你的注意。"

"我也希望是那样。不过我猜有时候得那样才行。"

"我不认为你的这种性格是与生俱来的。也许你能想办法让自己改变。"

"信不信由你,我现在做的就是为了改变自己。我正在努力。就在我们说话的时候,我也在努力,"他补充道,随后有些难过地摇了摇头,"对不起。"

她抬起一只胳膊搂住他的腰,开始向山下走去。"我不会放在心上的。"

布拉科住在日落区帕切特大街上的三间房子里,下面是一个独立的车库,前面是他父亲的房子。

过去的这一个星期他一直在外面为工作上的事奔忙,几乎没有时间回家,因此今天早上他回这儿睡了一觉。用哑铃做了一小时的健身之后,他又去慢跑了一阵,然后就着一盒麦片粥吃了五根香蕉。这时,他冲了澡,穿好衣服,正和他的父亲坐在厨房的木桌旁,旁边有一扇窗户开着。这座房子的背面是朝南的,阳光从外面照进来,铺满了半张桌子。时不时地,一丝轻风会从外面吹进来,拂动着窗边的窗帘花边。

安杰洛·布拉科的外形看上去跟他的儿子很相像,不过在六年前他失去了自己的妻子——她过去给他做益于健康的饭菜,还让他注意保持自己良好的外形。妻子死后,他又回到了吃肉和土豆这种简单而单调的食物的日子。随后,他开始给市长当司机,一天到晚都坐在方向盘后面的那个坐椅上。在过去的几年中,他的体形就像是发酵的面包一样迅速膨胀了起来。想想吧,他五英尺九英寸的身架支撑着大约二百二十磅的体重。今天早上,他穿着一件合身的T恤。父子俩各自呷了一口自己杯中的咖啡,达雷尔决定开口说点什么。"你知道,只要你愿意,你可以用我的哑铃锻炼锻炼身体。它们就在外面放着。"

他父亲选择了用绕弯子的方式来回答他的这个提议。"我看见你今天早晨出去了，你跑了多远？"

达雷尔对他父亲的答非所问无可奈何地耸了耸肩。"我不知道究竟有多远。也许有五英里吧。今天真是个跑步的好天气。"

"不能抗拒的诱惑，嗯？就像他们说的，感觉在燃烧吗？"安杰洛啜了一口咖啡，"要是我跑五英里，可能会倒地而亡的。"

"你可能会那样，不过你不要一开始就跑那么远的距离，可以循序渐进地增加路程。"

安杰洛明白他儿子是为他好的，并且点头表示了认可。"好吧，也许我会的。"

"如果你愿意，我可以跟你一起散步。你得开始做点什么了，爸爸，让你肚子上的肉掉一点吧，"他指着父亲那高高隆起的肚皮说，"他们说散步的效果跟跑步一样好。"

"对什么好？你相信那些吗？"

达雷尔勉强地笑了笑。"不，但这是个开始。不过那哑铃……我的意思是，如今有很多用来锻炼身体的东西。你甚至可以加入一家俱乐部。"

这话招来了安杰洛一阵爽朗的笑声。"也许我会散步，好吧，真的，我会考虑这事。不过加入俱乐部就算了，好吗？我可不想让别人看见我在遭罪。"他在椅子里坐直了一点，生怕自己一不小心就说出心里话，"那么这就是你来敲我门的原因吗？来向我说教解决问题的好处吗？"

"不，"达雷尔严肃地说，"我碰巧注意到我的爸爸增加了一点体重，这可能对他一点好处都没有，仅此而已。我愿意他活得更长一点，好吗？"

"好。"

"因此我到这儿来目的是为了哈伦。"

"他怎么了？"

"听我说，今天是星期六而且我们俩都没有工作安排，如果没有什么事情发生的话，我今天也没有难办的事。如果我们要出门的话，那就是为了现在我们手上的这桩杀人案，要访谈目击证人。要想把这件案子办好，就得出门。不过他是有家室的人，而且今天是星期六……我只是刚才跟他说过。"

"那么让你为难的事是什么？"

"我为难的是，我们是搭档，而且我不想把他撇在一边，不过我打算去跟一些人谈谈。"

"那就再给他打电话，告诉他要去做什么，而且动手去做吧。"

"就这么简单，嗯？"

他父亲点了点头。"通常就是这样。"

"今天是二〇〇〇年四月十四日，星期六。现在的时间是十二点二十分。本人是探员达雷尔·布拉科中士，警徽号码是一六八九。我的常住地址是布利瓦德湖二五五五号。受访者是杰米·拉什，出生日期是一九五八年六月十二日。这次访谈是依据对编号为002231977的案件的调查而进行的。"

问：拉斯夫人，你对卡拉·马卡姆了解多少？

答：她是我的好朋友。我们的女儿在一起上幼儿园时我就认识她了。

问：你最后一次见她是在什么时候？

答：上个星期二，听说蒂姆发生的事后我就到她家去了。

问：你在那儿待到多晚离开的？

答：我离开时九点半过了，差一刻十点的样子。

问：除了马卡姆的家里人，你离开的时候还有谁在那儿？

答：肯森医生还待在客厅里。不过我们其余的人都成群结队地离开了。

问：在那天晚上之前你就认识肯森医生吗？

答：我知道他这个人，但我们没有见过面。我觉得他来的时候，卡拉看上去似乎有点意外。

问：为什么？

答：是这么回事……这正是让人感到尴尬的地方。他和马卡姆先生合不来，而且那天他正好是值班医生。当然，这是在我知道肯森医生杀了蒂姆这事之前。

问：我认为我们现在还不知道是不是他杀了马卡姆先生。

答：我是这么认为的，而且我认为他还期望卡拉为除掉了蒂姆这事而感谢他。肯森医生所不知道的是，他们已经冰释前嫌，重新和好了。

问：你是说，在他死之前，马卡姆先生和夫人一直没有住在一起，是这样的吗？

答：客观地讲是这样，不过后来，就在上周末，卡拉告诉我他们和好了。蒂姆向她袒露了自己卑微的灵魂，告诉了她关于他婚外情的一切，他工作上遇到的难题，所承受的难以置信的压力，心里的惶恐与不安。因此，她对他们的婚姻又燃起了希望。星期二他们就一起待在家里了，所以她无法接受他走得如此突然。这件事对她来说就如同晴天霹雳一般。

问：在你看来她显得绝望吗？流露过任何她可能自杀的倾向吗？

答：绝对没有。我认识卡拉九年了，探员。在最近的这两年分居生活中，她已经接受了没有蒂姆的日子。为什么？因为无论如何有一天她都会离开他的，她清楚这一点。

问：但你刚说过他们已经和好了。

答：只是这一次而已。但谁知道会维持多久呢？蒂姆最终又会故态复萌——他这个人就是这样的——而且最后还是会离开她的。她清楚地知道这一点，我肯定。因此他的死可能会让她感到失望，或者从某种程度上有些伤心，不过也不可避免地夹杂着某种获得解脱的成分。但不管怎样她也不会为此事而自杀的。

　　肯森走了六步台阶，按了按门边上的门铃按钮。这是他在安扎街上的老房子。他仍然把它当做是他的房子，而且看到安已把它搞得面目全非，这让他感到极其难受。那曾经明亮而招人喜欢的墙面涂料已经退色，变得暗淡苍白，失去了昔日的光泽，而且还斑斑驳驳的，到处都出现了脱落。房子白色的外部装饰物也已经变得灰暗。一副破败的景象。离他最近的那扇窗户的百叶窗的一端掉了下来，歪歪斜斜地吊在边角上。窗台上的花盆架脏兮兮的，而且不知怎的还跑到了它们不应该出现的位置。更别说那些他曾辛辛苦苦地种在里面的花了，它们早已不见了踪影。话说回来，在他和安恩恩爱爱的日子里，他们一直打理着房子，即使是他们都在全职工作，也会抽出时间来收拾它，弄得干干净净，漂漂亮亮的。

　　此刻，他低头看到了门廊的角落里堆放着的已经存了半年的垃圾——挤扁了的饮料罐，被最近的暴雨浸透的废报纸和广告宣传品，糖果的包装纸等，脏乱不堪。他想，自己要动手开始把窗台花盆架再栽满花花草草。

　　安在哪儿？见鬼，如果她还在睡觉，他一定得做点什么，虽然他自己也不清楚到底要做什么事。她应该醒了，至少要让孩子们吃早饭吧。他又按了按门铃，但屋里还是没有任何动静，他猜想门铃一定已经坏了，于是他又敲了敲门，很用力。他用拳头捶打了不止三下，同时还用手晃动着门，但还是没动静。就在他准备转身离开时，他听见屋里传来了她的声音。

　　"谁啊？"

　　"我是埃里克，安，开门。"

　　"你没有接到我的电话吗？"她问，"两小时前我给你打过电话。"

　　"嗨，爸爸。"他九岁的儿子在屋里喊着。

　　"特利，不许吵！"

　　"嗨，特利。嗨，姑娘们。你们都在吗？"

　　他听到了他两个女儿的应答声，安珀和卡西琳。

"不许嚷嚷！"他的妻子对着女孩们大声吼叫，然后隔着门跟他说起话来，"我给你留了一条信息，告诉你不要过来。"这是安最爱玩的一种把戏。尽管她知道埃里克有手机，也有传呼机，但她只会打他的住宅电话，同时留下一条他不会收到的信息。接下来她就可以以他没有看到她的留言为由对他大发雷霆。

　　"哦，我绝对没有收到。你试过打我的手机吗？"

　　"我没有想起打你的手机。我以为你会在家里。"

　　"今天早上的天气真不错。我出去吃早饭了。"

　　"我猜是和你的女友在一起吧？"

　　他觉得没有必要回答这个问题，而是试图转动门把手把门打开。

　　"快点吧，安，你愿意把门打开吗？"

　　"我不这么想。不。"

　　"好吧，对我来说，带他们去看球赛是有点难办，不是吗？"这一个星期内，他的日程安排只允许他抽出很少的时间来看望孩子们，因此他特意提出了要在周末这天来接走他们。安受够了生活的困扰，也总是乐于把他们扔给他照看。

　　"安？这事怎么样？"

　　"你不能见他们。"

　　他压制住心中的怒火，没有让它爆发出来，仍然和气地跟她商量着。"你愿意把门打开，我们谈谈这事吗？"

　　"没有什么要谈的。要么你走开要么我向上帝发誓，埃里克，我会打电话叫警察过来的。"

　　"安，我们不要当着孩子们的面这样做。你就开开门吧。"

　　"不行！你不要进来。我不会让一个谋杀犯带走我的孩子。"

　　哭泣声响了起来，听起来像是安珀最先发出来的，她在三个孩子中排行第二。不过其余的孩子在她的带领下也跟着哭了起来。然而安那让人心惊胆战的吼叫声却让孩子们的哭声一下子静了下来。"别哭了！你们都给我住嘴！现在就给我停下来！"

　　"安！别这样。"肯森在门外恳求道。

"妈妈！"他的儿子特利歇斯底里地叫喊道，"我要跟爸爸出去！你不能阻止我。"

"哦，我当然能。"

门里传来了使劲拍打什么东西的声音。

"天哪，安！你在干什么？"

传来了更多捶打的声响。接着是安的吼叫声。"特利，上楼去，照我说的做！女孩们，也给我上楼去！"

肯森双手紧紧抓住门把手，晃动着门。"安，让我进去！现在就让我进去！开门！"

她在把他们都赶到楼上，关进他们的房间里。他在门前的台阶上又站了一会儿，随后跑下台阶，穿过房子边上已是杂草丛生的车道到了屋后，发现后门也被锁上了。

不过跟前门不一样，后门的上部方格里装有六块透光的小玻璃。

肯森真希望现在的天气不是反常的暖和，而是这个时节该有的寒冷，而且他穿的还是一件夹克，那样他就可以用它把自己的手包裹起来，砸掉门上的玻璃，进到房子里去，只不过眼下他身上只穿了一件带领子的高尔夫T恤。尽管如此，他还是握紧拳头打算砸下去。他只能这么做，不管有没有东西护手。但他马上想起去年有个男人试图也这么做，但他割断了自己的动脉，六分钟后因失血过多死亡。这刹那的犹豫又让他的头脑冷静了下来。

他已经是一个谋杀嫌疑犯了。不管有什么理由，最好还是不要强行闯入妻子的住所。只不过孩子们可能要遭殃了——安的情绪已经失去控制，虽然以前她从未动手打过他们，但现在她有可能会做出任何事情。

他掏出他的手机并拨打了报警电话九一一，随后跑回到了房前面。线路接通了，他报了安家的地址并简要地描述了情况。"我现在就在房子外面。我需要一些帮助。"

回到台阶上时，他听楼上的安还在冲孩子们大喊大叫。屋里有扇门被砰的关上了。终于，他听到了里面楼梯上传来了她下楼的脚步声。

现在，她就站在他面前的这道门后面。"埃里克，"她说，"埃里克，你还在那儿吗？"

他闭着嘴没有出声。他把身子紧贴在墙上，屈身藏在门阶的台面以下的地方。他知道，即便她靠着前面的窗户伸长脖子向外看也不会看到他。他屏气凝神，纹丝不动地待在那儿，能清晰地听到自己怦怦的心跳声。从远处，他听到了像传说中的海妖发出来的那种时断时续的哭泣。

接着他听到了门锁转动的声音，看到门把手动了起来。他一跃而起抓住它并迅速拧动，随即用自己的肩膀顶住了门，把她撞得连连向后退。安大声尖叫了起来。

不过她没有倒地。

与此相反，她稳住阵脚朝他使劲扑了过来。"从这儿滚出去！从我的房子里滚出去！"

他抓住她的胳膊，但她不停地用脚踢着他，脚雨点般地落在他的腿上，小腹上。她一个劲地踢打让他有点招架不住，抓着她的手松了一下劲，她趁机挣脱出一只手并照着他的脸就扇了过去。他感到这次重击之后脸上有股热辣辣的东西往下流，知道她剐破了他的脸。他举起自己的手在脸上摸了一把，看到了手的血。"我的天！"他说。

"爸爸！妈妈！"孩子们在楼上哭喊着。

"不许叫！"安尖声呵斥道，"待在那儿，不要下来！"她说这些话时连头都没回，而是再次向他逼了过去。她不断地逼近，一直把他逼回到门边，随后又到了门阶上。她又开始踢向他的小腹，脚脚都不落空，踢得他的身子都侧向了一边。在踢不到他小腹的情况下，她又拼尽全力，伸出手冲上前去抓他的脸。

他一边自卫性地向后退着，一边用手拨挡着她的袭击。她前冲的动作一下子就把她顺势带到了他的近前，脚落到了散落在地上的湿报纸上，哧溜一滑倒在地，嘴里发出一声痛苦的呼喊。她收势不住，一头磕在了水泥地上。她从门阶的台阶上一路滚落到下面的便道上，躺在那儿不动弹了。

肯森看到孩子们都惊恐地探着头看着这一幕并飞快跑下了楼梯。一辆警车警笛大作，风驰电掣般呼啸而来，一个急刹车靠路边停下来。就在这时，他们正好跑到了她身边，跪成一圈。两个巡警手拿着枪从车里出来了，枪口就对着肯森。

"不许动！举起双手！"

格里斯基和特雷娅睡了个懒觉，很晚才起床。他们都觉得今天真是个再好不过的日子，非常适合外出走走，于是一时兴起决定开车前往城北四十英里外的迪隆海滩去消闲一下。在去海滩的路上，他们绕道去了霍格岛，在那儿待了一小时左右，用他们能想到的各种各样的方式美美地吃了一顿牡蛎大餐——生吃，涂上三种不同的调味酱再挂在钩子上烤着吃，用面包渣和着吃，拌上酸泡菜酱煎得透透地吃。不仅如此，更让他们感到心满意足和心旷神怡的是，他们沿着海岸向北走了好远，在那条"Z"字形的狭窄的单车道上蜿蜒前行，顺着这条路走下去，穿过马林郡西部那片售卖日用食品的农场，红杉树和桉树丛生的小树林，还有那些亘古不变且似乎被人遗忘了的定居点。

这儿与大海湾区的其他地方比起来，的确是一个与众不同的世界。尤其让人觉得不可思议的是，在有些人的心目中，其受人推崇的地位类似于索萨利托圣地之于那些艺术鄙俗但技巧娴熟的文艺旅行者，米尔谷地之于那些高贵而又时髦的雅皮士。在塔玛尔派斯这边，主街道上有五六幢上百年的老建筑，其实也就是些顶上盖有楔形板的屋子，唯一能显示出这儿还具有生命活力迹象的东西，就是那些停放在此地独此一家的沙龙酒吧外的二十来辆哈雷摩托了。有这么多这玩意儿出现的地方，总是会有个沙龙存在的。沿着这条道一路驶来，他们每隔几英里就会看到钉在路边那些古老的橡树树干上的，手工制作的售物广告标牌从眼前闪过，有卖活鸡、活猪、活羊的，还有卖新鲜鸡蛋和牛奶的。

这儿大多数的东西看上去都破败不堪，而且格里斯基之前来过好几回了，但那会儿碰到的都是终年雾气弥漫，风吹不息的天气，那景象看上去让人几乎觉得它是个不适合人类居住的地方，一块真正的废墟。不过今天，在温暖阳光的照射下——在他们掉头回家之前，海滩上的温度会达到八十华氏度——眼前这幅飘摇欲坠且破败如昔的风景，好像是故意作了一番精心的准备一样，焕发出了从未向外人展示过的魅力，给他的心灵突然的震撼。很多六十年代出生的嬉皮士，和七八十年代出生的垮掉的一代与颓废的一代从外面迁来，在这儿扎下了根，他们不愿意去改变它原有的风貌，他们不想看到崭新的车子和人为建造的高楼大厦，却以较为缓慢的速度和节奏，容忍了邻居们的到来并接受了享受私人空间的态度——这些人对生活一无所知，他们没有活在现实世界里。

今天在这片海滩上，他正注视着一位他通常将其称之为"老迁头"的上了年纪的嬉皮士。这是个年纪跟他不相上下的男人，也就五十出头吧，正在往一个小女孩的头发里编插着鲜花。格里斯基发现自己几乎是在忌妒他所享有的这种简单而朴实的生活。跟他在一起的那女人——那个女孩的妈妈吗？——也是一个"老迁头"。她的头发松散地垂落下来，盖住了她的半个后背。她并没有刻意地打理，而是任其显示出自然的灰白本色。她用手指弹拨着一把吉他，当她记起那些歌词的时候，就会悠然自得地吟唱上一小段乔尼·米歇尔的歌曲。格里斯基站在警察的角度上想，有可能他们两个都处在服用违禁药品带来的飘飘欲仙的兴奋当中，不过也许不是这样。或许正如他和特雷娅一样，他们在今天出来也仅仅是为了享受这世间最大的快乐。

"用一块巧克力饼干换你此刻的想法。"她挽着他的胳膊坐着，用自己的身子替他遮挡住阳光。他舒展身体，侧身躺在他们铺在温暖沙地上的毯子上。

"先把饼干拿来再说。"他啪的一声将整个饼干都咬进嘴里，并嚼碎了它，"谢谢。"

"现在轮到你说你的想法了，"她说，"这是交易。"

"你不会愿意听到我的想法的。那些都是听起来让人感到害怕的想法。"

"你在这儿还会有可怕的想法吗？"

"我喜欢这儿的一切，我全身心地陶醉在其中，这就是让人害怕的地方。"

"舒适与幸福是令人害怕的东西吗？"

"它们是不会持久的，你不愿沉溺于安乐的。"

"是的，绝对不会，"她伸出一只手抚摩着他的胳膊，"当然了，忘掉过去那几个月里，你和我一起走过的那段相当不错的旅程吧。"

他把自己的一只手放在她的手上。"我一刻也没有忘记过。我不是指我们自己。"

"好啊。因为我没有打算让这持续下去，哪怕就一小会儿。"

"一小会儿就好。我会赞成的。"

"最起码，说来该是又一个十九年吧。"

"什么十九？"格里斯基话没完就停了下来，看着她问道。

"是十九年。"她说这话时流露出一种深深的忧虑。由于他们之间在年龄有十九岁的差距，结婚之前，他们在是否该生一个属于自己的孩子这个问题上产生了分歧，差点分道扬镳。格里斯基告诉过她，他对这事早就断了念头。

这是她曾处理过的最棘手的事情之一，不过特雷娅告诉他，如果那是个问题的话，他们不得不说再见，彼此都不要再出现在对方的眼前。她不想以一种强加于人的手段，利用这件事来得到或是缠住他不放。如果再次为人父母不是他所愿意经历的事，她表示完全理解。他还是一个很不错的男人，而且她爱他，但她清楚自己是谁，想要的是什么。

有时候，格里斯基曾勉强接受过她的决定，还有他自己的，然后有一天他醒悟过来了，意识到他已经改变了自己本来的想法。在他的生命里，她的存在比其他任何东西都重要。他不能失去她——没有什么东西能够让分离这种事情出现。

不过现在，那曾经看似遥远的某一天已经来到了面前。特雷娅正紧张地咬着嘴唇，琢磨着她丈夫是否会接受这个现实。"我认为，如果孩子们生在一个父母感情不和的家庭，他们就没有良好的成长机会，所以我想我们真的应该维持现在这种局面，至少要等到孩子们走出家门，独立生活了以后再考虑要我们自己的孩子这件事，你不这样认为吗？"她努力想让自己露出笑容，双手紧紧地握住他的一只手，迎着他的目光和他对视着，"昨晚我们到家的时候我就打算跟你说这个的，但当时你的探员在，不便开口，他们走的时候又太晚了……"她那因胆怯而微微发颤的话语声变得越来越微弱，话还没说完就停住了。

他迎着她的目光盯着她看了好一阵儿，表情逐渐变得温和，浮现出有点不解的样子。"你为什么认为那会花我们很长的时间呢？"他把她的手捧到自己的嘴边吻了吻，"那绝不是为自己没有努力而开脱的理由。"

21

四小时后，格里斯基坐在厨房的操作台上，在用墙上的挂机与一名副治安官通话。电话是从旧金山总医院打来的。当然，出于职业习惯，即使听到了滑稽可笑的事，他也会尽力保持着镇定自若的口吻。今天上午早些时候，这个副治安官已经给凶杀案组打过电话，说有个女人被逮捕了，送到医院里，脚踝处骨折并伴有脑震荡症状，嘴里似乎停不下来，一直在叫嚷着她丈夫才是家中的谋杀犯，为什么偏偏是她被关进了监狱。副治安官认为，如果这个女人牵涉任何与谋杀有关的事情，他应该让有关人员对此引起注意。不过当他给凶杀案组打电话通报这个情况时，没有人知道什么事会跟他说的事有关联，所以他们给了他格里斯基的住宅电话号码。

"你的意思是，他们逮捕了她吗？他们没有逮捕他吗？"

"你是说那个丈夫吗？是的，长官，我可以说没有。他们没把他带到这儿来，不过也许他没有受伤。"在市里，健康的人被逮捕后，会直接送到司法大楼后面的监狱里。如果他们需要任何形式的医疗，旧金山总医院设有一个带有警戒的监禁室供其接受治疗，逮捕安·肯森的警官就把她放到了这儿。

十分钟后，格里斯基就已经打探到了那两个出现场的家伙的住宅电话号码，而且他们中的一人——瑞克·帕格警官——不走运接了这个电话。虽然隔着电话线，不用面对他那张可怕的脸，但格里斯基说话的口气、职务以及地位加在一起，也让这位年轻的小警察自感卑微，一时惊慌失措不知如何应对，以至于说话也没个头绪，结结巴巴地说不太清楚，每句话都要重复一遍上半句才说得出下半句。"事情是，事情是有人拨打了911DD，也就是家庭纠纷求助电话。当我们到达那儿，我们到达那儿时，那个女人躺在地上，她的孩子围在她的身边。她的孩子们。"

"那个男的呢？"

"哦，他，他的脸鲜血直流，从她砍、砍他的地方，相当的糟糕。"

"砍他？用的什么，刀子吗？"

"不是。是指甲。划的。我的意思是指甲划破了他的脸，不是砍的。就在他的脸上。我们到达现场的时候，他就屋外的台阶上。我和杰瑞，我的搭档，我们靠路边停下车，并且一起上去制伏了他。"

"制伏了他？"

"是的，长官。"

"随后你们就逮捕了她吗？即便是在她受伤很严重的情况下，是这样吗？这到底是怎么回事？"格里斯基仍然感到愤怒和沮丧，不过他已经冷静得足以明白，他从帕格警官的嘴里得不到自己想要的东西。他把说话的调子降低了一两度。"你可以说慢一点，警官，只告诉我发生了什么就行。"

"是，长官。首先，那个家伙，他叫肯森，他告诉我们求助电话是他打的，所以我们立刻叫接警台的接线员进行了核查，证明他说的情况属实。他就是那个把电话打进'九一一'报警台的人。他被关在自家门外，担心他的妻子会伤害他的孩子们。他说他需要帮助。"

"这我相信。"格里斯基在想，安·肯森把他关在外面是明智之举，她并不笨，是会想到这么做的。"不过你们到那儿之后又看到什么呢？"

"首先看到的是，她躺在地上，就在台阶下面的便道上。那儿有几步台阶，你知道的。上去就进到房子里。那个丈夫仍然待在最上面那级台阶上，就站在那儿。三个孩子都跪倒在她身边，被眼前血腥的谋杀吓得大喊大叫。我们不知道当时那种情况可能会朝什么方向发展，长官，因此我们俩都掏出了家伙，接近了当时我们认为是嫌疑犯的那个家伙。"

"那他作何反应？"

"他被吓住了，很合作。他想去看看他的妻子怎么样了，不过我们没让他动弹。他举起双手，一动也没有动，表现得很不错。根据目前我们所看到的情况，我们准备把他带回市中心。"

"好，"格里斯基说，"是什么让你们改变了主意，没这么做呢？"

帕格迟疑了片刻，又开始说了起来。"主要是我跟他的谈话。他说的第一件事，我的意思是，当时他双手高高举起，脸上血流不止，在这种情况下，他做的第一件事竟然是谢谢我这么快就赶到了那儿，真是出乎我的意料。"

"他谢了你？"

"是的，长官，这种情况我还是第一次遇到。你明白我说的意思吧？"

格里斯基当然很清楚。通常，当警方介入家庭纠纷时，尤其是事态扩展到需要警察来制止殴斗时，这种情况就与那些情节较为缓和的、群体性的、消遣性的打打闹闹不能相提并论了。"往下说。"

"总之，杰瑞就待在妻子身边，尽力让那些孩子平静下来。他，就是肯森，问我他是否可以坐在台阶上。我说不行，让他转过身来，按照平常的程序给他铐上手铐。就在这时，他的一个孩子，就是那个男孩，向台阶走来，嘴里说着：'你在对我爸爸做什么？放开我爸爸。这不是他的错，是我妈妈的。'

"那孩子是这样说的吗？"

"是的，而且肯森的情绪并没有因此而显得激动，还是一副无动于衷的样子。'没事的，特利。'那孩子并没有停下脚步。'他不知道是怎么回事。'孩子说。你明白的，他指的是我。但我并没有让那个孩子靠近他。"这无疑符合正规的处理程序。因为情绪激动的父母，特别是父亲，如果看到自己不久就要进入监狱，为了奋力避免这种结局，冲动之下会想到拿自己的孩子来当人质做最后一搏。"因此，我挡在了他身前并要求已经回到车上的杰瑞打电话叫医护人员过来。这个时候，那个妻子已经坐了起来，怀里搂着那两个女孩。周围有些市民，也就是些街坊邻居吧，都跑出来看究竟出了什么事。这时我所做的，就是把枪高高地举起来，让大家保持镇静，不要拥挤过来。"

"很好。"

"好的，局面逐渐稳定下来。肯森是被铐着的，他问我能不能把身子转过来。我让他慢慢地转过身来，而且他还告诉他儿子待着别动，不要担心他，事情都会弄清楚的。他尽量克制住自己的情绪，平静地跟我讲他是个医生，可以帮助他的妻子。不过他的请求对我来讲，无论如何都显得有点可笑。"

"怎么可笑了？"

"就在于基本上都是男人——你知道的，长官——在实施破坏。"

"我明白。"

"但是这个家伙，他的情绪一点都不紧张，连一般生气的样子都看不出来。他说她只是在他正要离开的时候滑了一跤。'她确实是这样的，'他只是说，'瞧瞧吧。'并且向下点了点头，示意我看看地面上留下的痕迹，那看上去相当明显。还有那个男孩的话可以证明这一点：'这是真的。我看到的，她只是滑倒了。他没有碰过她。'

"因此我在想，这是一件什么事啊？我的意思是，我们接到一起家庭纠纷案，那么接下来就有人会被带回市中心去，对吧？我是说，通常会是那个男的，但我们空手离开，不带走他们中的任何一个这种情况是绝对不可能的。一想到两小时之后，那对配偶之间的所有争执都会得到化解，他们又和好如初，就觉得真是没劲，除非随后他们中的一个用枪射了另一个。你明白我的意思吗？"

"我听着呢。"格里斯基说。

"但我该做什么呢？我押着肯森走下台阶，把他塞进警车关了起来。就在这时，一个邻居走到了我们跟前。要是你愿意跟她谈谈，我有她的身份证号码和其他信息。她也跟我讲了同样的情况，她看到了事情发生的全部过程，肯森完全是在防卫，绝对没有还手打过她。她用手抓他的脸，又向他扑过去，结果滑倒在地。"帕格吸了一口气，稳了稳自己的情绪，"于是我和杰瑞商量了一下，决定把他们的那两个女儿分开，分头查问，但得到的是同样的答案。完全是那位妻子的责任。这时，救护车到了。那位妻子身体虚弱，而且不能单脚行走，再加上她头部的伤口还需要缝合，因此杰瑞和我决定把她带到市中心的局里去，让那个男人留在家里。"说了这么多之后，帕格话音中已经有了些自信，说起话来也比较客观了，"我不知道，除此之外我们当时还应该怎么做，上尉。四个目击证人都一致坚持说错在那个妻子。那个男人没有做错任何事。"

格里斯基忍不住想问帕格，他是否知道他没有拘捕的那个男人就是一起凶杀调查中的主要嫌疑人，不过话说回来，这个警官怎么会知道这个呢？而且那又能说明什么呢？起码目前安·肯森是安全的。尽管她心里不痛快，而且也受了伤，但至少还是安全的。这一点他是能够接受的。"那现在他就在她的家里和孩子们在一起吗？"

"这个我不清楚，长官。他或许在他自己的住所里，我有他的住所地址，你要吗？"

"我已经有了，"格里斯基答道，"也许我会跟他谈谈。"

"抱歉没有让你进来，上尉，因为我把孩子们带到这里来了。他们今天已经看到了太多的警察。有一个已经睡着了，其余两个在看录像片，他们今天已经被折腾好长时间了。"

"我只想问你几个问题，不会超过十五分钟的。"

"十五分钟？要是我不让你进来，那一分钟也不用浪费了。在我看来，那天晚上我们把所有的情况都谈完了，而且我的律师说，当时我不该跟你交谈。"

"那是今天以前的事了，在你跟你的妻子打架之前。"

"我们没有打架，打架是两个人都动手了，但今天是她攻击我，我并没有动手。"

"为什么你会在事发现场呢？"

"今天是我和孩子们待在一起的日子。我有巨人队球赛的门票，提前约好了要带他们去看比赛的。就这么简单。你看，现在这个时间确实不合适，对吧？我受了伤，筋疲力尽，可我还得尽到父亲的职责，去照顾他们。"肯森换了另一只脚来支撑身体，重重地吐了口气，"你看，我并不想让自己看起来像个胡搅蛮缠不讲理的人，上尉，但除非你有进入这儿的许可证，否则我是不会让你进来的。晚安。"

布伦丹·德里斯科尔在罗伊街上的联排式公寓看上去就像铁路运输中使用的双层车厢。此刻，在房子背阴面的厨房后的那间小屋里，他正埋头在电脑前忙活着。尽管户外阳光明媚，天气晴好，但自从早上十点半醒来后，又过了一小时，他带着那场成年后最厉害的宿醉，一直待在那间暗无天日、满是霉味、让人憋闷的小房子里，全身心地投入在工作之中。

现在，连续工作将近十二小时之后，他舒展了一下自己的身体，用双手搓了搓脸，把身下的椅子往后推了推，离开桌上的电脑，来到厨房，一口吞下了不止四片阿司匹林，并给自己倒了一杯冰茶。就在这时，罗格出现在了门口。

"事情有进展吧？"罗格说。

布伦丹看着对面的他。"几乎没有。"

"头怎么样？"

"很难受，可能永远都不会好起来了。其余的地方感觉倒还好。话说回来，长岛冰茶里有什么东西？我又喝了多少呢？"

罗格耸了耸肩，接着无奈地摇了摇头。"你跟我讲不要数的，还记得吗？不过我清楚那是在第三瓶之后的事了，当时我还说最好别再喝了。"

"我该听你的。"

"你总是这么说。那么，"罗格问，"今天，你把自己关进洞里，花了所有的时间去弥补你的罪过，你的自我惩罚有效吗？"

"我所寻求的不是自我惩罚，"布伦丹说，"是报仇。"他走到餐桌旁拉过一把椅子坐了下来，"我就是觉得自己这样是被出卖了。"

罗格在他旁边坐了下来。"我知道，我没有责怪你的意思。"

"那是我的问题。我不知道该去怪谁。"他长长地叹了口气，"我是说，我该怪肯森，还是怪他的那个愚蠢的妻子？是她让蒂姆觉得应该每天都去慢跑，而正是事发的第一地点为作案者提供了下手的机会。"

"算了吧，慢跑这事并没有杀掉他，布伦丹。"

"我知道。不过如果他没有出去……"

"他就不会被撞了，那么他也不会在医院里……我们的种种假设已经结束了，因为这一切都已经发生了。"

是的，一切都已经发生了，令人作呕般地发生了，布伦丹意识到。他叹了口气，又用手使劲挤了挤他的太阳穴，从宿醉带来的头痛中清醒了过来。"你是对的。不过这让我难以相信，罗斯认为他可以买通我并把我手头上的档案清除干净。他真的认为我就没能预见这种情况，我就不会有所准备吗？"

22

　　杰克曼信守了自己的承诺。星期一早上哈迪到达办公室时，已经有不止两份关于马卡姆案件的书面调查材料准备好了，就摆在他的面前。他给自己要了杯咖啡，在办公桌前坐了下来，打开了第一个文件夹。显然有人已经动过了这个副本，因为有几个调查谈话的笔录被打印成了定稿，包括格里斯基与肯森，以及和女佣安妮塔·董的谈话，还有布拉科与安·肯森之间的谈话。他快速地翻动着文件。所有的东西都没有用标签分门别类地加以标注，查阅这些文件对他来说是一件费神又费力的工作。不过能看到这么多梦寐以求的东西，他为自己得偿所愿感到满意：对车辆肇事逃逸案的第一手事故报告，马卡姆死后医院随即做出的验尸报告，斯特劳特做的尸体解剖的发现和官方的死亡证明材料，对马卡姆家做出的最初的犯罪现场分析。

　　他坐在那儿看了一个多小时，丝毫没有注意到时间的流逝。他的手只是偶尔机械地伸向咖啡杯，把它送到自己嘴边喝上一口。杯里的咖啡早都凉了。突然间，他的身子就像遭受了什么外力的打击一样，直直地坐了起来。他从面前的文件夹上抬起头，惊奇地看着自己办公室里熟悉的陈设和装饰，就好像是第一次看到一样。此时此刻，舌尖上还留着咖啡残渣的苦苦的味道，他在心里细细揣摩分析着犯罪证据，俨然觉得自己又是一个地方检察官了，要把这个案子办下去而不是为它进行辩护。这种感觉完全出乎意料，甚至莫名其妙地让人感到不安。

他从椅子里站起身，觉得自己刚才闪过的这种感觉有些可笑，便自嘲似的摇了摇头。他站在办公桌前投了一轮飞镖，随后又走到窗户旁边，俯视着楼下的苏特大街。窗外，退去光彩炫目、浮华虚幻的周末景象之后，旧金山又换上了它那副工作日里惯有的平常面孔——街道上散落的垃圾碎屑在海湾吹过来的清爽微风中轻扬舞动，发着微光的太阳不时地从云层中露出脸来。

他明白，这种感觉的出现不是咖啡刺激的，真正的原因在于他自己正处于起诉人的思维模式之中。要证明他的委托人是无辜的，只能遵循这一冷酷的前提，那就是他必须证明杀马卡姆的另有其人，而且据推测也杀了他的全家。这留给他的只有一个要求——找到那个人并用证据来证明其有罪。

他清楚，具有讽刺意味的是，自己当初就没想过要当一名辩护律师。他不是生性就被拽过去站在被告人这一方的。在正义和宽恕之间，他总是倒向正义这一边。离开海军陆战队的越南战场之后，他当了几年警察，随后怀着要从事一种把坏人都送上审判席并关进监狱的职业这样一种朴实的想法——这也一直是他的人生取向，无论是在工作中还是生活里——他去读了司法学校。要是以前的那位地区检察长没有因为办公室政治而解雇他的话，他几乎可以肯定地说，他还在下面的大厅里与玛琳一起为杰克曼工作。尽管现在他已经加入辩护律师这个行列好长时间了，长到都已经习惯这个职业身份了，但内心深处依然保留着做个检举人的纯洁的渴望。

法律，就像大卫斯·弗里曼爱说的那句话一样，是一个复杂而又美丽的东西。而且，哈迪认为，再没有比这更复杂的了。一方面，一个无罪判决并不总是意味着你的委托人确实是清白的，没有犯下被指控的罪行；另一方面，一起有罪判决就意味着你的委托人是有罪的。当哈迪这个辩护律师用精彩的辩论或是某种合法的手段让某个委托人免受处罚时，他当然有一种完成了自己的工作、佣金入袋的满足感。但这种满足感是微不足道的，他更渴望自己能够证明一个恶棍有罪，并把他剔除出这个社会。因为只有这样，他才能获得那种让灵魂升华的正义感。

他坐回到办公桌前，又喝了一口凉咖啡，目光重新回到他面前的文件夹上。这儿有一些波托拉医院几个护士的谈话记录。快速地看过一遍之后，这些谈话材料告诉他，布拉科和菲斯克已经做了一些基本的外围调查工作，也许可以为他节省一些时间。然而他注意到，他们没有确切地找出马卡姆死亡前后都有谁在场。他又翻了几页，没有发现与这个必不可少、极其重要的信息相关的内容。

他再次抬起头来，愤怒的目光茫然地瞪向空中，下巴绷得紧紧的，眼神冷峻，心头燃起的那把怒火不知该往哪儿发泄。

杰克曼信守了自己的承诺，按照交易的条件送来了自己掌握的案件调查情况资料。这没错，不过这些资料的内容显然是不完整的。哈迪认为这不是偶然的，但他看不出杰克曼在这上面做了什么手脚，故意不向他提供他想要的证据。他明白了是格里斯基这样做的。

布拉科和菲斯克这天进办公室门的时候，时间已经不早了。因为菲斯克不顾布拉科的反对，坚持说他们要继续寻找关于那辆肇事车的某种线索。于是他们又去了马卡姆车祸现场的附近区域，挨门逐户地问话，找到了一些他们前一次上门调查时不在家的人。尽管得到的都是同样的结果，但他们还是不厌其烦地完成了这项工作。没有人看到事发当时的情况或者注意到那辆飞驰而去的车子。接下来，坐在驾驶座位上的菲斯克——今天是他开车，把布拉科的头都转晕了——到跟车辆肇事逃逸案有关的"老客户"那里转了一圈：在教会区朗伯德的范尼斯大道上的好几家汽车美容店。早在上个星期，他就把这些美容店的名单写在了工作提示板上，现在照单挨个登门寻访就行了。

有家美容店确实有一辆六十年代末出厂的绿色科威尔车停放在车间里，是昨天下午晚些时候送进来的，车头右前方的保险杠和引擎盖受损。车主自称车子停放在市里一座众所周知的山上时刹车自己松开了，停车时他忘了用路边的牙石把车轮塞住。车自己向前溜了二十英尺左右，撞到了一棵树上，一根树枝掉下来砸到了引擎盖。美容店的老板吉姆·奥第斯知道这个情况后，一直琢磨着修理这辆车之前，要给车辆肇事逃逸案组打电话报告一下。

但是喷了快速发光氨这种显影剂之后，这辆车身上的肇事嫌疑就几乎完全被排除了。发光氨是一种用来显示血迹存在的非常简单实用的化学制剂，即使只有微量的血渍，哪怕事后被清洗了，在发光氨的显影作用下也会显露无遗。结果显示，这辆科威尔车上一丝半点血迹都没有。尽管如此，菲斯克还是一丝不苟地记下了车主的姓名和地址。在这事结束之前，菲斯克信誓旦旦地说，他会查明车主是否有在上星期二早晨六点半不在事故现场的证明。

吃过了午饭，在格里斯基的指示下，他们终于掉头开往波托拉医院，以便展开更广泛的走访。上尉已经审视过了从星期五到现在这段时间里他们所做的工作，而且想知道上个星期二在重症监护室里出现过的另外两个医生的有关情况。他同时还希望重症监护室护士站的护士们尽其所能地回忆起所有出入人员的时间表。

不过结果证明，要查明这些情况，并不像他们预想的那样简单。在新的一个星期里，重症监护室又换了另一拨护士来值班。马卡姆和莱科特死亡时的那两个值班护士当中，拉扬·巴丹已经被调到了产科，正在一台剖宫产的手术之中。另一个叫康妮·罗薇的，被指派到楼下的大厅值班去了，现在正在外面用午餐，也不在。

布拉科问菲斯克是否介意待在原地盯守一会儿，自己去办点事。征得他的同意后，布拉科留下他的搭档独自等候那个女护士，自己回身上了楼。

他回到重症监护室的护士站，再次向坐在工作台前的那个女护士作了一番自我介绍。他问起情况时，她解释说和她搭班的那个护士跟其中一个值班医生在一起。如果他需要跟他们中的任何一个谈话，他们俩很快就会从外面回来的。

不过在确定了那个医生既不是他想找的科恩，也不是沃特里普之后，布拉科告诉她，其实他真正需要的是在一个安静的地方待上几分钟，问她是否介意他去走廊那头的等候室坐上一会儿。

得到她的同意后，布拉科径直去了等候室。一对中年夫妻神色悲凄地握着对方的手坐在一张长椅上，嘴里在低声说着什么。布拉科拉过一把装有坐垫的椅子在靠近走廊的地方坐了下来，从这个位置可以清楚地看到那个重症监护室和护士站的入口。确实，另外那个护士和她的搭班医生几分钟后就出现了。在走廊中间简短地交谈了几句之后，他们就分开了。那个医生转身朝他的方向走了过来，护士则回到了护士站与她的轮班搭档待在一起。

那个医生进入等候室之后，布拉科起身站起来，回到走廊上。有一个护士——具体是哪一个他不清楚——仍旧站在远处的那个工作台前，面朝着他在一台电脑前忙活着。另一个不知道去哪儿了。

他走了十来步，穿过大厅，来到重症监护室的门口。透过门上那块装有金属防护栏的方形玻璃，可以清清楚楚地看到病房里的情况。除了病床外，他没看到别的东西。他回头最后看了看那个在电脑前打字的护士，又扫了一眼等候室，确信没有人注意他。一眨眼工夫，他就进到了重症监护室里面。

他看了看表上的时间，开始走动。他强迫自己以从容不迫的步伐，绕着病床边计时测量起来，每数到五就停一下，这是他能让自己保持正常步伐的最长时间，之后要再调整一下心境才接着走。走完整个一圈整整花了四十八秒。

他再次通过门上中央位置的窗玻璃观察了一下外面的情况，没有人注意到这儿。于是他推开门回到大厅，随手关上了门。

来到护士站，他故意轻咳了两声，先前和他说过话的那个护士停下了电脑上的工作，扭头看着他。"你的搭档已经从外面回来了吗？我注意到有位医生刚刚进了等候室。我在想她是不是跟他一块儿从外面回来了？"

那个护士冲他意味深长地笑了笑。"她刚刚去洗手间了，应该马上就回来。"她说这话的时候，还朝那个医生刚刚走过的大厅望了一眼，"在她上洗手间的时候，你正好可以说说那些要问我们的问题。"

"那就是我回到那儿干的事。"他朝等候室示意了一下，"结果证明，我认为根本没必要跟他们谈了。不过还是要谢谢你为我抽出时间来，我为给你带来的不便感到抱歉。"

"没事的，"她说，"愿意效劳。"

下了楼，布拉科知道康妮·罗薇吃过午饭已经回来了，而且她和菲斯克探员已经回到了医院的餐厅，他们在那儿谈话可以不受干扰。等到他走过去找到他们，在旁边坐下来时，菲斯克的谈话已经开始了。他们在一个角落里面对面坐着，桌上放着一台小型录音机，布拉科一边在心里祷告但愿菲斯克记得把它打开了，一边拉开身前的椅子坐了下来。

问：你认识布拉科探员吗？是上星期认识的吗？罗薇跟我谈的是她的搭档，拉扬是吗？

答：拉扬·巴丹。

问：他这个人怎么样？

答：正如我对菲斯克探员所讲的，没有什么真正特别的地方。按照轮班间隔的方式，我一年只有十来次与他一起在重症监护室同班工作的机会，不过似乎只要他值班，就会出事。

问：你是指有人死吗？

答：不，不都是那样。那儿总会有人死的，因为病人们进来的时候通常都处于危急的状态。但是起码在去年，我跟拉扬轮班的时候，每次都出事。我不是有意说他的坏话，不过，这确实让人感到毛骨悚然。他真是鬼鬼祟祟的，一副藏头藏脑的样子，从不跟任何人说话。

问：你认为他跟马卡姆先生的死有任何关系吗？

答：这个我不清楚。这是个很严重的指控。不过星期五你们到这儿来询问我们的时候，你们也注意到了他几乎是一言不发吗？在你们看来不是这样的吗？他跟其他人一样对轮班工作的事知道得一清二楚，还有当天所发生的事，有谁在那儿，这些他都清清楚楚。

问：罗薇女士，请恕我冒昧，当菲斯克探员问到你，是否拉扬值班的时候就有病人死在重症监护室里，你说‘不都是那样’，这没错吧？你这样说的意思是什么？不都是什么？

答：不都是死人的事情。

问：不过也有死人的事吧？

答：是的，不过就像我要说的，每星期都有那样的事。但是有些事情——我指的是病人们往往不能按时吃药，而且他晃来晃去的，行踪不定。你明白我说的是什么意思吗？他这人躲躲藏藏的，行踪不定。有时候，就在你快要走到某个角落时他会冷不丁冒出来，就站在那儿，让人浑身都起鸡皮疙瘩。没有人能受得了他这个样子。

问：上星期二他在那儿吗？马卡姆死的时候他在重症监护室里吗？这就是你说的吗？

答：我们两个都在那儿，因为那两个病人的情况指示灯都闪着绿光。我知道那事。在此之前，我坐在办公桌前——

问：你在用电脑工作吗？

答：我想是这样的，现在我有点记不太清楚了，不过我想当时我在归整一些医嘱，我不知道他那会儿在什么地方。

问：罗薇女士，你是何时看到那个信号——那个绿色指示灯——亮起来的？而且当你进到重症监护室时，他已经在那儿了吗？

答：是的。就在莱科特先生的病床边上，就是死掉的另外那个男人。

问：当时房间里还有别人吗？

答：就只是肯森医生了。

问：他当时在哪个位置？

答：和拉扬在一起，就在莱科特先生旁边。他是第一个亮起绿色指示灯的。

问：换句话说，他们都不在马卡姆先生旁边。

答：是的。他的监护仪几秒钟之后就停止不动了。

中午一点，哈迪拿起他办公桌上的电话就听到了法医那拖腔拿调的声音。"你现在欠我一千美元。我揣摩着这事你得要得有点急，因为一大早刚睁开眼你就把尸体直接送过来了，所以昨天我干了整整一天，那可是星期天啊，而且我把我最好的实验室人员都召了过来。今天上午又折腾了她几个小时。莱科特先生是死于心脏停搏，除此之外没有其他的原因。"

"没有钾中毒的症状吗？"

"一点都没有，迪兹。我把所有的部位都做了从初级到高级的扫描检查，一直用到 C 级为止。他体内连不该有的过量使用阿司匹林的痕迹都没有。"

"这完全不是我此前希望看到的结果。"

"我知道，你已经说得再明白不过了。不过想开点吧，看看光明的一面。不管怎样，这也可以证明你的委托人没有杀过莱科特先生。"

这句话引发了哈迪的一声干笑。"谢谢，约翰。这真是大大地消除了我心头的忧虑。"

"别客气。还有别的事吗，迪兹？"

"没有了。"

"我这里看来似乎是没什么漏洞了，因为我确实热爱自己的工作，我敢肯定地这样说。这就是你今年所遭遇的吃力不讨好的事。"

拉扬·巴丹说起话来眼神躲躲闪闪的，带着一种南亚次大陆的口音，语调急促而又单调呆板。"那女人是个白痴。"他用无可奈何的语气说道。此时，他正单独和布拉科、菲斯克他们待在护士休息室里。"自从她来到这儿，给我带来的就只有麻烦，因为她这个人懒惰，而且对我又有偏见。现在你们说她指控我杀了这些病人吗？这真是让人忍无可忍，欺人太甚了。我得跟她理论理论，或许跟医院方面反映反映。"

由于缺乏办案经验，菲斯克此前已经提到他们跟罗薇女士谈过话了，而且巴丹的名字在谈话过程被提到过。现在，巴丹当然对罗薇大为恼火，而且急于想说一些她作为一名护士及在为人方面的缺点，对她还以颜色，而不是上星期二晚上他都干了些什么。巴丹自然也想象得出，这些警察也会把他说的这些话重复给他的同事们。自己这样做不是对付警方访谈的最佳方式，甚至连最佳方式的备选方案都算不上。

布拉科一见形势不对，赶紧接过了问话的主导权，试图让谈话回到正题上来。"你是在告诉我们，马卡姆的监护仪停止运行时你不在病房里吗？"

"是的。他的监护仪出现状况时我不在。我急急忙忙地冲进去是为了查看莱科特先生的情况，他的监护仪是最先报警的。"

"那么那之前你在哪儿呢？"

巴丹的脸上写满了厌烦之情。"这一点你可以相信也可以不相信，不过在第一台监护仪呼叫的时候，罗斯医生也正好从等候室出来，我想没准他也看到了我。当时大厅里停放着一些轮式病床，我就站在其中一张床的旁边，就在那儿。我确信其中有两三张都推了出去。这是让人无法忍受的。"他重复道。

"那让我直说了吧，"布拉科不失时机地说道，"你是在告诉我们，莱科特先生的绿色报警灯熄灭时，重症监护室里除了病人就再也没其他人了吗？"

"绿灯还没亮的时候是有人的。肯森医生在此之前刚刚又进去过一趟，后来当我到达莱科特先生身边时，绿灯又亮了。"

"后来马卡姆先生的那些监护仪开始有状况的时候，你们两人都在莱科特先生那边忙着处理情况吗？"

"它们持续不断地发出刺耳的声音。不过情况没有出现异常。"

"就没有人靠近过他吗？"

"我没看到过。没有。"

哈迪和弗里曼正在往苏特大街的上坡方向走着。太阳隐藏在云层后面，怎么都不肯把脸完全露出来。早晨的时候还只是断断续续的微风，现在风势增强，持续地刮着。总而言之，这根本不是一个出来散步的好日子，不过弗里曼对哈迪说，他只能抽出一点时间来跟他谈话，而且只能在他去弗里曼的雪茄供货商那儿买东西的途中边走边谈。他的雪茄快抽光了。哈迪以为，他这样说就意味着他的存货已经不到一打了。

不过就算弗里曼这样说，除了答应陪他走一趟之外，他又能怎么办呢？

"现在的问题是，我真的没有找到其他任何一个作案嫌疑人，"哈迪说，"卡拉，也就是那个妒火中烧的妻子，或许曾是个不错的赌注，不过她让我断了这个念头。"

弗里曼咯咯地笑出声来。"那就有点困难了。"

"然后我以为，从与马卡姆同一时间死亡的一个叫莱科特的人身上能找到有价值的东西，不过斯特劳特说没有，因此我正在犹豫该不该麻烦韦斯·法瑞尔去弄一张解剖罗琳尸体的许可证。"

"谁在那儿？"刚说到这儿，他们就走到了诺布山雪茄店的门口。弗里曼推门走了进去，顺便为身后的哈迪拉着门。这里弥漫着浓郁而湿润的芳香气味，整体氛围与都市流行风格相去甚远，显得十分落伍。弗里曼每次到这里来都成批地购买雪茄，这已经成了他的习惯，所以这次，他瞟都没瞟一眼楼下摆着的那些东西，而是径直向上楼走去。哈迪紧随其后。这儿绝对称得上是一个维多利亚女王时代的男人俱乐部，当时女人在法律上是被允许进入的，不过在今天的十多个顾客中，哈迪一个女人也没看见。

和老板马丁品味着雪茄闲聊了一会儿后，他们躺在两把皮制的安乐椅上自顾自地享受起来，旁边放着赠送给他们享用的产于科涅克附近的法国白兰地。这种酒是非卖品，甚至按照法律规定是不可以在店堂内消费的，但在这里，它一直是贵宾们的特别赠品。没过多久，马丁又出现了，给他们添了酒并点燃了高希霸雪茄，随后就退回到楼下准备弗里曼订的货去了。

大卫身上的另一个重要的个人习惯就是，在抽雪茄的过程中，他会全身心地去品味和享受这种快乐，等到雪茄的第一段烟灰快掉落时才开口跟人讲话。有时候，这个过程会花上十来分钟，让人等得不耐烦。不过今天，哈迪发现，虽然自己是特地来向这位老人讨教的，但还是乐意就这么安然地坐着并细细地考虑自己的问题。

在蒙特雷度过的周末时光简直是美妙绝伦。哈迪一直都在回答着孩子们提出的关于海洋生物的问题，讲述着它们的神奇之处。而且，那座水族馆似乎帮哈伦一家找回了先前失去的某种东西。突然之间，他觉得自己如今要做的，不单单是之前的养家糊口，挣口饭吃，所有那些流离失所的苦命人一下子涌入他的脑海之中，激起了他的恻隐之情，也撼动了他的灵魂。这让他醒悟了过来。

下午，他买了些泳衣泳裤。他们去了海滩，在潮水中探险玩乐，在冰凉的海水中嬉戏打闹，不时疯狂地发出快乐的惊叫声。他们在老房子里享用了丰盛的晚餐，在月光的沐浴下外出漫步到码头上，在那儿亲手给海豹喂食。回到旅馆后，他们设法把弗兰妮和孩子们昨晚入住的单人房升级成一个套房，等孩子们在与自己卧室相连的那道门后甜蜜入睡，他们做了两次爱，一次是在夜里，一次是在早晨，就像是一对新婚夫妇那样激情洋溢。

在楼上的吸烟室里，弗里曼轻轻抖落了雪茄上的烟灰。"那么谁在

271

那儿？”他问，“我相信那就是我们该入手的地方。”

当然，他是对的。哈迪对此一点都不感到吃惊。不过他还是跟上次一样给出了相同的回答，这也是他自己想要得到答案的一个问题。“哪儿，大卫？”

“那家医院。你跟我说过需要找到具有杀死马卡姆的动机的人，但除了你的委托人之外，你不知道还有什么人具备作案动机。好吧，让我们暂且假定那不是他干的，虽然这么想会让我感到很不舒服。抛开现在的问题，甚至也不去管什么动机，你所需要的，就是当时有谁在案发现场这个事实。我这样说的意思是，当时在场的是些什么人，弄清楚这个问题，我们就能把这个案子的全部环节都串联起来。”

“要是你能把最后这句话的内容用一张示意图加以说明的话，我就给你一美元作为奖励。”

弗里曼本来只打算瞪哈迪一眼，作为他嘲弄自己的回击，不过转念一想，觉得没必要玩这种猜哑谜的游戏，因此他啜了一口法国白兰地，又吸了一口雪茄。“有时候，”他说，“好礼物是不需要包装得整整齐齐的。”

哈迪回到办公室时，已经是下午四点以后了。酒精的作用让他的动作变得迟钝起来，而尼古丁的作用又让他神经兴奋。他来到窗前，用力把两扇窗户向外一推，开得大大的，随后给自己倒了一大杯水，坐到办公桌后。他不在办公室的这段时间里，有三个电话打进来。

第一个是杰夫·埃利奥特打来的。他想知道哈迪在肯森这件事上有没有取得任何进展。他在着手撰写另一篇关于帕纳塞斯的专栏文章，也许他们可以共享各自手头上的对双方都有利的信息。

韦斯·法瑞尔的来电是要让他知道，他终于说服了罗琳的家人同意让官方把他们的母亲从坟墓里挖出来。现在他正面临着来自斯特劳特的相当强烈的抵制，他还以为哈迪已经把斯特劳特这一关摆平了。

这是怎么回事呢?

第三个来电,也是最后一个,是他的委托人打来的,哈迪今天一直都在想着给他打电话。所以首先给他回了电话,肯森接到电话后对哈迪讲的第一件事就是,和自己的妻子吵过架后,他还带着孩子们……

"等一下,埃里克,先说说和你妻子吵架是怎么回事。"

他较为详细地说明了事情的来龙去脉,最后也顺带说到了昨晚格里斯基的意外造访。"给我的印象是,他认为我到那儿是去伤害她的。也许他想的还要严重吧。"

哈迪记得格里斯基曾预言过肯森会做出这种事来的。"不过你没有再次跟他谈话。告诉我你没有那样做。"

"是的,我没有让他进门。不过我已经想好了,今天我要躲开一切打扰,让自己好好地清静清静。"

"这很可能是个好主意。你都干了些什么?"

在把孩子们送到学校之后,肯森下定决心要让自己真正地休息一天,少去想那些烦心的事,计划一下怎么度过这一天。他步行走过了金门大桥,然后又掉头走了回来,再驱车到市中心,在唐人街吃了些点心,接下来看了部电影消磨时间,最后回到学校去接孩子们。他刚给安打过电话。她已经从监狱里出来了,想让孩子们回到她的住所,但他认为这样不好,想知道哈迪对此有什么看法。

"你认为她对孩子来说是个危险人物吗?"

"在星期六之前,我还会说不是。但我从来没见过她那天那个样子,吵架的事我们两人都有责任,相信我。"

"没有任何肢体上的接触吗?你确定?"这一直都是必须搞清楚的关键问题。如果大陪审团查明肯森曾对自己的妻子使用过任何形式的暴力,那会对他极为不利。最好还是现在就把这件事弄明白。"你从未打过她吗,埃里克?一次也没有吗?"

"我得想一下。我绝对没有打过她,虽然她打过我好几回了。"

尽管哈迪并不想听到这样的答案,不过出于为肯森着想的目的，这总比听到他说他打过她要好。"那好吧。星期六究竟是怎么回事？"

"我猜肯定是她最终相信是我杀了蒂姆。"

"那也是我想到的答案。你愿意让我跟她谈谈吗？你认为她会跟我谈吗？"

他听到肯森松了一口气。"那就太好了。不管是你要跟她谈，还是她要跟你谈都行。"

肯森这样的回答算不上是给了哈迪明确的答复，但清楚地表明了他的赞同。哈迪觉得自己可以打消心头的顾虑往下深入了。"埃里克，你能告诉我上星期二在医院时谁跟你在一起吗？"

"哪儿？你指的是在重症监护室吗？"

"准确地说是靠近那儿的任何地方。"

"当然，我也是这么想的。我在，这很显然，还有值班的护士们。"他继续用念祷告词的语气一口气说了下去，尽管这也预示着接下来哈迪有一大堆工作要做。之前他甚至不知道事发时所有在场人员的名字，这让他的内心受到了极大的触动。

对格里斯基的怒火又一次涌上了他的心头。他到底在搞什么名堂？或许他已经认定了这个交易只包括杰克曼和哈迪，但事实上他也有份的。因为如果没有格里斯基的合作，杰克曼的交易就意味着是一纸空文，毫无实质内容可言。

这种想法虽然一闪而过，但对此事的恼怒郁积在心头久久挥之不去。不过哈迪还是压住了心头的怒火，把肯森提供的情况详细地记录下来。除了卡拉之外，肯森还告诉他，马拉奇·罗斯，马卡姆的助手布伦丹·德里斯科尔（肯森似乎很讨厌这个人），两个护士以及另外两个医生，包括朱迪思·科恩，都在重症监护室出现过。哈迪知道自己现在又有了一个需要搞清楚的问题，那就是埃里克与科恩交往了多久了。他得想办法跟她谈谈。

不过当务之急是，结束与肯森的通话后先跟安谈谈。因此他接着给安打了个电话。她说，是的，她当然乐意跟他谈一谈，任何时间都可以，她想让孩子们回到自己身边。

后来才搞明白，原来她的房子就在他回家的路上。他告诉她二十分钟后就能到她家。

23

安·肯森一只脚上打着石膏，拄着双拐把哈迪领进了杂乱无章的客厅。她一边把沙发上胡乱堆放着的孩子们的脏衣服扔到地上，一边示意他在沙发上坐下来。自己随后也在对面落了座。现在，她听过了他的开场白，同时他看得出她正在绞尽脑汁考虑着如何来应对这场谈话。

"你是他的律师，哈迪先生，你还有别的什么要说吗？"

"我可以说上一大堆事，肯森夫人。我可以说好吧他做了那事，不过没有事实能证明这一点。我可以说他做了那事，不过那只是一起意外的医疗失误。我甚至可以说是他做了那事，不过他有个不错的借口，就是看到躺在那儿的马卡姆先生，他一时精神错乱，是法律上认定的那种精神错乱，在失去自我行为控制能力的情况下糊里糊涂地干了傻事。不要笑。陪审员们相信过这种蹩脚的说法。不过，在这里我要告诉你的是，他说他根本就没有做过那事。我当律师也不是一天两天了，干这行时间也不短了。相信我，我的委托人对我说谎这种事也不是一次两次了。我对此早已习以为常。但是没有证据证明你的丈夫做过什么。"

"他告诉我是他干的。在别人知道这事之前,他甚至还告诉过我他是如何干的。那又是怎么回事?"

哈迪若有所思地点了点头。"他也对我说过这个。你居然相信他会去杀人,这种想法让他觉得受到了侮辱,他对你十分生气,所以情急之下,才故意说了那些气话来挖苦你。"

"他说他给他注满了那该死的玩意儿。"

"是的,他说了。不过听着,他是个医生。如果他没把这些话稍微在自己的脑子里过一过,只是想着如何才能不让你说个没完,那么,把药放在点滴中这种说法是个再好不过的借口,对吧?"他并没有等她回答。他不想让她因为争吵又陷入那种焦躁不安的状态之中。肯森已经警告过他,一旦她被自己的情绪控制,做事就会不管不顾,一发不可收拾。而且她对马卡姆的哀痛未消,对什么都看不顺眼,动不动就暴怒,在这种情况下,她是不可能跟你讲什么道理的。此时,他弯下腰,身子向她的方向倾了倾。"我想跟你谈的是,我们要多快才能让你的孩子们回到你的身边来。"

正如他预想的那样,这话让她快要爆发的情绪安定了一些,即使她明白这并不能完全消解对肯森的一腔怒火。她把一只手放到嘴唇上,看得出心里在揣摩着什么。"我问埃里克他今天能不能把他们带回来,他并不打算那样做。"

哈迪表示体谅地点了点头。"他跟我说过这事。我让他设身处地地换位思考一下。假设你确实认为他杀了人,为了阻止他带走孩子,你肯定要跟他打架的。"他向后靠在沙发背上,做出一副不动声色的样子,"如果你要我来说对这事的看法,那我认为,问题就在于你们俩都是很好的父母。你们都有保护孩子的相同的本能。这是件好事,难道你不同意吗?"

"是的,我也这么认为。"她那双因疲惫而带有黑眼圈的眼睛,现在已是泪光闪闪了,一滴泪珠滑落到她的面颊上,她无力而又无意识地抬起手臂抹了一下。这让哈迪感到她最近可能一直都是这个样子，经常以泪洗面，以至于她都注意不到自己失态了。"他从来没有伤害过他们。说实在的我认为他也不会那样做的，但上个星期以后，当我想到……"她欲言又止，摇了摇头。

"当你想到他杀了蒂姆·马卡姆吗？"

她点了点头。

"肯森夫人，你真的那样想吗？发自内心的吗？"

她咬了咬自己的下嘴唇。"他可能做过。是的，他确实恨蒂姆。"

"他恨蒂姆。我一直都在听到这种说法。他恨他比两年前的程度还要深吗？"

"没有，我不这么认为。"

"那就是比那时少了？"

"也许吧。我和他都已经习惯了。"

"好吧。在他最恨他的时候，他说过要杀死他吗？他气愤到那个程度了吗？"

"不，不，埃里克不是那个样子的。他从来……"说到这儿时她停了下来并直视着他，一下子又变得警觉起来，"他告诉我他做了。"

"是的，他说过，他说过那些话，那是事实。"

"那我该怎么去理解他的话呢？"

"他是什么时候说的，肯森夫人？不是上个星期二，就在你听到马卡姆先生的死讯，紧接着你谴责他杀了马卡姆之后吗？"

她没有回答。

他继续不停地一口气说下去。"他对我说你处在巨大的痛苦之中。你刚刚知道你爱着的那个男人去世了。你正在猛烈地抨击人世的不公，猛烈地攻击他，或许因为你觉得他是安然无事的。事情难道不是这样的吗？"

他绝不会有下一次机会了。在法庭上，当着陪审团的面，她会把她所知道的不失时机地全部抖搂出来。她会一遍又一遍坐到控方证人的席位上。她可以容许自己在此事上可能有的误解，不会为自己的夸

278

大其词而感到难堪，心安理得地那样去做。其实，到那时候，任何怀疑都会随着真相的大白而荡然无存。即使到现在，她还满心希望肯森会认罪。哈迪希望自己能引导她体面地作出让步，至少，也得有点风度。

但她不可能就这么轻易地让这件事过去。她的手用力地压着嘴唇，指关节因为过度挤压而变得苍白。她闭上了眼睛，似乎在全神贯注地思索着什么，回忆着什么。"我只是很……迷茫和受伤。我也只是想让他痛苦而已。"

"你指的是埃里克吧？你指控他杀了蒂姆，你知道这么做也会让他感到痛苦吗？"

"是的。"她突然睁开了眼睛，吐出了郁积在胸中的一口气，"是的。而且他说过，'我确实做了'。他确实这么说过。"她反复念叨着这句话。

"你就把这理解为他承认了你所指控的他杀了蒂姆这件事吗？"

"是的，我是这样认为的。"

"但是你再回过头去想想，现在你还是这么认为吗？你认为那是他真实的意思吗？他确实做了吗？或者只是你们俩在当时那种情况下争吵，说说气话而已呢？"哈迪压低了声音，口气变得亲热起来，"肯森夫人，请允许我让你想一想别的事情。从你离开医院，回到你这儿的现实生活中，到警方来人跟你谈话之前，你有大约一天的时间让自己去接受这起惨剧，我说得对吗？"

"我还能怎么做？那是在星期三前后。孩子们要上学，家里就只有我和他们。"

"当然，我明白。但在那段时间内，在你还没有听说钾这件事之前，在你说你相信埃里克杀了蒂姆时，你还有不少时间，而你仍然没有想过自己要亲自到警局去告发他吗？"

这个问题让她感到意外，犹豫了一会儿，可能是在纳闷自己为什么要回答吧。"不，我不知道。"

"为什么你不想一想呢，如果你不介意的话？"

"因为我认为……我的意思是，我猜想我相信……我听说了蒂姆是死于车祸。"

"那你相信那个说法吗？相信了两天吗？即使在肯森明白地告诉你是他杀的之后吗？肯森夫人，在那两天里你睡过觉吗？"

她摇了摇头，默默地抽噎起来，但哈迪必须乘势追问下去。"那么当你听到蒂姆是被故意杀害的，不是死于意外事故的时候，你是怎么想的？"

"我不知道。当我听到……让人弄不清真假，我简直都不敢相信那是真的。就好像他又死了一次，第二次死了。"

"那就是当你想起埃里克跟你说的那番话时，你的第一反应吗？"

"是的。"

"尽管埃里克明明白白地承认了，但除了认为蒂姆是死于那起车辆肇事逃逸事故之外，你从未认真考虑过别的原因吗？"

"但是他说了——"

"但你当时并不相信他，不是吗？你不相信他说的，因为你知道他说的并不是字面上的意思，他说的是反话，并不是实话。他说那话是要让你感到痛苦，不是吗？那是为了把你从糊涂中唤醒，但是个伤感情的办法，不是吗？因为他认为你问了他一个他想都没想过的问题。"

她用焦虑不安的眼神看着他，迫使他不得不稍微松了一下口。"我不是在设法教你怎么去说，肯森夫人，我只是在设法弄清楚事情到底是怎么回事。谈谈你现在想起来的事吧，或者今天的。"

哈迪耐心地等着她开口，直到她打破这次长长的沉默。

"我想，"她说，"如果蒂姆是被杀的，那一切就都变了，不是吗？"

"我同意它把案子的性质改变了，那不再是一起意外事故了。"他又一次停顿了很久，好让她接受这个事实，"肯森夫人，我不想对你说谎。你的证词至关重要，而且正如我刚到这儿时对你说的那样，我是埃里克的律师，不让肯森坐牢是我的既有权利。"他说到这里再次停了下来，等到她看着自己后才继续往下说，"如果你发自内心地相信肯森杀了蒂姆，而且当他说他做了那事之后，你当真认为是那么回事的话，我甚至也不打算再费什么口舌劝你不要这么做了。你明白你自己清楚的东西。不过在你了解的东西中，不管怎样肯森是你最了解的人，不是吗？而且他一直都是个称职的父亲，你也是这么认为的。他还是个好医生。即便根据你自己的判断，他也是个好人吧？"

她点着头，心里一软流下了更多的眼泪。"我一直认为他过去是那样的，他现在也还是。"

终于，他说到了问题的关键之处。"你真的相信他杀了蒂姆吗？他真的做过那事吗？因为如果他没有，肯森夫人，是另有其人的话，那个人就是我想要找到的人，不论他是谁。而且做这件事我需要得到你的帮助。"

哈迪还不知道，格里斯基已经指派了一名警官去保护肯森夫人，阻止她的丈夫再次回去试图杀害她，这非常不利于埃里克和安重修旧好。一小时前，哈迪按了门铃并被允许进入肯森夫人的住所时，这名警官并没有对哈迪做出任何形式的阻挠，但他给格里斯基打电话报告了这个情况。

于是五点三十五分，格里斯基亲自过来按了肯森夫人家的门铃。安·肯森站起身去应门，还以为是丈夫和孩子们来了。此刻还坐在客厅里没动的哈迪，在听到来人说话的声音时不由得一下子跳了起来，但是太晚了——格里斯基一只脚已经跨进了门槛，他举起自己的警徽，问自己能不能进来。安也找不出什么理由不让他进来。

哈迪走到走廊处停住了，出于一种强烈的防备心理发起火来。"你究竟来这儿干什么？你在跟踪我吗？"接着又转向安，"你可以要求他离开。他没有入室搜查证。"

不过在这一回合的较量中，格里斯基取得了胜利。"她让我进来的，我不需要搜查证。"

"那你是什么目的？"哈迪嘴里说着，又朝着他往前挪了一步，"这次只是一般性的打扰吗？就是不讲规则，随意胡来吗？"

格里斯基没有理睬他，转而对安说："我想，在你丈夫和这位哈迪先生合伙对付你之前，你可能想得到一些精神上的支持。他以任何方式威胁过你吗？"

"没有。"她来来回回地看着这两个怒气腾腾的男人，"算了，只是——"

哈迪挥手打断了安。"安，请不要说话。"

"只是什么，肯森夫人？你是说他威胁过你吗？"

"没有。但是他告诉了我一些权利，那也许——"

现在是格里斯基出来打岔了。"他也是你的律师吗？但愿你还没有被他说服。"

"不，他已……"

现在，既然话已经说到这个份上了，哈迪忍不住要把她的想法补充完整，他确信，这会让他赢得下一轮较量。"这儿绝没有任何招供，你也没费事就得到了我委托人的陈述。"

格里斯基站在原地纹丝不动，内心却在这句话的冲击之下震动不已。尽管他已经预料到了事情很有可能就是这个样子，心理上有了一些准备，不过此时这个消息的证实还是给了他有力的一击。他的疤痕突然暴涨了起来，眼里喷出了怒火。他努力调整了一下心绪才让自己冷静了下来。"好吧，"他口气软了，终于说道，"不过现在你们两个要听我把话说完。"他控制住自己的情绪，尽最大可能地用一种克制的语气，给了她一通警察发火时通常都会有的训斥。

比如："肯森夫人，你说过你的丈夫承认自己实施了谋杀。这是这件案子档案中的一部分内容。如果你要改变你起过誓的证言，有人可能据此认定你是在作伪证，你可能惹上大麻烦。你明白这个意思吗？"

比如："在你看来，很明显，哈迪先生利用你的孩子作为讨价还价的筹码，从而诱使你帮助他让自己的委托人脱身。还有比这更明白的吗？"

比如："当然，你丈夫没有就星期六所发生的事对你提出任何指控。他很庆幸自己没有因此而惹上麻烦。不过这一点你要清楚，他不能决定什么样的指控将被记录在案，这得由地区检察长来决定。试着去想一想吧，他这样做，其实就是用他自己将要受到的惩罚与你可能被判的轻罪作交换。"

比如："你没必要做这种交易。我们完全可以请法官签署一份临时限制自由令，并且让你的孩子回到你身边。"

终于，哈迪对他这一套忍无可忍了。格里斯基做得太过分了。除此之外，出于对自身利益的考虑，现在也是站起来为她辩护的时候了。"事实上，上尉大错而特错了。这世上还没有一个法官会就这儿所发生的事同意批准临时限制自由令。"他对肯森夫人说，"除非，这必须得说出来，他是针对你签署了它。这里只有你面临着悬而未决的指控，而不是你的丈夫。"

掉头面对格里斯基时，他的声音就变得强硬起来了。"你清楚，无论如何这个女人都有跟我谈话的权利，上尉。我们需要确切知道肯森医生所说的事情的真伪，或许你的探员们也急于知道这个吧。肯森夫人刚开始时误解了这事，现在她意识到了这一点，想和她的前夫恢复某种友好的关系，以便他们能同心协力抚养他们的孩子，就像以前那样。我不明白，你怎么就能认为这个事情有问题。"

格里斯基的疤痕在昏暗的光线中泛着红光。"你没有吗？难道你不认为你所做的就是在收买这位证人吗？"

"当然不是。"

"你否认你在对证人施加不正当的影响吗？"

哈迪的第一反应是要反咬一口，说出可能都是些让格里斯基深恶痛绝的粗俗恶毒的话。但转念一想，他还是忍住了，没有这样做。相反，他再次转向肯森夫人。"我在强迫你去做任何事吗？"

"他没有，上尉。"

格里斯基相信这话是真的，就像他从不怀疑复活节兔子所说的那些话一样。他想把哈迪拖进别的房间里，在那儿他们可以在这个女人不在场的情况下，用拳头来解决他们之间存在的一些不和，但他知道，如果他提出这个想法，就会给人留下一种好像他有什么要瞒着她的深刻印象。但他其实也没有什么需要隐瞒的。看来现在没有更好的选择了，他索性就把自己要说的话直接说了出来。

"好，让我来告诉你，律师。我可以把这叫做收买。如果它不是彻头彻尾的胁迫，我还可以称它是不正当的影响。不错，杰克曼跟你达成了一个友好的协议，但那不是用来妨碍我们立案的全权委托书。我想他会发现你在这件事上的越界行为的，更不用说我从斯特劳特那里知道的你在尸体解剖上搞的虚伪动作了。而且现在他告诉我你把韦斯·法瑞尔也拉了进来，跟你一起蹚这趟浑水。"

"韦斯不是我的同伙，上尉。他有自己的委托人，而且有他自己要解决的问题。"

"是的，包括死在波托拉医院的其他人吗？只是此时才浮出水面的吗？你指望我去相信这个吗？这只是个巧合，是吗？"

"我没指望你会相信我说过的任何事情。不过我并不想阻挠这起案子，我想的是把它搞清楚，看看这到底是怎么回事，并解决它。"

格里斯基差不多气得咬牙切齿了。"好的，行了吧，那是我的工作。"

哈迪也毫不客气地予以了还击。"那你做呀。"

"我刚想这么做，但杰克曼就让我停了下来。"

"他帮了你一个忙。"

格里斯基哼着鼻子，不屑一顾地说："你在告诉我搞错了人吗？那么我回头看看每次都会发生什么事吧，你在他后面的角落里躲起来玩着某种法律把戏——与杰克曼达成协议，与斯特劳特一起把水搅浑，在这儿跟我的证人谈话。你知道那会让我怎么想吗？我认为你在隐瞒什么。你所做的一切就是设法让你的委托人免受惩罚，而且为此不惜践踏法律，践踏事实。"

"那不是我，而且你明白这一点。"

"哦，承认吧……"格里斯基转向了安·肯森，"你在这儿犯了个错误，"他告诉她，"如果你打算再次改变主意的话，得在你冷静下来之后，你有我的电话号码。"

哈迪现在真的是怒火中烧了。他不停地在他们两个人身边绕来绕去，话语中满是轻蔑之意。"如果你要那样做的话，就让他保证不会指控你作伪证。"

格里斯基怒目相向。"你认为那样很有趣吗？"

"不，"哈迪气不打一处来，"我一点也不觉得有趣。"

肯森的孩子们适应了他们母亲的这副新模样——脚上打着石膏，脑袋后面贴着胶布。他们的父亲离她远远地待着。他叫了一份外卖比萨，利用接下来的半个钟头把房子收拾了一下，把要分两次才能洗完的衣服全部扔进洗衣机里洗了起来，把他能找到的所有碗碟等餐具都放进了洗碗机，又用海绵拖把把厨房的地板拖了一遍。

哈迪给弗兰妮打了个电话，告诉她会晚点回去。是的，对不起。他知道不该这样。不过他仍然在争取及时赶回去用晚餐，刚过去的那个周末他们才把晚餐时间调整到了八点，而不是以前的六点半或是七点，以便更好地迎合哈迪的工作时间。他也多花了一分钟时间顺带着说了几句他和格里斯基大吵一架的事。他需要跟她讲一讲，他需要她。而且八点他肯定会到家的。她可以定上闹钟，看他有没有食言。

哈迪走进洗漱间捧起几把凉水冲了冲脸，希望这样能压住心头泛起的那种恶心想吐的感觉，这是他和格里斯基那场争吵带来的后果。他觉得自己就像咽下了一只苍蝇，心头止不住地感到一阵阵恶心。他回到客厅，孩子们正在厨房里狼吞虎咽地享用着比萨，电视机已经打开了，正在播放动画片，而且故意调高了音量。

起居室里，安和肯森分别坐在各自的角落里，他们互不理睬，甚至不愿意面向对方，就这样默默地坐着等哈迪。

他一开始想回到他之前坐过的那个位置，与安一起坐在沙发上，但他觉得那么做，会给人一种他在偏袒某一方的感觉，于是他停住脚步，坐在了填满垃圾和灰烬的壁炉边上。"你们俩做得都对，"他开口了，"我知道那不容易。"他看了看他，又看了她一眼。显然两个人都余怒未消，一副剑拔弩张的样子。他继续往下说。"我接手这个案子已经有一个星期了，但仍有太多的情况还不知道。我们需要坐到一起来谈谈这件事——谁有可能杀了马卡姆先生。"

安把哈迪的这些话当做了一个开场白，她一点也没浪费时间，直指问题的要害。"好。我听你的律师跟我讲你没有做那事，埃里克。这是给你的又一次机会。为什么你不亲口跟我讲呢？"

他转过头面对着她，然后厌烦地摇了摇头，茫然不解地瞥了她一眼，脑子里根本没有任何反应似的回了她一句。"去你的吧。"

"就这个样子！"她向哈迪大发雷霆，"看到了吗？这就是他。这才是他的本来面目。"

肯森从他坐着的椅子里站起身，径直来到她跟前，为了不让孩子们听到他说话，他压着嗓子低声地说："你现在根本就不知道我是什么人。我已经受够了你的那些废话。看在上帝的分上，我杀了蒂姆吗？去你妈的吧，去你妈的！"

"埃里克。"哈迪开口了。

但是现在他的委托人转而向他求助了。"我不必再听一遍这些废话了，是吧？这对她没用。你自己也可以看得出，她就是个毫无道理可讲的讨厌鬼。我要带着孩子们出去。"

"不许你再碰他们！"情急之下，她不顾自己扭伤的踝关节，也没用拐杖，而是一个箭步冲到通向门廊的入口，挡住了刚刚走出三步路的肯森。

哈迪也站起身，迅速赶过去，挡在了他们两人之间。有那么一刹那，他认为他和他的委托人就要把这事搞砸了。"别拦着我，迪兹。"

"不要这样，"哈迪说，"你要逼我吗？"

"你不要逼我。"

"瞧见了吧？"安嘴里说着，"这就是星期六的场面。这就是他当时干的事。"

"星期六我什么也没干！"他的手指越过哈迪的肩膀指着她说，"你想在这里谈论那个问题！你想说那些不该让孩子们听到的话，你想说那些捕风捉影的话吗?"随后他直接把矛头对着她说起来,"你真的认为我这个人会去杀人吗?让我消停消停吧,安。我的整个生活就是让人们活下来。但是你把我锁在门外,一通胡言乱语,说我到这儿也许是要杀掉我自己的孩子。那真是荒唐而疯狂,让人想起来都害怕。"

哈迪必须找到一个契机插进去,或者在这种场面开始之前就将它终止。"说起害怕,她是害怕了,埃里克。"

"她不可能害怕我,我从来都没有做过伤害她的事。要是她不知道的话就……"他把自己的注意力从哈迪转移到了她身上,内心深处的极度悲痛从他声音中清楚地表现了出来,"你在想什么,安?你是怎么回事?"最后,他几乎是在恳求她了,"我会伤害一个孩子吗?我的孩子?我怎么可能做那种事呢?"

安此时几乎是在喘气了,一口接一口地,急促地深吸着气。"当警方告诉我,我就……我害怕……我不……"哈迪以为她会再次忍不住哭哭啼啼起来,不过这回她控制住了自己的情绪,"我不知道该怎么去想,埃里克。你能理解吗?我爱蒂姆,但他死了。我两天里都没有睡过觉。我是那么的害怕。"

"害怕我吗?你怎么会害怕我呢?"

现在她请求得到他的谅解。"我只是害怕,好了吧?所有的一切。"她的声音变得低低的,"我不想再犯错了。但是那时,当然了,是我搞错了。"

这是肯森想要得到的听起来最接近道歉的一句话。哈迪意识到这一点并抓住了这一时机。"我们为什么不回去坐下来谈谈呢?"

"罗斯也进去过吗?"哈迪问,"那一定是在监护仪停止工作之前的几分钟。"

"他或许在,我不清楚。"

"那时候你在哪儿?"安的怒气还没有完全消解,"我认为你就在场。那个地方并不大,你怎么可能不知道呢?"

肯森的回答没有任何保留，对安就跟对哈迪一样的直率坦诚。"在大厅里我们有三个病人。他们中有一个从麻醉中醒过来后出了点问题，于是拉扬——他是值班护士中的一个——和我都在忙着仔细检查这个病人的几大器官的情况。在那几分钟里，任何人都有可能从我的身后走过——我确信有人走过去过——但我可能没有注意。一小时之前，布伦丹·德里斯科尔不知怎么回事就进去过。"

　　"怎么会有那种事？"哈迪问。

　　肯森耸了耸肩。"没有人阻止他。你了解情况就不会奇怪了。他手中握有一大堆的权力。如果有任何护士对此说什么的话，他只需要说一句，'没事的，我本来就该在这儿'，他们很可能就会接受他的理由并让他进去的。"

　　"我痛恨那个小杂种，"安加了一句，"他自以为他可以把蒂姆指挥得团团转。"

　　"是吗？"哈迪问，"把他指挥得团团转？"

　　"他想过，尤其是他有机可乘的时候，在蒂姆的活动日程安排上。"

　　"蒂姆对此是怎么想的？"

　　"没有他，蒂姆就活不下去了，"埃里克插进话来，言语中不免带着一种强烈的怨气，"布伦丹大概代他干了一半的工作。"

　　"不对！"安·肯森不愿意埃里克诋毁蒂姆，"蒂姆考虑的是大事。布伦丹善于做具体的事情。不过布伦丹没有干蒂姆该干的事，他只是接受命令……"

　　埃里克对此嗤之以鼻。

　　"谁是老板，这一点毫无疑问。"

　　"那他们之间有摩擦了？"

　　"重要的是，"埃里克说，"你得知道布伦丹有多感激他。有句话说得好，'小人物能派大用场'。"

　　哈迪的目光回到安身上。"他们在别的事上也有不和吗？除了你的事以外？"

　　她犹豫了一下。"我想是关于蒂姆作出的一些财务上的决定吧。他在这个问题上更像是一个冒险家。"

"关于帕纳塞斯的钱吗？"哈迪的主要兴趣是在谋杀这件事上，不过要是顺便也能发现点什么可能对杰克曼有用的商业污点，他也很乐意。

"这个我不太清楚。前几年他们经营得很不景气，而且后来有一些人事上的问题——"

"比如像我。"

安不置可否地耸了耸肩。肯森说的是事实。"不错，是的，你也在其中吧。"

肯森又作了进一步的说明。"三四年前，布伦丹就想让蒂姆把我解雇了。拿我做个样子，杀鸡给猴看。"

"为什么？你做了什么？"

"我想，不是什么别的事，主要是我的立场问题。对他们缺乏他们认为应有的尊重。在医疗费用这个问题上，我像是带头为病人说话的人。"

安忍不住插话纠正肯森的这种说法。"蒂姆会说你那样做是与公司作对——"

哈迪中止了这场有可能引发战争的对话。"那么这个秘书是如何介入到这一切中来的呢？他并没有实权，不是吗？"

"拉斯普廷①是怎样插手的？"埃里克问，"他也一样没有实权。"

哈迪还是理解不了这其中的奥妙所在。"这家伙不就是个秘书吗，对吧？"

这还是第一次，安和肯森不约而同地对此作出了同样的反应——一个两人都心领神会的玩笑。"德里斯科尔先生，"埃里克解释道，"是一名行政助理，从来都不是——不是个秘书。"

"而且我希望这样一说你就会清楚了。"安补充了一句，脸上露出一丝苍白无力的笑容。

---

①拉斯普廷（Grigori Efirmovich Raspntin, 1871—1916），塞尔维亚僧侣，沙皇对他的催眠法术深信不疑，因此一跃成为俄国最有权势的人物之一。

289

"至于他是怎么做到这一步的，"埃里克就这个问题继续说道，"正如安说的，他是个做具体工作的家伙。那好，如果你负责着一大堆具体工作，别人很容易认为是你在掌管着这家店。"

安打算开口说点什么，也许是想要再次为马卡姆辩护几句，但埃里克伸手阻止了她。"听着，事情是这样的：你接到电话，让你到首席执行官的办公室去，你不知道会是什么事，一开始你的心情就七上八下忐忑不安了。于是到了那儿，你就在马卡姆办公室外面布伦丹的办公桌旁边等候着，他的态度告诉你，就算你已经想到自己会遇到什么麻烦，但也没料到实际情况比你预想的还要糟糕。

"然后，你左等右等都不见马卡姆让你进去，只能这么傻等着，其间布伦丹这个衣着入时、办事刻板的行政助理通常会向你解释一下那些基本的准则。马卡姆先生不喜欢看到个人冲突的发生。他喜欢快人快语，而不是把时间浪费在一个又一个没完没了的会议上。他告诉你，一个星期以内，你会收到一份写好的摘要，里面有你讨论过的主要意见和做法，而且是被采纳执行的。你应当签名同意这封信函上的内容并把它交回办公室。

"意见都已经定了。这个家伙已经酝酿好了这一长串让人难以置信的规则和协议条款，所有的内容的处理都规避了自己老板的责任，在保护着老板。我的意思是，他会把这些东西都写到信函底部未签名的附言位置，而且你以为这些东西都是出自蒂姆之手。其实不然。"

听说了这一内情，哈迪一下子彻底明白了原来是这么回事。大卫·弗里曼办公室的接待员菲利斯就是一个微缩版的布伦丹·德里斯科尔。滑稽的是，在过去的五年中，哈迪还一直请求弗里曼解雇她，不过那位老人是不会听进去的，说什么没有她他就会完不成自己的工作。也许他对此深信不疑。不过哈迪见过好几次菲利斯断然阻止别人去拜访弗里曼，而且还表现出一副很真诚的怜悯和同情的样子，让被拒绝者认为她其实是个通情达理的人，只是因为弗里曼对这种事一向要求严厉她才不敢通融的。"那蒂姆对这种事也听之任之吗？"哈迪问。

"实际上，并不是这样的，"安说，"在他终于认识到这种状况继续发展下去的危害时，就不能不管了。我想，刚开始只不过是一些不起眼的小事，不是什么大问题，你知道的，然后随着时间的推移就把握不住局面了。"

"严重到要解雇德里斯科尔的地步吗？"哈迪问。

安迟疑了一下，用手把垂落到前额的几根头发往后捋了捋。"事实是，蒂姆觉得他正经历着某种中年危机。生意在不断地下滑而他却无法掌控，接着是他的婚姻，他的孩子，等等，这些都是他回到卡拉身边的原因，看看是否能够换回他打拼了多年才拥有的东西，不过这也是他不能解雇布伦丹的原因。虽然他知道应该那样做，但是他不可能在自己的生活陷入动荡不安时来做这件事，他太依赖布伦丹了。"

哈迪不知道这些话里面有多少是真实的，有多少是马卡姆为了替自己辩解而向情人举出的借口，以此来体现自己明察秋毫而又宽宏大量的一面。然而有一点是确定无疑的，就是安相信他。

"蒂姆跟他谈过吗？"哈迪问，"给过他任何形式的警告吗？"

"当然。布伦丹知道，我想，蒂姆曾下定决心要让他走人。那只是个时间问题。蒂姆不可能瞒得住他，我认为就算他想瞒也瞒不住。这或许是你要的答案。"

猛然间，哈迪想到德里斯科尔起码是某种意义上的嫌疑人。"他是怎么看待卡拉的？"

"你是指他会杀她吗？还有那些孩子吗？这样做是为了什么呢？"

"这也是我问你的问题。"

哈迪已经找到答案时，她还在考虑该如何回答这个问题。"如果他感到蒂姆要亲自把他甩掉的话，我就不难理解他想清除与他有关的任何东西，包括他的全家。"

不过这是旧金山，是个法治严明的地方。哈迪不得不问这个问题。"安，你确信蒂姆是个纯粹而完全的男人，我指的是在性方面。他和布伦丹之间没有别的事吗？"

"蒂姆不是同性恋，"安嘴里一边说着，一边摆手示意这种想法根本不值得考虑，"我保证。"

哈迪知道，她的话当然并不能代表这件事就弄明白了。

埃里克再次大声说出了自己的想法。"不过如果布伦丹杀了蒂姆，他就失业了。"

"不过他没有被解雇，不是吗？直到最后一刻他都是个忠心耿耿、工作努力的行政助理。蒂姆死后的十五分钟，他就得到了另一份工作。"哈迪思路一转，脑子里又有了另一个想法，"你把他扔出重症监护室时，他去了哪里？"

"我不清楚，反正是从那儿出去了。"事发当时肯定是没有一点愉快可言的，不过现在肯森却在津津乐道地讲述着关于这件事的一些回忆，"他似乎还不敢相信我会对他那样做。我命令他从那儿出去，他就夺路而逃了。"

"你确定在指示灯变绿之前他没有回去过吗？"

"我想他没有，但我不能肯定。我告诉过你，我在外面的大厅里忙着为一个病人做检查。"

"至少，他肯定还待在医院里。"

"哦，是的。蒂姆死后……"他又叹息了一声，"他没能控制住自己的情绪，大为失态。其实，那样子看上去让人怜悯。真难堪啊。"

哈迪抬腕看了看时间，离赶回家的时限还有四十五分钟，而且他不想扯出一些他不能谈完的话题来。不过事实证明把这两人弄到一块儿效果相当不错，而且安——作为马卡姆的情人——有了解他内心深处不为别人所知道的途径。"请允许我问你，安，"他开口说了起来，"在那些与罗斯有关的原始备忘录里，让蒂姆如此发疯的是什么东西？"

"让我猜猜，"肯森说，"是抗鼻炎药斯鲁斯托普吧？"

安点了点头。"就是它。"她看着哈迪问，"你听说过吗？"

"那是一种新的治疗花粉过敏症的药丸，对吧？"哈迪对这个有点模模糊糊的记忆，"不过它有什么问题吗？"

"不是对大多数人，"肯森说，"然而，对有些人来说，不幸出现了致命的副作用。这种事发生在那些推销员一股脑将成千上万的试用药甩给我们之后，而且接受这种药的指示是直接从我们公司的办公室里发出来的——"

"从罗斯医生那儿发出来的，"安插了话，"是他作的那些决定，不是蒂姆。"

"随你怎么说吧。"肯森的表情告诉哈迪他并不相信这个说法，"反正，"他继续往下说，"这种东西如此便宜且疗效神奇，因此我们都被强烈要求，只要有过过敏症状的病人，就给他们开这种药。你对试用药有所了解吗？"

"知道得不多，"哈迪答道，"给我讲讲。"

"好吧，任何一种新药出来，推销员就到处奔走，想方设法让医生给病人免费使用。当然了，这样做的目的是让这个新牌子得到认可。这种药要是有效，它就会被列入医院的用药目录里，我们就向病人开这种药。真奇妙，一种神奇的药品就诞生了。不过斯鲁斯托普的试用活动声势之大、范围之广、数量之多，简直让人不可想象。全国范围之内，他们肯定拿出去了数十亿粒药丸。"

"这是不正常的吗？"

肯森严肃地点了点头。"那个数字不正常，是的。"

"那马卡姆和罗斯之间的问题是什么？"哈迪问。

安看了埃里克一眼，然后目光又回到哈迪身上。"蒂姆听说了这种药引起的第一例死亡，而且有一种要出问题的不好的直觉。他要罗斯召回所有的试用药品，并且在他们进一步核实清楚问题之前，把它从公司的用药目录中拿掉。"

"但他没有那样做吗？"

安摇了摇头。"事实上，比那还要更严重。他和蒂姆从前也有过这样的争吵，不过在这件事上罗斯更有发言权。他告诉蒂姆他是医疗主管，他了解这种药。蒂姆只负责经营就行了。为什么他不守在自己的地盘上，却要把鼻子伸到自己一无所知的药品上来多管闲事呢？"

"那他们在这件事上争执不下了？"

这一问似乎让肯森从沉默中惊醒了过来。"等一下，等一下。我希望，你这不是在说蒂姆是好人吧？"

她脸上现出愤怒而又冷酷的神色，毫不示弱地直面着他。"他应该做什么，埃里克？你跟我说说吧。"

　　哈迪不想再任由他们两人之间的摩擦发展下去。肯森有足够的理由去恨马卡姆——他不会因为蒂姆这个首席执行官或许比他想象的要好，就改变自己的看法。

　　"那蒂姆和罗斯共事有多久了？"

　　"他们两个都是公司的创立人之一。"她耸了耸肩，"这个你可以去查一下。"

　　"最近他们之间不止一次地发生过斯鲁斯托普之类的争吵吗？"

　　她皱起眉头想了想。

　　"有几次吧。蒂姆认为罗斯选定的都是些不好的药品。他认为我们必须坚持向病人们提供好的产品——"

　　"产品，"埃里克不屑地哼着鼻子说，"我喜欢这个叫法。"

　　哈迪没有理会这次打断。"不过接下来在斯鲁斯托普这事上，情况变得更糟了是吗？最后怎么样了？"

　　"这个，罗斯如愿以偿了，他们没有把试用药收回去——"

　　肯森张口替她说出了下半句。"在全国范围内有十六个人死于服用这种药引起的副作用，其中有两人在帕纳塞斯。"

　　在这些讲述中，哈迪已经清晰地回想起了这桩丑闻。不过尽管当时它一直在新闻报道中占据着显著的位置，他仍然想不起有消息透露过帕纳塞斯曾是这桩丑闻的组成部分，而且他还预言过帕纳塞斯也难逃干系。

　　安急不可耐地为马卡姆辩解。"蒂姆替罗斯把这事掩盖了过去，这就是原因所在。"

　　肯森不以为然地摇了摇头。"不是这样的，"他对哈迪说，"蒂姆发表了一个声明，称第一例死亡被报道出来之前，那两个死在帕纳塞斯的病人就已经服用了那些试用药——显然这一点是真的——而且一旦发现了问题，我们就收回了所有的试用药品，并把斯鲁斯托普从用药目录中去除掉了。事实上并非如此，这话是假的，而且如果你把这称

294

做是替罗斯掩盖……"

"那就是他所做的。"安没好气地冲他大声说道。

在郁积在这房间里的怒火可能再次爆发出来之前，哈迪赶紧插了话。"算了，不错，"他说，"那是我要你们两个都去继续考虑的事情。"他扭头挨个儿看了看他们。从两人的样子来看，气氛仍然是相当紧张。

他不敢再抱着侥幸心理指望能进一步推进这次谈话了。他站起身来，嘴里不停地念叨着他那套惯用的辞令来阻止他们两个人纠缠到一起。"恐怕我得去赶另一个约会了。肯森夫人，谢谢你为我抽出时间来。关于孩子的事情，我们都放下心来了，对吧？他们在那儿都很好吧？埃里克，我有几句话想跟你边走边说。你去跟孩子们说晚安道别吧，我等着你。"

"亲爱的，我到家了。"他不是里奇·里卡多①，不过在他们婚后的前些年，哈迪只要从外面回来，脚一跨过前门嘴里就会迸出这句他从明星那儿模仿过来的经典台词。看看自己的手表，他遵守了八点钟回家的承诺，还提前了四分钟。而且他成功地在短短几小时内就解决了一件极其复杂的事情，他觉得自己已经做得很好了。胳膊腿都瘦长瘦长的瑞贝卡飞也似的来到了门厅里。"爸爸，你回家真是太好了！"她急切地冲向他，并用自己的小拳头撒欢似的捶打着他的后背。他把她抱起来转了一圈。

餐厅里，饭菜都已摆到了桌上。弗兰妮双臂交叉抱在胸前来到了厨房的门口，她脸上堆满了笑容。"真准时啊，老兄，非常非常准时啊。"

"我会做得更好的，我保证。"

他们像婚礼仪式上的新人那样正正经经地吻了对方。文森特犹犹豫豫地停下了本来要进入餐厅的步子，嘴里说道："真肉麻。"

---

①美国情景喜剧《我爱露西》(I Love Lucy) 中的男主角。

这两个大人听到这话都不觉一怔，面面相觑，接着他们突然张开自己的胳膊紧紧地环抱着对方，那样子就像激情迸发的少男少女。他把弗兰妮从地上抱了起来，她则若无其事地任由他这么做，一点也没有挣扎。

　　"恶心死我了！"文森特嚷道。

　　"行了吧，你们这些家伙！我求你们了。现在就停下来，好吧？"这是瑞贝卡在说话，此时她俨然就是全家的道德维护者。

　　"我情不自禁这样做，"哈迪终于停下来，嘴里说道，"你母亲，让我疯狂。"

　　"吻我吧，吻我吧，吻我吧。"弗兰妮故意乞求道。

　　哈迪顺从地照她的话做了，这突如其来的浪漫把两个孩子都赶到了前厅，他们恣意地放声笑着。这最后的一吻成为半真半假的表演，当它结束时，弗兰妮都有点窒息得喘不过气来，缓过气来后才说："哦，这倒提醒了我，特雷娅今天上午打来电话，我们聊了近一个钟头。"

　　哈迪想这真是个不错的消息。妻子们要来调解他们之间发生的不快了，而且会化解他们俩对彼此的怨气。

　　"说些什么？"他问道。

　　"她怀孕了。"

24

　　在警方特派员的听证室的一角，马拉奇·罗斯与玛琳·亚什隔着一张大大的桌子相对而坐，面对着大陪审团的成员们。刚进来的时候，罗斯发完誓就坐了下来，婉言拒绝了他可以脱掉上衣的建议。后来的情况证明，这个拒绝是个错误。一旦失去了最初的机会，就再没有更合适的时机了，所谓机不可失、时不再来就是这个道理。他内心有点紧张，但不想让别人看出来，尽管极力掩饰，但此时他正一个劲地冒汗。

　　按照惯例，司法大楼房间内的温度一般来说都是让人感到不舒适的，不是太凉，就是太热。由于该州出现的电力危机，维护工人已经调整了这座楼内的每一个恒温调节器。现在，所有那些原本让人觉得过凉的房间都变得过热了。反之亦然。在密不透风的大厅内，室温肯定达到了华氏八十度。

　　罗斯原本打算在马卡姆的死亡调查一事上采取完全合作的态度，一开始就表现出充分的友善以便尽快结束自己在证人席位上的时间。

将近半小时里，这个漂亮而又能干的女人让他回顾了多年以来他和蒂姆的关系，帕纳塞斯集团的创立，他们两个男人共有的社会关系等情况。亚什女士正在寻找杀死蒂姆的那个人。他已经料到了这种刨根问底、深挖细究背景的讯问套路，甚至针对这种情况也有过心理准备。

他用了几分钟向大陪审团陈述了他和马卡姆先生之间职业关系的基本状况。他告诉他们，在十多年的共事中，他们两人之间几乎没有什么摩擦，当然，尽管他们在某些事情上存在着一定的分歧，不过基本上都做到了尊重并信任对方。

玛琳·亚什在罗斯说这番话的时候起身从座位上站了起来，走了几步来到听证室的中央。从这一刻起，讯问的焦点就开始转变了。"罗斯医生，"她一边掉头走到他坐着的地方，一边说，"现在帕纳塞斯的财政状况如何？"

他认为她问这个问题的动机有点不纯，有错误引导陪审团印象的嫌疑。"我们跟国内大多数的健康机构做得一样好，这就不用多谈了。不过我可以告诉你，我们仍然身负债务。如果你是这个意思，我希望我的回答能够让你满意。"

亚什对此报以淡淡的一笑。"不完全是。我希望你能够给我们讲得更清楚一些，一个人可以浮在水面上，同时仍然继续往下沉，对不对？泰坦尼克号在沉入海底之前不就是那样吗？一半在水上，一半在水下。你现在难道不是那家公司的代理首席执行官吗？"

"是的。"他垂下目光，看着自己交叉在一起的手指，努力镇静下来。当他抬起眼来面对着大陪审团时，那起可怕的事件给他带来的影响一览无余地写在了他的表情上。"上星期二，在蒂姆……马卡姆先生……死了以后，公司的董事会任命我为过渡性的首席执行官。"他悲痛得讲起话来都有些语无伦次，结结巴巴的。

"那么说，你非常清楚公司的财政状况了，不是吗？"

"不过我接手还不到一个星期，不能说我已经像马卡姆先生那样对它有个全盘的了解和掌握，不过我对那些数字相当熟悉，是的，而且

298

坦率地讲，这也有段时间了。"

"那么，事实上你知道帕纳塞斯是否处于财政困境，是吗？"

"是的，我知道。"

"事实上，公司已经考虑过提出破产申请吗？"

帕纳塞斯的财政压力在地区检察长看来，毫无疑问会是一个导致马卡姆死亡的可能动机。罗斯之前已经预料到了讯问者会在什么时候提出与此有关的问题，对此他早有过准备，但现在问题就摆在眼前，在真正面临它的时候，他觉得不知为什么，自己似乎毫无准备，一时间脑子里一片空白，不知如何应对。他抬手抹了抹自己湿漉漉的额头，心里琢磨着是否应该请求陪审团允许自己脱掉外套，或是不用问就直接脱掉。但思来想去，他什么也没做。"这事当然被讨论过。这是我们曾经考虑过的一种选择。"

"你是否知道马卡姆先生也考虑过这事呢？"

"是的。这件事被摆到桌面上已经有一段时间了。"

在接下来的四十五分钟里，亚什又详细讯问了一长串的问题，把他累得够呛，诸如帕纳塞斯的文件，错综复杂的种种收入，联合支付，开支，职工薪水名册，奖金数额和全体职员的工资等。这个该死的女人似乎非常清楚该如何撇开他的故意迷惑，直奔关系到公司运行的那些实质问题。罗斯知道公司其他一些员工也收到了法院的传票，想到了他们也许会讲出实情，思虑再三，他没有别的选择，只有把话说得接近事实，不过不是全部事实。

"那么罗斯医生，就你所知，帕纳塞斯会在接下来的六个月内破产吗？如果不会，请你解释一下你打算如何让公司有能力偿清债务。"

这个完全不顾面子的问题让他非常生气，他想说这不是她该管的事，以堵住她的嘴。不过转念一想，自己真要这么做的话，那就上了她的当了。

现在，他们两个玩起了猫和老鼠的游戏。他尽可能按照自己对帕纳塞斯设想的计划提供一个模糊而又相似的说法。与此同时，亚什一直保持着一副泰然自若的样子，从他的言语之中耐心而娴熟地一个接一个地探寻出她需要的细节。他觉得自己正在成为她手中的一根香肠，一点一点地被她撕咬着。

他们之间的这轮讯问结束时，摆在他面前水罐里的水也在不知不觉间被他喝光了，此时他满头大汗，全身湿透，看上去他不是把水喝光了，而像是把水罐里的东西从自己的脑袋上倒了下去。唯一让他感到庆幸的是，关于用药目录的那些问题，她的注意力只集中在钱的问题上，诸如每项花了多少钱和处方量的多少。亚什一上来并没有真正盘问有多少新药被列入了用药目录。罗斯发现这种等待真是一种极大的痛苦，不知道她何时会把这只鞋扔过来。要是他们知道这个情况怎么办？或者甚至怀疑到了这一点怎么办？他们不会是已经告诉自己在接受调查了吧？他要停止接受讯问并坚持要求见律师吗？

但是这些让他惶恐不安的事只是一种担心，还没有成为事实。亚什按照她自己心目中确定的事情的轻重顺序往下进行。"那么，罗斯先生，请允许我把你的意思概括起来讲几句。你已经发过誓要说真话的。你的证词称你确实不希望看到帕纳塞斯在接下来的六个月内破产，不论市里是否支付你们已经递交上去的一千三百万美元的账单。"

罗斯对坐在自己面前的十九个出席听证会的市民陪审员展现出了一副焕发生机的新面孔。他非常惊讶在这个时候能看到这样一个吸引人眼球的焦点问题，真是求之不得。看得出来，他们中的多数人显然对此很有兴趣。他们都在热切地等待着他的回答。然而罗斯觉得自己需要在这个问题上表现出耐心，这样做才是他真实的自己。"好吧，那我就说说吧。破产会保护公司免受债权人的困扰，对吧？而且我们的确能够在市里不履行其应尽责任的情况下使用某种解困的办法。不过对于像我们这样的一个集团，旧金山的市郡当局就是我们最大的客户，在这种情况下，这样做会对我们已经受到损害的信誉度产生负面影响。也许正如你们中的一些人所知道的，最近我们一直有不少负面消息报道。"

"我很高兴你提出这个问题，罗斯医生。"看上去亚什说这话是由衷的，"我希望你能就艾米丽婴儿之类的事件引发的、已经在帕纳塞斯浮出水面的分歧意见给我们一些独到的见解。大陪审团对那些事件已经有足够的基本了解，这一点我应该跟你讲清楚。或许你能够为我们填补一些空白，尤其是，马卡姆在与此有关的种种事件中所扮演的角色及其反应。请你从马卡姆先生开始讲起吧。"

"你是在说，你认为他的死可能与婴儿艾米丽事件或是这事的本质有联系吗？"

"那就是这次调查所要问的东西，医生。马卡姆先生的死，"她向他走近了几步，她是站着的，而他是坐在那儿的，无形之中就对他形成了一种咄咄逼人的压迫之势，"有人在他的点滴中加入了可致命剂量的钾，作为一名医生，你同意这种做法不像是一起意外事故吧？"

罗斯不清楚亚什想要什么样的回答。他真希望他们允许他带自己的律师进入这间听证室，但现在已经没有这种可能了，眼下他不得不面对这一事实，这让他感到焦虑起来。"给病人使用不适当剂量的药物，这种情况一直都有可能发生。如果马卡姆先生的心跳变得无规律，我可以预见到给病人注入一剂有治疗作用的钾的必要性。不过也有另一种可能性。虽然这种情况很少出现，那就是一种药物有效成分的含量跟它标签上所标注的数字不符。"

他发现亚什对这个问题早有准备和了解，这让他感到有些吃惊。"这是当然。请假设一下这种情况，这件案子中存在装有钾的输液袋，而且有效成分的含量也是正确的。同时我们也假定，在没有遭受因药物使用过量而引起的伤害之前，没有迹象表明马卡姆先生的心脏发生了故障。那么考虑到这些假定的情况，你还有些什么别的解释可以说明这起事件不是故意的用药过量呢？"

罗斯伸手抹了抹自己上嘴唇上的汗水。"我认为我找不出别的可能。你介意我脱掉外套吗？"

"一点也不。"他站起身来快速脱掉了自己的外套，仅用了短短的半分钟就又坐了下去。亚什仍然保持着一种步步进逼的气势。"那么，医生，如果马卡姆先生是故意被用药过量——"

"我并没有这样说。"罗斯迫不及待地打断亚什的话，随后又纠正了自己的说法，"我不知道我们已经谈到了这儿。"

对此，亚什的反应变得有些戏剧性起来。她停了片刻，好像正在思索着什么，居高临下地直勾勾地瞪着坐在那儿的罗斯。"这正是我们谈到的地方，医生。你和马卡姆先生之间存在着一些严重的分歧吗，比如说在公司的政策问题上？"

罗斯绷起了下巴，克制着心中的火气。"你是在开玩笑吗？"他问她。

"开什么玩笑？"

"按照我的理解，你这话的意思是在问我，是否会因为一些生意上的争论而去杀死我多年的朋友和生意伙伴。我讨厌听到这样的说法，见鬼去吧，这是不可能的。"

"我绝对没有问你那个问题，"亚什说，"是你自己跳出来这样说的。不过就当是问到了这个，请你作出回答吧。"她的目光定定地盯着他。

他也毫不示弱地对她回以眼色。"不，没有什么可说的。没有任何事情，能让我产生一丁点杀人的念头。"他直接对陪审团说道，"蒂姆是我的朋友，一个关系亲密的朋友。"

罗斯强迫自己把情绪缓和下来。此时，一只新加满水的水罐进入了他的视线，也许它已经放在那儿有一阵了，只不过他一直没有注意到而已。他往自己的杯子里倒了一些水，喝了一口。"我需要指出的是，亚什女士，对婴儿艾米丽的医疗决定，尽管是很不受欢迎的做法，但并不是完全错误的。事实上婴儿艾米丽成功地转到了郡福利总院，住进了早产儿护理室，在被送回波托拉之前，她在那儿活得好好的。我绝没有采取什么手段去杀死她，甚至根本没必要去危害她的性命。"

"不过马卡姆对这一切是作何反应的？"

"在这件事成为一个大新闻之前，他并没有把它当回事。"

"你们两个人就这件事没有发生过争吵吗？"

"当然有过，是在这事突然出现在我们面前之后。他认为我本该跟他商量，不该仅从生意的角度去行事。"他再一次直接对着大陪审团，"我们都说过一些激烈的言辞，这是事实。我们一起经营着一项庞大而复杂的生意，而且有时候我们各自的职责有交叉重叠的部分。十二年来，我们一直都是这样做的。"他迎着亚什的目光，暗自决定不能再对亚什的指桑骂槐忍气吞声了，不然只会助长她的威风。这无论如何都说不过去。

　　他们一行人在洛的希腊餐厅里坐下来，开始星期二聚餐时，特雷娅为格里斯基的缺席向大家表示了歉意。说正要过来的时候，他被一个电话给叫走了，让他赶去猎人点的一个杀人现场。哈迪相信，这个借口完全是个谎言。

　　猎人点的一个杀人现场，这事不假，哈迪坐在那儿默默地琢磨着特雷娅说的这事。好像这种事也并不是每星期都会有的。哈迪知道那不过是一些青少年犯罪团伙的成员在自相残杀，而且有二三十个围观者在光天化日之下呐喊助威造势，包括那些不明世事的孩子。吸毒者、飞车党、星座杀手之类的事情，格里斯基作为一名部门的行政长官，是不会被要求到猎人点的杀人现场去的。

　　在哈迪看来，这个借口还有更深的含义。这种很平常的解释，尽管从表面来看很容易让人接受，实际上却非常经不起推敲，缺乏说服力，这其实是格里斯基个人向他传达的表示不满的信息。杀人现场，骗鬼去吧，他心里想。用到这儿，就跟说"我的外婆死了"或是"这狗把我的家庭作业吞到了肚子里"之类的借口一样拙劣。

　　由于对他们中的多数人都大为恼火，尤其是哈迪，阿布在刻意回避今天的聚会。今天早上，阿布听到杰克曼已经指示过斯特劳特，同意韦斯·法瑞尔把他委托人的母亲的尸体挖出来。在他们各自落座之前，斯特劳特告诉哈迪，他出于好意已经给阿布打过电话，跟他讲了关于这个决定的事。在电话里，格里斯基充分向他宣泄了对这个问题的愤怒，发完火之后也没忘谢谢他告诉了自己这个情况，还说不管怎么样他都会接受杰克曼做出的批准。

　　不过看起来他的缺席似乎没有给在座的其他人造成困扰。在谈话进人到火热的状态之前，大家并没有好好地把主题固定下来。大卫·弗里曼一开始就对帕纳塞斯的情况作了几句评论，这说明自上星期以来他们就对这一切很有先见之明。就在不久前，桌上的半数人还在七嘴八舌地争论这个或是那个评论，没有形成一致的话题。终于，他们把话题停在了杰夫·埃利奥特写的第一篇关于马拉奇·罗斯的专栏文章上，这让杰夫向玛琳问起了她是否已经和罗斯谈过话了，如果是这样的话，他在大陪审团面前表现得怎么样。

她先是笑了笑，眼睛瞥了一眼杰克曼，然后抿了一口冰茶。"无可奉告，恐怕我不能对此作出任何评论，即便我们在这儿的谈话是不被记录在案的。"

"我听说的是，罗斯和马卡姆是关系密切的私人朋友，"哈迪说，"他们之间从来就不存在任何相互猜疑。"他看了一眼桌子对面的特雷娅，"就像我和阿布那样。"

不过埃利奥特认为自己清楚这个说法是靠不住的。"我来问问你这个吧，玛琳，"他开始说了，"迪兹认为他们是关系十分密切的私人朋友，我还听说在过去的十多年里，他们对对方作出的每一个决定都有异议，比如就你提出的那些事——婴儿艾米丽，斯鲁斯托普，用药目录，等等。"

玛琳不紧不慢地喝了一口她的冰茶。"我不能谈论这个，杰夫。这是大陪审团来评判的事，明白吗？我甚至连我跟谁谈过话都没有说过。你愿意认为这个人是罗斯，那你就说吧，随你的便。"

"然而，这只是今天的事，对吧？大陪审团还要在星期二和星期四继续进行听证吗？"

吉娜·洛克加入了谈话。"在座的还有谁赞成取消那个第一修正案吗？"这话就像是一句无关痛痒的玩笑话，以轻松的方式在不经意间被说了出来，"她不能谈论这个，杰夫。真是这样的，即便是对像你这样的一个大牌记者也是一样。"

"这根本不能算我在试图逼她说点儿什么。"埃利奥特无奈地摇了摇头，被这些律师玩的把戏给逗乐了，而且看得出来，他显然是当真了。他脸上闪现出了笑容，眼睛在桌上扫了一圈。"然而，罗斯医生有个秘书叫乔安妮，我给她打电话找罗斯的时候，她告诉了我他在什么地方，这给了我们自己一些启发。我认为她一直没有被允许进入公司的核心内幕部分。"

"她跟你谈了，"罗亚克用怀疑的口气问道，"在上个星期你跟她的老板谈过话之后吗？"

埃利奥特一脸严肃地点了点头。"她也许还产生了我打电话过去是为了道歉之类的印象。"

弗里曼和杰克曼就上星期的议题——那个可能具有欺诈性的门诊病人就诊费用账单——展开了更为严肃的讨论，这时哈迪却弯下身子悄悄地跟埃利奥特说起了话。"你是怎么听说斯鲁斯托普这件事的？"

"跟我发现罗斯在大陪审团前作证一样，用的是同样的办法。我是名记者，我可以打听。你也许会感到吃惊，但人们是会谈论这些事情的。"

"并不像你以为的那样惊讶。我自己也跟一些人谈过话。你在肯森的单子上发现什么东西了吗？"

埃利奥特长长地叹息了一声，打住了话题。这会儿洛正好走了过来，向大家报了一下今天的特色菜品，包括茄子、豆腐、鱿鱼和某种用芝麻油调制的酸甜酱。他信誓旦旦地跟他们讲，这些菜的味道真的都不错，可以称得上是烹饪技术的突破，虽然他用来形容的那些词并不准确。

在他们点了所有的特色菜之后——除此之外也没有别的选择——洛就往别的餐桌去了，杰克曼说话时的嗡嗡声又响了起来。埃利奥特将身子靠向哈迪跟他交头接耳起来。"你说的是那些不明原因的死亡吗？我知道有一件事情是真的，这纳粹是个传言而已。"

哈迪的脸沉了下来。难道杰夫在他之前已经核实过肯森名单上的死者了吗？或许他已经发现了像詹姆斯·莱科特那样的，死于自然原因的那八个死亡病例了。"你是什么意思？"哈迪问。

"我想我可能说得不正确，不要激动。"埃利奥特伸出一只手按在哈迪的衣袖上，"我不是说这仅仅是个谣言，虽然现在还没有事实可以证明它的真伪。我的意思是它是个传言，很多人都在谈论。如果我能找到更多像这样的新闻题目，我愿意把它们都集中在一起，写出另一篇专栏文章来，不过至今还没有题材。我已经跟波托拉的一些人谈过，但没有人掌握哪怕是一点点的事实。绕来绕去都是那些道听途说，人云亦云的说法。"

"我们的朋友罗斯怎么样？"

埃利奥特遗憾地耸了耸肩。"我已经跟他谈过了，你可能还想得起这事。而在那之后，这事就变得更像是一个模子出来的了，兜来转去地没有什么进展。罗斯和特雷莎修女没有共同的世界观，除了他的贪婪、无情和富有这些事实之外，我似乎不能写出另一篇有别于这些内容的专栏文章来。"

"我或许有你想要的东西。听好了。"

哈迪接着将自己的关注点指向了桌子的对面。"在约翰那儿。"他提高了自己的嗓门，这样斯特劳特就可能听到他的话，"我几乎都忘掉了。"

他从自己的口袋里掏出一个信封，把它推到了桌子对面。"帮我个忙吧。下次只会在八九成胜算的事情上跟你赌，记得提醒我这一点。"

正如哈迪想要达到的预期效果那样，这个小小的表演引起了第一个人的兴趣。他原本是打算利用这一举动间接地向格里斯基证明自己有理。如果他能把这群人引向关于莱科特尸体解剖这事的讨论上，阿布也许会明白哈迪的立场并非完全是只顾一己之利的，那也不是律师惯用的下三烂的障眼法，这种理念本身就是好的，而且是值得去不断追求的。然而，现在他意识到了他可以给特雷娅造成一种相似的印象，并且相信能通过她让阿布回心转意。摆在眼前的现实依然是，如果他不能让格里斯基支持他的工作，那他将不可能彻底洗清他委托人的罪名，这一点几乎是可以肯定的。

尽管心头的火气还没有消，他也不愿意因为自己的工作而失去最好的朋友。为了自己的职业，他已经牺牲了太多的东西。

对于大家对他此举异口同声地提出的疑问，哈迪回答那只是在偿还他的一笔赌债。"我强烈地感觉到詹姆斯·莱科特是被杀死在波托拉的，跟蒂姆·马卡姆的情况一样，也许用了完全相同的方式。而且我得为我说过的话掏钱。"

杰克曼和弗里曼就这种做法是高尚还是愚昧这一问题持有不同的意见，但是借着这场讨论，哈迪可以把话题顺势转入韦斯·法瑞尔在处理罗琳女士尸体解剖一事上所面临的情况，这也是他一直想要实现的另一个意图。

他注意到，埃利奥特开始做起记录来了。

杰克曼并不打算让哈迪轻易地走掉，他要给他一个警告。午餐结束后，他们一行人站在第七大街和布莱恩特路的拐角处，等待着过马路的人行绿色信号灯亮起。杰克曼装着要给哈迪讲一个关于阿肯色州输精管切除手术的黄色笑话，把他拉到人群后面。看起来这类笑话大部分都具有共同的地方，涉及一听啤酒、一枚粉红色炸弹和一个不借助自己的手指头就无法从一数到十的弱智。哈迪听完故事笑过之后，发现别人都已经过了马路，只有他们两个被远远地抛在后面，单独留在了马路的这一边。杰克曼很擅长讲笑话，因为当别人被他的妙语逗得前仰后合时，他从来不跟着笑，而总是表现出一副郑重其事的样子。眼下，也看不出他有丝毫的笑意，而是一脸的严肃和认真。"我要提一个慎重的意见，迪兹，如果你能再抽出一点时间的话。"

口气的转换是如此的突然，足可以让人在一时之间感到错愕，而且哈迪的表情也显示出了他的这种心理变化。"没事的，"他说，"当然可以。"

"根据我们协议的精神要求，我一直都是在假定我所认为的东西是真实的这个前提下开展工作的，但是，玛琳昨晚向我提起了这一点，就在我刚刚决定同意你要约翰进行第二次尸检的请求之前。"

"那不是我要求的，先生，那是韦斯·法瑞尔的要求，那是他的委托人。"

"迪兹。"声音低沉，充满了关爱。杰克曼像长辈那样，和蔼地将一只手用力按在了哈迪的肩膀上，大约用了三十磅的力量。"我们不要走到那一步。"

哈迪认为这话虽然只是片言只语，却真实而又让人感动。"对不起。"他态度极其诚恳地说道。

"正如我刚才说过的，"杰克曼的手已经收回去放到他的口袋里了，现在他们正走在穿过马路的人行横道线上，"我一直都在按照我们共享信息这一预定的情况进行工作。我们要给你我们掌握的情况，而且同时作为交换，你要保证你的委托人在大陪审团面前与我们合作。不过除此之外，我希望你也要给我们——尤其是给阿布——你找到的没有牵连到你委托人的任何信息。"

他们一时无语，默默地往前走了一段路。终于，哈迪打破了沉默。"他近来情绪不是很好，不太听得进别人的话。"

"我知道，不过如果你继续努力的话，我将不胜感激。"

"这一直是我的目标。不过交换的条件是，我的委托人愿意跟大陪审团谈，而不是在一间放有摄像机的小屋子里跟一群警察谈。"

"我接受你的建议，不过阿布似乎正趋向于对此得出一个错误的结论。他认为，不知道为什么，我们所有人都坚持要避开正当的办案程序来办这个案子。"说话之间，他们来到了司法院的门阶上并停住了脚步。杰克曼深深地皱起了眉头。"对这件事我是极其敏感的，甚至对表面上迹象都很敏感。"

"阿布说起过这事吗？"

"没有。不过他不喜欢别人命令他不要逮捕谁。"

"对于这事，克拉伦斯，那完全不是你做的。在我们达成协议的时候，你承认你很可能没有足够的证据去定罪，甚至连所谓的招供都没有。而且现在他仍然没有这种东西。"

"我要严肃地指出，这是最近才出现的抱怨。"

哈迪点了点头。"他处于不满的情绪当中，克拉伦斯。他认为我发现了运用感情手段去施加影响的时机，而且也那样做了。我要严肃地指出，这让我有点生气。我没有做那样的事，而且也不会做。阿布他们这些人应该清楚地知道这一点。"

"不错，你们两个大男人中必须有一个人找出某种办法来解决你们之间的分歧。同时，玛琳很可能乐意知道你已经掌握的情况，无论是来自阿布或是别的什么渠道。显然你手头上有些事情正在进行，比如说，尸体解剖的事。而且，作为题外话，请允许我说一下，做事要与我们双方合作的精神保持一致，这或许是早一点让他们关注我们的合适的做法。"他不等哈迪的辩解出口就挥手止住了它，"没关系，这好比是桥下的水，还淹不到人。不过不要忘了，走到这一步，我已经陷入了尴尬的境地，尤其是在与凶杀案组头儿之间的关系上——在这种情况下还允许斯特劳特继续干下去。我希望这些……有违常规的尸检能够说明一点，你的委托人不会去做什么傻事，或是溜到一边拒绝在大陪审团面前开口，那会让我觉得自己像个傻瓜似的被人耍了。"

"那种情况是不会发生的，克拉伦斯。不过在这里我不能跟你讲我已经找到了另一个比肯森更合适的嫌疑人。好消息是，我已经有了几个不错的人选。"

杰克曼平静地接受了这个消息，没有对此作出太大的反应。"那你需要让阿布审查他们。"

"那是我做梦都在想的事，克拉伦斯，我说的是实话。除了还清在韦斯·法瑞尔请求做尸检这事上所欠的人情债。"

"用什么还呢？"

哈迪的脸色露出了他内心的担忧之情。"在这一点上，克拉伦斯，几乎是用任何东西。"

他们互相道了别。哈迪注视着杰克曼的背影消失在大楼里才离开。台阶上悬挂着一篇关于仁爱的评论文章，不知道是谁为了闹事或是想得到法律方面的解释故意这么干的，或者是这篇文章自己从走廊掉落到了这儿而已。一对体形巨大的大丹狗被铁链拴在楼梯的金属扶手上，就睡在暖和的石板地上，每一个从这儿经过的人都远远地避开它们。

最近一个年轻女子被狗伤害致死，这种一度被这个城市的男人当做最好的朋友、大受追捧的动物，如今的地位一落千丈。在台阶的另一端，远远地有一对年轻的中国夫妇正在用午餐，身旁放了一个音响，大声播放着亚洲的说唱音乐。

飘散过来的包子的味道，让他一下感到自己现在很饿。那是一种用黏黏的生面团和让人胃口大开的熏猪肉做出来的食物，洛餐厅今天的特色菜或许在烹饪技术上有新的创意，不过桌上的大多数菜还没有长进到能让他们赞赏不已的地步。哈迪基本上就没怎么吃。

等到杰克曼完全看不见了的时候，哈迪才进了大楼，乘电梯来到四层。格里斯基不在办公室里。哈迪走到大厅，用手机拨了个电话。

响了两声之后，电话里传来客气的声音。"格里斯基。"

"猎人点的事情怎么样了？"

"你是哪位？"

"猜猜看。"

格里斯基拍了一下脑门，知道说话的人是谁了。"你想知道什么？"

"只要你五分钟时间。你究竟在哪儿？"

"在二十二区。"

这是三楼上的一个法庭，格里斯基只要在这里就会关掉手机，不这样做就会惹得里奥·科莫罗大发雷霆。因此，按照这个情况来推测，这时候不是法庭内空无一人，就是处在庭审期间的休息时间，而且格里斯基是躲在某个角落里偷偷接了这个电话。

哈迪打算指责阿布不向他提供手里掌握的情况这件事，而且阿布确实也是这样干的。他要当面责问阿布的这种做法。上尉就坐在远离法庭中间通道的后排座位上。他转头匆匆向哈迪进来的那个入口处扫了一眼，然后迅速收回了自己的目光，看上去不打算用眼神跟哈迪打招呼了。他们两个为了避免尴尬都是这么做的，尽量不与对方有目光接触。

"我刚跟克拉伦斯谈过了。他认为我们之间应该合作。"哈迪的声音在空旷而幽深的空间里发出阵阵回音，"我本来可以对他说在这个问题上我们是方向相左的，没有合作的可能，不过我没有那样做。"

"你真好心。"

"不过，让我纳闷的是，为什么你的探员从来没有大范围地去查一查马卡姆死时都有谁接近过重症监护室。你只是跟他们讲肯森做过这事，所以他们就没必要在这件事上操心了吗？"

格里斯基转过头来面对着他。"你在说些什么？"

"我说的是布拉科和另一个家伙，他的搭档，以及这个星期他们正在做的事。"格里斯基抄起胳膊抱在胸前摇了摇头。哈迪把他的不吭声当做是一种默认。"我一直都想不通，为什么他们不到马卡姆死亡的那家医院走访一下。你不觉得这不正常吗？那里才是跟证人谈话的、符合办案逻辑的地方，你不这样认为吗？"

"那你的意见呢？"

"我相信你告诉过他们到那儿去。那是你会去调查的第一现场。"

"没错，事实也是这样的，那的确是我们去过的'第一现场'之一。那我再问你一次，你的意见呢？"

"我的意见就是，没有任何迹象表明，你打算把你们掌握的全部情况提供给我。那个协议规定的内容是我可以得到你掌握的情况，还记得吗？"

"你确实得到了。"格里斯基说。

"我没有得到医院方面的任何人的任何情况，而且现在你跟我讲你的人到那儿去过。你认为这是怎么一回事呢？"

格里斯基似乎在认真琢磨这件事。过了一两秒钟，他看了哈迪一眼。"也许那些副本还没有打印出来。"

"也许是这样吧。那么那些还没有被翻录过的录音带在哪里？你认为我也有一大堆那样的东西所以才不给我的吗？"哈迪跟刑法打交道的时间已经够长了，他清楚地知道警方用来赢得起诉的一些惯用的招数。"也许，"他直言不讳地加了一句，"也许你会命令他们不要记得录音。"这是一种通行而又平常不过的手法，几乎不可能证实到底有没有施加这种人为干扰的外力作用。

"这让我想到，"哈迪继续说道，"你从一开始就认定我没有按规则办事，所以，你也可以心安理得地去这么做。"

格里斯基的嘴紧绷了起来，上面的疤痕更加显眼了。哈迪知道他敲打到格里斯基内心的最痛处了，但是无论如何他得让他明白这件事情。

"你这样做的结果就是，我花了四天时间去弄清楚你已经知道的情况。"哈迪说。

"是什么情况？"

"就是有很多人具备杀死马卡姆的作案时机，也许还有动机。"

格里斯基并不为哈迪的这番话所动。"如果你不能找到它们，那是你的问题。我的探员去了，也问过了。他们得到了一张记录事发当天的完整的事件排序表，从马卡姆的收治到……"格里斯基突然停了下来，快速看了哈迪一眼，随后又把目光投向了不远处的什么东西上面。他鼻翼翕动着，呼哧呼哧地喷着气，撅起了嘴巴，一副气冲冲的样子。

"到什么？"哈迪问。

格里斯基的神色骤然起了变化。他想起来的什么事情让他心里不由得一紧，呼吸也急促了起来，紧接着这种感觉进一步控制了他的整个身心。

哈迪等了片刻，说："我在听。"说完又等了一会儿。

终于，上尉流露出一种厌恶与困惑交织的神情，头开始慢慢地左右摇晃起来。"他们忘记打开录音机了。是布拉科和菲斯克，你知道的，这是他们接手的第一起案子。他们没有遵守办案规程，而且……"他再次停了下来，心里明白这样的努力和进一步的解释都于事无补。

没有哪个人，尤其是哈迪，会相信他此刻说的话的，而且在出现了这些情况之后，他更明白没有人会这么做。

哈迪的第一反应跟亚什预料的毫无二致。"就表面看，我会把这称为自私自利的行径，"他索性直截了当地回答道，"现在用上这套说辞真是再合适不过了，这会儿我看到你居然也想起来用这种解释了。这真是方便又好用的借口啊。"

话语之中全是嘲讽之意。

"只有一件。"哈迪起身朝法庭的门口走了一步，转过头来面对着他的朋友，诚心诚意地说，"就是我了解你，阿布，我知道你是什么样的人，而且我信任你就这个案子说的每一件事。如果你跟我说情况就是那样的，那么那就是事实，这件事也就到此为止了。"

"情况就是那样的。"格里特斯没有勇气看着他，只好避开他的目光说道。

"好吧，就这样吧。也许有人能就他们掌握的情况给我整理出报告来，那我会马上上楼去取的。"他伸手去推门，不过又停了下来，迈出半步又掉头对格里斯基说："哦，对了，还要恭喜你，特雷娅打过电话，跟弗兰妮说了那件事。"

随后哈迪就到外面的走廊里去了，留下格里斯基独自经受哈迪带来的让人难以忍受的折磨。

第三部分 ———————

25

布拉科总是猜不透他搭档的想法，搞不清楚他什么时候会做出什么样的举动。有时他的想法不值一提，且与案件侦破没什么关系。可要是他冒出什么稀奇古怪的想法，就会把他们弄到某个地方忙活一阵子。

昨天，他们两个在外面马不停蹄地跑了一整天，脚都走扁了。一个地方接一个地方不停地走，不停地跟人谈话，先后去了医院、咖啡店、朱达诊所等地方，在外面连轴转了十来个小时。当他们终于回到凶杀案组的时候，格里斯基已经不在办公楼里了，想跟他汇报工作情况也不成了。他们问了别人，才知道他接了个电话就急匆匆地出去了，看样子是什么让他非常生气的事。因为上次他们已经明白了格里斯基不喜欢自己的人到家里去谈工作这个规矩，当时他们想只能等到第二天早上在大厅里向他汇报工作了。然而今天他们一直等到十点多，不得不赶着去和卡西·威斯特约会时，上尉都还没有进楼来。

这会儿，他们两个已经坐在意大利裔人聚居区的一个露台上两个多小时了。这个露台光影婆娑，没有一丝风吹进来。就像布拉科说的那样，他们在吃一种意大利式的午餐。吃这种午餐是这个社区的人每天必不可少的一项内容，而且让他纳闷的是，他们为什么都没有大腹便便的呢？当然了，他发现哈伦是发胖了。不过话说回来，一顿午餐用得着两小时吗？到现在还没吃完，真是冗长得让人烦闷。或许这就是他父亲天天跟着那个市长的感受。

布拉科不得不承认他的搭档为了了解南希·罗斯做了大量的准备工作。当然，他得到了他姨妈卡西的许可和帮助，允许他加入她那个社交圈子，所以他们现在也成了这场四人餐会的一分子。即使如此，布拉科仍然认为，菲斯克把这场问询处理得相当不错。尽管现在那台录音机就放在桌子中间，四周都是半空的咖啡杯和装有意大利甜品的碟子，南希仍然是一贯的那副怡然自得的样子，似乎并没有对此表现出丝毫的不安和反感。

布拉科相信她任何时候都会这么沉着镇定。她是个有着良好教养的人，似乎生来就是那种去使唤别人、被人侍候的人。尽管不像安·肯森那样有迷人的眼睛和惹火的曲线，不具有这种身体上的吸引力，但南希·罗斯用自己考究的衣着弥补了外形上的不足，散发出一种恒久不变的魅力。但无论如何，她都没有给人留下一种自命不凡、高不可攀的冷面女王的印象。她脸上随时都会露出笑容，嘴里不时会冒出一些让人忍俊不禁的俏皮话。这会儿，不知道怎么回事，她就拿"长"这个词跟卡西·威斯特插科打诨起来了。"上帝啊，好长……他们这儿送上的面包条。"或者"你注意到了我们服务生的那对长……耳垂了吗？"她们两个在这个词上绕来绕去地说了好几回，把人都绕晕了。

菲斯克跟她相处非常放松。他穿着一套定做的西服，配一件奶油色的丝光衬衫，打着一条色彩亮丽的丝质领带，脚上是饰有须边的科尔多瓦平跟船鞋，显然在来这儿之前，他作了一番精心准备，对穿着打扮的细节都很留心。布拉科不得不承认，这个家伙这身打扮看上去真的很不错，就像他原本就应该穿这身衣服似的，剪裁合身得体，把他的体重都减掉了三十磅。

菲斯克事先告诉布拉科，要穿得体面点去参加这次午餐会，因此他穿了自己那件灯芯绒的运动外套和一件带领子的 T 恤，跟在座的人比起来，就像是个码头工人一样。布拉科觉得自己的穿着不得体，跟在场其他人的衣着打扮都很不协调，所以他根本不愿意主动开口说话。当然不仅仅是因为他觉得自己与这种社交场合的俗套格格不入，而且还因为直到十分钟前，他们的警务工作还没有开始。他知道凶杀案组的探员用不着每天下班打卡，但在工作期间，这样无所事事地浪费时间让他感到很不舒服，尽管他有时候也在上班时间做点毫不相干的事。

　　现在事情很清楚了，菲斯克对此是早有计划的。席间那些趣闻逸事和闲聊都是引出下文的铺垫。南希·罗斯此时终于愿意用她力所能及的方式去帮助这个不错的男人——市政督监卡西·威斯特的这个警察外甥。

　　"我知道，"她说话了，"马拉奇今天早晨非常不安。你能相信这是他第一次站在大陪审团前作证吗？他这一辈子甚至连一张违章停车的罚单都没有收到过，或者说没有跟任何一个真正的警察谈过话，甚至跟这类严重的事情从来没有沾过边。我希望他会尽快跟你会面，哈伦，还有你，达雷尔，也是一样。他想都没有想过这个案子会牵扯到自己。"

　　菲斯克嘴里啧啧有声，表示自己的同情和赞同。"我相信他没有什么可担心的。他们跟他谈话的主要原因，是想了解帕纳塞斯每天都面临的压力情况。在我看来，马卡姆先生去世之后，你的先生了解这种情况最好的消息来源。"

　　"哦，是的，他是的，这没错。有时候我认为他和蒂姆可能都在做同样的工作。而且现在，当然了，马拉奇担负起了蒂姆以前的工作，虽然他绝不希望是在这种情况下。这真是可怕。"

　　"你知道他是否已经任命某人来接替自己原来的位置吗？"

　　她摇了摇了她那高贵的头。"没有。他在寻找，不过……算了，说实话吧，他告诉我主要的问题在于，没有哪个医生能在困难的时候作出正确的决定，找不出适合这个职位的人选。在过去的许多年里，马拉奇一直在忍受他们的无能。他们的所作所为已经给他的工作造成了损害，你知道的，姑且不说那个可恶透顶的给他抹黑的做法。"

菲斯克再次用啧啧声以示同情。在布拉科看来这是故意装出来的，但她把这种举动当做是鼓励她继续说下去的一种表示。"好像是那个叫杰夫·埃利奥特的吧，管他是谁呢，根本就不了解经营一个像帕纳塞斯这样的公司有多难。他认为那些高级职员和董事该为了什么去工作呢，是为了最低水平的工资吗？我是说，真的，他根本就不知道。"

"我认为很多人都不知道这些情况。"菲斯克也认为这是件很令人遗憾的事。

"我的意思是，"南希继续讲道，"你不会相信那篇专栏文章见报那天，他在办公室里接到多少打来责问他的电话。我不知道马拉奇是怎么挺过来的，是如何没被这件事搞垮的。那时候他已经疲惫不堪了。我是说，蒂姆被杀的那个晚上。哦，请不要介意我说到这个。"

"没关系的，南希。这究竟是怎么一回事？"

她叹了口气。"他和平时一样，非常努力地去做他认为该做的事情，在办公室待到很晚，跟那个埃利奥特先生谈话，你明白的。但是他想努力让别人理解他，显然埃利奥特先生没做到这一点。所以他们一直谈到了下半夜，在他疲惫不堪的情况下，他都想不出该从哪儿开始谈起，而且这场谈话对他又有什么好处呢？进行这样的谈话本来就是个天大的错误。"

她话音刚落，菲斯克就接过来。"我不太相信埃利奥特在他的专栏文章里提到过你丈夫的收入问题。即使有，也是从公开的档案资料中找到的。"他把自己的搭档也扯了进来，"达雷尔和我都认为那个收入是相当低的。而且，对你丈夫所做的工作来说，那一笔钱也是应得的。"

卡西·威斯特插了话。"而且那都是马拉奇辛辛苦苦挣来的，对吧，南希？这可不像挖空心思成为由二十个人组成的董事会的一员那么简单。"

"完全正确。那是我们全部的经济来源。我们没有信托资产，也没有继承的遗产和额外的收入。除了举办一些聚会——如果没有这些聚会，一些重要的慈善团体也会蒙受损失的——我们过得十分节俭。"

菲斯克继续引着她说下去。"而且一半的收入都作为税款上缴了。剩下来的一半，都用在家庭开销和宴请招待上。我同意你的说法。我真的同意你的说法。"

布拉科脑子里在努力计算着一些数字。不像他的搭档，他确实不能理解每年怎么能花掉一百二十万美元，都花到什么地方去了。即便是六十万美元都上了税，剩下来的那笔钱的一半，三十多万美元都花在了众多家庭开支和宴请招待上。那税后剩下的还有三十万美元啊，差不多是布拉科一年薪水总和的三倍，这里面还包括他的加班工资——一大笔超时加班费。

菲斯克在事前就跟他通过气，在这次谈话中提到这个问题就可以弄清楚罗斯和他的家庭认为自己是更富有了还是正在迈入贫困的门槛。让布拉科感到吃惊的是，事情开始看起来像是后一种情况。

"你知道，哈伦，跟一个明白这个数字含义的人谈论这件事，是多么沮丧。我是说，就那么一百万美元！这听起来像是很大一笔钱，不是吗？"接下来，她的语气变得凝重起来，"在过去是很大的一笔钱，我是这么认为的，不过现在可不是这样了。"看上去菲斯克正在回顾过去那段美好时光，对这个数字一笑置之。"我过去认为，如果我有一百万的话，我就可以退休什么都不干了。你能想象我会有这种想法吗？"

南希对菲斯克这种可笑的想法报以一笑。"如果你只打算在退休后活上一两年，或许是够了。没准还撑不了那么长的时间，要是你还雇个家庭帮工，甚至不是那种全职的用人。更何况是那种吃住都在雇主家里的？算了吧，我指的是一星期上门来服务几次的用人，或者是清理园子的园丁，或者厨房的帮工。"

"而且不要忘了还有政治捐款。"卡西·威斯特半开玩笑似的补充道。

"而且还有慈善捐助，歌剧演出资助，给姑娘们的学校赞助款，还不包括两万美元的学费。当我坐下来想到这些事时，确实感到害怕。"

布拉科简直无法忍受这些没完没了的诉苦。从生下来到现在，他连他们提到的六十万美元的六分之一都没花过。但他不知道该如何打断菲斯克已经扯出来的这个熟悉的调子，尤其是关于钱的这个话题，他只得寄希望于他的搭档自己把谈话内容转到他来这儿的目的上去。

但显然菲斯克还在分担着南希的不幸遭遇，继续着这个话题。"我发现让人简直不能相信的是，"他说，"埃利奥特写的那篇文章，让你的丈夫看起来就像是一个贪得无厌的王子。他本该就实际生活的开销写出另一篇内容不同的文章。在我看来，如果罗斯医生离开帕纳塞斯——他完全有理由这么做——我敢肯定，他这种人是大受欢迎的，而且很容易就能找到一份工作，得到跟他自身价值相配的薪酬。"

"实际上，他差点就那样做了。去年他就为换工作的事跟人面谈过。当然，这是高度保密的事，甚至连蒂姆都不知道。"布拉科注意到她说到这儿时停顿了下来，也许她没有想过要透露这件事吧。接下来她深深地叹息了一声。"我无法用语言描述我们为了维持这种生活付出做了多少努力，说出来都让人难以相信，但实际上我们仍然凑合地过着，不知道要到什么时候才能改变这种状况。没有存款，给女儿们上大学的钱一分也没有备下，而且马拉奇继续留在帕纳塞斯只是出于一种责任感。但是所有人都一下子以为我们就非常有钱了。这真是一个巨大的讽刺。"

菲斯克自告奋勇提出，或许他可以去和埃利奥特先生谈谈。"起码要想办法让他明白你这边的实际情况。"

"不用了，谢谢你的好意，哈伦。你的想法不错，不过我认为那不是聪明的做法。他只会拿这事来做文章，不知道还会怎么攻击我们呢。虽然我不知道事情会是什么样子。"

"答案就是，这不可能是你想要的。"卡西·威斯特说。她拍了拍手，接过服务生递上来的账单。"一切都会过去的，我不担心，南希。对待这种文章最好的办法就是忘掉它们，就当没有这回事。"

菲斯克敏捷地一把将录音机攥在手里，塞进了自己的口袋。"我很抱歉我们谈到了这个令人不快的话题，"他说，"这是工作的一部分，其实我并不喜欢这么做。不过你已经给我们帮了很大的忙，而且午餐也十分的丰盛。"

南希·罗斯也伸手去接账单，抢着要付账。哈伦和他的姨妈都极力反对她这么做，不过她对他们俩的反对置之不理，硬是坚持自己付了账。布拉科紧绷着的心终于放松了下来，结结巴巴地道了谢。他瞥了一眼账单上的那个数字——一百四十七美元八十八美分。还不包括小费。这个数目可是布拉科每月向他父亲支付的房租的一半。

然后大家都站了起来，他们四个人互相亲吻了对方的双颊以示道别。南希·罗斯似乎已经完全从这场令人沮丧的财务谈话中恢复了过来。布拉科先握了握南希的手，接着是卡西的，说跟她们在一起过得很愉快，很享受跟她们共度的时间。从某方面来说，他意识到那是事实。这是近距离观察另一个世界的人口，与他自己的世界共存的另一个完全不同的世界。

在那个世界里，马拉奇·罗斯有了缺钱的麻烦。

到达办公室五分钟后，韦斯·法瑞尔得到了关于罗琳夫人的消息。考虑了一会儿之后，他认定这不是那种想马上与委托人分享的令人振奋的好消息。"嗨，查克，我是韦斯·法瑞尔，有重要的消息给你。他们正在挖你妈妈的尸体，要把它切开来做医学检查。"不，他不认为自己应该这么说。

不过，对他来说这是个好的开端，一件值得庆祝的事件，因为在过去的几个月里，这里一直没有足够的活可干。他很努力地处理妥当了一些别的事，一直忙到午饭时间。不过就在他关上门转身要回自己住所去的时候，他突然明白，在新的一天破晓来临之前，让他回到自己的办公室，需要拿出超过他极限的勇气才行。

他吃了一个洋蓟头和一个金枪鱼罐头当午饭，然后在客厅里小睡了半小时，养了养神。此时，他已出了门，陪着他那只六十五磅重的拳击犬巴特绕着布纳维斯塔公园散步。他穿着一条旧的家居裤，一双带有高科技含量的网球鞋，一件运动衫。这件运动衫从远处像是带着"布什"字样，走近了才看出那上面只是留有空缺待填补的、细细的两个小写字母的图案"__ll__"。法瑞尔乐意认为，这件挂在自己壁橱里的衣服或许是他所拥有的世界上一流的藏品，把汽车保险杠上反光贴膜的智慧运用到衬衫上来了。

太阳已经冲破了云层的遮蔽露出了头，预示着天气又要变得暖和起来了。这样暖和的天气两天前曾出现过，旧金山没有一个本地人指望过这样的好天气会这么快又回来。不过现在看样子这种指望快要实现了。永远都会有奇迹。

在这些奇迹当中，就有他的爱人萨曼莎·邓肯。这个可爱的，身体结实，个性强而好争辩的萨姆①已经快四十岁了，五年前搬到韦斯那儿跟他住到了一起。尽管他们并不打算举办一个正式的婚礼，但两个人都认为这种厮守一生的约定是一辈子的事情。韦斯已经去过了教堂，他对这种事的态度也是认真的，萨姆认为这已经很不错了。

他从外面一回家，就往她工作的地方——海特大街上的性暴力危机咨询中心——打了个电话，问她是否愿意抽出点时间，或许她也想参与某种两相情愿的成人活动。在这个世界上，她讨厌别人跟她搞这种幽默，但她可以容忍韦斯这么做。不过她告诉他，自己一直都在忙着，而且看样子这会儿肯定走不开。

但突然之间她就来到了这儿，从天而降般站在了他的身旁，拉起了他的手。他停了下来，吻了吻她，把她紧紧地搂在自己的怀里。过了一会儿，他问："你是怎么脱身的？"

"命运的安排。志愿者中有个人正好决定过来工作。"巴特正不耐烦地拽着它脖子上的皮带想要走开，于是他们边走边说。她侧过头来仰视着他。"你怎么回事，突然放假了吗？"

他跟她讲了是怎么回事，想方设法让她对哈迪的主意多少有所了解。斯特劳特起初不同意他们这么做，但今天早上事情突然有了转机，

---

① 萨姆（Sam）是萨曼莎（Samantha）的昵称。

这或许会给他的收入带来立竿见影的有利影响。近五年来这还是第一次，他发现自己有可能参与到一桩引人注目的案子当中，在报纸上看到自己的名字出现，那会吸引到更广泛的客户资源。

"我已经不止一次听你说你不想干这事了。"

"如果我说过这样的话，那就是我的心里话，"他承认道，"不过那也是问题的所在。有一大群人要付给你钱，然后他们要你实实在在地为他们干活。这真是一个广积资源的大渠道。"

"不过你真的打算要这么干了吗？"

"我想过要这么做了。你已经看到了，当你想一次就拿到五六个可靠的客户时，会是一种什么样的情况，就像我把活已经干到了得心应手的状态。你发现你自己正在成为某种意义上的法律专家，很多客户都会围着你转。你只要把同样的动作每一回都做上五次，要做的无非就是把客户的名字或是一两处细节变动一下，再把检验的结果交上去就完事了。这么一来，你的工作量缩减到了原来的五分之一，而你账上的收入却在成倍地增加，变成了原来的五倍。这其实就是一个印刷钞票的执照。幸运的是，我是个十足的男人，会坚守自己的原则，不向这些人收取那些不该要的赃款，当然了，尽管如此，我仍然要向他们提供极好的服务。"

"这是当然的。"她松开他的手，"我不明白我为什么喜欢你。"

"我比别人更乐观，这就是原因。不过如果我能拿到更多的钱，我会更乐观。这是因为我那个五个客户的计划。除了那些说不定什么时候就会发生的事，正如近期我们看到的那样，最高法院出台了一个规定，要降低收费的价格，钱就要断了来源了，你就要离我而去了。然后我可能就会自杀，一了百了。这太可怕了。这都是因为那些手握大权，高高在上的大人和他们作出的那个吹毛求疵的，微不足道的决定。"

"那些该死的家伙。"萨姆说。

"而且是两个女人，不要忘了，我敢肯定你是绝不会那么做的。总之，我认为这或许是个好消息，一个极好的机会。我可以再次扩展自己的生意，然后挑选那些能够为我做的那一点点工作付得起大价钱的重要客户，以后你和我就可以继续发扬我们那种随心所欲的快乐主义了。"

"你知不知道你说话的样子就像一个恶人？"

"我只是在对你陈述事实，这就是我的本来面目。"

"真实的你是那个去年夏天整晚都泡在办公室里的人，埋头忙活麦基的诉讼案，还有别的案子，而且后来还忘了收费。"

"我知道。"法瑞尔的脸上写满了懊恼，"为此我后悔得差点开枪结果了自己。另外，我真正的打算是，他们会赢得彩票大奖，会跟我分享奖金。不要那样看着我，这种事情仍然还有可能发生。"

他们已经走到草地上，来到了公园的高处。萨姆坐了下来，韦斯伸开四肢，舒展地躺在地上，头枕着萨姆的大腿。巴特把嘴搁在法瑞尔的肚皮上，多年来它一直这么做。

几分钟后，萨姆给韦斯捋头发的手指停了下来。"有件事情我不明白。"她说。

"不，"他说，"你似乎对所有的事情都很明白。"

"你努力想得到的就是运气，不是吗？"

"你能想到这种事，真是让我既震惊又失望。"他演戏似的夸张地伸出一根手指头放在自己的额头上，就像是在对自己说话一样，"哦不，等等，我不能两个都要。"然后又对着她说，"我被惊呆了，萨姆，你居然能想到这样的事。我绝不会卑躬屈膝地去奉承你的，指望着哄骗你来满足我的性偏好。我们的爱是非常珍贵，而且极其真实的。"

"我该穿高筒靴子来的，"她答道，"这儿的草有点儿密，扎人得很。"

韦斯耸了耸肩。"好吧，我会当真的。你不明白的是什么呢？"

"你说的那些有关于清理床位的事情。尤其是罗琳夫人的事。迪斯马斯·哈迪称有人杀她的一个动机，就是把她的那个床位空出来。不过就算是这么做了，那张床空了，谁又从中得到了好处呢？"

"那样他们就可以让别人住进来了。"韦斯说。

"是的，那就是我不明白的地方。你有一个病人在病床上，而且后来那个病人死了，第二天你又收治了另一个病人住到了那张病床上。他们为得到同一张病床要支付相同的费用，对吧？因而为了让病人乙住进去而把病人甲除掉，为什么这样做对某个人有好处呢？"

法瑞尔微微抬起了自己的头。"巴特，你想跟她讲吗？哦！这些头发对我来说可是宝贝呀。"

韦斯把头又放到她的大腿上，伸手揉了揉刚才萨姆拔过头发的地方。"如果这事让你想发火，急着要去弄个清楚的话，那就简单点说吧，事情就是这样的。市里跟帕纳塞斯签订了合同，在他们称其为按人数均摊费用的基础上，要向所有雇工提供健康维护组织基本健康保险范围内的医疗费用。"

"究竟是怎么回事？"

"我很高兴你问到这个。就是说，帕纳塞斯每个月都会从市里得到一笔定额的资金，作为交换，它要向那些加入了健康维护组织的市里的雇员提供医师和医院里的健康服务。雇员们可以这么做，而且他们自己不用掏钱，费用都来自市财政预算。"

"好吧。我们还是回到床位的那个问题上来。"

"我正要说到这儿了。因此，实际上的情况是，帕纳塞斯每月会从市里得到一张支票，那成了它营业总收入的一部分。然后，像其他公司的一些固定支出一样，帕纳塞斯开始用这笔钱支付企业的日常管理费用和员工们的薪水等。因此，如果帕纳塞斯不得不向加入了健康维护组织的某个人提供一项昂贵的医疗服务——比如进行化学疗法或是心脏手术——就会觉得这跟它没收到钱一样，它对这种事情是相当紧张的。"

"但是所有人此前都一致同意了——"

他摇着一根手指头示意她不要再往下说了。"那不是问题所在。关键在于有一些病人，不论是否是市里的雇员，他们已经选择了一项更昂贵的医疗服务。帕纳塞斯只有从这些病人身上才能拿到真正意义上的活钱。"

"不管怎样，它每个月都从市里得到了现款，对吧？我还是没有明白这中间有什么不同。"

"那好，我们打个比方来说吧。一个加入了健康维护组织的市雇员在重症监护室里待了五天。市里不会因此给医院再送去一张支付那些额外费用的支票。帕纳塞斯从这个病人身上每月只能得到一百五十美元的医疗费，仅此而已。然而，如果有个病人加入了一个大额的医疗服务提供项目，他同样在重症监护室待五天，帕纳塞斯一天就会得到将近五千美元的医疗费。因此，这个例子能够说明的就是，一个加入了健康维护组织的市里的雇员在重症监护室占有一个床位，也许就让帕纳塞斯每天付出五千美元的费用。"

"每天？"

"是的，每天，亲爱的。你不要太在意这个数字，它只会少不会多。那么现在让我们来说说我们自己的玛乔丽·罗琳吧，她碰巧就是我们谈论的这件事的绝好例子。她是市里的一个雇员，是通过帕纳塞斯健康维护组织加入医疗保险计划。因此，要是她碰巧违背了医学上的存活概率，而且就那样坚持了六个月，她要花掉波托拉多少钱？至少十万美元，或许比这更多。

"现在，要是你管理波托拉，在其他条件完全相同的情况下，躺在病床上的，一个是玛乔丽·罗琳，另一个不仅拥有大额医疗保险，而且他的保险提供商可以全额支付所有费用，那么，你选择哪一个作为你的病人？"

萨姆没想多久就又开了口。"别的所有条件都是相同的，"她说，"这听起来似乎让我觉得迪斯马斯·哈迪可能从中已经意识到了什么。"

26

　　下午的时间快要过去一半了，格里斯基一口米糕也吃不下去了，那东西实在是不好吃，他得找点别的东西。

　　司法大楼临第十七大街这面有一道从上通到下的，很少有人经过的半封闭式楼梯。格里斯基从这道楼梯来到了街面上。他站在街角处，等着绿灯亮起，打算到对面的洛餐厅弄点花生吃，就算是吃了这东西让他心脏病发作，倒在餐厅里也在所不惜。突然，他发现自己手下新来的那两个探员正向他迎面走过来，也准备过人行道。菲斯克穿得就像一个时尚的模特一样，连布拉科都打扮得相当帅气。"要去哪儿参加聚会吗？"他问，"你们想来把花生吃吃吗？"

　　这话从他们上司的嘴里说出来，就不是真正意义上的一个交际请求了。人行信号灯变了，三个男人走上了人行道。

　　洛餐厅的酒吧里客人爆满，没有一个空座位，因此格里斯基就那么站着点了三小包当做小吃的花生米和一品脱冰茶。因为上司带头没要酒，所以布拉科和菲斯克也就一人要了一杯酸咖啡，点好东西后他们找到了一个刚空出来的隔间坐了下来。上尉坐在一边，那两个新探员坐在他的对面。格里斯基扔给他们每人一包花生米，然后撕开自己那包享用起来。"那么，是什么让你们两个男生都打扮得如此隆重？"

因为和南希·罗斯、卡西·威斯特进行的那场午餐会是哈伦的主意，布拉科认为应该让他来说明这件事情。上尉似乎对这事很赞成，这让他觉得有些意外。菲斯克把事情的经过讲完后，格里斯基满意地点了点头。"那么我们现在就弄清楚了我们一直疑惑的情况。你不能挣太多的钱，而且没有人会觉得自己得到的已经够多了。还有别的要说的吗？"

布拉科认为他有必要说出自己的想法。"有几件事，"他说，"第一，去比较一下罗斯上几年的纳税申报单和他们的开销情况，一定会很有意思。罗斯夫人也许还没有意识到这一点，但她确实说过他们的生活开支大于他们的收入，处于人不敷出的境况。"

"我也是这样的，"格里斯基说，"谁又不是呢？"他嚼了一会儿嘴里的冰块，"人们用信用卡缓解自己手头紧的问题，那又如何呢？而且这到底能说明什么？这跟马卡姆又有什么关系呢？"

"如果罗斯以某种方式从帕纳塞斯拿钱，而且马卡姆发现了——"

"你的意思是盗用公款？是这样的吗？"

"我不清楚。"布拉科坦言道。

格里斯基并不喜欢这样的推论。"如果这种事情是明摆着的，或是确定无疑的，那他当场就解雇罗斯了，你不这样看吗？"他皱起眉头喝了一大口茶水，"对这个案件的总体思路，我的疑问是，"他最后说，"我已经得出了这样一种假设，从马卡姆遭遇车祸到他出现在医院这段时间，不论是谁杀了他，可能都不是有预谋的。那也就是我为什么如此偏向于把肯森当做首要嫌疑对象。他具备的不仅仅是一个作案动机。他有好几个由来已久的动机，任何时候只要有机会他就会下手的，'终于等到了机会'。

"另一方面——听我把话说完——不管出于什么原因，如果罗斯真的被马卡姆逼到了非要谋杀他的地步，他就有可能采取行动先发制人。

打个比方，就像确实想用车去撞死他，而不是等命运来惩罚他，这样去推理不是更有道理吗？如果老天不遂他的心愿又会怎么样呢？而且靠天意来让马卡姆死掉，这是百分之百不可能的。"

"我说两句可以吗，长官？"哈伦说。

格里斯基的脸色缓和了一些。"你说吧。"

"罗斯和马卡姆在一起共事了很长时间，那么，肯森身上具有的动机成因，罗斯身上同样也有。难道没有这种可能吗？这一点我们今天下午就已经搞清楚了，罗斯需要他的那份工作，但是有什么事情让他打算离开帕纳塞斯。"

这种想法在格里斯基看来并不是什么有疑问的东西。"他读了墙上贴出来的那些东西。那个地方就要垮台了。他不想把自己也搭进去。"

"好吧，就算是这样。"菲斯克的沮丧劲随着格里斯基的反对意见显露了出来，"不过他没能找到别的工作。他的妻子告诉我们，他出去找过工作，但没有成功。为什么不去杀死马卡姆呢？谁最终会从马卡姆的死亡上获得最大的利益呢？罗斯医生，这个接掌了最高职位，而且会得到二十万美元年薪的人，这种好处仅仅是个开头而已。"

格里斯基将他的花生米袋子底朝天倒转过来，把里面剩下的最后几颗一股脑倒进了嘴里，若有所思地嚼了起来。"不过我们不知道他和马卡姆之间是否有任何严重的，我指的是致命性的严重问题。是这样的吧？"

这两个探员垂下眼帘互相瞟了一眼，然后又转头看着桌子对面的格里斯基。"不，长官，"布拉科说，"不过继续关注这件事应该会很有趣。"

"你可以关注你想关注的所有情况，"格里斯基答道，"不过据我了解，在马卡姆死的时候，我们在重症监护室里找到的人只有肯森和跟马卡姆根本没有私人关系的护士，而且这一点相当严格地限定了嫌疑对象的划定范围。难道你不同意这一点吗？这个情况已经改变了吗？"

"实际上，或许出现了一些变化，"布拉科说，"昨天我上楼去了重症监护室的护士站，当时哈伦在楼下等一个走访对象。"他讲述了自己在没有受到任何阻挠，而且显然没有被人注意到的情况下成功进入重症监护室的过程。他讲完之后，格里斯基的眉头又紧锁了起来。

"这是什么时候发生的事？"

"大概是在跟马卡姆死时相同的时间。下午一点吧。"

"当时护士站是什么情况呢？"

"有一个护士在，就坐在电脑前面工作着。"

"你在那里面待了多长时间？"

布拉科耸了耸肩膀。"并不长，就一分钟吧。我挨着每张病床走了一圈。"

"没有别人……"

"一个人也没有。我就从那个坐在电脑前的护士身后走了过去，打开那道门，溜了进去。这也就意味着，别人可能也做过同样的事。"

格里斯基的脸色暗了下来，冷硬得像花岗岩似的。就在此时，他的手机响了起来。他从腰带上摘下电话，不耐烦地吼出了自己的名字，接下来就专心地听起了这个电话。他上下唇之间的那道疤痕完全凸显了起来，看上去很是显眼。"你不确定吗？"不到一分钟他就结束了通话，目光掠过探员们的脑袋盯在别的什么东西上面。

科尔马镇，坐落在旧金山市与圣马特奥郡交界的地方，这儿的死人比当地活着的人还要多。

哈迪站在成千上万座坟墓中的一座前面。这座坟墓位于一棵红杉树下，在这一排墓碑的尽头。二十八年前在墓地管理方的允许下，他亲手在这里栽下了这棵红杉树。

今天是四月十六日，哈迪的儿子米歇尔就是在这个日子出生的。他出生七个月后就夭折了，是从婴儿床上掉下来摔死的。那或许恰恰是他第一次站立起来的时间。从那之后，无论是哈迪，还是他的妻子简都再也没有机会见到他自己站起来了。当然了，他们的婚姻也是这场悲剧的受害者。看起来，那几星期他只是能自己爬一爬。期间他们还给他拍了几个胶卷的照片留作纪念。

由于他只会爬，所以他们把他那张婴儿床的护栏放了下去，当然，不是全部放下去，只放了一半。他们事先已经对房间做过防止儿童意外伤害的改造，不过他们俩谁也没想到过问题会出在婴儿床的护栏上。米歇尔还没大到能自己独立思考问题。但不管怎么说，后来发生的事证明，他那时候到底还是能够自己站起来了，否则不可能从床上坠落下来，摔到不该摔到的地方。

哈迪现在已经不再去想那些事了。那件事发生之后的某个时刻，他调整了自己的人生航向，在他自己是谁、已经成了什么这个问题上，变得低调了。此时他脑子里什么也没想，只是这么无意识地站在这里，站在自己这个未成年儿子的、现在已经有些年头了的旧坟前。此前，他从没来过这里，尽管他记得那个不幸的日子，而且也不止一次来过科尔马镇，但他一直没有勇气来面对它。

不过今天似乎有什么东西把他牵引到这里来了，他既不能解释清楚，也不愿意去深挖细究。他觉得自己生命中很多重要的东西正在渐渐远去。也许他希望这种看似突然的坠落和逐渐的流逝能够被终止。灵魂是可以被拯救的。

他已经给弗兰妮打过电话，跟她讲了他要到什么地方去。他知道这个电话会让她担心的。她应该到那儿跟他碰头吗？他没什么事吧？她问他。

他不知道该如何回答，不过他告诉她自己很好，没什么事。他爱她，他今晚会回去看她的，在文森特的小联盟队训练结束之后，当他的正常生活重新开始时。

在市中心，气候宜人。驾车出去的途中，直到走到沙姆罗克，他都开着车窗，呼吸着从外面扑面而来的新鲜气息。不过在这儿，除了他亲手种下的那棵索然而立的红杉树，那些桉树和迎风而立、枝叶交错的柏树，还有永远都生气勃发的青草能给人一种赏心悦目的绿意之外，其他的一切在天幕的映衬下都是一派灰暗之色，缺乏生机。总之，天地之间，全是灰暗阴冷的色调，让人心生萧瑟之意。

他穿着公务套装，即使把外衣扣子都扣上，也不足以抵挡阵阵袭来的刺骨寒意。与其说是听到，不如说他是感觉到风带着颤音在小树林里嗡嗡鸣叫着。云层铺天盖地地垂向了地面，一缕一缕的雾霭不时随风飘移，消散在无边无际的灰沉沉的天色之中。

他已经有三十年没做过祷告了，也许现在也不算是在做祷告。他先是单膝跪下，随后双膝都着了地，而且就保持这个姿势，一动不动地待了好几分钟。终于，他站了起来，看了一眼那块大理石墓碑上刻着的仍然醒目的名字——米歇尔·哈迪。

此刻，这一切都是那么的陌生，那么的遥远。

他吸了口气，振作起精神，转身向自己的车子走过去。这时，他看见格里斯基正站在离他三十英尺开外的柏油路上。

格里斯基穿着他那件飞行皮夹克，双手揣在口袋里。哈迪向前迈步的同时，他也向前挪了一步。当他们迎面相对时，两个人同时停下了脚步，站在那儿。"我试着给你办公室打过电话，"格里斯基说，"又给你的手机打过，最后找到了弗兰妮，才知道你在这里。"他迟疑了一下，问道，"你没事吧？"

他模模糊糊地朝他身后示意了一下。"要是他还活着，到今天也该二十八岁了。我想我欠他一次探访。"

一阵寒意袭上了他们的心头，内心深处的某根神经不由得一颤。这阵寒意过去之后，格里斯基说："那是最让我感到害怕的事。"

"这是件好事。"

"我已经有三个成年的男孩了，迪兹。我不想再有这样的机会了。我为什么还要这样做呢？"

哈迪过了一会儿才回答了这个问题。"多数时候它不会像米歇尔不在了一样就结束了，这就是为什么多数时候是他们来埋葬我们。"

格里斯基的目光掠过哈迪肩头看着什么地方。"我不能准确地知道为什么我如此……"他无法清楚地把自己的想法表达出来，"就是，如果他们不埋葬我们会怎么样呢？如果事情就像米歇尔这种情况，白发人送黑发人又会怎么样呢？"

"那你就得去面对你不得不面对的东西，"哈迪答道，"你认为时间会过去的，但你不再是时间的一部分了，然后某一天你觉得自己吃东西又有了滋味，或者你觉得也许太阳照在你的后背上又有了温暖的感觉。总之，有什么东西让你重新感受了生活的味道，你又燃起了生活的希望，开始了新的生活。"他耸耸肩接着说，"你经过了弗洛的事，因此你明白这种感觉。"

"是的，我确实清楚。不过可笑的是，我现在感到更害怕了。我这人受不住惊吓的。"

"我已经注意到了。"哈迪的嘴角若隐若现地露出了一丝诡异的笑，"事实上，我会把那称做是一个好的信号，尤其是在弗洛去世后，在遇到特雷娅之前，你是如何经历那些浑浑噩噩、梦游一般的日子的。然而，现在所有的一切又让你觉得举足轻重了，难道不是吗？而且这不是一种牢骚吗？"

"是的，你说得不错，不过……"

"这世上不存在'不过'这个词，阿布。一切都很好。"他再次向身后那个坟墓示意了一下，"如果那小家伙有什么事要跟我讲，我想这就是他要说的话。"

回头面对格里斯基的时候，他意识到他们一直都在把对方挡在自己的心门之外，没有敞开心扉，而且事实上，这就是他们目前的关系状况。但此刻，用不着嘴上承认这一点，他们两个人都心知肚明，不管怎么样，他们之间的这场较劲结束了。也许，他们之间还存在一些工作方面的严重分歧，不过感情的根基是稳固的。

他们一起走向停车的地方。"还有点别的事，"格里斯基说，"这就是我最初想办法要找到的原因。"

"什么事？"

"斯特劳特给我打了电话，是玛乔丽·罗琳的尸体解剖的事。"

"已经做了吗？"这也太快了点吧，不过哈迪倒不觉得有什么意外，杰克曼已经清楚地说明过，这事是需要着重优先处理的。

格里斯基点了点头。"你是对的，她不是死于癌症。"

哈迪浑身上下感到一阵畅快，为了这个结果，他已经说不清楚自己付出了多大的心血。"那死因是什么？"他迫不及待地问，"是钾中毒吗？"

"不是，是某些让肌肉放松的药物，巴夫龙和氯化物之类的东西。这两种药能够让人的自主呼吸出现衰竭，而且它们可能都是在医院里被使用的。"

"那时肯森根本没有接近过她，阿布。他在休假，带着他的孩子在迪斯尼乐园玩耍。不用你说，我知道这并不意味着他没有杀马卡姆。不过这事确实另有隐情，不是吗？"

格里斯基并不需要现在就去把这事弄明白。"我们得谈谈。你说过你找到了更多这样的病人吧？"

哈迪点了点头。"不下十个吧，而且那还仅仅是肯森名单上的。我知道，至少有一个护士对这些死亡病例有过怀疑。她那里或许有些名字能跟这些病人对上号，虽然我会同意你的观点，一起凶杀案并不意味着他们十个人都是凶杀案的受害者。"

"我可没有说过这种话。"

"是的，我知道，我懂你的想法。不过这意味着这十个人中有一个是，而且不是肯森干的。不过也不是钾中毒引起的，这也正是我们期待中的某种结果。"

格里斯基面露疑惑之色看着他。"那是为什么？"

"因为如果罗琳和马卡姆都是以同一种方式遇害的，那就是有同一人作案的可能性，没有这种可能吗？"

"有可能是那样的，"格里斯基表示接受这种想法，"不过就我而言，从我和你的角度来看，这个结果已经够好了。"说话间他们已经来到了格里斯基的车旁。他走到前门边停了下来。"我想我还欠你一次道歉。"

"我同意你这么说。道什么歉呢？"

格里斯基咯咯地轻声笑了起来。"结果跟你想要的一样好。"不过出乎意料地，他把谈话又往深处进了一步，"我唯一能说的就是，你和我一样，不跟众多的辩护律师同流合污。遇到不公平的事，你马上就变得愤世嫉俗起来，即便是对你的朋友也一样。"

这是让人听起来觉得不舒服的实话，哈迪也承认这一点。他有辩解的理由，他，迪斯马斯·哈迪，阿布最好的朋友，恰恰不是那种喜欢玩缺乏职业道德的花招，不分青红皂白，一味只顾去保护自己委托人的辩护律师。不过他知道，这种辩解就其本身而言，在刑法界将会是一个苍白无力，而且让人怀疑的保证。哈迪因技术细节上的优势已经打赢了几场官司，但格里斯基以他警察的思维模式，很可能会认为这是某种形式的欺骗行为的结果。

韦斯·法瑞尔在那个抓到嫌疑犯的警官还没有把案子递送去审判庭之前，第二天就让他要救的那个小伙子逍遥法外了。这一切哈迪都是清楚的，韦斯在前一天晚上就把那个警察接了出去，拼了老命陪他喝了顿酒，因此他才会烂醉如泥，直到第二天都不能出庭。抛开这个不说，格里斯基指责哈迪做的那些事，就算让律师界大名鼎鼎的大卫·弗里曼去做，他也不会感到羞愧。不就是为了向证人施加压力而用她的孩子来对付她吗？不就是让法医把半个科尔马挖个底朝天吗？不就是在选举陪审团的第一天假装需要上急诊室拔牙吗？只要能够帮助你的委托人，哪怕是拖延案件的审理，为自己赢得一段重要的时间，这些举动都是情有可原的。甚至，不恰当地说，也是值得推崇的。从职业道德上来讲，也是需要这么做的。

"那么从这里往下调查，我们又该从何处入手呢？"哈迪问。

格里斯基清楚无疑地答道："肯森手上的名单。如果在波托拉有一个死亡天使的话，我想知道这到底是怎么回事。同时，玛琳那边正在进行陪审团的工作。就在斯特劳特给我打来电话的五分钟前，我得到了另一个让人不安的、出乎意料的情况。"他对哈迪讲了布拉科发现波托拉的重症监护室缺乏安全性的情况。

"那么说任何人都有可能进去过吗？你说的就是这个意思吧？"

"布拉科似乎是这样认为的。"格里斯基停顿了一下，"我可不想有两个潜在的凶手，"他说，"我真的不愿意出现这样的情况。这个想法让我很不舒服。"

"我也是一样，不过如果是三个就更糟了。"哈迪提醒他说。

"三个？"

"无论是谁驾驶那辆车，都有故意杀人的嫌疑。"

布伦丹·德里斯科尔几乎整个下午都在大陪审团面前谈话。他觉得某个痛恨他的人显然在他之前已经到这里作过证了。这个公诉人亚什女士，似乎一上来就要对他施加不利的影响，打乱他的思路。他一直盘算着到这儿来要讲一讲那些把帕纳塞斯的内部关系弄得如此尖锐的人，包括罗斯、肯森，还有肯森那个该死的老婆和其他一些人。

然而事与愿违，她想知道的，只是关于他和蒂姆的私人关系这档子事，这让他感到十分不安。他过去工作一直非常卖力，尽力让自己的一切保持低调，不显山露水。不过当然了，他们之间也存在着一些分歧。当你如此近距离地跟一个人长期在一起工作，是不可避免地会有一些摩擦的。但是总的来说，他们过去一直是一个好得非同一般的两人小组。

不过亚什已经听说了他从蒂姆那儿收到训诫信这件事，他那次遭到了蒂姆一顿狠狠的训斥。他想这一定是罗斯说出来的，而且好像还费了不少时间去啰唆自己上星期二在医院的所作所为。最终，他还没来得及把她的注意力引到那些与蒂姆发生争执的其他人身上，她就问起了关于马卡姆先生的来往信函，他对这些东西是否知情等问题，尤其是给市里开出门诊病人费用账单的情况。

他心里想，她这个人问起话来没有线索可循，忽东忽西让人摸不着头脑。他宁愿让她盯着别人做文章，而不是抓住这个商业上的决定紧追不放。据德里斯科尔所知，这个问题除了跟公司的流动资金有关外，与别的东西没有任何关系。但如果它能分散她对自己和蒂姆的私人关系的注意力，特别是上个月这段困难期所发生的问题的注意，他想他应该为此感到高兴。当然，他更乐意把她的注意力引向他最痛恨的敌人身上，为此他也做了数次努力。

"门诊账单的决定，确实是由马卡姆先生来做的，而且他坚决反对这样做，但是罗斯医生……

"……不过在你问到的那段时间，马卡姆先生不能按照自己的想法专注于他的工作，因为埃里克·肯森医生的妻子安，她在不停地要求……"

但他的这些努力都没能让亚什上钩，他只好撇开这个话题。

不过，这事要是搁在杰夫·埃利奥特身上，就要另当别论了。德里斯科尔昨天就已经给这个记者打过电话了，还约好了在结束大陪审团这边的事后就会跟他谈谈。他走出听证室时，心情比他预想的还要烦乱。他直接去了《旧金山纪事报》的办公大楼，埃利奥特正在那儿等着他。

现在他终于舒舒服服地坐在这个小套间里的一把椅子上，还有一杯咖啡可以喝。他清楚他想说谁的坏话，他打印出了马卡姆跟肯森、罗斯之间来往信函的内容，还有一百多份作为档案资料的备忘录。这些东西都大概说明了蒂姆在种种观点上对他们俩表达出来的不满。德里斯科尔绕来绕去，最后的结论都是这些文件提供了足以让某人去杀了蒂姆、看似非常有可能的种种动机。

埃利奥特兴致不高大地翻了翻那些文件。"这是不错的材料，布伦丹，只不过现在看来，似乎它所反映的情况跟我们从那边得到的完全不同。"

德里斯科尔坐在椅子里，挺直了身子，摸着自己的领带结，清了清嗓子。"你这么说是什么意思？哪边的情况？"

"波托拉那边的。看来几个月前死在那里的一个女病人也是被毒死的。我听说，还有好几个这样的病例。"他反过来像德里斯科尔那样，滔滔不绝地讲起了自己对这件事的看法，"因此不用说，马卡姆先生因为个人原因而遇害这个说法很有问题。他或许只是波托拉一系列药物致死者中的一个而已，如果是那样的话，其他人的杀人动机都是不相干的了。难道你不这么看吗？"

"我想这是有道理的。"德里斯科尔像遭到某种突然的打击一般，一下子倒在了椅背上。他花了三天时间，一直在谋划着去报复肯森造成的所有麻烦，去报复罗斯解雇了他。他以为自己已经计划得十分周全，天衣无缝了，但结果似乎有些出乎他的意料。他手中确实握有大量对他们两个人都不利的证据。如果埃利奥特把这些证据中的任何一部分公之于众，都会迫使公司的董事会甚至可能是警方去做出相应的行动。

不论是在大陪审前，还是现在在这儿，他都没能把自己的指控一股脑全部倾泻出来，别人根本就没给他这样做的机会。他觉得这对自己很不公平。"那现在怎么办呢？"他问，"这些东西你都不想要吗？"

"当然想要了，这是很重要的材料。"埃利奥特一点也不掩饰自己对这些东西的渴望，"我只是要坦白地告诉你，我可能不会很快就把它们公布出去的。不过，嗨，朋友，不要发愁，帕纳塞斯就要成为今年下半年的新闻主角了。"这位记者轻轻地拍了拍那堆材料，"这将会是睡前看的好东西。"

布伦丹还有最后的疑问。"那么说在波托拉还有其他一些这样的死亡病例吗？它们意味着警方不再认为埃里克·肯森可能杀了蒂姆吗？"

"我认为要是没有证据能证明是他干的，就要暂缓对他的这种嫌疑指控了。你问这个干吗？"

德里斯科尔困惑地摇了摇头。"我真的不清楚还有这种事。我想我刚刚才相信就是他杀了蒂姆。他确实比别人更有理由这么做。我想我不得不就此改变自己的想法了。"

文森特的小联盟老虎队，就在离哈迪家几百码远的地方进行训练。他们已经得到了准许，在林肯公园高尔夫球场废弃不用的，靠克莱门特大街的那片场地上拉起了一道垒球训练用的挡球网。哈迪因为在时间上没有保证，就没有当球队的经理，不过他还是尽可能地抽出时间到这儿来多帮帮教练。他是打着垒球度过他的高中时代的，而且他儿子对这项运动的热爱，也是他生命中给他带来满足感的一个源泉。

他从科尔马及时回来，就是为了赶上他们的击球和投球练习。在远离海岸二十个街区远的这个地方，一丝雾气也没有，晴空万里。当队员们散开到内场进行练习的时候，哈迪离开球场，站到了一直在挡球网后观看着球队训练的格里斯基身旁。球队经理米奇把球击落到三垒的位置，文森特在那儿用反手快速接住了它，投给一垒手，封杀了对方的这次进攻。阿布赞赏地点了点头。"你儿子看起来相当棒。"

格里斯基已经给家里打过电话，告诉家人在哈迪家碰头，他们在那儿要一起吃烧烤晚餐。因此练习结束之后，他们顺道去了西夫韦，买了三公斤牛排，一袋子土豆，一种美味的香肠，恺撒牌的沙拉，汽水和六捆啤酒。文森特从冰箱里搬出了半加伦生面团烤制的，上面带冰淇淋的小甜饼。格里斯基提着一盒四瓶装的饮料，每盒都有四种口味的瓶装冰茶。

哈迪站在格里斯基和他儿子的身后，看着他们把东西放到商场的货物输送带上。此情此景让他突然想到了自封为太阳王的路易十四，即便是他，在他那个时代也没有如此丰富的食品可供选择，也无法享受到如此让人心旷神怡的天气。其实自己正活在黄金时代，而且他不会傻到忘记这个事实。如果这个时代有时也会让他心痛，那也不是一件什么坏事。

他饱含深情，深有感触地将一只手搭在了格里斯基的肩上，另一只搭在了自己儿子的肩上。

"是瑞贝卡·西姆斯吗？迪斯马斯·哈迪又来打扰你了。"

他想他听到了对方倒吸凉气的声音。西姆斯护士已经非常明白地表示过，她不愿再接到他的电话，也不想再卷入其中。他不等她打断自己或是挂掉电话就自顾自地说了下去。"我知道现在是有点晚了，不过我还是该跟你打个电话。你看到电视上播出的新闻了吗？"

"没有，"她说，"我很少看电视。不过我看了报纸。是什么新闻？"

27

　　杰克曼已经放出话来，要他们所有人在第二天早晨八点之前都到他的办公室去。这位地区检察长终于如愿以偿，他的目的都达到了。现在，他办公室里的气氛是一片死一般的沉寂。布拉科和菲斯克靠着敞开的房门站在那儿。韦斯·法瑞尔和哈迪各自坐在沙发的一头喝着咖啡，格里斯基在办公室的外间和他的妻子在一起。八点刚过，杰克曼与玛琳·亚什、约翰·斯特劳特也一起赶到了。跟每个人都热情地打过招呼之后，地区检察长来到自己的办公桌后坐了下来，向特雷娅示意开始开会了。她把格里斯基领进去，在他身后随手关上了门。

　　杰克曼没有把时间浪费在开场白上。"迪兹，"他开门见山地讲了起来，"我听说在你那个神奇的名单上，你已经知道了十来个人的名字。我想，你会把它交给阿布的。"

　　"是的，长官，我已经那么做了。我还把复印件给了斯特劳特法医。而且昨晚我还跟另一个有可能出庭作证的人通了话，是波托拉的一个护士。她打算跟她的同事谈谈出庭作证的事。大约在六个月前，肯森医生才开始建立他的名单。我的护士证人手头或许还握有更多的名字。"

"而且那还包括那些逃过了这一劫的病人。"玛琳·亚什插了进来，"我有种感觉，有人认为，每一个死在波托拉的人都是值得怀疑的，这里面一定有鬼。"

杰克曼点头表示赞成，他已经考虑过这个问题了。"所以我在这里要求斯特劳特法医让他的一个助手重新检查那些死者的尸体。我预料将会有一大堆要求掘尸、进行尸体解剖的请求。在我们继续深入调查之前，起码用这种办法我们会证实某个病人非正常早死这种想法是否属实。"

"但愿能有这种好运，"法瑞尔说，"你是在说让这些家伙去推翻他们自己医院所做的尸检结论。你不会从在那里工作的医生那儿得到太多的合作，而且要想从管理层得到支持和合作，情况只会更糟糕。"

"如果我们下令，他们不愿这么做也不行。"

"那是当然，"法瑞尔说，"但如果他们不愿意，我们也不能让医生和护士说出那些他们有疑问的死亡病例，或者说我们根本得不到那些死者的尸体。"

杰克曼并不担心这个问题。"不要误解了我的意思，我不想要那一大堆的请求。"

"但我们要得到尸体，如果从医院方面不行，就从他们的家人那里想办法。"亚什转头在屋内扫视了一圈，"我们得做好准备。"

"好的。"杰克曼打算继续往下进行，"约翰，你为什么不给我们一份你昨天得出的结果的详细报告呢？虽然大家可能都知道大概的情况了。"

这位法医把情况向他们作了一个详细的介绍。罗琳夫人是因过量的巴夫龙和琥珀酰氯化胆碱致死的。这两种药物都是肌肉松弛剂，尤其是在人已经进入昏睡的情况下，使用这两种药物就可能造成自然死亡的假象。

"这件事绝不可能这么简单，"法瑞尔打断了斯特劳特的话，"在迪

344

兹把她的名字告诉我，叫我赶快去找找原因之前，根本就没有人想到过这事。我甚至想控告这家医院疏于护理，而且毫无疑问，她是被谋杀的。"

斯特劳特继续进行他的情况介绍。这些药物的药力极强，而且一向都是在静脉注射时才使用的。除此之外，罗琳夫人在重症监护室里一直都卧床不起，不存在她自己吞下药丸结束生命的可能，她根本就接触不到这些东西。结论就是，斯特劳特把这种杀人称为"死在别人的手上"。换句话说，也就是某种程度的谋杀。

"没有钾的原因吗？"格里斯基想要搞清楚这个问题。

"一点也没有，没有。"

屋内一时陷入了沉默，大家都不出声了，还是杰克曼打破了这次静默。"在我看来，这里的关键之处并不在于那些可能被用在了这两个死者身上的药物类别。而且我也不想推测将来我们可能发现的实情。不过除了药物上的不同，这两起杀人案的共同特征是，有人似乎知道，或是相信在他们根本就没有被验过尸的情况下，波托拉会例行公事式地批准他们的尸检报告，尤其是对那些死因看上去更明显的病例。"

"我粗略调查了一下，"斯特劳特主动提供了自己了解到的情况，"好像他们赖以支撑的经费开支遭到了削减，留给他们这个医学部门的经费已经相当少了。这是他们一直以来不得不接受的现实。医院自身的尸检工作，通常不会按照明文规定不折不扣地完成。这些家伙，他们仅仅是做做样子、走走过场而已，甚至连一个法医学方面的专业人员都没有。与此相反，他们只在实验室里进行一些基本的尸体检查工作。"

"那还是他们认为不得不这么做时。"法瑞尔说。

斯特劳特轻轻地点了点头。"我同意你说的这个情况，没准基本的检查也不常做。"

"那么，标准的尸检是什么样的呢，约翰？"哈迪问。

"那就有好多种了，"斯特劳特说，"不过基本上我们以费用的多少和复杂程度的不同级别来加以区分。打个比方，你接受了 A 级的尸检，这个级别的规定检查项目，只是对你体内的酒精含量和服用的一些普通药物，像阿司匹林、可卡因之类的进行检测。通常来说，你在某个级别上被查出了某种死因，或者是某种可能的死因，那就可以说你在 A 级尸检中就被查出了体内的古柯碱乙烯含量达到了可致中毒死亡的水平，这是由可卡因和酒精的共同作用导致的死亡。然后你就不需要进行更高级别的尸检了。但如果你要求继续往下做，B 级的尸检项目规定了对其他很多类药物的检测。总之，每个级别的尸检费用都是不同的。级别越高，费用也越贵。因此，如果死因很明显，用不着进行任何级别的尸检，那些家伙多半都会到此为止，不会进行尸检的。"

"那你认为罗琳夫人就属于这种情况吗？"杰克曼问道。

斯特劳特一脸和气地点了点头。"这是我们所能做出的最适当的推测。没有人会把这当回事去认真核查的。他们就这么草草地做了，有人罩着他们。"

"一旦你找到了某种死因，会就此停手吗，约翰？"玛琳问他，"或许你会做更进一步的检查吧？"

"是的，女士，我肯定那样做过。她自己服用了化学制剂和一些吗啡来缓解病痛。我在要求对她的尸体进行解剖时得到了她的病历，知道她住院期间在自己服用的药品中加入了吗啡，但还没有达到致命的剂量。"

"不过要是她自己给自己加药的话，"法瑞尔问，"那说明她相当清楚自己这样做会有什么后果，不是吗？"

"可以这么说，"斯特劳特表示赞成，"她知道自己什么时候会痛，而且疼痛得厉害时，她会按呼叫器要求来一剂吗啡来止痛。"

"剂量都是事先测量过的，我说得对吧，约翰？"亚什问，"而且药效过去的时间也都是控制好的。"

"没错，如果是你说的这种情况，她不可能用药过量的。"

"那她没有出过现在任何形式的昏迷吗？"哈迪出于某种说不清的原因曾想象她出现过昏迷。不知道为什么，他觉得如果她的意识

346

一直都是清醒的，那么她的死就非同小可了。事实比人们想象的更为严重。"你是在告诉我们，在她意识清醒的情况下就有人径直进去杀了她吗？"

"是不是这样的情况，我不知道，迪兹。或许她当时正在睡觉。不过从另一方面来说，她是在清醒的状态之下吗？我只能说几乎就是这样的。"

所有人都陷入了沉思。地区检察长若有所思地将自己的脑袋上下来回地动着。终于，他停了下来。"法瑞尔先生，一大早叫你，你就过来了，为此我要感谢你。我期待着我们在近期能够听到你那边传来的消息，感谢你的合作。"

法瑞尔的脑子转了一会儿才明白过来杰克曼说这话的意思，是在告诉他他可以走了。明白这个意思之后，他愉快地接受了它，并得体地向地区检察长的邀请表示了谢意，随后为斯特劳特和哈迪所做的努力再次道了谢。

斯特劳特也紧随其后直率地说："如果你这里没我什么事了的话，克拉伦斯，我想我今天还有事要忙，我最好还是回去接着干我手头上的事。"

这两个人离开之后，杰克曼起身走到自己的办公桌前面，抬起屁股坐到了桌子上。"迪兹，我们在马卡姆这件案子上与你分享信息，你是把罗琳夫人带到我们大家视线范围内的人。我们对你所做的工作表示赞赏。不过我们仍然期待着你的委托人能够在大陪审团面前毫无保留地进行作证。特别是根据他提供给我们的这份名单来看，这是揭开过去一直不为人所知的棘手问题的关键所在。"他转头看了看亚什和格里斯基，还有那两个靠后墙站着的探员，"如果任何人想要哈迪出去回避一下的话，我相信他会理解这种做法的。"

但没有一个人吭声。杰克曼又稍等了片刻，才对格里斯基说："那好吧，阿布，我们大家都知道，这个情况会给马卡姆这个案子的侦破工作带来一定的进展。关于下面我们如何继续进行调查，你有什么建议吗？"

＊　　＊　　＊

　　哈迪进去的时候，大卫·弗里曼正在他那本黄色的公文簿上埋头写一份绝对精彩的诉状。见哈迪进来，他抬起了头。"哦，哈迪先生，是你呀，"他高兴地说，"请进，请进。"他嘴上还叼着半截已经熄灭了的雪茄，衬衫领口处的扣子也没有扣，领带松松垮垮地挂在脖子上，就跟没系一样。哈迪心想，这条领带就是他昨天系的那条吧，衬衫也没有换过。百叶窗依然半挂在窗上，没拉起来。虽然现在上班已经有一段时间了，不过，弗里曼是在办公室里过的夜吗？这种情况也不是第一回了，不过他决定还是不要多嘴去问为好。反正他也不想弄明白。

　　"你要见我吗？如果是房租的事，我不打算再多给了，而且这就是我的决定。事实上，我已经付得够多了。"

　　弗里曼一听这话，气就不打一处来，埋怨道："这个波托拉女人的事情，是你干的吧，不是吗？"

　　"也许是吧。"

　　"这事会把你弄成这个星球上最倒霉的浑蛋，或者最大的傻瓜。我很想知道，在你要求斯特劳特把这个可怜女人的尸骨挖出来时，你脑子里是怎么想的。"

　　"你怎么就知道那是我干的呢？而且事实上并不是这样。那是法瑞尔干的，不过我得承认，这事也有我一份。"

　　"你或许兴奋得过头了，已经把昨天午餐时自己那愚不可及的错误立场抛在了脑后。约翰·斯特劳特指名道姓地提到了法瑞尔先生和罗琳夫人，我碰巧在今天早晨的报纸上看到了他们的名字。如果我没有记错的话，还是在头版位置上。"

　　"文章的作者还是杰夫·埃利奥特，既然我想到了这事，我得给他打个电话，让他请我吃午饭或者别的什么。"

　　弗里曼身子向后倒靠在了椅背上，示意哈迪也坐下来。"你并没有把这当回事。"

　　哈迪拉过一把装有椅套的椅子，放到了弗里曼视线内的位置，坐了下来。"是的，我没把这当回事。出于对你那满头灰发的尊重，我认为，这既不是倒霉的事，也不是呆头呆脑的做法。我查过了，证实了罗琳夫人死时我的委托人早就离开了现场。他不可能杀了她。"

"不，也许不是她，但也许她跟马卡姆遇害这事一点关系也没有。"

"从技术上来看确实是这样，但不是没有关系。她跟他之间有千丝万缕的联系。"

"什么关系，请你讲讲吧。就我的理解，而且连埃利奥特先生的文章都讲得清清楚楚的，你的罗琳夫人跟马卡姆先生相比，是死于一种完全不同的药物过量。这本身就说明了他们不是一码事。难道你不明白这个道理吗？"

哈迪对弗里曼的教导感到不快，不过他打心眼里佩服有人能够把英语、拉丁语和法语三种语言如此流畅地混在一起使用，而且不用事先考虑张口就来。这样的语言不是你每天都能听到的。因此在回答弗里曼时，他微微地咧嘴笑了笑。"当然，大卫，我明白。我只是不知道问题出在哪儿。"

弗里曼向前探着身子，胳膊肘搁在办公桌上。他从嘴上拿掉雪茄。"问题就是，就马卡姆先生这件案子而言，对这种既不能证明也不能反驳你的委托人的东西，你居然还装出一副有所结果、就是这么回事的样子。事实上，你当时这样做，让杰克曼先生承担了更大的压力，至少会针对波托拉的某个人提起一项控诉，而且目前最合适的人选，事实证明可能就是肯森医生。"

哈迪不以为然地摇了摇头。"就算结果是这样，我也会支持克拉伦斯的，况且他还根本没有去想。"

"他会的。给他时间。等着瞧吧。"

"我不这样认为。他打算找出杀罗琳夫人的那个人，而且或许是杀了好几个病人的凶手。然后他会推断，就是那个家伙也杀了马卡姆。"

"那他为什么会那样做呢？"

"我的天哪，大卫，因为这是合理的。你这就是放大信任度，相信波托拉的大楼里有两个互不相干的凶手在潜出暗行吗？"

弗里曼仰起头来，叹了口气。"O.J.辛普森的那场旷日持久的案子就没有放大信任度吗？莫妮卡那条蓝裙子上找到的未被洗过的污点就没放大信任度？或者说佛罗里达州那场对两百个投票点的重新计票，有些候选人的投票竟然超过了六千万张。相信我，迪兹，现在的人对不着边际的、弹性很大的信任度已经习以为常了。而且我看到的是，你不由自主地认为你已经赢了，你已经洗掉了肯森的罪名。我要告诉你，并不是这么回事。你所做的一切就是把波托拉的每个人都放到放大镜下去观察，包括肯森。你不能忽视这一点，据我所听到的，你正打算这么做。"

哈迪的目光直瞪着这位老人，神情有些愠怒。"那你有什么建议吗？"

弗里曼乐于给出自己的建议。"现在事情已经弄到这个地步了，迪兹，他们迫于形势，会找个由头尽快把某个人铐起来，否则就会爆发一场农民起义式的暴乱。有迹象显示，就算不是百分之百地符合事实，剩下来的那些嫌疑人当中，肯森是再合适不过的人选了。只不过他们不能证明这一点而已。"他的眼睛在钢丝般卷曲的眉毛下闪烁着光芒，"你可以在庭审时为肯森做出辩护，不过现在看来极有可能他会有一件案子在身。"

实际上，哈迪已经断定肯森的麻烦彻底了结了。猜对了罗琳夫人的死另有原因，然后格里斯基转变了自己的立场，这一切都让他感到一种胜利的喜悦。不过现在，他承认自己对尸体解剖的结果可能产生的影响或许有些过于乐观，高兴得太早了。弗里曼在提醒他，他的委托人仍然暴露在警方的关注视线之中，而且容易受到攻击，现在的形势也许比以前还要严峻。在所有的事情都水落石出之前，哈迪最好还是保持警惕。

"我问一下，"这位老人说，"如果在新一批的尸体解剖中又发现一例钾中毒的症状怎么办？你认为这对你的委托人有帮助吗？"

"大卫，罗琳夫人死亡的时候，他就不在场。明白吗？如果他没有杀她，那他就没有杀他们中的任何人。"

"这不正确，这完全是你一相情愿的想法。这么说你现在会生气，当你看到自己的逻辑站不住脚时，你也有理由生气，这是很正常的。不过不要把火冲着我发呀。"他拿起自己的雪茄，若有所思地放在嘴里咂摸起来，"听着，我不想给你泼凉水，我真的不愿意这么做。我承认你在这儿打开了一个突破口，有可能把你引到你该去的地方，我希望是这样。我希望在日落之前能有一个连环杀手自己站出来招认这一切都是他干的。

"不过想想吧。是谁提供了那些死者的名单呢？是肯森。如果他对那么多死亡病例都感到怀疑的话，为什么不早一点提起这些名字呢？为什么他偏偏要等到成为马卡姆先生之死的嫌疑人时才说出来呢？那早点说不是更合适吗？而且难道没有可能是他跟波托拉的某个人——也许是护士中的一个吧——串通一气，如此一来他就没必要亲自出现在第一例死亡病案的现场了吗？你在嘲笑我的想法，但这些问题没有一个是开玩笑的。你考虑过这种可能吗？就是肯森和一个或是更多的护士因为清理了那些身处致命性病症晚期、长期占着床位而又没有上足够医疗保险的病人，一直在暗地里从波托拉得到奖赏吗？这种事情已经是公开的秘密了，尤其是在那些流动资金吃紧的机构里。"他放缓了说话的节奏，歇了片刻，将身子靠倒在椅背上，用手指叩着桌面，"我不是说这事不是没有一点可能，迪兹。不过我对此感到担忧。你也应当这样。"

哈迪不自在地在椅子里扭动着身子。多年以来，弗里曼一直都是他不挂名的导师，尽管有时候他处事有些蛮横，但绝对不是脑筋糊涂之辈，把他的话听完是有好处的。

他还有一点需要补充说明，这从他表现出来的紧张程度可以看出，或许这是他最需要弄明白的事。"据我所知，迪兹，你委托人拥有的名单上有十来个死者的名字，所有这些人都是长期卧病在床的，但还没有进入死亡晚期的预兆。实际情况是这样的吗？"

哈迪点了点头。"这就是肯森开始注意他们的原因。他们的死比预料中的早得太多了。"

"那么如果这事被证明是真的，有什么进一步的结论突然出现在你的脑子里吗，特别是在马卡姆这件事情上？"

哈迪马上就明白了问题的所在。"他并不符合这个特征，他不是长期卧床的晚期病人。"

"对极了。"看上去弗里曼终于感到满意了，"现在如果证明，那十来个病人都是死于这种肌肉松弛剂而不是钾，与他们相比，马卡姆不仅有不同的病兆，而且也死于不同的药物。对我来讲，这也许不是什么结论性的东西，但它确实引发出了本身存在的疑问，难道你不这样看吗？"

"比如像谁杀了马卡姆，为什么要这么做？我们就谈到这儿吧。"他起身站了起来，"让我想一想吧，仅仅在十五分钟之前，我还感觉良好，好像已经取得了一些进展一样。"

"等你真的取得进展时，这种感觉会更好。迪兹，你就留心看着吧。"

"我想会的，大卫，我相信会的。"

他转身想走，但弗里曼再次拦住了他。"我有个办法，或许你可以用来帮肯森医生，既然我想到了，就跟你讲讲吧。"

"我听着，你说吧。"

"如果像你认为的那样，你可能已经让克拉伦斯和阿布对你在罗琳夫人身上的发现而引发的种种感到兴奋的话，或许有机会去深挖一下这件事，而且不会引起任何怀疑，这样做就会有人按捺不住，跳出来开口的，好东西可能就会从口中掉出来。"

这正是哈迪今天早晨在杰克曼办公室里感受到的东西，他好像第一次有那么一种感觉涌上心头，就是他们相信也许肯森没有杀过任何人。不过可能弗里曼说得对，这种感觉不会持续太久。如果哈迪想要利用这一点，他得抓紧行动了。

格里斯基不打算派新手们跟自己一起进行这次走访调查。他知道他手下那个资历较深的老探员，马赛尔·拉尼尔已经参加了一月份的晋升上尉的考试，高分通过并名列行政事务录用人员的名单之上，现在急需一个机会来展示自己在行政管理方面的能力。他很快就会被重新指派到凶杀案组以外的，属于他自己的一个管辖区域，这个职位也很不错。这次晋升是他发展的一个机遇。

因此，布拉科和菲斯克着手填写对医院档案记录进行搜查的搜查令时，格里斯基把拉尼尔留在市中心负责工作，自己开车去了波托拉。到了那里，他绕过停车场上一大片横七竖八地挤成一堆的电视新闻转播车，没有理会医院大厅里的那些记者的纠缠，一声不吭地直往楼里走。

在管理负责人的办公室门外，那位秘书开始告诉格里斯基，安德烈奥蒂先生不会单独跟记者见面的，大约半小时后他会举行一个新闻发布会。听到这个消息，上尉亮出了他的警徽，说自己想知道这位管理负责人能不能现在就为他抽出几分钟的时间来。

安德烈奥蒂从他办公桌后起身走了过来，勉强地笑了笑，非常惊慌不安地握住了阿布伸过去的手。他的眼神疲惫、阴郁而茫然无神，再加上身上那套灰色的西服和与之搭配的铁青色领带，他今天这一天的日子似乎就是在恐惧不安和身心疲惫中度过的。格里斯基并没有打算责怪他什么。马卡姆谋杀案曝光以来的这一个星期，这家医院的麻烦呈几何级数增长。今天早晨，这一惊人的新闻在报纸上披露出来之后，这些麻烦的数量更是达到了顶点。不仅仅是波托拉的尸检工作存在问题，按照惯例看，往好处说是马虎粗心，往坏处说是犯罪，多达十一个——或者说至少有一个——病人在该院重症监护室的病床上被杀身亡。

现在还不到上午十点，安德烈奥蒂已经着急忙慌、心烦意乱地接到了从《旧金山日报》、《新闻周刊》、《今日美国》和《纽约时报》等多家媒体打来的采访电话。他也已经跟来自护士团体、帕纳塞斯医师团队以及帕纳塞斯医疗集团的代表见过面了。同时，市长下午两点还要跟他见面。

他让格里特斯落了座，然后绕过办公桌回到自己的椅子上。"无论什么事，只要是我们能做的，能为你的调查工作提供帮助的，"他开始讲了，"你只管跟我讲，我们会尽全力配合的。我已经给这里的所有人都说过同样的话了。我们没有什么可隐瞒的。"

"我很高兴听到阁下这样说。我的人员不久之后就要前来查看你们这儿大量的采购清单，包括搜查令上明文规定的，对重症监护室员工档案的清查，包括罗琳夫人入院时间的核查等。"

"是的，这是当然。"

"还有，你也许知道，有传闻说这里还有一些病人也有可能是被害身亡的。我们手上已经得到了一份名单，我们正着手从——"

"是的，我们听说了，是肯森的那个名单，对吧？"

"是的，先生，就是那个。"

"好的，我想你清楚你在做什么，不过这儿有句话……那就是，我听说了，因为马卡姆的谋杀一案，他已经上了你们部门的名单？"他把这话以提问的方式说了出来，"无论如何，"安德烈奥蒂终于说道，"我想要是换作我的话，我会怀疑一个谋杀嫌疑人提供的任何一份名单。"

格里斯基跷起二郎腿，若有所思地点了点头。"一般来说，我原则上同意你的说法。不过就这件事情而言，这个名字确实值得考虑。罗琳夫人是在这里被害的。"

安德烈奥蒂自言自语地说："我的天哪，我还不知道有这回事情。"

"不过回到一分钟之前，你说过，你听说在马卡姆先生这件谋杀案上，肯森医生是我们的首要怀疑对象。那是这儿对他的普遍看法吗？"

"哦，不，我是说……"安德烈奥蒂朝门口瞟了一眼，才接着对格里斯基说，"我并没有去指控任何人谋杀的意思。肯森医生在这儿很受医务员工的喜爱。"

"医务员工？"

"哦，是别的医生和护士。他是个非常不错的医生，只不过脾气有点儿倔。我想不少同事都欣赏他的正直与诚实，尽管他这个人不太好相处。他不是个合群的人。"

"那他跟医院方面合不来了？"

"是的，他就是这样。他跟马卡姆先生的关系也搞得很僵。这也不是什么秘密了，你知道的。"

"是的，我们已经听说了这个情况。因此他就杀了马卡姆先生吗？你是这么想的吗？"

"就算是吧，他跟这个人之间有很大的过节，而且他就在那个房间里……"好像在恳求格里斯基认同自己的想法似的，安德烈奥蒂摊开双手，"我认为我这么想过，尽管我极不情愿接受它就是事实。"

"你有这种想法也是情有可原的，"格里斯基答道，"不过我今天来这儿不是为了马卡姆先生的事，我想直接跟一些员工谈谈话。不知道你能否给我提供一些罗琳夫人死亡时有可能值班的医务人员的记录，特别是在重症监护室的人员。"

"我相信我可以找出来。你能给我几分钟的时间吗？"

现在已经过了十点了，但格里斯基看到拉扬·巴丹这个名字后，想起来它在布拉科和菲斯克的走访记录中出现过。他问安德烈奥蒂，巴丹是不是还在这家医院工作，如果在的话，在哪儿可以找到他。

拉扬对警方再次传唤他去谈话感到有些意外。上个星期他曾频繁地来到这儿，跟所有人都谈了话。跟他谈的时候，他都说了些什么呢？当马卡姆先生的监护仪开始尖叫报警时，他跟肯森医生在一起忙着处理莱科特先生的病情。此后，除了医护人员比平时加倍地忙碌起来之外，情况跟以往重症监护室出现绿色报警信号时一样。他说不清谁曾进过那个房间，谁出去过，当时他正接受肯森医生的指令，全力参与抢救工作，一切都是那么快地进行着，他真的记不得任何东西了。当然了，尽管他当时也在那儿。

一进休息室，他扫了一眼就看出这次来的人看上去比来过这儿的其他警察年纪大，而且更冷酷。他的肤色就跟拉扬的一样黝黑，不过他有一双蓝色而充满倦怠之意的眼睛。有一道疤痕正好从他下巴的下沿向上一直划过了双唇，止于右鼻孔之下。看到这个人，无形之中就有什么东西让他感到害怕，拉扬觉得自己心里开始不安地打起鼓来。他的手掌心一下子就湿漉漉的了，双手不知所措地在自己的制服上擦了擦。那个人目不转睛地看着他从门口一直走到他就座的那张桌子跟前，目光一刻也没有从他身上离开过。

拉扬在他面前停了下来，尽力挤出了一个笑脸。他再次在衣服上擦了擦手并伸出自己的右手。"你好！你要见我吗？"

"坐下吧。我想问你几个跟玛乔丽·罗琳有关的问题。你记得她吗？"

玛乔丽·罗琳？他心想，是的，他当然记得她了。他尽力去记住自己经手过的每一个病人的信息，尽管时隔多年，随着时光的流逝，许多事情已经在他记忆的尘雾中消失了，难觅影踪了，不过玛乔丽·罗琳的事才刚过去不久。对她，他还是记忆犹新的。他甚至还能想起她那张脸。跟自己的妻子查特吉一样，她可能成为另一个长期遭受病痛折磨的慢性死亡患者。

但死神提早带走了她。

28

听完弗里曼那通严肃的劝诫之后，哈迪马不停蹄地行动了起来。此时，他已经返回司法大楼里的法医办公室。让他大为震惊的是，斯特劳特双脚跷在自己的办公桌上，正在看一台小电视机里上演的某档早间脱口秀节目结尾那几分钟的表演。哈迪以前也看过这种节目，不过他认为这种东西是没有意义的，毫无疑问是在消磨生命。斯特劳特示意他拉过一把椅子坐下来欣赏这段节目。那两个节目主持人——一男一女——正在跟一个哈迪不认识的人就一部他从来没有听说过的电影进行谈话。那个演员显然正在进军一个新的娱乐领域，而且刚刚推出了一张唱片。一步入这个领域，他就开始演唱那些没有生命力的、生产过量的畅销歌曲。这段节目结束之后，斯特劳特拿起遥控器关掉了电视。"我喜欢那个家伙。"他说。

"谁呀？那个歌手吗？"

"不是，是里吉斯。"

"里吉斯是谁？"

"迪兹，拜托了，你连里吉斯都不知道。"斯特劳特不相信哈迪不认识这张在美国无处不在的面孔，"你看过《百万富翁》那个节目吧？就是他。你注意到去年我系的那些领带吗？整个系列都是那个家伙设计的。我妻子跟我讲，配上它们我看起来年轻了十岁。"

"这我知道一点儿。"哈迪说。

"你知道我喜欢他还有什么别的原因吗？你曾注意过他有多开心吗？"

"真的说不上，没有。我对里吉斯这个人谈不上了解。"

斯特劳特咯咯地笑出声来。"你正在被世界遗忘。"他叹息了一声，然后从自己的办公桌上拿起一把小匕首，按了一下上面的一个按钮，咔嗒一声，那个窄窄的钢刀片弹了出来，"是什么让你这么快回到了这儿？我希望不是像上两次那样的要求。"

"上两次的要求让你上了头条新闻，而且很快就挣到了一千美元。"

斯特劳特用那把刀子清理着自己的指甲。"真实的情况是，我自己一直在想着要不要把钱还给你，因为结果证明你的猜测完全是对的。这活值得做。在罗琳这件案子之后，没有人打算叫我去做接下来的第一例——我指的是莱科特先生这件案子。"

"好了，你爱做什么就做什么吧，约翰。要是你想把钱还给我，我会收下的。不过你赢得光明磊落。在你作决定的时候，或许我们能花上一点时间谈谈卡拉·马卡姆的事。"

斯特劳特并没有立即作出回答，相反，他不停地把匕首合上又打开。"你要谈她，这让我觉得有点不明白。"

"你是说我该有个理由是吧？"

"那倒不是。我用不着再说什么了。我对这事所作的结论已经说得很清楚了，谋杀与自杀不能确定，两种可能都有。"

"不过这事有什么地方让你感到不踏实，是吧？"

斯特劳特点了点头。"有许多地方让我心里觉得不踏实。你有我报告的复印件，对吧？"

哈迪点了点头。他是在星期天晚上第一次看到那份报告的，昨天

358

又在办公室里看了一遍。对他来说，把证人的证词和情况报告读了又读已经习以为常了，真相通常就埋藏在一大堆的细节之下。"我注意到那枪是从右耳的后下方朝前击发的。"

"没错。"斯特劳特再次合上那把匕首，起身走到他左首边那个从天花板一直接到地板，占了整整一面墙的书架边。他抬起屁股坐到薄薄的台面上，从第一层架子上取下一把旧的六发左轮手枪，转动它的弹仓。"我以前见过这种情况。"

"有几次？"

斯特劳特又转了转弹仓。"也许有两次吧。"

"在你长达三十年的职业生涯中吗？"

斯特劳特点了点头。"大概是吧。或许是三次。"

哈迪接受了他的说法。"那么我可以认为马卡姆夫人是习惯用右手的人吗？"

"不，那也不对。"这位法医无意识地晃动了一下腿，然后平静地继续往下说道，"此外，你知道，有痕迹表明，她咬过自己下嘴唇的内侧。"

"我看到了。有人用手捂过她的嘴吗？"

"从她的身后，你是这个意思吗？有可能是这样，但绝不能下结论。就像她自己咬了嘴唇那样。"

哈迪不做声地坐了一会儿。他垂下头，目光茫然地望着斯特劳特办公桌后的软百叶窗。尘埃悬浮在从窗口透进来的光束中，非常清晰。左轮手枪的弹仓又来回旋转了好几次，终于，他抬起头来。"那为什么还要提到自杀这种可能性呢？"

"她右手上有手枪击发后的残留物。而且我知道你想要说什么。"斯特劳特伸手阻止了哈迪下面的话，"这不能证明是她开的枪。杀了她的这一枪可能让她看起来处于一种自杀式射击的状态。你这种想法完全没有错。不过她手边的那把枪……"斯特劳特的口气软了下来，迎着哈迪的目光说，"我没有找到任何法医学上的依据去排除这种可能性，迪兹。"

"有没有可能，那有人做了相当不错的伪装工作，让现场看起来就像是一起自杀事故呢？"

"有这种可能，迪兹，确实有可能。不过请允许我问你个问题：你为什么要她是被谋杀的这个结果呢？"

"因为我想这是唯一的答案。"

"你的意思是，除了你的那份名单外。"

哈迪摇了摇头。"就像弗里曼先生指出的那样，名单上的任何人跟谁杀了蒂姆·马卡姆之间都没有必然的联系。不过如果卡拉是被害的，我敢打赌，凶手一定也是杀她丈夫的凶手。"

"可是，最后离开她家的，不是你的委托人吗——"斯特劳特话没说完就打住了。

哈迪叹了口气。"这个说法并不是无懈可击的，约翰，我正在继续查证这件事。"

带着搜查令，布拉科和菲斯克找到了波托拉医院的档案管理员唐娜。她大概三十岁，稍微有点胖。知道他们是警察后，她开始显得有点紧张。她紫色的嘴唇上戴着一只小小的金属环，右眉上也有一只。菲斯克看出来了，显然布拉科不太愿意跟这个打扮前卫时尚的女人谈话，那让他觉得不舒服。因此，他凑了上去跟她交涉起来。不知道是什么原因，几分钟之内他们就交上了朋友。她对自己的工作非常尽心，半小时之内就找到并打印出了那段时间内，与案情有关的波托拉的医务人员及病人的档案资料。

他们又花了大约半小时，在一间会议室里查阅了这些档案，掌握了他们认为格里斯基想要的大量资料。结果表明，这个重症监护室里的护士确实在按照一个相当固定的值班表轮班工作，而且整个医院的重症监护室护士的数量，比这两个探员一开始以为的还要多。在肯森那份名单上的人出事时的十个轮班护士中，有九个曾在重症监护室里待过。然而，其中只有两个护士——帕特丽莎·达丽和拉扬·巴丹——

在每一起死亡病例发生时都在值班。

"只是我们还不能确切地知道，那十个死掉的病人中有谁是被杀的，是吗？"布拉科问道，"我们知道的就只有罗琳和马卡姆而已。"

"不过我们知道马卡姆死时达丽不在他身边，不是吗？"菲斯克答道，"然而巴丹在。他那一班的搭档是——她叫什么来着？"

她是另一组七个固定在重症监护室轮班的护士之一。布拉科随时都可以叫上她的名字来。"康妮·罗薇。"

"我不知道你是如何记住这样的小事的。当听到这个名字时我知道就是它，但要是让我去想，我一辈子也想不起来。"

"没关系，哈伦。这就是他们让我们俩搭档的原因。有些我从来就不会考虑的东西，正好是你所擅长的。打个比方，就像现在对唐娜这件事，或者说查找罗琳的当班护士那件事，我几乎都没做什么，全是你一个人干的。"

这一通赞扬让菲斯克的心里暖洋洋的，他兴奋地站了起来，伸展了一下身体。"再来半小时，我们玩得更开心一点怎么样？"

他们俩出去找档案了。现在，他们跟唐娜俨然是老朋友了。他们直截了当地告诉她，还得查一查最后一个值班班次的情况。布拉科这个细心的男人记得那个日期是十一月十二日。玛乔丽·罗琳在小夜班，也就是下午四点到午夜这个班次期间，咽下了她的最后一口气。

唐娜的手指飞快地在键盘上敲打着，然后抬起头看着他们。"真是奇怪了，"她说，"你们查看过的每一个班次里都有拉扬·巴丹这个名字，而且这里也有。你们这些家伙是专门在找什么人吧？"

"没有，只不过他的名字一直不断地出现，不是吗？"

这个年轻的女人用她那涂成黑色的指甲在工作台上咔嗒咔嗒地敲打着。"总之，这事跟这些日期有什么关系吗？你可以告诉我吗？"

菲斯克低下头来装模作样地把房子的上下左右都瞧了一遍。"可以是可以，"他说道，还不忘加上那句老掉牙的笑话，"不过说完后我们不得不杀了你。"

有那么一会儿，唐娜的眼睛因惊讶而瞪得像足球那么大，接着哈哈大笑了起来并按下了输出这份档案的打印键。菲斯克拿起打印出来的纸匆匆扫了一眼。他注意这次又是康妮·罗薇，不是帕特丽莎·达丽。他意味深长地瞥了一眼他的搭档并让他也看了看，然后还给了那位档案管理员。"如果你同意的话，我想问你点事情，唐娜。在我们查看的这些值班班次中，有任何关于医生往来重症监护室的档案记录吗？"

她想了一会儿。"哦，不同的病人，他们自己的医生的排班情况是不同的。你指的是这个吗？"

"不全是。我的意思是在那段日子里所有有理由进入那个重症监护室的那些医生，不管是出于什么理由。"

"全部吗？"

菲斯克耸了耸肩，对她报以微笑。"我不知道，所以才要问问你。"

她伸出舌头拨弄着自己嘴唇上的那个小环。"他们或许在护士站留有记录。你可以去那儿问问，尽管我不知道他们会不会那样做。你知道的，那些医生总是来来去去的，我想那得看事情的多少而定了。"

对杰克·兰特里这位犯罪现场勘察负责人来说，这种情况让他觉得有点奇怪。

就在午餐前，玛琳·亚什请他到她的办公室去商讨卡拉·马卡姆的事情。到达那儿时，他看见另一个人就站在她旁边，弯着身子靠在她的办公桌上查看那些现场照片。兰特里在一英里之外就能嗅出律师身上的那种味道，而且这个家伙就是其中之一。就在这时，亚什也顺便作了个介绍。"这是肯森医生的代理律师哈迪先生。格里斯基上尉和杰克曼先生已经同意在交换他委托人证词的条件下与他合作。他有几个问题要问你。"

兰特里不知道这到底是怎么回事，不过要是玛琳·亚什这么说的话，那他也没什么问题。"没问题。老兄，"他说，"放心吧。"

哈迪的眼睛盯着那张显示马卡姆夫人尸体的彩色照片，她躺倒在

362

厨房的地板上，就是兰特里当初到现场第一眼看到她时的那个样子。那把枪的位置是在照片的上方。哈迪把自己的手指头放在上面。"这枪是从哪里来的？"

"是从厨房隔壁的办公室，马卡姆办公桌左下方的抽屉里拿到的，起码事后我们在那儿找到枪支登记证、子弹和清洁枪支的东西。我们给这些东西拍了照，留有照片资料。"

"我想我已经看过了，是点二二口径的，对吧？"

兰特里的目光从照片上抬起来，看着哈迪的脸，没有说话。

"你把这作为证据搜集起来，对吧？它装了多少发子弹？"

"六发，不过只有五个弹壳。"

哈迪皱起了眉头。"那开了五枪吗？"

兰特里耸了耸肩，心想，见鬼，他是怎么知道的？"死了四个人，一条狗，一发一个。"

"你发现什么情况了吗，迪兹？"

哈迪对玛琳说："我在想，某个人开了前五枪，然后把枪放在她手里又开了一枪，而且把最后那一枪的弹壳带走了……"

"那弹头会到哪儿去了呢？"兰特里问。

"我不知道。难道飞到窗外去了？"

"窗户是关着的，也没有弹击的痕迹。"

"也许在晚上睡觉之前是开着的。孩子们的情况如何？"哈迪问。他快速翻过一些照片，找到孩子们的那些。他看了一会儿就得把头偏向一边，嘴里不自主地吸着气，发出欷歔的叹息之声。兰特里内心也是这种惨不忍睹的感觉，看到他们的样子，心里又一阵阵作呕起来。

"你想了解什么？"

"就是接下来你看到的情况。"

接下来的几分钟，兰特里简要介绍了一下这起罪案的情况，与此同时，哈迪把那堆照片草草地翻阅了一遍。兰特里说完后，哈迪心里有了另一串疑问。"一把点二二的左轮手枪击发时的声音有多大？"

"不是太大，跟点三五七完全不同。就像开汽水瓶盖时'噗'的一声轻响。"

"如果夜里在家里开一枪，会把家里所有人都吵醒吗？"

"我不知道。也许会吧。"

"好的。另一个问题：为什么马卡姆会有一把点二二的左轮手枪呢？"

"这个我不清楚，老兄。用这东西来防身是没有什么实际意义的，根本阻止不了任何亡命之徒，你看呢，它行吗？除非是在对方完全不动的情况下，或者把枪直接抵在对方的身上，像这儿的这些人那样。"

"嗯，"他又顺便翻阅了一些照片，"如果你们不介意的话，中士，还有玛琳，我想去那座房子看一看。"

他们各自驾车直奔马卡姆家而去。兰特里在马卡姆家的前面跟哈迪会合，就在他胡乱转动手里那把钥匙开锁时，一个男人突然穿过草坪从隔壁向这边走了过来，友好地向他们摇着手。"打扰了，"他说，"我看见你们站在这家人的门阶上等人来开门。你们该知道不再有人……有人住在这里了。"

"是的，先生，谢谢你。"兰特里已经掏出了他的证件和警徽，亮给这个男人看，"警察。我们知道这些情况。你是？"

"那边的邻居。弗兰克·胡西克。"他用手指了指自己的家，"只是对附近的情况保持着警惕而已。"

"我们对你这样做表示感激。谢谢你了，"兰特里说，"我们要再查看一次。"

"那你们继续吧，抱歉打扰你们了。"

"算不上打扰。"

他们走进房子里，进入那间厨房。哈迪站在墨西哥风格的瓷砖地板上，暖暖的阳光洒满了整个房间。透过屋顶上的一扇天窗，正午的太阳在炉灶前投下了一个又大又亮的长方形图案。在洗槽上方，有一扇对开的宽大的窗户，洗衣房就在它的后面，被自然光照得透亮。冰

364

箱旁边是一条短过道，通向那扇半是玻璃的后门，那条狗就死在冰箱旁边。

在哈迪身后，兰特里坐在自己拖过来放在餐厅里的一把椅子里。哈迪则单膝跪着，半蹲在地板上。过了一会儿，他起身站了起来，跨过那只洗槽，打开窗闩，把右边那扇窗户推了上去，再踩着洗槽的沿把左边的那扇也推开了，然后走回到卡拉躺倒的位置。"如果我低身在接近地面的这个地方，朝斜上方开枪，让子弹从这两扇窗户中的任何一扇穿出去的话，"他似乎是在自言自语，"我就不会打到邻居家。我的子弹就会射向空中。你愿意再帮我个忙吗？在厨房这儿站一分钟。"

兰特里照要求做了，同时哈迪回身走出餐厅。主楼梯上清晰地传来了他上楼的脚步声，接着传来他从楼上冲外面喊叫的声音："数到十，然后用你最大的嗓门叫我。"

过了一分钟，哈迪回到那间厨房。"我听到你的叫声了，不过非常微弱。我当时是在伊万的房间里。"

"这意味着什么呢？"

"意味着卡拉和那只狗被枪击时，没有一个人醒过来，意味着射狗的那一枪是为了自己不被人发现，这是看上去唯一合理的解释。"

"那接下来为什么那些孩子也被枪杀了呢？"

"他担心自己把人吵醒了。如果不是，那就是在孩子们上床睡觉的时候，知道他在家里。除非孩子们都睡着了，没有醒，那就没有必要开枪射杀他们了。不过这样做还是不太保险。因此，首先从伊万下手，而且为了不让枪发出声音，他用枕头捂住了，接下来就轮到女孩们了。这个推理听起来怎么样？"

哈迪不打算在有警察在场的情况下跟证人进行谈话。他开车跟着兰特里走了几个街区，然后按喇叭跟他道别，又掉头回了马卡姆家那条街道上，把车停放在路边，径直去胡西克家敲了门。这位先生也许以为他也是个警察，因为他和到邻居家来过的有警徽的兰特里在一起。

哈迪也就由着他这么想了。

胡西克请他进屋，给他倒了杯冰茶——是他自己要求喝这个的。随后他们出了后门，来到一个修建得不错的、用红杉木搭成的平台上。哈迪不知道自己上次坐在这样一个花草整齐又繁茂地方是什么时候了。胡西克把它们种在木台的周围，台上也摆了一些花盆。在四月下旬的这个时节，它们正开得烂漫，如同一片花的海洋。不过他在台子的中央留出了一片空地，放上了一张锻铁做的桌子，顶上撑着一把大大的帆布遮阳伞。他就坐在那舒服的、带有衬垫的椅子上。

从笔录副本上，哈迪知道胡西克是个退休的牙科医生，今年六十二岁。他面色红润，留着一头短短的灰发。今天他下身穿着一条退色的海军蓝便裤，光脚套着一双平跟船鞋，上身是一件配有活动领子的衬衣，脖子处的两颗扣子是敞开的。他给人的印象是热心、友善而聪明。哈迪也在心里对他进行了一番评论，事情要是跟想象中的一样的话，胡西克会是一个非常不错的证人。

"是的，我听到了枪声，"他说，"就像是从扔块石头那么远的地方传过来的。你知道的，我已经把这个情况跟警方讲过了。"

哈迪当然知道这个情况，但在这件事上让他感到沮丧的是，他发现了菲斯克和布拉科在盘问技巧上的不足，显得有些笨拙无能。他不清楚他们是否听说过那种相对简单的盘问理念，就是问清楚证人案发时他们在什么地方，他们看到了什么或者想到了什么，他们当时在做什么这些问题。他认为，这不是什么高深难懂的警务工作。而且他们对胡西克的盘问，就是关于花草和投资问题的随意闲聊，几乎跟马卡姆家人死亡那天没有任何关系，而他认为那恰恰是最要紧的一部分内容。

如此一来，在这件事情上，他就需要填补太多的空缺。"我明白，"他答道，"事实上，我已经看过那次走访的笔录副本，不过我有个稍许不同的处理方式。你刚才说到了'枪声'。你只听到一声吗？我想我注意到你在哪儿说到过是'三声'的。"

胡西克若有所思地喝了一口自己的饮料，然后小心翼翼地把它放到桌子上。"他们也问过这个，恐怕没有一个令人满意的答案。我想我跟别的警官讲过，当时我正躺在床上，在卡拉家里帮了一天的忙后，我已经感到相当疲倦了。让我说给你听吧。她哭得像个泪人儿似的，情绪相当激动。但如果她需要我，我希望我能帮上忙。"说到这儿，他突然想起了什么似的，轻轻地拍了拍自己的脑门，调皮地做了个鬼脸，"这样说并没有回答你问我的问题，是吧？抱歉，我是个牙医，我花了整整一生的时间去跟那些就医时不能回答我问题的人闲扯。这就影响了我说话的方式，而且在这儿我又成了这个样。好吧，我听到几声枪响吗？清楚地听到的只有一声。"

哈迪看着对面那片一直延伸到马卡姆家厨房下的草坪。他意识到，他们离开时忘了关上厨房的窗户。

"我以为那是发动机回火或者什么东西发出来的声音。我的意思是，在这附近，听到那种声音通常不会首先想到是枪击的声音。"

"不过你有可能听到了三次那样的声音吗？"

"哦，那真是有点奇怪了，你知道的，没有一声是很响的。在我的记忆中我记得是三下，不过当我的记忆回到当初并尽力再去听的时候，又更像是我听到了一声，记得有另外两声。我说这话让人觉得没有道理，是吗？我的意思是，最后那一声确实是有什么动静，当时我听到它就从床上坐了起来，但最初的两声几乎就像我在梦中梦到的那样，感觉模模糊糊的。你明白这是怎么回事吗？"

"当然。"哈迪点了点头。报警声后来证明是你的闹钟发出来的闹铃声。不过放到这件事上来考虑，他认为这有可能就是离这儿七十英尺远的那边传来的杀害女孩们的那两声枪响，然后，最后那发穿过开着的厨房窗户的子弹可能发出了更大的声响。"你听到它们的时候，是躺在床上的吗？你还记得当时是什么时间吗？"

"是的，没错。我看了床边的闹钟，上面显示的时间是十点四十二分。我记得当时我的心情非常沮丧。自从梅格四年前去世后，我入睡一直都很困难，而且要是中途醒过来，那一晚上都很难睡着了，我索性就会起床不睡了。上星期二，带着一天的劳累，我从卡拉家回来后喝了一杯葡萄酒，睡意就上来了。不过刚打了个盹，就听到了枪响……"

"后来你一直都没睡吗？"

"三点钟之前都没有睡着。那也是难熬的好几小时啊，从十一点到三点。"

哈迪对他的遭遇表示了同情。"我对这种痛苦有非常深的切身感受。那你是什么时候才最终确定那些声响是枪声的？"

"哦，第二天早晨之前吧。"这回忆突然让他陷入了某种沉思之中，过了一会儿才说，"天哪，想起来真是让人感到难过。"

"你跟他们，马卡姆一家关系密切吗？"

他迟疑了一下。"哦，是卡拉，我宁愿这样说。蒂姆对人比较冷漠，起码对我是这样的。"说到让他高兴点的往事，他的脸上才变得有生气起来，"卡拉有时会过来帮我收拾花园。我们会一起喝喝咖啡，高高兴兴地聊聊天。我不敢相信……"他仰起头，悲伤地摇了摇。低下头来时，尽管脸上还带着笑容，但眼睛已然变得潮湿了。

哈迪也没有急于打破这阵沉默。又过了一会儿，他才终于轻声地问："那在你听到枪声的时候，没有去查看一下那声音到底是从哪儿发出来的吗？"

"我当然找了。一分钟之后我就起了床，从窗户往外看了看，想知道这到底是怎么回事，但外面的一切都静悄悄的，非常安静。"

"你介意跟我讲讲你确确实实看到过的情况吗？"

"好吧，真的没有什么异常的。卡拉的房子就在那儿。"胡西克似乎被这个问题搞糊涂了，"只看到她的房子在那儿矗着。"

哈迪注意到，他用的不是"他们的"房子，只是"她的"。

"不过知道那边很多人都在，要是他们都回家去了，我也不会去打扰她的，就算要去打扰她，也不会是在那天晚上。我心想，让她睡个觉吧，她已经够累的了。"

"那外面是漆黑一片，什么也看不到吗？"

这个问题再次把胡西克给弄糊涂了。"哦……不是的。厨房里有灯光，而且我记得门廊上也有灯光。楼上大厅里的灯也是亮着的。"他转身用手指了指，"就是那个在顶上的、中间的那盏灯。"

"那之后你又做了什么呢？"

胡西克吐了口粗气，显得有些不耐烦了。"对不起，哈迪先生，我第一次讲述的时候不就把这些都告诉你们了吗？"

"也许你没讲完整，先生。我们能够再花上五六分钟时间谈谈吗？我会对此向你表示衷心的感谢的。"

胡西克无奈地叹了口气，这表示他已经让步了。"我打开电视看起《荣誉运动员》这部片子来。我想如果我能笑出声来，也许就能入睡。但那晚似乎没有什么东西能把我逗笑，甚至连戴夫也不行。我仍然在为卡拉担心，说实在的，怎么也不能把她从我的脑子里弄出去。'她现在怎么样了？'这个问题一直纠缠着我。"

他漫不经心地伸手端起自己的饮料，用手指搅了搅杯子里的冰块。"不过那天晚上我也只能这么做了，你知道的，我只能等着，让时间……总之，我还是睡不着，于是我就从房子里出来，到了这儿，瞧了瞧那儿的那个小温室，又弄了弄我的那些盆景，花了一两小时的时间。然后，大概是两点钟，我看见卡拉家所有的灯都灭了，卡拉应该已经去睡觉了，至少我当时是那样认为的，于是，我突然觉得自己也可以去睡觉了。"

29

第一封信的签署日期是将近七年前了。

帕纳塞斯医疗集团
恩巴卡德罗中心
旧金山市，加利福尼亚州

亲爱的肯森医生：

　　根据上星期举行的纪律委员会议，此信将证明该会议的决定是被你、帕纳塞斯医师团和帕纳塞斯医疗集团（简称"集团"）三方所相互认可的。你已经承认，自从你受聘于本集团以来，在不同的时间和不同的地点，出于个人使用的目的，你服用了数量不详的吗啡和维可丁。此外，你还承认你是个酗酒者。由于饮酒造成精神状态委靡，你的医疗表现已经多次跌落到合理医疗的标准水平之下。

本集团认识到，作为一名医生，你具有相当的技能，并发挥了医学交流者的作用，而且此前在这里主动请缨做出了几项医学发明，由此认为你是这个团体有价值的一个成员。出于这种考虑，在经过充分的商讨，摒除医疗主管的异议之后，本集团的纪律委员会决定，此次只发表这封正式的谴责信而不是终止你的聘用关系，而且根据下面的条件，保留对你提出犯罪指控的可能：1.你要立即，并且永远停止饮用一切酒精饮料和服用所有的麻醉剂，因合理的医疗理由，由别的医师偶尔给你开的处方药除外；2.你要不定期地主动递交你的尿样，以便确定你体内药物和酒精的含量；3.你要立即接受致瘾药物滥用治疗顾问的建议，并参加和配合由本集团推荐的所有治疗计划；4.在下个年度，除了定期地访问给你指定的治疗顾问外，在本集团的批准下，你要每天都去参加一个十二步康复计划，以处理你的药物成瘾和化学品依赖问题；5.在第一年接受了必要的治疗咨询服务之后，在本集团内余下的工作时间中，只要本集团认为有必要，你就要参加这样的十二步康复计划，但这些康复计划的安排不能少于每星期一次。

　　对上述问题，你已经坦白地承认了你的过失，如再次违背上述你已认可的条款，本集团将立即无条件地解雇你，而且会对你提起相关刑事和民事诉讼程序来追究你的责任。

您忠实的

蒂莫西·G.马卡姆

帕纳塞斯医疗集团

恩巴卡德罗中心

旧金山市，加利福尼亚州

亲爱的肯森医生：

　　鉴于我已建议本集团采取友善，而不是激进的方式来帮助你在过去几年里处理你自身存在的问题，我要补充说明的是，这是我不顾高层反对而做出的建议。我愿以个人的名义，请求你考虑收敛一下你就我们针对用药目录制定的种种内部政策，向你的同事和媒体发表的那些措辞过激的批评言论。我并不是要封住你的嘴，不让你说话，或者是干涉你自由发表言论的权利，不过我相信，你了解我们在很多方面正面临着财务困难。我希望集团有偿还债务的能力，以便我们能继续向我们用户中的最广大群体提供力所能及的最好的服务。当然，我们并非是完美无缺的，但我们正在努力完善自己的工作。如果你对集团的政策有什么独到的改进建议，或者是不同的意见，我任何时候都乐于与你进行商讨。

您忠实的

蒂莫西·G.马卡姆

帕纳塞斯医疗集团

恩巴卡德罗中心

旧金山市，加利福尼亚州

亲爱的肯森医生：

我已经注意到，你打算在报道公众事件的电视节目《海湾专访》上露面。请允许我提醒你，几个医学委员在你和医师团体共同出席的那次会议上，给你秘密安排了那个康复计划。我会把你泄露这件事的任何行为，理解为解雇你的依据。作为私人提醒，我肯定，你知道在现在这个时刻我们正在跟市里进行紧急磋商。我发现，你的一些公开露面和对集团的一些政策的负面言论，是非常不领情和缺乏道德感的，况且集团过去曾在一些方面对你给予了宽大和怜悯。

您忠实的

蒂莫西·G.马卡姆

医疗总管及首席财务官

帕纳塞斯医疗集团

恩巴卡德罗中心

旧金山市，加利福尼亚州

亲爱的肯森医生：

　　如果你不愿意给你的过敏症患者开斯鲁斯托普这种药，当然了，那是你个人的权利和你个人的医疗决定，不过它是一种有效的药品，而且我已经批准将其添加到用药目录上了。你继续通过怀疑我的决定的方式来削弱集团赢利的做法是不合时宜的。在这些事情上，我已经对你保持了足够长时间的耐心了。在你身上发生的下一件事情将产生惩戒性的影响。

　　　　　　　　　　　　　　　　　　　　马拉奇·罗斯

　　"你从哪儿得到这些东西的？"哈迪问杰夫·埃利奥特。他匆匆地翻了翻手中的那沓东西，有二十多页。此刻他们正坐在卡尔斯咖啡店的吧台边。因为拐角处刚新开了一家星巴克，这家在《旧金山纪事报》大楼边上的咖啡店看上去一点也不显眼，可能很快就要停业了。"特别是这第一封信，真是让人难以置信。"

　　埃利奥特的眼睛闪过一道亮光。"正如你所知道的，迪兹，我从不向别人泄露消息来源。"

　　不过哈迪没怎么费劲就找出了答案。"是德里斯科尔，马卡姆的秘书吧？"

　　埃利奥特的眉毛上扬了几乎一英寸那么高，瞪大了眼睛，一脸的惊愕。哈迪知道，自己只要略施小计就能从埃利奥特口中套出实话来。"你凭什么这样说？"

　　"他已经多次提到过这事了。他被解雇了，对吧？而且在这事还没发生之前，他就提前预料到了这个结果。于是他用电子邮件的方式把自己手里掌握的文件发回家里，以备这些东西以后能够产生他想要产生的某种影响，或者只是为了寻开心拿去恐吓某个人。"

埃利奥特搔了搔下巴上的胡子。"你对我手中信的来源的这番猜测，我既不否认，也不承认它的对错。他是一个记者做梦都想要找到的那种人。具有复仇倾向，喜欢搬弄是非，渴望得到别人的注意。他给了我大概五百页的东西。"

"都是关于肯森的吗？"

"不，不，"埃利奥特对哈迪惊慌失措的反应嘲笑了一番，"不，我只能告诉你那么多，全是跟帕纳塞斯有关的。"

"玛琳·亚什知道这些东西吗？"

"如果她知道的话，会想方设法找到它们的，当然我不会给她。不过我跟他说过——我指的是我的信息来源——如果他想独享或者控制这些东西，或许应当把它们刻录到碟片上，然后放在玛琳或者格里斯基想不到的某个特别的地方。"

"你已经拥有它们了。"

"我知道。"埃利奥特咧开嘴笑了笑，"有时候我喜欢自己的这份工作。"

哈迪拿起小勺子搅了搅自己的咖啡。"谁都有可能拷贝一份，你知道的，也许它们的价值并不可靠。"

"你说得对，也许它们不可靠。不过，谁会这么快，上星期就把这些东西都拷贝出来了？"

哈迪接受了这种说法。事实上，他完全相信那些信件都是真的，而非伪造出来的。但在法庭上它们绝不会被当做证据而采纳的，因为没有原件和亲笔签名，就不具有法律效力。它们只适合新闻报刊，而且如果杰夫的来源足够可靠，他可以决定采信它们。"那么你打算怎么处理它们呢？"

这是问题的关键，对此他们都心知肚明。出于好意，杰夫才给哈迪打电话让他过来的，因为哈迪是肯森的律师。考虑到马卡姆死后，几乎跟帕纳塞斯有关的每一件事都会引起外界的高度关注，埃利奥特告诉他，肯森滥用麻醉品的问题，本身就是一条实实在在的大新闻。"另一方面，"他说，"热点似乎已经转移到罗琳这件事情上去了。如果波托拉存在一个连环杀手的话，那肯森每次都有可能陷入绝境。我真不愿意把这个刊登在报纸上，迪兹。我喜欢那个医生，他挺不错的，而且这样做会毁了他的生活。不过要是结果证明这些新闻很重要，我别无选择，只能那样做。"

"什么情况下很重要呢，杰夫？"

"如果在那间重症监护室里，他在处理马卡姆病情的时候麻醉品的药劲上来了，那会怎么样？"

哈迪不得不承认，这种情况下埃利奥特是可以发表那些信的。"有别人提过这事吗？"

"没有。不过我有些事要告诉你。如果我的'来源'确实看过大多数材料，并且好好地琢磨过这件事，我认为这事迟早会被抖搂出来。"

哈迪摇了摇头，对有些人身上那种不加掩饰的、行卑鄙之事的能力感到惊讶不已。埃里克·肯森仅仅是帕纳塞斯二三百个医生中的一个，但不幸的是，他跟德里斯科尔作过对，还结下了仇。也许更重要的是，他犯了七宗大罪之一的对上司不敬罪，而这个上司恰好就是德里斯科尔所倚重的人。

不过哈迪的脑海里浮现出了一个新的想法。德里斯科尔有比这更好的理由去打击肯森或者其他人，但不是为了那些真实发生过的事，或者因为他们对他的怠慢。他可能只想让人们不要把目光盯在自己身上，转移人们的注意力而已。

"你在想什么呢？"埃利奥特一直在注视着他。

哈迪掩饰了一下自己走神的原因。"我在想你是否打算告诉我那剩下的四百九十五页的内容，真的，没想别的。"

"我还没有来得及看。我只能看这么快了。这些信件突然就出现了，我想我欠你的情，所以这么快就让你知道了。"

"跟你想的一样，现在要是你帮我另一个忙的话，我就会欠你的人情了，对吧？"

埃利奥特考虑了一下，点了点头。"也许吧。要我帮什么忙呢？"

"如果你从你那个匿名来源那儿听到上星期二关于肯森戒毒的更多谣言的话，在你从别的渠道得到证实之前不要把那个报道刊发出去。"

"我不认为这些信件说的是谣言，迪兹。"

"我没说它们是谣言，不过我也觉得那不是谣言。或许我们可以做个交易。"

三点半钟左右，哈迪终于回到了自己的办公室，看到了从司法大楼那边送过来的，关于马卡姆案件的更多调查材料。他既感到满意，又有些失落。格里斯基已经进入一种更愿意合作的状态，这很好。他愿意去做这项单调而乏味的材料阅读工作，要知道，这堆东西不花上六小时是看不完的。他打开箱子，取出里面的东西，把它们放在办公桌的中间。他扫了一眼电话机，看到有两条留言信息。

"迪兹，我是埃里克·肯森，请查收留言。如果你需要我的话，我在家。"听着肯森的话音，哈迪想起了自己对委托人有多么失望。也许在很久以前，他就已经彻底解决了自己滥用麻醉品和酗酒的问题，但他怎么能自以为是地认为，他的律师没必要了解这些情况呢？

下一条留言是格里斯基的。当然了，这就是阿布，他一向都是这样的，没有任何形式的开场白。"如果你在电话旁边，就拿起听筒来。"接下来是一阵大概三秒钟的沉默，"好吧，给我回电话。"哈迪在想，这家伙可真是有个性。

他拿起电话，不过不是打给阿布，而是打给他的委托人的。当他把情况说完之后，肯森沉默了好几秒钟，一声不吭。"埃里克，你在吗？"

"我在。我该怎么做呢？"

"你该告诉我的。那事现在怎么样了？"

"为什么？"他问，"那些东西早就跟我没有关系了。它只是初涉职场、刚开始家庭生活时那些压力带来的结果，而且那是个巨大的错误。我已经不碰——"他突然停住了，只是说，"我不是从前的那个我了。"

哈迪听到了这些话，认为从表面上看可能是实话。不过它们的真实性并不是他关心的问题。"你在说你不是一个酒鬼吗？"他用的是现在时，在那个治疗计划规定的那些条件中，这是一个作为有永久约束力的条件而存在的。"听着，现在这是不可改变的既成事实了，埃里克。杰夫·埃利奥特已经得到了这个消息，而且他干的是信息传播这一行。"

从肯森的语调中听得出来，他有些慌乱了。"他不打算把这个印到报纸上吧？他是怎么找到它的？跟这事有关的任何东西，一直都是机密。"还没等哈迪想好怎么回答这个问题，肯森就脱口而出："该死的，德里斯科尔。"

"他很不高兴，想把自己的怨气撒到全世界的人身上。关键在于，这家医院处于四面楚歌的困难境地。如果现在这事被抖出来，说他们为了掩盖自己医生的问题而进行了秘密的交易……毫无疑问，这本身就是个轰动的新闻，埃里克。"

"德里斯科尔想把那个地方弄得四分五裂，不是吗？"他叹了口气，"而且那个卑鄙小人就要继承那个地盘的统治权了。"

"但愿不会。不管怎样，我已经跟杰夫达成了一笔交易，把你置于公众注意力的中心之外，消失一些日子，或许是永远。不过我已经告诉过他，他不能使用我给他的东西——这就意味着你仍然处在随时都有可能爆发的火山口上——直到我通知他，他才可以用。这还要取决于你。"

"好的，无论你想知道什么情况，我都不会拒绝的。"

"好。"哈迪意识到他手里的电话一直都抓得紧紧的。他松了松自己紧握着的手，努力让自己的语气平缓下来。"你记得马卡姆死的当晚，你去过他家。"

"当然。我从没说过我没去。"

"我要你想一想，你从那儿离开后都做了些什么？顺便说一下，当时是什么时间？"

"大约十点，我想是的。那个探员，叫布拉科的，他看到我开车离开的。他可能记录了这个情况。"

"他也许这么做了，"哈迪勉强承认了这一点，"不过他并没有在那儿逗留，而且也许你又回去过。这是可以想象得到的事。"

"哦，我没有回去过。我为什么要那样做呢？"他犹豫了片刻，"这跟我有关系吗？"

"它关系到卡拉的谋杀。我想知道，你离开那儿之后，都干了些什么？"

"就跟我前面一直所说的那样，我开车回家睡觉了。"

"我知道你说过这些话，但那对我来说没有用。我要你尽力回忆一下，你是否在你住的公寓楼里碰到过什么人，或者在街上跟什么人说过话，或者用过任何电话或电脑。总之任何能证明在十点到十一点，最好是十点到十二点这个时间段内你不在马卡姆家的东西。"

谈话中断了一会儿。"我用我的手机给诊所打过电话，想看看有没有给我的留言信息。"

哈迪心想，这是个好情况，那诊所就会有这个电话的记录。他们甚至能够查明这次拨号时，信号发射的原始地点在哪几个街区。"很好。是什么时间的事？"

"就在我离开之后。我想我还没有走出两个街区那么远吧。"

这不是个合适的答案。肯森可能打了那个电话，绕着那个街区转了一圈，还有足够的时间再回到马卡姆家去。"再想想别的事情吧。"哈迪恳求道。

"为什么？这有什么关系吗？"

哈迪忍不住想要大声朝他喊叫：哪有那么多为什么呢，只管回答这个问题就行了——他能为他自己提供一个不在犯罪现场的证明吗？不过他还是压制住了心头的火气，回答说："这跟我和那个听到枪声的证人的谈话内容有关，埃里克，他们被杀的时间大概就在十点四十五分。"

"这跟法医推断的死亡时间是吻合的。"

"是的，十点四十五分，她死了，屋子里的灯却是开着的。凌晨两点钟，灯全熄灭了。我估计那个人杀了她之后，还在她家待了好一阵子，然后才熄了灯，悄悄溜走的。"

"然而在那种情况下，那个人为什么还要待在那儿不走呢？"

"具体是怎么回事，我也不清楚。也许他耗费那些时间是为了寻找什么东西。也许是在掩饰现场，制造假象。也许他认为在枪响之后就立即离开现场会被附近的人看到。这件事，我跟你一样心中没有底，不过现在我们有了一起谋杀案和一段缓冲时间，这就意味着你是清白的，如果你能想到任何——"

"不！"肯森猛然间脱口叫道，情绪显得有些激动，"就是没有，怎么样？天哪，我没有杀过任何人，迪兹。我是个医生。看在上帝的分上，我拯救了那些生命。我就是没有干过。我们能不谈这个吗？"

哈迪的怒火爆发了出来。"我们当然可以不谈这个，埃里克。但这个星球上的其他人却不打算这么做。那你就悠然享受你自己的美好时光吧，而且如果你完全回想起了那晚你都做过些什么，你为什么不打电话给我呢？如果对你来说这还不是什么天大的麻烦事。"

哈迪啪的一声挂断了电话。

30

布伦丹·德里斯科尔无法相信自己居然没有收到任何回音。像往常一样，他七点刚过就起了床，而且为自己和罗格准备好了早餐。罗格出门到银行上班之后，他花了两个多小时看了看帕纳塞斯的档案资料。不过现在对他而言，这些资料正在慢慢地丧失自身原本具有的吸引力。毕竟，杰夫·埃利奥特不打算使用任何资料，至少现在不会用。更糟糕的是，他们发现了那个女人是被谋杀的，这个新情况把波托拉医院搅了个底朝天，对杰夫来说，这比任何商业方面的内部信息都重要得多。

于是他怅然地关掉了电脑。

随后，为了驱走心中那恼人的厌倦感，他决定到自己的健身房活动活动，借此发泄一下心中的不快。从健身房出来之后，他冲了个澡，用甜菜根和羊乳酪做了一道造型十分可爱的相当不错的麦斯可拉斯沙拉作为午餐，独自一人在屋后阳光灿烂的后院里享受了它。但这还是没有让他打起精神来，失望之下，他给正在上班的罗格打了个电话，但他正忙着应付他的客户，而且认为甚至有可能会晚些回家，这让布伦丹气不打一处来。简直就是站着说话不腰疼，你现在根本不明白没有工作的滋味，真的，而且现在他没有一份工作……

算了吧，他现在只是觉得没有安全感而已，谁又能责怪他呢？他也确实连想都没有想过，蒂姆会考虑过让他走人，人心难测啊！你只能自己多加提防，随机应变，为任何可能发生的不测做好准备。

午后的时间乏味而漫长，似乎没有尽头。他播放了一些唱片，到屋后走了走，扔了一筐衣服到洗衣机里，之后又洗掉了中午的餐碟。最后他决定出去走走。到现在似乎才恍然回过神来，自己一直在这房子里转来转去，再这样，自己就快要转疯了。他穿好衣服，下楼来到车库，取下他那辆米亚塔车上的罩布，驾车出门融入午后的天色之中。

现在，他已经不停地开了两小时。他驶过了金门大桥，到达了诺瓦托，然后掉头往回开，在科特·马德拉这个地方停留了二十多分钟，喝了一杯卡布基诺咖啡。他没有跟人说过话，而且似乎也没有人注意过他，即便是他坐在他那辆红色的敞篷汽车里。他孤身一人，孤孤单单地再次穿过了那座大桥，在他身下，蓝色的大海波光粼粼，泛着银光。

他发觉自己驶上了海岸悬崖车道，一路来到了蒂姆家的房前，一家房地产公司已经在草坪上竖起了一个售房的告示牌。太阳把他的后背照得暖洋洋的。他觉得在车里坐不住了，就下车向蒂姆家的房子走了过去。在午后的天光中，它看上去似乎就是一只闪闪发光的光尾帆船，静静地停靠在那儿。

在门阶上，他脑子里什么也没想就下意识地伸手按了门铃，专心地倾听着门铃发出的声音。等了好一会儿，见没人来应门，他才转身在最上面那级台阶上坐了下来。他已经不知道今天他看过多少次表了，不过现在他又看了看时间。

太阳又向下偏移了一两度，他仍然坐在那儿没有动。一辆梅塞斯奔驰轿车驶过了这条街道。又过了一阵儿，又一辆车驶了过去，这是来给这里的住户投递报纸的。他们把报纸扔到住户院门口的车道上。一只大乌鸦落在靠近人行道边上的过道上，朝他的方向跳了几步，伸长脖子呱呱地大叫了起来。

这是他生命中有史以来最漫长的一天，经历着度日如年的煎熬，而且在日落之前，还有好几小时。

他突然放声大哭起来。

格里斯基、布拉科和菲斯克在波托拉医院的餐厅碰了头，坐在远离人群的一张桌子旁。

"我跟巴丹先生谈过一会儿。"格里斯基说。他面前有一份没有加糖浆的百吉饼，此时他正在往一杯热水中加茶叶。"他是个性格拘谨、不善于与人打交道的家伙，而且看上去没有什么朋友，不管是在这里或是在别的地方。但他给我的印象是忧郁多过强横。那些病人所遭受的苦痛，似乎使他这样一个始终跟这些事打交道的人，在精神上也受到了不小的困扰。"

"你是说你认为他使他们中的一些人安乐死了吗？"这是菲斯克在说话，他也是前不久才刚刚得出这个结论的。

"也许吧，不过下这个结论还为时过早。但随着时间的推移，他或许值得我们去下点工夫，兴许能从他口中得到点有用的东西。"

不过菲斯克仍然坚持自己的推论。"他是唯一的、在肯森名单上所有死者死亡时都在值班的护士，你意识到这一点了吗？"

"是的。但我不知道的是，那些病人中有多少是死于谋杀。而且没有列到肯森名单上的，巴丹没有值班的时候，还有别的杀人案吗？"

这两个探员互相递了个眼色，接着布拉科承认说，前不久他就已经提到过同样的事情。他正喝着一罐健怡可乐，对找出更多的杀人案件来了兴趣。"你走运了吗，上尉？"布拉科问道，"你说过你有别的怀疑对象。"

格里斯基点了点头。"我找到了一个新的证人，一个叫瑞贝卡·西姆斯的护士，还有她可能提供的受害者名单，不过她还在四处打听这事。我应当告诉你，她也指名道姓地提到过巴丹先生。"

"我喜欢他。"菲斯克说道。

"我有过你这种印象，哈伦。有一阵子我确实也有过，但之后我就跟他说了星期二晚上的事。"

"星期二晚上吗？"

"也就是卡拉·马卡姆死的那天晚上。"格里斯基等自己的话音落地之后，才继续往下说，"在关注罗琳这起案子的同时，我也在关注着下一个家伙的尸检结果，看看能否从名单上的其他人身上发现情况。但我要坦率地对你们两个讲，我正为心头这陡增的信心而大伤脑筋，那就是我认为我们已经发现了这些杀人事件之间是有关联的。"

布拉科来回地用手指挤弄着手中的汽水罐。"你的意思是肯森名单上的那十一起凶杀案全都跟马卡姆有关系？"

"就是这个意思，"格里斯基答道，"一条线索向前追溯，贯穿了那些巴夫龙引起的死亡事件，而另一条线索却是从钾中毒开始的，但这些线索对接上了吗？"他的茶水颜色变得已经够深了，于是他端起来尝了一下，咬了一口百吉饼，若有所思地嚼了起来，随后像拨浪鼓似的左右晃了晃自己的脑袋。"我知道这有可能。它甚至可能就隐藏在我们在这儿得到的线索之中。而且不知道为什么，我喜欢这些线索被连在一起，但我似乎不能够跨过这道坎。"

"它们已经对接上了。"菲斯克断言道。

"为什么这么说，哈伦？"

"哦，我的意思……是说，马卡姆的死因我们也是这么查到的，对吧？"

"那是我刚听到罗琳这事时的想法，不过现在我对这种想法感到疑惑。因此，也许你可以告诉我，为什么它们非得联系在一起呢？我们有任何证据能把它们捆在一起吗？我们找到了相类似的药物吗？有同样的医疗人员吗？还是有别的任何东西呢？告诉我，我非常想听听你的想法。"

格里斯基知道，他的口气严厉了一点。他这是在生自己的气，不是为了别的，就是罗琳的事跟马卡姆的案子掺和到一起，导致他作了那个让自己感到困惑的推断。不过他会用菲斯克来当替罪羊——或许这个生瓜蛋子会提出点什么格里斯基自己都没有想到的东西。

菲斯克反应了一会儿才回过神来开口说道："我们的确掌握了这些凶杀案的相同之处，上尉。同样的用药方法——是通过静脉点滴输入的，对吧？这可以算得上吧。"

"是的，没错。"格里斯基赞同道，他喝了一大口茶，"但事实上这真的把罗琳和马卡姆这两起案子联系在一起了吗？不同的毒物，但是相同的医疗人员？我不明白这里面究竟是怎么回事。问题就在于卡拉和那些孩子。我无法相信她的死跟马卡姆没有关系，但我就是不能接受这一点。"

布拉科提出了一个问题。"好吧。巴丹那边情况如何？你刚才说你问过他星期二晚上的事。"

"我是问过了。结果是当时正是他桥牌运动生涯中的重要时刻，而且当天晚上他在圣何塞的一家酒店参加了一场锦标赛，并且在那儿过的夜。如果这话是真实的——我敢肯定它是真的——将把他的作案嫌疑从卡拉的案子上排除掉。如此一来，马卡姆的案子也是一样。"

"但罗琳或者别的那些案子中并不能排除他的作案嫌疑。"菲斯克终于明白了让格里斯基犯难的问题。

"没错。那些案件之间根本就没有必然的联系。事实上，如果巴丹做过罗琳这个案子，那这些案子就不能被联系在一起。"

对于这个事实，他们都陷入了沉默。格里斯基又吃了点百吉饼。布拉科大口大口地喝着他的汽水。菲斯克认为他需要点吃的东西，便向后推开自己的椅子，起身朝那个卖小吃的柜台走了过去。剩下的两个人一言不发地看着他走开。"那么你现在要我们去做什么呢，上尉？"

格里斯基心里清楚布拉科问的是什么。从案件管理权这个意义上来说，出自肯森那份名单上的凶杀案不再是马卡姆凶案调查的一部分，而应该是独立的案子。这一点，他们刚才就已经确定下来了。这两个新探员无权要求把自己派去调查一桩结果证明有可能引起高度轰动的连环杀手案。

"你想要做什么，达雷尔？"

布拉科丝毫也没有犹豫，脱口而出。"我仍然想从马卡姆这件案子上找出某种思路。"

"那你建议怎么做呢？你办这个案子已经一个多星期了。你发现了我还不知道的嫌疑人吗？"

"我还没来得及问你，如果你是这个意思的话。我有很多想法。"

"很好，说一个出来听听。"

"让我们把焦点从马卡姆身上移开。没有人在这个地方发现任何东西。不过我们手上还有卡拉这件案子，而且就像你自己说的那样，无论是谁杀了她，这个人肯定也杀了她的丈夫，我说的对吗？"

"去证实一个逆向的推理，你会为此大伤脑筋的。"

"但是，长官，至于这个，我们甚至都还没去查过。你没有让我去查。"格里斯基明白布拉科说的是对的，从一开始他就把他们隔离在那些真正的主角之外，甚至包括肯森，从来没有让他们放开手脚去进行调查。这就造成了一个真空地带，原本该有基本信息的地方，包括不在犯罪现场的证明，行踪的时间表，作案时机等，都是一片空白。布拉科继续说道："我们一直在傻乎乎地围着那些动机和女人的流言飞语转来转去，到现在都转了一个星期了。不过要是有人杀了卡拉，我们就可以在一个非常有限的嫌疑对象范围内去调查了。"

"你是怎么想的？"

这种紧追不舍的兴趣让布拉科两眼一亮，顿时来了精神。"首先，我们不要去想那些护士。就如我认为我们刚才已经证明的结论那样，如果它们中的任何一个案件与马卡姆的案子之间存在某种联系，那纯属偶然。因此这儿的护士不可能去杀卡拉和她的孩子们，我可以在这上面下一百万美元的赌注。"

"我也会的。"

"那好，剩下的是谁呢？还有谁上星期二在这儿呢？"他掰着自己的手指头一一列举着，"肯森、德里斯科尔、罗斯、沃特里普、科恩，就是他们中的一个干的。"

"什么是他们中的一个？"菲斯克拿着冰淇淋三明治正好回来了，接嘴就问了这话。

格里斯基满意地点着头。在他看来，达雷尔有朝一日会成为一个能干的警察。

"你们刚才在讲什么？"菲斯克再次问道。

格里斯基示意布拉科不要做声。"一会儿达雷尔会告诉你的，哈伦。在此期间，你们这两个小子还记得哈迪吧？"格里斯基问道。"不就是肯森的律师吗？是今天早晨在杰克曼办公室的那个哈迪吗？"

"握有肯森名单的那个家伙。"布拉科说。

"正是。你们也许注意到了，他跟杰克曼正在进行一项交易。我们一直在给他递送你们的调查记录副本和其他一些掌握到的情况。"面对他们对此表现出来的怀疑，格里斯基郑重其事地点了点头，"不要问为什么了。但从理论上讲，我们是在交换信息，因此，在你们动手之前，要找到他所知道的东西。他都跟谁谈过，谈了些什么，他过去也是个警察，而且——"

"谁？"菲斯克问道，"哈迪吗？"

"那是很久以前的事了，哈伦。实际上，他还是我的搭档。我们是一起加入警队的。"他很享受他们脸上浮现出来的错愕的表情，而且要让他们好好地去领会这番话，"他一点也不傻，而且他或许已经跟某些人谈过了，这会节约你们的时间，省得你们再去跑了。要是你们认为他有所隐瞒的话，就逮捕他并把他带到我这儿来。最好开枪杀了他，把尸体藏起来。"

不过格里斯基话里的某层意思跟布拉科的看法不太吻合。"那要是哈迪以某种方式与我们合作，我们就可以把肯森从嫌疑对象名单上划掉吗？"

格里斯基露出一种暗示性的微笑，算是许可了这种说法，但还不能让哈迪知道他们的这种想法。于是，他说道："不，不过要是哈迪得到了这样的印象，那也不是世界上最糟糕的事情。"

哈迪把扔飞镖作为自己思考问题的辅助方式。"就像福尔摩斯拉小提琴那样。"这话他曾跟弗里曼讲过，但布拉科和菲斯克并不知道。哈迪跟杰夫·埃利奥特会过面，回来之后一直在仔细研究收到的那包新材料，一口气看了近两小时。两个探员进来的时候，他刚刚起身伸展了一下身体，打算去投几镖，好让头脑中得到的那些新论据沉淀沉淀，整理一下思路。这两个探员肯定认为因为马上就要下班了，他正无所事事，而且哈迪也不认为有必要解释一下去消除他们的疑惑。他又扔了一支飞镖。"先说说你们想干什么吧。"

"上尉说，你会把你得到的所有东西都给我们。"布拉科答道。

"我掌握的大多数情况，都是你们掌握了的。除此之外，可能都是些枯燥乏味的东西。"这盘的最后一击中了双十一，哈迪满意地咧开嘴笑了笑，不过很快又恢复了常态，走到镖盘前去拔上面的那些飞镖，"不过还好，这儿有点东西或许是你们不知道的。你记得弗兰克·胡西克吗？"

"马卡姆家隔壁的那个家伙吗？"

"对。他在十点四十五分时听到过枪声。他看了看邻居家，发现他们家的灯是亮着的，过了一小时那些灯还是亮着的。两小时之后，有人把它们都关掉。这就有了一条线索——开枪的那个人不是卡拉。"

"快十点的时候，我当时就在那儿。"布拉科正襟危坐在沙发的前沿，双肘平放在膝上，双手紧紧地握在一起放在身前，"格里斯基上尉知道这个情况吗？"

"我正想稍后给他打个电话讲这件事情，因为他可能并不知道。"他盯了布拉科一眼，"你是什么时间离开那儿的？"

布拉科不假思索就脱口而出。"在你的委托人走后几分钟，快十点了吧。"

"肯森是最后一个离开的到访者吗？"

"他的车是马卡姆家屋前路边上的最后一辆，是的。另外他跟我讲过，除了那家人之外，他是最后一个在那里的人，而且那家人都去睡觉了。"

"他离开之后，"哈迪投了一支飞镖，"你到那房子去过吗？"

菲斯克正在无聊地翻着哈迪的一本杂志，听到这儿突然停下了手上的动作，抬起头来关注着这个问题。

"没有，"布拉科答道，"那个人让我相信，她们这家子被折腾了一天，已经够烦够累够伤心了。他离开之后做了些什么？"

"他开车回了家，睡觉。而且，探员，"哈迪又投了一支飞镖，"他没有回马卡姆家。"

"他能证明吗？"

"你能证实他回去过吗？"

菲斯克轻咳了一声，合上了手里的杂志，把它放到了茶几上。"哈迪先生，达雷尔先生，我们先把肯森排除在这些案件以外，等到他自己把自己放回里面再说。这个想法如何？"

哈迪已经走回到了他的镖盘前，正在拔着上面的飞镖。现在他走到办公桌旁边，把那些飞镖放到桌子上，拉过一把椅子坐了下来。"那是个不错的主意，探员。肯森医生是不会把自己放回去的。"他看了看他们两个人，"如果我对关于我的委托人的事表现得过于敏感的话，我表示道歉。"

布拉科坐在那儿一动不动，但他此前一直挺立的双肩却微微地往下沉了沉，这种细微的变化几乎让人察觉不到。他说话的时候，口气也缓和得多了，一副息事宁人的样子。"我们已经将作案人的锁定范围缩小了，就是那天早晨曾在重症监护室周围出现过的五个人，不包括那两个护士在内。这个你能接受吗？"

哈迪不知道自己为什么对此隐隐感到不安，但对弗里曼早上预言过的事这么快就变成了现实并不觉得惊讶。如果在马卡姆的案子上，排除对那些护士的考虑，那么玛乔丽·罗琳的死亡就不再跟肯森有任何关系。不过他没有显露出心底里的想法，只是点了点头。"如果那些护士有星期二晚上不在罪案现场的证明。"

"他们两个都有，"布拉科说，"拉扬·巴丹当时正在圣乔斯酒店打桥牌，虽然格里斯基上尉说，医院里有些员工认为他很像罗琳这件案子的嫌疑对象。不管这种说法有什么价值，哈伦和我也都认为他看起来并不差——"

哈迪插嘴说："他是马卡姆的护士之一吗？"

"是的。不过对卡拉这起案子，他有这个不在罪案现场的证明。另外一个，康妮·罗薇，在家里跟她的家人，也就是她的丈夫，还有两个孩子在一起。她没有外出。"

"很好。"

"因此，在马卡姆家发生的事，当时可能的情况就是：有人在十点至十点四十五分来到了他家，而且不管来人是谁，卡拉打开了房门。接下来，在卡拉和这个人谈话的时候，孩子们都上楼去睡觉了。在某一个时刻，这个人借故走开并溜进了马卡姆的办公室，他的枪就放在这间办公室里。"

"谁会知道这个情况呢？"哈迪突然问道，"不仅知道他有一支枪，而且还知道放在哪儿。"

"这一点很重要，"菲斯克说道，"但如果这个人是卡拉的熟人，他就有可能知道。"

哈迪认为这样的推测是相当合情合理的。"那好吧，让我们回到剩下的那些人身上，"他说，"当然，除了我的委托人。"

布拉科随口就说出一串名字，似乎它们就放在他的舌尖上。"德里斯科尔、罗斯、沃特里普、科恩。"

一小时前，哈迪才从自己阅读的那堆材料中偶然看见过科恩这个名字，就是布拉科和菲斯克因为忘了录音而补写的那份关于上星期五晚上的调查报告。当时他兴奋地快速翻到了那一页，心都紧张得提到了嗓子眼。现在再次听到这名字，他装出一副无动于衷的样子，一脸的平静，甚至还让自己轻声笑了笑。"你们知道，我甚至还没有跟那些人说过话。沃特里普、科恩是谁？"

哈迪从自己看过的那些笔录副本和调查报告的内容判断，这两个探员也没有跟这些人谈过话，尽管他们并不是自愿这么做的。这个问题并没有让布拉科感到不快，相反，他保持着一种低调的姿态。"只是一些当天也去过重症监护室的医生，肯特·沃特里普和朱迪思·科恩。"

"但没有迹象表明他们去过卡拉家？"

"是的，"菲斯克答道，"我们假设他们都认识马卡姆，但除此之外，我们对他们的情况没有太多的了解。"

"仅仅是他们的名字而已，"布拉科补充道，"我认为他们跟这件案子无关，我们只是为了进行细致彻底的排查才把他们也框了进来。"

哈迪点了点头。"那么，不是德里斯科尔，就是罗斯了？"

这一回，轮到布拉科轻声地会意一笑了。"在局限性的规则之下吧。"那意思也就是说，在不包括肯森的情况下。

哈迪友好地点了点头，对此表示认可。"那他们为自己辩解不在犯罪现场的理由怎么样？德里斯科尔和罗斯？"

这两个探员明显地显出了尴尬之色，互相递了个眼神。"我们也没有跟他们谈话的机会。"

"也许你们想要去做这件事，"他温和地说，"同时，就是要进行彻底细致的排查，我会尽力与沃特里普和科恩取得联系的。"

肯森名单上的第二个和第三个人都已经被火葬了，如果对他们的尸骨进行进一步的法医分析鉴定，可供选用的办法从技术上会受到相当严重的局限。第四个人的名字是雪莉·沃特勒斯。

她是在过完上个圣诞节之后的第二天去世的。去世前一个星期，因为患有严重的静脉炎被送进了那家医院，接下来在病床上又犯了一次中风，致使她全身瘫痪陷入了昏迷状态。随后她被转到了重症监护室进行观察并作进一步的检查，入院后的第五天她就死了，到死也没有恢复过意识。医院的尸检报告上死因一栏写的是脑溢血致死。

＊　＊　＊

　　格里斯基、亚什和杰克曼一起挤在玛琳那间不大的办公室里，正在举行一个会议。跟她同一个办公室的那个同事快下班时就走了，此时杰克曼正坐在他的那张办公桌后面。格里斯基拖过一把椅子倒骑在上面，面对着他们俩坐了下来。

　　"当然，"格里斯基在说话，"他记不起十一月十二日那天他在做什么，"他说的是拉扬·巴丹，"不过圣诞节后的第二天，他或许还记得。"

　　"他是个基督徒吗？"玛琳问，"也许他不过圣诞节。"

　　"反正都一样，那是个节假日。"杰克曼转身向格里斯基，"阿布，他跟卡拉·马卡姆的事没有关系吧？"

　　"有二十多个人愿意信誓旦旦地为他证明卡拉遭枪击的时候他在哪里。在我看来，排除了他和马卡姆及雪莉这两件案子的关系。"

　　杰克曼拨弄着面前的吸墨纸上的一些曲别针。他张嘴说话的时候，看上去就像在自言自语似的。"这只能让人认为，在拉扬·巴丹跟马卡姆的事没有关系的情况下，肯森可能就是波托拉这个麻烦的始作俑者。"

　　玛琳又补充说明了自己的想法。"现在是我们让他到大陪审团作证的时候了，坚决弄清楚他所知道的情况。你已经排除他在卡拉案子上的嫌疑了吗，阿布？"

　　格里斯基几乎笑了起来。"还没有定论。就我而言，他仍在我的考虑之中。事实上，我打算在回家的路上顺道去他住的地方看看。"格里斯基的脸上显出了一个让人感到可怕的笑容，接着从外套的口袋里掏出了一张纸，"这次要带着一张搜查令。"

　　玛琳从椅子上起身站了起来。"要是你在五分钟之前给我的话，我还可以弄一张传票让你送过去，你介意吗？"

　　"哦，哦，"杰克曼出声打断道，"你们俩是不是都忘了点什么？我答应过哈迪，我们会给肯森三十天的宽限时间。"

　　杰克曼的这番话像一盆兜头泼下的凉水，把房间里刚刚升腾起来的令人兴奋的热浪给压了下去，不过这种状况也仅仅维持了十万分之一秒而已。他的反对意见刚刚说出口，玛琳就找到了应对的答案。"那

391

是对马卡姆的案子而言的，克拉伦斯，在肯森是我们嫌疑人的条件下作出的承诺，具有很强的针对性。哈迪不能反对大陪审团需要对肯森自己提供的那份名单进行听证的要求。"

"而且要尽早。"格里斯基转向这位地方检察长说，又郑重其事地补充了一句，"以便让我们相互的、合作性的调查驶入正轨。"

杰克曼思索良久，随后终于点头表示了同意。"好吧，就这么办。"

31

肯特·沃特里普医生告诉哈迪，他那天在重症监护室值了早班。他有一个患有脊髓炎的病人出了一次状况，他在十点十五分左右就处理完了。之后他去诊所接诊自己的普通病人，在那儿工作了一整天。

朱迪思·科恩的办公室电话号码也是登记在册的，而且让哈迪感到意外和高兴的是，才五分钟他就接到了他要找的第二个人的回电。他向医院总机的那个接线员表明了自己的身份，说明自己与埃里克·肯森之间的关系，随后问科恩医生收到留言时能不能给他回个电话。

"我马上就可以叫她，"接线员用一种乐于帮忙的语气答道，"如果你把你的号码给我，我现在就给她转接过去。"

两分钟后，哈迪站在自己那扇开着的窗户边上，看着楼下苏特大街上的景象，就在这时，他前面指定的那条线路的电话响了起来。他三步并作两步来到办公桌前，伸手抓起电话并报了自己的名字。他听到了电话另一头传来的一声急促的吸气声。"是埃里克的律师，对吧？他没事吧？"

"他很好。谢谢你这么快就给我回电话。我想知道我是否可以问你几个问题。"

"当然可以。如果对埃里克有用的话，我就在这儿，你问吧。"

"很好。"哈迪已经考虑过自己的问话方式了。他不想把她吓跑，而且他写了一些关于谈话内容的要点。现在，他打开自己的记事本坐在那儿。"我正在想办法证实，蒂姆·马卡姆被杀的当天埃里克的活动情况，每时每刻的情况。"

"警方仍然不相信他跟那件事毫无关系是吗？"

"我认为，为保险起见还是假设他们是这样想的吧，是的。"

他听到她深深地叹息了一声。"难道他们根本不解这个男人吗？他们跟他谈过吗？"

"谈过两次吧，至少是这样。"

"我的天哪，那他们就是一群蠢货。"

"也许是吧，"哈迪说，"不过他们是我们的蠢货，而且我们还得跟他们玩下去。我也明白你那天在重症监护室里有自己的病人——就是上星期二那天。"

"哦，我能清清楚楚地回想起那天的事。一开始情况就不好，而且变得越来越糟糕。你知道重症监护室和急诊室的工作安排表是怎么运转的吗，不知道吧？"

先前，肯森已经解释过帕纳塞斯要发挥人员的最大使用效率的理念。朱达诊所的医生既是帕纳塞斯医生团队的组成部分，也是波托拉医院的医务人员，他们负责保证一次至少派出一名医师到重症监护室去值班，同时还至少要派出一名医师到急诊室去值班。一直都是这样执行的。这种值班制度落实到了一张循环的值班表上，而且据埃里克说，其根本目的就是，公司至少可以省掉一个全职医生的工资。它的另一个影响就是导致诊所长期缺乏人手，因此这并不是一个受人欢迎的政策。

"基本上，"哈迪答道，"每个病室都有一个医师照管着。"

"没错，重症监护室里只有为数不多的几个病人，如果有的话，也包括那个值班医师亲自接诊的病人。要不就是他们刚刚接收了从急诊室或手术室里出来的病人，或是某个情况危急的婴儿，情况大概就是这样。总之，那天轮到我在楼下的急诊室值班，像往常一样，我去得有点晚，刚进门就正好遇到了马卡姆那件让人恼火的事情——"

"等一下，你当时在手术室处理马卡姆吗？你给他做了手术吗？"由此，哈迪意识到，她不仅仅是为了查看一个病人而到重症监护室随便转了一下，她整整一个上午都待在波托拉。

"是的。他被碾得一团糟。让我吃惊的是，他还能支撑到被送进医院，看情况走出去的可能性是极小了。总之，我进了手术室，别人还抱怨我动手迟了，这让我感到恼火，我根本就没有晚——"

"怎么回事？"哈迪快速问道，"你迟到了？"

"说来真是可笑，我只是睡过了头。我患有失眠症。当闹铃响起来的时候，我觉得自己并没真正醒过来，肯定是在迷迷糊糊中把它给按掉了。我想，这样一来唯一的好消息就是，马卡姆到的时候，我正好休息好了，有精神去做手术。我需要好好休息一下来恢复精力，相信我。尽管菲尔——贝尔特拉莫医生是吧？——他正好是昨天晚上十点到第二天早晨六点的班，他对我迟到的事很不高兴。"

"那你是什么时候才处理完这个手术，最终把他送到重症监护室里去的呢？"

"在我们——埃里克和我——收他入院并且将他安排到那儿的时候，我跟随马卡姆的手术床上去过，之后我又上去过，我记不确切了，在他死前肯定有过四五次吧，只要我有空。毕竟，我已经让他度过了危险期。他是我的病人。"她沉默了一会儿，"我没有料到他会死。我真的没有料到。"

"他那样子是不会死的，医生，有人杀了他。"哈迪尽量让自己的态度趋同于这个出人意料的信息，他不得不承认，这样做，科恩会更乐于自愿开口。他没有对马卡姆表现出任何虚伪的同情，也没有故意对她的行动情况默不做声。"警方认为可能是埃里克干的。马卡姆的绿色指示灯亮的时候，你在重症监护室里吗？"

"不在，我当时在下面的急诊室里。不过我听到了，当然，直接就赶了上去。"

"但你没有看到埃里克在里面，比如说在……十到十五分钟之前？"

"没有，我最后一次看到他时，他和拉扬·巴丹在走廊里。巴丹是那儿的一个护士。他们在处理活动床上的一个病人。"

这种情况跟目前为止他所听说的，莱科特先生的监护仪叫起来之前的那几分钟的情况是完全一致的，而且跟他从前听到的情况一样，除了这可能暗示科恩自己跟这事有牵连之外，这对他的委托人来说并无任何帮助。

"让我问问你这个情况，医生。埃里克跟你讲过当天晚上他去拜访马卡姆夫人的事吗？"

"没有，"她说，"他回来的时候我已经睡觉了，而且从那以后我们好几天都没在一起。这还有什么可说的？情绪肯定一直都很低落。"

但哈迪又提示了别的事情。"你的意思是，当他终于回来的时候吗？"

"你指的是从马卡姆夫人家回来，对吧？"

"没错。那么说来那天晚上你就在埃里克那里？"

科恩轻声笑了笑。"你不知道这事吗？哦，我以为我们俩的事早已不是什么秘密了。"

接着，她的口气变得严肃了一些。"我想，那天之后，他可能需要个同事陪伴。我知道我是可以陪伴他的那个人。"

这个最新发现的情况给哈迪带来了一定的心理冲击，回过神来之后，哈迪克制住了自己的情绪，尽量不让对方感觉出自己语气上的变化。"那么发生了什么事吗？你们是下了班一起回的家吗？"

又是一声笑。"不，没有，我们没有刻意计划过什么事，通常是打电话联系。我们共处的时间没有规律可言，说不准。我只是到那儿去了，想过去就去了而已。我有他房子的钥匙。"

"啊哈。"哈迪说道，催她继续讲下去。

"但埃里克在波托拉待到很晚，之后又去了马卡姆夫人家。他回到家的时候，我已经睡了。"

"失眠症又犯了吗？"

"天哪！就像是遭了报应一样，可能是因为那天早晨我睡多了。我已经说过不下千万次了，要是我能改变我生命中的哪一样东西，除了我那收拾起来让人头痛的鬈发，第一个就是我的失眠症。"

"海明威说，他不相信有哪个人从未失眠过。"

"是的，那么看看他身上都发生了什么事吧。失眠症就是十足的吸血鬼，没有任何益处，而且我应该知道这一点。你能想象得到，当你想睡觉时，就闭上你的眼睛，而且很快你就睡着了，这会是怎么一回事呢？我把它称做是天堂般的极乐。我愿意卖掉我余下的灵魂去换取一半这样的极乐。"

"但那是在星期二的晚上吗？"

"天哪！"突然，听起来她好像很讨厌去回想这件事，"那时已经晚上一点了，我还是睡不着，而且我开始想办法入睡，我是说我熄了灯躺在床上。大概是十点钟吧，我就上了床。"

"而肯森那时候还没回家？"

"是的。他还在马卡姆夫人家。显然他回来时已经很晚了。"

格里斯基亮出了搜查证。"我们要谈谈。"他说。马塞尔·拉尼尔跟他一起来的，而且在出示过这一带来强制力的东西后就擦身径直进到了肯森的公寓里。

"我从哪里开始搜查，长官？"他问。

"从里到外，不过先从卧室开始吧。我会跟你一起搜查一会儿。"

"你们在找什么？"肯森从外面跑完步刚回来不久，还穿着跑鞋、短裤和一件宽大的上衣。门铃响起的时候，他正坐在厨房的餐桌旁喝着橙汁和冰水。现在他听到了拉尼尔在后屋某处翻箱倒柜地翻找东西的声音。"你们不能一进来就把这儿弄得乱七八糟的！"

格里斯基晃了晃搜查证，做出一副要宣布它的样子走到了肯森的身边。"科莫罗法官说我可以这么做。哦，我还忘了一件事。"他把亚什的传票递给了他。

"这是什么？"

"去跟大陪审团谈话的请帖。明天上午，九点半。"

"你不能这样做，"肯森又说了一遍，"这样做是不对的。哈迪先生跟地方检察官达成了协议。我要给他打电话。"

"那你打吧。"格里斯基已经迈出了第一步，也管不了这么多了，"在我们执行搜查任务时，没有我们的允许他是不能到这儿来的。他也许会拿这事做点文章。不过如果你想给他打电话，可以这么做。你本该让我进去的，那时候我们本来可以在一个舒服点的气氛中谈一谈的。不过你真的已经让我没有选择了。"

"你们在找什么？"

格里斯基念着搜查证上的内容。"医疗器械，特别是注射器和处方药品——"

"我是个医生，上尉。你想要的话，我会去把那些东西都给你拿来。"他转过身子，再次擦了擦额头上的汗水，"我简直不能相信，这是在美国，对吧？我们竟然还在这里做这种事情？"

"你最好感谢上帝这里是美国，医生，而且还有我们做这件事的方式。换了别的任何地方，都不会让人如此愉快的。"格里斯基又读着搜查证上的搜查项目，"带有泼溅物或是凝固血迹的衣物——"

"你们还打算找到那些东西，我每天都在跟血打交道，那来自于病人的体内。"

格里斯基一脸凶相，眉头扬了扬。

"我要给哈迪打电话。"

"当然可以。我从没打算阻止你这么做。不过他是不会进到这儿来的。"

又一声巨响从卧室传了出来。

格里斯基提高嗓门喊了起来。"马塞尔！慢点！按规矩来，求你了。干得漂亮点。"

医生垂下脑袋看着地面，过了一会儿才抬起头来。"这他妈全是一派胡言。"他说道。

布拉科使出浑身解数想要找到马拉奇·罗斯或者布伦丹·德里斯科尔。他给后者的电话自动应答机留了一条语音信息。等待回电期间，他们的电话线上打进了另一个来电。他的搭档拿起了电话。"我是菲斯克，这里是凶杀案组。"

"是菲斯克中士吗？这是杰米·拉什再次打来电话，我是卡拉·马卡姆的茶友。我给你们打电话，是因为有件事让我一整天都感到不踏实。我女儿昨晚谈了点事情，我觉得没准你们愿意去问问她。"

"是什么事？"

"哦，你知道的，她踢足球，事实上，她现在就在练习踢球，不过她也进行越野跑步，因此，每天早晨都早早起床，朝南一直往下跑到普雷西迪奥公园的绿化带，然后向北跑到这个公园并且按原路返回。"

"好的。"

"哦，我们说的是蒂姆的事故，我就是个爱唠叨的妈妈，总是想提醒她大街上有多危险，就算你时刻留心也不行。她说她不需要我提醒。在蒂姆被撞的同一天，同样的事情也差点发生在她的身上，在离他的事故现场仅仅两个街区远的地方。"

菲斯克朝他的搭档"啪"的一声打了个响指，示意他应该接听另一条线。

拉什夫人继续说道："那事把她吓坏了。她刚从湖边上了第二十五大街，正往家跑。当时她正要穿过街道，就看见那辆车开了过来，但那时是红色信号灯，而且她也在过马路的人行道上。接着，她突然听到了急刹车时车轮磨地的刺耳的尖叫声，她看了一眼，往后退了一步，滑行过来的车正好及时在她身前停了下来。莱克西站在那儿，一只手撑在那辆车的引擎盖子上，完全被刚才那一幕吓傻了。她说她冲着那个司机叫喊了几句，让他看着点路，随后拍着引擎盖发了顿脾气，接着就跑回了家。不过我没有必要再去告诉她那有多危险了，她自己已经明白了。"

"她说过有关那辆车的其他什么情况吗？比如说，它是什么颜色的？"

"哦，是的，是绿色的，我想这就是让我想到蒂姆的原因。我看过报纸，上面说撞他的车就是绿色的。"

布拉科插话了。"你的女儿足球训练完后什么时间回家，拉什夫人？"

在他们家客厅里的沙发上，莱克西坐在妈妈和爸爸道格的中间。她到家的时间不短了，已经洗过澡，换上了牛仔裤、网球鞋和一件薄薄的毛衫。她是个身材高瘦的十四岁女孩，戴着牙套，脸上的粉刺不是很多。她的棕色长发还没干，湿漉漉的，一手拉着母亲的手，一手拉着父亲的手，为自己成为大家注意的中心人物，为跟坐在带软垫的椅子上面对着她的警察谈话而紧张。"这真的不是什么大不了的事情。我是说，"她的眼神在乞求妈妈的谅解，"我以前跑步时也遇到过这种事。也许没有这么近，不过也差不多。他们开车的时候，人们就会避开，我知道这一点。因此，我走到那儿时，会留意的。"

"我相信你会的，"菲斯克答道，"而且还要注意你跑步的路线。你没有注意那辆差点撞到你的车有什么不对劲的地方吗？"

莱克西抬起眼睛望着天花板，全神贯注地回想起来，然后看了看杰米和道格，最后对探员们说："我真的只是用余光看到它冲了过来。你们知道，当时路边是一个停车指示牌，我以为它要停下来，因此没有停下自己的步子。我猜我到了她的车子跟前她才看到我。"

"那么说是个女的吗？那个司机？"

"哦，是的。我是说，是的，警官，绝对没错。"

"车里还有别人吗？"

"没有，只有她一个人。"

"你看清楚她长什么样了吗？"

她点头称是。"不过只是一瞬间留下的印象。"

布拉科一直在让菲斯克进行这次询话。自始至终他的话都没有离开过那辆车，那辆车，还是那辆车。杰米·拉什已经指名道姓地打电话找他，或者至少他回过她打来的那个电话。他一直都清楚那车的情况会是这件案子的一个构成部分。布拉科对此并不介意——当需要表现出温和与耐心的时候，菲斯克比较适合应付这种场面。不过布拉科认为，有时候菲斯克的话并没有问到点子上。"但你就在那一刻看清楚了她的样子，这是真的吧？你认为你还能认出她来吗？"

"这个我不知道。也许可以吧。我不清楚。"

道格安慰似的拍了拍她的腿。"没事的，宝贝，你做得不错。"

"你表现得不错，莱克西，"菲斯克跟着重复了一遍，"我们要问的是，也许我们可以派一个画家到这里来，按照你的回忆画出她的相貌。这对你来说可以吗？"

她耸了耸肩膀。"我想我可以试试。"

布拉科问了问她当时是什么时间，他想把时间圈定下来。

"我正好知道那是什么时间。当我停下来，她差点就要撞上我了，之后我又开始跑步，那时候我刚好看了看表，想知道我在这儿浪费了多久。当时是六点二十五分。"

这个时间恰好跟马卡姆遭遇车祸的时间对得上。"那好，让我问问你，莱克西。你能闭上眼睛，尽力在你脑子里回想一下，你能想起那个司机的所有情况吗？我知道当时那只是一眨眼的工夫，告诉我们你看到的就行了。"

她听话地将身子后仰靠在沙发背上，在她妈妈和爸爸中间缩成一团。她深吸了一口气，闭上了眼睛。"哦，我当时在湖边，就是平时跑步的样子，然后我习惯性地转向第二十五大街并穿过马路。我跑到了那个拐角处，而且也许这辆车——我说不太准——正沿着这条街往下开着，来到了停车指示牌前，因此我认为它会停下来。"

"那辆车的速度很快吗，你认为？"布拉科问。

"我不清楚。或许不快，也或许快吧，或者说我可能注意到了它有那么一点快。"

"好的。你接着说。"

"但就在我的脚刚跨出马路边的那会儿，好像就那么一步吧，我就听到了刹车的声音，或者是车轮摩擦地的声音。你知道那种声音的，不管用什么词来形容它。于是我急忙回身，她差点就要撞上我了，因此我往后跳了一下，正好面对着她。幸运的是，她就在我伸出手来的那一刻停住了车，你知道，以免她撞上我。"

"没事的，"菲斯克温和地说，"那么说你靠在了那辆车的引擎盖上。车被碰伤了吗？刮擦了一点吗？"

"那个灯，是的，我猜，它可能是我左首边的那个吧。我想起这个，是因为当时我不想在那破了的车头大灯上割伤我自己。"

"是车的右前大灯？"

"是的，我想是这样的。"她睁开眼睛，好像在无声地询问她的父母：自己表现得还行吧？他们的点头赞赏给了她信心，于是她再次闭上眼睛继续回忆起来，但心里好像对什么事拿不准似的摇了摇头。"我那时候好像浑身都在发抖。那真是太可怕了，但之后我就真的像疯子一样，双手使劲地敲打着引擎盖，真的很用力。"

"你记得你当时说了什么吗？"

"你差点杀了我，你差点杀了我，你这个蠢货。我想，我一连说了两遍。我真的是被吓坏了，冲她大喊大叫。"

"然后呢？"

"然后她举起了她的双手，好像是说那并不是她的过错，好像是表示道歉。"

"莱克西，"布拉科催促似的说道，"她长什么样？"

就像在表演喜剧那样，莱克西扭歪了自己的脸扮了个鬼脸，不过此时在这间房子里根本就没有让人感到幽默的东西。"也许比妈妈要年轻一些，我想。我不太能看出大人们的年龄。不过是黑发，有点儿卷曲的那种。"

"是什么特别的发型吗？"

"不是，就是垂在她脸的周围。是鬈发。"

"她是什么人种？"

"不是黑人。不是亚洲人。不是这两种人，但我说不出来到底是什么人种。"

"她穿的什么？有什么显眼的东西吗？"

"没有。那只是一眨眼的事。"她第一次流露出了戒心，不愿再多说了，"我们只是互相瞪着对方而已。"

"好的，这很好，莱克西，"菲斯克说，"非常感谢你。"

但布拉科似乎觉得这场谈话还没有结束。"就再多问一点关于那辆车的情况，好吗？那是一辆旧车还是新车？如果你能记起来的话，你怎么形容它？"

她再次闭上眼睛努力回想起来。"不是一辆运动车，不过并不怎么大，你知道，就像一般的汽车，或许是吧，但不是一辆新车，现在我想起来的就是这个样。车身上的漆不是新的。我想，看上去有点旧了。不是闪闪发光的那种样子。"突然间，她皱起了眉头，"那车的尾灯让人觉得有点意思。"

"是尾灯吗？"布拉科问，"怎么个有意思法呢？你怎么看到它们的？"

"然后我接着跑步，扭头向右边看了看。它们好像是在车身中部位置熄灭的，就跟一对翅膀似的，你明白吗？"

"是鳍状稳定翼板吗？"菲斯克问。

"就像唐纳德叔叔的 T 形飞机的尾翼的那个样子，"拉什夫人主动解释说，"你知道它们装在后面是什么样子的，它们被称为垂直尾翼。"

但莱克西摇了摇头，不同意她妈妈的这种说法。"不，不完全是那样的。要低一点，有点像排列在车的尾窗上，就是你掀起后备厢的那个位置。哦，还有一副防撞保险杠。"

"你做得真是太好了，莱克西，"菲斯克鼓励道，"这个情况太重要了。说说那个保险杠怎么样？"

她又闭上了双眼，紧紧地合着眼皮。过了一会儿，她睁开眼睛，摇了摇头。"我不知道该怎么说，我记不起来了，或许用英语是说不出来的。"

一天工作快要结束时，这两个探员来到了他们这一天的最后一站——那个湖与第二十五大街交汇处的停车指示牌那儿。他们决定派一个描画人像的专家到拉什家和莱克西一起画那个司机的头像。菲斯克家里有一本图片集，上面是美国五十年来出产的各种车型，他打算带上它去看看莱克西能不能在肇事车辆的产地和车型上给他提供一个明确的指认。

他们下了车，从停车指示牌处走到第一个交通指示灯的位置。路上没有车轮滑过的痕迹，菲斯克还指望着从地上的痕迹中找到点什么，也许是轮胎的型号吧。随后布拉科就想起了什么。"是那场暴风雨，"他说，"我们可以不用在这儿费神了。"

肯森接通了哈迪的手机。电话里传来的声音让他觉得哈迪似乎正在某个餐厅里。杰克曼已经跟他谈过这件事了，把那张传票委婉地说成是例行公事。他们想高效率地对肯森的名单进行调查，而且如果没有肯森的证词，大陪审团对这件事就会陷入一无所知的状况。哈迪认为，在这件事上进行合作，不会对肯森和自己这方造成什么损害，就同意了这桩新的交易。不过当肯森讲了搜查令这件事，他就没有先前那么乐观了。"格里斯基今晚在那儿吗？在找什么东西呢？"

"我认为他们并不是真的在找什么东西，只是为了吓唬吓唬我，尽管他们确实拿走了我的一些衣物。"

"他们为什么要那样做呢？"

"他们说他们在找血迹。他们有可能找到了一些。"

"无稽之谈。"

＊　＊　＊

　　哈迪和弗兰妮出门去进行他们每周一次的外出约会，本来他是要关掉手机的，这是他们约定的规矩之一，不过他忘了这么做，后来顺理成章的事情就是，手机响了，他接听了电话，嘴里还不忘跟她解释说他一会儿就完事了。不过说这话差不多是五分钟以前的事了，这次通话到现在还没有结束。一旦接到肯森的电话，他就想好好地细细盘问他星期二晚上的事，他和朱迪思·科恩在说法上的出入到底是怎么一回事。科恩说他当时至少凌晨一点才回家，而他自己说的是大约十点半就回到了家。

　　他们说来说去，最后又说到了那场入室搜查，接着又扯到了明天到大陪审团作证这件事情上。后来招呼他们的服务生走了过来，给他递了个他已经说得够久了的眼色，哈迪才意识到自己真的该挂掉电话了。他们不赞成顾客在这儿打电话，怕影响别的顾客。哈迪也讨厌别人在餐厅里打电话，不过这时他却不这么想，因为这个电话对他来说相当重要。

　　他长话短说，抓紧时间又说了一句。"不过在你到大陪审团去作证之前我们真的需要谈一谈。"

　　要是格里斯基或是他的探员像哈迪一样跟科恩谈过话，他们就会把肯森当晚到凌晨一点才回到家的情况报告给玛琳·亚什，那肯森明天到大陪审团前露面就会比较麻烦。在他具有多重动机和格里斯基有敌意的情况下，那个站不住脚的不在犯罪现场的辩护理由就足以让他遭到起诉。起码他得事先知道自己的女友在这件事上的说法，否则就会中了他们的圈套。

　　因此，他们商定明天八点一刻在肯森家里碰面。

　　此时，弗兰妮端起自己那杯无糖白葡萄酒，当的一声跟哈迪的那杯碰了一下。"听起来像是个让人愉快的谈话啊。"她说。

　　哈迪夸张地关掉手机，唯恐弗兰妮没看见似的，然后把它放进外套口袋。"这真是个诚实的错误，我发誓，"他说，"这跟肯森犯的那个跟阿布谈话的错误，或者他在上星期二的回家时间上撒的谎比起来，

405

有过之而无不及。"

弗兰妮将酒杯放在嘴边刚喝半口就停了下来。"我不喜欢听那个对你撒谎的委托人的事。"

"我也不喜欢，实际上，我通常都不理会我的委托人的那些谎言。"

"就在刚才，阿布搜查了他的房子吗？"

哈迪拿起一块酸面包在一个盛橄榄油的油碟里蘸了蘸，捏了一点海盐在上面撒了个遍。"给我的印象是这样的。"

"但昨晚阿布似乎还认为可能不是肯森干的。"

"没错，不过昨晚我们一门心思地关注罗琳夫人，而且我们知道一个事实，就是她死的时候埃里克不在场，因此看起来他跟这事完全没有关系。但今天，不幸的是，结果证明发生在波托拉的其他死亡事件可能跟马卡姆或是他的妻子没有任何关系。基本上，好像这世上认识卡拉·马卡姆的人根本不可能去杀罗琳夫人，更不要说到她家里去了。从这个情况来说，它们是没有关联的。"

"从这个情况来说，你的委托人又回到了阿布的嫌疑对象名单上。"

"假如他真正离开过那个名单的话。不过你清楚阿布这个人，他喜欢从一个大范围的嫌疑对象开始调查，然后再不断削减名额，缩小范围。"

"你是说他握有一大堆嫌疑对象吗？"

"是的，这事还早着呢。"

"有几个？"

"两个，也许是三个。"

弗兰妮轻轻地吹了声口哨。"大名单。像肯森那样让阿布喜欢的还有别人吗？"

哈迪拿起自己面前的菜单，埋头看了起来，然后抬眼看着她，咧着嘴笑着。"法律上的事就到此为止吧，今晚我要吃比目鱼。再没有比太平洋的比目鱼更鲜嫩的鱼了，而且他们这儿做得棒极了，配上柠檬、黄油和刺山柑，真是妙极了。你真的应该试试。"

32

肯森穿着正装，坐在厨房的餐桌边上。他给他们两人都倒了一些咖啡，不过直到杯子里的咖啡都凉了，他们也没碰一下。

哈迪坐在餐桌和洗槽之间的位置上。他把自己的椅子向后挪了一点，一只脚踝放在另一条腿的膝盖上。"那你也跟格里斯基讲过这事吗？"

"是的，当然讲了。我为什么不说呢？那是事实。天哪，迪兹，为什么我们要一直不停地回头去纠缠这个呢？这根本没有什么可说的！"

哈迪吸了一口气，稳了稳自己的情绪，才把那口气吐了出来。虽然只是一种怀疑，但是他猜有可能朱迪思记错了，她想起来的不是事发当晚的情况。"其实，埃里克，我不放过这件事的原因是，你从来没有告诉过我那天晚上科恩医生在你那儿，还睡了一晚上。这一点很难让我明白你的用意何在，因为她原本可以证实你不在犯罪现场的。"他的语气变得严厉起来，"我们也可以先抛开这事不谈。或者你应该去给自己另找一位律师了。"

肯森的眼睛快速地闪了一下,平静了下来。"我到家的时候,她已经睡着了。"他顿了顿,手指甲在餐桌上划着,"我没有把她叫醒,所以她不知道我回去了。我不想让她知道这个。"

哈迪没有出声,等着看肯森会不会问那个明摆着的问题。但眼看着是等不到了,他只好自己把这个问题提了出来。"你有兴趣知道我是怎么发现她在你那儿的吗?"

肯森没有回答。

"我跟她谈过话了,而且我问了她,怎么样?这是昨天晚上的事。你回到家的时候,她已经睡着了,你没说错。然而那不是十点半,对吧?那是在凌晨一点之后。你要告诉我是她在说谎吗?"

肯森虚张声势地做个动作,打算继续蒙混下去,但也只是撑了大概五秒钟,随后那种气势很快就都消失得无影无踪了。他的肩膀耷拉了下来,脑袋也垂了下去,一副垂头丧气的样子。他起身走到哈迪身后的那个洗槽旁,完全处于哈迪的视线之外,而哈迪也没有转过头去看他。突然间,哈迪觉得似乎有一丝凉风吹到他的脖子上,惊得汗毛一下子竖了起来。他知道一套做饭用的刀具就挂在自己身后那面墙上的磁铁块上,肯森毫不费事就可以拔下一把,在自己还没来得及反应之前就一阵猛剁。

想到这儿,他马上条件反射似的迅速移动了一下身子。

他的委托人根本就没面对着他,这让哈迪心里有一阵子觉得有点羞愧。肯森伸着双手撑在那个洗槽的边上,目光定定地望着窗外。终于,他用嘶哑的嗓音低沉地说道:"七年来,我一直都是正派和清醒的,迪兹。七年啊,一天一天地这么过来了。你知道那有多漫长吗?"他苦笑了一声,"答案是你不知道,没有人知道。于是在上星期二那天,那个毁掉了我的婚姻,从我身边拿走了我的孩子的那个男人出现在了我的科室,而且三小时之后他就死了。就那样死了。据我所知,这是上帝的力量。终于有了正义,终于有了点公平。但接下来我和卡拉、德里斯科尔在医院里吵闹了一阵子,搞得一塌糊涂。随后安来找我。

她简直疯了，说是我杀了他，而且有那么一会儿，我真的疑惑起来，想着我是否没有尽自己所能地全力让他活下来。"

他停了下来，往杯子里倒了一满杯水，一饮而尽，用手擦了擦嘴。"总之，我不知道是怎样挨过当天剩下的那些时间的。我去了卡拉家，想找一个适当的场合来对这个……这个已经发生的事表达一下自己心中的歉意。后来那个警察，布拉科，在卡拉家的外面跟我说了一大堆话，好像是有人对蒂姆下了手。不过之后我就离开了，开车回了家。我甚至都到家了，就把车停在外面的街边。我看到自己家里的灯是亮着，知道是朱迪思在那儿。"

肯森长叹了一声。"接着我就到了哈斯酒吧喝了一杯。实际上是两杯。苏格兰威士忌加苏打水。就那么坐在那儿，慢慢地喝着，那是我所尝过的最美味的东西。然后又喝了一杯，是为了那个人模人样的马卡姆先生的健康喝的，那真是太美了。上帝啊，那是如此的美好。"他回到餐桌旁坐了下来，"接着又是一杯，这一杯是为了那些失去的夜晚，我的孩子，安和我从她那儿遭受的所有恶气喝的。为帕纳塞斯，为我现在的生活，为假装自己是某种学识的典范而快速治愈了一些人的愧疚，又喝了两三杯，为所有的事情都是谎言和我是一个骗子又多喝了一杯。接下来的几杯，为我是个酒鬼和失败者，我自己本身就是那个样子而喝的。到最后，在我想要再叫一杯的时候，那个酒吧招待员，愿上帝保佑他，不让我再喝了。他说酒吧要关门了，如果我需要的话，他甚至愿意把我捎回家。"

"你认为他还记得起你吗？"哈迪问道。

"毫无疑问，他记得。不过如果这事泄露出去的话，我会丢掉自己的工作，而且我不会很快就找到另一份工作。"

哈迪考虑了一会儿。"你明白这是你不在谋杀案犯罪现场的证据，埃里克。"

肯森坚持说："这事不能说出去。"

哈迪失望地看着他。"那么你最好希望格里斯基还没有跟朱迪思谈过。"

"要是他已经这样做了，我会告诉他，是她搞错了，她说的不是事发当晚的事。"

后面的谈话就简单了，是在司法大楼的大厅里进行的。在各自开车到市中心来的路上，他们两个人已经有足够的时间让头脑清醒下来，尽管哈迪不安地意识到，现在朱迪思·科恩在卡拉的死亡时间上没有不在犯罪现场的证据。不过他并不打算把这事向他的委托人提出来，要提也不是在今天早上。他有别的更需要迫切关注的事。

他首先提醒肯森需要注意的一些事情。他对肯森说，没有实实在在的证据能把他和马卡姆的死或者卡拉的死联系在一起。审判是要讲证据的。如果那位公诉人自以为是，一个劲地在动机——那些可能的动机——这个问题上纠缠不休的话，哈迪告诉肯森，他应该有礼貌地回答那些问题。他没有必要挑衅，也不要争论，把话讲到点子上就行了。"而且关键的一点，埃里克，是把你自己从那个有可能变为现实的嫌疑人名单上拿掉。"

这番告诫仍在继续。哈迪再次婉言警告他的委托人要讲实话，即使谈到最有可能让他声名扫地的情况——他和马卡姆之间，马卡姆和安之间，他和帕纳塞斯之间那些不为外人所知的事情——也要把所有的事实都讲出来，特别是在卡拉死的当晚他到酒吧去的情况。埃里克信也好，不信也好，实情就是证明自己无辜的最好的朋友。而且进一步讲，保护证人的隐私也是大陪审团分内的职责。

"你是说他们不会泄露秘密？"

哈迪不愿承认这一点，不过还是违心地这样做了。"是的，任何东西都可能会被泄露出去。不过大陪审团真的不经常泄露证人的秘密。如果你是低调的，而且解释清楚了情况，也没有引起别人不适当的注意，这事就会过去的，从此以后你就不再是嫌疑对象了。"

他必须要让肯森理解这一点。"就算你在经历了一天的压力之后停下来在一个酒吧喝了点酒，大陪审团为什么会在意这个呢？好了，你是个酒鬼，不应该去喝酒，但构成犯罪的不是酗酒，而是谋杀。"

哈迪有必要让他明白这至关重要的一点。现在他们站的地方，离那面刻有遇害警察名字的墙只有一步之遥。此时，大厅里只有他们两个人，显得有些清静。现在已经过了九点了，肯森九点半就得到楼上去了。那个巨穴似的大厅里，越来越多的交通警察、律师还有民众拥了进来，川流不息，那景象看上去就像一大群市井百姓聚在一起。哈迪向他的委托人靠近了一步，把肯森逼得向后退了一步，背靠在那面墙上。他面对着肯森，牢牢地把他置于自己的视线之中。

"听我说，埃里克。你是个聪明人，但现在你心中的恐惧和混乱正在给你施加不利的影响。我并没有责怪你表现出来的闷闷不乐的样子。这是个容易让人感到紧张和害怕的时刻，不过不要因此而失去了跟那十九个陪审员斗争的方向。你是个医生，一个正直的市民，一个在一起谋杀中自愿与警方合作的证人。你不可能是嫌疑对象，因为卡拉被枪杀的时候你根本就不在现场。你在别的什么地方，在那个对你来说特别的地方。那不是什么要紧的事情。一旦那些陪审员听到这个，心理上的优势就都在你这儿。只要你不在杀卡拉·马卡姆的地方，你在哪儿都不会产生什么大的影响，也不具有足够的价值值得媒体去报道、去泄露，就像没有人会在意你系的是什么颜色的领带一样。如果在你去那家酒吧并喝了酒这事上可以诅咒一下的话，只有一个人可以这么做，那就是你自己。所以不要让那个公诉人掺和进来，就是玛琳·亚什，不要让她把你描绘成一个杀手。那并不是你，不是真实的你，而且事实上也不是你。"说到这里，哈迪的手指头都戳到肯森的胸膛上了，"你进去吧，相信我，照我说的去做吧。"

但他的委托人仍然没有完全理解他的话。"这事值得拿我的事业去冒险吗？"

哈迪想了想，用平稳的语调答道："如果你到那里去隐瞒什么东西，那么陪审员们就会闻出来你身上的臭味，而且当这些谎言不可避免地暴露出来时，你就已经犯了作伪证罪，那可是一项重罪。到那里就实话实说，表现出一个清白的人的样子来，那才是你平安无事地从

411

那儿走出来的办法。要是他们抓住了你的一句谎言，而且如果你给了格里斯基这个机会的话，他是会证明给你看的，那你可能就要受到控告。那样的话，你就作了伪证，你还是个酒鬼，而且也许一项谋杀的罪名就要套在你的头上。那你的事业又会在哪儿呢？"

玛琳·亚什手上有两个议事内容安排表，毫无疑问在第一天的陪审团听证会上她会使用其中的一个。阿布·格里斯基在一起谋杀案上的主要嫌疑对象，此时就坐在她所站那个台子边上的桌子旁。在顾及克拉伦斯·杰克曼的意见和他们一起跟哈迪达成的协议的同时，她根本不相信帕纳塞斯医师团队的一个普通医生会掌握集团伪造票据的任何内幕。因此，她准备从谋杀罪控告入手。

在过去的几天里，她花了不少时间仔细查阅了帕纳塞斯提供的电脑打印资料，大部分都跟肯森，他那个跟他决裂的妻子，还有他与马卡姆的关系有关。总之，让人看了觉得有点不舒服。毫无疑问，这两个男人互相憎恨对方。具有讽刺意味的是，玛琳认为，仅从当事人中一方的信件内容来看，在前妻与马卡姆打得火热期间，肯森的行为似乎变得更加莽撞，更具危险性。看上去马卡姆在竭尽全力给予肯森想要得到的东西——潜台词就是如果不答应肯森的要求，他就要把他们私通的丑事公之于众。

现在，尽管手里已经握有了这些可用的弹药，但亚什似乎不太可能如愿以偿地取得成功。到目前为止，她已经讯问了肯森一小时，而肯森都根据事实，用合情合理的答复对她的每一次攻击进行了态度诚恳的反驳。

在马卡姆的庇护下——马卡姆的信件已经清楚地表明了这一点——他一直都不担心失去工作。马卡姆与他妻子之间的这种关系不允许发生这样的事情，因此他也没有机会担心会丢掉工作。事实上，马卡姆的死已经使他的工作陷于危险之中。在罗斯医生掌握权力的情况下，他目前正被勒令停职休假，这从侧面证实了虽然他不情愿，但马卡姆一直是他的保护人，而不是他的威胁。

他曾经一度对蒂姆和他的妻子感到愤怒不已。这是当然的。谁遇到这种事不这样呢？但事实上，他现在对这种关系感到满意，坦然接受了这一现状。回过头想想，他意识到妻子的离开对他来说也是个机遇。这样一想，也就不再对此事耿耿于怀，愤愤不已了。如果有什么可以说明这一点，那就是他在这事的处理上比安做得还要好一些。离婚在友好的气氛下按程序进行着，他们还相互走动。

亚什女士被她得到的错误消息误导了。上个周末肯森和他的前妻并没有打架。安只是出了点意外。他没有正式对她提出指控，而她也没有对他进行任何控告。她感情上受到了伤害，心里有怨气，而且想把这种情绪发泄出来，因为上星期蒂姆·马卡姆丢下她撒手而去了。她的狂怒表现是可以理解的，那是因为他的离世。肯森照管着孩子们，直到她回家才把他们送了过去。

就在两天前，他和安还谈过几小时。令人遗憾的是警方误会了这件事。

亚什女士再次被她得到的错误消息误导了。他从未承认过他杀了蒂姆·马卡姆。是的，当然没有承认过。他不敢确定安认为她听到的东西是真实的。她有可能是误会了他的本意。他没有想过事先去跟她商讨她的证词，因为他的律师告诉过他不要那样做。

他欣然承认，那起艾米丽婴儿事件使他和帕纳塞斯原本就紧张的关系更加恶化了。在那件事情上，他只是做了该做的正确的事情，但这样做惹恼了公司里那些见利忘义的人。金钱与治疗是医药界无处不在的话题。他是个医生，毫不隐晦自己对这一问题的意见和立场。他问道：难道这会让他有什么罪吗？

他已经主动到这里来了，他可以使用第五修正法案，然而他没有那么做。他想澄清谎言，洗清自己的名声，以便他能够回到原来的生活中去，继续为自己的病人服务。

"那么，好吧，肯森医生，"玛琳·亚什最后说道，"你是最后一个看见活着的卡拉·马卡姆的人，不是吗？"

"我不能说是这样的，女士，我认为那个人应该是杀他的凶手。"

陪审员中间爆发出一阵哄笑声。

"马卡姆先生死的当天晚上，你是什么时候离开马卡姆家的？"

"十点过一点。"

"你告诉过格里斯基上尉，你随后开车直接回了家，那不是事实吗？"

"是的，女士，我是那样跟上尉讲的。"他吸了口气，说出了下面这些话，"但那不是事实。"他双手放在身前的桌子上面，十指交叉紧紧地攥在一起，对着陪审员们说了他一直不想说的事情，"格里斯基上尉在这件事上问过我。我不想告诉他我当时在哪儿。我把这件事跟我的律师讲了之后，他告诉我，我今天要宣誓，要讲真话。他说我的证词会受到保护，而且你们会保守我的秘密。我很抱歉，我向上尉说了谎，我没有直接回家。真实的情况是，我是个酗酒者，而且……"

菲斯克和布拉科决定，他们的当务之急是去收集他们之前没能收集的事实。为了以最高的效率去做这件事情，他们应当分头行动。他们用抓阄的方式分配了各自的走访目标。布拉科抽到了布伦丹·德里斯科尔，他从司法大楼给他打了个电话并约定了谈话时间。这个嫌疑人似乎乐于与警方见面，欣然接受了布拉科的请求。

德里斯科尔穿戴整齐，等着这次上门走访。他穿着裤线笔直的裤子，梳着光鲜的中分发式，还穿好了外套，扎好了领带。这身行头，看上去就像是要出门的样子。当他听到敲门声打开门后，布拉科问的第一句话就是，他是不是准备出门到什么地方去。

得到的回答让布拉科有点意外。"我不认识你吧？"

"不，我不这样认为。"他亮出了自己的警徽，"布拉科探员，凶杀案组的。"

"是的，我知道，进来吧，进来吧。"

他们走过这套复式公寓靠左边的那道走廊，来到了前面的客厅。

这是个开阔明亮的地方，四面都是简洁的白墙，斜阳透过打开的窗户照射进来，使房间看起来比实际上更大。在角落里，水正从一座日本式的石雕塑像上缓缓地流下来，发出噗噗的声音。

布拉科心里突然感到一阵强烈的不安。他想不起在哪儿见过这个男人，但无疑他能认出这张脸。此刻，他们互相打量着对方，都有点似曾相识的感觉。德里斯科尔指着一把椅子，示意布拉科坐下来，随后自己仰着身子靠倒在沙发的一角，一副懒洋洋的样子，一只胳膊还抬起来放在靠垫上。布拉科拿出随身带来的录音机，按下了录音键，把它放在那个玻璃茶几上的托盘里。那真是个不错的托盘，又大又平，上面平铺着白纱，还摆放着光滑的石头。

照惯例快速讲完那套标准的开场白后，他再次看着这个有可能就是嫌疑对象的人说："我准备直奔主题，德里斯科尔先生。我知道在卡拉·马卡姆的丈夫遇害的当天，你在她家从下午一直待到了晚上。"

"是的，那是事实。"

"你记得当天晚上后来你都做过什么吗？"

这个问题显然出乎德里斯科尔的意料，而且让他感到不满。"我做了什么？为什么要问这个？"

"如果你可以回答这个问题的话。"

"那好，没有得到一个理由，我不能回答这个问题。为什么你想要知道那天晚上我后来做了什么呢？我认为你来这儿是要跟我谈罗斯医生，或者是肯森医生，谈埃利奥特先生也许从我给他的资料里发现了什么东西。"

"杰夫·埃利奥特吗？你给了他什么东西？"

德里斯科尔在这番贸然失礼之后不得不在某种程度恢复了自己的镇定。"我工作上经手的一些档案。证据，我想你会这么称呼它吧。然而当我对大陪审团说这事的时候，他们似乎对此并不感兴趣。"

"你认为这些档案中有跟马卡姆的死有关的证据吗？"

"绝对是这样的，当然有，肯定有。"

"那你这儿还有复印件吗？"

德里斯科尔迟疑了片刻，然后摇了摇头。"没有。我把它们全都给了埃利奥特先生。"

布拉科根本不相信这话。"那你为什么还以为我到这里来是跟你谈论它们的？"

"我以为你肯定已经跟他谈过了。"

"没有。"布拉科看着德里斯科尔的眼睛，"不过，也许我会那么做的。"

"重新考虑过之后，他可能不会把它们拿给你看的。因为要考虑到为来源保密的关系，你知道的。不过我可以给他打电话并把它们拿回来，然后让你知道这些东西是什么。"

"那样或许会对案子有所帮助，"布拉科说，"否则我们可以申请一张搜查令，我们自己去仔细检查它们。"

德里斯科尔傲慢地摇了摇头，一副不以为然的样子。"你已经晚了，中士。到现在，罗斯已经过来清除掉了所有有用的东西。总之，跟他和蒂姆有关的一切。"

"但是你说你有，而且把它们给了杰夫·埃利奥特。"

德里斯科尔自负地耸了耸肩。"我没有全部看完，不过其中有一些肯定是让人感兴趣的，如果你明白我的意思的话。他确实打算开除罗斯，你知道吗？"

"马卡姆吗？"

"我敢肯定，把药放到用药名单里，他收了回扣。出了斯鲁斯托普药这事之后，蒂姆也已经知道了。在直接控告他之前，蒂姆只需要得到更多的证据，不过要是你读过那些字里行间的东西，你就能明白，他们之间的合作已经彻底完蛋了。"

不管他是否还存有自己拿到的那些档案的复印件，或者那些档案里可能会有什么内容，布拉科决定不再就这些问题逼问德里斯科尔了。他今天来这里的目的是要谈星期二晚上发生的事，因此他又回到这个问题上来。"我还是想弄明白你离开马卡姆家后的活动情况。"

德里斯科尔听到这话，先是怒目圆睁，一副要发脾气的样子，随后又让步了，叹了口气。"那好吧。之后，我回到了这儿，我的家里。"

"谢谢，那是什么时候？"

"我不太清楚。九点，九点半吧。你得明白，当时我的整个世界都崩溃了。我搞不清楚时间了。"

布拉科无动于衷地点了点头。"你是单独一个人吗？"

布伦丹抬起一只手捂在额头上，眼睛闭起来沉默了好一阵子，似乎在努力地回忆什么。"是的。罗格工作到很晚，还没有回家，他最近一直都是这样的。但我给他打了电话，而且那时他正好噼里啪啦地敲打着数字，手头上没有顾客，我们可以说说话。起码我们可以聊一聊了。那真是最糟糕的日子，再糟糕不过了。我差点就跑到他的银行那儿去，就是为了跟他待在一起，但他告诉我他就要回家了。"

"你九点半后往他工作的银行给他打过电话吗？"

"是的，我当时心神不宁，非常不安。"

"你和罗格谈了好一阵子吗？"

"我不知道。似乎觉得很短，不过你知道那是怎么回事。我就是跟你讲不清那有多长时间。真是这样的。"

罗斯在回忆事情经过上没有遇到任何的麻烦。他告诉菲斯克："我在办公室跟杰夫·埃利奥特谈话，一直谈到很晚。我不知道确切的时间，也许是九点钟吧，大概是。我告诉你，那真是地狱般的日子。后来他终于采访完了，然而他并没有真正结束在我这里的活动，直到他写出了那篇该死的专栏文章才算完，而且到采访结束时我才觉得自己已经累得头晕眼花，站都站不稳了，于是我钻进车里，开车回了家。"

菲斯克那张年轻而严肃的脸上布满了愁云，一脸的阴郁之色。"那么你是九点半左右回到家的吗？"

"是的，大概是吧。有什么问题吗？"

菲斯克在自己身后搔了搔。"只是，先生，我想你的妻子说过当天晚上你是后半夜才回到家的。"

罗斯想了想，随后干笑了一下。"不。她把那天晚上的事跟另一晚搞混了。我经常半夜回家，她很可能以为那是我经常回家的时间。不过跟那个时间也差不到哪儿去。也许是十点吧，最多不超过这个时间。"

格里斯基已经尽量放手不管自己手上的一些事务性的管理工作了，但今天早晨他出人意料地来到办公室开始了工作。整整三小时，他一直埋头工作，比如核对他的探员从市里注册登记过的汽车上抄录下来的行驶里程数据这样的细节琐事。此时，他干嚼着最后一口米糕，喝了一口杯子里凉到跟室内温度相同的茶水。因此，当玛琳·亚什敲门进来时，他显得很高兴。

他高兴地把身子往后靠了靠，将面前的那些文案推到了一边。"你已解决了。"他说。

她轻轻地关上那扇门，然后转身面对他靠在进门的那面墙上，双手交叉抱在胸前。"正在等待着他的不在犯罪现场证据的核实结果，我想再过几小时就有结论了。肯森医生不再是一个犯罪嫌疑人了，至少在卡拉的案件中。而且那也意味着对马卡姆的死也一样，我会这么认为的。"

格里斯基斜了她一眼，不赞同地摇了摇头。"他没有不在犯罪现场的证据。"

"他没有告诉你。他要求大陪审团为他保守这个秘密。"

"我会跟什么人讲吗？"

"他想要确定这一点。"

"而且你相信它是真实可信的。他的证据是什么？"

亚什松开双臂，从格里斯基的桌子旁边拿过一把折叠椅坐了下来。"你知不知道电影《老西部》中，发生那起谋杀案时，跟他最好的朋友的妻子在睡觉的那个男人？因为自己不愿意承认案发当时他在什么地方而上吊自杀的故事吗？这事跟这个电影有点像，除了不牵涉到睡觉这一点。"

"他在自己不应该在的某个地方吗？"

"跟这个很接近吧，阿布。不过那个地方跟我现在想要去的地方有关，甚至对你也一样。如果这件事以后泄露出来——这是经常发生的——我希望到那时候我能说自己从来没有出卖过灵魂。我相信它是真的，非常确定。他没有做那事。"

格里斯基仍然靠在椅背上坐着，面对这个事实沉默了良久。"这是为数不多的一次，让我明白亵渎神灵的好处。你真的满意他不可能在卡拉家这个结论吗？谁会去检验这个结论的真伪呢？"

"不是在十点四十五分，阿布。除非这个时间是经不起推敲的，而且现在我的一个探员出去查证这件事了。"

即便格里斯基已经获得了哈迪的情报，随后他也回去跟弗兰克·胡西克谈过话。他认为那个男人的证词是无可怀疑的，而且卡拉的死亡时间也确定下来了。如果肯森十点四十五分的时候不在家，他就是无辜的。他会下工夫去弄清楚那时候这个医生到底在什么地方，但他心里明白，他不可能从玛琳·亚什这里得到答案。

"谢谢你的聪明能干，"他告诉她，"你还得到其他你想要的了吗？"

"谈不上，阿布。今天下午我要跟帕纳塞斯的会计，或许还有几个董事会成员谈话。我得把网放宽，并在钱款这方面取得一些进展，否则克拉伦斯会不高兴的。他跟迪斯马斯之间的协议并没有让我们得到任何有用的东西，所以现在他有点不满了。"

"那倒是让我得到点东西。"格里斯基带着后怕的口气说，"幸好我没有逮捕他，现在看起来这倒像是个不错的主意。"

这是无可争辩的，玛琳继续往下说："好吧，不管怎么样，我已经发了传票，要求得到过去三年里他们所有的财务档案，而且我们要瞧瞧谁能就它们作出令人满意的解释。我会直接让大陪审团采纳关于调查这个骗局的提议。接下来也许我会重新回到对那项谋杀罪的起诉上，但现在我的当务之急……"

"你们这两个家伙在谈些什么？"

准确地讲，布拉科和菲斯克其实并没有谈话。他们结束了各自的走访从外面回来，刚好在走廊里碰到了。他们在办公桌前的说话声已经把上尉从自己的办公室吸引了出来，当时他正在跟亚什会面。

"没说什么，长官，对不起。"达雷尔·布拉科并不愿意告发他的搭档，尽管他对他感到相当失望。

"听起来不像是什么也没有说啊。"格里斯基站在他们那张办公桌旁，桌子中间摆着一只汽车尾灯。他居高临下地看着他们，先看看这个，然后又看看那个。

最后，还是菲克斯忍不住先开了口。"马拉奇·罗斯告诉我那个星期二晚上他是何时回到家的，但时间跟他妻子说的不大相同。"

"于是哈伦告诉了罗斯她说过的时间。"布拉科替哈伦把话说完了。

"你告诉了他吗？"格里斯基像受到了什么打击似的，声调都降低了。亚什已经从格里斯基的办公室里走了出来，就站在他的身后，听到这些话就在摇头，一副无奈的样子。

菲斯克点了点头。"她说的是后半夜，而他说的是十点钟。于是他说是她错了，她记错了。"

"而且紧接着，哈伦前脚出门，他就给她打了电话。"布拉科对自己搭档的过失感到大为失望，"我猜肯定是这样的，你想下多大的赌注？"

"好了，达雷尔。"格里斯基出人意料地用耐心的眼神看着菲斯克，"通常来讲，你从两个证人那里得到互相矛盾的证词时——特别是他们之间有非常近的关系，比如说婚姻关系——在你能够把他们放到一起，面对面地就各自的证词进行对质之前，你不应该把一个人说的话告诉另外那个人。不然只能起到反作用。"

"是的，长官，现在我明白你的意思了。我犯了个错误。你认为他已经给他妻子打过电话了吗？"

"绝对打过了。"布拉科说。

亚什在格里斯基身后开了口。"你有她的号码吗？你可以打电话去问问她本人。"

菲斯克说他认为自己可以试一试。在他去打电话的时候，布拉科开始向格里斯基汇报他走访布伦丹·德里斯科尔的情况。亚什听到信件和电脑档案这个情况时，插了话。"这些文件都是什么？他在大陪审团面前作证时可从来没提过。"

"他告诉我，你没有问过。"

"我怎么可能问呢？我不知道它们存在于公司以外的电脑里。他做了什么，偷了它们吗？"

"我推断，他是在自己被解雇之前以电子邮件的方式把它们发到了自己的电脑里。"

"那他就是偷了它们。这些资料还在他的家里吗？"

"我感觉是，无论如何那些磁盘还在。"

亚什转过头对格里斯基说："我们需要那东西，阿布。"

"杰夫·埃利奥特已经得到它们了。"布拉科提醒说。

"算了吧，"格里斯基说，"他是个记者。我们永远都不会从他那里看到这些东西的。"

"那我们就想办法找到德里斯科尔手里的原件，"亚什说，"你的那些搜查证表格在哪里？放在这里了吗？"

"你甚至可能不需要用它们。"布拉科告诉她，"德里斯科尔正好在寻求一个可以把帕纳塞斯搞得一团糟的办法。他对自己的遭遇怀恨在心。他想要报复那些人，尤其是那些让马卡姆日子不好过的人。"

亚什点了点头，告诉他们无论如何都要拿到一张搜查证。菲斯克打完电话回来加入了他们中间，一脸的沮丧。"她不承认他给她打过电话。她说是她自己记错了，而且她改变了主意。她很高兴我给她打电话。她那会儿正准备给我打电话说这件事。"他神情悲戚地看了看自己周围的人，"她说他是十点钟到家的。"

421

"他给她打了电话，"布拉科打了个响指，没好气地说道。

"这没什么大不了的。"肯森被排除了作案嫌疑后，格里斯基就陷入了一种听天命的情绪中。

"无论如何，老婆本来就不会在法庭上说不利于自己丈夫的证言。我们并没有失去任何东西。不像在肯森这件事情上。"

那两个探员你盯着我，我盯着你，面面相觑。"肯森怎么样了？"布拉科问道。

亚什再一次插了进来。"你们可以把他从你们的嫌疑对象名单上去掉了。在卡拉这起谋杀中他有不在犯罪现场的证据。我正在跟阿布讲这件事情。"

此话一出，所有人都陷入了沉默，还是布拉科打破了这阵静寂。"结果就是卡拉自己杀了自己吗？"

格里斯基点了点头。"看来像是那样。剩下的还有谁没有不在犯罪现场的证据吗？德里斯科尔怎么样？"

"我今天上午问过他了，"布拉科说，"他那时候可能一直在打电话。"

"给谁打？"

"他的伙伴，罗格。我准备去核查他的电话记录。我已经把这事列入了待办事项之中。"

过了一会儿，菲斯克的精神头又上来了。"我不知道你是否已经听说了，上尉，我们已经在肇事车辆这条线上取得了一些进展。"

哈迪本来应该感到欢欣鼓舞的，毕竟，他的委托人不再是嫌疑对象了。他仍旧待在司法楼五楼，避免跟格里斯基或杰克曼碰面寒暄，他就坐在那间警察委员会委员听证室外面的一张长条椅上，一直等到肯森从里面出来才离开。埃里克告诉了他事情的经过，几乎跟哈迪预料的一样。

这两个男人一路来到了约翰酒吧，准备以享用午餐的形式来庆祝他们取得的胜利，但庆功宴完全变成了一桩严肃的公事。哈迪自己是这么认为的，他做了一些不动声色的巧妙的努力，试图让埃里克说出有关他女朋友的情况来。朱迪思·科恩跟马卡姆的关系处得怎么样？跟罗斯的关系处得怎么样？跟帕纳塞斯的所有问题，与钱有关的问题，等等，与肯森遇到如此多的困难有什么关系？他们有什么共同的打算——如果有的话？

埃里克都合情合理地一一作了回答。科恩在波托拉任职仅仅一年时间，之前她在哥伦比亚度过了住院医生实习期，并在约翰·霍普金斯医院做实习医师，随后又参加无国界医生组织安排的服务活动，一次是在非洲，另一次是在南美，每次为期四个月。

"你知道的，就是那个无国界医生组织，不过她总是用法语来读这个名字，在她的房间里和车子的保险杠上，到处都有这个组织的招贴画。她以说自己的语言——法语和西班牙语——为荣。而且她是那个组织的狂热支持者，真的。我想她已经说服了我下次跟她一起去，地点是尼日利亚，就在今年夏天。然而，天知道在这个国家还有多少事要做。不过要是帕纳塞斯确实要让我走人……还有我的孩子们，我不知道他们会如何对待这件事。记住，决定容易作，可是事情有那么简单吗？"

他们互相道别之后，哈迪站在洒满阳光的艾利斯大道上，大概就在他的办公室和《旧金山纪事报》大楼之间。这事该结束了，他心里清楚，不过不知道什么原因，这事并没有结束。这种感觉不同于知道判决结果后那种发自内心的轻松感。这事没有结束，现在还没有。

有人谋杀了马卡姆和他的家人。有人在波托拉谋杀了一连串的病人。

而且他跟格里斯基之间还有协议。他们正在共享掌握的情报，同时他自己心里清楚，阿布没有分享到该得的东西。这让他感到心里不痛快，而且多少感觉自己欠了朋友的，这真是荒唐可笑。因为哈迪已经帮了格里斯基一个大忙。

但不管这个案子情况有多复杂，他知道自己已经卷入得太深，不能退出了，即便没有委托人需要自己辩护。

这不可能是终点。事情还没有结束。

第四部分 ————

33

现在对杰夫·埃利奥特来讲，没有理由再使用德里斯科尔提供的那些揭露肯森丑事的资料了。他不再是杀害马卡姆和他家人的嫌疑犯，只是一个在个人行为上存在问题的平民百姓，那些揭丑的材料也不是构成新闻的素材了，至少不是那种能进入"城市对话"这个版块的新闻。

哈迪坐在埃利奥特办公室的那个小套间里，面前那张旋转桌上摆着那堆德里斯科尔提供的材料。他慢慢地仔细阅读着那些材料，一看就是整整一个下午。这期间，杰夫费尽心思地写着他的下一篇专栏文章。那简直就是一个档案资料的大杂烩，几乎无所不包，五花八门什么都有。比如说，埃利奥特前几天给哈迪看过的那些涉及肯森的信件，是根据时间顺序排列的，而且打印出来后，又分门别类地放在了一起。同样，牵涉到罗斯的备忘录和董事会就种种议题所做的决议，包括婴儿艾米丽和洛佩斯儿子的那些档案资料，都是按时间顺序进行整理排放的。哈迪发现，只有仔细阅读跟任何一个问题有关的所有的文档，才可能让人循着事情发展的时间脉络来认识到它的重大意义。

　　同时，装入档案的文件中，至少还有一百张备忘便条。这些也都是关于不同会议的记录和决定，也可能是口授给德里斯科尔的。它们是正式文件也好，是口授的也好，对哈迪来说既不新奇，也不重要。让哈迪更感兴趣的，是三四个简略的提示和注释。谈不上神秘，可能是马卡姆输入电脑以作备忘之用的。显然，他相信自己可以用这种可靠的方式来书写文件，也许为了确保安全保密性，还给它设置了一道密码。不过德里斯科尔已经破解了这种安全设置并进入了他的文档，但哈迪绞尽脑汁也不能完全理解这些便条的意思。

　　在洛佩斯这件事上，马卡姆早期给波托拉管理层的备忘录大都是跟事实有关的东西。它们都是关于医疗保险的赔偿，以及对当时那些特别的治疗决定作出的长篇累牍的、繁复的医学解释，无非是想以此减轻他们自己在这起不可避免的诉讼中的责任。

　　好几个既装入了档案又抄送给了医师团体的备忘录，都仔细研究了一个叫贾德拉医生在这起事件上应该受到的处罚。贾德拉是那家诊所第一个给拉米罗·洛佩斯进行病情检查的医生。说不清究竟是什么原因，哈迪推测贾德拉的做法绝对不存在疏忽大意之嫌。第一次去看医生的时候，那个男孩烧得不算太厉害，喉部感染也不太严重，任何一个明智的诊断医生都不会开抗生素，或者要求进行链球菌化验。再者，贾德拉根本没有在他的医疗档案中记录拉米罗嘴唇上的那个口子，而且后来问到这件事时，他一点记忆也没有。所以哈迪对贾德拉的备忘录很感兴趣，他从中看到了一些不言而喻的潜台词：马卡姆正在寻找一只替罪羊，而且针对贾德拉的证据不会像针对科恩的那样清晰而明确。因此在哈迪看来，这些关于贾德拉的文件，其目的只是为了找到一个不确定的，可以临时拿来做挡箭牌的人。

　　最后，马卡姆建议他们对科恩实施一项805条款处罚——这种处罚将成为她在国家医学理事会和全国执业医师数据库的永久记录——那封信函的措辞变得非常尖刻和极其严厉："……毫无疑问，科恩医生的无能是导致患者死亡的主要因素，她没有能够诊断出筋膜炎坏死的早期症状，病情已经发展到了即使是采用最积极的干预治疗法也回天无力的境地。我们建议，波托拉医院暂时剥夺科恩医生为期三十天的临床工作权利，你们就此事件按要求提交一个实施 805 条款的报告，同时，你们要在帕纳塞斯医师团体中进行一项全面的调查，以确定科恩医生继续受聘的可行性。"

哈迪明白马卡姆此举的意图——尽量把自己与医院的朱迪思没能正确地做出早期诊断这个问题撇清。这个决定是基于医疗保险的赔偿，基于面临的起诉，基于金钱的权衡而作出的。从肯森的角度来看，尽管有失偏颇，但这场悲剧中真正的肇事者一直都是马拉奇·罗斯，是他身居高层幕后操纵，设置了种种限制并拒绝给病人提供必要的治疗。相反，这个罪责偏偏就重重地落到了一个受聘时间相对较短的年轻女性员工身上。即使朱迪思的早期诊断工作可以做得更好一些，单单把她挑出来作为导致那个男孩死掉的原因，这显然也是不公平的。很多人都对这个结果起了推波助澜的作用，就如公司的内部文化所起的作用那样，而且哈迪认为整件事都让人觉得恶心。

然而，这确实为朱迪思仇恨马卡姆这个事实提供了一个实实在在的动机。

他翻动着手中的文件，迷惑不解地盯着接下来的一页纸。他确信这是关于罗斯的。先是罗斯姓名的首字母 MR，接着是私人投资或是私人调查这两个词的简写"PRIV INVEST"。但这可能是指在与帕纳塞斯有生意往来的一家药品公司中的一项私人投资，也可能是马卡姆雇来对自己的医学主管进行严密监视的一名私人侦探。根本无法去解释这到底是什么意思。

他继续往下翻到了下一页。

"我确实记不起来了。"拉扬·巴丹遗憾地摇摇头。

菲斯克对自己的工作已经有了一些想法，他认为应该去追查肇事车辆和其他一些事,于是格里斯基问达雷尔·布拉科是否愿意在他跟拉扬·巴丹谈话时坐在他旁边。中午刚过,拉扬·巴丹就主动来到了司法大楼的大厅,尽管如此,当巴丹为了这次访谈准时出现在约定地点时,他看上去似乎有些紧张和勉强。他问了格里斯基好几次这些问题,比如自己是否需要有一个律师在场,格里斯基会不会突然就逮捕他,等等。格里斯基让他放宽心,说他随时都可以自由地离开,今天没有人要逮捕任何人。

巴丹告诉格里斯基,他不喜欢大家认为他可能杀了某个人这种看法。格里斯基告诉他,他们只是想弄清楚他以前说过的一些情况,也许这样可以获得更多的事实依据。但格里斯基也反复重申,如果巴丹想花这笔钱的话,他随时都可以打电话为自己叫来一名律师。

现在没有律师在谈话现场,巴丹说他想不起来圣诞节后第二天发生的事情了。"你竟然记不起那天你在工作这种事?"布拉科像脾气粗暴的警察那样忍不住发了火。格里斯基在上次访谈中就已经跟巴丹交上了朋友,而且更喜欢用他自己的方式来落实一桩一桩的事情。

"我相信这事是有记录可查的,"巴丹答复道,希望这样的回答能对自己有所帮助,"你们可以去查查人事部门的记录。"

"我们已经那样做了,拉扬,他们告诉我们,那天你在上班,而且你应该能记得。你知道为什么吗?你记得雪莉·沃特勒斯吗?她就死在那一天。她在那天被谋杀了。"

格里斯基坐在桌子的上首,与他们两个成犄角之势。他举起一只手,出于帮巴丹解脱这种困境的目的阻止了布拉科那咄咄逼人的诘问。"你记得关于雪莉·沃特勒斯的任何非同寻常的情况吗,拉扬?她是一个很难伺候的病人,是这样的吗?"

巴丹垂下了脑袋,随后又费劲地抬了起来。"我确实记得那个名字。她没有胡搅蛮缠,不难应付。在重症监护室里没有谁比谁更难伺候的说法,他们只是一些正在受病痛折磨的人。"

"这种苦难让你感到烦心,是吗,拉扬?"布拉科就坐在他对面发问。这个房间天花板上角落位置的透气孔里隐藏着一个摄像头,而且就在这张桌子下面，还有一部从外面看不见的，正在转动着的录音机。

"是的，这就是我成为一名护士的原因。我妻子去世之前遭受了很大的苦痛，而且我意识到我是可以帮助她减轻痛苦的人。"

格里斯基拿起水壶往巴丹的纸杯里倒了一些水。"你想过彻底让他们从自己的痛苦中解脱出来吗？这样的效果是不是更好？"

"没有，我从来没有做过那样的事。一次也没有。"

"在他们明摆着就要死了的情况下也没有拔过任何一个人身上的针头吗？有过任何类似这样的事吗？"格里斯基轻言细语地问道。

巴丹端起杯子喝了口水，摇了摇头。"没有。任何时候，那都是医生决定的事情。我只是协助医生的工作，而不是作决定。如果我有什么不明白的地方，我会问医生的。"他又喝了点水，"而且我绝不知道人们会在什么时候死去，上尉。没有人知道这个，甚至连医生也不知道。除了上帝没有人知道。这些年，我在重症监护室工作，看见人们进去，认为他们撑不到半夜。但一星期之后他们又自己坐了起来，并且能够出院回家了。有的事情就是这样，谁说得准呢？"

布拉科迫不及待地就巴丹这番话进行了猛烈的抨击。"算了吧，雪莉·沃特勒斯就不是这样的。她身上发生了的事情，就跟玛乔丽·罗琳的情况一样。而且她们去世时都是你在值班。关于这一点，你还有什么要说的？"

格里斯基不失时机地向巴丹施加影响。"也许她们都是爱没事找事，专找岔子的病人，拉扬，不愿意你把她们推来拨去，给她们撤换床垫。也许对那个病房的其他病人来说，她们把情况弄得越来越糟了。"

巴丹看看这个探员，又转头看看那个探员。"我不知道该说什么了。你们想要我说什么？"

"这些女人死的时候，当时那两个班都是你值的，你具有这个共同点。"布拉科认为他们的交锋越来越激烈了，而且他的强硬程度正在慢慢地显现出来。"我们已经找到了另外九到十个死在重症监护室的病人，事发时你都是值班护士。如果换作是你处在我们的位置，你会想到什么？"

他伸出双手捂着自己那张圆圆的黑脸寻思起这个问题来。"我会认为肯定是我杀了他们。"他的目光挨个探询着他们对此的反应，"但我向你们发誓，那不是真的。"

布拉科飞快地给格里斯基递了个眼色，然后又大声地继续紧追不舍。"你指望我们相信你跟这些女人的死毫无关系吗，还有别的那些死掉的病人？还有谁在那儿，拉扬？还有谁有机会呢？"

"我不知道，我不知道谁会做这种事。那儿肯定还有别人在场的记录。也许是某个医生吧。甚至是某个楼道管理员，或者是某个保安。他们来来去去的，你知道这种情况。"

格里斯基伸过手去拍了拍巴丹的胳膊。"你能记起其中任何一个人吗，拉扬？"

布拉科一掌拍到桌子上，跟着就站了起来，由于动作过大，起身时碰翻了身后的椅子。"根本就没有虚构的管理员或者医生，拉扬！只有你自己，你明白吗？我们有你的工作档案。我们知道的每一个死者死亡时都是你在值班，蒂姆·马卡姆死时也一样。"

"哦，不，"拉扬被这个指控惊得瞪大了眼睛，"我没有杀他。"

"但是你杀了别的那几个人吧？"

"没有！我已经跟你说了，没有！"

"拉扬，"格里斯基平静地说，"听我说。我们不会罢手的，我们会继续追查下去，直到发现我们需要的证据为止，而且我们一定会找到的。只要你谋杀了十个人，或是比这还多的人，实话对你说，你已经在某个地方留下了踪迹，不是在你登记领药的环节，就是别的什么地方。也许你把那些装药的小瓶子隐藏在了某个地方。也许你毫无保留地向你的同伙之一吐露了你的底细。或者是另一个护士。不管怎么样，我们要继续找下去，直到找到真相为止。我们会询问你的朋友和跟你一起工作的那些人。那将是非常让人讨厌的事，毕竟你费尽心思想要掩盖住它，但无论如何真相最终会大白于天下的。你必须明白这一点，会真相大白的。"

布拉科跟着说道："要么你现在就告诉我们实情。"

"就算是帮你自己一个忙吧，"格里斯基说，"一切马上就可以结束。我知道这件事肯定在困扰着你，让你的心一刻也不得安宁。我明白你需要解释你为什么不得已做了这件事。"他起身站了起来，示意布拉科他们两人该离开一会儿了，"我们让他单独待一会儿吧，达雷尔。"

格里斯基不打算在哈迪的电话自动留言机上留下自己承认在肯森这事上搞错了的口信。如果他错了——看样子就是他错了——算了吧，他以前就出过错，而且还会再次出错。但他不愿意给哈迪留下一个他承认错误的语音记录。他的朋友可能会一遍一遍地播放，并作为应答电话机上需要保存的留言信息输出来进行保存。因此，他给哈迪打过一次电话，像往常那样兴高采烈地留了言。"格里斯基。给我回电话。"并等着哈迪的回电。

三点刚过，回电就打了过来。"我有个问题。"哈迪说。

"等等！给我一分钟的时间想想会是什么。是五十四岁的新爸爸吧？"

"答得好。不幸的是那不是我想要的答案。"

"你不是要问我的孩子出生时我会有多大年纪这个问题吗？"

"是的，不过那会是一个了不起的事实。五十四岁吗？已经老得不能再要孩子了。为什么还要孩子呢？我自己还没有到五十四岁，孩子都已经长大成人，而且都离家独立生活了。"

"我的孩子也一样，"格里斯基愤愤不平地吼道，"那你真正要问的问题是什么？"

"实际上我有两个问题要问你。我可以这么认为吧，我们已经在这个问题上达成了一致意见，那就是你在对我委托人采取行动的时候应该通知我。"

"那是问题吗？"

"问题就是，你为什么选在昨晚去搜查他的住处，而且事先没有跟我讲过？"

"我不会在你提出的后半个问题上为自己找什么冠冕堂皇的理由。至于我们为什么选择昨天去搜查，是因为在他到大陪审团作证之前，我们想知道可能从他那里得到的东西。如果他手里有一张在发现那些尸体的地方用'#'做了记号的马卡姆家的楼层示意图，而且玛琳在毫不知情的情况下对他进行问话，那就会让人感到尴尬。明白我的意思吗？"

哈迪明白格里斯基这番话的意思，而且就算是没有事先通知，这样做也是完全合乎情理的。如果格里斯基提前告诉了他，那么在他们进行搜查的时候，哈迪就会抢先赶到那儿，并移走任何可以被解读为有罪证据的东西。他决定换个话题。"第二个问题就容易点了。你跟你那两个东奔西跑的牛仔谈过话了，或者知道他们现在在哪儿吗？我们要再次携起手来，我打算和你联手。"

"他们在外面跟人谈肇事车辆的事，嘿，这样就不枉叫他们是车警了，不过五点之前就该回来了。菲斯克探员讨厌加班，不管是什么原因。你回家的路上可以顺便到这儿来看看，他们可能就快到了。我可以祝贺你，你的委托人已经摆脱了困境，免受指控了。"

"你也得到这个消息了，是吗？"

"是玛琳告诉我的，就在午饭前。"

"这会让你在这件事上就此住手吗？"

"差不多吧。"

哈迪轻声地笑了起来。"答得不错。"

"如果这不再是你的诉讼案了，你为什么还要在意呢？"

"这仍然是我的诉讼案，阿布。只是我没有一个委托人而已。"哈迪停了一下，"我们有个协议。我可能已经找到了一些东西。"

无疑格里斯基喜欢听到这样的话。"两小时后见。"他说。

哈迪上一次就因为一时心血来潮，在事先没有进行任何通报的情况下，就去拜访了正在朱达诊所上班的一个医生。当时他想说服肯森跟他谈谈，而肯森却按工作的安排要去诊治病人。结果非常糟糕，并不像他预料的那样好，事实上是碰了个钉子。

但在下到《旧金山纪事报》大楼那个四壁无窗、密不透风的地下室里，又花了两个多小时去查阅杰夫·埃利奥特手里保留的那些文件资料后，哈迪改变了原先从这儿完事后就返回办公室的想法，又有了新的打算。一旦他告诉了科恩他这次到诊所访问的目的，他确信她即使再忙也会见他的。但情况也许跟他想的不一样，他在外面一边等着科恩出来，脑子一边全速运转着，把要跟科恩说的事思前想后地斟酌了个仔细。但等了二十多分钟，她仍然没有出现。在他再次进去向她提出更强烈的见面要求之前，他会再给她十分钟时间。这是第六个阳光明媚的好天气，他要在六月的雾霭再次笼罩这座城市之前尽可能多地享受这美好的阳光。因此，他坐在外面的椅子上，半闭着眼，惬意地晒着太阳。

"是哈迪先生吗？"

他眯着眼睛，抬起眼皮向上翻了一下，起身站了起来，伸出手。"不好意思，打扰你了。"

朱迪思嘴唇紧闭，一副忧心忡忡的样子，心事全都写在了脸上。她之所以这样，还是那个问题，跟她昨天在电话上最先问的一样。"是埃里克的事吗？他没事吧？"

"事实上，他没事，他现在的情况是这两周以来最好的。"他跟她说明了他在大陪审团的证词已经让他们认定他不再是嫌疑对象了。关于那个不在犯罪现场的确凿证据，也就是在哈里斯酒吧逗留的事，他只字未提。如果肯森愿意告诉她，只需要打个电话就行了。

"那他是清白的？"

"看来是吧。"

"哦，上帝。"她夸张地把一只手按在自己的胸前，满面笑容地看着他，"这就让人大大地放心了。我非常高兴听到这个消息。"随后她收起了笑容，"但你到这儿来不是为了告诉我这个吧，对吗？"

"对，我不是来告诉你这个的。"

她的手似乎还按在自己的心口。"那是为什么？"

他开始从他昨天给她的那个电话讲起。那次谈话透露出她无法证实上星期二晚上十点四十五分她在什么地方。接着是洛佩斯的事情，跟马卡姆这件案子的关系。马卡姆死的那天早上她睡过头的事。"我不是说我就认为这些事都跟你有关，但如果警方发现了这一点的话，他们不会和我想的一样。他们的搜寻范围内就只有那么几个人，在这种情况下，他们很可能会怀疑到你身上。如果你对他们的这些问题有所准备，那样会好一些。"

她目不转睛地专心听着他的这番话，此刻她的脸阴沉了下来，满是沮丧的神情。"但是我……我待在埃里克的房子里，压根就没想过我有必要去证明这一点。"

"你在走廊里跟别人讲过话，或者看见过任何人吗？你是否记得有人可能看到过你呢？"

她继续摇头，对这个突如其来的新情况感到不知所措，不明白这是怎么一回事。"那么说他们会认为……我可能杀了马卡姆夫人和他们的孩子吗？"

"不排除这种可能。这就是问题的关键。而且他们会推测是同一个人杀了蒂姆。"

"在那家医院里？"

"是的。"

有那么一会儿，哈迪认为她可能会慌乱起来。她的眼睛死死地盯着哈迪的双眼，随后移开目光，仔细地在他们面前的街道上搜寻起来，似乎是在寻觅着一个能让自己脱身的计策。不过接下来，就在转瞬之间，这种紧张就从她那极富表现力的脸上消失得无影无踪了。她只是伸出一只手搭在哈迪的衣袖上。"那么这就非常重要了，"她说，"如果蒂姆死的时候我在重症监护室待了几分钟的话，对吧？"

"我也不太清楚。钾起作用的时间是多久？"

"我们姑且说需要十五分钟吧，而且那也是长得不能再长的时间了。这个时间也就是我必须在那儿的时间，对吗？"

"对。不过这是我的理解。事实上，你昨晚跟我说，重症监护室的绿色报警灯刚一亮起，随后你就到了那儿……"

"我是在那儿，但不是正好在药效发作之前的那个时间。之前，起码是在半小时之前——可能比这个时间还要长——我在急诊室给一个小女孩的嘴唇缝针。她把自己手里的瓶子掉在了地上，然后又摔到了上面。真是一塌糊涂！不过我有我的护士可以证实这一点，还有那个小女孩的妈妈。实际上，所有人都能证实这个事实。所有人都知道我当时在那儿。绿色警示灯亮起的时候，我缝完针正在洗手，而且我还对我的护士说过：'我得去看看是不是马卡姆先生出了问题。'她会记得这件事的。"

　　哈迪走进凶杀案组的时候，知道看样子今天这儿又是一个守老巢的日子。尽管布拉科和菲斯克还没有到，但组里十四个凶杀案探员中有八个都在办公室里，有的就坐在他们自己的办公桌前。哈迪认为此时的人数快要接近最高纪录了。在这里，人们还在欺负那两个新来的家伙，因为他注意到，一个启斯东警察式^①的独木舟儿童玩具，两个软塌塌的警察玩偶吊在一辆玩具警察巡逻车上，就摆在他们拼接在一起的办公桌的中间，旁边是一个巡逻车警用的停车指示牌。就在哈迪在那儿等候时，有三个探员向他指出，如果你挤压那辆车，它就会发出"哦嘎，哦嘎"的声音往前走。但哈迪拒绝亲自动手去试，那三个探员看上去都很失望。另一方面，在这种团队氛围之下，杰克曼结束手头工作后到特雷娅那儿看了看，听说哈迪就要到来，便决定要等等他。玛琳·亚什已经完成了当天跟大陪审团的工作。她想听取格里斯基对拉扬·巴丹的调查报告，同时还有马卡姆这个案子仍然存在的嫌疑人的后续消息，不管那个嫌疑人是谁。格里斯基的办公室不可能坐

---

①美国旧时无声系列喜剧电影中，一群乱追乱搜、胡乱工作的愚蠢的警察。

得下这么多人，因此所有人都移到了第一审讯室旁边的这间屋子，哈迪也就是在这儿跟他们会合的。

杰克曼对哈迪抱怨说，他觉得他们之间达成的协议很不公平。这倒也在哈迪的预料之中。不过，让哈迪听得越来越有兴趣的事情是格里斯基说的第二个被证实了的波托拉医院的受害者雪莉·沃特勒斯以及拉扬·巴丹的事。似乎多数人的意见是，这两个系列的若干谋杀之间没有联系，而且巴丹仍然是肯森名单上受害者的首要嫌疑人。今天下午他们已经跟他进行了一次长谈，而且格里斯基在谈完话不久就派了两个探员带着搜查证去了他家。

那两个新手到达办公室的时候，在场的所有探员都发出兴奋的欢呼声。格里斯基转过身，不满地瞪了一眼这种场面，然后示意菲斯克和布拉科过去跟那几位大人物谈谈。

据哈迪推测，达雷尔和哈伦在极短的时间内已经完成了相当多的工作。因为他们刚刚从马卡姆的邻居那边过来，而且他们的调查跟那辆肇事车有关。格里斯基让菲斯克详细说明了这个问题，尽管很明显，但他不知道这么做是否有收获。他自豪地向与会者展示了肇事车司机的人像合成素描图。哈迪高兴地发现，除了那圈乱蓬蓬的黑发，素描图中那个女人跟朱迪思·科恩没有任何相似之处。

人像图在人们手中传看的时候，菲斯克宣布他们的证人，一个叫莱克西·拉什的少女已经暂时确认了那辆几乎撞到她的车子的产地和车型，而且大概是那辆车撞了蒂姆·马卡姆。那是一辆道奇箭型车，大概是二十世纪六十年代末七十年代初出产的车型。菲斯克已经联系过机动车辆管理处，发现在整个旧金山郡只有二十三辆这样的车被登记过。当他告诉机动车辆管理部他们正在调查一起与此相关的凶杀案时，他们马上就给他传真过来那些车主的登记名单。他手上现在握有每一辆车的车主登记名字及住址，而且幸运的是，他明天就会跟他们中的多数人见面。

"有看上去觉得熟悉的名字吗，哈伦？"格里斯基问道，"跟帕纳塞斯或者马卡姆有关系的？"

"没有，长官。"

"那好，无论如何都是个不错的努力方向。如果我们找到了那辆肇事车，自然而然就能说明些问题。继续关注这事吧。"

哈迪对格里斯基再了解不过了，他明白格里斯基只是拿菲斯克自以为是的侦探工作幽默了一把。之所以这样做，是因为他不愿意抹杀自己手下探员的一天辛苦工作，或者打击其工作热情。这个人已经在工作上付出了相当大的努力，而且也许会有所收获。哈迪认为站在自己的立场上对此表示出兴趣并没有什么不妥，因此他说："我能要一个那份名单的复印件吗，探员？"

菲斯克把这个问题抛给了格里斯基，等着他的长官回答。格里斯基对哈迪的这个要求点头表示同意。显然，这个上尉真正关心的事并不在此，而是在别的什么地方，在卡拉死时不在犯罪现场的证明上。"达雷尔，"他对布拉科说，"在德里斯科尔身上，你得到了更多的东西吗？"

"我认为哈伦还有话没说完，长官。"

格里斯基的耐心正在逐渐消失，他低着头强压着自己的情绪，一步一步踱回菲斯克的身边。"我想我应该在向罗斯医生说漏嘴这件事上有所补救。因此我给我的姨妈卡西，卡西·威斯特，"他向房间里的其他人解释道，"讲了我做了什么和发生了什么。"

"是什么，哈伦？"格里斯基提示道，这让哈迪感到十分满意。

他简单地说了个大概，关于罗斯和他妻子，以及他不在犯罪现场的证据。接下来他又说："我让她，也就是我的姨妈卡西——如果她能够接触到南希·罗斯的话，就像朋友之间的自然接触那样，不要让她感觉到异样——去搞清楚她的丈夫是否给她打过电话，要她改变自己回忆起来的东西。"

"这不要紧。无论怎样，妻子永远都不会作证说自己的丈夫有罪。"玛琳表明了自己的反对意见，重申了一遍格里斯基较早前曾说过的一个观点。

杰克曼对此补充了自己的意见。"你姨妈的证词无论怎样都只是道听途说，而且很可能不会被承认。不对吗，迪兹？"

但哈迪已经没有兴趣对此去做法律上的分析了。他想要知道答案和信息。他看到，在这位律师的问题的压力之下，菲斯克的情绪已经开始变得有些低落了。他想让他继续讲下去，以便搞清楚到底是怎么回事。"那她到底说了什么，你的姨妈？"

"罗斯给他的妻子打过电话，而且告诉她，她那天晚上弄错了。他是十点钟到家的。她必须记住这一点，那很重要。"他又扫视了一眼房子里的人，"不过南希跟卡西姨妈说，实际上他十点钟的时候根本没到家，然而如果这一点对马拉奇来说很重要的话，她当然会站在他那边支持他的。这或许事关某个重大的秘密的生意交易。但她敢肯定，他是后半夜才回家的，因为她是半夜才去睡的觉。"

"尽管如此，"格里斯基说，"这只能说明他没有直接回家。"哈迪想起了埃里克·肯森及其在那一点上的所有变数，"有任何迹象表明他到卡拉家去了吗？你有任何证据或者证词，或者是线索可以把他摆到那儿吗？"

菲斯克苦着脸，很是沮丧。"没有，长官。"

格里特斯又宽慰了他一番。"我并不是说这个情况一无是处，哈伦，而且这确实弥补了你那天上午的失误。好了，继续盯住这事。现在，达雷尔，说说德里斯科尔那边是什么情况。"

"他确实打了那通电话，这没什么问题。我跟他的室友罗格谈过了，而且拿到了那次电话的通话账单。长达四十八分钟，从九点四十六分开始通话。"

所有人对这个情况都在头脑中得出了答案。格里斯基说："因此他不可能在那个点赶到卡拉家？"

布拉科好像对此表示赞同。"他只有飞才能办得到。"

这是第四局的下半场了，哈迪此刻正站在普雷西迪奥的波普希克斯比赛场里的第三垒的教练包厢里。对一个渴望拥有运动场的城市来说，这个赛场已经很了不起了，不过根据典型的旧金山风尚，这支小联盟可能在不久后就要被挤出这块场地。他们可能被迫迁移到海湾中部的珍宝岛的一个赛场上。这是因为已经有传闻说这里可能埋有含生化毒素的赃物。然而至今没有发现任何这类的东西。跟此事有关的新闻媒体报道都指出普雷西迪奥多年来一直是一座军事基地，毕竟，没人知道倾倒在那儿的那些军事上的废弃物是什么东西。或许到处都有有毒物质，芥子气、炭疽热菌、电池酸等。哈迪认为这注定了他们会关闭这个比赛场地。

但是今晚，对孩子们的棒球赛来说，它仍然是一个很棒的赛场。刚才文森特已经在老虎队的半局中打开了进攻口子，在左外场跑出了一个二垒安打，这已是今晚的第二个二垒安打了。他现在正跳跃着奔向底线，试图去接下投球手传来的一个球。

哈迪的心思并没有完全放在这场比赛上。在凶杀案组进行的那个会议结束及菲斯克和布拉科离开之后，他继续留在那儿和格里斯基、特雷娅、玛琳、克拉伦斯等又闲聊了一阵。玛琳觉得自己就要得到布伦丹·德里斯科尔的那些电脑光盘了，因此被这种充满希望的前景弄得兴奋不已。不过哈迪已经花了一下午时间，查阅过那些从电脑里打印出来的资料，所以他并没有像她那样表现出如此之大的热情。在他的公文包里还存有马卡姆那些含义模糊的便笺的复印件。他决定在接下来的几天空闲时间里，解开这些谜团。

而且事实上，他现在就在琢磨了，不过还没有得出什么结果。

克拉伦斯显然对调查进度感到灰心丧气，声称他已经为此受到了市长的批评。市长大人已经要求再次核实肯森名单上涉及的凶杀案，而且并不怎么赞同地区检察长去接触帕纳塞斯这一极其麻烦的敏感问题。健康维护组织是本市一个主要的合同承包商，而且它的业务营运是非常可疑的。克拉伦斯现在的想法是：查封所有的档案记录供大陪审团细细察看，而且不考虑可能在市里的员工中引发惊慌这个后果。人们已经开始出现惊慌了，市长办公室一天就接到了大约五十个询问电话。把帕纳塞斯置于破产管理，并且让大陪审团和另一队凶杀案探员同时转到第二系列的凶杀案件的调查审理工作上来，现在正是时候。无论是否和马卡姆的死亡有关，这件事本身就跟他们自身的权益有很大关系。

市长坚持认为，必须让他看到进展。他还提到，如果这件事不久之后还没有结果的话，就要建立一个特别行动组来接管和处理。所有人都明白这将会意味着什么。案件将受到一帮外行、政治交易、妥协让步的干扰，而且很可能永远都得不到解决。同时，这也传递出了一个清晰的信息：如果杰克曼想在收拾这个混乱局面中取得任何信任的话，这就是他表现的机会，而且他最好把这件事承担下来。

在哈迪将目光转回到比赛上来之前，击球手打出了一记边线快速直线球，直接被左外野手一跃接住，文森特在球击出时快速跑动，想跑上旁边的三垒位置。传回本垒的球将他的儿子封杀在离三垒十五英尺远的地方。这次进攻结束之后，球队的经理米奇来到球场尽头球员们休息的区域。"迪兹，"他迫不及待地说，"你必须告诉他不能那样打球。给他一个手势。现在就来吧。你现在就对他们进行指导。让我们都把注意力投入到比赛中去。"

尽管哈迪走了神，老虎队还是赢得了这场比赛，之后球队来到克莱门特的一个地方集体用晚餐。哈迪一家都参与到了这场比赛中，直到九点三十分才回到家里。弗兰妮和瑞贝卡都是《幸存者》这档电视节目的狂热爱好者，她们已经录下了今晚的这期节目，一到家就观看节目回放去了。在这期间，文森特冲了澡，直到这个节目播到后半部分时才做完了功课。就寝时间照例又花了一小时，因此当哈迪和弗兰妮拖着疲惫的双腿来到他们楼上的卧室时，已经快半夜了。

弗兰妮刷牙的时候，哈迪来到她的身后，双臂环绕在她的身上，嘴唇贴在她脖子的一侧。"如果你连一点兴趣都没有的话，我会直接上床去睡觉的。"他们一直都有相当不错的身体接触，而且他在告诉只要她愿意，他们可以继续保持这种激情，不过他知道她已经筋疲力尽了。

她身子向后靠进他的怀里，看着镜子，用满是牙膏泡沫的嘴对他挤出了一个傻傻的笑容。"我想我没有兴趣。难道你不觉得累吗？"

"说不上累。在文尼比赛的时候我显然是睡过了。"

"那倒也不是什么坏事。你想要做什么？"

"在我的公文包里有一些阅读材料。也许只要我的眼睛一犯迷糊，就能寻思出点什么东西来。"

哈迪坐在卧室里的桌子后面，德里斯科尔窃取的五份文件展开在面前。他自己也不知道这五份东西出于什么原因被他挑了出来，没有一份上面是超过两行字的。但它们之中的每一份看起来似乎都包含了某种隐藏的意思让人去展开一系列的猜想。

> "见 MA，re：recom. 就 SS. 对照 MR. 备忘 10/24."
>
> "与 MR. 谈话——提出不满，re：干预 Port. PPG 上个月."
>
> "麦德拉斯／巴尔森／MR."
>
> "福利(人名). 投资 .$$$. 萨拉托加 .DA？下岗？Disc. w/c."
>
> "见 Coz. re：惩罚性的下岗——MR. 所有文件。Prep. rpt. 给董事会。断绝？"

在迷迷糊糊之间，他听到耳边响起一声低语。"去睡觉吧。这事没有发生。"他一定是在不知不觉的情况下去睡觉的，因为当醒过来时他发现自己已经在床上了。

34

　　格里斯基在前门跟妻子吻别。"要是我中午回来吃午饭，会给你打电话的。"

　　"要是我回来的话，我可以跟你一起出去用午餐。"特雷娅故意装出一副难过的样子，撅起了嘴巴，"一年前，为了想跟我一起吃午饭，你会花一上午的时间来琢磨如何达到目的。你会围绕这件事计划好你一整天的工作。"

　　"我知道，不过我们现在已经结婚了，而且你有孕在身。这很自然，那种浪漫正随着一天一天的油盐酱醋的平常日子而过去。"

　　她伸出一只胳膊搂住他的脖子，把嘴凑到他的耳朵边。"那么昨天晚上怎么样？"

　　"昨天晚上？"格里斯基抓了抓自己的下巴，装出一副在回忆的样子，"昨天晚上吗？"

　　她抡起胳膊肘捣了一下他的肚子。"哦，对不起。"然后，对他笑了笑，"争取回来吃午饭。"

他揉了揉自己的肚子，关上门回到厨房里，哈迪正坐在那张餐桌旁等着他。哈迪一小时前就给他打了电话，主动提出要开车送格里斯基去上班，尽管他自己通常都是和妻子一道驾车出门去上班的。但哈迪认为，他可能在马卡姆这个案子里得到了点什么东西，虽然他自己也说不清楚到底是什么，而且也许阿布能够对他的想法有所帮助。此刻，阿布拉过了椅子准备坐下来。

哈迪在桌面轻叩着手指。大约过了二十秒钟后，格里斯基说话了。"你想阻止那事？"接下来又说道，"罗斯看起来遇到了某种麻烦，不是吗？"一分钟后，他伸手拉过自己面前的一张纸，"这个，也许它指的可能就是迈克尔·安德烈奥蒂。"

"这人对我来说是个新面孔。"哈迪说。

"是波托拉的管理人。如果我提出要求，他会跟你谈谈。他对这些凶杀案的调查采取了全面合作的态度。我甚至可以跟你一起去。你从哪里得到这个东西的？"

"杰夫·埃利奥特不可能靠掷铜板，碰运气来解开这个谜团。他说也许我可以办得到，我当然愿意得到它了。"

"没错，但它的最初来源是什么地方？"

"这是马卡姆的东西，通过德里斯科尔，之后又通过埃利奥特的手得到的。"

"是原封不动的东西？"

"是的，但我认定它是真的。"

"从这一点来看，"格里斯基一边起身一边说，"我要认真对待这个东西。"

上次跟格里斯基见面时，安德烈奥蒂的身体一直绷得紧紧的，神经都紧张到了快要崩溃的边缘，但现在他对他的来访已经没有这种感觉了，就像行尸走肉的僵尸一般已经没有什么反应了。他甚至连从自己办公桌后的椅子上起身都觉得麻烦，也不想去知道这个跟格里斯基一起来的陌生男人是谁，只觉得哈迪看上去不是一个警察，或是个地区检察官，甚至也不是个记者。他反正觉得自己就是再没有什么力量去挪动身体了。他工作了一晚上，应付手下那些让人心烦的护士，他们要么因为那些传言，要么就是意识到可以利用这个时机来为他们争取更高的薪水而变得人心惶惶。无论如何这艘船是要沉了，而且他没有看到任何办法可以阻止这个结局。

现在来的这两个男人又抛给他一个难题。对这事他有一种超常的抵触情绪。他已经遭受了如此的打击，连脚指头都被困扰得乱了章法，他们却想要让他来替他们破解这个难题。这真是让人觉得可笑，真的，要是他还有力气去笑的话。

"见 MA，re：recom. 就 SS. 对照 MR 备忘 10/24."

"不明白是什么意思。"他说。

接下来那几行字，哈迪微微地朝前探着身子让安德烈奥蒂看了看。"我们相信那个 MR 是代表马拉奇·罗斯。这对你的理解有帮助吗？"

格里斯基在自己的工作经历中遇到过太多的调查进行不下去，一时陷入僵局的情况，此时在这里他也觉察到了这种迹象。他伸手拿过那张纸片，再次直面着安德烈奥蒂。"见迈克尔·安德烈奥蒂就 SS 的建议。对照马拉奇·罗斯于十月二十四日的备忘。这会帮助你理解吧？SS 是什么？"

这一次，安德烈奥蒂没有任何的迟疑就作了回答。"斯鲁斯托普。"

"那你的建议是什么？"

"算了吧，那不是我的建议。我只是个管理人员，不过 PPG 建议——"

"对不起，打断一下，"哈迪说，"PPG 是什么？"

安德烈奥蒂慢慢地眯起了眼睛，吸了一口气，又吐了出来。"帕纳塞斯医师团。基本上，他们都是在这里工作的医生。"

"好的。"格里斯基按计划继续往下进行，"那他们就斯鲁斯托普提出了什么建议？"

"就是我们一直都在不加限制地大量使用试用药，而且也许我们应该暂时制定出一个政策，采集到试用药更多的药理及安全数据之后再放心地去使用这些药物。现在回过头来看看，那真是个明智的建议。"

"但是你没有执行吗？"哈迪问道。

"没有。罗斯没有考虑这个意见。他写了一个长长的备忘来证明他的立场的正确性。我这儿就有这东西。我购进的药品都是绝对符合医药标准的。我自己并不是个医生，但是有些资深的职员都对我们的医学主管放行任何诸如斯鲁斯托普那样的药品的举动感到惊骇不已。因此跟往常一样，我们妥协了，而马拉奇得到了他想要的东西。"

"你对他不是很感兴趣。"格里斯基这话显然不是一个问题。

但安德烈奥蒂仅仅是微微抬高了一点肩膀，一副不置可否的样子。"人们对金钱都趋之若鹜，而且长期以来这里的金钱一直紧巴巴的……"他又耸了耸肩，"如果他不这么做，别人也会这么做。"

"仅仅在这两星期前，那个人还是马卡姆。"哈迪提醒他。

"不，那还是罗斯。罗斯对金钱有强烈的欲望。马卡姆仅仅只是想要获取利润。这是有区别的。"

"区别是什么？"格里斯基问道。

"呃，就拿斯鲁斯托普来举个例子吧，它本来就没有任何去争论的必要，因为只是一种还未通过临床试验的试用药。但罗斯看到它一年就可以为我们节省一百万美元，直接击中了问题的关键。就算可能会有不利的一面，就算会引发流血的惨剧，他也愿意去拿它冒险。"

"马卡姆不是这样的吗？"

"有时候是吧，但远不及罗斯。你以为在婴儿艾米丽这件事上向媒体公开消息的那个人是马卡姆吗？想都别想。"他再次指着哈迪手中的纸，"总之，我猜测那就是他给自己写下便条的原因。他认为罗斯再一次在那条路上走得太远了。"

"你怎么样呢，安德烈奥蒂先生？"格里斯基问道，"你是怎么认为的？"

又是一声疲惫的叹息。"我知道这听上去总会让人感到不快，但我是一名管理者。我抵制那种诱惑。我服从上面的指示。"

不过哈迪得到了他需要的东西，而且在另一件事上也已经有了一条线索。"如果可以的话，先生，"他开始像格里斯基那样翻译起第二张便条来，"与罗斯谈话并就他干预波托拉一事提出不满。帕纳塞斯医师团上个月的建议，必须是最后通牒。"

"就是这样的。"这对安德烈奥蒂来说并不是什么秘密。谈到这件事情，他居然看起来精神微微有点振作了。"去年有段时间，罗斯开始不断地到医院来。他把这些到访称做是顺便来看看。先是核查我们这里医师的所有工作的操作程序，从分娩接生到外科手术，到急诊程序等，接着就是建议在这儿该省一美元，在那儿该省一美元。后来竟然警告医生在治疗他们的病人时应该处理得体。现在，当你意识到即使地位最卑贱的普通人在上帝的悲悯下也有一点点的自尊，你能够想象到他的这些到访受欢迎的程度有多大。最终，帕纳塞斯的医师团发出了一个最后通牒，要求他必须停止这么干，而且大部分的要求他都做到了。起码是足可以让他们感到满意了。"

"但没有完全做到？"哈迪想要搞清楚。

"是的。不过他所谓的顺便来访从一个月的二十次下降到了五次左右，而且他停止了直接下命令，转而将其伪装成建议提出来。"

"你有他到这儿来的那些日子的记录吗？那些确切的日期？"哈迪问道。

安德烈奥蒂沉思了片刻。"没有，我认为不可能有。我们怎么会有呢？他不是在这里工作的员工，因此不会有任何的个人记录。他只顺便来访。为什么要问这个？"

"没有原因，只是好奇而已。"哈迪故意含糊其辞，把其他的几张纸推到桌子对面的安德烈奥蒂面前。"如果我可以再占用你另外几分钟时间的话，安德烈奥蒂先生，这些便条能让你想起点别的什么事吗？"

这位管理人伸手取过那些便条，一张一张地抓紧时间看了起来。"我不明白麦德拉斯是什么意思，但是巴尔森是一家药品制造商的名字。他们生产的多数药品都是低利润的非处方药。他们并不是什么真正的大玩家，不过我听到一个传言说他们刚刚从食品及药物管理局得到了什么重要的批准。"他翻到下一张便条，仰起头来盯着天花板想了想，"福利就是帕特里克·福利。他是公司的法律顾问。我不知道ＤＡ

448

是指的谁。"

格里斯基知道是指的谁。"地区检察官。"

安德烈奥蒂的眼中闪过一道亮光，但他对此并未做任何的评论，默不做声地翻到了最后一张便条。""见 Coz. re：惩罚性的下岗——MR. 所有文件。Prep. rpt. 给董事会。断绝？"

"Coz 就是科兹·纽，她是人事主管。"他埋下头用了片刻工夫去破译剩下的那些字句，然后慢慢地抬起了头，"蒂姆打算让罗斯走人，不是吗？"

格里斯基的嘴唇绷得紧紧的。"现在还不能下结论，先生。不过还是非常感谢你为我们抽出时间来。"

在驱车前往恩巴卡德罗中心和帕纳塞斯总部的途中，他们就计划好了如何向公司的法律顾问介绍哈迪的身份，到时候就说哈迪是与地方检察官一起共事的一名律师。如果不严格地抠字眼的话，这种说法从哪个角度来讲都是事实。帕特里克·福利在门口接到了他们，看到他们进了门之后，回头向走廊的两端看了一眼才关上了房门。他们还没有机会来得及解释此行的目的，福利就抢先开了口。"你找到了我的时候我正要出门，不过我的约会地点就在唐人街那边。也许我们可以边走边谈。"

五分钟之后，他们就已身处朴茨茅斯广场上了，置身于一些佛塔，练太极拳的人群，一些成人用品和在修车厂外排成长龙等待空位的车子的包围之中了。一夜之间天空已经盖上了浓云，虽然有微弱的阳光透过云层斑斑驳驳地洒下来，上午的空气还是让人感到一阵一阵的寒意。

福利的脑袋即使是在光线晦暗的天气里看上去也是油光发亮的。头上只有几根稀疏的金发，下巴上一小撮同样颜色的胡须。瘦削的肩膀，加上稍微有些发福的肚子，从他的样子就可以看到那种坐在办公桌后、面临巨大财务压力的生活在一个年轻人身上所能起的作用了。

如果真是那样的话，他看上去还远远没有超过四十岁。当他终于在公园里一个花园中的一块混凝土地面上坐下来时，已经气喘吁吁了。

"抱歉，"他说，"我不愿意在那儿谈论这事。有时候，隔墙有耳，不得不防着点啊。"

"谈论什么呀？"格里斯基和颜悦色地问道。

"好吧，苏珊说你们在调查凶杀案。我猜这事跟马卡姆先生有关，或者是波托拉医院别的死人事件。虽然不得不承认我的工作几乎就是专门处理公司的问题，不过我不知道我掌握的信息会对你们的调查有用。如果换作是我，作为一名法院的警官，我理所当然地也会主动找上门来的。"

格里斯基不客气地瞪了他一眼。"你在家里也是像这样讲话的吗？"

还没等福利反应过来，哈迪接着就问了："你真的认为你的办公室被装了窃听器吗？"

这两个人左右开弓，简直把他搞糊涂了。他不知道自己究竟该回答哪个问题才好，于是他自己提出了一个问题。"那这是跟马卡姆先生有关的吗？"

事实是，哈迪和格里斯基两人都不是十分清楚这次会谈到底要谈些什么。能说明字首大写字母 MR 的意思的东西甚至在马卡姆的便条里都没有出现过。所以尽管他们俩都怀疑罗斯难逃干系，但现在也不愿意把任何有关这种怀疑的消息泄露出去。"你知道'萨拉托加'这个词有可能指什么吗，福利先生？"

"你的意思是说那个在半岛上，与圣何塞相邻的城市吗？我想在纽约州也有一个叫这个名字的地方，在北部，我相信确有此地。是这个吗？"

此时哈迪和格里斯基一唱一和的，就像在表演双簧。哈迪跟着问了话。"那些城市中有哪个在你的工作中出现过吗？"

福利将头转向他的另一个询问人，考虑了一会儿才作了回答。"我想不出它们何时可能出现过，"他尽力把话说得能体现出自己的诚意，"我们在这两个地方都没有业务往来。也许有些病人住在那里，不过那样说起来可能就跟这事扯得远了。"

格里斯基问道："如此说来这个名字最近没有出现过了？萨拉托加？可能是马卡姆先生跟你讨论过的什么东西吗？"

福利抬起一只手捂在自己的脑袋上，皱起眉头，看上去像是极力在脑海中搜寻着与此有关的东西。

"或许不光是萨拉托加，"哈迪猜测道，"而是一个跟萨拉托加有关的什么东西呢？"

此话一出，事情出现了转机，福利记忆的闸门应声开启。"啊，"福利说道，"那是一架飞机的名字。对不起。我想到了萨拉托加，还想到了库佩蒂诺。我是在那儿长大的，随后又想到了贝拉明。不过那是一架飞机的名字。约翰·肯尼迪总统的名字家喻户晓时的一种初级机的机型。"

哈迪和格里斯基交换了一下眼神，上尉会意地开了口。"公司计划购买一架飞机吗？"

"不，是罗斯先生。那就是这事引起我注意的原因。"

"以什么方式引起你的注意的？"哈迪问道。

在这一轮的询问中，福利实际上已经是心神不安，左顾右盼起来了。他擦着自己那宽宽的脑门上的也许只存在于想象中的汗水，尽力想露出一个笑脸来，但似乎并没有怎么成功，以至于挂在脸上的只是一个让人哭笑不得的僵硬的笑容。"算了吧，那是无疾而终的事，真的。"

格里斯基的口气严厉得不容反抗。"让我们来评判评判它。怎么回事？"

"有一天晚上，时间已经相当晚了，我想那时夏天就快要过去了，马卡姆先生打电话过来，想看看我是不是还在工作，随后让我上楼到他的办公室去。这种事有点不同寻常，不是指我工作到很晚，而是他那时还在那儿。我记得那时候天都已经黑透了，因此肯定已经是九点或者九点三十分了。尽管如此，他还叫我把门关上，就好像那儿还有别人在工作，有可能会偷听我们谈话一样。

"我坐下后，他说他想让我们的谈话是百分之百保密的，只限于

451

我们两人之间，不能向其他任何人透露。他说那是个非常棘手的问题，而且他不知道自己该以什么立场来处理它，即便是他知道了实情，他也应该为他的行动提供书面证明，以防他哪天到市中心去说明问题的时候需要一份有关它们的记录。"

"他想要干什么？"哈迪问道。

"连他自己都不太清楚。最后，他才说到了他的考虑，他认为他应该雇用一名私人侦探去调查罗斯先生的财务状况。"

格里斯基继续施加压力，在这个问题上紧追不舍。"是什么让他要走这一步？"

"有好几件事情，我想，不过最近的一件就是那架萨拉托加。"福利为自己要讲的故事变得情绪激动起来，似乎他终于找到一个机会得以将自己心中的积郁一吐为快，身心都得到一种解脱一样，"好像在一星期之前，马卡姆先生和罗斯医生一起到拉斯维加斯参加了一个医学大会，期间有一天晚上他们一同去参加了一个聚会。他们多年来一直都是亲密的朋友，你知道的，而且很明显他们后来一起出去之后又单独喝了几杯，只是为了聊聊个人之间的一些事情。在接下来的几小时里，罗斯医生也许喝得有点多了，显然跟马卡姆先生谈论了他那不妙的财务状况，我指的是他的个人财务状况，帕纳塞斯是另一码事，它本身就已经够糟糕的了。"

"那么罗斯趴在马卡姆的肩上哭了？"格里斯基问道。

"从本质上说，是这样的。告诉他自己没有余钱，没有积蓄，他的妻子花钱的速度比他挣钱的速度快得多。在给他第一任妻子的赡养费和维持第二任妻子的奢华的生活方式的双重夹击之下，他已经快崩溃了。他不知道他该怎么办。"

哈迪从布拉科和菲斯克关于南希的调查报告中对此已略知一二，不过从另一个来源这里听到这事也不错。"那马卡姆对此有何建议？"

"照常理，我猜测会是这样的：削减某些地方的开支，在收入预算之内安排生活。这并不是说罗斯医生好像就要失业了似的。他仍旧有一份不菲的收入和固定的流动现金，不过这不是问题的关键，关键在于那晚我们的会议。"

"是什么？"格里斯基问道。

福利已经在那块硬邦邦，冷冰冰的混凝土上坐了足够长的时间。他起身站了起来，拍了拍衣服上的尘土，又抬腕看了看表。"那天下午早些时候，马卡姆先生的妻子给他打过电话，这是……"福利打定对此主意不作什么解释，哈迪推测这是跟安·肯森有关的事情，"总之，他的妻子打了电话，问他是否已经听过那个消息。罗斯医生刚刚折价卖掉了他的那架旧飞机，并且买了一架崭新的，是一架萨拉托加。他和他的家人那个周末正准备坐着它飞到塔霍湖去度周末，而且罗斯的妻子还打过电话来问他们愿不愿意带上全家人跟他们一起飞过去玩。"

"'你知道一架崭新的萨拉托加值多少钱吗，帕特？'他问我，'五十万美元，差不多这个数目吧，取决于它的装备。所以，'他继续讲道，'我故意在餐厅假装碰巧遇到马尔并且告诉他我听说了那架飞机的事情，不过我感到好奇的是，'他继续讲，'你是如何支付这笔款项的？'

"而且罗斯医生要么记不起他那天醉酒时都具体说了些什么，要么他认为他可以告诉他的朋友实情而不会有什么问题，他只是笑了笑并讲了一句类似这样的话：'钱就是上帝。'"

既然他已经把心里的这些话说了出来，原来压在心上的大石头现在变成了戴在身上的一枚小小的徽章，因此他感到浑身无比轻快。他再次伸手捂住了自己的头顶，又一次试图露出一个笑容，不过这次笑得比第一次自然了一点。"事情就是这样，"他说，"马卡姆先生在一些问题上想听听我的意见，比如作为一个公司我们应当怎么办，我们应当如何继续下去等。他认为有一种可能性——罗斯医生收受了贿赂或是从列入用药目录的药品中吃了回扣，但是他没有任何证据。他就是想不出罗斯医生怎么能够拿得出五十万美金来。他已经跟他的妻子谈过并且——"

"卡拉吗？"格里斯基迫不及待地想要弄清楚他们夫妻之间进行交流的这个迹象到底意味着什么，"我记得马卡姆和他妻子的关系并不融洽，即便是他们住在一起的时候。"

"哦，是的，在很长一段时间里他们都是形影不离的。在他们……的问题出现之前，他们是无话不说的。卡拉甚至有时会到公司来并参加董事会议，而且她知道公司的事情比我们中的一些人都要多。这让一些人感到恼火，但没有人打算就此说点什么。而看来她并不像是泄露董事会内部机密的源头。她个性格直率固执，但头脑真是绝顶聪明，极富商业智慧。不管她想到了什么，就会当场说出来，并且让我们去处理。"

这个信息让哈迪消除了自己心中一个小小的谜团。他曾对便条中的"Dis. w/c."这个部分感到困惑不解，而且已经断定它肯定是指人事部门的科兹。但是现在，也许 c 指的是卡拉。尽管如此，他还是想把福利带回到马卡姆的举动这个话题上来。"那你们俩最终决定怎么做？你说过无论怎样那是无疾而终。"

这是个让福利感到不快的回忆。"我告诉马卡姆先生，如果他的确认为罗斯医生在做这样的事情，我们或许就应该把这事交给地方检察官和税务人员，而且让他们就从飞机这件事上入手调查。"

"但是你没有那样做，"格里斯基说，"这是为什么呢？"

福利对这个问题根本用不着去多想的，不过他还是想了好一会儿才给出了回答。"简单的答案就是，第二天在我还没来得及去做任何事情之前，马卡姆先生就把我叫了过去。他说他已经面对面地跟罗斯医生对质过了。他们之间的友谊要求他这么做。罗斯跟他说本来是在这事一发生的时候就跟该他分享这个好消息的，不过出乎意料的是，那笔购买飞机的钱是从他妻子的娘家人那边来的。一个姨妈或是什么人突然离世，留给了他们一大笔钱财。"

上午的一阵微风卷起一小片混合着尘土和汽车尾气的烟尘吹了过来，他们都转过身去躲避。哈迪右手揣在衣袋里，面对着这位公司法律顾问，说道："当你对这事感到无望的时候，你做了什么？"

"我什么也没有做。我被马卡姆制止了。"

"那你相信他吗？相信马卡姆吗？"

"这跟那个问题是两码事。"

但是格里斯基对这个不痛不痒的回答没有兴趣。"那好吧，我有一个问题要问你，福利先生。你当时究竟是怎么想的？你现在又是怎么想的？"

这个可怜的男人的脸一下子变成了深红色。哈迪认为他的血压已经高到可以让他的耳朵随时流出血来。这一阵气血上涌让他花了近十秒钟才考虑好该如何对他们的问题作出回应。"我没有任何证据去证明任何不轨的行迹，你们明白这一点。我并不是在就任何事指控任何人。我应该澄清这一点。"

"就像你没有指控任何人在你办公室装窃听装置一样吗？"哈迪温和地说，"然而在这里，我们已经在四分之一英里之外了。我们不会理睬你是怎么去为你的说法辩解的。告诉我们你心里的想法。"

这个问题倒没有费什么时间，福利很快就给出了回答。"罗斯手里也有马卡姆的一些东西。或许就在我们着手准备做这事的时候，他们两人在一起互相都抖出了一些见不得光的东西，我不清楚，也许是比这事更早之前的什么事情。无论如何，他威胁说要揭发马卡姆，而且他们僵持不下，关系陷入了僵局。"

"而且他原原本本地听到了你和马卡姆之间的谈话内容，因为那些办公室都是被装了窃听器的吗？"格里斯基嘴唇上的疤痕紧绷了起来。

"我猜是这样的。"

"你们怎么没有好好地清理一下那个地方呢？"

这一次，福利的眼神里传递出来的意思是那根本就是不可能的事情，尤其是如果罗斯下命令要窃听的话，他现在就掌握着所有人的一举一动。"你要是在工作上跟罗斯医生不合拍的话，坏事情就要降临到你头上了，"他说，为了让自己的这些话听起来更合乎道理，他接着又补充了一句，"我还得为自己的家人想一想。"

再次出现了，哈迪心想，这种可悲而又熟悉的套话。今天毫无疑问正在成为一个陈词滥调风行的日子——先是安德烈奥蒂称自己只是为了服从命令，现在福利又称是出于对家人的考虑。有那么片刻时间，自己为何会出现在这儿的这个问题也在哈迪的脑子里绕来绕去。为什么没有委托人了自己还要待在这儿，站在一个辩护律师的对立面？即使没有什么人身方面的安全之虞，可也在冒着不得安宁的威胁。对此他拿不出一个周全的答案，但是他明白一件事情——他不会拿他的家人来做挡箭牌，或者说拿工作来为自己开脱。他正在做他必须去做的事，这就是他最后为自己寻找到的支撑点。这似乎是值得去做的正确的事情。这个理由就已经足够了。

在格里斯基试图让他的下一张搜查令得到签署的过程中，哈迪仍然跟他的身后。里奥·科莫罗是今天核批搜集令的当值法官，而且结果证明碰到他真是倒霉到了极点。他不会签署一张搜查罗斯家或是他办公地点的搜查令。这个皮肤黝黑，留着寸头，有着一张四方脸的，貌似墨西哥阿兹特克族酋长一样的科莫罗法官软硬不吃，铁面无私，过去曾多次坏过哈迪的事，格里斯基遇过的这种事情还要多一些。但这不是个人之间的私事，这是法律。

"我不会再经我的手就这件案子签署出一张搜查令了，因为看似可能的根据是缺乏说服力的，而且变得越来越没有说服力了。过去的那几天里我一直被催着哄着，听着那些纯粹一派胡言乱语的鬼话，给每个到这儿来的人签署搜查令，还说什么他们的兄弟或是姐妹可能具有在波托拉医院杀害某人的动机。上星期那个你认为做过这事的医生，上尉，你还记得吧？或者说那个可能让半个郡的人都中毒的护士？但是后来，就在昨天晚上，玛琳告诉我那个秘书也有作案动机。"

"那不是我的办公室管得了的事。我——"

科莫罗举起手给了他一个警告。"我不管。给我一个依据，上尉。这些话能让你想起些什么吗？我不会签发任何一张搜查令，我也许要提醒你，它是对任何公民权利的一种极大的侵犯，除非有确凿的根据，也就是说有确凿的证据发生的时间与案件的发生处于同一时间段，并且事后可以证明案件的发生。"

格里斯基压制住了自己的傲气。"这就是我们希望用搜查令去找出来的东西。"

"但是你们必须在你能够寻找更多的证据之前起码掌握了一些东西。那些都是规定，而且对此，你应该和我一样清楚。然而要是你没有——"科莫罗突然朝哈迪竖起了一根手指头，"在这一点上我可能比不上你的辩护律师朋友，他对刑事程序每一个细小的，苛刻的规定都非常熟悉，而且我相信他会愿意你跟上形势的最新变化。无须多说，事实就是如此，在这份书面陈述上，指定的当事人不是什么没有权力和律师的愚笨之人，而是这座城市的主要合同承包商之一的首席执行官。根据这一点来看，你是大错特错了，即使你请求，我也是这个回答。"

"阁下。"即使现在情况不妙，哈迪认为他也应当尽力争取一下，"罗斯医生是一起谋杀案调查中的最基本问题的解答人：谁是受益者。不仅仅是他接替了马卡姆先生的那份薪水和位置——"

科莫罗并没有大发脾气，只是把那团怒气压在心里。"你不要以为你可以在法律上跟我说教，哈迪先生。就这个案例来说，有些玄幻小说作家对谋杀案件的幻想俯拾皆是。我完全明白受益人是谁这个词的意思，而你对这个法律条文使用的拉丁词只是一知半解，如果你想以此作为运用这种司法权的根据，给你个建议就是你还是改行吧。我本人的意思说清楚了吗，对你们两个而言？"他现在直接对他们俩瞪起了眼睛，连伪装出来的那种耐心也没有了，"找到更多的根据，否则没有搜查令。这就是我最后的决定！"

"但愿他不是个法官。"不知道怎么回事，花生如魔法般地重新出现在了格里特斯办公桌的抽屉里，而且哈迪面前那一小堆花生壳正在不断变多，"我要杀死他。"

"不要因为他是法官就难住你。杀一个法官跟杀一个公民一样。如果你打定主意要干这事，那就去干吧。毕竟我是凶杀案组的头儿。

我敢打赌我可能会弄丢大部分的证据。不，在我们甚至还没有尽力的时候就已经做好了毁灭证据的事情。想象一下，如果我们做过了这事——我会把所有的证据都弄丢。而且你听到那位大人说过的话——没有证据，没有搜查令。我甚至不可能去逮捕你，尽管我讨厌错过这个部分。或许我可以逮捕你，然后因为缺乏证据又不得不释放掉你。"

哈迪又掰开了一个花生壳，砰的一声取出花生仁。"那是你连在一起说过的最长的，最连贯的一串话了。"

"我上高中的时候，在《尤利乌斯·恺撒》一剧中讲过'朋友，罗马人，农民'这段台词。这就是让自己话多的办法。"

"不过你并没有化妆扮演他们。这还是有区别的。"

格里特斯耸了耸肩。"没有做到那个程度。要是那样你话会让你感到吃惊的。"

"你演过马克·安东尼吗？"

格里斯基又耸了耸肩膀。"那是一所语言学校。接下来的一年，我们又演了《奥赛罗》，而且他们不愿让我去演他，因为他是黑皮肤。"

"你没有向他们指出来你也是黑皮肤吗？"

"我以为他们凭自己的眼睛已经看到了这一点。不过我猜没有。"

"这么说你受到了歧视？"

"肯定是那样的。不可能恰好有别人更适合扮演那个角色。"

"你就忍住不要说了。如果你没有得到那个角色，而且你是黑皮肤的人，那才是原因所在。不要再往下说了。事实会让你得到解脱的。你在旧金山已经生活了多长时间了，还用得着我跟你讲那些规则吗？我敢说即使在所有这些时光都过去之后，你也可以就你所受的痛苦和磨难向某人提出补偿的请求并且变得富裕起来。我可以为你详细撰写那些文书，而且或许我也可能变得富有起来。我敢说，你会是一个了不起的奥赛罗。"

"大学一年级那年，我也没有得到夏洛克这个角色，因为我是半犹太血统。"

哈迪咯咯地笑出声来。"你成为一个警察就毫不奇怪了。去为不公

458

平而战斗。"

"算了吧，"格里斯基面无表情冷漠地说，"不是这个原因就是因为姑娘们喜欢那套制服。"

"你们学校演出了不少莎士比亚的作品。"

格里斯基慢慢地享受着一粒花生米给他带来的满足。"那是不同的时代，"他说，"都是过去的日子了。"

35

　　拉扬·巴丹紧紧握着电话的听筒，好像自己的生死就由它来决定似的。他坐在厨房里那张集就餐、阅读、玩智力拼图玩具和桥牌等多种用途于一体的小方桌旁。今天晚上，桌面上除了一只喝水用的玻璃杯外别无他物。他已经把杯子接满了自来水，以备口渴时伸手就可以够得着。他知道当自己开始讲话的时候可能会吓得一句话也憋不出来。

　　自从查特吉去世以来，他就一直在不断地缩减自己的生活需要，去掉了多数人生活中都要面对的那些琐碎的东西，哪怕他觉得它们也是必要的。现在，他像修道士一样过着简朴的生活。

　　他住的那套有两个房间的小型公寓就在科尔街与弗雷德里克街交会的十字路口上，走几步路就是波托拉医院。这套公寓由一个又小又黑的卧室和一个稍微大点的——尽管没有人会说它大——厨房组成。这套房子唯一的入口是一个没有任何入口通道的单扇门。它本身的框架就在外边，是直接用发红的灰泥来粉刷的，现在都已经分辨不出原来的颜色了。门被涂上了一层已经四处裂缝翘皮剥落的红漆涂料，从表面看像是胡乱地贴在这个四层公寓的楼面上的，它可能是一个富有幽默感的天才画家的复古式俏皮之作。由于楼前那个街道的坡度，大部分的公寓实际处于街面的水平线之下，于是永远都处于阴冷、黑暗和潮湿之中。

拉扬并不介意这些。

房租控制计划至少在好几年内会把这个地方的租金保持在七百美元以下。他有一个用来做米饭的轻便电炉和一罐咖喱粉调料。房里的水暖设备确实相当好，厨房的洗槽和足够大的淋浴经常都有热水可用。厕所是冲水式的。有塑料贴面的厨房操作台靠一面无窗的前墙放着，下面塞了个半截式的冰箱，里面放着够一星期吃的蔬菜，有时还能吃得更久。还有一个便携式的加热器，在早晨最寒冷的时候可以用来帮助暖暖屋子。

现在，就在电话铃第一次响的时候，他穿着一件黄色的穆斯林传统衣服，正仰起头凑到一扇窗户跟前向外看着。窗外，再过一小时，或许更长时间天色都不会暗下来，但是他所住的这座楼投下的阴影已经在薄暮时分像一个巨大的斗篷一样将这片地方笼罩住了。一对夫妇笑着从窗前走了过去，而且当他们经过的时候他可以辨认出他们腿部的轮廓，从这一点来看，那扇窗户的下沿不会超过人行道平面二十英寸。

他嘴边的肌肉抽搐了一下，不是因为紧张的缘故，就是因为那个笑声触动了他记忆中的某种感觉。塑料面操作台上一个细小的移动把他出神的目光吸引到了那儿，一只蟑螂正在爬过那上面的一个棋盘。至今都有一年了，他一直都很享受这种游戏，那还是让查特吉的父亲从德里邮寄过来的。他正在思索下两步棋该如何走，也许不到一个月，他就可以将王棋逼入僵局，有好长一段时间形势似乎看上去是他会被将死。他认为僵局远比战胜的结局要好——他觉得那些不同意他这个观点的人，没有理解这其中的要义。

电话铃再次响了起来。他一手握着听筒，另一只手摩挲着那张方桌桌面上呈现出来的各种各样图案的纹理，这是他的一项个人嗜好。

他一直都喜欢木质的东西——他和查特吉基本上都是用从斯堪的纳维亚半岛的家具生产商在这儿开设的店铺里买来的柚木家具来布置他们这间公寓。价格便宜，而且经久耐用。他喜欢它们精巧的做工，摸上去的那种手感，还有那些漂亮的纹理。那时他们是用一种檀香油来擦拭这些家具的，尽管时间已经过去不短了，但当他陷入冥思遐想的时候，仍然还能够闻到那种宜人的味道。

不过事隔多年之后，他现在已经变了，而且这张桌子好像也随着他的变化而变得不同了——作为桥牌游戏之用，它现在已经加上了一些暗色的硬木，被改变成一种箭尾形的形状。每一方的右手角上都装有一个可以拉出的抽板，玩家们可以把它拉出来，把喝的东西放到上面。每隔四个星期，他都要在家里招待他的桥牌组打牌，而且另外那三个牌友对那个耐用的设计都赞赏有加。

"你好。这里是罗斯家。"

"你好。马拉奇·罗斯医生在家吗，要是他在的话请帮我叫一下。"

"我可以告诉他是谁找他吗？"

"我的名字是拉扬·巴丹。他可能不认识我，不过请告诉他我是波托拉医院重症监护室的一名护士。他可能会记得这个名字。我有要紧的事要跟他谈。"

"请稍等。"

又是一阵等待。拉扬·巴丹闭上了眼睛，努力让自己的头脑平静下来。话音听上去要让人一点也觉察不到他有害怕和紧张的意思。他只是在向对方传达信息和提议，就这么简单。他坐在椅子上，直起了脊背，深深地吸了一口气直达丹田，并将它存留在那儿，直到它变暖了他才能缓缓地吐释出来。他喝了口水，咕咚一口就咽了下去，清了清自己的嗓子。

"我是罗斯医生。是谁又打来了，请讲话。"

"罗斯医生，我是波托拉医院的拉扬·巴丹。或许你还记得，马卡姆先生死的时候，我和肯森医生一起在重症监护室里。我很抱歉打到你家里。"

"你是怎么得到我家里的电话号码的？"他问道，"我没有登记过。"

"需要的话就能够找得到——如果知道到哪儿去找的话。"

短暂的沉默之后，罗斯说话的声音听起来略微有点谨慎。"行了。要我怎么帮你呢？我的女佣说你有急事找我。"

拉扬伸手再次端起了水杯并快速地喝了一口。"是这样的。我需要开诚布公地跟你谈一谈。你说话的地方方便吗？"

罗斯的语气已经有点盛气凌人的意味了。"是什么事？"

"是我们必须要讨论讨论的事情。"

"我们现在不就在谈吗？不过恐怕我没有太多时间听你讲，我妻子和我几分钟之后就要出门了。如果这事可以等等的话——"

"不行！我很抱歉，但这事不能等。必须现在就谈，否则我就亲自去向警方说。"

罗斯犹豫了一下，说："稍等。"拉扬听到他走开的脚步声，一扇门被关上的声音，随后是往回走的脚步声。"好了，我现在听你说。不过你要快一点。"

"你可能已经知道，警方现在正在调查在重症监护室里好几个病人的死亡原因，他们称之为谋杀。"

"我当然听说了。我经管着公司，一直在密切地关注着这事，不过那跟我个人没有任何的关系。"

"然而，恐怕它跟我有关系，医生。警方已经不止一次地跟我谈过话。我是那几个死亡病例发生时唯一都在值班的护士。我想他们会断定是我杀了这些病人。"

他听到罗斯在电话那头倒吸了一口气。随后，电话里传来了罗斯的声音。"如果你做了那事，你不会从我这里得到丝毫的同情。"

"是的，我不会指望的。只不过如果他们指控你杀了马卡姆先生或是其他的人，你会从我这儿得到同情的。"

这一次谈话的中断持续了好几秒。"你在说些什么？"

"我想你明白我在说什么。如果你不知道我在说什么的话，我们不会还在谈话。我看到你了。"

"你看到我什么了？我不明白你在说什么。"

"听我说，医生，听我说，"拉扬说，他感觉到了他的喉咙像着了火一样干渴，伸出手去端水，"我们没必要在否认上浪费时间。我们已经没有时间了。然而，我有个建议要给你。"

"真的吗？真是太有趣了。你显然有个机敏的头脑，巴丹先生。那我倒有兴趣去听听是什么建议，尽管你的前提有致命的缺陷。"

"如果是那样的话，我们拭目以待吧。我的意见仅此而已——你还记得四个月之前，圣诞节后的第一天的事吧，当时你顺便来到重症监护室。这个对你来说还不陌生吧？我当时轮到那一班，而且那儿有一个叫雪莉·沃特勒斯的病人。"

"而且警方认为你杀了她吗？是这样的吗？"

拉扬没有理会他的问题。"但你和我在那儿。我每天都记日记，而且我记得那件事。你和我当时还就节日期间的工作进行了愉快的讨论。人们并不喜欢在节假日期间上班，不过有时候它比待在家里去尽家庭义务和听别人对你提出的期望要好。你可能记起来了吧。"

"也许是有那么回事，不过你的意见是什么？那是圣诞节之后的第二天吗？我记不起来了。"

"但是肯定会记得，你心里明白的。"

"我现在要挂断电话了。"罗斯说。

不过他并没有这样做，拉扬继续往下讲。"我当时无疑没有明白你在做什么。后来警方告诉了我一些其他死亡病人的名字，我才意识到你在那儿是为了他们所有人，而且你做了那些事。

"我觉得自己就像是一个傻瓜，真的。也许我迟早会知道，不过一个经常到我那儿去的人，甚至还提出建议你该做……你在做什么？我，甚至不是一个医生都知道你在做什么。

"而且有谁会说让这些病人脱离苦痛是错误的呢，即便我也一直是这样认为的？以前甚至没有一个人对那些死亡有过怀疑，因此在每个人都把这些事当成是理所当然的时候，我又怎么能够跟你过不去呢？"

拉扬字字清晰的话音速度越来越快，他迫使自己把语速慢下来。

"后来当我看见你动马卡姆先生的点滴时，我心想我一定是又看到了我不该看到的东西。我不想知道究竟。我害怕得不敢吐露一个字。后来我感到害怕，是因为我没有尽早说出来。不过现在我最大的担忧，是因为我知道如果我控告你，你也会反过来控告我的。不过，我在那家医院，不是为了所有这些谋杀，但你是，因为是你做的。"

话已经说到头了，他闭上眼睛蓄积着结束自己这番讲话的力量。"所我请求你，医生，拜托你了。你一定要告诉警方在这些病人死的时候我跟你是在一起的。你将是我不在犯罪现场的证明人。而且，理所当然地，我也将是你不在场的证人。"

"你不是认真的吧？"罗斯的语气听上去有些生硬，充满了怀疑，甚至有些愤怒。

不过他还在电话线上。拉扬已经听到了类似于桥牌比赛中那些被打败的人中所发出的那种咆哮，当他们明白自己完全输掉了比赛的时候就会发出这样的声音。

"你一点也没有让我感到吃惊，巴丹先生。你确定那就是你想要的全部吗？"

"不，不完全是。恐怕我很快会不得不离开这个国家。所以我还需要五万美元，请你准备好。今天晚上交给我，要现金。"

恐慌就是恶魔，让人心神不宁。

罗斯死心塌地地认为，一个聪明人的特征就是不要铤而走险。他有时候心想，他那了不起的才能，就是觉察出别人的绝望。

他跟南希说办公室有急事，账目审计上的一些事需要去办一下。是的，即使是星期五的晚上，这些人也一直在工作。他得去参加，不过他会补偿她的。告诉萨利维斯他的歉意——他会为自己在最后一刻取消他们定好的晚餐之约做出补偿的，也许下个周末会让他们全家乘坐自己的私人飞机到塔霍去度假。

他进到自己的办公室，紧锁上房门，从自己的保险箱里拨拉出了只是其中十分之一的，少得可怜的一小沓钞票。巴丹这个家伙……他摇了摇头，似乎是对这个人的天真一笑置之，并没有把他当回事一样。他知道五万美元能干什么吗？对大部分人——那些对金钱的价值不清楚的人——来讲那又是另一个问题了。要是换了罗斯，那个数目会是现在的十倍，而且还要在价钱上讨价还价。但也许巴丹这样做真的是很精明。如果他指控罗斯，那么罗斯反过来肯定会指控他，但那样的话就会引出尴尬的问题，就是他为什么没有早点说出来。

有那么一阵，他像尊石像那样一动不动地站在那儿，努力回忆着什么。他一直都是独自一人在那个房间里的。这点他确定无疑。直到他把事情做完，巴丹都没有进来过的。他真的可能从走廊里看到他了吗？看到了他而自己却没有被看见吗？

如果不是那样的话，那问题就大了。他不可能去冒巴丹尽管收了钱还会因惊恐不安而去向警方告发的这个危险。或者说他并没惊慌，而是下定决心要更多的钱。或者说做了什么蠢事把他们两个一起出卖了。

而且如果巴丹是在虚张声势，如果他真的没有看清楚罗斯在那个点滴上做了手脚，结果对他来说还是一样糟糕。他实际上提供了一个去解决这个变得越来越棘手的问题的绝佳机会。

到明天早上，这些钞票就又回到这儿，尽管他会失去自己称之为邦德的那把枪。这把他父亲有天晚上偶然在市中心的排水沟里捡到的沃尔特PPK手枪对他来说无疑有一种吸引力，而且最终到了他的手上。他喜欢它给他的那种隐秘的罪孽感，那种给个人力量带来的震颤。

卡拉已经提到这件事了。"我知道你一直都在做什么。"那天上午她在医院里跟他讲了这句话。他基本上可以肯定她指的是他的第二个收入来源，就是那些回扣。不过也有可能是指别的，就是那些病人。他有种感觉，蒂姆正在朝这个问题一步步地逼近。核查他到那家医院去的日期，问一些他无疑认为是敏感的问题。

那场车祸让卡拉陷入了恐慌之中。而且那种恐慌之下有一种疯狂的，不可动摇的决心。当他在重症监护室的通道里向她走过去的时候，她表现出快要失去理智的歇斯底里的样子一点也没错。看到自己的丈夫被撞成碎片、身上插满管子、不省人事的样子，那场景已经让她的精神陷入了一片混乱之中。罗斯向她走了过去，准备给她一个安慰的拥抱，然后说一些节哀顺变和相互支持之类的宽慰的套话。但是她的目光在他身上打转的时候一直都透着疯狂和绝望。"难道你敢用你那虚伪的同情来侮辱我吗？"

"卡拉，你在说什么呀？"

"不管这儿发生什么事，你跟我们已经没有任何关系了，马尔，跟所有这一切。你以为这样就会让你放开手脚，为所欲为了吗？你以为这将会是个了结？"

他再次努力想让她镇静下来，表示出一种抚慰的样子将一只手按在了她的胳膊上。

"不要碰我！你不是我们的朋友。你不要再来欺骗我了。你不是蒂姆的朋友，从来就不是。你以为你没有跟我讲过你都在做些什么吗？行了，现在我都知道了，而且我不会忘记的。不管他发生了什么事，不管发生什么事！我向你发誓，我会整垮你。那就是他想要的，他要把公司从你搞垮它的一切所作所为中拯救出来，而且无论如何这都是我最后要做的事情，我会看到它发生的。"

"卡拉，别这样。你已经心烦意乱了。你不知道你自己在说些什么。"

但是她还在喋喋不休地说着狠话，为她自己的死刑加了封条。"即使蒂姆没有挺过这道关，我也认为自己有义务到董事会去，甚至到警方去为他的身后正名的。"

在这种不掩饰的威胁之后，她认为他不会有所行动吗？她能够想象得出他不会吗？如果不迅速、大胆、毫不手软地采取行动的话，他就注定要完蛋的。

明白了这个情势和他必须去做的是什么，罗斯首先要消除她的敌意。他用力地把她的双手攥在自己的两只手里。此刻，他们脸对脸，四目相对。"卡拉，我们先不要说这些事。让我们一起让蒂姆渡过难关。我已经做下了错事，而且我为此感到抱歉。不过我们大家都犯过错误。我向你保证，我们会解决的。如果我必须离开的话，那就这样好了。但是绝不要说它跟我们的友谊有任何的关系。没有任何东西可以伤害我们的友谊，哪怕是一点点。它是永恒不变的。"

那个计划本身是考虑周全、天衣无缝的。钾不会留下任何痕迹，而且那家医院的验尸报告绝对是徒有其表，走走形式的东西。如果那个法医没有解剖过蒂姆的尸体的话——罗斯从未预想到会发生这种事——整个计划就会大功告成。他认识到，要是他能够让情况看起来好像卡拉精神错乱到足以去自杀和杀掉她家人的地步，那警方就绝不会为此去寻找什么凶手。他会用蒂姆放在自己办公室里的那支枪去做这件事情。

当他到了蒂姆家的时候，楼上的灯都已经熄灭了。他希望孩子们都已经睡熟，这样他就不会碰上他们了。他会悄悄地做那件事情。他们什么都不会觉察，不会有任何的怀疑，只是自顾自地呼呼大睡而已。

不过卡拉就在门里，而且一开始不愿意给他开门。"没有什么要谈的，马尔。我们都已经累坏了，再没有力气去说什么了。明天我们可以见面。"

但是耐不住他的软磨硬泡，她最终还是妥协了。"求你了，卡拉。我知道蒂姆肯定跟你讲过一些事情，但是我们正在解决，就像我们一直在做的那样。我爱这个男人。我需要解释。我需要你理解这一点。"

"没有什么需要理解的。"

"那起码我需要你原谅我。"

她最后一次迟疑了一下，然后拔下了门链。一进到门里，他就从自己的口袋中拿出那把沃尔特，告诉她他们需要静悄悄地走到房子的后屋去。

　　现在他要把这样的事再做一次。他已经有经验了。这事看上去得像自杀一样，得让它看起来就像巴丹在获悉警方把波托拉发生的所有谋杀，包括马卡姆在内，都归咎到他身上这种形势后，选择了这种怯懦的解脱方式。那样就会终结所有的调查。

　　他同时还得确保没有一个人会听到枪声，他估计这把沃尔特射击时发出的声音会比蒂姆那把点二二的要响一些。

　　首先，他得分散巴丹的注意力，然后趁他不注意的时候用氯仿麻醉他，让他动弹不得。只是氯仿会在他的体内保持一定的时间，而且会被检测出来。或许用乙醚会更好吧？他手边的医药包里就有乙醚。那也可以的。而且他当然也可以干脆开枪杀了他，让现场看上去就像抢劫未遂或是什么的。但是把它弄成一起自杀的样子会更好。他得在驱车前往目的地的途中考虑好他的选择，然后根据实际情况随机应变。

　　巴丹显然以为警方随时都会去抓他，因此他今天晚上就想得到五万美元。他是铤而走险了，而且正在铤而走险。他注定会干蠢事，会作一些危险的决定。

　　比如说，就像蒂姆。他不可能琢磨透蒂姆的。当他们俩一直都在埋头苦干，让公司提升业务并运转自如的时候，一直都有很多的机会暗地里做手脚，从中捞取好处。当然跟现在比起来那些都是不值一提的小钱，而且很多都是以软钱和额外补贴的形式收取的。在拿帕或者墨西哥度过的那些周末，那些醉人的美酒，当他们的妻子不在身边的时候为医学大会晚会而临时招来的那些女伴。蒂姆都欣然拜倒在了那些诱惑面前，跟他保持了一致的步调。但在第一次实实在在的金钱贿赂面前，他却惊恐不安了。他认为这样做是不对的，但对罗斯来说，这跟他们一直都在做的那些事情比起来没有什么区别。实际上，这样更好。

不过蒂姆始终愿意相信，他本质上是个诚实而善良的人。那个傻瓜。由此，他才在那个公认的性感美人安·肯森这件事上让自己经历了所有的烦恼。罗斯不能够相信，这个家伙在原本至少该是一场十分有趣的调情上竟然差点毁掉了自己的生活。不过，不是这样的，他还说自己只是"爱恋"而已。不管他这么说是什么意思，反正他就是个蠢货，一个蠢货。不过他还没有蠢到让他自己相信，就因为他蒂姆已经决定不拿取任何人的不义之财，罗斯也会做同样的事情。当然，那些年蒂姆自己良心上曾有过一点点过意不去，而且也跟罗斯说过他们必须收手——不仅仅因为那样做会威胁到病人的健康和公司的前途，而是因为这根本就是错误的。罗斯假装表示赞同他的意见。为什么不继续那样做呢？为什么要去烦扰这个自以为是的白痴呢？为什么要把那些钱去跟一个不想要它的人分呢？罗斯明白，事实是他并没有通过收取那些讨厌的药钱实实在在地伤害任何病人。如果蒂姆希望看到罗斯已经跟他一样良心发现的话，他会让他享受这个白日梦的。

但是后来，甚至当蒂姆躺在老婆身边睡觉的时候，发现罗斯一直在精明地构想着如何填报那些欺骗性的账目表，简直不敢相信他长期的合伙人和医疗主管仍然还在干着欺骗的勾当和继续收取着回扣。他那自以为是的正义感令罗斯感到作呕。

蒂姆简直就是个十足的伪君子，在罗斯面前拼命地绞着手，装出一副为难的样子——他该怎么办呢？他该怎么办呢？这已经引起了他的注意，说了一大堆诸如此类的话。难道罗斯就不明白吗？蒂姆已经问过他了。他已经越过了那条底线，现在蒂姆必须做点什么了，必须对他的所作所为有所行动了。情感上的那种矛盾冲突让他经受着撕心裂肺般的煎熬——长久以来罗斯一直都是他的朋友。关于他们家人之间的亲密的关系，喋喋不休地说了一大堆的废话。

但即使是面对这种毫不掩饰的威胁，罗斯依然保持着镇定并且告诉蒂姆，如果他觉得非要去公开指控他的犯罪行径的话，那罗斯别无选择，只好去把他也揭发出来。那么接下来，他们两个都会被毁掉，那会对谁有好处呢？

至此，事情陷入了僵局。

　　但他心里清楚，蒂姆对他来说是一个定时炸弹，说不定什么时候就会爆炸。他最终还会就这个问题再次向他施压的，当然罗斯会再次挡开他的进攻。这种情况就跟安和卡拉之间的态势一模一样，安紧逼一次，卡拉就招架一次。不过罗斯不会感到恐慌。他会在蒂姆犹豫不决，不知如何是好的时候气定神闲地冷静等待，如果情况没有发生什么变化、还是像往常那样的话，那么接下来罗斯最终就会不得不去找出一个摆脱困境的办法，一个永久的解决之道。

　　而且后来蒂姆被突然送到他的手上来了，已经濒临死亡的边缘，只需要在没有一个人会看见的情况下轻轻地那么一推，就可以打发他上路。

　　他在门口跟南希吻别，跟孩子们讲要好好地待在家里。站在环形的私人车道上，他出自本能地决定去开那辆旧的丰田车。巴丹家位于海埃区内，他不愿意开任何一辆好车过去，那只会像磁石一样地吸引那些以蓄意损毁公私财物为乐的人的目光。那辆绿色的旧车会让他在那儿不吸引别人的注意，而且那也是形势的要求。

　　他把公文包扔到自己身旁的座位上，驾车驶入来往的车流之中，调整了一下遮阳板的位置遮挡迎面射过来的阳光。此时，太阳已经穿破地平线上那层薄薄的云层，将城市的街巷笼罩在一片金色的余晖之中。

36

罗斯驱车驶过那座住宅楼的时候，入口处的那道门首先就让他有些困惑。这个家伙住在一种什么样的地方？如果门窗几乎都处于人行道路面之下，那么那套公寓看起来不会比一个壁柜大多少。没有什么空间来吞没掉枪击的声响。幸运的是，这里没有门廊。他敲敲门就可以走进去，干好自己的买卖，然后还可以较为顺当地走出去。不过，此刻他的心脏就跟他当初去见卡拉时那样在怦怦地跳着。这是件不得不做的买卖，不过他不可能克制得住自己肾上腺激素奔涌。

他终于将车停在了距离那座住宅楼一个半街区的马路对面。现在，离天色完全暗下来还有一点时间。他极力在脑子里想象着拉扬·巴丹的模样。他肯定已经在那家医院里见过他许多次了，这是当然的，不过即使见过，他也不会过多地留意。如果对他有任何印象的话，那也仅限于他是个瘦小文静的男人。如果是这样，罗斯就可以毫不费劲地制伏他，除非他身上存在着一种出其不意的力量。

但他该如何处理乙醚呢？拉扬是个护士，他会相当熟悉那种气味，如果罗斯提前打开那个瓶子，把乙醚倒在纱布上并塞进自己外套口袋里，他一打开门就会发现的。还有，他如何才能处于那个男人的身后呢？那似乎是个至关重要的问题。

　　他告诉自己，不必为此着急。他接到那个电话还不到一小时，而且表示出在如此之短的时间内去拿到五万美元是有困难的。但巴丹并不买账，告诉他去设法拿到钱，并且在九点钟之前赶到他的住处，否则他就会给警方打电话。

　　罗斯再次看了看表。现在还差十分钟才到八点。他无论如何都还有时间。他把自己的双手伸到面前，盯着它们看了良久。没有丝毫抖动的踪迹，做了蒂姆那件事，接下来是卡拉，之后手抖这个症状曾困扰过他。

　　他居然在期盼着那个时刻的到来。这最后一刻的盘算筹划对一场赌博的性质来说其影响是微不足道的。令人惊诧的是，这个男人那么轻易地就将自己送到了他的手里。只要一个电话，接着一个决定性的行动，他的麻烦就会结束了。

　　突然之间，就在他坐在那儿的时候——正如他知道事情就会是那样的，每次他真正需要的时候就会到来——他想到了解决的办法。他一直在努力地想把事情办得过于巧妙，反而让自己陷入了思维的泥潭而不得其解。根本就用不着乙醚，这一点不让他感到惊奇。他一进到屋里，只需要简单地挥舞着那把枪，就可以掌控事态的发展。坐下，巴丹先生。把你的手掌放到太阳穴上。请把你的手指分开一些，好让我能够把枪管头正好抵在前额发际线那个位置。谢谢你的合作。再见。

　　他自鸣得意地笑着，从衣袋里掏出那只瓶子，把它和那块纱布一起放回到他的医药包里。那把枪就放在他右边衣袋里，毫不显眼地被隐藏了起来。他伸手拿起那个公文包，打开门走到了人行道上。

　　此时，暮色正在急速地变得愈来愈浓重。那扇窗里已经亮起了一盏灯，好在入口处的门那儿却没有光亮。他停下脚步，一动不动站了片刻，接着继续往上走来到弗雷德里克，这儿是这条街的尽头。他穿过街道来到了靠巴丹家的那一边。现在，站在上坡处的这个拐角，他可以看见自己停在山下那辆车和弗雷德里克两个方向的情况，那是一条呈十字交叉的街道。有几辆车子随意地停放这条街道的两边，却看不到一个行人。

他从那扇窗户跟前走过，斜着身子探头向里面匆匆瞥了一眼。窗户盖了一块劣质的布，靠近的时候可以透过它看到里面的情况。他看见巴丹就在那间屋子里面，正坐在一张桌子边上孤零零地等待着他的到来。他现在想起来了，那是一个无足轻重的人。他在门口又站了一会儿，积聚着力量。

是动手的时候了。

时间已经过去一个多小时了。听到门上传来的敲门声时，恐惧和焦虑已经让拉扬几乎要哭出来了。他端起水杯喝了一口，这样他才能够说出话来，然后把杯子放回到那张桌子上，两手在自己的裤管上擦了擦了，说道："请进。门是开的。"

他几乎指望着马拉奇·罗斯的样子会跟过去的几年里频繁出现在医院的那个人有所不同，但出现在面前的还是那个面貌丝毫没有改变的同一个男人。这个身材又高又瘦，外表内敛而威严的罗斯在波托拉的大楼里浑身上下都流露出一种不露声色的可怕的控制力。他一跨进门，拉扬就在那个房间里感到了这种实实在在的影响力。他觉得内脏在体内翻江倒海地搅腾起来，不过他又想到这是不可能有用的。这曾经是他的一个错误。他万万不可以拿这事来开玩笑。

罗斯关上了身后的门并轻蔑地扫了一眼那间小得可怜的房子。"你就住在这儿吗？"

"还有一个房间，"拉扬指着那间跟门口连着的黑洞洞的卧室警惕地回答道，"我的要求很简单。"

"这很显然。"

罗斯仍然站在门边，手里提着一个公文包。拉扬接下来的话是冲着它说的。"你已经带来了，"他的喉咙好像被堵住了似的，一时语塞，

"那笔钱吗？"

"这个吗？"那个男人举着那个公文包，看起来似乎还在为他自己的聪明才智而自我陶醉，这其中的奥妙拉扬是不可能想象得出的，"这次又是多少呢？"

他明白罗斯是在拿他寻开心，不过他不知道这场游戏的规则。"五万美元。"

"我为什么要给你这笔钱呢？因为你可以勾起我的回忆吗？"

"那根本就没什么关系。你知道为什么。那正是你来这儿的原因。"

"然而，或许不是。也许不是你以为的那个原因。"

拉扬的眼睛盯在屋内的墙面上搜寻着什么。他又一次伸手端起杯子，急急忙忙地喝了口水。

罗斯两步就跨到屋子的另一边，伸手从那张桌子下面拉出一把椅子坐了下来。"你看起来有点紧张，拉扬。你紧张吗？"

"是的，有一点。"

"这可跟你在电话里威胁我时大不一样了啊，是吗？你和我现在都在这儿，可以面对面地谈了吗？"罗斯把那个公文包放在他们两人之间那张桌子的中间。巴丹想作出回答，但喉咙就像被卡住了似的张着嘴却说不出话来。他快速地缩起脖子垂下头，试图想咽一下唾沫。当他抬起头来的时候，罗斯的右手里拿着一把枪，枪口正对着他的胸口。"哦，亲爱的圣母马利亚。"他压着嗓子低声说道。

罗斯仍旧以同样的口吻若无其事地说着，"你想知道就这个情况我发现的最具讽刺意味的东西是什么吗？你有兴趣吗？我会认为你会有的。"

在这种情况下，拉扬唯一能做的就只能是硬着头皮点了点头。他的眼睛一刻也没有离开过那个武器。罗斯继续以一种近乎逗乐的语气说着话。"你瞧，让人觉得好笑的是，你害怕警方要来逮捕你，他们认为你杀了波托拉所有那些贫穷的病人。你想跑，难道不是吗？因为除了说你自己没做过以外，你没有任何辩解的理由。想象一下那种情况吧。我会第一个去承认，那看起来对你并没有好处，而且我不会责怪你，真的。但是我要告诉你点什么，你想知道吗？"

"想。是什么？"

"我想你会帮助警方破了这个案子，拉扬，事实上，只有我才清楚它到底是怎么回事。"

"那是为什么呢？我永远都不会讲的。我有什么理由要说呢？"

"我敢说你能够猜得到那话的意思的，拉扬。答案就是你不必去说点什么。不过最大的讽刺在于，过了今天晚上之后，在你杀了你自己之后，所有人都会知道，你不仅仅杀了那些病人，那些每天都要花掉我几千美元的所有的穷病人，而且你还杀了蒂姆·马卡姆和他的家人。"

"你可以把那笔钱拿回去。"拉扬突然爆发了出来，话音在那间小小的屋子里激起了回音，"枪！没有必要用枪的！"

罗斯把身下的椅子往后推了推，开始起身要站起来了。

"不许动！警察！把枪扔掉！"格里斯基从暗处走了出来，此刻就站在那间卧室的门口，双手朝前举着自己的手枪，"扔掉它！"

有那么一会儿，罗斯僵在那儿没有动，把头朝格里斯基站的地方转了过去，然后慢慢地将手垂向桌面。他把枪放到那张木桌上的时候，桌面上传来一声碰撞引起的闷响。

"好了，现在，把它放到地板上，就照着刚才的样子做。"

罗斯的眼睛始终没有离开过格里斯基手中那把对着自己的枪。他的双手仍然停留在桌上那把枪的上方。他把自己的右手向回收，看样子就好像他要用劲把枪一下子拨到地板上似的。

格里斯基看到罗斯在照着自己的要求做，或许也误解了他的这个举动，抑或是有一会儿放松了警惕，他把枪口的角度往下移了约半英寸。

罗斯的身子移动了起来，就如同蛇袭击人时那般迅捷。他抓起那个公文包，猛地向前一冲，将它扔向了近在咫尺的格里斯基。就在此时，格里斯基开了枪，那个小小的房间里传出一声巨响。那个公文包撞上他的时候突然打开了，把他手中的枪也碰掉了，里面的钞票掉出来散落了一地。房子后墙上震落下来的石灰大量地飘落到塑料贴面的厨房工作台上。

又一声枪响震落了更多的石灰。

"不要动！"罗斯已经拿回了他自己的枪，朝门口的地面上打了一发子弹，格里斯基伸出手正要去够自己掉在地上的那把枪，"起来，把它踢到这儿来！现在！"

拉扬在冰箱旁边的角落里惊惧不安地蜷缩成一团。罗斯瞥了他一眼，命令他也站起来，随后用手示意格里斯基离开卧室门口到厨房里来。现在，医疗主管正在大口大口地喘着气，但他的目光毫不含糊地注视着眼前发生的一切。他左右手各拿着一把枪，嘴抿成一道弧形，脸上挂着一种似笑非笑的表情。"你们这些家伙骗了我，"他说道，"真是让我印象深刻啊。尤其是你，拉扬，干得不错。"但接下来的话就变得恨意十足了，"不过我明白现在这儿要发生什么事了。你！这个警察！你到这儿来逮捕巴丹先生，而他决定不束手就擒，因此这儿终究会有一场交火。可悲的是，你们之中谁都不会活下来。"

哈迪别无选择，只得一动不动地站在处于黑暗之中的那间卧室的墙后。他无法预测罗斯会在何时对他们两人中的一个开第一枪。他必须抢在罗斯下手之前迅速采取行动。

电灯的开关就在那道门的旁边，而且他所处位置正好就在那儿。他抬手啪的一声按下了那个电灯开关，公寓完全陷入了黑暗之中。

屋子似乎立刻陷入震耳欲聋的声响之中。他一下子伏到地板上，一瞬间不可思议地连续听到四声枪响。接着是一个身体猛力撞击到另一个身体上，传来扭打在一起时的那种让人昏晕而又实实在在的嘎扎嘎扎的打斗声，听起来其中一个占了上风，将另一个砰的一声撞了回去，摔到什么固定的东西上时嘴里发出的"哼"的一声，随之而来的是更多东西破碎所发出的稀里哗啦的声音。另一声剧烈的枪击声响起，在最后一次冲撞结束之前，又是一场更为激烈的打斗，接下来是一声沉闷的巨响，而且还有格里斯基的声音，几乎都辨不出来是他，但无疑就是他的，在叫喊着："开灯，迪兹，开灯吧！"

就在哈迪摸到前门用力打开灯的时候，布拉科的人影出现在了屋里，枪已经拔了出来，双手朝前举着。灯熄了又亮，是他们约定的赶来增援的信号。随后布拉科就从远处赶到了这间屋里，菲斯克手持武器跟在他身后。哈迪靠在那间卧室入口处的门框上，因紧张过度都散架了。

拉扬·巴丹仍然还蜷缩成一团，头垂在自己的膝头，在轻声地哭泣着。

格里斯基一手拿着一把枪，已经站了起来，身体有些摇晃不稳，旁边是口鼻都在流血的，躺倒在地板上的马拉奇·罗斯。

格里斯基转过身来，将枪口朝下都交给了布拉科。

然后他吃力地向后退了半步，并且打个趔趄，似乎就要摔倒一样。

哈迪往他身前走了一步。

"阿布，你——"

格里斯基转过来看着他，张嘴想要说话，但就在他身子再次倒向地板之前，一股鲜血顺着他唇上那道疤痕从嘴里淌了出来。

37

《城市对话》

作者：杰弗里·埃利奥特

旧金山凶杀科的负责人，亚伯拉罕·格里斯基上尉令人感到悲痛的去世，为帕纳塞斯医疗集团及它为了努力保持自身具有偿还债务的能力而不计后果地去让其用户和顾客付出代价这一传奇故事画上了令人难以接受的句号。格里斯基，时年五十三岁，在其三十年的工作生涯中一直都是本市的一名警察。在全部工作时间里，有一半是在凶杀案组度过的，他几乎夜以继日不停地工作在这座城市最危险的地方，经常寻访那些充满敌意的证人，拘捕那些会毫不犹豫再次杀人的亡命之徒。他的职业世界充满了暴力、毒品和对文明行为，甚至是对生命的漠视。然而，这个为人极为谦卑的人最值得让人称道的是他从未在一怒之下拔出过他的枪。

就在昨天晚上，他不得不第一次这么做了。但就这一次，却让他不幸搭上了自己的性命。

他不是在办一起警察们戏称为无人卷入的案子，在这个案件中不论是证人，还是嫌疑犯都有大量实实在在的犯罪记录。事实上，杀害他的人是一个典型的白领商人，这个人曾是近期本专栏的访谈对象——帕纳塞斯健康维护组织的首席执行官马拉奇·罗斯医生。格里斯基的调查是从罗斯的前任，蒂姆·马卡姆在波托拉医院重症监护室的死亡开始的，已经扩大到包括对马卡姆的谋杀；接下来，最让人意想不到的是，在一年多的时间里为数众多的在波托拉病逝的患者也进入了他的调查视野。罗斯医生现在就待在监狱里，据其交代，他就是谋杀所有这些病人和格里斯基的凶手。

格里斯基是记者本人的一位私人朋友。他不喜喝酒，也不爱给人承诺。他喜欢橄榄球，音乐和阅读。他为人严肃，缺乏幽默感，富有来自于广博的知识底蕴之上的，对事物一针见血的敏锐的洞察力。在一副极有素养，有点不怒自威，令人敬畏的外表之下，他的心灵充满了对那些朋友和受害者家人的疼惜与同情。在凶杀案组同事们的眼里他是一个严厉而不失宽容的领导，而且在法律界是个诚实守信而又处事公正的模范。由于自身带有一半的犹太血统和一半的黑人血统，他清楚地知道种族歧视之痛，然而这在他的办案过程中并没有影响他的判断，也没有影响他执法的公正性。他对待所有人都一视同仁，公平相待。他只是为他工作的那种方式感到自豪。他将被大家深切地怀念着。

他比作为他守护神的父亲活得年岁长；他的三个儿子，伊萨克、杰克卜和奥雷尔；他的妻子特雷娅·根特，还有他的继女，罗伦尼。葬礼的仪式是……

电话声打断了埃利奥特的思路。

他那充满倦意的眼睛回头浏览了自己笔下的几段文字，意识到这点东西还远远不够。这些文字没有从精神上把握住格里斯基的行事作风、人格的实质，以及他一直以来展示给那些了解他的人的那种形象。他看了看手表，已经接近凌晨一点了，离截稿还有一小时的时间，他现在得把它赶写出来，取代他今天下午已经着手在写的另一篇专栏文章。或许他可以把它写成由一个或是两个篇幅的奇闻逸事构成的综合故事，也许再配一张格里斯基面带笑容的照片——当然他知道这是不可能的事——不管怎么说，得写出点更富人情味的东西。那部电话又再次响了起来，不去接不会有任何帮助，也不会改变任何事情的。

他一把抓起电话，是哈迪打来的。

"你有什么要说？"他问道。

在接下来的那个星期二的上午，哈迪在警察委员会委员听证室里与台上的玛琳·亚什呈对角坐着。他抬起头来看见屋外天空中的云层正在滚滚而来，并且认为它们有变得越来越浓重的势头。看样子会是一个寒冷的春天，或许是个不热的夏天。他打算在孩子的学年结束之后，休息两个月，租一辆车，带上弗兰妮和孩子们，到阿拉斯加跑个来回，一路宿营游玩。他要去钓鱼、远足，因为你永远也不知道这辈子会拥有多少东西。你的生命可能在突然之间就结束了。他需要考虑考虑这件事情，并就此做点什么。

"抱歉。能再说一遍你问的是什么问题吗？"

"让格里斯基上尉出现在巴丹先生公寓的那些情况。"

"好的。"他面对着齐刷刷聚集在自己的面前的大陪审团，毫不迟疑地讲了起来，"正如我所说的，而且正如亚什小姐已经解释过的那样，我一直在独立工作，不过在波托拉医院杀人案件的要素上与地区检察官保持着相同的步调。我已经获得了马卡姆先生所写的一些文件，并且为了进一步据此展开调查，要求格里斯基上尉跟我一起做这项工作。当天上午，我们跟波托拉的管理人迈克尔·安德烈奥蒂谈了话，接着又跟帕纳塞斯的公司法律顾问帕特里克·福利谈了。

"格里斯基上尉认为，我们已经掌握了足够的信息，可以取得搜查罗斯住宅的搜查令。特别是，他想要查抄他的衣物并把它送到警方的实验室去查验，看上面是否留有马卡姆夫人的血迹。据我理解，按照他的说法，这东西在他的衣服上是肯定有的。但格里斯基凭我们手中掌握的情况没有能够拿到搜查令。

"当时，格里斯基上尉作为凶杀案组的负责人回到了他的岗位上。没有掌握更多的情况，他就不能够合法地继续追查罗斯医生。在当天余下的时间里，我也干自己的事情去了。在我们跟安德烈奥蒂先生谈话期间，我就已经产生了那样的想法，罗斯医生可能一直就在波托拉，并且参与了我们称之为肯森名单上的那些谋杀——去年以来出人意料地死在那儿的那些危重病人。那些谋杀案件的另一个嫌疑人是波托拉的一个名叫拉扬·巴丹的护士。在多起杀人案中，巴丹先生看来似乎一直都是唯一具备时机的人，而且有理由用安乐死的方式去杀了他们。几年前，他的妻子遭受病痛的折磨后就去世了，而且警方的探员们注意到，作为一名护士，他似乎对病痛有着令人感到怀疑的过度的敏感。警方已经访谈过了巴丹，但上尉和我一致同意，我应该对他再进行一次访谈。因为我不是一名警官，或许会让他感到压力小一些，他可能会开口说出点什么有用的东西。

"不管怎么样，我问了格里斯基自己能不能去跟他谈一谈，他同意了我的意见并给我巴丹先生的家庭住址和电话号码。下了班之后，我去了巴丹的房子。正如我所希望的，他终于松口吐露了自己对罗斯医生的怀疑。他还承认他对警方会把那些谋杀归咎于他感到非常担忧。这事已经清楚了，罗斯经常频繁地出现在波托拉，而且起码在那些杀人事件疑似发生的多个日子里，他都在那儿。

"从这一点来看，我认为值得去试一试并迫使罗斯医生有所行动。因为根据我们搜集到的其他一些情况，我怀疑他家里现在就放有大笔现金。我取得了巴丹先生的帮助，让他假装去勒索他，想看看能否把他引诱出来见我们。"

说到这里，哈迪现在垂下了脑袋，用手在额头上抹了一把，一副懊悔不已的样子。"现在回过头想来，这样做或许是个错误。我本来只需录下巴丹先生最初那个电话的通话内容，或许就足可以让科莫罗法官去签发搜查令。但是我没有那样去做。相反，巴丹先生打了那个电话。在那个电话看来起了作用的时候，我给格里斯基打了电话，大概半小时之内，他就带着布拉科和菲斯克探员赶到了那儿。

"我想要补充说明的是，格里斯基上尉和另外那两个探员都对我的计划感到不安，而且表示了强烈的反对。上尉事实上预测到了，罗斯医生如果真有罪的话，他会变得让人捉摸不透，不知道究竟会做出怎样的举动，很可能会走极端。他十分不愿意让巴丹先生这样一个非专业人员卷入如此危险的情况之中。然而，由于事情已经发生，如箭在弦上不得不发了，而且也因为巴丹先生不仅心甘情愿地愿意去冒这个险，而且还强烈地希望参与到这个行动中来，因此，我们就照这个计划继续做了。当时看来，除此之外似乎是没有一个万全之策迫使罗斯行动起来。

"于是格里斯基上尉和我等候在那间黑洞洞的卧室里，就在那间厨房的隔壁，同时布拉科和菲斯克探员守在他停放在那个拐角处的车子里，在看到房间里的灯一明一暗的信号指示后就迅速跑过来增援。"

他遗憾地耸了耸肩，一脸凄然。"那个计划看来是合乎情理的，而且没有过多的风险。但我没有预料到罗斯医生会这么快动手。事实上，要是巴丹先生没有找到一个办法大声地向我们暗示罗斯已经掏枪的话，要是格里斯基上尉，尽管冒着牺牲自己的巨大代价，没有如此之快地就采取了行动的话，巴丹先生很可能就已经被杀害了。"

一星期之后，在弗里曼办公室那个用玻璃封闭起来的阳台上举行的一个长达数小时的客户联合会结束之后，哈迪从里面出来，看到哈伦·菲斯克出现在那儿感到有些惊讶。那会儿，菲斯克正以一种很别扭的姿势，站在菲利斯的接待处旁边等什么人。这个身子圆滚滚的，面相年轻的探员看上去最多二十出头。几乎从看到哈迪的那一刻，他似乎就感到有些不自在起来，忙乱之中赶紧过来跟他握了握手。

"我正想告诉你,"他们一起到了楼上哈迪的办公室的时候,菲斯克说道,"我打算离开凶杀案组。反正不像达雷尔或是上尉那样,我天生就不是当警察的料。我不知道你是否听说了,不过达雷尔已经重新穿上了那套制服,当了个摩托车骑警。我姨妈提议在她的办公室给我找份差事,但我不打算走那路。人们似乎都莫名其妙地憎恶那种差事。"

"那是个不错的召唤啊。"哈迪说道。

"总之,我有一些做风险资本投资的朋友,而且他们认为在某些方面我对他们会有大用处。我愿意尝试一下。为我自己去做生意。事实上,是去做回我自己。你明白我的意思。"

哈迪完全没有搞明白菲斯克为什么跟他说这些,只是不置可否地笑了笑,答道:"这在什么时候都是个不错的主意。有什么事需要我帮忙吗?"

"是这样的,你知道,"菲斯克叹了一口气说,"我曾希望能够找到一些关于那辆撞死马卡姆先生的车子的信息。我知道大家一直都在笑话我,不过我真的深信这事跟案子是有某种联系的,而且我会证明给他们看。不过你认真听过我说的话,看过我那个道奇箭型车名单,甚至还跟我要过一份复印件。我只是想让你知道我很感激你对我做过这些。"

这个孩子会成为一个了不起的政治家,哈迪心想。对他来说,与人的任何接触都是个用来交朋友、影响对方、换取别人好感的机会。"我想这事自然会水落石出的。"

"不错,那是最后的事情。我希望你明白它是不可能的了。我核查过市里全部二十三辆这款汽车中的每一辆。的的确确只有二十辆还在。其余的三辆无论如何找不到。我只是认为你大概想知道这件事是如何了结的。"

"我完全明白了你这番话的意思,"哈迪说,"你的新公司需要律师的话,过来找我。"

"你也接商业法方面的案子吗?"

"有时候。这不是我的强项。"

"好的，那好吧……"菲斯克伸出手来跟哈迪道别，"真高兴跟你一起工作过。"走到门口的时候，他又再次回头说道，"没有人会指责你的，你知道的——万一你认为有人这样。"

寻访露兹·洛佩斯的踪迹把哈迪带到了一个政府根据住房建造计划，以加高扩建的方式修建的箱式公寓住宅前。这些混凝土浇筑，外墙用拉毛水泥粉饰过的三层高的公寓楼，外表曾经光鲜明亮，但现在连胡乱涂鸦都掩盖不住那上面斑斑点点的尿渍留下来的颜色了。跟他预料之中的结果一样，没有人知道她到底去了哪儿。

不过他知道艾尔西院一九二一号的二层公寓是露兹·洛佩斯最后为人所知的住址，她是菲斯克寻不到下落的那三辆道奇箭型车的登记车主之一。终于，他让邻居中的一个女人相信了他不是警察，而是保险公司的，正在努力查找露兹的下落，以便自己能够就她孩子的事给她寄发一笔钱。

她已经搬走了，那个邻居也不知道她去了哪儿。或许是在三星期前的一个早晨，她一大早就走了，再没有回来。然而那个邻居认为她曾在那家大阪旅馆工作过多年。或许他们那儿有她留下来的转递邮件的地址。

"那辆车吗？是的，它是绿色的。那副保险杠上的贴纸写着'FINATA'。"

哈迪在网上对此做过一些调查。FINATA是萨尔瓦多共和国的一场农业改革运动。在这个国家里，百分之十的人口拥有百分之九十的土地。大概在十年前，FINATA曾一度成立了一个激进的政府，在国内推行重新分配财富的计划，但它的大部分支持者不是被杀头，就是被驱逐。

接下来发生的事情，他都已经推想得到了。她和她的儿子来到了这里，后来帕纳塞斯让他丧了命。作为那家公司的代言人，马卡姆对这个男孩的死亡承担了社会责任，然而哈迪知道这事的罪魁祸首是罗斯。

但在露兹·洛佩斯的眼里，是马卡姆杀了她的孩子。

无依无靠，一贫如洗且身处异国他乡的她或许觉得自己无力依靠法律手段来讨回一个公道。法律绝不会动这样一个有权有势的人一根指头。但她可以自己为她的儿子报仇。她可以用车撞倒那个贪心不足、冷漠无情却带着一副恶心笑容的杂种。

现在是六月二日，星期六下午四点。屋外，阳光灿烂，但吹起的寒冷北风还是让人感到阵阵的寒意。但在三叶草酒吧，哈迪正在举办一个私人聚会，里面暖意融融，丝毫也不让人觉得冷。这家酒吧此时挤满了来自各行各业的客人，包括市里的工人、警察、律师、法官、记者，各种祝福者和他们的孩子们。

他们已经从屋后拖进来一些锯木架，在上面铺上一些胶合板就做成了一张长长的桌子，摆在那间房子的中央。聚会一开始，看来有几分钟时间是要用来赠送礼物和颁发纪念品的，接下来除了尽情地玩就没有别的安排了。那两个坐在轮椅里的家伙处在桌子的上首位置，身后就是那些为了腾出场地临时码放起来的沙发。杰夫·埃利奥特的礼物是送出的第一份礼物，他砰的一声在桌子上重重地敲了一下自己的玻璃杯，让房子里安静了下来。麦圭尔将唱机头转到了哈迪专门为这个场合购买的那张唱片中的这首歌曲上，这是里面唯一的一首迪斯科，格洛里亚·盖洛尔的《我会活下来》。

"我想只有这个才是适合送给你的东西。"埃利奥特隔着桌子伸手递过那个扁平的包裹时说道。

"这是什么？"格里斯基问道。

"它是在你看上去就快要不行了的时候，我正写到一半的那篇'城市对话'专栏文章的稿样。它是一堆谎言。"

"我没有快不行了的时候。我只是在休息而已。那真是个累人的案子。"

486

"好吧，那你可是把我们都骗过了。"

在大家的一片要求声中，格里斯基为了逗乐将那篇已经加了外框装饰起来的稿样举了起来，接着所有人都拍手欢呼。

哈迪，弗兰妮，还有特雷娅围坐在桌子的另一头。"那个轮椅有点多余了，你不这样认为吗？"哈迪问道，"他昨天在你那个地方走路走得很好。"

"还有几星期时间他都不可以用力的。"弗兰妮说道。

"医生的命令，"弗兰妮补充说，然后靠过身来悄悄地说道，"这个傻瓜上个星期在试着做仰卧起坐，把一个伤口上结的痂都给撕裂了。仰卧起坐！"

"他做了多少个？"哈迪问道。

"迪斯马斯！"弗兰妮对他的冒失嗔怪道。

"八个，那个傻瓜！"

哈迪仰起头来，一脸不屑地摇了摇头。"就八个，他就把自己的肠子都挣断了。"等他低下头来，目光回到桌上来的时候，高兴地看到他最好的朋友正难堪地坐在那儿，"真是个没有骨气的人。"

尾声

回家的路程辗转颠簸，整整花掉了露兹十三天的时间。令她感到吃惊的是，时隔如此之久她仍然还能够找到自己从小到大一直就住在里面的那幢房子。那是因为这里是生她养她的地方，一切都让她熟悉而亲切，跟旧金山完全不同。她已经转道下了公路，一路穿过镇子。映入眼帘的第一幕让她感到了某种重新在这里开始生活的希望。他们已经重新修建了那幢曾是报社的大楼，当年他们就是从这儿带走了她的父亲。她最后一次看到它的时候，它已经被毁得只剩下一具空壳了，不过现在没有一个人会想到它以前的样子。

随后是她哥哥阿尔贝托的那个老诊所。它仍然在那儿，还在原来的地方，看上去被照管得很好，四周都栽有花草，正竞相开放着鲜艳的花朵。她已经记不起来那些东西了，在她走了的时候不知道它们是不是还在那儿。有几辆汽车停放房前的那个停车场里，人们正在走进诊所里去看他们认识的一个医生。一个他们可以信任的医生。

她感到一种强烈的哀痛之情突然袭上心头，不过她并不愿意让自己再次开始回忆这些往事。她斗争了好几个月才领悟出，现在那种悲痛在很大程度上已经过去了，已经随着那些眼泪清洗出去了，而且那个让她失去了儿子的人最终被绳之以法，受到了应有的惩罚。现在，虽然失去拉米罗的那种丧子之痛将永不休止地在她胸中隐隐作痛，但她能够想象得到总有一天所有这些伤痛都会渐渐归于平静。

这些遭遇也许已经教会她一些她自己不可能明白的道理。人的一生只有这一次生命，而且她已经浪费其中的十年时间，努力想要去适应异国他乡的生活，忽略了她自己的幸福而想要干出点名堂让她的儿子过得好一些。但那样做的结果是什么呢？干的是受人白眼的让人看不起的工作，过的是她也一天也没有觉得是享受的生活，而且永远不会觉得是享受的，一个从来不知道家庭欢乐和父爱为何物的儿子。有的只是无尽的痛苦。

她现在已经三十二岁了，还是一名大学毕业生。她知道，在萨尔瓦多她有工作要做，不仅是家务活，或许跟约瑟开始一起生活，还要跟大家一块儿工作，去建设他们自己的这块土地。这里才是她要让自己生根立足的地方。

她母亲的房子已经重新修整过了，看起来跟新盖的一样。那些香蕉树已经疯长到快要盖过门廊，把它掩映在一大片树荫之中。墙上的漆还是新的，门窗上都严丝合缝地装上了纱窗。

自从离开后，她就没给家里打过电话。他们会被担忧所困扰的。她只是一直在不停地开车赶路，一路经过了加利福尼亚州、墨西哥、危地马拉，想方设法穿过边境，应付那些国境守卫者的盘查和那些男人的责难与纠缠，历经千辛万苦才活着来到了这儿。不过她现在到底是走完了路程，一路上悬着的心终于放了下来。她停下了那辆车。在旧金山时，无论什么时候当她真正需要它的时候，它都会不失时机地出故障。在那之后，当到了最后的紧要关头，需要它出力的时候，这一路上它的表现都是很争气的。她把它停靠在路边。从车里出来，舒展着身子，她才发觉到自己身上正散发出一股强浓烈的汗臭味。

她没在意这个味道，不要紧，她已经不在美国了。

屋后什么地方有一部电动机轰鸣着。她循着它的声音绕着房子走了过去。那个身体强壮，沉默寡言，长相难看的约瑟正脱了衬衣，光着膀子在那部发电机旁边忙活着。他们多数时间仍然还在用它来为自己提供电力。过了这么多年，她还对他的身体了如指掌。

她此时就站在离他十英尺远的锯齿草丛中，怀着一种按捺不住的忐忑不安的心情，焦虑地等在一旁。她身上的那些伤痕让他看到会有多么不舒服？她已经变得让他认不出来了，而且要是他不认识她是谁，他还会爱他吗？她会爱他吗？

突然，发电机发出的噪声停了下来。他直起身子，用一块大手帕擦了擦额头上的汗水，随后就看见了她。

有好一会儿，仿佛世上的一切都定格在了那一刻。接下来他的脸上突然露出了生机勃勃的笑容。他张开双臂，朝她跨出了一步。她急切地奔向了他的怀抱。

图书在版编目（CIP）数据

背叛的誓言／（美）莱斯科瓦著；夏伦勇译．—北京：新星出版社，2011.3
ISBN 978-7-5133-0188-6

I．①背… Ⅱ．①莱…②夏… Ⅲ．①长篇小说－美国－现代 Ⅳ．①I712.45

中国版本图书馆CIP数据核字（2011）第018952号

The Oath
By John Lescroart
Copyright © 2002 by the Lescroart Corporation
Copyright licensed by The karpfinger Agency
Arranged with Andrew Nurnberg Associates International Limited
Simplified Chinese edition copyright © 2011 by New Star Press
All rights reserved.

著作权登记图字：01-2007-0330

午夜文库
m
谢刚 主持

背叛的誓言

（美）约翰·莱斯科瓦 著；夏伦勇 译

责任编辑：王 欢
责任印制：韦 舰
装帧设计：weisign 未设计

出版发行：新星出版社
出 版 人：谢 刚
社 址：北京市西城区车公庄大街丙3号楼 100044
网 址：www.newstarpress.com
电 话：010-88310888
传 真：010-88310899
法律顾问：北京市大成律师事务所

读者服务：010-88310800 service@newstarpress.com
邮购地址：北京市西城区车公庄大街丙3号楼 100044

印 刷：北京佳顺印务有限公司
开 本：910×1230 1/32
印 张：15.75
字 数：319千字
版 次：2011年3月第一版 2011年3月第一次印刷
书 号：ISBN 978-7-5133-0188-6
定 价：38.00元

版权专有,侵权必究;如有质量问题,请与出版社联系更换。